Para Letícia,
que a magia sempre esteja em sua vida.

CRÍSTHOPHEM NÓBREGA

OS CINCO PILARES

SAGA POR TRÁS DO VÉU *VOLUME I*

SKULL EDITORA

Editora
Skull

Editor chefe
Fernando Luiz

Revisão
Nadja Moreno

Diagramação
Cris Spezaferro

Capa
Décio Gomes

Dados Internacionais de Catalogação na Publicação (CIP)
Elaborada por Bibliotecária Janaina Ramos – CRB-8/9166

N754
Nóbrega, Crísthophem
Os cinco pilares / Crísthophem Nóbrega – São Paulo: Skull, 2020.
(Saga através do véu, V.1)
510 p.; 16 X 23 cm
ISBN 978-65-86022-26-1

1. Fantasia. 2. Aventura. 3. Ficção. 4. Literatura brasileira. I. Nóbrega, Crísthophem. II. Título.

CDD 869.93

Índice para catálogo sistemático

I. Ficção : Literatura brasileira

PRÓLOGO

Muitos metros acima da cidade, mais alto até mesmo do que as grandes construções humanas, havia um firmamento noturno salpicado de estrelas. Apresentava uma lua minguante; um risco prateado e curvilíneo, circulado por um finíssimo halo luminoso. Todavia, a visão dos corpos celestes era parcialmente encoberta pelo efeito ofuscante das incontáveis luzes artificiais, que se proliferavam em cada parte da metrópole; infinitos pontículos. Parecendo uma tentativa dos humanos de imitar a beleza da natureza, essa, perdida em meio à camada de gases poluentes, tinha uma atmosfera densa, de ar nocivo e fumarento pairando sobre os prédios.

Mesmo assim, fazia uma bela noite em New York, com uma temperatura amena, brindando a todos com uma sensação convidativa, após tantos dias de chuva intermitente. Resultando em uma enchente de guarda-chuvas, capas, galochas e poças. Os habitantes pareciam ter sido picados pelo mesmo "inseto", contraindo então a necessidade de sair, movimentar-se.

Pessoas, carros, ônibus, motocicletas... Para qualquer lado que fosse voltada a atenção, havia movimento. Até mesmo nos becos e ruas auxiliares, onde normalmente a agitação diminuía e era o lixo, com seu cheiro adocicado de putrefação, que reinava. Mesmo nestes locais mais periféricos o fluxo de acontecimentos não parava, muito embora algumas vezes os conflitos superassem os parâmetros considerados normais. Fossem duas ratazanas gordas brigando por restos, ou moradores de rua apressados em recolher qualquer item a fim de proporcionar-lhes maior conforto, por mais irrisório que este fosse.

Em uma destas vielas, uma particularmente estreita que seguia de um extremo ao outro, havia um quarteirão repleto de bares e restaurantes. O odor era muito mais pungente, talvez pelo grande fluxo de pessoas que faziam uso daqueles estabelecimentos. Acontece que os latões de lixo estavam transbordando de tão cheios. Em intervalos regulares surgia um ajudante de cozinha; espremendo-se por uma das várias portas dos fundos, carregando mais sacolas escuras para somar ao monte já existente ou ainda para fumar rapidamente um cigarro, recostando-se nas paredes de tijolos aparentes.

Tal indivíduo teria que disputar o espaço com uma pequena nuvem de insetos de toda população dos esgotos abaixo da cidade, atraídos pela promessa de banquete. Alguns latões não permitiam o encaixe da tampa, o que fazia com que fosse colocada de qualquer forma. Comprimindo papéis, embalagens plásticas, cascas de vegetais entre outros itens. O metal do fundo há muito carcomido pela ferrugem, vazava por vários pontos um líquido viscoso, com uma tonalidade amarela. Era um verdadeiro sinal luminoso.

As paredes eram um caso à parte, repletas de pichações e restos de cartazes, muitas vezes colados um por cima do outro. Criavam um aglomerado no qual não se conseguia mais entender o que era o anúncio de show alternativo, vaga temporária de emprego ou endereço de abrigo para sem-teto.

Um gato magro, de orelhas ruídas, saiu detrás de uma pilha de jornais velhos, parando alguns instantes para espreguiçar-se enquanto bocejava gravemente. Postou-se sentado, lambendo a pata e passando-a em seguida sobre o focinho amarelado, quando uma súbita movimentação à frente o fez ficar imóvel. Os olhos faiscando no meio da penumbra silenciosa do beco, na face uma expressão atenta. Parecia avaliar se havia ou não perigo no barulho ouvido segundos antes.

A sua pelagem amarela cor de palha ouriçou quando viu uma mulher de aparência cansada e andar vacilante surgir no beco, passando por uma das portas estreitas. Ela se postou recostada na parede, amparando o corpo cansado, coberto de arranhões, além de uma mistura de poeira, sangue seco e lama.

Todavia ela não chegou sozinha, algo indefinido veio em sua companhia, uma coisa viva. Quando ela se voltou apressada para fechar a porta, uma sutil oscilação no fluxo do vento cruzou o espaço estreito entre as paredes cinzentas. Acompanhando esta manifestação veio o rosnar gutural e o silvar raivoso do animal. Amedrontado diante da ameaça, recuou em direção à parede. Comprimindo o lânguido corpo contra a superfície de metal da lixeira mais próxima e estapeando com as unhas da pata direita a sua própria sombra.

Não apenas o fiapo negro que bruxuleava na frente do animal, mais todo o resto das sombras daquele beco pareceram ganhar vida. Esgueirando-se pelas frestas da porta a qual a mulher tentava inutilmente fechar, grandes braços disformes dotados de dedos afiados surgiam às centenas.

A mulher exprimiu um grito abafado quando o sangue começou a fluir dos inúmeros talhos em seu corpo, provocados ao mesmo tempo pela profusão de tentáculos sombrios que a envolviam. Dilacerando roupas, pele, músculos. Penetrando nas fissuras da parede, torcendo para trás a mão esquerda da jovem, fazendo com que ela deixasse de segurar o cabo escuro de uma espada; dotada de uma lâmina muito larga, porém não maior que quarenta centímetros. A arma caiu ao seu lado, produzindo um estalo melodioso ao atingir o chão.

Talvez por julgar não ser o alvo da massa de sombras, o felino decidiu correr para fora do beco. Porém nem chegou a terminar o movimento de meia-volta em seu corpo. Um tentáculo fino e pontiagudo o transpassou no ventre, pouco acima da pata direita traseira, deixando-o firmemente preso ao chão sujo.

O ombro esquerdo da jovem havia sido atravessado, bem como a perna direita, na altura da panturrilha, que estava presa à parede suja. Porém ela continuava lutando para livrar-se e alcançar novamente a espada, caída a meio metro dela. A calça jeans de aparência surrada estava rasgada em vários pontos, onde as lâminas sombrias erraram-lhe o corpo e a empapava de sangue pouco abaixo do joelho direito.

Uma das mãos pendia ao lado do corpo, enquanto a outra mantinha-se segura por três tentáculos mais finos. Brigava para retirar da fechadura uma chave de aparência barroca, feita de metal escuro, com três pedras de quartzo branco incrustadas na parte superior do objeto.

— Maldito! Apareça! — falou a mulher em uma tentativa claramente falha de produzir um grito, mas que chegou a emitir apenas um breve e rouco sussurro.

Com um brilho mortiço, a arma no chão desvaneceu tal qual uma imagem projetada no escuro, que desaparece ao ser virado o comutador da lâmpada. Acompanhado deste fato, adveio um ar melancólico ao rosto da jovem. Os olhos castanhos assumiram um tom mortiço e os lábios entreabriram-se como se fosse falar, mas logo em seguida tendo desistido do ato, ela os lambeu nervosamente. Parecia com a face de alguém que pela primeira vez percebe o quão grande é o abismo a sua frente. As suas forças estavam no fim, ela não conseguiria invocar a arma novamente. Estava acabado!

No interior da bota uma sensação pegajosa; sangue que continuava a verter, escorrendo pela canela e aglomerando-se entre os dedos. No peito o temor diante daquilo que parecia inevitável. O ar no beco era denso, uma cortina de fumaça, abafando os sons do mundo ao redor, bem como as cores. Até mesmo o halo luminoso do poste, alguns metros distantes, sumia no meio da negritude pulsante. Em algum lugar uma porta foi aberta, possivelmente a nova saída do lixo de um dos restaurantes da proximidade. Não passou de um sussurro distante para a mulher.

— Olá… Alguém está aí? — perguntou uma voz sem corpo, encoberta pela escuridão, com um claro tom de receio na fala.

— Vá embora… Saia daqu… — Tentou dizer ela, mas a respiração seguia tão falha que ela mal conseguia manter-se consciente, que dirá gritar.

O lavador de pratos, por sua vez, assustado diante do fato de ouvir um fiapo de voz no meio do beco escuro e vazio, deixou cair a carteira de cigarros dentro de uma poça. Começou a recuar, tateando a parede à procura de uma rota de fuga. Porém dois braços particularmente torneados o atacaram, um na altura do estômago e outro rasgando a garganta. Ele nem chegou a reagir, muito menos emitir qualquer som. Instantes depois de sobressaltar-se e virar o rosto procurando quem havia falado, ela já pendia inerte. As sombras movendo-se sobre ele como um nevoeiro faminto, capaz de engolir toda uma floresta, envolveram-no completamente, torcendo o corpo, triturando-o e dobrando-se por cima dele.

Khana, ao ouvir o som seco dos ossos partindo, não pôde deixar de pensar em gravetos quebradiços, casca sem vida combinada aos estalos do homem sendo devorado pela massa de sombras. Algo esfarelou dentro dela, talvez a força de vontade que a mantinha focada em tentar fugir, ou o desejo de vingança pela morte prematura e despropositada do recruta que a acompanhara.

De qualquer forma ela sentiu-se vazia de esperança, sua parceira estava muito longe, não viria ajudá-la. Uma voz em sua mente, vinda de algum lugar do meio da escuridão circunvizinha, pareceu dizer: "Desista… *Não existe escapatória,* senhorita Verona… *Não posso deixá-la viva…*" A sensação inquietante de conhecer a voz apenas redobrou o seu esgotamento. Ela estava para perguntar o motivo, merecia ao menos saber a razão do famigerado ataque, mas sentia-se tão cansada, machucada…

Não chegou a concluir seus pensamentos, um tentáculo afiado como uma adaga transpassou seu peito. A chave caiu de sua mão e antes mesmo de tocar o chão lamacento esfarelou-se em uma pequena nuvem de poeira, soprada para longe pelo vento da noite.

As sombras então simplesmente aquietaram-se, deixando para trás um beco silencioso, o corpo de uma mulher caída na sarjeta, recostado na parede e coberto de marcas de perfurações. Os restos do que no passado fora o ajudante de cozinha e um gato de rua miando penosamente em seus últimos arquejos de vida livre.

I

Michel

O crepúsculo riscava o céu, parecia feito de pinceladas contrapostas, unindo cores. Alguns últimos raios solares coloriam as nuvens próximas à linha do horizonte, tingindo-as em tons quentes de vermelho e alaranjado, assemelhando-se a distância com as brasas de uma fogueira, em seus últimos instantes.

A luminosidade que penetrava através da persiana recém-suspensa, embora fraca, servia perfeitamente aos sensíveis olhos azuis cinzentos de Michel. Ele conseguia enxergar tudo ao seu redor, sem fazer qualquer esforço ou franzir o cenho. Até mesmo os detalhes do tecido estampado que cobria a poltrona em estilo vitoriano clássico, à esquerda da cama de dossel.

Uma brisa repentina encheu a alcova com o aroma áspero da cidade, este chegava carregado de informações; vapores de escapamento, pessoas, lixos, animais e suas fezes, além de toda uma gama de outras representações odoríferas. Ele conseguia ir ainda mais longe na percepção. Embora com certo esforço de sua parte, Michel captava nuances dos campos de tulipas, vindas de trás da colina a oeste da casa. Os aromas eram para ele uma das mais sutis formas de percepção. Era às vezes um passatempo, um hábito para fazer antes de dormir, quase como contar carneiros.

Poder-se-ia falar muitas coisas a respeito de Adrian, como por exemplo, a origem estranha, muito mal explicada, de sua crescente fortuna. Mas ele sabia escolher um bom lugar para refúgio. Dos muitos locais imagináveis, quem pensaria em um vampiro escondendo-se numa casa repleta de janelas e portas envidraçadas? Riu-se ele diante da ironia existente em uma criatura da noite vivendo em uma habitação que durante o dia era lindíssima, repleta de cores, reflexos e vida, para com a chegada da escuridão, adquirir um tom lúgubre, no qual as várias janelas assemelhavam-se a umbrais escuros.

Pondo-se de costas para a provençal imagem do jardim, ele fechou os olhos, concentrando-se na casa. Aspirou profundamente o ar, esforçando-se para separar os odores dos perfumes, procurando por algo bastante específico; uma mistura de coisa morta, sangue e flor de amaranto. Contudo, constatou aquilo que já supunha; Adrian ainda não retornara. O que o deixava ao mesmo tempo agradecido e preocupado, os criados afirmavam ser comum a ausência do mestre. Porém oito noites era algo muito além de uma simples escapada da rotina. Logo eles se questionariam sobre o tempo que deveriam permanecer fiéis em guardar um refúgio aparentemente abandonado pelo mestre, habitado apenas por um "estranho", este tendo chegado do nada e sem fazer parte da "corte" gerida pelo desaparecido em questão... Insinuações poderiam surgir. Talvez já tivessem inclusive começado! Michel pensou com uma pontada de aflição. Lançou o celular sobre o travesseiro depois de verificar novamente. Nada! Nem uma ligação, uma mensagem de texto sequer.

Claro que o "todo poderoso" Adrian poderia estar em algum lugar, confortavelmente refestelado... Sendo servido por esguias concubinas e rapazes de feições angelicais. Ou sentado, risonho e despreocupado em um sofá, deixando-se entreter por um talento recém-descoberto; um gênio das artes para tornar seu novo protegido alguém com quem Michel teria que disputar atenção. Tomara que se engasgue em sua empáfia! Pensou Michel mordendo levemente os lábios. Não seria a primeira vez... Passados os primeiros momentos de excitação, ele era novamente trazido para a "luz" e a nova "cria" deixada à margem. Os vampiros eram criaturas muito volúveis, concluiu ele de mãos fechadas, as unhas vítreas marcando a pele alva.

Por vezes pensava em si mesmo como um bobo da corte moderno, torturando-se noite após noite para criar formas de divertimento, mendigando suas músicas por alguns goles de sangue e um punhado de olhares de aprovação. A possibilidade de ligar seu nome ao de um vampiro influente, que o protegesse e arcasse com suas despesas, sempre foi a motivação para continuar com aquele estilo de vida.

Entretanto ele sentia-se farto de toda aquela pompa e ostentação, vazias a seu ver. As saídas constantes, para não dizer diárias, para casas noturnas a fim de seduzir humanos, apenas pelo simples prazer de vê-los sucumbir, eram pura demonstração de infantilidade. Não, nada daquilo fazia sentido... Mas o que exatamente ele poderia fazer? Não havia outra forma de viver, ou havia?

Nem ao menos era meia-noite e ele já estava lamentando-se, "maldizendo-se tal qual uma velha", como dissera Niel. Por alguns momentos, enquanto vagava os olhos entre as peças de roupas guardadas no closet, ele lembrou do vampiro com ares de malandro boêmio, que conhecera em sua curta permanência no Brasil. As memórias de noites quentes, corpos mulatos e efusivas farras lhe acometeram.

Começou a cantarolar uma melodia que há dias estava em formação na sua cabeça, cedo ou tarde iria sentar-se na companhia do violino e seu velho caderno de partituras. Talvez agregar alguma coisa do samba... pensou ele divertindo-se, há tempo já estava familiarizado com o processo criativo; as notas iam agregando-se aos poucos em sua mente, dando as mãos e iniciando sua dança, até que o momento crucial chegasse e a necessidade surgisse, só então ele iniciava o trabalho musical. Diferente das "criações" de menor valor, puras cópias falseadas, expostas para Adrian e sua trupe. Esse processo transcorria de forma natural, sem qualquer pressa.

Ele se deixou cair numa poltrona, o corpo longilíneo, de traços bem-feitos e músculos delineados; equilibrando a aparente fragilidade da magreza com o porte garboso de um felino, os movimentos pareciam os de um lince, gingando suave até a presa.

— Senhor Michel... Já está desperto? — Soou uma voz baixa do outro lado da porta de madeira escura.

Juan era um dos servos de Adrian, o único que na visão de Michel merecia reconhecimento. Porém, de acordo com a opinião do mestre, seria um dos últimos a quem ele planejava dar o "presente das trevas", forma como o vampiro chamava o processo de transformação.

Era um rapaz de não mais que dezessete anos. Cabeleira rebelde e escura, destas que volteiam nos braços do menor sopro de vento. Olhos negros, dotados de um brilho excessivo. A sombra do bigode, insinuando-se sobre o lábio superior, apenas ressaltava o ar pueril do rapaz. Veio verificar se Michel estava desperto, para lhe servir a primeira dose de sangue; por ser muito eficiente já trazia consigo uma bandeja, na qual estava a bolsa de plasma, debaixo da cobertura de metal.

Desta forma, quando a noite enfim abriu completamente suas asas, a lua veio encontrá-lo no pequeno terraço anexo ao quarto, pés postos sobre o parapeito, uma taça de fino cristal na mão esquerda, enquanto segurava com a direita uma bolsa de plasma sanguíneo, rasgando-a com os caninos proeminentes. Aspirou profundamente o aroma férrico que se espalhou pelo ambiente.

Michel observava com olhos vidrados o líquido vermelho cair no recipiente. Em questão de segundos suas têmporas começaram a latejar e a língua encontrando o céu da boca produziu um estalo nervoso antevendo a satisfação.

O primeiro gole foi ao mesmo tempo como engolir água fumegante e vinho refrescante. Sentia-se queimando por dentro, todavia era uma indescritível sensação de prazer. Como se todos os seus sentidos fossem aguçados e acarinhados ao mesmo tempo. Seu corpo pareceu ter sido mergulhado inteiramente em um banho de águas termais, ao passo que uma dormência fria lhe subia pela espinha. Enquanto bebericava da taça, mantinha-se de olhos fechados, executando mentalmente um concerto para violino.

— Qual era mesmo o nome daquela boate? — perguntou-se Michel em voz alta.

Estava motivado pela ousadia rubra que lhe adentrava pela boca. E assim decidira que encontraria seu anfitrião. Enquanto tamborilava o dedo indicador direito sobre os lábios manchados de carmim, ele vasculhava a mente em busca do nome do lugar; iria atrás de Adrian.

— Asne... Asne... Alguma coisa... — repetia ele tentando rememorar.

Alguns instantes depois Michel julgou ter escutado passos no terraço, imediatamente voltou-se, assustado e arredio; dentes expostos, reluzindo de tão branco, cenho franzido, um rosnado baixo e rouco vindo de sua garganta. *Como não percebi o intruso? Achei que estava sozinho na casa com Juan...* Pensou ele enquanto saltava, pondo-se em pé antes mesmo da cadeira bater na pedra polida do chão.

O vazio o encarou de volta, pois não havia ninguém. Talvez nunca tenha havido... Seguia para dentro do quarto, quando novamente ouviu passos, desta vez vislumbrou pelo campo periférico de visão madeixas loiras e um borrão vermelho. Contudo acabaram por sumir completamente quando ele tentou encarar a imagem desfocada.

Michel estreitou os olhos e apressou-se em entrar na alcova. No íntimo algo o incomodava; já havia experimentado essa sensação antes, duas ou três vezes, sentindo ou ouvindo determinada coisa, para logo em seguida vê-la tornar-se realidade. Por mais habituado que estivesse em presenciar criaturas mágicas produzindo as mais incríveis ações, sempre se sentia profundamente desconfortável diante destes seus mergulhos no futuro.

Claro que possuir um dom, dentro da sociedade dos vampiros, era muito melhor do que ser um "sangue fraco". Todavia ele não sabia se podia chamar essas suas impressões de habilidade vampírica. Como dito no passado: "O presente negro é diferente para cada um". Desta forma, enquanto indivíduos como Niel podiam ler os pensamentos com um simples toque, havia aqueles que poderiam caminhar sobre as águas, tamanha era a velocidade com que se moviam.

Movendo-se de um lado para o outro, ele terminou por afundar até quase à altura dos tornozelos no tapete extremamente felpudo, de cor cinza grafite. Michel havia usado o sangue para aumentar ao máximo a velocidade de movimentos, tamanha era sua ansiedade.

Enquanto procurava nas gavetas, bolsos de calças e paletós qualquer informação útil sobre a boate ele sentia seu peito ardendo, parecia a sensação voraz de necessidade que lhe advinha nos momentos de fome. Contudo, era algo distinto, uma sensação nova, estava ansioso por notícias e até mesmo um pouco temeroso, embora não soubesse exatamente o motivo.

Algo vai acontecer, e será muito importante, além de terrivelmente perigoso... Pensou ele, enquanto torcia para que Adrian escapasse ileso. Decidiu por fim vestir e sair, estava a meio caminho de fazer passar uma camiseta, de fino tecido negro, pela cabeça, quando o nome chegou a sua mente, como muitas vezes acontece com algo que deixamos de pensar. O que viu foi um grande letreiro negro, com as letras em néon verde, piscando em intervalos regulares; Asnice! Na qual Adrian, há sete noites, encontraria um de seus contatos, Nikolas. Apontado por muitos como um dos maiores traficantes de informações da Holanda.

A calça de alfaiataria repuxou um pouco na altura da panturrilha quando ele passou a perna esquerda por cima da moto. Colocou o capacete, motivado muito mais por evitar contratempos com a polícia, do que por preocupação com a segurança. Quem sabe um dia descobriria uma resposta para este questionamento que lhe atormentava desde muito cedo, tendo surgido basicamente quando ele entendeu o que realmente era: uma coisa morta pode morrer, ou simplesmente deixa de existir?

O nome da boate brilhava num prédio do outro lado da rua, o perfil feminino delineado na fachada. A visão transmitiu a Michel uma sensação de desconforto, pareceu-lhe por alguns segundos que o olho vazado da mulher o observava, acompanhando sua aproximação.

O prédio ficava localizado na zona velha da cidade, onde nos últimos tempos uma onda de revitalização parecia fluir de todos os pontos. Era uma dessas antigas construções industriais; Michel arriscaria algo em torno do período da guerra fria. Tratava-se de um sobrado de fachada estreita, com onze janelas ao todo. Duas delas eram retangulares, ficavam no primeiro andar, ladeando a porta larga. As outras nove janelas eram quadradas, três em cada andar. A fila de entrada abrangia até quase a dobra do quarteirão, aparentemente a moda vintage se estendia como uma grande teia de possibilidades.

Aquele era um estabelecimento badalado; apenas o fato de ser visto nas proximidades deste já poderia fazer maravilhas para a vida social de um humano "médio". Desta forma não era à toa que dezenas de jovens recém-adquiridos de sua maioridade, se estapeassem por um ingresso. Quando na verdade deveriam correr para o mais longe possível das drogas humanas e do mundo mágico, além das aventuras de uma noite, que poderiam muito bem significar riscos de vida para os envolvidos.

Asnice era o antro dos vampiros na cidade, local de "caça"; onde os vampiros apostavam entre si quem conseguiria conquistar mais humanos ou quão longe os fariam ir. Rindo internamente da tolice residente neste tipo de pensamento de seus "irmãos de espécie", bem como em todas as práticas realizadas por eles, Michel estacionou a moto, pouco depois da entrada. Rumou em seu andar meio gingando até o Porteiro, no qual pôde sentir um leve nuance do aroma característico, daqueles tocados pelo presente negro, neste caso em questão, algumas gotas de sangue do mestre ao qual servia.

Oito entre dez vezes, havia ao menos um funcionário nas casas noturnas que pertencia à rede de contatos vampiresca. Eram sangues fracos, vampiros de segunda classe por assim dizer, que ao serem transformados não manifestaram nenhuma habilidade além daquelas consideradas básicas à espécie; maior força, agilidade e sentidos aguçados. Havendo ainda os servos humanos, que vendiam sua força de trabalho em troca de algumas gotas de *vitae* do mestre, o que era o caso do segurança da portaria.

Michel o olhou diretamente nos olhos, permitindo ao Porteiro observar a oscilação de cor que transpassou sua retina. Algo muito sutil para olhos destreinados, um simples reflexo de luz. Todavia para aqueles que eram cientes das muitas facetes do mundo coexistente com o dos humanos, era um claro sinal do grau hierárquico ao qual pertencia o recém-chegado motoqueiro.

É tudo uma questão de fazer com que a ovelha reconheça a fera à qual serve, pensou Michel, com um riso no canto esquerdo dos lábios, quando um atrapalhado Porteiro postou-se de lado para permitir a sua passagem, ignorando as censuras de muitos que estavam na fila.

A música alta e frenética o atingiu em cheio, fazendo o peito reverberar em aparente sincronia com os feixes luminosos, lançados dos canhões presos ao teto. As paredes e móveis eram cobertos de cores e mais cores, todas metálicas, vibrantes. Parecia que o intuito de toda a decoração era extasiar os espectadores. Um verdadeiro produto de ilusionista, atraindo a atenção para todos os pontos, menos para aqueles que são naturalmente essenciais. Desta forma presa e caçador dividem o mesmo espaço, equilibrados sobre uma tênue linha.

Por onde devo começar? perguntava-se Michel, enquanto corria os olhos de um grupo de pessoas para outro. Com toda a confusão de sensações e palhetas odoríferas não seria fácil encontrar alguém dentro da casa noturna. Todavia havia dois tons que se elevavam acima da maioria; o aroma característico dos de sua espécie, além de um mais sutil que este e com características bastante exóticas. Ele ainda refletia sobre este segundo padrão aromático quando, por fim, decidiu ir até o balcão.

— Uma dose de absinto... — falou maquinalmente para o barman, sem num primeiro instante dar maior importância a este. Todavia ao percebê-lo como irmão de espécie, prestou mais atenção nele e poderia afirmar sem temer estar errado que tal prática era recíproca.

Era um homem magro, porém de braços bem torneados. Destacados pela manga do uniforme, que terminava mais ou menos no meio do bíceps; fazendo-o saltar, levando as costuras do tecido ao limite de sua elasticidade. A altura dele era de um metro e noventa, os cabelos loiros de tom próximo ao mel estavam amarrados para trás, destacando assim os olhos acastanhados e lábios rosados, estes últimos contrastando com os dentes incrivelmente brancos.

Michel normalmente não possuía grandes dificuldades para se misturar, talvez fosse alguma coisa que desconhecia em relação às suas habilidades inatas. Levou alguns instantes para perceber que o barman a sua frente era o que alguns chamam de "sangue fraco", indivíduos em que a força do presente das trevas é rala. Em sua maioria há uma animosidade natural para com os "sangue puro", tal fato se repetiu quando Michel foi servido.

— Não me lembro de ver você por aqui antes... — disse enquanto um filete da bebida caía, espalhando um aroma de especiarias, próximo ao anis-estrelado. Ele acrescentou um leve rosnando antes de terminar de servir. — Não é um espaço onde todos são bem-vindos, ou estão em segurança, se é que me entende.

Michel colocou a mão direita no balcão, com uma cédula de cinquenta euros debaixo. Rindo discretamente falou:

— Agradeceria o fato de você continuar não lembrando da minha presença. — Falando isto, ele tomou o conteúdo do pequeno copo de uma única vez.

O barman o encarou silencioso, parecia que tentava ver onde havia cometido o erro de avaliação. Ele quase chegava a ouvir os pensamentos do outro. Como é possível? Ele cheira a vampiro... Como tomou algo além de sangue? Neste ponto residia o maior "diferencial" de Michel, ele, um ser híbrido, unia características distintas que o configuravam como um meio-vampiro.

— Vim encontrar Nikolas, onde ele está? — perguntou ele aproveitando-se da confusão do outro. Além de acrescentar maior impacto com um olhar duro que lançou junto de suas palavras.

Um aceno sutil de cabeça foi a resposta em concordância dada pelo homem, assumindo logo uma postura de subserviência. Para em seguida apontar rapidamente com o indicador esquerdo uma mesa mais ao fundo da casa de show. Acrescentando antes de virar as costas:

— Ele está com uma cliente, eu esperaria aqui se fosse você.

Olhando na direção indicada, Michel pôde observar o negociante de informações com uma mulher de lisos cabelos ruivos, dotados de um incomum tom de vermelho, ambos pareciam muito compenetrados na conversa.

A mulher assumia uma postura ereta, ombros rígidos e corpo tenso. Mesmo não podendo ver sua face, Michel adivinhou-lhe uma expressão séria, talvez até mesmo raivosa. O homem por sua vez era a representação viva da desenvoltura; antebraço esquerdo amparado sobre o encosto da cadeira, de espaldar alto. Nos lábios um riso, dir-se-ia permanente, aparecendo nos intervalos entre as palavras. A fronte vergada para frente de forma enviesada, emprestava para seu gestual um ar misterioso e ao mesmo tempo extrovertido.

Trazia cabelos negros, aparados bem curtos. Evidenciando as duas entradas em bico em sua testa. Envergava um terno facilmente reconhecido como Armani, parecia completamente à vontade — um leão de negros olhos, observando a sua savana. De pé ao lado da mesa, braços cruzados sobre o peito, jaqueta de couro negro, careca e usando óculos escuros, havia outro homem, claramente um segurança.

— Então você está temendo alguma coisa ou alguém... — afirmou Michel para o seu copo.

Exatamente quando estava desviando o olhar, voltando-se novamente para virar as costas para a mesa do negociante, Michel sentiu um forte odor de algo queimando, cinzas ou fuligem, como se um incêndio tivesse iniciado em algum ponto próximo à entrada. Acompanhando esse, adveio outro cheiro estranho, porém mais sutil, na escala odorífica do recinto. Algo parte humano, porém também selvagem. Agreste como um torrão de terra retirado de uma clareira, almiscarado como um animal arisco.

Michel instintivamente voltou-se para o local de origem daqueles aromas estranhos e carregados de magia, estacando paralisado diante do que viu. Em frente à porta da chapelaria havia duas pessoas; um homem alto e uma mulher loira. Ela estava usando uma jaqueta vermelha — de costas como estava, o fez recordar do episódio no terraço imediatamente; havia sido ela. Talvez ir até ali não tinha sido uma boa ideia.

O homem de porte esguio usava longos cabelos brancos e amarrados em um rabo de cavalo, milimetricamente bem-feito, preso por uma tira de couro. Possuía orelhas incomumente pontudas. Trajava um sobretudo pesado, associado a botas rústicas, aparentemente coturno militar, para completar seu visual de "lobo solitário", como supôs Michel. Este se voltou para a pista de dança, correndo os olhos pelos presentes, fixando-se dois segundos nele e no atendente, passando pela mesa reservada mais ao fundo no canto esquerdo, para finalmente falar algo a sua companheira.

A loira se virou impetuosamente, olhando diretamente para o local onde um novamente sorridente Nikolas apertava a mão de sua companheira de mesa. Após essa olhada ela torceu os lábios, puxou o braço para longe da tentativa do homem de contê-la. Devido a esse movimento, sua jaqueta abriu dois botões, fazendo com que uma chave, aparentemente feita de cobre com um reservatório transparente contendo um pó cinza chumbo, saltasse para fora do decote, pendurada em uma corrente.

Diante da visão do colar, Michel emitiu um pequeno silvado, expondo rapidamente suas presas. Vasculhou o ambiente à procura de outra saída da boate, uma vez que dois Porteiros no mesmo ambiente que alguns de sua espécie certamente não era um espetáculo que ele gostaria de assistir.

II

Eve

O espaço interno da cela parecia menor devido à ausência de mobiliário, exceto o catre pequeno, dotado de pernas dobráveis. Além de um fino colchão, jogado de qualquer forma, sobre o qual ela estava deitada indolentemente, olhando alternadamente para a parede escura à frente e em seguida para o teto, à medida que lançava uma pequena bola de tênis, fazendo-a quicar em pontos angulosos de forma a voltar para sua mão. A cada novo lançamento, o fazia imprimindo mais força que o anterior, na tentativa de expelir seu tédio e frustração, por estar sob penalidade disciplinar.

A simples lembrança deste fato a fez franzir o cenho, era uma afronta que continuassem usando estes métodos ultrapassados. Além do que, na opinião dela, já deveriam ter aprendido. Havia sido submetida a medidas disciplinares por mais vezes do que poderia lembrar; porém continuava a mesma tonta desmiolada. Ralhou consigo mesma.

Trazia a pele branca, marcada com sutis manchas vermelhas. Principalmente na face, nos antebraços e na altura dos ombros, estes, talvez devido à maior exposição ao fogo, estavam ardendo. Os cabelos loiros, outrora longos, agora mal chegavam à altura do queixo. Apresentando em alguns pontos uma descoloração, devido ao contato com a magia de chamas.

Sentando-se na cama, com a bolinha entre as mãos, Eve suspirou ruidosamente. Como adivinharia que havia um depósito clandestino de combustível? Quem poderia supor que ogros seriam tão inteligentes, ao ponto de atraí-la para que atacasse exatamente essa área? Admirou-se ela. Claro que tal ato não deveria ter vindo deles e sim daquele que os comandava. Sacudindo a cabeça como que para espantar os pensamentos, ela se deitou novamente, decidida a não remoer mais a falha no caso.

Lançou novamente o pequeno objeto verde-limão na parede à frente, apanhando-o em seguida. E daí que metade do prédio explodiu? Questionou ela em tom ofendido, ao lembrar-se que sua parceira havia derrubado duas colunas, lutando com os ogros e que em momento algum foi censurada pelo comandante de operações da base. Tudo bem que era um prédio histórico, mas estava abandonado, não estava? Além do mais, em uma cidade gigantesca como o Rio de Janeiro quem notaria um incendiozinho de nada?

Os pensamentos iam e voltavam, vibrando em sua cabeça, fazendo inchar em seu íntimo uma sensação amarga, oscilando entre a culpa de ter falhado na captura do superior dos ogros e a raiva diante da perseguição clara, da qual era alvo.

— Eu impedi a operação dos Ogros! — bradou para a cela vazia, ao mesmo tempo em que lançava mais uma vez a bolinha.

Uma aura flamejante surgiu ao redor do objeto arremessado, tons gradientes de vermelho irromperam engolindo-a, explodindo ao chocar-se com a parede, imprimindo uma mancha acinzentada, com forte odor de queimado. Pedaços voaram pelo espaço reduzido do ambiente, um deles inclusive passou a centímetros do lado esquerdo da face.

— Perfeito, Eve! O que você vai fazer pelas próximas horas? — Falava em tom sarcástico consigo mesma enquanto batia palmas.

Atrás dela o contorno de uma porta materializou-se na parede. Primeiro nada mais que um risco sobre a superfície escura, entretanto pouco a pouco a madeira começou a brotar da pedra fria, à medida que alguém a deslizava para dentro da sala. As fibras da madeira desenhavam-se acompanhando o ritmo no qual a porta era aberta para dentro da pequena sala, todo o processo não durou mais do que alguns instantes. Até que acabou tão repentinamente quanto iniciou, abrindo-se para um corredor iluminado com archotes suspensos.

Na soleira da passagem recém-criada um homem alto a encarava. Trazia uma expressão séria marcando o rosto. Cabelos branquíssimos presos em uma trança, evidenciando o par de orelhas pontudas. Tal característica, mais do que o resto, lhe informou quem era o homem, embora ela nunca tivesse estado tão próxima dele até então. Balon, o meio elfo, considerado oficial modelo.

Eve sabia que por trás daquela aparência plácida e da magreza excessiva, havia um guerreiro. Não podia afirmar ao certo como tinha este conhecimento, todavia bastava olhar para os profundos olhos do mestiço, havia uma certeza neles, uma fúria cega com a qual Eve identificou-se.

Ele utilizava manoplas de couro com tachas e presilhas de metal nos antebraços, bem como grevas nas pernas. A percepção desse fato a fez enrijecer os músculos das costas, numa sensação ruim; indicava que ele havia saído de uma sessão de treinamento, aparentemente às pressas, para ir falar com ela, que estava de "castigo" e não deveria ver ninguém por pelo menos mais doze horas.

— Srta. Evellyn, o comandante solicita a sua presença — informou o homem postando-se do lado da porta, em um claro convite para que ela o acompanhasse. A voz dele saiu grave, como se não fosse muito usada. A jovem sabia que se não fosse a "compreensão universal" que a magia proporcionava, ela não entenderia quase nada.

— Eve... Meu nome é Eve — disse ela entredentes, ao passar do lado dele estralando de leve o pescoço.

A porta pela qual saiu era uma das últimas do portário, visto que alguns passos depois e ela já estava em um extenso corredor. Este dava a impressão de reproduzir-se sozinho em relação ao comprimento. Quanto mais caminhavam mais existia para seguir, os passos de ambos ecoando nas paredes, deixando cada vez mais evidente o denso silêncio entre eles.

Eve olhava de esguelha para o oficial ao seu lado, a pele muito clara e lisa, ausente de pelos além das compridas madeixas brancas. Diante da impaciência crescente em sua mente, ela não conseguiu mais conter-se, iniciou então um fuzilamento de perguntas e comentários desconexos:

— Qual o seu nome mesmo? Você é aquele meio-elfo, né? Ouvi dizer que você usa magia de runas, é verdade? Não quer dizer? Ok, é um direito seu... Eu acho... Hum... Você sabia que os quartos do nada deixam a gente meio tonta? Tem algo relacionado com ser uma dimensão primordial ou sei lá o que...

Agia desta forma na tentativa de fazer seu acompanhante falar algo ou dar alguma pista da situação, visto que desde o momento em que abriu a passagem na cela, ele nem ao menos havia olhado em sua direção. Por fim, dando de ombros e suspirando ruidosamente ela falou:

— Eu desisto... Você realmente não é de falar, não é?

Sua resposta foi um frio olhar de canto e um gelado "humhum" quase inaudível. Nesta altura já subiam os dois lances de escadas que levavam para a sala de operações e reuniões táticas. Todo o percurso tendo transcorrido na companhia de uma nova sessão de perguntas lançadas e não respondidas, alguns muxoxos de impaciência, indo culminar no assobiar de uma melodia, própria dos festejos dançantes das tribos phelinas do oeste.

No ponto mais alto da estrutura ficava o escritório do Comandante de Operações da cidade dos ventos; Alethea, considerada como a mais bela de todas as cidades do mundo mágico. Constituída em cima de uma grande ilha fluvial, cercada de estruturas menores, torres de observação em sua maioria — semelhantes a caniços no rio —, emitiam um som agudamente cantante toda vez que o vento soprava. Não era um "arquipélago" natural, visto que afora a torre central, composta pelo prédio da ordem, as outras partes da cidade despontavam na água, magicamente erguidas por uma combinação equilibrada de magia elementarista e antigas práticas rúnicas.

Eve sabia que estar diante daquela porta não era um bom sinal. Algo estava acontecendo ou já havia acontecido. Por algum motivo ela sentiu um frio no estômago e seu pensamento foi jogado para o paradeiro de sua parceira. O meio-elfo bateu na porta e entrou: as paredes eram decoradas com tapeçarias e quadros; cenas de combates, banquetes, até mesmo algumas representações de lendas do mundo antigo. Tudo organizado para ser muito impactante, cheio de heroísmo; mas que era muito mais brega que qualquer outra coisa. Eve mesmo não sendo muito ligada em tais histórias pôde facilmente reconhecer o que retratavam; os sete Magos Santos, o julgamento das Caídas e o maior painel de todos — a edificação do véu.

Na parede oposta à entrada havia uma estante de madeira clara, com três compridas portas de vidro azulado, dentro da qual os arquivos dos membros da sede estavam guardados. À frente desta estava uma mesa com tampo de vidro vermelho e suporte de madeira em forma de grifo, representando a suposta montaria mítica de Aloor Rhoco, o primeiro Porteiro da história. Sentado em uma postura denotando compenetração estava o comandante Raehgo Graft; lábios franzidos até quase a extinção da boca, e seu característico olhar mordaz, Eve poderia apostar que ele seria capaz de derrubar um touro apenas olhando-o.

Era um homem de estatura mediana, que aparentava algo entre a meia-idade e a eternidade. Havia poucos fios prateados riscando a cabeleira negra. Os olhos repuxados nos cantos evidenciavam a sua descendência oriental, ressaltado ainda mais pelo formato oval da face. Sobre os lábios hiper contraídos, trazia um fino bigode, aparado reto.

Preso à cintura, em uma bainha de couro escuro, estava a arma mágica do comandante. Um sabre de punho e corpo dourados, dotado de uma lâmina que de tão afiada e maleável, era segundo as histórias contadas pelos corredores, praticamente invisível. Eve sabia ainda que em algum lugar — talvez escondida na bota —, estava a segunda arma dele, uma peculiaridade incrível, visto que os humanos "tocados" pela magia possuem ligação com apenas uma arma em toda a sua vida. Alguns membros mais antigos, contemporâneos aos anos em que o comandante estava na linha de frente, afirmavam ser uma espécie de adaga de lâmina tripla, porém Eve ou qualquer outra pessoa que ela conhecia diretamente nunca havia posto os olhos nela.

— Srta. Firewalker... — disse o comandante largando alguns papéis sobre uma pilha à esquerda e fechando a pasta de couro bordô, que estava a sua frente. — Recebi há pouco um relatório inquietante... Sentem-se, por favor — falou ele indicando as duas cadeiras na frente da mesa.

Todavia o oficial que a trouxera até ali não se moveu, apenas esboço um rápido comentário, algo como: "Estou bem assim, senhor, se não se importa..." Eve achou melhor seguir o exemplo, mantendo-se de pé.

O comandante fitou-a em silêncio durante alguns instantes e ela pôde sentir o peso de seu olhar, parecia esquadrinhar sua alma. Sentiu um arrepio descer pela espinha, ao mesmo tempo em que o estômago dava voltas. Ela sabia que era comum sentir-se mal após sair de um quarto do nada, mas não pôde evitar de pensar que residia nessa sensação algo além, quase como uma antecipação de algo ruim.

— Pois bem... Como estava dizendo, notícias inquietantes chegaram até meu conhecimento. Creio que saiba dos muitos desaparecimentos que vêm assolando os membros da comunidade mágica, o que não revelamos é o fato de que a ordem não faz a menor ideia de quem são os responsáveis. Para todos os lados que direcionamos as investigações encontramos um grande monte de "nada". — Neste ponto o comandante se levantou do assento e com a mão sobre o punho do sabre continuou: — Agora essa situação parece estender-se até os membros de nossa ordem. Por mais indisciplinada que a senhorita venha a ser, espero que mantenha o sangue frio para lidar com o ocorrido. — Passando a mão na frente das vestes para alisar uma prega, lançou um olhar de análise para Eve, antes de acrescentar: — Há aproximadamente 36 horas a porteira Khana Verona saiu para uma missão junto a um de nossos recrutas; o senhor Tefrith, visto que a parceira dela estava por cumprir dois dias de reclusão. — Acrescentou ele lançando um olhar terrível a ela. — Nenhum deles retornou até o presente momento, nem tem atendido as chamadas em seu cristal de comunicação.

— Mas... Mas... O que houve? — Gaguejou ela tamanha a perplexidade. Khana estava bem, ela era durona. Nada poderia detê-la, pensava Eve. Contudo em seu interior, num ponto escondido d'alma ela sentiu sua magia ardendo, uma chama de pura raiva, florescendo como um lírio de fogo dizendo que algo não estava certo.

— A agente Verona estava em uma investigação sobre drogas mágicas, um dos nossos "milhões de problemas". Ela deveria encontrar um negociante de informações que estava pronto para entregar o mais novo emergente no ramo das drogas. A conversa seria em uma boate chamada Asnice, costumeiramente frequentada por vampiros. — Essa última palavra mal lhe escapou por entre os dentes trincados. — Suas ordens são para ir até este ambiente, procurar por pistas do paradeiro dos membros da ordem, além de encontrar e convidar para interrogatório o indivíduo que atende pelo nome de Nikolas. O oficial Balon irá acompanhando, para garantir a completa ausência de explosões. — Falando isto o comandante voltou para a cadeira atrás da mesa e tornou a abrir a pasta de couro.

— Sim, senhor! — disse Eve rumando em direção à porta, afagando a flor flamejante que ardia em seu íntimo, porém ao mesmo tempo profundamente assustada; temia o que teria acontecido com sua parceira e o recruta.

Talvez ele pense que Khana está morta e tencione usar o desejo de vingança dela como combustível para pegar este tal de Nikolas, pensou. Ela estava tão absorta que mal ouviu quando Balon falou que a encontraria em trinta minutos no portário.

Apressou-se para sair do prédio central, dirigindo-se para os alojamentos anexos que ficavam em uma das ilhas artificiais. A estrutura da sede da ordem dos Porteiros de Alethea contava com dois estreitos prédios. Juntos eles tinham em torno de sessenta quartos, nos quais residiam os membros da ordem que ainda não possuíam moradia própria. Várias camas estavam vazias e havia muitos aposentos deixados à mercê da poeira.

A ordem já não era a mesma da qual ouvira falar quando começara seus treinamentos como maga elemental. Não chegava a ser uma instituição de tradições vazias, como o conselho formado pelos "novos sete", contudo com o passar dos anos cada vez menos candidatos se dispunham a tornarem-se Porteiros. Afinal era um trabalho muito mais desafiador do que se podia imaginar. Muitos dos habitantes das quatro cidades e das "terras rurais" não possuíam grande fluxo de magia e ao contrário de investir tempo em treinamento, muito mais cômodo era não participar.

Quando chegou à passarela que ligava a saída norte do prédio da ordem ao seu dormitório, Eve parou durante alguns segundos, recostada na balaustrada de mármore cinzento. Os ventos de Alethea fustigando sua face, assanhando os curtíssimos cabelos loiros. Daquele ponto podia ver a principal praça comercial; humanos tocados, magos, mestiços e phelinos andando para todos os lados, fazendo compras, discutindo provavelmente as trivialidades de suas vidas. Ela não sabia exatamente o que lhe acometia, mas era uma espécie de nostalgia, como se todo aquele cenário estivesse para sofrer grandes transformações a qualquer momento.

Sacudiu a cabeça e retomou o seu caminho, evitando um grupo de agentes que a saudou com as costumeiras piadas sobre suas missões ou os tempos de permanência nas salas de castigo. Estirou o dedo do meio para um recruta que ao vê-la anunciou em bom som para que todos tirassem a gasolina do caminho porque "Eve Explodetudowalker" estava chegando.

Normalmente ela entrava de cabeça nas brincadeiras, atacando de volta com palavras ou até mesmo socos, caso o alvo estivesse próximo o bastante. Mas agora ela simplesmente passou, fingiu que não era com ela e continuou decidida para seu quarto.

— Ué... Achei que não a veria até o almoço de amanhã... — falou uma garota sentada em posição de lótus na cama ao lado da janela.

Seu nome era Índigo, uma recruta vinda das terras além dos vales de Zanon, a cidade das flores. Era loira assim como Eve, porém os cabelos possuíam uma tonalidade tão clara que mais pareciam fiapos de luz. Os olhos eram duas grandes esmeraldas, saltando de um lado para o outro. A jovem usava um poncho florido e uma calça legging azul anil.

— Saí mais cedo por bom comportamento... — falou Eve abrindo o baú de roupas humanas e começando a procurar algo para usar que pudesse lhe emprestar os ares de uma humana frequentadora de boates. — Interrompi sua meditação, Índigo? Vou me trocar rápido e já saio.

— Hum... Não, tudo bem... Estava apenas descansando... Repassando mentalmente os exercícios de hoje — disse ela tornando a fechar os olhos e colocando as mãos sobre os joelhos. — Agora eu vou meditar, ouvir o som do vento nas paredes...

Dando de ombros, Eve ignorou a sua colega de quarto e continuou na procura pelo visual correto. Escolheu uma calça jeans clara, uma camiseta branca de mangas comprida, tão justa ao corpo que mais parecia uma segunda pele. Aquela parecia uma boa chance para usar a adorada jaqueta de couro vermelha, completando tudo com uma bota bico fino e salto confortavelmente largo.

Perfeita para chutar uns traseiros! Pensou ao ver sua imagem refletida na magia ilusória que a companheira de quarto criou, visto que apenas o banheiro do primeiro andar possuía espelho. Analisando bem, a garota tinha potencial... Afinal, já fazia umas duas semanas que havia lançado aquela magia e até agora não apresentava qualquer sinal de que estava enfraquecendo. Ficarei de olho nesta doidinha, pensou ela ao sair do quarto.

Quando Eve despontou no recinto chamado portário, a chave de Balon já estava na fechadura de uma das portas. Em todas as sedes da organização havia espaços como esse, onde inúmeras passagens cobriam as paredes. Alguns até mesmo continham alçapões no piso e teto. Tudo construído de forma a facilitar o fluxo de acesso por parte dos agentes e oficiais.

Eve não pôde deixar de notar a constituição peculiar da chave posta na fechadura; aparentemente esculpida em madeira, com precisão até mesmo nas mudanças de coloração, entre o que seria casca e miolo do graveto. O oficial, assim com ela, trazia um comprido cordão no pescoço, no qual devia prender a chave quando não estivesse em uso.

— Podemos ir agora, agente? Ou você gostaria de acrescentar a "não pontualidade" à sua grande lista de predicados? — falou o homem jogando para trás de sua orelha pontuda uma fina mecha de seus cabelos brancos que haviam escapado da prisão da tira de couro.

Em resposta ela apenas adiantou-se para a porta enquanto essa era aberta à costumeira sensação momentânea de dormência, o leve zumbido nos ouvidos e pronto. Já estava na chapelaria da boate, luzes, música e pessoas. Tudo surgindo no ambiente à frente deles, todavia caso voltasse a atenção para trás ainda conseguiria ver o portário, apenas enquanto a chave permanecesse encaixada.

Eve perdeu o foco em poucos instantes, ficando inclusive de costas para a pista. Visto que ao fazer uma observação inicial, acabou vendo uma luminária-lava pouco maior que ela, em vários tons de verde. Ela simplesmente não podia evitar, era quase como uma indução ao estado de hipnose; aquelas massas disformes movendo-se vagarosamente para cima, depois para baixo... Oh, pelos Sete! Está mudando de cor! Ainda estava absorta quando Balon sussurrou em seu ouvido:

— Há dois vampiros no balcão do bar, o alvo, Nikolas, está numa mesa de canto, mais ao fundo, à esquerda, ao lado do que parece ser um segurança. Ele está conversando com uma mulher ruiva... — Neste momento as palavras sumiram e Eve chegou até mesmo a olhar para o oficial, na tentativa de ver por que este se calara subitamente.

Não tendo encontrado qualquer sinal na esfinge de pedra que era a face da Balon, Eve voltou-se imediatamente para o local indicado por seu companheiro. Até que ao ver o riso fingido de Nikolas ela não se conteve e ali mesmo o declarou culpado por qualquer coisa que houvesse acontecido a Khana.

Rumou na direção da mesa, puxando o braço para longe da tentativa quase infantil do oficial de impedi-la e completamente surda para os apelos sibilados deste as suas costas. Tudo o que sentia naquele momento era raiva, latejando em sua mente. Aquele homem tinha algo com o desaparecimento de sua amiga? Este questionamento não obtinha mais espaço nela e sim uma certeza lhe advindo clara.

Não gastou mais do que alguns segundos para atravessar a pista de dança; acotovelando algumas pessoas e principalmente aquecendo a ponta do dedo, queimando levemente as pessoas que ficavam no caminho. Quando estava a pouco mais de doze metros de distância, ela estancou. A mulher ruiva estava de pé, voltada para ela, com uma expressão satisfeita na face. Eve sentiu-se estranha, mais irritada do que em qualquer momento de sua vida. Neste instante ela ouviu o som do estalar de um chicote e para seu espanto os humanos que povoavam a pista de dança, o balcão do bar e até mesmo o espaço próximo à saída, levantaram a cabeça todos de uma vez.

Por um instante todo o ambiente mergulhou numa atmosfera de silêncio, visto que até mesmo a música estancou. Logo em seguida, todos ao mesmo tempo correram em direção a única saída existente. Parecia estouro de boiada, uma manada de humanos furiosos, interpondo-se entre Eve e seu alvo.

Ela viu quando Balon cruzou a multidão ligeiro como uma flecha, adiantando-se em direção à mesa onde estava o informante. Tendo, contudo, o avanço detido pelo segurança careca, que sacou uma pistola.

— Nada que seja da sua conta, cara!

Balon lançou-se sobre o inimigo, derrubando-o por cima de um pequeno conglomerado de pufes num canto da boate. Bateu a mão que segurava a arma na parede e chocou a sua cabeça com a do segurança. Puxou uma lâmina fina, no formato de um espeto, cravando-a no peito do careca.

Eve foi distraída pela multidão que se movia como uma unidade; uma onda de pessoas, guiadas aparentemente por um único pensamento — sair da boate! Além de estar constantemente desviando dos indivíduos, que eram em uma maioria esmagadora, mais altos que os seus exatos um metro e cinquenta e cinco centímetros. Ela perdeu de visão a ruiva e Nikolas.

Eve correu os olhos pelo ambiente, preocupada unicamente em encontrar o informante, não poderia permitir que ele escapasse. Balon estava em uma dança de facas com o segurança careca, de modo que ela não poderia contar com ele. Em meio a toda a confusão ela não percebeu o barman saltando o balcão com uma barra de ferro empunhada, adiantando-se para cima dela.

Tudo foi muito rápido, não havia tempo para uma defesa, mas foi então que para seu espanto o vampiro magro ao balcão foi quem o impediu de atacá-la, quebrando uma garrafa cheia de um líquido translúcido em sua nuca.

Eve voltou-se para o atacante, talvez tenha sido a surpresa diante da proximidade ou então simplesmente não estava mais conseguindo se conter. De qualquer forma ao dar-lhe um soco na altura do estômago, o fez de forma a transferir calor mágico. Ela sabia que vampiros são terrivelmente sensíveis ao fogo, todavia não esperava causar grandes danos, apenas atordoá-lo. Mas ao desferir o golpe o fez com grande quantidade de energia e como agravante havia pouco espaço para expansão da chama, o que gerou uma labareda incrivelmente forte, que envolveu o barman, transformando-o em um borrão.

Primeiro adveio o grito, depois o desespero, o vampiro atingido debatia-se e chocava-se com as paredes. Aparentemente a garrafa que lhe fora quebrada na nuca continha alguma bebida alcoólica, possibilitando dessa forma que o fogo se espalhasse ainda mais rápido e de forma implacável.

A criatura liberava grunhidos, correndo de gatinhas pelo teto, os vários espelhos distorciam e multiplicavam o terrível espetáculo. Uma bola de fogo, carnes retorcidas, caiu agonizante próxima ao palco onde o DJ estivera momentos antes. Nessa altura, vários locais da boate já eram lambidos pelas línguas de fogo, aspergidas pelo barman incendiário. O odor de carne podre e queimada era nauseante. O angustiante som das chamas só era alternado pelo som dos espelhos estalando, cuspindo cacos de vidro na pista de dança.

Balon se aproximou arrastando o segurança pelo colarinho, Eve ao olhar com mais atenção, percebeu que este não estava inconsciente, como ela supôs a princípio, mas, sim, mantido imóvel pela estaca de madeira da espessura de um dedo polegar que se achava cravada no peito.

O único vampiro restante no local apertava o nariz com a mão direita, e com a outra ainda segurava a garrafa quebrada pouco acima do gargalo. Em seu rosto uma expressão assustada brincava, serpenteando seus olhos azuis cinzentos, arregalados corriam inquietos de Eve para o monte disforme próximo ao palco, seguindo para ela novamente.

— Vamos voltar para a sede! — falou Balon mostrando irritação na voz.

— Mas... Mas... Ainda podemos tentar rastrear... — falou Eve esticando-se para olhar por cima do ombro do oficial para a porta atrás dele.

— NÃO! Voltaremos imediatamente, temos muitas coisas a reportar — disse em um tom que retirou qualquer vontade de retrucar. — Além do que você não entende a magnitude do que ocorreu aqui... — falou ele rumando para a porta da chapelaria.

— Você poderia me falar...

— Chega, agente! Aprenda a seguir ordens! — gritou Balon, soltando o segurança no chão e pegando a chave. — Tente terminar uma missão sem incendiar nada!

Eve pensou em retrucar, mas achou que não valeria a pena. Estava tão irritada e frustrada que bem poderia partir para cima do meio-elfo. Sendo assim deu de ombros e voltou-se para o seu ajudante inesperado, informando a este o fato dele ser convocado para prestar depoimento, praticamente ao mesmo tempo em que via pelo canto de olho direito Balon sumir pela porta da chapelaria.

— Sinceramente me vejo forçado a declinar o convite — falou ele com voz anasalada, soltando a garrafa quebrada.

Exprimindo um muxoxo de impaciência Eve postou-se agachada ao lado dos restos do barman e falou:

— Olha aqui, senhor "eu uso palavras difíceis", você está sendo convidado. — Fez um gesto com os dedos ao falar, imitando aspas. — Não me faça ter que falar com meus superiores, e explicar por que usei a força, resultando em um você bem mais "bronzeado"... — Ao que ela se levantou, espanando o ar malcheiroso com a mão em concha. Abriu um grande riso, ao ver o efeito de suas palavras no vampiro e indicou a porta da chapelaria. — Primeiro você.

III

Sidrak

O ar dentro do pequeno cômodo, por estar impregnado de essência mágica, parecia mais denso, formigando ao entrar em contato com a pele. Principalmente nas mãos, local no qual ele estava concentrando toda a atenção da fabricação do artefato. Todo o espaço dentro da oficina vibrava, porém muito sutilmente, como líquido levado ao fogo brando que se aproxima vagarosamente do ponto de ebulição.

O que ao mesmo tempo dificultava o ato de respirar e até mesmo manter-se de pé, visto que o ar parecia mais viscoso, pesando sobre ele, mas também ao redor de seu corpo. O suor empapava nos pelos da face, formando grandes "represas", para em seguida escorrer em grandes veios, fazendo a juba acastanhada parecer mais escura, além de produzir sucessivas manchas nas costas da camisa.

As mãos muito embora estivessem cheias de calos e curativos, seguravam com precisão a ferramenta de corte; um cinzel de ponta afiadíssima. O cabo de madeira muito marcado pelo uso constante. Ele aparava as sobras do metal, enquanto pouco a pouco percorria a superfície, descrevendo arabescos e entalhes. Enchendo a mesa de minúsculas limalhas negras e o torno no qual a carcaça da chave estava presa. Com um pequeno pedaço de esponja vegetal, preso em uma haste de madeira, ele seguia limpando a peça após as incisões decorativas, por vezes soprava quando percebia algum resto de sujidade.

Era um trabalho minucioso, que ele demorara anos para depreender com perfeição. A união precisa entre os vigorosos e disciplinados movimentos de condicionamento mágico, a fim de produzir fonte de magia, com as incisões delicadas do ato de entalhar. Tudo deveria ocorrer de forma a gerar uma ferramenta perfeita; unindo a beleza estética com a funcionalidade mágica, a qual era a princípio o motivo da execução do artefato.

Retirando o objeto produzido do torno, Sidrak segurou a chave próxima aos olhos, elevando-a alguns centímetros, girando-a entre os dedos. E assim ficou por um breve espaço de tempo, analisando... Não pôde deixar de estufar o peito orgulhoso, a precisão das reentrâncias era realmente incrível. Todos os arabescos se conectavam, formando intricados desenhos que percorriam todo o corpo de metal negro, culminando em uma ponta de marfim afiado, assemelhando a ponta da chave com uma presa.

Colocando cuidadosamente o objeto sobre uma flanela macia, ele suspirou aliviado, enquanto espreguiçava-se. Em seguida começou a massagear o antebraço esquerdo; não estava mais em sua antiga forma e embora os fizesse com satisfação, trabalhos como estes exigiam muito dele. Descansaria um pouco antes de terminar esta obra, afinal a parte do "corpo físico" já estava pronta.

Bocejou alto enquanto coçava os tufos de pelos do queixo. Lembrou-se do sonho da noite anterior. Sua esposa estava com ele, ambos jovens! Corriam pelo campo, os cabelos dourados de Katrin esvoaçando, assim como os pelos da juba dele valsando no vento, sem qualquer sinal de fios brancos. As caudas em movimentos fluidos gingavam para os lados, ela até mesmo usou a dela para causar cócegas nele, sempre fazia isto quando estavam sozinhos. Tudo fora tão real... Em vida, sua amada Katrin, sempre tão carinhosa, tão bela...

Em certa altura, rolaram por uma pequena colina, na qual havia um campo de girassóis, cheiro de mato novo e terra úmida. Ela deitou-se indolente, quase ronronando ao observar as nuvens, passando vagarosas sobre eles. Brincava com uma folha de grama, acompanhando os contornos do maxilar dele, até que repentinamente sentou-se, como alguém que acabou de lembrar algo muito importante e falou:

— Faça-me uma chave, meu querido, uma chave banhada em sangue!

— Em sangue? — perguntou ele estranhando, mas logo concordou: — Farei, eu farei...

— Oh, meu querido, tenha cuidado... Há tanta dor vindo... — falou Katrin com a voz embargada. Por alguns instantes o fitou silenciosamente, depois desapareceu, como um dente de leão soprado para longe.

Sidrak acordou com o perfume de jasmim que ela tanto gostava impregnado em seu pelo, no exato local onde ela reclinara a cabeça. Tudo tão real... O sol ofuscando seus olhos, os dentes dela mordiscando sua orelha. Já havia sonhado com chaves antes, inclusive estar aberto aos fatos incomuns do universo é parte importante do ofício de chaveiro. Todavia aquele sonho em especial o havia inspirado, além de encher suas rugas com uma expressão saudosa.

Levantou-se cedo, disposto a executar o pedido recebido em sonho. Foi até o cercado das ovelhas; hoje teria um ensopado com cebolas e cenouras para o almoço, enquanto com o fluido vital do animal abatido esfriaria a chave no processo de forja.

Algumas horas depois contemplando o trabalho quase terminado, refletia a que tipo de Porteiro aquela chave estaria destinada. Seu mestre uma vez lhe dissera: "Não importa a ordem em que venham ao mundo, chave e mestre sempre se encontram."

Foi trazido de volta de seus devaneios pela porta da oficina, que abriu com um ranger rouco, estalando exatamente nas dobradiças que ele diariamente prometia consertar, para logo em seguida esquecer-se. Como sempre repetia; já não era tão jovem. Claro que poderia pedir ao seu aprendiz; rapaz prestimoso e talentoso, mas, ao mesmo tempo, muito entusiasmado, de forma que acabaria por derrubar a porta antes de resolver o problema.

Lucky entrou com uma moringa de barro na mão. Era um jovem alto para sua idade, com olhos muito vivos e um riso fácil. Sidrak nem podia acreditar que já fazia 16 anos desde aquela noite...

— Trouxe um refresco, velhote — falou enquanto tentava expiar o que o phelino estava fazendo. — Você tem trabalhado direto desde cedo... — Agora olhando para o balde ao lado da mesa de trabalho, cheio de um espesso líquido avermelhado.

— Obrigado, moleque... Sidrak pôs a mão na nuca do garoto e o sacudiu de leve. — Vamos lá para fora, aqui está muito quente — disse pegando a jarra do meio da bandeja e indicando a porta com a cabeça, já muito marcada de fios esbranquiçados.

A cabana era um pequeno edifício, composto por quatro cômodos; os quartos, que nada mais eram do que celas estreitas, munidas com uma cama ou no caso do phelino uma rede, além de alguns outros móveis: cadeiras, e um baú para guardar roupas e pertences variados. A oficina era o maior de todos os ambientes, embora fornecesse de forma constante a impressão de estar abarrotada. Isso devido à grande quantidade de instrumentos, armários, mesas de trabalho e até mesmo matéria-prima para a fabricação das chaves. O centro da pequena casa era um vão que abrangia cozinha e um espaço de leitura, que consistia em uma mesa pequena entre duas poltronas.

Sem qualquer dúvida, o alpendre de madeira ao redor da casa era a parte mais ampla, não apenas por sua dimensão, mas também porque de lá podiam ver a extensão dos campos de trigo. A forma como os raios de sol brilhavam dourados nos caniços amarelados, lembravam a Sidrak os cabelos de sua esposa. Olhando com mais atenção os trigais, podia-se perceber que estes estavam dobrando ao sabor do vento, carregados de grãos, logo teriam mais uma colheita.

Sentou-se em uma cadeira de balanço, acendeu o cachimbo, tragando gostosamente enquanto ouvia Lucky contar como havia praticado as posições de concentração, bebericando o suco refrescante. O velho embora não deixasse transparecer, se preocupava gravemente cada vez que o garoto falava de seu treinamento para o ofício de chaveiro; quem sabe o que pode acontecer a alguém como ele? Era a pergunta que badalava em sua cabeça.

O garoto sorridente continuava alheio aos pensamentos do mestre, descrevendo como ele estava ansioso por fazer sua primeira chave, a insegurança que sentia em relação à escolha de materiais, bem como se estaria preparado para a inserção mágica, visto que Sidrak nunca o treinara para tal. Afinal, tudo que o velho phelino havia feito era mostrar as posições sem, contudo, realizar a parte final. Então em uma enxurrada de palavras, que nada mais era que uma fuga do assunto, ele contou como havia descoberto uma cachoeira próxima, escondida em uma caverna na base das montanhas ao fundo da casa. E como para sua felicidade, havia encontrado com um pequeno grupo de jovens caçadores, provavelmente de sua idade, que o aceitaram como a um igual e logo todos já estavam brincando entre si, como não mais que garotos.

— ...E então eu pulei de uma rocha direto no lago... — falou ele de pé ao lado da cadeira de balanço, com um grande riso em sua face morena.

Sidrak neste ponto quase se engasgou, ouvia o relato apenas com metade de sua atenção, mas ao perceber que o garoto havia estado com outros ele foi acordado de seus devaneios.

— Quantas vezes eu lhe disse para não tirar suas roupas? Muito menos o turbante? — vociferou ele, com os pelos da juba ouriçados, os caninos ainda afiados, brilhando à luz do sol.

Surpreso com sua própria explosão Sidrak viu o garoto fechar a cara amuado, embora estivesse arrependido da forma como falou, não o sentia pelo que dissera. Já não era mais uma criança de colo, ele teria que aprender que era diferente e que isto lhe trazia certas limitações.

Por alguns segundos tudo permaneceu em suspensão, Lucky o olhou muito assustado, gaguejando algo sobre não ter feito isto na presença dos outros. Mas então encheu-se de fúria, uma expressão fechada encobriu-lhe a face. Ele deu as costas ao mestre e entrou, sumindo na penumbra abafada da cabana.

Pobre garoto, pensou ele suspirando. O que devo fazer? Todos os traços hominídeos dele e sem nenhuma forma de magia só o fazem destoar mais ainda. Refletia ele enquanto esvaziava o cachimbo batendo-o levemente na perna da cadeira. O que um "aposentado" chaveiro phelino faria com alguém como ele como aprendiz?

Tornou a encher o recipiente bojudo do cachimbo, acendendo-o logo em seguida com uma pequena pederneira rúnica, que tecnicamente era uma versão mágica do isqueiro humano. Puxou duas ou três vezes e o fogo já queimava lentamente o tabaco perfumado. Balançava-se novamente enquanto olhava para as nuvens, falou então para si mesmo: Querida Katrin, o que eu faço? Por que você foi antes de mim?

Permaneceu silencioso, apenas tragando e soltando a fumaça em grandes baforadas no ar ao seu redor. O cano longo e fino do objeto era esculpido em quartzo translúcido, permitindo assim observar a fumaça subir espiralada até a piteira de osso de búfalo.

Muito embora sua aparência externa fosse de grande imobilidade, por dentro sua mente corria solta, saltando sobre as pradarias do tempo. As lembranças daquela noite foram chegando sorrateiras, caindo em seu colo como flocos de neve, sedimentando-se. E quando ele pôde perceber já estava vivenciando um diálogo de muitos anos atrás...

— *Mas eu fiz a chave que pediu! Você disse que me daria a cura!*

— *Claro que disse! Honro sempre com minha palavra — falou Mefistófelis parando de dedilhar seu bandolim e levantando a mão direita. — Mas sejamos sinceros, você tem que observar o seguinte fato; foi você quem não cumpriu com sua parte do trato em primeiro lugar... Eu quero expandir meus horizontes, entende, velhote? E não retroceder se é que me entende... Mas parece que a vida é assim; ovos são quebrados para se fazer gemada — disse ele dando uma risadinha aguda, desaparecendo no ar com um leve clique.*

Maldito sejas! Pensou Sidrak dando um rosnado para suas lembranças, afugentando-as. Perdera sua esposa naquela noite, mas ganhara o garoto. Ele não tinha culpa, não pediu pelo que aconteceu. Foi apenas um destes acontecimentos estranhos que Faraxi coloca diante de todos, dos quais nem sempre se tem uma explicação.

Sidrak retornou por fim de seus devaneios. Ao longe o sol começava o círculo de declínio em direção ao horizonte.

— Logo será tarde demais até mesmo para um almoço tardio... Lucky é apenas jovem demais, inocente demais... Sei que ele tem que aprender, tem que entender... Todavia não preciso ser tão duro com ele

— resmungou ele pondo o peso do corpo para frente a fim de frear o movimento da cadeira.

Suspirando resignado, levantou-se com esforço. As juntas doíam e o trabalho com a chave havia deixado seus dedos trêmulos. Nada que um bom ensopado não pudesse recuperar, isto e uma caneca de um bom vinho. Talvez eu deva dar ao rapaz alguns goles, pensou. Com um riso de cumplicidade chamou o rapaz:

— Lucky! Lucky venha cá! O que acha de comemos e depois iniciar a escolha do material para sua primeira chave? Não seja tão teimoso... O que pretende? Passar o resto da vida sem falar comigo? — perguntou ele batendo na madeira grosseira.

Devido às pancadas a porta abriu e ele estancou paralisado na soleira da porta. O que encontrou foi uma cama vazia e o baú de roupas escancarado. O vento soprava forte, entrando através da janela aberta, trazendo uma sensação de agudo temor.

O primeiro pensamento foi de ir atrás dele, mas nem bem caminhou do quarto do garoto até o alpendre, seu joelho esquerdo rangeu reclamando. Por melhor que fosse em rastreio o garoto também era bom, afinal ele o havia ensinado, além do que ele tinha a mocidade a favor. Deu a volta pela casa na esperança de tudo não passar de uma brincadeira, o tipo de inocência tola que nos permitimos experimentar apenas quando estamos mais desesperados.

Tudo o que encontrou foi a vastidão dos campos, depois o bosque e as montanhas mais ao longe. O garoto partira, finalmente ele partira... Sidrak sempre soube que tal momento uma hora chegaria, entretanto não esperava que fosse agora. Era ainda tão cedo, ele nem ao menos sabia a verdade...

IV

Zenith

Era uma rua estreita, de tal forma que por vezes tinha-se a impressão de que os andares mais altos das construções se inclinavam uns sobre os outros. Não diferia em quase nada das várias outras ruelas situadas nos arredores do mercado público de Enuewm. Todas pareciam nascer dentro do imenso prédio quadrado, o ganha-pão dos mais diversos tipos de mercadores e comerciantes, para então construir um intricado padrão de becos e vielas que seguiam em diversas direções, como se o mercado e as suas inúmeras barracas fossem o centro de um grandioso sistema solar. Essa impressão era intensificada devido às cores dos tijolos aparentes; vermelhos e amarelos.

Nessa rua em específico ficava um conjunto de vários edifícios de fachada pequena. Em uma análise mais aprofundada, era possível perceber que se tratava de um grande sobrado, este dividido de qualquer jeito, assumindo então a aparência de um aglomerado irregular de blocos de pedras. As cores das fachadas variavam dos mais sóbrios tons de azul até os berrantes alaranjados, muitas vezes mudando radicalmente de um andar para outro. Acontece que havia uma multidão de indivíduos diferentes, partilhando ou não dos aspectos culturais. Estes variavam de phelinos recém-chegados na grande cidade, saindo de suas tribos em busca de um trabalho de guarda na capital da magia, até mesmo meio-ogros, criaturas tolas e odiadas, mas uma fonte de músculos que não podia ser ignorada. Assim acabavam exercendo em sua maioria a profissão de carregadores do mercado. Havia ainda viajantes procurando por uma moradia relativamente confortável por um bom preço.

Todavia em nenhuma destas categorias ele se enquadrava. Na verdade exceto os apelidos maldosos, que o perseguiam em todos os lugares da pequena vila onde crescera, nunca houve de sua parte ou de outrem alguma tentativa de classificação. Ele sempre fora mantido à parte, deixado sozinho para conviver com sua estranheza. Tudo sempre seguia desta forma até que atingiu a idade base para ir até a capital, tentar algum emprego na ordem e finalmente ter uma categoria. Pesquisador de História da Magia, profissional pago pela ordem dos Porteiros!

Mas as coisas não estavam correndo de acordo com o esperado; o requisito mínimo para a obtenção do cargo, e consequente a ajuda de custo por parte da Ordem dos Porteiros, era a apresentação de provas irrefutáveis de suas pesquisas. Ou ainda, indícios bastante atraentes, para que houvesse interesse em investigar determinado fato histórico. Havia ainda a possibilidade de tentar algo em relação aos "Novos Sete". Afinal eles estavam sempre dispostos a apoiar pesquisas ligadas aos sete Magos Santos originais, porém apresentavam uma lista de exigências, até mesmo mais rigorosa que os Porteiros. Dessa forma em nenhuma das duas instituições ele conseguiu realizar seu desejo de criança.

Sua rotina consistia em realizar algumas traduções, principalmente de escrita rúnica, o que gerava a sua maior fonte de sustento. Fora essa atividade, Zenith era uma figura introvertida, vagando pelos corredores existentes entre as barracas do mercado, comprando livros e pergaminhos. Por vezes nestes passeios ele encontrava com um esguio gato negro que com um tempo passou a recebê-lo com um brilho de reconhecimento nos olhos amarelos, miando cobiçoso quando o jovem mago se aproximava, trazendo porções de peixe. A fim de conseguir estabelecer comunicação até certo nível, ele fez uso de sua telepatia, fazendo-o se aproximar ao ponto de, em determinado dia, o animal receber a alcunha de "Torrão" e ser levado para morar no prédio de fachadas coloridas.

Recentemente Zenith havia conseguido um raro compêndio de lendas. Tenha sido por sorte de sua parte ou então por má informação por parte do vendedor, o livro em questão possuía um preço absurdamente baixo em relação ao estado de conservação. O jovem correu então para casa, onde nem bem entrou, já estava ativando o sistema de segurança — cuidado nunca é demais. Serviu-se de uma caneca de chá de dente-de-leão e rumou para a mesa de estudos; madeira clara, com aparência gasta, repleta de arranhões nas pernas. Estava abarrotada de livros. Algumas das pilhas eram instáveis, ameaçavam a todo momento cair sobre o tapete gasto.

Zenith folheava o exemplar particularmente grosso. Sorvendo às vezes o cheiro empoeirado que se desprendia das páginas, amareladas e borradas pela ação do tempo, umidade, desleixo. Não conseguia explicar ao certo, mas ele se sentia empolgado, tinha em suas mãos "As crônicas dos tempos antigos", de Angelina Von Morello, apontada como a "herdeira" de Arthuro, no que se referia à exatidão como historiadora. Era um compêndio bastante raro, falando principalmente sobre "Os magos santos", "As fadas caídas" e toda uma sorte de lendas que se confundiam com a realidade.

Ao ler sobre estes personagens míticos, ele sentia-se forte, talvez devido à paixão que sentia pela história da magia. Sempre fora um garoto mirrado, de saúde frágil, tendo sido vitimado por todo tipo de moléstia. Passou grande parte de sua infância na cama, assim não estava disponível para brincar com os outros de sua idade, nunca conseguira fazer amizades. A única companhia nessa época era a magia em suas várias facetas; praticá-la ou estudar sobre a história.

Tal situação não se modificou em grande escala, afinal a maior mudança era a presença de Torrão, o gato negro, que já não era tão esguio como quando começara a morar com ele. Passavam horas juntos, Zenith lendo e o gato ronronando sobre seu colo.

Os dois amigos se achavam em sua posição costumeira. À direita deles, sobre a mesa, havia um candelabro com três grandes velas de sebo. Debaixo deste, junto à base, uma xícara de chá, bem como um caderno de capa de couro. Zenith estava vergado para frente sobre a mesa, tamanha era a sua excitação. Empurrava os óculos para cima em intervalos regulares, em um gesto tão maquinalmente repetido que nem chegava a perceber a execução.

O silêncio no ambiente escorria denso e subdividido em partes variadas; aquele que habitava o espaço entre um livro e outro, aquele que provinha de Zenith e de toda sua postura compenetrada. Havia ainda o silêncio suave, entre as orelhas de Torrão, que enrodilhado sobre as pernas de seu dono, dormia profundamente. Contudo, existia ainda um silêncio mais sutil, uma sensação afiada tomando conta das sombras. Mesmo ele não percebendo este de forma consciente, Zenith sentiu uma pontada de angústia, levantando a cabeça duas ou três vezes para voltar em seguida a ler, depois de percorrer com os olhos a pequena sala-quarto.

A quietude ao redor deles era tamanha que ambos se assustaram quando a xícara de chá caiu da beirada da mesa, na qual o jovem mago colocou de qualquer jeito, devido à excitação da descoberta. Por alguns instantes ele era um poderoso mago historiador, partindo para uma escavação. Já podia antever a grande imensidão vermelha a sua frente, o sol refulgindo nas ruínas. Torrão sobre seus joelhos, miando preguiçosamente. Haveria algum resquício de magia naquela cidade que fora uma das maiores do passado? Perguntava-se ele enquanto se levantava, sem dar por perceber os miados de reclamação do gato, que fora jogado de surpresa para fora do colo.

Rindo ele tomou Torrão nos braços, valsando e girando à medida que cantava para os livros, para si mesmo:

— Eu sei, EU SEI! Sei onde fica o templo da terra! Você acredita amiguinho? Eu decifrei o enigma! Seremos famosos, Torrão! — falou lançando o gato para cima e apanhando-o logo em seguida com Telecinese. — Quem poderia imaginar, encontrar o anagrama que me levaria para a fama por uma bagatela!

O gato reclamava em miados agudos, enquanto se debatia suspenso no ar; batendo as patas como faria dentro d'água, mas Zenith podia sentir que ele estava se divertindo. Sentindo-se tonto ele se deixou cair, junto com o animal, sobre o tapete velho, porém ainda felpudo, que imitava a pele de um urso braseiro. Ficou então deitado, Torrão brincando de morder a ponta dos seus dedos, enquanto ele imaginava encontrar relíquias. Via a si mesmo desvendando os segredos de um templo antigo, que em sua imaginação era parecido com as câmaras subterrâneas das pirâmides humanas, talvez porque estas tivessem sido construídas com magia de magos elementais.

Caminhava com uma tocha na mão esquerda e o livro na outra. Seguia pelos corredores escuros, úmidos, talvez até mal assombrados. Sentou-se com o coração acelerado, não tão certo quanto a explorar ruínas e tumbas, repletas de armadilhas e maldições.

— Olha, Torrão, não sei se gostaria de ser tão famoso assim, sabe? — falou ele, já rindo quando o gato miou assustado.

Foi ao fitar os grandes olhos amarelos que Zenith sentiu medo em seu companheiro, muito medo inundando a mente primária do animal. Logo em seguida ele saltou do colo do dono, cauda em riste e os pelos armados. A boca escancarada exibia as presas muito pontiagudas, ao passo que emitia um silvado baixo. O dorso dele estava vergado para cima e ele fitava ameaçador a porta do cômodo.

— Ei, calma, calma meu querid... — Estancou no meio da frase quando um assobio alto, do tipo que escaparia do bico de uma chaleira, invadiu o ambiente. Por trás das lentes, os olhos verde-claros injetados de terror. A mão trêmula tentava agarrar o gato, enquanto sussurrava para si mesmo, na tentativa de convencer-se da realidade: — Alguém está tentando invadir... que vamos fazer?

Havia começado a lançar um feitiço rúnico de proteção em seu apartamento há algumas semanas quando a onda de desaparecimentos iniciou. Mesmo sem confirmação oficial da ordem dos Porteiros, boatos corriam por todas as quatro cidades, principalmente em Enuewm. Uma verdadeira febre de talismãs, poções de proteção e até mesmos feitiços rúnicos pré-fabricados alastrou o mercado. Tudo era válido, afinal não havia um padrão nos desaparecimentos, muito menos qualquer pista a respeito do que ou quem estivesse por trás da situação.

Um leve som de madeira estalando revelou que a porta estava sendo forçada. Torrão recuou alguns passos miando rouco e com as costas arqueadas. Foi quando algo muito rápido o atingiu no focinho. Fazendo o animal exprimir um miado de dor, além de ser lançado no ar, aterrissando meio metro distante do dono. Zenith respirou fundo, rangendo os dentes, enquanto tentava liberar a mente das tensões e do medo e tentava realizar uma sondagem mental da área, porém, tal ação exigia controle.

Ele atingiu êxito na primeira tentativa, contudo rapidamente retornou com uma resposta aterradora: Nada! Não havia nenhum ser vivo, fora os dois, em todo espaço da casa. Nada forçava as portas ou janelas, muito embora o apito baixo do feitiço-alarme continuasse. O que havia era uma grande presença mágica, uma força desconhecida, vibrando energia; sabia então que tudo aquilo era produto de alguma espécie de feitiço. Ele recuou em direção à mesa, sentindo suas pernas pesadas tal qual chumbo e o coração acelerado em seu peito.

Por um curto espaço de tempo, exatamente após a magia telepática, nada aconteceu, todavia a tensão no ambiente era gigantesca. Zenith pensava se valeria o risco de abrir a porta da sala-quarto e sair em disparada para o banheiro, afinal lá ele havia instalado uma proteção extra. Contudo a ausência de qualquer acontecimento o deixava confuso, ele não conseguia decidir se a ameaça era real ou alguma anormalidade mágica.

Foi então que novamente a madeira rangeu. Dessa vez, porém, algumas pequenas lascas voaram sobre o chão. Para ele ver que elevando-se rapidamente da fresta embaixo da porta, surgiu um braço negro achatado e feito de sombras, com dedos afiados tais quais facas. O membro disforme se movia impulsionado pela mão e agarrou-se à beirada do tapete arrastando mais de si para dentro. Uma coisa que parecia com uma lesma negra postou-se de forma vertical, para depois abrir-se em várias partes menores, nas mais diversas direções. O que há um segundo era apenas um, agora estava subdividido em centenas. Pois cada estrutura maior se multiplicava em outras mais.

O ataque veio abrupto e só não acertou o alvo em cheio devido a onda telecinética que ele lançou em contrapartida, essa saindo dele quase que automaticamente. Porém a força do choque o lançou voando por sobre a mesa e derrubou os livros pelo caminho, fazendo-o sangrar na altura do ombro direito ao aterrissar sobre os cacos da xícara de chá. Deste momento em diante mal houve um instante para respirar; dois grandes tentáculos lançaram-se ao ataque. Centenas de dedos agitando-

-se freneticamente, picotando o ar, como se várias tesouras estivessem dançando juntas.

Sem tempo de se levantar, Zenith agarrou com a mente a mesa, esforçando-se para suspendê-la no ar para logo em seguida lançar sobre o atacante, com o maior impulso possível para suas habilidades. Um terceiro tentáculo, negro como os outros, porém muito mais robusto, atingiu a mesa no meio, partindo-a em inúmeros pedaços, quebrando inclusive a janela que ficava atrás do garoto.

Zenith rolou para o lado, gritando de dor ao forçar o ombro cortado. Neste momento percebeu estar muito mais ferido do que imaginara. O sangue jorrou encharcando a camisa, a parte da omoplata fisgava como se estivessem abrindo-lhe o ferimento. Entretanto havia ido para longe da chuva de madeira e vidro, ao mesmo tempo em que lançava uma nova onda telecinética, mesmo sabendo que não teria grande utilidade; visto que o fez a esmo.

Sua forma de magia, o "Éther", concedia-lhe poderes telepáticos e psiônicos, contudo, sua mente nunca foi "agressiva". Para tal as sondagens mentais eram o seu forte, muito embora as sombras estivessem agindo de forma a parecerem vivas, elas não possuíam uma mente na qual ele pudesse agir. Assim, suas chances de conseguir equilibrar ficavam cada vez menores; ele estava ferido, enquanto o inimigo, fosse o que fosse, parecia estar intacto.

Foram apenas alguns segundos o tempo que ele gastou pensando em como atacaria, mas foi o bastante para ser duramente afligido pelo inimigo. Primeiro sua perna direita foi atingida na altura da coxa; perfurada por um tentáculo em formato espiralado que se abriu em várias garras ao penetrar no músculo. Ambas as mãos, de forma simultânea, tiveram as palmas atravessadas por hastes sombrias, agudas como agulhas.

Um grito profundo saiu arranhando a garganta, a dor que ele sentia era lancinante, com tamanha intensidade que Zenith mal podia manter os olhos abertos. Saindo de trás da pilha de livros, visivelmente atordoado, Torrão tentou atacar, mas ao investir sobre a massa sombria, foi chicoteado novamente para longe, batendo no parapeito da janela.

Como já ocorrera outras vezes entre eles, Zenith pôde sentir os pensamentos simplórios do animal; ele queria protegê-lo, mas ao mesmo tempo havia um medo instintivo, que dizia para manter-se afastado, fugir dali imediatamente! Era como se ele estivesse vendo algo além, um mal ou força que o mago não era capaz de observar. Em suas pesquisas, ele havia encontrado várias referências a animais, que "cruzavam" o caminho da magia, além de afirmações que certos animais possuíam uma sensibilidade extra, quase como uma precognição primitiva. "Os gatos mais que outros animais, possuem uma relação intimista com a magia, eles mantêm um olho em cada mundo."

Talvez isto pudesse ajudá-lo; fazer uso desta predisposição natural poderia significar a sua sobrevivência, supôs ele. Diante disto, sem pensar uma segunda vez, sobre o que estava se propondo a fazer nem mesmo se conseguiria, ele estendeu a mente, expandindo sua consciência até à do seu amigo animal. Por um segundo este tremeu violentamente, rejeitando-o. Mas logo ele foi reconhecido e por fim o mimetismo das mentes foi permitido.

O mundo simplesmente era outro, os sons, os cheiros, a percepção individual de cada coisa, tudo estava completamente diferente. Ele agora via pelos olhos de seu companheiro peludo e por mais absurdo que tal coisa pudesse parecer, ele não se sentia temoroso, apenas um pouco desconfortável.

Cada centímetro do corpo sombrio que pulsava a sua frente estava tomado por uma mistura de ódio, dor e escuridão. Como se tais elementos partilhassem de uma união primária com a magia, a fim de fomentar o prodígio das sombras a agirem como se estivessem vivas. A massa negra e disforme a sua frente assumia um aspecto de profundidade, ao ponto que parecia ser possível engolir um raio de sol, triturando-o entre as presas geladas, sem deixar qualquer vestígio de luminosidade.

Torrão agora parecia mais confortável diante da situação e Zenith sentiu-o recuar para um canto periférico, liberando maior espaço para a conexão entre eles. Não havia agora razão para desistir, afinal ele havia conseguido estender sua magia até um ponto nunca antes imaginado. Decidiu então prosseguir, forçando ainda mais seu poder telepático. Afinal caso encontrasse algum traço de ondas mentais atravessando o corpo da criatura, ele poderia interromper o controle mágico. Tentava ao máximo ignorar a destruição à qual o seu corpo era submetido. Avançando mais ainda, com a sondagem que fazia do que seria o centro energético, ele encontrou um "espectro", pairando sutil, quase imperceptível como uma impressão digital. Zenith viu um rosto e o rosto o viu. Neste momento as perfurações em seu corpo pulsaram, uma vez que a pressão nelas aumentou. Ele havia passado dos limites, havia espiado dentro da arca do tempo e agora sabia ao menos uma parte da verdade, porém desconhecia os motivos!

O sangue fluía ligeiro para fora de seu corpo, uma escolha delineava--se à frente; deixar-se morrer ou lutar para viver. Todavia ele que sempre achara mais fácil não escolher, não agir contra, simplesmente aceitar o que lhe era imposto, agora não poderia se permitir morrer. Pois isso significaria conivência com toda a destruição que estava por vir, afinal aquela sombra e o rosto espectral por trás dela não parariam agora... Zenith sentira a gana assassina.

Não! Ele não morreria, não ali, retalhado em um quartinho minúsculo e sujo, sem ter feito nada de especial com a vida recebida dos deuses. Por algum motivo desconhecido ele havia sido considerado um alvo ou uma ameaça. Ele desconhecia a razão para tal, mas não deixaria que o objetivo central daquela coisa — e de seu mestre —, fosse alcançado.

Esticou mais ainda a mente, como se estivesse puxando uma faixa de tecido. Sentiu as "fibras" atingindo o limite da elasticidade, estreitando a conexão. Desconhecia precedente para o que tencionava fazer, mas o que é um corpo se não um envoltório para a verdadeira magia? Um simples receptáculo que possibilita à centelha divina ações intangíveis...

Então, no primeiro ato verdadeiramente corajoso de toda sua vida, ele rompeu o fio que costurava juntos mente e corpo; este sendo devastado pela massa disforme de sombras. Por um instante sentiu-se mergulhar em um grande lago gelado, milhares de agulhas perfurando-lhe o corpo sutil. Ele temeu não conseguir terminar o caminho, mas não havia possibilidade de retorno...

Após uma sacudida geral, como que para acostumar-se com a nova condição, ele saltou para o parapeito da janela. As patas macias sobre a poeira do vidro partido, o brilho das luzes próximas refletindo fosco em seu pelo negro.

Deu uma última olhada para o corpo estendido sem vida no chão, imóvel, deitado em uma poça de sangue, abandonado ao silêncio e à quietude sepulcral, essa tendo inundado o ambiente, no momento em que as sombras fluíram novamente por debaixo da porta. Mergulhou por fim para a noite, saltando pelos telhados da cidade, já não era mais o gato Torrão e sim Zenith.

V

Bárbara

"Assassino da Marreta ataca novamente.

O Departamento de Polícia se nega a prestar qualquer comentário, mas até agora já são doze mortes confirmadas por toda região, além de vários casos de desaparecimentos. Vale ressaltar que podem fazer parte dessa onda de mortes. O caso deste assassino em série ganhou este apelido devido à forma de espancamento brutal às quais as vítimas, sempre do sexo feminino, são submetidas. Sendo em sua maioria encontradas com partes do corpo esmagadas..."

Ela simplesmente não conseguia acreditar! Tudo aquilo não passava de uma grande desculpa para as manchetes sensacionalistas. Fechou bruscamente o jornal, para em seguida amassá-lo em formato esférico e o lançar na lixeira de metal que ficava na lateral de umas das colunas de sustentação, bem em frente a sua mesa de trabalho. Errou por alguns centímetros, o que a fez levantar reclamando.

— Horóscopo ruim, Mackenze? — falou entre risos o colega na mesa ao lado, enquanto levantava da cadeira, arrumando alguns papéis em uma pasta cor de caramelo.

Ela o olhou estreitando os olhos amendoados, não falou nada a princípio, pois sabia muito bem o que todos queriam; vê-la perder o pouco controle que estava conseguindo manter. Sendo assim ela achou melhor forçar um riso amarelo, à medida que recolhia e comprimia mais o jornal. Aproximou-se do companheiro de trabalho e falou ao colocar a bola de papel em cima dos relatórios que ele terminava de recolher:

— Um dia eu lhe mostro o que fazer com o horóscopo e todas as suas piadinhas.

— Urah! Calminha, moça... O Marreta está te pressionando é? Se desejar posso te ajudar a aliviar a pressão — falou ele entre risos levantando as pastas e fazendo o jornal amassado escorregar para dentro da lixeira.

— Nem se fôssemos as últimas pessoas da terra. — Rosnou ela quando se sentou, girando a cadeira de forma a ficar com as costas voltadas para ele. — Sinceramente prefiro a morte lenta, até porque, só de olhar para você pelado eu pegaria gonorreia.

Uma pena que não posso atirar, pensou Bárbara novamente em sua mesa. Odiava esse tipo de comportamento que ultimamente estava se alastrando. Muitos no departamento a pressionavam; gracinhas a acompanhavam, não apenas pelos corredores, mas por toda parte dentro do departamento de homicídios.

Afinal ela era filha de uma "lenda", ao menos era assim que descreviam o pai. Somado a este fato, havia ainda as altas expectativas que ela própria fabricara. Afinal ela conseguira manter por todo o período da escola de cadetes as melhores notas nos exercícios táticos. Era a policial modelo, sem qualquer medida disciplinar, e a detetive mais jovem. Esperavam muito dela, o sargento estava pressionando dia e noite, nunca era o bastante, sempre faltava algo.

Agora com esse caso em suas mãos, ganhara a chance de finalmente atingir o respeito que tanto almejava. Todavia o Marreta parecia um fantasma, ninguém aparecia com qualquer pista, era como se ele não pudesse ser visto. Apenas achavam os corpos esmagados e destroçados debaixo de pontes, largados por toda a cidade. Droga! Alguém com tanta fúria primitiva, para atacar dessa forma, deveria ser descuidado, mas não, o cretino é um fodido de uma alma penada! Pensou ela dando um pequeno soco na porta de acesso ao telhado.

Havia subido até o topo do prédio, gostava de fumar lá em cima, as coisas sempre assumiam um aspecto distante, e ela esquecia ou fingia esquecer que os minutos corriam, levando as horas pelas mãos. E que em algum lugar daquela cidade uma moça poderia estar sendo destroçada por um louco incrivelmente forte.

Há pelo menos dois meses, Bárbara lia, relia, lia mais uma vez os relatórios do legista, tentando cruzar as informações, achar algum padrão. Buscava por algo que ainda não havia pensado. Já estava para descer, e pegar a terceira caneca de café, quando resolveu ir para casa. Levaria tudo com ela, podia até antever a cena; ela em sua cama, as fotos dos corpos e suas partes esmigalhadas, as pastas empilhadas. Passaria toda a noite olhando aqueles relatórios insanos de respingos de sangue, que lhe diriam o mesmo dado absurdo: O assassino tem entre 2,5 e 3 metros...

Quando voltou, encontrou o departamento praticamente vazio, apenas a equipe de limpeza e ela. Juntou os arquivos que levaria, jogando dentro de uma caixa de papelão cinzento, pegou a mochila de couro marrom que estava pendurada no espaldar de sua cadeira e seguiu para a saída, procurando no caminho o isqueiro, o cigarro já acomodado nos lábios sem batom, esperando ansioso pela chama.

Uma noite fria a esperava no estacionamento, com poucas estrelas e uma lua escondida por entre as nuvens. Os braços magros arrepiando-se diante do contato do vento com a pele nua, visto que havia tirado a jaqueta. O frio lhe passava a sensação de acolhimento, trazia-lhe paz, algo que ela estava necessitando em grande quantidade.

Jogou a caixa e a bolsa no banco do passageiro, enquanto ligava o rádio à procura de uma estação, no estilo *rock old school*. Olhou a si mesma no retrovisor; havia um grosso par de olheiras debaixo de seus olhos. O cabelo negro parecia sem vida, caindo morto em grandes cachos sobre seus ombros. Eu não sou assim, nunca me deixei abater, então não posso permitir que um caso difícil me destrua!

Seguiu batucando no volante, cantando junto algumas partes, procurava entreter-se a fim de riscar de sua mente, ao menos por algumas horas, que ela dispunha apenas de uma semana para pegar o Marreta, antes que o caso fosse tirado de suas mãos, o que significaria assinar sua falta de capacidade.

Já dirigia há vinte minutos quando foi pega de surpresa ao perceber que não estava no caminho para casa, mas, sim, próximo à antiga estação ferroviária. Uma região siderúrgica, que ficava num caminho oposto ao que desejava trilhar. Não sabia ao certo como chegara até ali, diminuindo a velocidade ela começou a vasculhar por algum retorno ou entrada para a autovia. Amaldiçoando, entre resmungos, sua constante falta de habilidade para utilizar o GPS.

À direita vagões abandonados enferrujavam amontoados, um cemitério de trens obsoletos, invadido por sem-tetos, animais, lixo... Onde a ferrugem reinava! Aqui e ali algumas fogueiras acesas dentro de tonéis serviam para iluminar e espantar o frio. De dentro do carro ela podia ouvir algumas vozes alteradas, possivelmente pelo consumo de bebidas.

Uma sensação inquietante lhe acometeu, como se estivesse sendo observada. Droga! Que droga! Pensava ela mordendo o lábio de forma apreensiva, já havia espiado duas vezes por sobre o ombro. Algo a incomodava, sentia o estômago pesado, parecia ter comido a torta de carne de seu pai, argh! Fique calma, merda! Não tem motivo para estar assim, esse caso está te esgotando, mas você resolve ele garota, você consegue, voc... Ahhh! O que foi isso? Perguntou ela ao mesmo tempo em que se assustava ao perceber como sua voz estava esganiçada. Automaticamente ela freou o Impala vermelho, produzindo riscos com os pneus no calçamento cinzento bem a tempo de ouvir um segundo estrondo, muito mais forte que o anterior. Parecia uma grande rocha atingindo outra maior ainda. Pela visão periférica ela viu uma porta de ferro ser lançada alguns metros longe do vagão e um rapaz voando alguns metros até um monte de entulho.

Instintivamente Bárbara levou a mão esquerda ao coldre de sua pistola, suas têmporas pulsavam e mil agulhas pareciam furar seu abdômen. Porém ela nem teve tempo de sair do carro, o rapaz levantou espanando a roupa com uma das mãos; parecia completamente ileso. Ela reparou que ele empunhava algo parecido com um grande martelo. Tal objeto, mais do que qualquer outra coisa, a fez sair do carro. Todavia algo estava errado, o rapaz era alto, Bárbara avaliou algo próximo a um metro e noventa, porém não era o bastante, não de acordo com os relatórios.

— Você é durão, cara... — Ela o ouviu falar, porém agachada como estava, não conseguia ver com quem ele falava.

Será que eles juntos são o "Marreta"? Por que ela nunca pensara na possibilidade de um cúmplice? Afinal isto poderia explicar muita coisa; dividindo os trabalhos, eles poderiam desovar os corpos e limpar as pistas. Mas por qual motivo estavam brigando? Mil coisas passavam ao mesmo tempo em sua mente, enquanto ela tentava ordenar os pensamentos. Como deveria agir? Pensou em pedir reforços... Mas não poderia arriscar voltar para o carro e a droga do celular estava na bolsa! Neste meio-tempo os dois poderiam vê-la e fugir. Merda! Estou sozinha...

Correu os olhos pelo ambiente, procurando algum ponto de entrada no cemitério de trens. Percebeu um rombo na cerca, mais à frente, pelo qual poderia passar, aproveitando que os dois discutiam, para surpreendê-los pela lateral. Antes de qualquer movimento por parte dela, ouviu um novo estrondo, desta vez acompanhado por algo próximo a um rugido e um gorgolejante; como se muitos litros d'água estivessem caindo. Que merda está acontecendo? Pensou.

— KYLE? Você está bem? — gritou uma voz feminina.

— Tô ótimo... Tenha cuidado, Tessa, melhor não se aproximar... Tem algo diferente... A pele dele é mais dura que o normal.

Uma vítima ou outra cúmplice? Perguntava-se ela enquanto apertava firmemente o cabo da pistola em sua mão. Será que todo este tempo olhei para o lado errado? Ao invés de um assassino em série, todas estas mortes podem ser fruto de algum culto louco ou algo assim? Pele dura? Do que podem estar falando? Pensava movendo-se agachada e finalmente passando através do buraco na cerca enferrujada.

Ainda de forma furtiva circulou um monte de escombros, saindo atrás de um tonel amassado. Estava pronta para dar voz de prisão quando sentiu sua espinha congelar, seu íntimo deu voltas e na cabeça uma voz falava: "você só pode ter batido a cabeça, está inconsciente, está sonhando... ISTO NÃO PODE SER REAL!"

Cerca de sete metros a separavam do trio mais inusitado sobre o qual ela pôs os olhos em toda sua vida. O jovem que vira ser arremessado usava uma justa regata que um dia havia sido de cor clara, contudo agora possuía um tom terroso, do tipo que é adquirido quando se rola sobre lama seca, chafurdando-se em poeira. Seus braços musculosos estavam cheios de pequenas escoriações e suor. Segurava com ambas as mãos um martelo de cabo e corpo prateado, aparentando grande robustez de material. Havia também alguns desenhos em vermelho — um tipo de material que ela não conseguiu identificar —, mas que parecia com fogo líquido.

Ao lado dele, um pouco mais próxima da posição de Bárbara, estava uma garota de cabelos negros, curtos na linha do queixo, que de tão escuros refletiam a luz em tom azulado. Usava uma jaqueta jeans desbotada, com as mangas puxadas até a altura dos cotovelos, de seus braços saíam estruturas próximas a tentáculos, essas constituídas de uma grossa coluna de água.

Bem em frente à Bárbara, estava uma espécie de criatura — ela não conseguia achar outra palavra para caracterizá-lo. O avaliou como possuindo cerca de dois metros e quarenta, com uma pele cinzenta de aspecto marmorizado. As órbitas eram encovadas, afundadas nos ossos da face, no lugar dos olhos havia apenas um globo negro, opaco como um pedaço de carvão. Não tinha cabelos e exceto uma bermuda puída até quase o esfacelamento, estava completamente nu. Manchas de sangue seco cobriam várias partes de seu corpo, algumas até mesmo na dobra do pescoço. Não existia espaço para dúvidas, a sua frente estava o culpado por todas as mortes, mas ainda precisava descobrir qual o papel dos outros dois.

A policial vasculhou o ambiente, sedenta por maiores informações que pudessem ajudá-la. Aos pés do assassino havia um corpo deitado de costas para o chão, as pernas estavam voltadas para trás em um ângulo estranho. Era uma moça ruiva, o braço direito pendendo lateralmente, preso ao corpo por alguns últimos tendões, uma parte do crânio amassada; era possível ver o agudo tom branco dos ossos partidos.

Bárbara não conseguiu conter-se, o jorro de vômito veio forte, fazendo-a dobrar-se por sobre o latão à frente. O som do líquido ecoando no metal fez com que os três voltassem a atenção para ela. O ser cinzento soltou um urro rouco, movendo a boca em um trejeito que acrescentou uma expressão sádica à assassina já existente. Uma língua enegrecida, tal qual carne putrefata, lambeu os lábios da criatura quando ele girou o corpo completamente para a policial.

O rapaz careca e a garota postaram-se no meio, impedindo o avanço daquele gigantesco ser. A criatura então soltou um berro rouco, muito parecido com um rosnado alto. Então partiu uma robusta barra de ferro de um vagão às suas costas. Voltou o braço para trás, dando um meio-giro em seu tronco, como um tosco boneco de corda, que recebeu novo impulso. Para logo em seguida lançar a barra na direção de Bárbara.

Reaja! Se mexa! Faça alguma coisa, porcaria! Pensava ela ao ver tudo ocorrer de forma lenta. Suas pernas tremiam e todo o corpo estava estático. Por alguns segundos observou a cena de forma distante, como se ela fosse outro alguém, flutuando alguns metros acima. Atire! Atire, droga! Foi quando ela percebeu que não conseguiria, estava paralisada. Resolveu, por fim, abaixar-se, mas seu corpo não obedecia, fez força e nada. Sentia apenas um grande formigamento por todo seu corpo.

— ABAIXE! — gritou ela, mas já era tarde demais...

O tubo parou a menos de dois centímetros, marcas de ferrugem tingiam o outrora prateado. A ponta irregular formada pelo rompimento do metal parecia fazer cócegas no ar a sua frente, a crosta laranja amontoava-se sobre a superfície como um fungo áspero, em reprodução veloz, soltando poeira ao toque do vento.

O pulmão vibrou levemente e só então ela percebeu que estava com a respiração presa. Bárbara piscou algumas vezes para certificar-se, segurando o cano arremessado estava um belo cisne, com o pescoço longilíneo, constituído por uma água escura, quase terrosa. Todo o corpo irrompendo de uma poça situada mais à frente. A barra caiu produzindo um ressoar agudo quando a ave se dissolveu; a água escorrendo novamente para o chão.

A moça de cabelos negros respirava forte, os tentáculos líquidos que cobriam ambos os braços sumiram. Seus ombros subiam e desciam ritmados com o arfar profundo de seu corpo cansado.

— Boa pegada, Tessa! Essa passou perto... Deixe-o comigo, descanse um pouco, afinal você já o cercou duas vezes e você, dona policial, saia daqui! — falou o rapaz correndo com o martelo levantado.

Para a surpresa de Bárbara ele movia-se de forma bastante ágil, para quem estava segurando algo que chegaria próximo dos trinta quilos, ao menos, pelo tamanho. A criatura cinzenta levantou o corpo da mulher, arremessando-a na direção dele; tal tática não conseguiu conter o avanço do rapaz, pois ele girou para a direita, deixando o corpo passar por ele.

Aproveitou o movimento de giro para bater em um pedregulho com o martelo, atirando-o na direção da criatura. Ao mesmo tempo em que saltava golpeando com um movimento de cima para baixo, mirando o flanco esquerdo. Desta forma, ao parar o projétil, o inimigo abriu a guarda para a forte pancada, que o fez deslocar-se quase um metro para trás e soltar um grande urro de dor. Visto que ao absorver todo o impacto do golpe a clavícula não suportou, partindo-se em uma fratura exposta, que incapacitou seu braço esquerdo.

O corpo da mulher assumira o aspecto de um fantoche, do qual se romperam os fios. Estava caído inerte sobre o monte de entulho que Bárbara havia circulado. A pele agora mais que antes, estava suja de poeira, sangue e uma clara marca da gigantesca mão da criatura, impressa em lama na altura da panturrilha. Bárbara experimentou novamente a sensação de sonho, a surrealidade da situação a fazia querer gritar e beliscar-se ao mesmo tempo. É um pesadelo, só pode ser... Nada disto é real, não pode ser real! Pensou ela dobrando o corpo para frente, as mãos espalmadas sobre as coxas, respirava fundo, tentando suprimir o formigamento que lhe inundava.

De muito longe lhe chegavam os sons da briga que ocorria às suas costas, por algum motivo a criatura não parecia importar-se com a dor de seu corpo, parecia motivado apenas a continuar destruindo, esmagando. Não iria descansar até ver todo o mundo transformado em cinzas e cadáveres.

— MALDITOOOO... — gritou ela, sentindo as cordas vocais tensionadas.

Por um instante pareceu que em algum lugar do universo alguém havia apertado um gigantesco botão de *pause*, pois ela via separadamente cada partícula da nuvem de poeira, que subia a cada golpe trocado entre homem e criatura. Cada minúsculo som era perceptível, até mesmo o palpitar dos corações presentes. Seus olhos estavam injetados, seu sangue circulava pelo corpo de forma mais rápida, o enjoo, as dores, o medo... Tudo havia sumido, não existia nada além da certeza de que ela acabaria com aquela aberração.

Em seu íntimo surgiu uma centelha, uma fagulha, uma vela acesa no seio daquela escuridão feroz. Era como uma voz sem som... Sem saber o motivo ela levantou o braço; viu surgir uma arma em sua mão. Automaticamente olhou para a mão esquerda e constatou que ainda segurava sua ar... Mas aquela não era sua arma, era diferente. Outra pistola? De onde surgiu? Eram duas! Que por sua vez estavam cruzadas, uma sobre a outra, ambas apontadas para a criatura. Agora não existia dúvida, nem hesitação.

— Que o fogo do inferno o abrace!

O tiro soou igual um trovão no meio de um céu escuro, depois outro e mais outro, todos os três cravados certeiros na altura do peito. A criatura cinzenta caiu primeiro sobre os joelhos, para depois despencar para frente, sangue enegrecido escorrendo de sua boca criando uma poça cor de petróleo. Uma expressão curiosa tomou o lugar de toda a raiva anterior.

O vento assobiou nos seus ouvidos e então o botão foi acionado novamente, tudo voltou à velocidade normal. Bárbara entontecida pendeu, sendo amparada pela moça de cabelos curtos. Sua visão estava um pouco turva e ela pensou ter visto algo deslizar do corpo da criatura, uma fumaça densa, como o gás que sai do escapamento de um carro velho, penetrando na terra.

O rapaz do martelo e a moça a olhavam surpresos. Havia até mesmo uma expressão de divertimento na face dele, ao contrário de Bárbara, que sentia sua face contraída, os músculos do cenho tensos e franzidos. A boca seca, assim como a garganta, que ardia reclamando desesperadamente por um pouco de água.

— Uau! Isso foi demais! — falou ele quando a moça a sentou encostada em um dos vagões.

O rapaz prendeu às costas o instrumento de ataque, Bárbara apenas neste momento notou duas chaves cruzadas tatuadas na parte interna do bíceps dele. Ele vasculhou os bolsos da calça, retirando um cantil com uma cobertura de couro.

— Tome um pouco, vai ajudar, a propósito, me chamo Kyle e aquela ali é a Tessa — falou entregando a bebida de forte odor.

— Como...? Quem...? O que foi tudo isto? — perguntou ela antes de servir-se de um grande gole da bebida ofertada. — Ahhh! Essa é forte! O que tem aqui? Urina de cavalo com álcool?

Rindo ele sentou-se ao seu lado, pegando o cantil e bebendo um grande gole, exprimindo um estalar de satisfação com a língua.

— Whisky com açúcar escuro e algumas ervas — disse o rapaz, tomando outro gole, após Tessa recusar.

Bárbara só então percebeu que embora o sotaque do rapaz fosse acentuado, assim como o da moça, ela os compreendia perfeitamente. Aquela era só a cereja no topo do *sundae* da estranheza.

— Tessa?... — chamou ele, fazendo um gesto indicativo para a policial. — Acho melhor avisar a base, vai ser necessária uma equipe de limpeza... Precisamos ver tudo isso aqui... Essa droga toda está bem estranha — falou ele entredentes, apontando para Bárbara em uma tentativa de ser discreto. Então remexeu no bolsa da calça por alguns instantes e acrescentou:

— Ahhh! Olha que droga, o cristal está lascado! — Jogou longe uma esfera de vidro. Ao perceber que a policial o observava, deu um sorriso encorajador.

A moça havia retirado sua jaqueta e coberto o rosto do cadáver sobre o monte de entulho. Voltou-se novamente para o corpo, observando-o com uma expressão triste no rosto. Bárbara só então percebeu um bracelete que havia no braço direito dela; pendurado a ele uma espécie de chave, parecia ser toda feita de cristal, gelo, ou até mesmo vidro. Dentro um líquido balançava livre quando a moça se movia.

— Ela nem chegou a saber o que estava acontecendo... Pobrezinha... — falou indicando o corpo com uma inclinação de cabeça. — De qual base você é? Por que não nos ajudou logo? Não foi o seu primeiro trabalho, não é? Porque se foi, alguém vai se dar muito mal tendo deixado uma novata agir sozinha — falou sentando-se ao lado dela, servindo-se também de um gole da forte bebida.

— Do que vocês estão falando? — perguntou Bárbara tentando levantar-se. — Preciso chamar reforço, trazer uma equipe para analisar esse local, ele é o Marreta, não é? — perguntou ela, decidida a não dar importância aos acontecimentos estranhos.

Kyle e Tessa se entreolharam:

— Aceita um? — disse Kyle tragando um cigarro aceso a pouco.

— Na verdade um cigarro seria perfeito agora — falou Bárbara.

— Você está se fazendo de desentendida ou é realmente uma não entendia? Ele era um espectro... — Parou um instante olhando para a expressão vazia da policial e então falou: — Oh, pelos deuses! Não foi o seu despertar, afinal você tem armas! Não pode ser tão... Mas como? Olhe isto, Kyle... As pistolas sumiram, ela não tem controle... — Então a garota se interrompeu, olhou para Bárbara por alguns instantes, com uma expressão de compreensão na face. — Você invocou armas sem uma cerimônia de ligação... Você já ouviu algo assim? — Ao que ela levantou para deter Bárbara que seguia em direção ao carro: — Não chame ninguém, vamos tratar de tudo para que as coisas fiquem mais "normais". — Ela andava rápido ao lado da policial, tentando detê-la. — Tenha calma! Antes de qualquer coisa você tem que saber que é um ser mágico, nós e ele também — disse indicando a criatura com um menear de cabeça. — Também somos "policiais" de certo modo, trabalhamos para garantir que coisas como essas não ocorram. Alguns como eu são magos, outros como o Kyle aqui, é um humano que pode ver a verdade. Você também é, claro, ou então nem teria conseguido nos ver agindo. Só não entendo como conseguiu derrubar um espectro, eles são incrivelmente resistentes, gostaria de estudar sua arma, se permitir, é claro — acrescentou ao perceber a expressão fechada da policial.

Só pode ser brincadeira, será que é algum tipo de piada infame? Algum 'reality show' estranho? Oh droga, me digam que tudo é uma armação, pensou ela correndo os olhos pelo ambiente...

VI

Michel

Ele já havia escutado inúmeras histórias a respeito dos Porteiros; sobre as bases de operações repletas de magias, as salas cheias de portas através das quais se podia acessar todo o mundo, as chaves, emblema da ordem e que carregavam um incrível poder. Todavia o que se sabia, com certeza, sobre os Porteiros, era o fato de que não era possível precisar até onde ia a realidade e onde começavam as lendas.

Porém Michel nunca havia imaginado que um dia viajaria até um destes locais, tampouco que experimentaria todo o desconforto existente neste processo. Fosse devido à sensação incômoda de locomover-se utilizando as misteriosas chaves ou ainda por ser um vampiro em um ambiente claramente hostil aos de sua espécie. Já que no passado, os vampiros, juntamente com outros seres, formaram um grupo conhecido como "Caçadores de Liz", contra os Porteiros. Outro ponto desagradável para ele era a imensa profusão de cheiros, parecia que meio mundo havia se esfregado naquele local. O que de certa forma, não estava tão longe da realidade.

Após usar a entrada da chapelaria, saíram em um amplo espaço de paredes brancas, ao menos o pouco que era possível ver, visto que havia mais portas do que se poderia contar em uma olhada rápida. Michel ficou muito surpreso ao perceber a existência de alçapões e escotilhas no teto. Ainda estava em suas reflexões quando ouviu o homem de cabelos brancos informar que falaria com alguém do comando, mandando então a loira baixinha levá-lo para o que lhe pareceu uma cela ou sala de espera, já que o nome "quarto do nada" não lhe pareceu revelar muita coisa.

Não seria sensato da parte dele deixar transparecer o receio de estar naquele ambiente. Afinal as coisas poderiam facilmente descambar para os mal-entendidos, sendo assim deveria agir o mais social possível. Enquanto pensava no que falar, parte dele também estava se maldizendo por ter participado da luta, poderia ter simplesmente ignorado o fato de que a mulher de suas visões entrara na boate, afinal ela era uma porteira, saberia muito bem lidar com a situação. Se tivesse dado as costas agora estaria a caminho do refúgio. Um "se" pode mudar tudo, pensou ele rabugento.

— Então aqui é onde você trabalha? — perguntou ele para a loira ao seu lado, decidindo-se, por fim, em começar por uma interação mais simples.

— Tecnicamente aqui é só o local para onde voltamos e de onde partimos — falou ela fechando a porta atrás deles, depois que conseguiu fazer o segurança careca, ainda desacordado, passar pela porta na frente dela.

— Hum... Entendo, para onde vamos agora? Uma sala de espera ou já prestarei meu depoimento? — perguntou Michel ainda tentando manter a postura desenvolta.

Ela o olhou com uma expressão envergonhada, enquanto tornava a abrir a porta, lançando o corpo inconsciente do segurança, fechando-a logo em seguida. Mal pronunciou as palavras, ao falar com Michel:

— O caminho é por ali... — Indicou com o queixo a mesma porta pela qual chegaram no espaço repleto de portas.

A mulher que ele agora sabia chamar-se Eve, encaixou na fechadura a chave que trazia em uma longa corrente no pescoço. Revelando uma pequena sala, sem janelas, com uma fonte de luz que parecia emanar do próprio teto. Não havia outro móvel exceto um pequeno catre, sobre o qual largou o segurança e tornou a fechar a porta. Olhando para Michel ela falou:

— Não é nada pessoal, mas ordens são ordens. Agradeço por você ter me ajudado e tal... Mas tipo... — Neste momento ela desviou o rosto e fez um breve meneio de cabeça, indicando a porta novamente aberta.

Michel em primeiro momento achou estranho o comportamento da porteira; por qual motivo ela o estava deixando ir embora? Perguntou ele a si mesmo. Mas ao olhar para dentro do espaço entendeu — não era o mesmo, muito embora fosse basicamente idêntico ao anterior. Com inclusive a mesma ausência de odor; parecia que nada nem ninguém havia estado ali antes, era um espaço virgem e foi exatamente esta sensação de primitivo que o amedrontou mais do que qualquer coisa até então. Os tempos em que a ordem dos Porteiros era temida pela sua postura contra criaturas da noite não eram tão distantes para que ele os houvesse esquecido. Ele sabia que não adiantaria discutir, afinal havia transposto uma porta pela qual não poderia voltar, real e figurativamente. Pensar isso fez o canto da boca subir num arco, uma das mais puras ironias ao qual teve contato até então. Além do fato de que, caso ele manifestasse alguma reação de resistência a loira poderia usar magia e ele não gostaria de terminar como o barman. Mesmo não partilhando completamente da deficiência dos vampiros para com o fogo, o melhor seria não arriscar.

Pensando assim, entrou na sala e para seu espanto a porta ao ser fechada fundiu-se com a parede, criando um encaixe tão perfeito que caso não estivesse prestando atenção, nunca poderia dizer qual era o local exato. Voltou-se para os lados e constatou; estava em uma caixa de pedra fria e escura, sem porta, janela, apenas ele.

Não sabia ao certo o que esperar quando tornassem para lhe buscar, partindo do princípio de que alguém viria. Até onde sabia, ninguém exceto os dois Porteiros e o segurança paralisado com a estaca, tinham conhecimento que ele havia sido trazido para a ordem. Michel achou melhor tentar relaxar, avaliar a situação de forma fria. Afinal não poderia sucumbir ao lado pessimista de sua mente lhe dizendo que ele seria deixado ali para primeiro enlouquecer de fome e depois ir definhando por séculos.

O pensamento de que não poderia ser culpado de nada começou a se repetir em sua mente. Na verdade, havia até ajudado uma agente. Não precisaria informar por qual motivo estava na boate, mesmo porque, ninguém além do incinerado barman sabia que ele queria falar com Nikolas. Tudo o que poderia fazer agora era esperar e enquanto isto repassaria a história que contaria...

Estava deitado na cama, a cabeça descansando sobre as mãos cruzadas, quando ouviu o primeiro trovão. Inicialmente adveio distante, depois ficou mais e mais forte. Uma tempestade aproximava-se, ele saltou, pondo-se de pé num único e fluido movimento. Os olhos grudados onde estavam as pedras do teto alguns instantes antes; nuvens cinza-chumbo aglomeravam-se em uma espécie de redemoinho. Relâmpagos riscavam o céu, cruzando a espiral de vento. Era uma verdadeira tormenta nascendo dentro da pequena sala.

Tudo não durou tempo o bastante para que ele chegasse a sentir medo. Em questão de segundos não havia mais nada. Piscara os olhos e tudo sumiu, o cheiro dos íons em desequilíbrio elétrico, os ventos que fustigavam a face e até mesmo as precoces gotículas de chuva, absolutamente nada restara. Ele ainda olhava abismado para cima, quando o contorno de uma porta se desenhou na parede a sua frente, revelando uma garota de aproximadamente dezesseis anos, cabelos compridos passando da linha da cintura, finíssimos e negros, do tipo que se move ao menor sinal de brisa. Seus olhos eram repuxados nas pontas, evidenciados ainda mais por uma maquiagem escura — pareciam maiores, muito expressivos. Porém de longe o ponto mais chamativo eram os pequenos lábios. Embora houvesse um riso aparentemente caloroso, Michel conseguia sentir que era uma máscara, atrás da qual havia uma expressão distante, fria, até mesmo cruel.

Michel chegou até mesmo a recuar um passo, quando o perfume dela lhe adveio; rosas, outros aromas florais e um sutil odor de morte. A essência acre da putrefação a circulava em uma escala sutil, porém ainda bastante perceptiva. Ele se perguntava quando já havia sentido aquele mesmo odor...

— Boa tarde, Sr. Aires... Eu me chamo Sammya, vim buscá-lo para seu depoimento — falou ela abrindo ainda mais o riso, talvez na tentativa de parecer mais simpática. Todavia, para Michel o efeito foi o contrário. Uma antipatia gratuita surgira desde o primeiro contato, intensificando-se pelo fato de que ela utilizou o sobrenome de seus pais humanos. Como podem ter obtido tal informação? Questionou-se ele, sem deixar de surpreender-se, afinal faziam pelo menos vinte anos.

— Já faz tanto tempo... — sussurrou ao atravessar a porta.

A garota sorridente seguia na frente, com Michel logo atrás. Ladeando-o, dois guardas phelinos, portando a foice e a cimitarra, emblemas da guarda oficial. A presença dessa raça deixou Michel inquieto, afinal exceto alguns raros casos, os phelinos compunham a guarda do Setor Judicial. Algo lhe dizia que não estava a caminho de um simples depoimento, mesmo por que, qual a necessidade de guardas?

Quando as pedras escuras começaram a dar lugar a pequenos tijolos de tons variantes, indo do amarelo queimado ao vermelho sangue coagulado, várias portas surgiram, compostas com vidraças translúcidas, possibilitando a visualização de algumas salas para reunião, escritórios, salas de audiência e até mesmo bibliotecas privativas. Michel percebeu eles não estavam a caminho de uma sala qualquer, visto que a comitiva continuou seguindo pelo corredor, na direção de uma porta sobre a qual estava o letreiro: "Conselho de Sentença".

Ao entrar na sala, deparou-se com uma imensa rosácea composta por duas partes de mármore cinzento. Esculpida de forma a retratar raios solares, saídos de um centro de vidro colorido, no qual estava gravada a imagem de alguém de aparência bastante solene, até mesmo severa. Esse indivíduo estava montado sobre um grifo, numa das mãos levantadas a figura trazia um halo luminoso. Correndo os olhos pelos presentes, ele recebeu certo alento ao detectar a presença da mulher loira e do oficial. Visto que tudo aquilo parecia muito sério, ao menos os dois poderiam confirmar a versão dele.

— Ótimo, podemos finalmente começar — falou o homem de feições simpáticas, sentado de frente para a porta. Indicou uma cadeira no centro de um semicírculo, voltado para uma tribuna repleta de lugares vazios. — Espero conseguir mais informações do que as obtidas com seu antecessor. Ele se sentou nesta mesma cadeira, mas apenas contou mentiras... Não fará isso, não é mesmo, Sr. Aires?

A garota de cabelos negros rumou para a ponta esquerda do júri; bem à frente de Michel. Sentou-se muito empertigada, com uma pequena máquina de escrever à frente; o modelo era composto por um teclado conectado a uma tábua de quartzo, sobre o qual havia pontas metálicas reluzentes. A tecnologia de transmissão e preservação de dados ao cristal não era nenhuma novidade, alguns inclusive recebiam a mesma inscrição com finalidade de criarem uma ponte de comunicação entre si. Contudo não supôs que suas palavras poderiam ser tão importantes ao ponto de serem preservadas por algo assim. A garota juntou as mãos, cruzando-as em um movimento para a frente e estalou os dedos.

O homem sentado à mesa apresentou-se como Allan Dupon, membro da promotoria mágica. Atualmente exercendo sozinho a função de coleta de informação e repasse de vereditos, enquanto os promotores aposentados não eram substituídos. Ele possuía um porte robusto, complementado com ombros largos. Porém era baixo para a sua corpulência. Michel o avaliou como tendo algo em torno de um metro e sessenta. Os olhos e cabelos do promotor eram de um tom próximo ao castanho escuro antigo. Trajava uma calça branca e camisa cinza, encimados por uma túnica em tom terroso, os canos das botas chegavam facilmente até a altura dos joelhos. Um par de luvas estava ao seu lado, assim como uma capa de viagem dotada de um forro de pele para o capuz. O promotor pegou uma pasta de couro bordô, abriu-a e leu em voz baixa, já sem qualquer expressão agradável:

— Michel, Michel Aires, nascido em 13 de setembro de 1976, às 23h na pitoresca cidade de Évora. Tendo como mãe, Andressa P. Aires, atacada quando estava em sua trigésima segunda semana de gravidez. O ataque foi ministrado por um vampiro indeterminado, até o presente momento, tendo ocorrido na noite de 12 de setembro do mesmo ano. O pai, Jossef P. Aires, cuidou da referida criança até os 17 anos, quando então o senhor fugiu de casa. O fato culminante para sua tal ação foi atacar um membro da vizinhança devido à "fome". Um histórico bem trágico, Sr. Aires — comentou o promotor, levantando a cabeça da pasta e olhando diretamente para Michel. — Acredito que tal situação, agregada a sua condição híbrida tem feito maravilhas para a sua vida nômade, não é mesmo? — perguntou ele em tom irônico, sem no entanto, abrir espaço para que Michel respondesse. — Algo mais que gostaria de acrescentar? Uma confissão talvez? — Ao pronunciar a última frase, fechou a pasta e aproximou-se de Michel.

— Não, senhor... — respondeu ele reticente, olhando para os lados, como que esperando receber alguma indicação do que estava por acontecer.

— Não? Nem mesmo sua relação com o senhor Blansec? Considerado o maior traficante de *"ash"* da atualidade na Holanda, devo acrescentar — falou o homem alterando levemente a voz.

Michel sentiu o mundo girar mais rápido ao seu redor, ash? Era esse o grande negócio de Adrian? Ele sabia que seu atual mecenas possuía algumas operações escusas, porém supunha ser algo ligado ao contrabando de artefatos. Ash? Você chegou tão baixo assim, Adrian? Cinzas de seus irmãos de espécie, Adrian? Este era um mercado muitíssimo lucrativo, principalmente entre os humanos, sempre sedentos por uma nova "onda". Mas de longe essa era a droga mais perigosa conhecida no mundo mágico. Falava-se de um efeito incrivelmente prazeroso na primeira dose, no qual o usuário se sentia aberto ao universo, todos os sentidos fervilhando, o desejo sexual elevado ao limite. Porém logo as doses precisavam ser cada vez maiores, a fim de que a "onda" inicial retornasse, até que em pouco tempo não havia nada da antiga criatura, exceto um rabisco descarnado do que fora um dia.

— Não tenho conhecimento das operações do Adrian, minha relação com ele era estritamente a de patrocínio — falou Michel lambendo os lábios; a ansiedade fervia dentro dele. — Sobre o ash eu não posso ajudar em nada, senhor promotor, mas afirmo que se pudesse o faria, afinal é uma abominação... — disse ele sem precisar fingir surpresa.

— Infelizmente não creio que podemos confiar em suas palavras, afinal você vive atualmente em uma das propriedades dele, sendo mantido pelo dinheiro acumulado dentre outras atividades com a venda de ash, e estava na mesma boate que um de seus sócios, o atualmente foragido Nikolas Werner — falou olhando para a agente Eve por alguns segundos, para logo em seguida continuar: — Diante disto o senhor acha mesmo que devemos acreditar em sua completa inocência? Veja, Sr. Aires, não peço muito, apenas o local do esconderijo de Blansec e o sócio, posso lhe oferecer uma pena muitíssimo branda.

Michel estava para responder quando sentiu em seu íntimo um roncar baixo, era a fome. Ele já percebera o ronronar rouco do seu instinto primordial, desde quando este começara a insinuar-se, mostrando de forma sorrateira os dentes de sua besta interna. Porém tentara evitar prestar mais atenção que o estritamente necessário, visto que em situações de estresse essa parecia ganhar mais força. Ele sabia que devia controlar-se, afinal não poderia ter um ataque, não ali. "A mente domina o corpo, até os demônios internos são seus escravos", recitou o mantra há muito apreendido, respirou fundo e continuou:

— Estava procurando pelo Adrian, fazia alguns dias que ele não entrava em contato. Eu queria mostrar uma nova composição, lembrei que ele comentou o nome daquele local então resolvi arriscar um passeio — falou medindo as palavras, pesando-as cuidadosamente. — Sobre a acusação de envolvimento, me declaro inocente — disse dando de ombros e liberando um risinho nervoso.

— Então devemos acreditar que ter sido encontrado lá foi apenas coincidência? Além de nos fiarmos na sua palavra, pretende nos apresentar outra prova de que não conhecia o senhor Werner, nem as transações com seu amigo? — Acrescentou um trejeito de lábios ao fim de sua fala, em claro sinal de descrença.

— Ele nos ajudou! Atacou o barman que vinha para cima de mim. — Intrometeu-se Eve, dando um passo à frente.

— Li o relatório, Srtª Firewalker, caso não saiba comportar-se, vou garantir para que saia daqui direto para uma nova temporada em um quarto do nada. Não me tome por um coração mole, o aviso vale para o senhor também — falou voltando-se novamente para Michel: — EU QUERO A VERDADE! — Esbravejou ele, pondo as mãos espalmadas nos braços da cadeira em que o vampiro estava sentado.

Michel não pôde deixar de sentir certa simpatia pela porteira loira, afora o seu jeito avoado, ela estava tentando ajudá-lo. O que era preocupante, denotava que sua situação poderia ser pior do que supunha. Questionou-se sobre o segurança de Nikolas, ele também havia sido trazido; poderia ter dito algo comprometedor? Michel não conhecia Nikolas, nem sabia dos negócios dele e de Adrian, mas nunca se sabe o que pode escapar da boca de alguém para se ver livre.

— Sim, senhor, foi apenas uma infeliz coincidência — falou tentando sorrir de um jeito despreocupado. Afinal não poderia demonstrar receio, ou o partiriam em três.

— Ok, então me diga onde está Blansec? — falou o promotor cerrando os punhos.

— Desculpe, mas não sei, senhor — disse ele dando de ombros, na tentativa de um gesto mais jovial.

Contudo foi interpretado como insubordinação por parte de seu inquisidor, que dando um soco significativamente mais forte na mesa e aproximando-se de Michel falou:

— Então quem sabe mais algumas horas em um quarto do nada possam fazer com que se torne mais cooperativo ou mais faminto — acrescentou com um riso cruel.

Michel sentiu-se afundar em um lago gelado, a demora para ser interrogado havia sido planejada. Um truque bastante comum, usado até mesmo pelos humanos. Tirar proveito do corpo e mente cansados do prisioneiro.

Antes de qualquer reação dos presentes, as portas da sala foram abertas, para o espanto do promotor. Michel sentiu um forte aroma; notas de sândalo e outros tons amadeirados. Ele voltou-se imediatamente, pois havia qualquer coisa indizível que o fez querer ver quem adentrava o recinto.

O som do salto alto, batendo no piso de madeira trançada, produzia um forte eco que vibrava "claques" surdos pela sala inteira. Era uma phelina vestindo um tailleur Chanel, branco com acabamentos em preto, unhas e lábios pintados de vermelho. Entrou caminhando sensualmente, cauda em riste, descrevendo no ar movimentos em "S", na mão esquerda uns óculos de lentes caramelo-escuro, com armação em branco-perolado. Ela vinha gingando em direção a Michel, gastou um instante para retirar uma mecha de seus cabelos caídos sobre a face, parecia uma coisa comum. Todavia Michel sabia o que ela estava fazendo; alguns instantes silenciosos constrangedores, apenas para garantir a propagação da tensão.

— Como representante da imagem pública de toda a instituição eu desaconselho a continuação deste tratamento — falou ela sentando-se no braço da cadeira e cruzando as pernas despreocupadamente.

Todos ainda aparentavam expressões de incredulidade em suas faces, já o promotor Dupon mal conseguia articular alguma frase tamanha era a sua raiva. Ficou parado olhando-a e rangendo os dentes.

— Caso não saibam, muitos estão falando do incidente em questão. Tudo o que não queremos agora é uma propaganda negativa contra a ordem... — falou ela se levantando e caminhando ao redor da cadeira de Michel. — Porém existem outras implicações, não é mesmo? Quem gosta de saber que uma dupla de forasteiros invadiu um espaço particular, causando algazarra e uma terrível morte pelas chamas? — Ela olhou diretamente para Eve e acrescentou um "sem ofensas", para logo em seguida continuar: — A sociedade vampírica é bastante espinhosa no que se refere às questões ligadas à jurisdição...

— O que significa tudo isso, Audália? — Interrompeu o promotor, aparentemente tendo conseguido finalmente destravar o queixo.

Dando um riso, em óbvia diversão diante da raiva do promotor, ela falou:

— Estava tratando de assuntos corriqueiros quando o alto escalão me "cristalizou"... Eles alegam ter mantido o acordo de fim dos ataques aos humanos, mas acusam a ordem de não cumprir o prometido. Os desaparecimentos não têm ocorrido apenas do nosso lado; criaturas mágicas de todos os tipos estão com medo e um ataque a céu aberto, por assim dizer, não auxilia em nada.

Michel por um instante julgou não ter escutado bem: O alto escalão? É possível contar nos dedos da mão as pessoas que podem afirmar terem encontrado o conselho. Se for verdade, ela deve ser muitíssimo importante, pensou o meio-vampiro, torcendo-se na cadeira para melhor observar a phelina. Adrian usara toda a influência e o poderio financeiro, mesmo assim nunca havia chegado perto disto. Talvez tenham sido devido ao comércio de ash, cogitou por fim.

— Não vou, veja bem, NÃO VOU permitir que sejamos pressionados por esses sanguessugas bípedes! — falou Alan esmurrando a mesa.

Michel constatou que um tremor percorreu o ambiente, concomitante com a demonstração de raiva do inquisidor. De tal forma que do teto uma fina nuvem de poeira desprendeu-se das rochas encaixadas. Alguns pareciam apreensivos, contudo a phelina não estava temerosa, muito menos abalada com o comportamento do promotor, ao contrário, na opinião de Michel ela estava adorando tudo aquilo.

— Sabe, Allan, há mais de mil anos somos uma organização sólida e presente, porém nunca houve um deles conosco — falou apontando para Michel. — Devo concordar com o argumento do alto escalão; de que isto só pode ser puro preconceito, devido à natureza da magia que os compõe. Todavia, não podemos ser tão extremistas em relação à magia, não é mesmo? Sempre pode existir uma fagulha de luz, por maior que sejam as trevas. Veja nossa eficiente Sammya aqui, filha de uma das bruxas negras mais temidas na década passada. Não queremos que todos achem que ela está na ordem apenas por ter parentes no alto-comando, não é? — falou enquanto caminhava vagarosamente à frente, para sentar-se ao lado do promotor.

— O que está tentando sugerir, senhora assessora? — falou ele à medida que um novo tremor surgia, de forma muitíssimo sutil.

— Achei que nunca iria perguntar. Segura isso para mim, lindinha? — falou ao jogar os óculos para Eve. — Veja bem, andei pensando em divulgar o fato de como o senhor Michel aqui ajudou uma porteira... — A phelina seguia apontando para um ou outro à medida que os envolvia na história. — Ele se mostrou como cidadão modelo, preocupado com o equilíbrio de toda sociedade mágica; dos bebedores de sangue aos cuspidores de fogo. E também como possuidor de senso moral tão fervoroso que agente e oficial resolveram endossar o seu pedido para ingressar na ordem...

— Você acred...

— Ainda não terminei! — Cortou ela secamente, a cauda movendo-se tal qual um chicote, golpeando o ar. — Por isto ele veio até a ordem, não como prisioneiro, mas, sim, como candidato a membro. Eu pessoalmente cuido para que o incidente no bar seja visto como uma terrível briga de gangues. Naquela região existem dois grupos de ogros guerreando pelo domínio de alguns prédios e pontes antigas. Não sei qual é a destes seres e essa mania por ruínas, mas enfim. Nossos queridos Porteiros aqui estavam investigando as operações dos senhores Blansec e Werner, encontraram o senhor Michel e no momento em que ele começava a contar o que sabia os humanos foram atingidos pelo odor pútrido dos ogros, fugindo em seguida. Claro que precisamos de alguns ajustes nas histórias e relatórios oficiais, mas de qualquer forma, ganhamos um novo membro, acalmamos os vampiros e ainda fazemos os ogros da área acusarem-se uns aos outros ao divulgarmos isto. — Terminou sua fala com um grande riso e reproduzindo reverência com a qual os atores agradecem ao público.

O silêncio no ambiente alcançou a proporção do desconfortável. Até mesmo o promotor estava de boca entreaberta diante da ardilosa história contada pela phelina, dona de movimentos sensuais. Michel sabia que deveria agradecer a ajuda, mas ele não tinha o menor interesse em ingressar para a ordem, sendo assim ele muniu-se de coragem e falou:

— Desculpe, mas embora eu aprecie o que a senhora está fazendo por mim eu não quero me tornar um Porteiro. Não sei se tal coisa pode ser possível, afinal sou um vampiro.

Audália o olhou e por alguns instantes ele sentiu que ela observava o interior de sua alma. Neste ponto ele percebeu algo de sombrio, como se fosse uma sombra passageira, logo o riso cativante da phelina estava novamente na face.

A phelina deu uma gargalhada cascateante e então falou:

— O senhor é um meio-vampiro, até entre os seus é uma exceção... Acho que não percebeu a questão completamente; caso não concorde com minha versão, terei que deixar sua sorte nas mãos do promotor Dupon. Sinceramente não creio que sua inocência seja provada — disse ela rindo e logo em seguida voltando-se para o promotor: — Caso o senhor também esteja em dúvida, devo lembrar que o alto escalão tem poder o bastante para começar uma caçada de sangue. Afinal estamos com dois dos seus sob nosso poder... É, eu sei, jurisdições e todas estas questões...

Por um momento Michel achou que Allan faria algo, como por exemplo, atacar a phelina. Mas então, em um piscar de olhos a atmosfera foi quebrada quando o promotor voltou as costas, calçando as luvas e dizendo:

— Agente Firewalker, lhe será dada a tarefa de preparar o novo agente; mesmo porque foi a senhorita quem o trouxe para a Ordem. Considere isso como um teste, forma de juntar "pontos" para uma possível promoção.

— O quê?! — falaram Michel e Eve ao mesmo tempo.

— Basta! Não quero discussões, leve ele para a sede principal em Enuewm, considero de agora em diante encerradas as investigações; o senhor Aires não sabia do ash. Quero, senhorita Firewalker, que entregue o segurança aos cuidados da Srtª Audália. Oficial Balon, me acompanhe até o portário, temos um assunto em especial — falou ele lançando a capa de viagem sobre os ombros.

Michel ficou paralisado, ainda sem acreditar que tudo ocorrera daquela forma. Eu, um Porteiro? Isto é absurdo! Pensava ele quando Eve aproximou-se e se sentou ao lado dele e mesmo sem querer manifestou o que se passava pela cabeça dele ao falar:

— Estamos ferrados!

VII

Lucky

Debaixo da sombra de uma árvore viçosa, Lucky estava sentado em uma pedra limosa, na margem de um pequeno riacho de águas claras. A localização era agradável, refrescante até, mesmo com o sol batendo em seu moreno dorso. Queimando-lhe a pele e os poucos pelos existentes no abdômen; penugem fina que subia até rarear antes de chegar perto dos mamilos. Alguns instantes antes havia retirado as empoeiradas sandálias de couro para dar um descanso aos pés, pondo-os descalços na água fresca do regato. Suspirou agradavelmente enquanto remexia os dedos, cansados do aperto dos calçados de sola dura.

Olhou para o leste, ao mesmo tempo em que levantou ambos os braços, alongando-os acima da cabeça.

— Ainda estou há pelo menos um dia de viagem de Enuewm! A grande cidade, onde as ruas fervilham de seres mágicos, não existe distinção e até mesmo meio-ogros são aceitos. Talvez lá eu consiga um novo mestre, não um que fique apenas adiando as coisas, mas alguém que me treine realmente — disse aos ventos, enquanto os pensamentos ferviam na sua mente, fazendo morrer o cansaço.

Bocejou e olhou o reflexo no rio; fitando em silencioso desafio estava ao seu lado a besta — sua deformidade. Como se ao nomear, ele pudesse dar uma identidade própria e desta forma, quem sabe, sentir-se melhor ao encarar o problema, como um aspecto diferente do que ele era.

— O que realmente sou? — perguntou ele... — Como isso aconteceu e acima de tudo, por que exatamente comigo? — Sua mão fechou-se em torno de uma pedra pequena, atirando na imagem de si mesmo. Deixou-se cair de costas na vegetação rasteira; ele era uma aberração. Uma criatura deformada... Sem magia!

Mas ele tinha alguns talentos; esculpir, forjar... Além do que, havia meditado por todo maldito dia! Pensou ele fustigado pela raiva. Droga! Eu conheço de cor todas as posições de condicionamento. Por qual motivo você não me ensinou a invocar o sopro de magia, Sidrak? Por quê? Pensa que eu sou menos capaz por ser assim? Você me subestima? É isso? Então eu vou te provar... Estas ideias cruzavam-lhe a mente o enchendo de raiva, fazendo seu íntimo somar ao ronco constante de fome, uma ardência dolorosa que habitava seu coração e não o estômago.

Levantou-se por fim para vasculhar as provisões, havia prologando a parada para refeição ao máximo; sabia que não tinha muita coisa. Tudo que encontrou foi um simples pedaço de pão já duro e um pouco de queijo branco, além de meio odre de vinho. Deveria ter me preparado melhor, que saco! Mas simplesmente não aguentava mais aquele velho tolo, a todo instante o recriminando: "Dobre mais os joelhos", "Precisa melhorar sua respiração", "Não, você ainda não está pronto"...

Enquanto comia, ele reclamava para si e para tudo ao redor:

— Nem mesmo ouvia meus planos para a primeira chave, sempre desconversando quando falava de como deveriam ser meus pais. Se ele achava que eles haviam me colocado na porta dele, pelo fato de ter nascido diferente... — O garoto deu uma mordida no pão seco e ficou mastigando silencioso; remoendo os pensamentos. "Sidrak, ontem sonhei que andava em uma praça, vazia, cheia de névoa... O que acha que significa?" "Nada! é claro!" Para ele, nunca era nada.

Ele se deixou distrair, olhando para as nuvens... Até que sua atenção foi direcionada para a posição do sol — constatou que em aproximadamente duas horas este se poria. Tenho que continuar, pensou ele. Talvez conseguisse chegar a algum bom lugar para passar a noite, quem sabe um local para viajantes ou algo assim, onde pudesse ter uma refeição quente e dormir com um teto sobre a cabeça.

Bocejou novamente e alongou os braços outra vez quando já estava de pé, dando pulinhos para secar a água que lhe havia molhado até as canelas. Arrumou o turbante, firmando-o um pouco mais, pegou sua sacola e saiu caminhando. Seguiu viagem descalço, para dar um descanso aos pés. Cantarolava um pouco para espantar a solidão, além de alguns pensamentos inoportunos que teimavam em voltar para sapatear em sua mente. Já fazia quase trinta minutos que o riacho era apenas uma lembrança — uma curva no caminho. Na mão, ele carregava pedrinhas que ia catando, para depois lançá-las de forma a fazer quicar duas, três ou mais vezes, no caminho à frente.

Foi assim, em meio a essa distração, que ele caminhou até quando lhe chegou o som de partes metálicas se chocando. Seguido a isto, veio cortando o ar, um grito. Inicialmente alto, para transformar-se em um gemido rouco e doloroso. O que é isso? Perguntou-se ele, era como se um animal abocanhasse uma presa, cerrando a mandíbula à força.

No primeiro momento o impulso foi o de ajudar, porém logo lhe chegou uma sensação de desconforto — aquilo poderia ser uma emboscada para distrair um viajante e então cair sobre ele. Por precaução sacou de dentro de uma bainha rústica a espada curta que havia feito no ano anterior. "Não é um primor de forja, mas para um aprendiz está satisfatória." Um dos poucos elogios... Este pensamento trouxe um riso para seus lábios e um toque de saudade para seu peito.

— Velhote, você vai ficar bem, não vai? — sussurrou ele.

Por um segundo ele esqueceu-se de onde estava, seu pensamento se voltou para o phelino idoso e reumático. Embora um grandessíssimo ranzinza, ele o havia acolhido, cuidara dele, desde muito antes de sua capacidade de se lembrar. Sempre fora cuidadoso, por vezes em demasia, é claro, mas...

— Não! Não posso encarar ele, não agora, preciso provar que sou capaz, primeiro para mim mesmo, para depois voltar e confrontá-lo. — Sacudiu a cabeça para espantar os pensamentos e seguiu os ruídos de dor.

Movendo-se rápido, arma em punho, ombros retesados, caminhava pondo o peso nas pontas dos pés, evitando gravetos e folhas secas. Pisava cuidadosamente, de forma a produzir o mínimo barulho. Em seu íntimo ainda residia o receio de rumar direto para uma armadilha.

Moveu-se por entre as árvores e arbustos, raios de sol rasgavam a penumbra úmida da floresta. A lâmina que ele portava brilhava a luz desses, assumindo uma tonalidade próxima a prata líquida de tão bem polida. Lucky sempre a mantivera afiada e Sidrak havia lhe ensinado um truque ou dois. Desta forma, ele não era tão indefeso quanto poderia parecer; o seu plano era espreitar de forma sutil a origem daqueles lamentos, caso fosse necessária alguma ação de sua parte, a surpresa e agilidade seriam as suas maiores armas.

Com as costas apoiadas em um tronco, havia um homem de aparência jovem, corpo franzino, olhos e cabelos negros. Não possuía nada de excepcional nele ou em sua fisionomia que inspirasse uma segunda olhadela. Trajava roupas de um caçador montanhês, chapéu de pele de esquilo e botas de couro do urso marrom, além de calça e camisa de tecido grosso. Ao seu lado estava uma aljava cheia de flechas com penas vermelhas e brancas, além de um arco, em maleável madeira caramelo. Um pouco mais à frente havia duas lebres abatidas, unidas pelas patas traseiras por uma tira de forma a serem transportadas encaixadas no ombro.

O rosto do homem estava coberto por uma camada viscosa de suor, olhos fechados e lábios comprimidos entre os alvos dentes, ambas as mãos seguravam a perna esquerda, que pendia inerte e sanguinolenta, num beijo ferroso de uma armadilha para urso braseiro. Este último fato tornava tudo pior, já que tal espécie possuía o dobro de força — a armadilha era bem mais afiada e o aperto mais intenso.

Lucky aproximou-se receoso, espada em punho, uma sensação estranha pulsando em seu âmago; a pele sem que ele soubesse ao certo o motivo, estava toda arrepiada. Os pelos de sua nuca ouriçaram quase no mesmo instante a ele ter percebido no ar uma carga suspensa, como normalmente ficava diante da aproximação de uma tempestade. Outro detalhe que não passou despercebido foi o fato da trilha e todo o espaço ao redor estar muito quieto, nenhum pássaro, nem mesmo o vento, nada além dos resmungos do caçador.

Enquanto o jovem observava tudo ao redor, o homem tentou abrir a armadilha, porém não conseguiu um apoio suficientemente forte para mantê-la aberta tempo bastante para remover a perna atingida. Assim esta tornou a se fechar, o que resultou em uma nova mordida por cima da primeira, penetrando mais fundo na carne que a anterior; por pura sorte a perna não foi completamente decepada.

Lucky gemeu ruidosamente em condescendência para com a dor que o pobre homem sentia. Prendeu a respiração logo em seguida, ao constatar que havia sido descoberto em seu esconderijo.

— O quê? Tem alguém aí? Me ajuda, por favor... — falou com um sopro de voz.

— Oi... Fique calmo, ok? Vou ajudar...

Usando a lâmina para forçar a abertura, ele conseguiu fazer ceder a "mandíbula" da armadilha o bastante para inserir um galho. Fez então uma combinação de ação; puxando a espada para um lado e o galho para outro, criou uma brecha de tempo para permitir a saída da perna do caçador. Olhando para os lados pegou um graveto e disse:

— Ponha na boca, morda quando doer, assim você não grita, afinal em uma floresta é sempre melhor se manter "invisível", não é? — falou ele em um tom risonho, tentando manter o homem calmo, afinal quanto maior a agitação, mais sangue escorria.

Retirou a bota a fim de verificar a seriedade da ferida, mantendo-se impassível ao perceber a profundidade dos cortes. Estes facilmente poderiam infeccionar caso não fossem cuidados da forma correta. Lavou a perna usando o conteúdo de seu odre, colocando um pouco de bolor de pão e teia de aranha numa faixa, para ajudar a cicatrização. Envolveu a perna e por fim colocou um graveto maior; firmemente apertado, servindo como tala. Até que fiz um bom trabalho, pensou ele ao examinar o curativo.

Durante todo o tempo em que prestava os socorros, mantiveram-se calados. Mas ao terminar o homem cuspiu fora o graveto.

— Obrigado, garoto, me chamo Mefistófelis, qual é mesmo o nome de meu salvador?

— Na verdade eu não disse... Me chamo Lucky — falou ele pondo-se em pé, arrependido de ter falado a verdade.

— Não quero abusar de sua gentileza sendo intrometido, mas o que faz um garoto sozinho viajando por essa região? — perguntou ele, apoiando as costas no tronco. — Ouvi rumores de ogros, sabia?

Lucky por algum motivo não conseguia conter-se, talvez fosse o riso aberto ou a expressão tranquila do caçador, de qualquer forma, ele o inspirava confiança.

— Estou a caminho da grande cidade, quero encontrar um mestre, pretendo me tornar um chaveiro — falou ele enquanto cortava um galho de árvore, podando-o de nós e galhos menores.

— Hum... Enuewm, não é? Entendo, é um bom sonho, mas sabe, garoto, você já me parece bem instruído — falou apontando para o curativo feito há pouco. Acho que alguém já deve ter lhe ensinado uma coisa ou duas.

— Sim, eu creio que sim... Mas acho que não bastava como aluno — falou dando um riso forçado e entregando o cajado que estivera preparando, embainhando por fim a espada.

— Sabe, garoto, às vezes é o mestre que não é o bastante para o aluno, aposto que foi este o caso — falou ele aceitando a mão que Lucky oferecia, pondo-se de pé.

Os dois caminhavam vagarosamente e avançavam com dificuldade, devido ao peso do homem. O sol logo iria se pôr, mas como o caçador afirmava que sua cabana ficava logo mais à frente, o garoto ainda alimentava uma pequena esperança de ter um teto sobre sua cabeça. "Dois quilômetros depois daquela colina", foi o que ele disse a um Lucky que começava a impacientar-se com a demora. No caminho combinaram que o garoto dormiria na cabana, em um gostoso colchão de penas de pato e ao partir no outro dia, levaria consigo provisões, como forma de agradecimento.

As costas de Lucky ardiam diante da tarefa de amparar o homem, a boca estava seca pelo esforço e toda a face empoeirada. Já o caçador, não aparentava o menor sinal de cansaço, em verdade, não fosse por seu manquejar e as caretas ocasionais de dor, o garoto poderia jurar que tudo não passava de fingimento. Mas sem sombra de dúvidas, era a ideia de um bom cozido de aveia, com cebolas e carne de lebre, que estava mantendo-o no caminho.

As estrelas já pontilhavam o céu quando alcançaram a cabana; uma pequena estrutura de madeira, bem menor que aquela onde morava com Sidrak, até três noites atrás, só que bem mais castigada pelas intempéries. Ele avaliava como sendo um total de dois cômodos — havia também uma varanda. Essa parecia sem vida, madeira ressecada, e em alguns lugares até mesmo apodrecida. Ao começar a subida ele notou os degraus reclamando do peso a cada passo, as dobradiças rangeram à medida que a porta era aberta. Porém tudo ficou rapidamente esquecido; um sopro de ar cálido os recebeu ao entrarem, o fogo a lenha dava seus últimos suspiros, porém o ambiente estava gostosamente agradável, diferente da noite que se insinuava como fria.

Após refrescar-se e lavar a poeira do rosto, mãos e pés, Lucky começou a atiçar o fogo, enquanto o velho escalpelava as lebres à mesa. Durante todo o tempo mesmo sem manter qualquer conversa, o garoto podia sentir que o caçador o acompanhava com os olhos. Sentia-se desconfortável, não estava acostumado com o fato de ser o centro das atenções. Para o espanto do garoto, em pouco tempo as lebres já estavam prontas para o caldeirão e o caçador havia retirado um bandolim de algum lugar, dedilhando-o, como que experimentando as cordas.

Lucky começou a retirar a casca escura de algumas cebolas. O homem tocava de forma ritmada, acompanhado com uma voz surpreendentemente doce, do tipo exato que ninguém se cansa de ouvir. Lucky até mesmo juntou-se em uma canção que lhe era conhecida, cantando baixinho em sua voz rouca. Estava tão entretido em cantarolar e preparar a refeição deles que quase se queimou na alça do caldeirão, quando o caçador perguntou o motivo dele ter fugido.

— Como sabe que fugi? — perguntou ele tenso.

— Não sabia até você acabar de confirmar para mim... — Acrescentou uma risada estranhamente aguda ao fim da fala. — O que você mais deseja em sua vida, garoto? Qual o sonho que faz seu coração inflamar-se? — perguntou o homem, acompanhando sua fala com um repicado lento das cordas do instrumento.

Lucky o olhou e pela primeira vez desde que o encontrou caído na clareira, ele teve receio em responder — o olhar outrora gentil, agora apresentava um brilho estranho, voraz e cruel. Passou mais alguns instantes quieto, concentrado em mexer o caldo grosso. Mas havia algo na postura do homem, parecia continuar insistindo na pergunta sem, no entanto, tê-la repetido.

— Acho que... Não, eu sei! Eu quero saber quem sou... — falou ao mesmo tempo em que servia generosas porções em duas tigelas.

— Oh eu sei quem você é... Sei muitas coisas, garoto, algumas das quais fariam seus pelinhos do saco ficarem em pé — falou ele tendo um acesso de risada aguda. — Sente-se, vamos comer, já esperou tanto, o que seriam mais alguns minutos, não é?

A fome o arranhava por dentro há algum tempo e desde que os primeiros vapores começaram a subir do caldo ainda ralo, sua boca enchera-se de saliva açucarada. Sendo assim, nem por um instante pensou em retrucar, mesmo porque, começava a julgar Mefistófeles como louco — vivia sozinho, no meio do nada e em uma casa que estava perto da destruição. Afinal ninguém me conhece, nem mesmo Sidrak sabe quem são meus pais, tudo que sabemos é que fui deixado à sua porta, pensou. Olhou para o homem que agora partia grandes pedaços de pão escuro com as mãos, e pensou se talvez a solidão não fosse responsável pelo fim da sanidade.

Tão logo começou a comer, seus pensamentos foram direcionados para o sabor. A carne estava macia, separando do osso ao menor toque. Nossa... nunca havia comido algo tão bom... Ainda devaneava quando o homem lhe mostrou um grosso rolo de pergaminho, saído sabe-se lá de onde. Estava lacrado com cera vermelha, sobre a qual duas chaves cruzadas encimadas por uma estrela criavam um selo. Franziu o cenho tentando lembrar onde já havia visto aquilo, porém pouco ou quase nada sabia do mundo, sua vida era a cabana de seu antigo mestre e os arredores, além é claro das poucas visitas que havia feito a Enuewm. Porém a sensação de reconhecimento ficou badalando — incomodava como uma coceira em um local que não se consegue alcançar.

— Aqui estão as suas origens, garoto, mas saiba, tudo têm um preço, essa é a regra básica da magia e da vida — falou ele, brincando de atirar de uma mão para outra o pergaminho.

— Mas... Mas... Eu o ajudei! — disse ele verdadeiramente indignado.

— E eu fico grato, tão grato que lhe abri minha casa, lhe dei comida, onde descansar e abrigar-se da noite fria. Mas isto aqui, garoto, é algo bastante raro — falou ele batendo o dedo indicador no pergaminho. — Quem pode dizer que ao alcance de suas mãos teve a resposta para a pergunta mais básica da existência? Quem você é? Eu sei, e você? — falou ele ao mesmo tempo em que lançava para Lucky um olhar duro e frio.

Agora o garoto tinha certeza; o homem era louco! Porém Lucky em nenhum momento duvidou que o pergaminho contivesse o que ele dizia. Havia surgido algo ao redor do caçador, o ar simplório simplesmente não existia mais, era agora alguém imponente que o espreitava do outro lado da mesa de tampo gasto.

— Eu não tenho nada, a não ser minha espada...

O garoto era neste momento a perfeita representação do desânimo. Cedendo a uma nova crise de risadinhas agudas, o homem falou colocando o pergaminho sobre a mesa:

— Façamos assim; darei o pergaminho e em troca você fica me devendo. Pode ser que um dia o veja novamente, talvez neste dia eu queira algo, lhe pedirei e você me dará. Simples, não é? Temos um acordo? — falou ele estirando a mão por sobre o rolo.

— Como sabe que o verei novamente? — perguntou timidamente, enquanto lançava olhares cobiçosos sobre o papel muito amarelado.

— Ora, garoto, você faz ótimas perguntas, sabia? Permita-me explicar algo, preste bastante atenção, viu — falou ele estalando o dedo uma ou duas vezes, como que para garantir para si total exclusividade. — A vida é um imenso jogo, existem peças secundárias que raramente têm muita relevância e peças primordiais, sem as quais o jogo fica incompleto. Acredite, garoto, os deuses e eu, bem sabemos o quão importante você será.

Lucky o estudou por alguns segundos, observando a mão novamente estirada para ele, pronta para ser apertada. Seria um vidente? Sidrak já o contara que por vezes, a magia se manifestava de formas estranhas, em alguns casos compensando faltas da natureza, noutros completando aptidões. Olhando para Mefistófeles, o garoto supôs que ele bem poderia ser um louco profeta ou algo assim, porém não acreditava que algo de ruim pudesse vir dele, sendo assim concordou:

— Certo, se nos encontrarmos novamente atenderei seu pedido — falou ele motivado pela curiosidade diante da estranheza da situação, apertando a mão do caçador insano.

— Ótimo! Temos um acordo... — falou o homem franzindo o cenho.

Lucky sentiu a mão formigar, como se uma espécie de tremor passasse do outro para ele. Uma leve pressão surgiu em suas têmporas e sua respiração aumentou um pouco. O homem puxou a mão com força, falando de cara fechada que ia recolher-se, deixando-o sozinho e ainda mais confuso. O garoto estava tão chocado com o que vira, ou achara ter visto, que só deu realmente pela falta do caçador quando este já havia desaparecido.

Eu vi realmente fiapos claros ao redor do braço do caçador? Não, claro que não... Talvez tenha sido algum reflexo... Refletiu ele. Mas havia ainda outra hipótese; sua magia... Oh pelos céus, será que eu tenho magia adormecida?

Ainda com os dedos trêmulos diante da excitação do momento, ele rompeu o selo do pergaminho e o desenrolou, pondo o saleiro e o pimenteiro nas bordas para impedir de se enrolar novamente. À medida que foi correndo os olhos pela superfície do papel seus olhos foram arregalando-se, até ele simplesmente não poder mais continuar.

Isto é um absurdo! Pensou ele quando se levantou pisando duro indo em direção à porta pela qual o caçador havia passado. Qual não foi sua surpresa ao encontrar a floresta o encarando de volta; não era um quarto como ele havia imaginado, mas, sim, a porta dos fundos da cabana. O vazio da noite abria-se para ele, escuro, silencioso e convidativo.

VIII

Balon

A porta à frente era constituída de uma única e grossa chapa de madeira. Brilhava refletindo os contornos do homem, de tão bem polida. A soleira por sua vez era construída a partir de pedra escura, repleta de entalhes profundos — a rocha se moldava para receber a junção do outro material. Alguns dos símbolos gravados eram-lhe bastante familiares, visto que pertenciam à língua de sua mãe, outros, por sua vez, eram completamente estranhos. Todavia, conseguisse ou não traduzir o que diziam, ela sabia muito bem a função; criar o tipo de porta inalcançável à magia das chaves, ao menos a maioria comum delas. Afinal chave e Porteiro crescem juntos em poder e capacidades.

Não havia fechadura, apenas uma grande maçaneta de bronze reluzente, no formato de duas chaves cruzadas e encimadas por uma estrela. A representação de uma sociedade perfeita, "brilhando" sob o equilíbrio garantido pela ordem, essa era a missão da Ordem dos Porteiros. "Somos os alicerces do véu..." Lembrando-se do lema repetido anos atrás, ele o sussurrou para si, como alguém o faria com um trecho de oração.

— Já não somos a gloriosa instituição de antes, a sociedade mágica percebeu isto e está atemorizada. Agora com estes desaparecimentos, as críticas se reproduzem aos montes, pessoas como Audália existem às "multidões". Mas ainda assim a ordem dos Porteiros está perdendo credibilidade. As inscrições para membros diminuem cada vez mais, logo agora que as trevas parecem espreitar em cada sombra, esperando para agir. Fico imaginando o que falariam se tivessem acesso a todas as informações: nenhum sinal de arrombamento, partes de corpos — quando temos sorte de encontrar algo diferente de salpicos de sangue. Para não falar da presença "má"... Dava arrepios entrar nas "cenas" de desaparecimentos... Que os deuses tenham piedade...

Algo grande está acontecendo, sinto isto nos meus ossos de mestiço, pensou consigo. Vê-la na boate só serviu para confirmar as suspeitas, na verdade não estranharia nem um pouco em saber que ela e as companheiras estivessem por trás destes crimes. Travando o maxilar e fechando as mãos com força ele pensou: conheço seu rosto, o verdadeiro, aquele escondido por trás da máscara de humanidade. Provei de sua magia nefasta e das atrocidades que é capaz...

Os gritos da mãe de Balon surgiram do nada, vívidos e vibrantes. Rasgando como garras de aço o silêncio do corredor, ele olhou para os lados, sentindo um cubo de gelo escorrer por sua coluna. Sabia que não era real, ao menos não mais do que uma lembrança consegue ser; como se estivesse vendo pequenos quadros de um grande painel, chegou-lhe a imagem do pai ardendo em chamas, as lágrimas de sua mãe, a fumaça espiralada que subia noite adentro. Então ele ouviu o riso dela... Viu-a rasgar a garganta da pobre elfa... Nunca esqueceria a face da assassina de seus pais.

Ainda parado ali em frente à porta do escritório do general, ele relembrou como se sentiu minúsculo; espreitando agachado detrás do arbusto, amedrontado demais para fazer qualquer coisa. Ambos os punhos cerrados com tamanha força que as unhas enterradas nas palmas das mãos perfuravam a pele. Sobre o sangue que escorreu ele fez um juramento; se houvesse uma outra oportunidade, não a deixaria escapar. Depois da boate ele se sentiu uma criança incapaz...

— Maldita fada caída... — falou ele chocando os punhos, percebendo logo em seguida que os dois phelinos montando guarda no começo do corredor o olhavam.

Por muito pouco não gritou com eles, mas sabia que não adiantaria. Nada lhe apaziguaria além de sentir entre suas mãos o corpo sem vida da mulher de cabelos ruivos. Ele sentia-se a ponto de estourar, desde o incidente na boate. Lembranças que ele julgava esquecidas voltavam a todo o momento, vívidas como se estivessem acontecendo no momento. Sempre que respirava fundo, por exemplo, o odor fantasma de fumaça lhe advinha.

Talvez fosse transmissão de culpa ou apenas um julgamento errado, mas ele não conseguia isentar de suspeitas o meio-vampiro. Afinal não havia razão prática para ele ajudar a agente Evellyn, não fosse o desejo de infiltrar-se na ordem. Diante disto, claro que ele dava razão à raiva do promotor, afinal lera o relatório e assim como Balon, suspeitava do vampiro. Foi com o pensamento de que o Michel poderia ser um lobo disfarçado em pele de ovelha que ele quase interrompeu a senhorita Audália no discurso de defesa. Mas percebeu o aceno negativo do promotor Dupon, desta forma, como "bom soldado" manteve silêncio.

— Por que o senhor me proibiu de falar? Não entendo.

— Se o sanguessuga Michel for mesmo um infiltrado, então temos que saber o motivo de toda essa armação, não acha? Fique atento, oficial, e acima de tudo não fale a ninguém, me encarregarei para que seu relatório fique em segredo. Afinal a presença de uma fada caída... Bem, você bem pode imaginar o que tal revelação acarretaria.

— Como desejar, senhor promotor, mas não entendo... A Srtª Audália deveria saber sobre nossas suspeitas, não acha? Afinal ela está...

— Eu não confio em Audália, na verdade nos últimos tempos não confio em ninguém, não com essa onda de assassinatos...

Mesmo tendo garantido que ficaria quieto, ele não concordava com este procedimento. Alguém além dele e do promotor deveria saber quem fora vista no mundo humano; nem chegava a mensurar quais calamidades poderiam por ela ser causadas. Sendo assim decidira usar de sua crescente influência na ordem, a fim de conseguir uma audiência rápida com o alto-comando situado em Enuewm, se ele poderia descumprir as ordens diretas que havia recebido, era contando tudo ao general Maehda...

Novamente percebeu que os phelinos estavam olhando para ele, desta vez, contudo, eles cochichavam algo e riam baixo:

— Algum problema ? — perguntou Balon se voltando para eles. Os olhos faiscavam de tal forma que ambos deram um passo de recuo.

— Não, senhor! — falou um deles, enquanto o outro se limitou a baixar a cabeça.

— Me procurem no fim do turno... Vou lhes passar um treinamento especial, que vai garantir que aprendam respeito.

Ainda irritado ele enfim levantou a mão para bater à porta quando, para seu espanto, ela se abriu sozinha, revelando um amplo escritório, situado na torre mais alta do prédio central da Ordem. Era possível ver toda a cidade; havia uma grande cúpula no meio da sala, o que possibilitava uma imensa quantidade de luz natural; provavelmente era um ótimo lugar para observar o céu à noite.

O ambiente se achava inundado com a aura morna do fim de tarde — tons de vermelho tingiam uma grande estante de livros que subia na parede até quase o teto abobadado. A parede oposta continha uma vitrine com bustos dos membros mais famosos e importantes da Ordem ao longo dos anos. Todo o chão era acarpetado, com formas geométricas fractais, compondo um intricado padrão de desenho em dourado e cinza, as cores da Ordem. Havia ainda um armário estreito; apenas duas portas, cobertas de símbolos. Um brilho sutil surgia por uma fresta.

O general estava de costas para a porta; ambos os braços para trás, cruzados de forma que a mão direita estava sob o antebraço esquerdo e vice-versa. Ele contemplava a esplendorosa paisagem que sua sala possibilitava; o vale além dos muros da cidade e até mesmo uma parte das águas do mar que se chocavam sobre o grande penhasco a oeste.

Todavia nada disto era comparável à "glória maior da grande cidade". Bem ao centro do campo de visão, à vista de todos os habitantes, havia uma gigantesca torre, esculpida em uma mistura de metal e ametista — com algumas partes em quartzo. Era uma estrutura comprida e fina, como uma grande haste cravada na praça principal. O Pilar do Éther! A lembrança constante do incrível feito mágico, sobre a qual todo o mundo sustentava a existência; fossem ou não conhecedores de tal fato.

— Adoro a visão desta janela... Nunca me canso de contemplá-la... E você, oficial, o que contempla? — falou o general, enquanto a cadeira girava, virando o assento para se sentar e novamente se postar de frente para Balon.

— Eu... É... Não sei, senhor... — balbuciou ele sem saber exatamente o que responder, afinal poucas vezes havia conversado com o general, ainda mais com a total privacidade de agora.

Assim, ele acabou focando a atenção em tudo, menos no real motivo. O general, acostumado com situações desconfortáveis, o olhou impassível; os traços físicos eram gritantemente semelhantes, os mesmos olhos, a cor e fibra do cabelo, muito embora no general estes já estivessem em extinção, até mesmo o plácido e convidativo sorriso. Qualquer um acharia que Sammya era sua filha mais nova e não sua neta, filha de Akássia, "a necromante do leste".

A jovem Sammya já havia sido muito perseguida, antes mesmo de entrar na Ordem causara uma divisão de opiniões. Várias pessoas, se não a maioria, achavam que ela seguiria os passos da mãe, tornando-se uma inimiga da sociedade mágica, mas absolutamente ninguém tinha coragem de falar isto na frente do general. Balon entendia o que a garota devia sentir; afinal mesmo que a Ordem e pessoas como Audália fizessem propaganda sobre a "aceitação" das diferenças, ele sabia dos comentários... Nunca iriam realmente reconhecer o potencial dele. Balon sempre seria o "veadinho mestiço"! Odiava aquele termo! Um dia iria fazer todos engolirem...

— Todos têm demônios no armário, oficial Balon — falou o general respondendo aos pensamentos do oficial à respeito da família Tominaga e todo o restante. — Os seus, por sua vez, estão terrivelmente agitados... Atente para o fato de que minha telepatia é fraquíssima, mesmo assim posso sentir raiva, dor e confusão emanando de você — comentou com a voz baixa e grave.

Balon sabia que o general Maehda possuía um nível fraco de telepatia, o que os estudiosos nomeavam como "telepata planador", atingindo apenas pensamentos superficiais e momentâneos. Havia sido, porém a lendária telecinésia o ajudara a atingir o alto-comando e o concedera uma vaga nos "Novos Sete", grupo que reúne os atuais sete magos mais fortes do mundo, ou ao menos é assim que eles se autodefinem.

— Senhor, eu peço desculpas por tomar seu tempo — falou ele enquanto lutava contra o desejo de ir embora. — Temo ser urgente a informação que tenho para dar... — disse ainda escolhendo as palavras a serem utilizadas, tentando protelar um pouco.

— Um bom líder sempre encontra tempo... Por que não se senta? — Seguindo um comando invisível, a cadeira de visitantes deslizou alguns centímetros para trás, assumindo um posicionamento convidativo.

— Obrigado, senhor... — falou fitando as botas.

Ainda hesitava, não poderia simplesmente ser direto com um assunto que era um tabu em toda a sociedade. A simples ideia de não poder sozinho lidar com a situação e pôr um fim nela, evocava uma dor e uma raiva tão gigantesca que se sentia quase incapaz de continuar respirando, o peso do sentimento era tamanho que ele temia partir-lhe a coluna. Eu vi uma caída... Escolhera por fim a saída covarde. Concentrando-se nesse pensamento, sabia que o general compreenderia o motivo de sua vinda.

— Entendo... — falou o homem mais velho; juntou as mãos, unido as pontas dos dedos e continuou: — Julguei que elas haviam finalmente se cansado de existir...

— Então é verdade? Fadas podem morrer... É possível "acabar com uma fada"? — Animou-se ele, chegando um pouco mais para a beirada do assento.

— Meu jovem, tudo pode ter um fim, até mesmo a eternidade. As criaturas primordiais foram criadas a partir do sopro divino inicial; são compostas de magia distinta à nossa e como tal possuem leis diferentes. Porém sejam eles quem forem, fadas, Djins, devans etc... Tudo pode ter um fim... As versões são muitas para explicar o motivo de hoje não serem vistos; dizem que alguns ficaram presos debaixo das dobras do véu, outros tantos sumiram pelo mundo e alguns encontraram o seu fim nas mãos dos Sete Magos Santos...

— Então o senhor poderia...? — falou o oficial incapaz de terminar a frase tamanha a sua esperança.

Os lábios do homem a sua frente se abriram mais ainda e o seu costumeiro meio-riso tornou-se uma completa risada.

— Agradeço o elogio... Afinal é preciso muita magia para almejar dar fim a um ser assim... — falou o general levantando e cruzando o escritório em direção à parede de livros. — Onde está? Onde está? — falava ele para si mesmo, à medida que ia passando os dedos pelas lombadas dos livros. — Ah! — Abriu um fino volume de capa gasta e leu:

"No auge do tempo antigo, quando os dragões não eram mais montarias e cruzavam livremente os céus, nos córregos habitavam as Nereidas, nas árvores Dríades; em cada face da natureza, por mais simples que fosse, a magia das divindades era encontrada. Sete portadores de magia receberam da divindade um sopro prodigioso, por serem bons e justos às suas maneiras. Não se sabe ao certo a razão, mas lhes foi dado o poder para agir na matéria de formação da realidade. Convencionalmente passou-se a chamar este presente de centelhas divinas, que ao interagir com cada peculiaridade dos portadores, tomaram a forma de armas, imbuídas das principais forças existentes, sendo assim eles passaram a ser conhecidos como os Sete Magos Santos: Benfur, o mago do sol. Dariana, a bruxa da noite. Phitéia, a mensageira do vento. Amir, o domador do fogo. Belerophon, o nomeador da terra. Hekat, a andarilha do Éther. Mabeth, o dançarino da água."

— Infelizmente estas armas poderosas, capazes de lançar sobre os inimigos as forças do universo, sumiram junto com a existência dos sete, no momento em que eles se sacrificaram em prol do hasteamento do véu.

— Entendo... Mas, senhor, alguém tem que ter o poder para enfrentar uma caída, não é?

Balon queria ter alguma esperança... Não poderia admitir a derrota.

— O primeiro de nós, Porteiros, Aloor Rhoco, filho de Benfur, foi o único até os dias atuais a conseguir invocar a arma que primeiramente pertenceu ao seu pai, no meio da "Grande tormenta", a batalha que se instaurou depois do véu erguido, quando a Ordem ainda estava dando os primeiros passos. — O general serviu-se de uma xícara do conteúdo de um bule que estava sobre a mesa e continuou: — As sete irmãs viram uma possibilidade de vitória; não havia mais os magos santos, os seres mágicos estavam dispersos e assustados com o véu. Era um momento "único", entende? Os cantos e escritos deste dia falam que Pridevenia, a fada caída do orgulho, foi gravemente ferida, afinal Rhoco contava com a Espada do Sol; feita de luz, fogo e magia. Alguns até mesmo cogitam a morte da fada, enquanto outros dizem que ela se exilou por ter sido derrotada. O fato é que desde essa derrota as fadas caídas agem nas sombras, nestes mais de mil anos, todos os relatos da presença delas revelou-se um beco sem saída, assim como também nunca mais ninguém viu qualquer uma das armas santas. Agora me diga, oficial, o que o faz pensar que dessa vez seria diferente?

— Senhor... Eu não sei... Mas o que... — Gaguejava ele ainda de cabeça baixa. E então uma pergunta lhe surgiu na mente: — Senhor, se houvesse uma forma de usar um pouco da magia de um mago santo, seria possível derrotar uma caída?

O livro que estava nas mãos do general fechou-se, voltando flutuando para o local que ocupava anteriormente na prateleira. O homem então se levantou, seguiu para o armário estreito, pôs as mãos em ambas as portas e um brilho avermelhado surgiu, escapando de dentro do móvel. Todo o tempo Balon correu os olhos pela cena, sem entender o que estava acontecendo. A parte superior, feita de madeira clara, estalou e se abriu, revelando um grosso volume com uma capa de couro negro e grandes fivelas prateadas.

— Estes são os rascunhos de Arthuro Blackwoof, dizem que ele visitou os quatro cantos do mundo caçando lendas. Recolheu todo esse conhecimento e colocou em três volumes; cópias feitas à mão, encadernadas em um material não definido. — Enquanto falava isto as páginas do livro iam passando, até pararem em um grande desenho que ocupava duas folhas, o general então mostrou a figura para o oficial.

Uma grande clareira repleta de árvores frondosas. Nela havia incontáveis fadas, ferozes em suas armaduras de cristal roxo e asas de borboleta. Uma delas usava uma opulenta coroa que unia galhos, pedras preciosas e folhas de carvalho. Trazia os cabelos soltos, esvoaçantes ao vento e no rosto uma expressão muitíssimo séria. Aos seus pés sete figuras com as mãos amarradas às costas e suas asas caídas no chão terroso.

— Aqui está a representação do julgamento das caídas, derrotadas perante Titânia, a rainha das fadas. Rezam as lendas pesquisadas por Arthuro que no início de tudo, certas criaturas foram criadas com a missão de proteger aqueles de menor posição na cadeia evolutiva. Os Devans, por exemplo, deveriam cuidar dos humanos, as Fadas, por sua vez, deveriam proteger os seres mágicos. Os motivos ainda são obscuros, mas sete fadas quebraram uma das regras básicas, atentando contra a vida daqueles que deveriam proteger, fenecendo desta forma para o mal. Elas uniram forças com alguns Djins descontentes para destronar a rainha e instaurar um comando sobre todas as criaturas. Contudo, um Djinn traiu o plano, os partidários deste foram transformados em monólitos de granito e sal e as fadas perderam as asas e o dom de ver o futuro, recebendo como punição eterna a marca de suas faltas. — Ao terminar a história ele fechou o livro, devolvendo-o ao local de origem. — Agradeço sua presteza e confiança, oficial, sinto muito pelo que Whatronia fez aos seus pais e à sua vila. —

Neste ponto o velho mostrou um riso amarelo, além de uma expressão de empatia; poucos sabiam como era perder um familiar. — Dizem que ela sempre foi contra as misturas de espécies, acredito que uma elfa desistindo da imortalidade em favor do amor de um humano foi repulsivo demais para ela. Por conhecer os horrores que as caídas são capazes, quero pensar que posso contar com sua discrição quanto a este assunto...

— Certamente, senhor... — falou Balon levantando-se ao entender que o tempo com o general havia chegado ao fim.

— Sugiro que descanse. Amanhã teremos uma cerimônia pública e não seria interessante que um dos nossos futuros sargentos esteja com ar cansado e apreensivo... — falou ele já de costas para a porta, voltando a olhar pela janela.

—Tem toda razão, senhor... Tenha uma boa noite, senhor.

Ao aproximar-se da porta a ideia de mencionar o que pretendia fazer lhe veio à mente. Todavia logo em seguida as visões do acontecido na vila lhe afligiram, o que desta vez foi proveitoso. Não acreditava, contudo, que o general reagiria de forma tão amena ao saber seu plano sobre usar a magia de Dariana... Saiu rapidamente, sem qualquer ação de despedida além de um pequeno aceno de cabeça.

A conversa havia sido agradável e bem mais proveitosa do que ele imaginava. Mas ainda assim se sentia oprimido, como se lhe comprimissem os pulmões. Rumou então para fora do prédio. Queria respirar, ver cores, seres, na verdade ele buscava algo que o distraísse da raiva represada, mas que agora inundava-o completamente. Seguiu a esmo por Enuewm, acabou passando por uma aglomeração de pessoas, em frente a um destes prédios cheios de pequenas moradas.

Enquanto cruzava o "bloqueio" de passantes, ele pensou em se meter. Era, afinal, um oficial e poderia prestar ajuda. Porém no exato momento em que chegou ao limite do perímetro, um corpo era retirado, coberto com um tecido, o qual o vento fazia questão de remexer. Será mais um ataque? Imaginou ele, porém, quando estava para adiantar-se percebeu a presença de dois membros da Ordem; uma delas era Stella Lion, sub-sargenta da cidade, apontada como o braço direito de Juliet Versagi e integrante do departamento de inteligência da Ordem; a elite "dourada".

Todo o Departamento de Inteligência no caso e até agora nada. Havia boatos de que até mesmo a vidente Delphine fora consultada, mas ela se recusara a ajudar, alegando que o mal por trás de tais atrocidades poderia olhá-la de volta, caso ela o tentasse localizar. O que era muitíssimo estranho, já que ele nunca conhecera alguém que poderia afirmar ter encontrado pessoalmente a vidente. Por alguns segundos ele pensou se não deveria consultá-la; os boatos diziam que ela aprendera a arte da previsão com uma fada. Quem seria melhor do que ela para dar alguma ajuda?

Devaneando desta forma, rumou até a mureta oeste, onde ficavam os limites da cidade com o mar. Vislumbrou o contorno de alguma coisa encarapitada sobre a pequena parede. À medida que se aproximava, percebeu ser um gato preto. O animal o olhou profundamente por um instante antes de voltar-lhe as costas e sair correndo em direção às sombras da noite. Balon poderia jurar que havia lágrimas no focinho do animal.

IX

Sammya

Caminhava rapidamente em direção aos seus aposentos, afinal a tarde começava a chegar ao fim. Teria que se apressar para que pudesse aproveitar este momento crucial do dia. Era necessário comunicar-se com sua mestra, precisava dar as boas-novas, tudo estava correndo incrivelmente bem.

Passou por um grupo de Porteiros reunidos, comentando animadamente sobre a cerimônia do outro dia, a data que comemorava o fim da "Grande Tormenta". Considerada como o aniversário de inauguração da Ordem, anualmente usada para condecorações e outros eventos festivos. Além, é claro, do grande torneio entre os membros da Ordem, no qual várias categorias eram premiadas; combate singular, melhor pontaria com armas mágicas, agilidade, destreza corpórea, maior força bruta, estratégia em batalha e por fim resolução de enigmas.

Ela já estava acostumada a olharem-na de esguelha, como se esperassem que a qualquer momento a pele dela explodisse; surgindo chifres, asas negras e ela começasse a lançar fogo das trevas para todos os lados. Por este motivo gastou alguns segundos lutando contra o desejo de voltar e perguntar o motivo de estarem cochichando no exato momento em que passava. Mas estava tão empolgada com o rumo das coisas, que se contentou em anotar mentalmente os nomes... Haveria bastante tempo...

Tendo por fim chegado até o seu corredor, agradeceu por ser neta do general da Ordem, afinal tudo seria muito mais difícil se tivesse que dividir o quarto com outro membro. Sua condição lhe concedera algumas regalias bastante proveitosas, dentre as quais a posse de um quarto de dois ambientes apenas para si.

O que facilita em muito a prática de meu uso peculiar de magia. Pensou ela enrolando o grosso tapete, deixando exposto o chão de pedra escura. Agachando-se, pôs a mão no solo, sussurrando para as forças que a acompanhavam. Revelou-se então um círculo mágico de bom tamanho, no qual havia três esferas dispostas de forma concêntrica em relação à primeira e mais externa. Dentro e fora deste havia símbolos feitos com uma tinta especial, encantados para surgirem apenas mediante o seu chamado.

Logo um forte aroma de artemísia circulava pelo ambiente, grossos filetes de fumaça saíam espiralados da abertura do incensário em formato de dragão, que guardava os carvões em brasa dentro da "barriga", expelindo a névoa aromática da bocarra. Com as portas e janelas fechadas, todo o ambiente estaria mergulhando na escuridão, não fossem quatro velas acesas e postas nas extremidades cardeais da esfera traçada no solo.

Retirou o cinto de couro carmim que prendia o vestido coral que usava, revelando por baixo apenas uma fina túnica de tecido cru. Soltou os cabelos da presilha de prata e descalçou os sapatos de salto retangulares, despiu também uma pulseira e os brincos, deixando apenas uma corrente finíssima, na qual havia uma diminuta chave. Respirou fundo uma ou duas vezes para aquietar a mente e por fim sentou-se no chão, pernas cruzadas, coluna reta. À sua frente havia um candelabro com uma vela de cera negra e ao lado esquerdo um saco de veludo escuro, ambos retirados de um compartimento secreto abaixo da cama.

Estava com os olhos semicerrados quando acendeu a vela a sua frente, utilizando a brasa do incensário. Segurava a sacola de tecido entre as mãos e à medida que desatava os nós que serviam de fecho, Sammya recitava baixinho, postando-se para frente e para trás:

"Que as sombras dos caminhos me sirvam de abrigo, que meus olhos vejam além das curvas e que minha mente voe para longe, deixe-me ver, deixe-me ouvir..."

Mesmo nova como era, ela já conhecia muito bem os sinais de seu corpo e sua magia. Atingira níveis que dificilmente seriam atingidos com menos de quinze anos de prática, enquanto ela tinha pouco mais do que isso de idade. Ela era o que os humanos denominavam superdotada, praticamente autodidata e acima de tudo, muito disciplinada. Desta forma, quando sentiu o formigamento na região do meio da testa e um arrepio gelado percorrendo seu corpo com tamanha intensidade que os bicos dos seios enrijeceram, ela soube que sua mente estava relaxada o bastante para utilizar-se da "segunda visão", aquela que permitiria acesso e utilização de um tipo de energia tão sutil que nove entre dez magos passavam uma vida toda mergulhada na magia sem nem ao menos chegar perto do entendimento desta.

A magia do Éther — herdada por ela —, era basicamente voltada para a execução de telecinésia ou telepatia. Claro que havia muitos meandros dentro destes dois "pilares principais"; como por exemplo aqueles que conseguiam realizar projeção mental, telecinésia vermelha etc. Contudo nem de longe chegavam a arranhar a superfície do que uma maga do Éther negro podia fazer. Afinal não havia mal ou bem, apenas o poder! Claro que alguns eram fracos ou medrosos, colocando etiquetas de "não mexa" em tudo que não conseguiam fazer.

Ela não era assim, Sammya era como Akássia; capaz de quebrar os limites e leis! Quase emitiu uma risada, tamanho seu contentamento... Mas tinha que se concentrar, focar a mente no que desejava realizar. Estava então pronta para fazer uso do objeto que pesava em suas mãos, um espelho de mão; feito de pedra negra, com a figura de um grande olho gravada na parte de trás. A lâmina de vidro muito bem polida reluzia ao brilho frio da vela mais próxima. Olhou o vazio por alguns instantes, até que pouco a pouco uma névoa esbranquiçada aludiu a superfície. Fitando-a havia um rosto, mas não era o reflexo dela e sim o de sua mestra.

A figura insólita possuía cabelos acinzentados, com uma mecha em lilás escuro, na mesma tonalidade das íris dos grandes olhos que a encaravam. A pele era morena-clara e trazia no rosto uma expressão calma, porém com algo de atemporal gravado nas entrelinhas. Completando a extravagância da criatura havia uma cartola vermelha, equilibrada um pouco inclinada na cabeça.

— Minha senhora... Tudo está pronto, hoje ao amanhecer realizei a colheita e agora antes que a noite chegue ao ápice o extrato estará condensado; pronto para o uso.

— Como sempre você se mostra acima das expectativas, Sammya, sua mãe ficaria orgulhosa. "Orgulhossississima!" — Acrescentou uma voz, da qual não era possível ver o rosto, porém por ser mais fina e ansiosa que a da mulher de cabelos cinzentos, ficava claro que pertencia a outra pessoa.

Sammya supunha que algum tipo de espectro era a origem, talvez um servo astral de sua mestra, porém como já aprendera, certas perguntas não deveriam ser feitas. Tudo seria respondido no momento certo...

— Obrigada, senhora — falou a jovem ignorando a voz esganiçada, seguindo o exemplo de sua mestra. — Pretendo iniciar a segunda metade do plano ainda hoje, assim teremos amanhã um fato realmente relevante para ser comemorado. Qual sua opinião, senhora?

— Concordo, é um momento perfeito... Mas primeiro responda-me, como pretende cuidar do espectro que invocou? Ele mostrou-se bastante efetivo, porém dado a revelias... Acho que não deveria tê-lo criado no corpo do Porteiro Tefrith... Foi um bom toque, afinal gerou bastante raiva e outros sentimentos ruins, o que para nosso atual plano é perfeito! Porém, caso ele seja capturado a magia pode ser rastreada até você.

— Na verdade não será preciso fazer nada, hoje senti a ligação partida, ainda não entendi como, já que ele era um espécime único em sua força. Mas aparentemente uma equipe base de Porteiros conseguiu derrubá-lo. O que na verdade eu agradeço, por me poupar um ritual de banimento, provavelmente muito cansativo — falou a garota com um riso malicioso em seus lábios finos.

— Deve ficar atenta para esses indivíduos em particular... Sondá-los, apurar o que sabem... caso seja necessário tem minha permissão para eliminá-los, de forma sutil, é claro. "Envenene eles! Será perfeito!" — Emendou a voz assistente da mestra. — Que seja, tanto faz. — Acrescentou um tom de desdém à voz, que combinou com a expressão fria; constante.

— O importante é dar início ao fim da Ordem, quanto mais rápido ela cair, mais cedo terá sua mãe novamente nos braços. "Isso, Isso, Isso..." — Acrescentou a voz aguda, irrompendo em uma crise de risos estridentes.

A imagem no pequeno espelho turvou-se, surgindo uma densa névoa até que por fim o rosto da mulher desapareceu completamente, restando apenas a escuridão, afinal, a superfície vítrea não refletia nada. Ela o guardou na sacola novamente, apagando a chama da vela negra comprimindo o pavio entre o polegar e o indicador da mão direita.

Postou-se de pé no centro do espaço, braços levantados, respirou profundamente por três vezes, soprando fortemente o ar e então abaixou rapidamente as mãos, como que puxando algo bastante pesado para baixo. Arfou diante da concentração de força e pronunciou em voz clara:

— Et Finit!

As quatro velas apagaram ao mesmo tempo e toda a escuridão que inundava o ambiente desapareceu. Ao olhar a magia "espacial" que havia invocado se dispersar, no momento que as chamas frias foram apagadas, ela não conseguiu conter o riso de contentamento para consigo mesma. Afinal exigia muito do praticante fazer sumir toda as distrações de um local, tornando este um ponto negro, ausente do mundo e ao mesmo tempo mergulhado nas profundezas da magia.

Logo sua mãe estaria ao seu lado e ela não iria fazer feio na frente da magicista negra mais famosa da história. Os pensamentos corriam soltos: Juntas, completaremos o seu intento, mãe. Atingir o mundo perfeito, onde todos os sobreviventes estejam próximos da magia primordial. "Eu não temo as trevas, no meio da escuridão há luz..." Recitou ela o trecho do voto de fidelidade, ao passo que colocava novamente o tapete no chão, cobrindo as marcas existentes.

Cruzando o aposento, ela saiu da antessala, entrando no quarto propriamente dito. Foi até a penteadeira, parando na frente do móvel. Nele havia um grande espelho em formato ovalado, no qual ela admirou-se por alguns segundos. Logo os mais fracos temerão ao ver este rosto, pensou. Com a mão esquerda segurou os cabelos e levantou como que para formar um rabo-de-cavalo. Voltou o rosto para um lado e para o outro:

— Sou realmente bela vovô? Tão quanto a mamãe era?

— Por vezes olho para você e simplesmente vejo Akássia na sua idade... — comentou o velho homem.

Ainda olhando para o reflexo, ela correu a mão lateralmente pela moldura, até encontrar o ponto exato da saliência, a qual pressionou, revelando uma pequena gaveta encaixada na madeira oca, da qual retirou um embrulho envolto em faixas de tecido. Era um frasco de vidro, arrolhado e lacrado com cera, cheio de um líquido translúcido, que um leigo poderia facilmente tomar por água, não fosse o sutil cheiro de morte. Olhou contra a luz, admirando a completa ausência de agentes turvantes. Estava límpida! Finalmente estava pronto, era um perfeito exemplar de extrato de Mandrágora.

Sentou-se na cadeira de veludo, postando-se na frente da penteadeira. Abriu uma das gavetas, retirando de dentro uma arca de porcelana na qual estavam guardadas pulseiras, colares, tiaras e toda uma infinidade de joias, inclusive dois medalhões. Fora o fato de serem idênticos, não possuíam qualquer coisa de louvável, na verdade não passavam de um trabalho bastante rústico de ourivesaria, não merecendo um lugar junto das outras belas peças.

Todavia não era pela aparência que Sammya estava interessada neles. De fato a similaridade das duas peças era um bônus para a magia que pretendia. Era a origem que acrescentava mais energia aos objetos. Rindo malignamente ela rompeu o lacre do frasco e verteu algumas gotas do líquido no centro de ambas as peças. Uma luminosidade enegrecida circulou a ambos, para logo sumir sem deixar qualquer rastro. Ela colocou um deles no pescoço e o outro dentro de um saquinho repleto de ervas aromáticas. Então para certificar-se de que o cheiro da mandrágora estava bem encoberto pelos grãos de café e as flores de lavanda, aspirou fundo o aroma que exalava do tecido.

— Perfeito... Tudo está perfeito!

X

Bárbara

— Então... Deixa ver se entendi: Todas as criaturas das quais já ouvi falar, são reais? Vampiros, bruxos, dragões, lobisomens... Tudo? Os bonzinhos e os vilões? — perguntou Bárbara abrindo a porta do carro.

— Na verdade alguns destes entraram em extinção, como é o caso dos dragões. Há outros ainda que adotaram o autoisolamento de suas espécies, como por exemplo, os elfos e os lobisomens. Os primeiros o fizeram pela perda total da crença no futuro das criaturas mágicas, então se dirigiram para as florestas profundas a fim de atingir um completo distanciamento das outras espécies. Já os lobisomens, meio que fizeram por medo de serem extintos... No passado eles e os vampiros entraram em guerra contra os Porteiros. — Falava Tessa, em um já característico tom de professora.

Bárbara percebeu que a garota embora muito jovem, possuía um bom conhecimento sobre as questões do mundo mágico e definitivamente não era atingida pela modéstia. Enquanto ela ouvia a "aula" um trio de indivíduos idênticos chegou ao cemitério de trens. Pareciam ter saído do nada; o que deixou a policial muito inquieta. Usavam calça jeans clara e surrada, cassacos pretos; as mangas compridas demais, cobriam as mãos. Tinham o cabelo loiro ensebado, caindo oleosos sobre os ombros. Os olhos eram verde-cinzentos e aparentemente algo os incomodava, pois tinham a aparência de quem está com dor de estômago.

Eram os trigêmeos Melenos, Marenos e Moulenos, compunham a equipe de limpeza mais famosa da Ordem, sendo endereçada para os locais onde era necessária uma cobertura maior dos fatos. Eles trocaram algumas palavras com Tessa e Kyle, um deles olhou várias vezes de esguelha para Bárbara, sem no entanto dirigir-lhe a palavra.

— Esses caras poderiam estrelar o Iluminado... Eles me dão arrepio... — comentou Kyle, dando uma piscadela para Bárbara.

Ela não emitiu qualquer opinião sobre o "trio estranho". Após o aceno de cabeça não retribuído, Bárbara passou rapidamente para o estágio da antipatia. Os três conversaram entre si muito rapidamente e começaram a andar; pararam no que seria o centro do espaço, deram as mãos como que para iniciar uma dança de roda e então o processo começou. Uma onda de energia emanava deles, indo agir sobre objetos ao redor, bem como no cenário. Um "filme" pareceu ser executado. Não demorou mais do que alguns minutos até que tudo ficou constituído de forma para dar a entender que a vítima ou o próprio atacante fizeram uso de uma pistola. Um dos tiros terminou por acertar um galão de combustível, causando um incêndio que destruiu os corpos.

Não pôde deixar de pensar em como eles agiam de forma eficiente, cobrindo os pontos que os detetives provavelmente investigariam. Quantos crimes ligados ao mundo mágico não foram encobertos como este? Badalou a pergunta em sua mente. Sempre tentara manter-se aberta para as opções, buscando estar em contato com todos os possíveis níveis de determinado acontecimento. Seu pai lhe fizera entender que uma cena de crime contava uma história, e aqueles indivíduos estranhos mudaram isso sem a menor dificuldade... Ela poderia muitas vezes ter estado face a face com algo assim e não percebeu.

Ainda pensando sobre essas questões, ela deu a partida no automóvel controlando-se para sair devagar, afinal Tessa deixou bastante claro, desde o primeiro momento em que foi decidido que tomariam o carro, que odiava os meios de transportes humanos; "caixa de ferro barulhenta e malcheirosa", como ela mesma havia definido.

Nem bem havia entrado numa rua lateral, executando o contorno, Tessa já estava perecendo terrivelmente de enjoo; com o rosto afastado da janela trazia olhos tão apertados que as pálpebras pareciam costuradas. Já Kyle, no banco de trás, cantava junto as músicas que tocavam no som do carro da policial, parecendo muito à vontade.

— Você está realmente bem? — perguntou Bárbara, tentando avaliar se a garota iria vomitar no carpete.

— Uhnnn... Unnhh... Foi todo som que ela conseguiu emitir, antes de começar a fazer uso da sacolinha que um sorridente Kyle entregava. Enquanto fazia comentários sobre ostras, queijos e outras coisas "nojentas".

Após rodar por um tempo indefinido, acabaram em uma lanchonete, Bárbara recusou-se várias vezes a parar, ela queria ir para casa. Mas de alguma forma não conseguia achar o caminho; uma voz dentro dela falava que ela não era capaz de lidar com tudo aquilo. Contudo, Kyle se munindo de argumentos "levemente interessantes" a convenceu de que humanos tocados consumiam muita energia ao lutar. Além do que, ela não sabia para onde seguia, apenas continuava dirigindo, como se estivesse fugindo.

Quando arranjaram uma mesa e Tessa pôde, finalmente, "sentar em algo que não esteja sacolejando como um potro de unicórnio", segundo as palavras dela, acorreu-lhe finalmente uma aparência mais saudável, concomitante com a chegada da comida. Aproveitando o ensejo a agente achou por bem continuar as explicações. Para Bárbara aquele era um sinal claro de que ela estava melhor.

— Ambas as realidades existem de formas paralelas, os humanos em sua maioria não veem as criaturas. Essas, por sua vez, preferem manter afastamento. Porém isto só se torna possível devido a existência do "Véu"... — Teve, porém, sua narração interrompida pelas insistentes tentativas de Kyle em soprar no refrigerante com o canudo, produzindo um som borbulhante e muitíssimo enervante.

— Que foi? — perguntou ele quando percebeu que ambas o estavam olhando em silêncio. Deu de ombros e começou a tomar o refrigerante enquanto comentava entredentes: — Todo mundo sabe que assim fica com mais gás.

Enquanto Tessa e Kyle discutiam sobre as constantes atitudes infantis dele, como por exemplo, ter saltado na frente do espectro ou como da vez em que, segundo a garota, ele havia brigado com um invocador em uma taverna em Rüegg e eles tiveram que sair correndo já que fora eles dois não havia ninguém de outra base, Bárbara os observava em silêncio. Não passavam de "crianças" dotadas de armas e habilidades incríveis, mas ainda assim crianças. Tessa mesmo sendo dois anos mais velha, ainda contava com algo em torno dos dezenove anos.

— Então se existe essa barreira, por que alguns humanos conseguem ver através? — perguntou Bárbara em primeiro momento para seus botões, contudo logo percebeu, havia feito o questionamento mais alto do que imaginava.

— Ué, para o véu dar certo e ser perfeitamente selado; dentro e fora. Uma parte da magia também tinha de existir aqui, sendo assim, alguns humanos foram "tocados". Receberam um pouco da energia que criou o véu, passando isso para os filhos e os filhos dos filhos. Além disso existe o que chamamos de fuligem mágica... — Neste momento do "discurso" Tessa olhou para Bárbara; acrescentando quando viu a expressão de confusão da policial: — Uma espécie de resíduo mágico que se desprende de uma magia bastante poderosa ou que cubra uma grande área.

— Ok, então meio que alguns de nós, humanos, sofreram uma mutação? — perguntou ela apontando para um Kyle devorando hambúrguer, além de si própria.

— Ei! Eu não sou um peixe de duas cabeças, muito menos tenho garras de metal, para você me chamar de mutante. Sou um ser mágico! — falou Kyle com a voz pastosa e as bochechas cheias de farelos de pão.

— De qualquer forma, estamos tentando lhe explicar tudo por uma razão; humanos tocados, em geral, escolhem manterem-se neutros. Talvez seja mais simples fingir que tudo não passa de um pesadelo... O que ela está querendo dizer é que apenas os legais entram para a Ordem. — Emendou Kyle, dando um sorriso que só evidenciou o quão cheia a boca dele estava.

Ignorando o amigo de maus modos, a agente continuou:

— O que estou querendo dizer é que apenas os que escolhem entrar para a Ordem recebem armas mágicas. É realizada uma cerimônia de "ligação"... Sinceramente ainda não entendi como conseguiu sozinha trazer as pistolas — falou Tessa puxando para junto de si o seu prato, já que Kyle lançava olhares compridos para este.

Bárbara também refletia como havia conseguido fazer o que fez; fosse lá o que tinha sido. Tudo em que pensava era em como estava irada, desejando destruir aquela criatura, causar dor e sofrimento iguais aos que ele infligia às vítimas. Foi então que sentiu tudo parar, até mesmo o vento. Apenas três coisas existiam em todo o universo; as pistolas, a criatura e o seu desejo de matá-lo.

Bastava fechar os olhos para sentir novamente em suas mãos o peso das pistolas, além da sensação de ondulação que havia no ar ao redor delas. A arma que surgiu em sua mão esquerda era azul-escuro; profunda como a meia-noite, com detalhes prateados no longo cano. Já a da direita era possuidora de um tom cinza-escuro como o chumbo molhado, com entalhes em dourado envelhecido percorrendo o cano e a coronha da pistola.

— Não creio que isto tenha ocorrido pelo simples acaso... — Bárbara percebeu-se dizendo para Tessa e então como que para disfarçar, empurrou o sanduíche para mais perto de Kyle, quando este lhe perguntou se ela planejava comê-lo.

— Também penso como você — falou Tessa lançando um olhar bastante significativo para o parceiro, como se estivesse cobrando dele uma postura mais disciplinada. Até que este forçou-se para engolir um grande naco de comida e comentou:

— Na verdade tem outra coisa incomum, normalmente os humanos possuem uma arma apenas. Você tem duas! Só ouvi falar de uma pessoa que também é assim... Comandante Raehgo...

— Uau! É mesmo, Kyle! Eu não tinha pensado nisto... E como fomos nós que a encontramos, isso vai fazer maravilhas para nossa carreira! —

Neste ponto Tessa juntou as pontas dos dedos de ambas as mãos e assumiu uma postura animada.

— Ei, ei, EI! Acorda! Nem sabemos se ela vai mesmo juntar-se à Ordem — disse o agente entredentes, enquanto estalava os dedos na frente da parceira.

— Na verdade, acho que não poderia simplesmente ignorar tudo... — falou a policial levantando da mesa e pegando as chaves do carro. — Levem-me para ver essa Ordem da qual vocês falam, eu acredito em uma abordagem prática... Quero falar com seus superiores.

— Onde você vai? Não podemos chegar até lá desta forma — disse Tessa apontando para o automóvel através do vidro. Seu rosto assumindo rapidamente um tom esverdeado. — E mesmo que fosse possível, eu não entraria mais naquela monstruosidade!

— Então como? — perguntou a policial visivelmente confusa, reativando o alarme do automóvel.

Revirando o bolso de sua calça surrada, Kyle retirou um par de pequenos dados de pelúcia; eram vermelho-sangue com as bolinhas pretas. Presa a estes havia uma chave de aparência pesada, feita de ferro, com rasuras em vermelho incandescente, assemelhando-se a um metal que embora possua uma crosta resfriada na superfície, possui o interno ainda em brasa.

— Esse é o nosso passaporte, meu bem — falou ele jogando o objeto para cima e o pegando no ar, rindo ao ver a cara de total desalento da oficial de polícia.

Bárbara correu os olhos das mãos do rapaz para o bracelete de Tessa e de volta para o rapaz. Ambas muito diferentes entre si, desde o material de construção até mesmo tamanho e formato. Na verdade, exceto o fato de ambos os objetos serem chaves, não havia nada em comum. *Talvez seja uma espécie de credencial ou distintivo, afinal me falaram que também são policiais, ao modo deles, é claro*, pensou.

— Qual é a dessas chaves? — perguntou ela tentando assumir um tom casual. Não queria demonstrar a crescente curiosidade recém-instigada em sua mente.

— São as nossas insígnias como membros da Ordem, além de "meio de transporte". Com elas, podemos utilizar a porta dos fundos da lanchonete, abrindo-a de forma a saltar entre as dobras do véu e assim ir para uma das sedes da Ordem na América Central, ou até mesmo no Himalaia.

— Anham... Ainda não entendi essa coisa de "Véu" — falou ela dando ênfase à última palavra, sem certeza se estava utilizando o termo correto.

A policial estava cada vez mais "assustada" diante daquela situação... Em questão de poucas horas todo o mundo estava virando de cabeça para baixo.

— O véu é uma cortina de fumaça que separa a existência humana daquela onde vivemos nós: as criaturas mágicas — falou Tessa.

— Isto eu já entendi, mas, como... Como ele funciona?

— É... Bem... Você faz boas perguntas, sabia? É tipo assim... — Gaguejava a garota, tal qual aluno que não sabe direito uma matéria. Até que respirando fundo, ela emendou: — Um tempão atrás não havia essa barreira, todos os seres conviviam abertamente, só que a espécie humana se revoltou com inveja das habilidades diferentes de algumas raças e por isso os Sete Mag...

— Não, não, não, você está falando errado, quem se revoltou foram os Qnai, por isto eles foram banidos — falou Kyle ao mesmo tempo que fazia sinal para a garçonete trazer a conta. — Por isto e também por estarem roubando magias, eles foram exilados.

— Os o quê? — perguntou Bárbara.

— Kyle! Pare! Você está confundindo tudo, além do que, lembro de você falar que desta vez seria eu a explicar. — Falando isto, subiu as sobrancelhas além de inclinar de leve a cabeça; em seu rosto havia uma expressão que parecia desafiá-lo a tentar interromper ela novamente. Passou ainda alguns segundos o encarando, até que comentou: — Não ligue para ele, essa história de Qnai é pura balela, logo ele vai fazer você acreditar em bicho-papão...

— Mas bicho-papão exist... Ok, ok, sem interromper, entendi. — Ao que ele acrescentou em um tom sussurrante, apenas para que Bárbara pudesse ouvir: — Chata...

— Como eu dizia, o véu foi levantado para impedir que novas guerras acontecessem, ironicamente foi exatamente neste período que ocorreu a maior batalha entre seres mágicos até hoje. Afinal alguns grupos queriam aproveitar a confusão e tomar o comando. Mas desde essa época os Porteiros já botavam ordem nas coisas.

— Certo, mas isso não esclarece como o véu funciona, além do que se é algo tão antigo, por qual motivo ainda dura até hoje?

— O véu é sustentado por cinco grandes pilares, correspondentes aos elementos básicos de formação da matéria mágica. Estes surgiram devido ao sacrifício dos grandes magos, as vidas e respectivas magias destes, de alguma forma, serviram para a construção das colunas de apoio.

Bárbara não podia negar, por mais confusos que fossem, ambos complementavam um ao outro de forma incrível. Desde as implicâncias à mesa da lanchonete, até a forma como lutaram contra a criatura. Enquanto os observava, viu Kyle insistir para Tessa que já havia visto um bicho papão. A garota por sua vez fingia que não existia alguém além dela e da policial. De certa forma Bárbara os invejava, nunca havia conseguido experimentar este tipo de cumplicidade com ninguém. Pouco depois de seu nascimento sua mãe havia morrido sem nenhum outro referencial que o pai policial durão. Ela não possuía grandes opções a respeito de em quem se espelharia.

— Chega! Ou eu juro que vou fazer ferver toda a água do seu saco... — bradou Tessa, as bochechas afogueadas diante da irritação.

— Alto demais... — falou Kyle dando um risinho nervoso e escorregando pela cadeira.

Todos os presentes na lanchonete estavam voltados para a mesa deles, fitando em especial Tessa. Na verdade durante toda a conversa deles, um ou outro olhar ocasional os espiava. Porém o descontrole da moça ocorreu exatamente depois do momento em que uma garçonete derrubou uma bandeja, sendo assim o silêncio apenas perpetuou o desconforto. Kyle agora ria descaradamente das companheiras de mesa, que também estavam visivelmente desconfortáveis com a situação.

O clima perdurou até a conta ser paga e eles saírem da lanchonete, dando a volta pelo estacionamento em direção à porta de acesso lateral para a carga e descarga de produtos com o intuito de utilizá-la como passagem para uma das sedes da Ordem, situada em Zanon, a pequena cidade das flores.

XI

Eve

— Agora que o vi comendo, passei a achar bem nojenta toda essa coisa de vampiro, beber sangue, etc. — falou Eve simulando um acesso de vômito, enquanto se mantinha equilibrada nas pernas de trás de uma cadeira. Os pés postos cruzados sobre a mesa e as mãos entrelaçadas atrás da nuca.

— Você deveria saber que é falta de educação falar assim sobre a alimentação de outro, isto sem falar, é claro, no desagradável comportamento de ficar me observado — retrucou Michel jogando a bolsa de plasma na lixeira próxima. — Caso queira posso lhe dar um ótimo ângulo de minhas presas — falou o meio-vampiro escancarando a boca, passando a língua num dos dentes pontiagudos.

— Gostaria de vê-lo tentar... — disse Eve estendendo o dedo do meio para ele. Uma chama vermelha alaranjada surgiu na ponta deste.

Depois da audiência, bolsas de sangue foram disponibilizadas para Michel, como cortesia da senhora Audália e seus amigos no alto escalão vampírico. "De agora em diante as bases deveriam possuir sempre um estoque para atender o mais novo membro e as suas necessidades diferenciadas", haviam sido essas as palavras ditas por ela, antes de sair rebolando do local do interrogatório.

Eve entendia mais ou menos o jogo de marketing existente nessa ação, porém em seu íntimo ela desconfiava — achava muita gentileza para pouco motivo. Parecia que havia uma abelha em seus ouvidos, zumbindo insistentemente: Por quê? Desta forma achou por bem manter-se atenta, seu instinto por mais estranho que fosse, quase nunca errava de todo.

— Por qual motivo temos que ir até Enuewm? — perguntou enquanto se espreguiçava igual um gato, coisa que normalmente fazia quando estava satisfeito. — Olá... Eve? Eve? — falou ele agitando a mão na frente da sua nova parceira.

— Oi... Oi, desculpe, não ouvi, o que disse?

— Perguntei por que temos que ir até a grande cidade.

— Na verdade é uma tradição, os candidatos a Porteiros devem apresentar a petição de entrada para a Ordem. Isso deve ser feito na sede central, que fica lá em Enuewm. Caso este seja aceito, será então indicado alguém para treiná-lo a fim de que possa desenvolver suas habilidades de forma satisfatória. No seu caso, sabemos que é tudo por mera formalidade, já recebi inclusive a tarefa de treiná-lo. A intenção de continuar com tal procedimento é para que todos vejam que você ingressou de acordo com os modelos previstos; seguindo as tradições. Uma vez que tecnicamente você já foi "aceito", além de ter uma maravilhosa mestra, poderosa e muito charmosa, devo acrescentar — falou a agente sorridente.

— Isto expressa exclusivamente a sua subjetividade... — disse ele enquanto revirava os olhos.

— Não entendi o que disse, mas também não gostei do tom... Agora se já terminou de me insultar, vamos indo, quero passar em um local antes de irmos para Enuewm — falou ela assumindo uma expressão satisfeita para consigo mesma.

Levantaram da mesa que ficava no canto do refeitório; esta havia sido escolhida pela posição discreta em relação à disposição do salão. No caminho até o portário, a maga do fogo lembrou de algo que a incomodava e não havia achado brecha até então para perguntar:

— Sabe, não entendi por que me ajudou lá na boate...

— Para ser sincero também não sei, na verdade eu havia tido... A impressão de te conhecer de algum lugar — falou ele dando de ombros e apressando o passo.

Ela olhou ele adiantando-se no corredor e não pôde deixar de pensar que ele mentia mal, pior até do que seria aceitável. Nossa, será que até isto eu vou ter que ensinar? A vida de uma mestra é um calvário realmente...

Não havia comentado nada com Michel para onde estavam indo. Respondera apenas que seria uma rápida visita a um velho amigo, o que não deixava de ser verdade, já que o conhecia desde que era bem nova, era um amigo "herdado" de sua mestra. Não havia em todo mundo alguém com mais talento que ele na fabricação de artefatos, lembrou-se de quando, na ocasião de lhe entregar a chave, este olhou rapidamente para o recipiente cheio de cinza vulcânica e falou: "Uma chave contendo a alma de um vulcão, para alguém que tem na alma um vulcão".

O portário naquele horário costumava estar deserto, por assim dizer, a maioria dos membros estava alimentando-se ou voltando de missões. Sendo assim, não houve nenhum empecilho para se conseguir uma porta disponível; não que isso fosse alguma situação costumeira. Mas não seria a primeira vez em que "novatos" se viam em jogos de "doidinho", nos quais três ou mais veteranos se revezavam para impedir a utilização de uma saída.

Provavelmente a escolha da hora influenciou, mas sem sombra de dúvidas, o fato de o novato em questão ser um vampiro ajudou para que fosse deixado de lado. De qualquer forma, ela não iria dar sorte ao azar, sendo assim escolheu a porta mais próxima e a abriu. Esta revelou uma vasta sebe verde e vistosa, além de campos de trigo quase maduros; em alguns dias estariam prontos para serem colhidos.

Ver a plantação em tal estágio a fez lembrar-se dos maravilhosos pães de Katrin. Porém enquanto chegavam em sua mente, a imagem de crostas douradas e perfeitas ou geleias sendo passadas em fatias frescas, "fumegando amor", um gosto amargo subiu por sua garganta. Uma criatura tão boa! Não deveria partir como aconteceu com ela... "A febre do transformo." Maldição nefasta, matando pouco a pouco... Sacudiu a cabeça e concentrou-se na cabana que via alguns metros à frente, imutavelmente igual à última vez que estivera ali. Nossa, Lucky deve estar ainda maior! Pensou ela, recordando que meses antes ele já era muitos centímetros maior que ela.

A passagem utilizada estava inserida em uma cerca de madeira que delimitava uma pequena horta, posicionada lateralmente à cabana. Era de conhecimento geral que, mesmo aposentado dos serviços oficiais de chaveiro, ele ainda recebia muitas visitas de membros da Ordem para reparos ocasionais, ou pelo simples prazer de sua companhia, ao que ela riu deste último pensamento, lembrando-se do tom ranzinza que ele havia assumido nos últimos anos.

Olhando para os lados, ela reparou numa pequena linha de símbolos esculpidos na "frágil" soleira. Uma vez que toda a casa está equipada com magia "Ante-chave" ele colocou uma porta aqui, inteligente, pensou Eve rindo consigo mesma. Correndo os olhos pela propriedade, ela passou a procurar algum outro sinal rúnico visível. Mesmo não achando nada, não duvidou que ele já soubesse que uma visita havia chegado. Ao longe ela o viu sentado na cadeira de balanço, soltando grandes baforadas de fumaça de seu cachimbo.

— Quem mora aqui? — questionou o vampiro lançando um leve olhar de desdém para o local.

— Já disse, um velho amigo e eu acho melhor tirar essa expressão esnobe, ou ele te come vivo — falou ela rindo e apressando o passo para subir a colina.

Porém na metade do caminho resolveu dar a volta na cabana para "saudá-lo" pelo outro lado, surpreenderia ele ou não, dependeria é claro da precisão dos feitiços espalhados pelo campo, todavia valia a pena tentar. Pediu a Michel para esperar um chamado por parte dela, explicou rapidamente a brincadeira que planejava fazer e partiu.

Movimentando-se de gatinhas pelo terreno, ignorou os resmungos de "Isto não me parece um comportamento adulto" que o vampiro falava enquanto ela se distanciava. Ainda agachada aproximou-se da varanda pelo lado oposto ao da horta. Espiando rapidamente, constatou que ele ainda tragava o cachimbo e fitava as estrelas.

Nossa! Maravilhosa representação, se não soubesse como ele é, diria que realmente não sabe que eu estou aqui. Pensou ela, enquanto observava atentamente o alpendre, sem, no entanto, achar algum letreiro ou sinal rúnico. Esperou pacientemente por alguns instantes, até que o phelino concentrou a atenção nas brasas do cachimbo. Aquele era o momento perfeito para a "surpresa"... Respirou fundo, concentrando calor em ambas as mãos, contou mentalmente até três e pulou por sobre o parapeito, ao mesmo tempo em que soltava labaredas de fogo das mãos e gritava um sonoro BUUU.

O berro que o velho soltou trouxe o vampiro rapidamente colina acima, além de surpreender a ela própria, que induzida pelo calor do momento também gritou — espalhando labaredas avermelhadas por todo piso de madeira. Sidrak havia caído da cadeira e derrubara o cachimbo; jazia em uma confusão das dobras do robe, pernas e barba.

— Não acredito no que meus velhos olhos mostram... EVE! — falou ele sendo ajudado por Michel a levantar-se.

— Velhote! Acho que te peguei, não é? Onde está Lucky? Aposto que deve estar maior que você agora... — Parou de falar ao perceber a expressão triste surgir no rosto dele.

— O garoto partiu... Pensei em procurá-lo, mas não posso censurá-lo desta vez... Acho que foi exatamente por isto que ele partiu... Eu só queria o melhor para ele, entende? — falou ele já sentando novamente.

— Mas...Mas... Isso é um absurdo, vou atrás daquele moleque e trazer ele aqui pelas orelhas! — falou a maga do fogo levantando o punho direito fechado, no qual chamas brilharam rapidamente.

— Não, minha querida, não é necessário. Creio que ele precise se encontrar primeiro, o meu garoto voltará quando for o momento... Só espero que ele tenha cuidado até lá — falou o velho olhando vagamente para os trigais à frente. — Mas diga, o que a traz aqui? Vejo que trouxe alguém... — Ele havia dado grande ênfase ao termo "alguém", na tentativa de insinuar algo. Além de piscar de forma não sutil para a jovem.

Uma Eve corada respondeu, enquanto voltava o rosto para o outro lado:

— Ele é um novo membro, eu estou treinan...

O barulho de algo caindo no interior da casa a interrompeu. Parecia que vários pequenos pedaços de metal haviam caído no chão, rolando pelo piso, enchendo o ambiente de sons titilantes. Os três entraram na cabana para verificar a origem daquele barulho, observando que a porta da oficina do chaveiro estava entreaberta. Ao adentrarem perceberam um móvel cheio de pequenas gavetas — uma faltava. A agente sabia ser o local de repouso das chaves já prontas e aquelas que ainda estavam em processo de fabricação.

No chão da oficina jazia a gaveta, parecia ter sido puxada por alguém invisível ou alguma força, que após a retirada desta parte do móvel simplesmente foi extinta. A agente e o phelino permaneceram imóveis. Enquanto Michel, sem qualquer aviso, abaixou-se para apanhá-la e ao fazer isto, percebeu a existência de uma chave negra com uma presa de marfim, próxima ao objeto de madeira. Esticou a mão para pegá-la; porém ao tocá-la o vampiro pendeu para trás, sendo amparado por uma Eve assustada.

— O que aconteceu? Ei! O que houve? — falava ela enquanto o balançava pelos ombros, parando apenas quando olhou para os olhos dele e viu a expressão vazia.

Todo o corpo estava imóvel, as pupilas dilatadas, a boca entreaberta revelando a branquidão aguda dos caninos afiados, os dedos de ambas as mãos estavam flexionados, revelando unhas pequenas, de aparência afiada. Eve ainda estava surpresa diante do ocorrido, quando um rosnado gutural a fez recuar; o peito dele vibrava por baixo da camiseta de linho branco, parecia um gato selvagem.

— O que você viu? — perguntou Sidrak com uma fisionomia séria.

— Como sabe que vi algo?

— É... Como sabe? — perguntaram ambos ao mesmo tempo.

— Existem muitos mistérios na vida, alguns são simplesmente indecifráveis... Estar pronto para viver com este fato é a primeira coisa que aprendemos para exercer o ofício de chaveiro. Meu mestre uma vez me disse que chave e mestre sempre se encontram. Essa aqui eu fiz depois de um sonho — falou ele enquanto abaixava-se com esforço para pegar o objeto.

— Acredito, meu jovem, que isto seja seu — falou enquanto entregava a chave. O objeto ao tocar nas mãos de Michel acendeu, brilhando intensamente uma luz que não iluminava, para depois voltar ao normal.

— EI! Que história é essa? Eu sou a mestra dele! E eu não autoriz... — Parou o discurso ao observar a cara fechada do velho phelino. Após alguns instantes ela pigarreou alto e acrescentou: — Ok, você pode ficar com ela, mas se eu sonhar que usou sem minha permissão, eu irei tostar você de dentro para fora.

Sidrak riu diante das palavras dela; por breves momentos exibiu o brilho nos olhos de quando Katrin estava viva. Porém logo a costumeira expressão ranzinza voltou e ele se dirigiu a Michel:

— Diga, rapaz, é este o seu dom, não é? Você recebeu o presente negro e este veio como a premonição, não foi? Fale o que viu.

— Na verdade não sei ao certo se sou sangue puro, afinal nunca manifestei controle algum sobre este suposto dom... É algo que vem quando bem entende... — falou o vampiro se desculpando. — Eu vi uma bela mulher sentada em um balanço, com trepadeiras subindo pelas cordas... No ar ao seu redor havia bolhas, acho que de sabão... Ela estava olhando para... Para... Uma espécie de cachoeira... Só que ao contrário. Desculpe não sei o que significa. — Terminou ele com um dar de ombros.

— Isto é falta de disciplina de sua parte, nada acontece simplesmente por acontecer. Por que me tornei chaveiro? Por que você veio até aqui? As perguntas são inúmeras, meu garoto, tentar respondê-las deve ser nossa meta diária.

Eve não pôde deixar de mais uma vez admirar a sabedoria do phelino, sempre plácido diante dos mistérios e atribulações. Jurou em seu íntimo que encontraria Lucky e o traria de volta a salvo, pronto para receber uma boa reprimenda. Abraçando seu velho amigo ela desculpou-se pelo susto e pela pressa, porém eles ainda tinham que ir até Enuewm para fazer a apresentação da petição, além, é claro, de encontrar acomodações para passar a noite.

Sidrak não os deixou sair antes de realizar uma rápida inspeção na chave de Eve. Bem como entregar uma tira de couro trançado para que Michel pudesse prender a dele; este optou por trazê-la atada ao pulso, como uma pulseira.

Após descerem a pequena colina e passar pela porta na cerca, saíram no portário principal, trancando às suas costas a imagem da cabana de Sidrak. Se os outros espaços similares a este já pareciam confusos e surreais, este por sua vez, evocava a mesma sensação, porém em um nível grandioso. Portas abrindo e fechando a todo momento. Para cada ângulo olhado havia, entrando e saindo, uma verdadeira multidão de indivíduos, de tamanhos, formas e espécies diferentes.

— Este é o Átrio Central, o maior ponto de conexão mágica em todo mundo. — Ao falar isto ela olhou para os lados e assumiu um tom de segredo, falando baixinho: — Dizem inclusive que existem portas especiais, que estão escondidas da maioria e que levam a locais impossíveis de serem alcançados por meio de portas comuns.

Caminhavam até o outro lado do grande espaço, onde havia a saída para as outras partes do edifício quando ouviram uma voz rouca atrás deles:

— Não me digam que estou vendo Evellynzinha...

Um gosto de ácido estomacal surgiu instantaneamente na boca de Eve. Ela se sentia como se a tivessem obrigado a lamber as costas de um gambá. Respirando fundo, voltou-se decidida a não ceder à onda de provocações que sabia estar por vir.

A mulher que estava atrás deles era alguns poucos centímetros mais alta que Eve. Cabelos ruivos de cor acobreada, dotados de grandes cachos, cobriam as feições finas e de aparência delicada. Nos ombros era possível ver várias sardas salpicando a pele, evidenciadas através da blusa que vestia. Os olhos eram de uma coloração indefinida; algo entre o verde-claro e o azul Tiffany. A boca tinha lábios muito finos, esmaltados em roxo.

— Oi, Júlia — falou Eve com um sorriso forçado.

— Você por aqui... Não me diga que veio apenas para prestigiar a minha promoção para oficial... — falou Júlia enquanto retirava do bolso uma cigarreira dourada.

— Não sabia que a Ordem estava tão desesperada assim... Na verdade eu vim conhecer meu novo pupilo — falou indicando com o polegar Michel, que estava às suas costas.

A mulher ruiva pendeu a cabeça para o lado, olhando-o de cima a baixo. Emitiu um som de pouco caso e continuou a encarar Eve.

— Não achei grande coisa... Nada pessoal, meu caro — disse piscando para Michel, ao que ela acrescentou: — A Evellynzinha não é uma das melhores para ensinar algo... Se bem que eu soube que você pegou aqueles Ogros lá na Lapa e só explodiu metade do prédio... — Assumiu então uma expressão de fingida surpresa e bateu palmas sarcásticas na frente deles. — Isso definitivamente é um progresso...

— Posso explodir metade do seu rosto, aqui e agora — falou Eve dando um passo para frente ao mesmo tempo em que surgia uma labareda laranja avermelhada ao redor de seu punho direito.

Júlia estreitou os olhos e toda a sua pose brincalhona e despreocupada desapareceu, surgindo no lugar uma mulher séria, com um instinto voraz no olhar.

— Gostaria de vê-la tentar... — Deu um acesso de riso forçado. — Como nossa mestra disse no passado eu agora repito: "Você é raiva e destruição, Eve", nem todos compreendem que o fogo não é apenas isto. — Concomitante com a fala da maga ruiva, uma pequena chama em tons azulados surgiu na mão espalmada, tomando a forma de um pássaro que volteou por sobre sua cabeça, tal qual um beija-flor, indo pousar em seu ombro.

Eve gostaria de fazer descer uma coluna de incandescente lava sobre ela. Maldita! Ela finalmente dominou a magia de criação de fogo! Pensou. Não era uma simples chama modelada, mas, sim, uma ave criada em fogo, mantida pela força de vontade da maga.

— Pessoas que se autoelogiam na verdade são carentes de atenção, agem desta forma por simples necessidade de aprovação dos outros — falou Michel de braços cruzados ao lado de Eve.

Instantaneamente o cigarro que já estava nos lábios da mulher ruiva acendeu-se com uma brasa azul, porém de brilho muito mais forte que o emitido pela "ave de fogo". Eve quase a lembrou que era proibido fumar na Ordem, mas preferiu manter-se quieta, seria ótimo ver um superior a reprendendo.

— Você tem a língua muito solta para um recruta. Cuidado, eu sou uma superior — falou Júlia soltando uma baforada de fumaça na cara de Michel. — Qual seu tipo de magia? Elementar? Invocação? Ou é um humano com uma arminha?

Fagulhas minúsculas afloravam da ponta do cigarro... Eve riu internamente, ao perceber que Michel havia conseguido "abalar" o exterior gelado de Júlia. Sendo assim ela achou por bem dar uma cartada para tornar as coisas ainda mais interessantes:

— Ele é um vampiro! — falou ela com um tom de voz mais alterado e ao ver a surpresa no rosto de Júlia, acrescentou ainda mais alto: — Isso mesmo, um VAMPIRO entrou na Ordem e a missão de treiná-lo é minha — gritava Eve a poucos centímetros do rosto da outra mulher.

— Meio... meio-vampiro... E vale ressaltar que eu não ataco ninguém. — Acrescentava Michel falando para ninguém em especial.

Por alguns segundos o rosto de Júlia era uma esfinge indecifrável. Então ela emitiu um som de muxoxo e disparou:

— Se é mesmo um vampiro, aposto que é um "sangue fraco" — falou batendo ombro com ombro ao passar do lado de Eve.

Ambos ficaram parados vendo Júlia afastar-se. Até retomaram o caminho para a recepção da Ordem, seguidos de perto por um trio que era composto por uma mulher de cabelos negros curtos, um rapaz negro com um martelo atado às costas e uma mulher de cabelos cacheados e que levava consigo duas pistolas. Estes dois últimos visivelmente irritados com os comentários de Júlia.

Após um tempo de silêncio desagradável e aterrador vindo da parte de Eve, Michel tomou a iniciativa:

— Quem é aquela simpatia? Ela é tão...

— Vaca? Cadela? Vagabunda? Escrota... — Parou ao ver que ele estava rindo, ao que ela perguntou: — Você usaria alguma outra palavra? Vamos lá, te desafio a descrever ela sem usar estes termos, acredite, já tentei. Mas verdade seja dita, quando ela e eu treinamos juntas, nossa mestra Zafrina...

— Espera aí! Você está falando de Zafrina, A Zafrina...? — falou ele acrescentando uma carreta séria para ilustrar sua fala.

— Sim, por quê? Você a conhece? A imitou direitinho. — Riu-se ela.

— Todos os vampiros a conhecem, a equipe dela atacou o forte dos vampiros e reduziu o alto escalão de treze para oito membros, um destes tendo escapado gravemente ferido... Foi depois disto que algumas medidas de segurança foram tomadas...

— Sim... Sim... Essa mesma, ela é maravilhosa... Uhhh Zafrina! Argh! — falou demonstrando grande impaciência na voz.

Chegando ao salão da recepção o vampiro estancou sem palavras. O espaço interno era simplesmente gigantesco, caberiam facilmente cinco catedrais. Todo o espaço parecia ser uma gigantesca caverna, com janelas, colunas e pórticos esculpidos em mármores de tons diferentes. O imenso teto abobadado era na verdade um gigantesco mapa esculpido em mármore rosa; um alto-relevo tão impressionantemente bem-feito que ele esperou ser molhado pela água dos rios ou mares. Reparando com maior atenção, era possível ver as sedes da Ordem e as cidades de instalação. Se o portário parecera movimentado, a área de recepção fervilhava.

No centro do grande salão havia uma fonte com cerca de dez metros de altura, uma estátua de Aloor Rhoco montado em um grande grifo com bico e garras de ouro. Na mão direita do criador dos Porteiros uma grande espada de lâmina flamejante e na esquerda, duas chaves cruzadas, encimadas por uma estrela, também de ouro. Um fluxo de água fluía de forma a descrever arcos por sobre a fonte, volteando como uma fita líquida.

Dois grandes balcões, com pelo menos quatro atendentes cada, surgiam após a escultura central; um de cada lado, com dois letreiros de metal, nos quais se liam as designações de cada atendente, classificando-os por números. Assim, foi para o "recepcionista dois", que eles se dirigiram. Para olhos desacostumados os pequeninos homens e mulheres seriam tomados como anões. Mas as orelhas pontudas, os olhos em tons que iam do verde-grama ao pinheiro e as cabeças desproporcionais ao corpo os denunciavam como duendes. Criaturas mágicas descendentes dos gnomos; elementais da terra como seus ancestrais, porém a manipulação mágica não era exatamente o forte deles.

Após uma rápida troca de informações e uma olhadela no carimbo que encabeçava a ficha apresentada por Michel, eles foram direcionados para a ponta mais afastada do segundo balcão; falar com a "recepcionista oito", para verificar a disponibilidade de acomodações, afinal ele já estava aceito. Terminou por conseguir um local "no provisório", onde também estava um oficial de Zanon. Era "um chiqueiro" nas palavras de Eve, pois o alojamento "provisório" era normalmente onde ficavam os não-bem--quistos ou os que não queriam chamar atenção.

Eve sabia como a Ordem operava, desta forma era quase certo que logo entrariam em contato com uma missão a fim de testar o novato, tanto em seus limites, como em capacidades. Assim ela achou que o melhor seria um pequeno tour para já garantir uma pequena familiaridade.

Após uma pequena excursão dentro do prédio, saíram para as ruas de Enuewm. Em frente à sede dos Porteiros havia a praça central da grande cidade, então o viram, impassível à passagem do tempo, o grande Pilar do Éther. Uma gigantesca haste comprida e estreita. Para Eve, parecia que um gigante havia fincado sua lança ali. Ela não conseguia ver a imponência mágica que muitos afirmavam, mas era estranho... O ar sempre parecia "zumbir" quando ela se aproximava da cerca. Ao longe a maga reconheceu o oficial Balon passar distraído, até o chamou, porém ele seguiu o caminho.

Acabaram sentados na praça, pois todos os bares estavam muito cheios. Compraram uma aguardente de ameixa; Eve disse odiar, mas pelos batimentos Michel percebeu que a maga estava mentindo. Escolheram um banco de pedra qualquer, sobre o qual ficaram, conversando amenidades e tomando bons goles da bebida licorosa. O fluxo de pessoas só diminuiu quando as horas mais frias da noite chegaram. Afinal a cerimônia de promoção e os jogos da Ordem estavam para acontecer. Os dois, meio-vampiro e maga, tentavam estreitar os laços de sua "união" forçada, até que Michel comentou:

— Estava aqui pensando, a assinatura do acordo de "Cessar Ataques" não foi há mais ou menos sessenta anos? Ela deveria ter agora algo em torno de... — falou ele devagar, escolhendo as palavras, pois na vez anterior em que o nome de Zafrina foi citado, Eve não reagiu muito bem.

— Oitenta e oito... Aqueles que atingem altos níveis de magia têm suas existências e vitalidades prolongadas. Acredite, a velha não está nem perto de bater as botas — falou Eve dando um riso forçado diante de sua própria piada. Além de dar um gole de bom tamanho em sua garrafinha.

— Não sei exatamente o que houve, mas acho que não deveria falar assim, uma vez que ela foi sua mestra... Você deveria prestar respei...

— Falo como bem entender, ela deveria me proteger! Cuidar de mim, tentar colocar um pouco de juízo em minha cabeça, ao menos tentar... Ela é minha única parenta viva... E diz que não quer me ver, pois segundo ela: "Eu mancho o nome da família!" — Cruzou os braços, voltando-se para o lado, escondendo o rosto da visão do vampiro. As bochechas muito afogueadas pela confusão de sentimentos e também pelo esvaziamento da garrafa.

— Se te consola, meu pai também não quer me ver... — falou ele em um tom de voz lamurioso.

— Que dupla nós somos, hein? Qual o motivo ele alega?

Eve pôde perceber a tristeza ir se desenhando na face dele. Levantou o rosto fitando as estrelas, silencioso. Por mais que em seu íntimo ela estivesse gritando, se manteve quieta pelo lado de fora. Claro que de tão ansiosa que estava, tamborilava os dedos no banco, deixando marcas de queimado. Até que ele simplesmente falou, como se nunca tivesse ocorrido a pausa:

— Alguns anos atrás, quando eu ainda não sabia direito o que era, eu fui tomado pela "fome" e ataquei alguém... A selvagem sensação que assola os de minha espécie não perdoa... É como ter uma fera raivosa mordendo seu cérebro... E meu pai... Bom, ele sabe de tudo... — falou ele para em seguida fechar-se completamente, levantando e informando que iria voltar para o dormitório.

Ela permaneceu sentada, observando-o sumir nas curvas da cidade. O meio-vampiro era bem mais legal do que ela imaginava... Talvez ser a tutora dele não fosse tão ruim como ela havia imaginado. Estava refletindo sobre possibilidades futuras, quando percebeu um vulto ao lado do Pilar, uma cerca com um perímetro de quinze metros, protegida por runas de autoativação. Era a forma de repelir qualquer aproximação não autorizada. Esfregou os olhos, se permitindo um bocejo silencioso, até que por fim percebeu: aquela pessoa não poderia estar ali! Pensou ela pondo-se de pé:

— Ei! Quem é você? Não é permitido estar aí ... — Falava ela enquanto corria descrevendo uma curva ao redor da cerca.

Ao aproximar-se do local a surrealidade do que viu a fez questionar-se a respeito de estar realmente acordada. Era uma mulher alta, de feições afiladas, usando um terno vermelho, com a cintura muito marcada. Uma cartola também vermelha equilibrava-se de forma torta sobre os cabelos acinzentados. A mulher trazia ainda uma bengala de lustrosa madeira rosa, na ponta da qual havia um globo de neve. Não fossem as vestimentas o comportamento já seria de longe ainda mais estranho, ela estava com a face colada ao Pilar, parecia sussurrar algo.

— Muito em breve todo o mundo ira ruir, agente... — gritou a mulher, dando uma gargalhada logo em seguida, ao perceber que Eve estava se aproximando.

— Quem é você? Venha calmamente ou terei que usar a força — falou Eve com os punhos rodeados por labaredas.

— Fogo, fogo, ela tem fogo, fogo, fogo... — cantarolou uma voz aguda nas proximidades. Eve olhou rapidamente para os lados, aquela voz havia ouriçados os pelos de sua nuca.

— Como eu não percebi que havia outra pessoa? — perguntou a si própria a agente assustada. — Entreguem-se ou realmente eu terei que agir — falou Eve ao passo que duas grandes labaredas irromperam de suas mãos, atingindo o chão e espalhando ao redor um foco de luz. Ela tentava conseguir uma melhor visibilidade com isto, porém não surtiu efeito; quem quer que estivesse ali, estava muito bem escondida.

Calmamente a mulher respondeu:

— Garota tola, o que é essa chama fraca para alguém que já domou dragões! Venha, eu a desafio...

Eve deu uma pequena corrida, ao mesmo tempo em que ambas as labaredas explodiam como propulsores. Ela deu um giro no ar e aterrissou onde a mulher estava segundos antes. Produzindo no chão uma pequena cratera de cerca de trinta centímetros de diâmetro. Só quando entrou no perímetro foi que percebeu os "alarmes rúnicos". Estavam queimados, derretidos como se alguém houvesse jogado ácido sobre eles.

A mulher estava do outro lado da praça, parada, enquanto a comparsa "invisível" gargalhava de forma estridente. Eve perguntava-se como ela havia conseguido mover-se tão rápido quando a mulher, parecendo ouvir os pensamentos da maga, virou as costas e saiu caminhando:

— É proibido estar aí, sabia?

O ar à frente dela simplesmente abriu-se. Para Eve pareceu que alguém havia utilizado uma chave, pois olhando através da fenda, ela pôde ver uma floresta coberta de neve e a mulher de vermelho sumindo. Deixando para trás uma sensação de urgência e um grande receio.

XII

Michel

Caminhava por um longo corredor em estilo rococó, com detalhes dourados nos rodapés e outros tons metalizados na moldura do teto. Havia várias portas, em tamanhos distintos; todas trancadas, como depois ele constatou ao experimentá-las. A sensação de desorientação era absurda; não sabia que lugar era aquele, muito menos como havia chegado até ali. Parecia ser uma parte de um palácio ou até mesmo uma elaborada alucinação. Era estranho perceber que sempre que ele tentava observar algo com mais atenção, um trecho qualquer ou um detalhe de uma das portas a escuridão parecia se aglomerar, só não reinava completa, devido os rastros de luminosidade que vazavam por debaixo das portas.

Não ouvia som algum e embora possuísse a plena certeza de ser observado, não conseguia sentir cheiro de ninguém. Na verdade, não havia qualquer outro aroma, exceto uma fragrância de especiarias; algo como exótico, doce e misterioso. Talvez por esta ausência de percepção em relação a qualquer ser vivo, ele estava tolhido em seu desejo de perguntar em alto e bom som, se havia alguém por perto.

Olhando para os lados enquanto caminhava, o meio-vampiro buscava por alguma pista de onde estava, como havia chegado até aquele lugar ou, pelo menos, alguma indicação de que não estava inteiramente só, o que ele já desconfiava, só não conseguia "provar". Chegou um ponto em que se deparou com cópias do que havia visto anteriormente; portas de madeira com maçanetas lustrosas, rodapés em folhas de ouro, mesinhas de três pernas encimadas por vasos vazios de flores, tudo absolutamente igual.

Sentiu-se tal qual um roedor, preso em um labirinto escuro, repleto de portas ao redor sem no entanto poder entrar; de certa forma estava sendo direcionado. Para onde? Por quem? Tais perguntas ardiam no seu íntimo. Cada novo passo se configurava exatamente igual ao anterior; adentrara em um *dèjá vu,* no qual tudo parecia haver acabado de brotar, afinal não havia uma presença confirmada. Nunca ninguém andou aqui! Quase gritou ele. Olhar para trás era como encarar diretamente a escuridão nos olhos. "Se retroceder eu fenecerei", era esta a certeza que se desenhava dentro da mente do meio-vampiro.

Até que simplesmente, surgindo como se estivesse ali desde o início da caminhada, o final do corredor. Um largo arco de pedra polida, brotando de um papel de parede de pequeninas flores azuis. Não havia porta propriamente dita, apenas delicadas tiras dependuradas que revelavam mais do que escondiam; uma cortina formada de miçangas coloridas, pequenos cristais e anis-estrelado — este último sendo a fonte do agradável aroma de especiarias.

Diferente da luminosidade morna, quase morrendo, que riscava o corredor, saindo pelas frestas, inúmeras gotículas de luz salpicavam de amarelo o chão próximo ao arco de pedra. Vindo do espaço além da cortina, uma música suave fluía. Alguns acordes chegaram até Michel, produzindo-lhe uma imagem mental em que um disco de jazz dançava ao toque da agulha, sobre a superfície negra.

Sacudindo brevemente a cabeça ele voltou-se para trás e para sua surpresa não havia mais nada, a completa ausência foi o que encontrou. "Se retroceder eu fenecerei"... Refletiu diante da única certeza que possuía no momento. Ainda perscrutando o negrume, viu sem ver a silhueta de uma criatura mover-se rapidamente. Concomitante a isto uma sensação lhe adveio, havia algo faminto à espreita, não poderia permanecer muito tempo parado ali, presa fácil para aquilo que vagava nas trevas. Sendo assim ele atravessou a cortina. Por um instante esteve cego, até que os olhos se acostumaram com a grande quantidade de luz.

Um grosso tapete cobria o chão escuro, exceto por alguns centímetros, próximos à lareira. Era tão felpudo quanto o da casa de campo de Adrian... Teve vontade de se deitar, afundar o corpo nu nas fibras macias, como eles fizeram tantas vezes... Essa pequena lembrança lhe rendeu um riso envergonhado, que foi morrendo à medida que ele reparava naquela alcova.

Duas poltronas em tom terroso, sobre as quais mantas de crochê banco jaziam, com uma pequena mesa quadrada posta entre elas. Na parede oposta havia um divã de couro negro, com almofadas vermelhas. Era o que constituía basicamente o mobiliário da alcova. Havia ainda uma grande quantidade de telas virgens e cavaletes, além de tintas e pincéis de cerdas castanhas. Nas paredes era difícil achar espaços vazios — pinturas de todos os tamanhos e temas cobriam quase cada centímetro. Michel estava fascinado... mas a sensação mudou para receio quando viu um quadro de si mesmo olhando uma parede, onde havia novamente um retrato seu.

No centro do cômodo, sentada em uma banqueta com três pernas longas e afiladas, estava a mulher mais bela sobre a qual ele havia posto os olhos, uma tela inacabada estava a sua frente. Ela parecia mergulhada em transe; silenciosa e imóvel. Em uma das mãos uma paleta de marfim, contrastando com a pele cor de chocolate.

Na visão de Michel, a compleição dela parecia ser composta por uma mistura de cantora de cabaré, com as clássicas divas do cinema. Uma estátua de Rodin, feita em bronze, ébano e magia, ela observava a pintura à frente. Michel a espreitava indeciso; dúvidas acerca de como chegara até aquele local ou se deveria permanecer cruzavam sua mente. Contudo, antes que ele fizesse ou falasse qualquer coisa, ela se manifestou:

— Olá, Michel, até que enfim o encontrei... Fico realmente contente com isto — falou a mulher dando uma pincelada no quadro. — Estava ansiosa, por assim dizer.

Cada gesto, por menor que fosse, parecia fazer parte de uma dança muito sutil e profundamente relaxante.

— Desculpe-me, mas, não creio que a conheça... Qual o seu nome?

— Nunca nos encontramos... Mas sinto que sei tudo a seu respeito, na verdade quando era pouco mais que uma garotinha, eu soube que um dia o veria. Só não sabia ao certo quando ou como seria. — Falando isto ela voltou a face para longe do quadro, concedendo a Michel um belo sorriso. Contudo, olhou para um ponto mais à esquerda dele. Suspirando ruidosamente ela acrescentou: — Uma pena que vê-lo signifique o fim... Para tudo... Todos...

Ao olhar rapidamente os olhos acinzentados da mulher, Michel percebeu o brilho fosco e a ausência de expressão, a mulher era cega. Instintivamente ele comentou, sem saber ao certo o motivo:

— Oh... Sinto muito... Senhorita?

— Delphine. Não vejo motivo para o sofrimento, você não me causou isto... Os seres têm uma tendência estranha de assumir dores alheias... Por vezes vejo melhor do que aqueles que enxergam propriamente falando e você, Michel, o quão bem consegue ver?

Michel foi pego desprevenido não somente pela pergunta, como também pela forma de falar da mulher, ela possuía uma maneira incomum de expressar-se. Límpida, vibrante, ao mesmo tempo triste, carregada de sentidos misteriosos. Havia até mesmo uma menção nas entrelinhas sobre as habilidades dele ou era apenas a imaginação dele? Enquanto ainda refletia sobre como responder, ela falou:

— Infelizmente temos pouco tempo para chegar aqui e gastá-lo com enigmas... Por mais divertido que esteja sendo. Quero que saiba por que o chamei — disse ela largando finalmente o pincel. — Atrás de você há uma grande tela coberta, poderia olhá-la? Gostaria da opinião de um colega artista, alguém que partilhe os mesmos talentos.

Michel se sentiu estranho ao puxar o tecido. Era uma espécie de fremir e enjoo ao mesmo tempo. Suas mãos vibravam por dentro enquanto ele segurava a cobertura do quadro.

— Isto aqui no centro é...?

— Sim, é... — falou ela assumindo uma expressão cansada. Colocou o pincel e a paleta de cores em um suporte anexo ao cavalete. Desceu da banqueta e caminhou até perto da lareira; parou com as mãos espalmadas na direção do fogo.

— Mas... Quando? — perguntou ele atônito.

— De certa forma já aconteceu... — Ao que ela acrescentou puxando para mais junto do corpo o cardigã branco que vestia. — Desculpe, gasto tempo demais estando no futuro ou passado, desta forma acabo confundindo o presente com aquilo que foi ou que ainda será. Contudo, eu lhe falo com certeza, isto que vê é inevitável! Algumas partes provavelmente ocorrerão primeiro que outras, mas quero que esteja pronto... — Ela parou de falar do nada. Como alguém que tenta segurar a si mesmo, para não revelar demais.

Ele sentia-se enjoado, confuso, irritado. Até mesmo sua percepção odorífera o traíra, visto que por vezes sentia odores que o remetiam calma e tranquilidade, para logo em seguida sentir-se trêmulo diante do aroma ferroso e cálido de sangue, tudo emanando da pintura recém-descoberta.

— Mas então qual o sentido? Por qual motivo mostrar isto se não posso impedir?

— Eu quero preparar-lhe. Deixá-lo ciente de tudo aquilo que na verdade, não deve tentar impedir... Eu vi o futuro... Vi todos eles... Ao menos, até onde é possível para um ser mortal. Podemos falar que até certo ponto eu conheço todas as possibilidades. Acredite em mim; tudo tem um começo, meio e fim. E a era da luz está em seus momentos terminais! Muito embora os períodos de trevas sejam terríveis, não são eternos. Tamanha destruição servirá para um propósito, a evolução. — Neste ponto a mulher misteriosa se voltou para ele, uma luminosidade arroxeada cobria ambas as retinas: — Chegará um momento em que suas ações irão definir não apenas a sua sobrevivência, mas também sua salvação! Assim quero deixar você pronto, para que no momento crucial, saiba realizar a escolha se deve ou não interferir.

— Por que eu? — questionou ele, escolhendo uma das várias perguntas que tinha em mente.

— Pelo mesmo motivo que a Envyli roubou meus olhos; um pouco de acaso, misturado com senso de oportunidade, além, é claro, das consequências das escolhas...

Novamente Michel a encarou silenciosamente. Havia algo... Ele quase podia sentir o gosto. Embora não fosse possível saber o que era exatamente. Enquanto não conseguia ler nada nas expressões vazias da mulher ele resolveu ganhar tempo:

— Desculpe, quem fez isto a você?

— A fada caída da inveja; Envyli. Roubou meus olhos por inveja deles. Não havia nada de especial... Exceto o fato de que eram da cor favorita dela; verde-capim. No passado fiquei terrivelmente angustiada, de tal forma que minha magia me "abandonou"... Não conseguia invocar nada! Porém hoje eu poderia agradecer, afinal toda treva tem sua luz. — Uma lágrima ameaçou escorrer, roxa como se fosse feita de ametista líquida. A mulher a amparou e continuou: — Outra fada deu-me os olhos que agora você encara... Além do dom que hoje possuo, de certa forma, é claro... — Suspirou profundamente, como uma velha senhora que fala dos tempos há muito idos. Levantando-se ela foi até ele, estendeu as mãos e disse:

— Você tem um grande potencial, mesmo que duvide disto, e está perto o bastante. Dentro do meu alcance psíquico, por assim dizer, vi o seu interior... Você tem grandes coisas a fazer...

Um calafrio lhe percorreu a espinha quando ela falou sobre vê-lo por dentro, de alguma forma ele soube que ela dizia a verdade. Pôde sentir os cinzentos olhos, com lágrimas de ametistas, espreitando-lhe a mente, os mais afastados recantos. Isto o assustou mais do que ele gostaria de admitir, diante disto o meio-vampiro recuou alguns passos. Bastou isto para a escuridão avançar sobre as tiras da cortina.

Delphine adiantou-se para ele com a mão estendida. No rosto um misto de raiva e preocupação — primeira vez que ele viu verdade nos sentimentos expressos por ela. Porém antes de dar um passo ou falar algo, Michel sentiu um forte puxão na região do abdômen. Tudo começou a girar, primeiro devagar e depois muito rapidamente. Parecia que ele estava sendo virado ao avesso, a partir do umbigo.

Tentou se mexer, mas estava mergulhado em trevas. Sentia a escuridão como uma água muito fria, escorrendo densa por entre os dedos da mão, quando ele tentou se agarrar em algo.

— Eu vejo voocêêêê... — Cantarolou uma voz aguda vinda do nada.

O meio-vampiro entrou em desespero... Acordou gritando com toda a força dos seus pulmões mestiços. Já não estava na companhia de

Delphine; na verdade, não poderia dizer se havia estado. Esfregou os olhos, sentando-se rapidamente. Estava em uma cama estreita, com um par de olhos verde-água o observando de muito perto.

— Olá, eu me chamo Kevin, Kevin Gabriel. Não creio que deva lembrar-se de mim, mas nos vimos de passagem na recepção — falou o homem com um claro sotaque germânico. — Eu aceitei dividir este alojamento provisório com você... Desculpe, está tudo bem? Você estava se debatendo e murmurando coisas...

Ainda sem falar, Michel gastou alguns segundos se acalmando; as suas "unhas de vidro" estavam expostas, assim como os caninos muito alvos.

— É verdade?! Você é mesmo um vampiro, quer dizer um meio--vampiro!? — disse o homem loiro, perguntando e afirmando ao mesmo tempo, porém sem qualquer sinal de medo.

O homem falou sobre a natureza de Michel com a mesma simplicidade que alguém comentaria sobre o café da manhã. O que na opinião do meio--vampiro apenas contribuiu para aumentar a beleza deste, que já era grande; cabelos loiro-escuros avolumavam-se em cachos, como um halo ao redor da face alva. Estava nu da cintura para cima, usando apenas uma calça de fino tecido, muito revelador na verdade. Possuía um tronco dotado de poucos pelos entre os sulcos dos músculos. Além de um belo e plácido riso. Os ombros pareciam rochas de tão firmes... Ficava cada vez mais difícil se concentrar, bem como mais estranho — afinal ele ainda não falara nada:

— Sim, claro... Na verdade não... Sim! Sou um meio-vampiro — falou Michel rindo de si mesmo. — Desculpe, mas, como cheguei aqui?

Era um quarto com várias camas, contudo apenas duas estavam "ocupadas", havia uma grande janela envidraçada, coberta com uma grossa cortina de tecido azul-escuro. O ambiente em si era bem arejado, com um aroma de limpeza que lembrava folhas frescas de pinho. Bem como em pequena quantidade, um toque de aromas florais.

Ignorando o nervosismo que causava no meio-vampiro ou simplesmente não se dando conta, Kevin levantou da cama, bocejando e espreguiçando-se; curvando o corpo e deixando a calça descer, sem querer, alguns centímetros no movimento.

Michel o olhava silencioso, ouvindo-o descrever o dia, que espiava através da cortina. Tentava concentrar seus pensamentos no que lhe havia acontecido antes de acordar, porém muitas coisas estavam sem respostas. Ele não conseguia entender como havia chegado no quarto, na verdade, a última coisa que lembrava era deixar Eve bebendo sozinha na praça. E o fato de um tufo dos pelos pubianos de Kevin estar aparente não estava ajudando no processo...

— Bom, você entrou silencioso e caiu na cama, sem ao menos retirar os sapatos. Achei que estava cansado de algum treinamento especial, ou algo do gênero. Sendo assim, o coloquei mais confortável e o deixei dormir. Agora a pouco você começou a se mover impaciente e a sussurrar algo sobre as possibilidades de futuro... Por isto me aproximei, achei que poderia ser um pesadelo — falou ele ainda da janela, braços cruzados, costas escoradas no parapeito de pedra fria.

Foi apenas diante do comentário de Kevin sobre deixá-lo confortável que Michel enfim percebeu a ausência de parte de suas roupas. Estava apenas de calça, o estranho havia lhe retirado os calçados e a camisa... O que ele terá pensando sobre minha pele muito alva? Será que sentiu repulsa? Pensou ele e rapidamente se condenou por estar sendo tão tolo.

— Obrigado... Kevin, desculpe mas, você não teme que eu o ataque? Vejo sempre olhares de esguelha, entende? — Neste momento ele alcançou a mochila ao lado da cama, retirando uma camiseta preta com uma estampa do David Bowie.

— Por que deveria? Você me parece ter um bom coração, na verdade o primeiro de sua espécie que vejo e não desejo decapitar... — falou ele rindo, arrematando a expressão de extrema confiança com uma piscadela. — Além do que tenho um sono muito leve e sou conhecido na Ordem por possuir o ataque mais rápido.

Michel o ouviu falar e não acreditou — não havia qualquer sinal de nervosismo. Era simplesmente incrível... Eve, por exemplo, ainda olhava para ele de forma investigativa. Os acontecimentos da noite anterior ainda pareciam distantes, de tal forma que ele tinha apenas uma vaga sensação. Como quando ao acordar não se lembra sobre o que foi o sonho, mas existe a certeza de ter sonhado. A beleza e a desenvoltura de seu companheiro de quarto dificultavam ainda mais.

Kevin estava sentado na própria cama, com uma bolsa de viagem entre as pernas, procurava algo, enquanto ainda tentava emendar uma conversa com o meio-vampiro:

— O dia não poderia estar em melhores condições... Treinei bastante e tenho certeza de que o torneio de batalha individual será meu! Você vai ver, Michel, será inesquecível! Vou me aprontar, você também deveria... Vai torcer por mim, não é? — falou ele aparentemente tendo encontrado a roupa que procurava, pois estava se despindo completamente.

Corando Michel levantou-se rápido, além de muito surpreso diante de tamanha desenvoltura a sua frente. Dizendo a si mesmo que não estava acostumado com costumes bárbaros, ele pretendia sair para dar privacidade, mas antes de alcançar a porta essa foi aberta:

— Michel! Finalmente te achei, preciso urgente fal... Ahhh! — gritou Eve saindo rapidamente pela porta e a fechando ruidosamente atrás de si. — Eu não estava preparada!!! — falou em resposta aos risos dados por Kevin.

Alguns segundos depois, Michel surgiu pela porta, visivelmente incomodado com toda a situação. Mesmo com o pouquíssimo tempo de convivência, bastou eles se olharem para entender que havia algo errado.

— Uma coisa muito estranha aconteceu comigo ontem na praça do Pilar. — Ao que Eve diminuiu o tom de voz e segredou: — Vem merda grande por aí... Acho que algo muito ruim está para acontecer.

As palavras da maga bastaram para reavivar a conversa com Delphine e principalmente a visão do grande painel. Tudo lhe chegou tão violentamente que ele se recostou na parede e terminou de fechar a porta do quarto.

— Temos que fazer algo, Eve... O Pilar será atacado...

XIII

Lucky

A entrada sul para a grande cidade compreendia um entroncamento de vários caminhos menores, alguns tão estreitos que mais pareciam picadas, abertas de qualquer jeito no meio da mata. Enquanto outros possuíam um aspecto melhor, podendo inclusive receber a nomenclatura de estrada. Entretanto todas as vias, cedo ou tarde, desaguavam os viajantes na *sudaas vojo*, nome derivado do antigo idioma mágico. Ladeando o caminho havia uma incrível sucessão de árvores, especialmente jovens ciprestes e velhos carvalhos nodosos.

Sidrak sempre lhe falara que o fluxo de visitantes para a grande cidade era intenso. Nas poucas vezes em que ele acompanhou a compra de matérias, pôde comprovar tal afirmação. Todavia algo de excepcional deveria ocorrer naquele dia, visto que a larga estrada na qual desemborcou ao sair da trilha, parecia pequena diante da movimentação de criaturas.

Inúmeras barracas e tendas coloriam os arredores do grande arco de pedra que abrigava o largo portão de madeira trançada. Havia fogueiras por toda parte e indivíduos dispostos em rodas; alguns conversando e ou bebendo, outros praticando instrumentos parecidos com bandolins graúdos. Mas foi apenas quando ele levantou a cabeça e reparou nas duas flâmulas, dispostas ladeando o portão, que ele finalmente entendeu o que estava acontecendo: o torneio da Ordem dos Porteiros!

Não poderia ter escolhido um dia melhor para chegar à cidade, do que o de uma comemoração como aquela, que entre outras coisas celebrava um novo começo. Ouvir os sons da típica movimentação de Enuewm o encheu com um tom saudosista. As cores, os cheiros, os cidadãos e seus passos apressados carregando para casa as compras feitas no grande mercado de tijolos bicolores, onde segundo a população é possível encontrar tudo, dependendo do preço que esteja disposto a pagar.

Antes de seguir para dentro dos muros, Lucky parou alguns instantes para descansar os pés doloridos. Nunca havia feito a viagem pelo caminho da mata, afinal a chave de seu velho mestre sempre estivera disponível. Mas embora estivesse caminhando desde o amanhecer, sentia-se renovado. Cheio de ímpeto e esperançoso em relação ao motivo que o fizera ir até tão longe. Afinal não havia apenas enueanos e sim visitantes das outras três capitais mágicas, então o louco caçador poderia realmente estar certo; poderia ter algum famoso artífice e esse precisar de um aprendiz!

Lembrar de Mefistófelis o fez sentir um calafrio incômodo; mas não chegou a atrapalhar o caminhar dele. Apenas segurou mais forte as alças de tecido da trouxa de provisões. Seguindo sem rumo definido, apenas bestificado diante do fluxo da cidade, ele passou por um grupo de crianças empolgadas, dispostas em círculo divertiam-se com mini-golens pondo-os para lutar entre si. Estes artefatos normalmente eram feitos de barro ou madeira, carregados com uma pequena quantidade de magia, apenas o bastante para movê-los.

Usualmente tais objetos eram produzidos para servirem de "brinquedos vivos", porém logo foi descoberto que caso um mago o carregasse com mais energia e por mais tempo do que anteriormente praticado, este poderia mover-se mais rápido. Até mesmo sendo capaz de pequenos ataques. Desta forma, surgiu nas ruas de Enuewm uma febre entre as crianças: os campeonatos de mini-golens mas com prêmios variando de doces ao dinheiro de mesadas.

Alguns adultos também aderiram as essas rinhas, aumentando o valor das apostas e a selvageria com que ocorria a organização destes pequenos eventos. Sidrak possuía um destes pequenos gladiadores, porém ele estava desativado há certo tempo, sem qualquer magia para animá-lo, nunca tendo deixado Lucky brincar com ele.

Ainda em seu processo de recordação, ele se pegou olhando para um grupo de phelinos, surpreso diante da quantidade de indivíduos dessa raça que conversavam na frente de um bar. Nunca havia visto tantos juntos. Voltou os olhos para os lados procurando alguma indicação para a região dos ferreiros e artesões, sabia que o bairro ficava em algum lugar do outro lado da cidade. Contudo, não lembrava ao certo que caminho tomar, dessa forma saiu caminhando a esmo, afinal ainda tinha tempo; a manhã nem mesmo havia chegado ao fim.

Acabou chegando à praça central da cidade na qual, aos pés do Pilar, no limite do perímetro de segurança, estava erguido um palanque de grandes proporções. Talvez para os discursos e as premiações, julgou ele. Para todo local olhado havia barbantes repletos de bandeirolas, seguindo uma disposição que lembravam raios de sol em relação ao palco, multicoloridas e todas com um símbolo formado por duas chaves cruzadas.

Neste momento o pergaminho em sua pequena sacola de viagem pesou o triplo, agora entendia por qual motivo havia achado tão familiar o selo. É um documento oficial dos Porteiros! Deve ter sido roubado! Desesperou-se ele. Aquele maldito louco me entregou apenas para se ver livre, não porque houvesse qualquer coisa relacionada comigo. Agradeceu aos deuses a sorte de ter chegado à cidade em um dia tão cheio de viajantes — poderia se confundir com a multidão. Afinal ser revistado com aquele pergaminho poderia ser catastrófico.

Entretanto, levando em conta o burburinho de competidores concentrados, músicos e até mesmo trupes de artistas itinerantes, Lucky supôs que poderia aventurar-se um pouco. A segurança estava concentrada basicamente nas proximidades do palco. Assim ele caminhou pela praça, rumando para a cerca ao redor do Pilar. Andava o mais discreto possível fazendo uma nota mental, para assim que possível livrar-se do artefato, que poderia ser o seu passaporte para a prisão.

Decidiu por sentar-se em um banco afastado, onde poderia ficar e ver alguns oficiais, a cerimônia de abertura das comemorações e talvez, com sorte, poderia mesmo que de longe ver Eve. Este pensamento fez seu coração acelerar, trazendo aos lábios um sorriso gostoso, do tipo que é impossível impedir. Sabia que era tolice, provavelmente nem a veria, mas a simples possibilidade o deixava inquieto, acendia em seu peito algo que ele não compreendia muito bem ou fingia o não entendimento.

Ainda sentado no banco ele tombou a cabeça para trás, apoiando a nuca na barra superior do banco. Olhava de cabeça para baixo o Pilar, deste ângulo o misterioso monumento parecia ainda mais com uma imensa lança fincada no coração da grande cidade. Em uma primeira vista, a composição parecia ser unicamente de um tipo de metal, mas ao observar com maior atenção, ele pôde perceber o quão magnífica era a estrutura. Vários tipos de componentes estavam envolvidos; metálicos e cristais haviam sido unidos, de forma sobreposta e ou justaposta, aglomerando-se até construir a coluna, que Lucky calculava como tendo aproximadamente cento e trinta metros de altura. Todavia em contraste com o tamanho, a circunferência era bastante pequena, facilmente abraçada por nove homens.

Mesmo aquela não sendo a primeira vez na cidade, ele estava bestificado diante do Pilar. Nunca o havia observado tão de perto, sempre que vinha com Sidrak, dirigiam-se diretamente para a parte dos artesões. Desta forma, o máximo que ele conhecia até então, era a ponta de aparência afiada, observada ao longe e que se perdia no meio das nuvens.

Levantou-se por fim, pondo-se de pé em frente à cerca de proteção. Ele comprimiu a face na barreira, o máximo que a malha de metal permitia, perdurou então assim, olhando fixamente para o Pilar. Algo dentro dele pedia para chegar mais perto, apenas um pouquinho mais... Até mesmo de onde estava podia sentir a magia espalhada pelo ar, deixando-o carregado, pesado, quase como quando Sidrak invocava o sopro para uma chave. Contudo, agora essa sensação era gigantescamente maior, tal qual a comparação da chama de uma vela com a de uma fogueira.

Começou a sentir o rosto quente, os olhos ardendo tamanha a atenção que dedicava ao monumento à frente. E então como que vindo de alguma parte esquecida de sua mente, as palavras do pergaminho chegaram sorrateiras, fulgurantes: "...alimentavam-se de magia...", "Por constituir um perigo para a sociedade...", "Possuem traços humanoides e nenhum sinal característico das outras raças..." Será? Será que eu sou realmente um... Não! Pensou ao mesmo tempo em que balançava a cabeça, para espantar os pensamentos. Não sou e nunca serei um ladrão! Quase gritou ele.

Porém a indignação logo foi suplantada. Ao mudar de ângulo, percebeu a incidência dos raios solares na superfície do Pilar. Este refulgindo de tal forma que se assemelhava em alguns pontos com vidro colorido. Lucky de forma inconsciente esticou a mão, no íntimo ele queria tocar. Sabia que a sensação seria morna, como mergulhar em uma fonte termal ou abraçar Eve...

Foi então que sentiu um comichão na pele, um tipo de força estranha o puxava. O sangue martelava-lhe nas têmporas e faltava-lhe o ar, parecia que havia corrido por uma grande distância sem ter descansado. Tudo ao redor silenciou, ele passou a ouvir apenas o coração, batendo ritmadamente, pulsando — dizendo que estava faminto.

Muito sutilmente um feixe de luz arroxeada desprendeu-se do Pilar e veio flutuando até ele, ondulante como uma fita levada pelo vento. Em todo o mundo, naquele momento só havia duas coisas, ele e a magia que fluía da coluna. Pareceu-lhe que tudo ocorreu de forma rápida, não mais do que um piscar de olhos, quando na verdade ele perdeu-se nessa sensação cálida por vários minutos, talvez até mais de uma hora. Sentia como se alguém o balançasse pelos ombros, agitando para frente e para trás, ao mesmo tempo que algo aveludado o envolvia.

Em seu íntimo algo rugiu, era uma coisa completamente nova e ao mesmo tempo profundamente familiar, como se fosse uma parte do corpo, a qual nunca havia percebido, mas que a possuía desde sempre. Não prestava mais atenção na praça ou em nada além da promessa de calor que vinha da coluna a sua frente. E ele estava com tanto frio, em verdade ele mesmo sentia-se frio, precisava de vida, precisava conseguir tocar no Pilar. Este seria quente ao toque, disto ele sabia. Precisava apenas alcançar...

Um trovão soou forte, acompanhado de outros dois menores, enchendo de gravidade o silêncio que se seguiu. Algo no rugido dos céus o acordou do transe que havia entrado, para sua surpresa e vergonha, ele percebera que estava excitado, sem, no entanto, saber o motivo. Curvou-se para frente, buscando esconder o corpo. Olhava para os lados enquanto ia se afastando da cerca, a bolsa pendurada na frente da elevação que era seu pênis, ameaçando rasgar a cueca. Pulsando igual a deformidade dele, escondida pelo turbante.

Ainda muito aturdido ele olhou para cima. De onde veio essa tempestade? Quanto tempo estive aqui? Essas e outras, eram as perguntas que passavam em sua mente. Uma vez que a última lembrança que ele tinha da praça, era a de um local repleto de bandeirolas, pessoas e raios de sol. Muito diferente do cenário pré chuvoso, onde vários cordões rebentaram, tremeluzindo no vento.

Vindo de algum lugar, chegava o som de alguém discursando, mas Lucky não conseguia saber de onde exatamente. Tudo ainda estava muito distante... Vagarosamente ele se voltou para a região do palanque; viu alguns espectadores civis e membros da Ordem. Todos estavam visivelmente apressados em terminar a cerimônia, antes do início definitivo da chuva. Quanto tempo permaneci aqui junto à cerca? Era a pergunta que repetia igual um disco aranhado. Sentia-se tonto, não conseguia entender direito o que as pessoas falavam, parecia que tudo ao redor, desde a aglomeração de indivíduos, até o fluxo de energia que circula por toda praça, era algo pertencente a um universo diferente.

Foi no meio deste estado de profunda confusão que ele viu Eve — ela discutia com alguém ao lado da subida para o palanque. Chamas brilhavam nas mãos dela e Lucky soube, pela forma rígida como estava a postura da maga, que algo muito sério estava acontecendo. Se eu conseguir chegar até ela tudo ficará bem, pensou ele sentindo-se novamente enjoado. Saiu atropelando-se nos passantes pelo caminho, com essa ideia a martelar a cabeça.

Neste fluxo de esbarrões e empurrões, seguindo cegamente até a maga, ele percebeu que à medida que se distanciava do Pilar a tontura diminuía, chegando até mesmo a extinguir-se quando estava a poucos metros de distância da agente. Por fim ele reuniu forças e gritou:

— Eve!

Entretanto, ela não o ouviu, afinal neste momento uma nova onda de trovões ressoou por entre as nuvens, sendo seguido por um grandioso relâmpago. Iluminando a praça de tal forma que por um instante Lucky achou que o sol havia retornado. Ele moveu a cabeça para os lados procurando pelo astro rei. Mas teve que parar sua busca, quando todos foram atingidos por um clarão tão forte que o cegou por instantes. Outro fato que ocorreu foi a queda de alguém do palanque, pelo que ele pôde perceber se tratava do general da Ordem; mas não havia como ter certeza. Todos os presentes silenciaram e por alguns segundos pareceu que a cidade havia prendido a respiração.

Carregando a morte consigo, um raio avermelhado desceu do redemoinho de nuvens atingindo o Pilar segundos depois do corpo atingir o chão da praça. Fortes rajadas de vento desabaram sobre as pessoas, arrastando para longe as últimas bandeirolas e os telhados das construções próximas. A multidão aparentemente indecisa entre fugir ou ficar, acabou por decidir aguardar e assistir aquele espetáculo que parecia o fim dos tempos.

A chuva começou a cair em gotas grandes como balas de uma pistola, fustigando todos que estavam presentes. Os relâmpagos cruzavam o céu aos montes, costurando as nuvens em uma rede de luz. Com um estrondo que poderia ser igualado apenas com o som de uma montanha caindo sobre outra, o Pilar explodiu. Não em cacos ou em grandes pedaços, mas, sim, em uma poeira fina, que flutuava no ambiente, espalhando-se nos braços do vento raivoso. Uma grande trombeta invisível soou de tal forma que pareceu ecoar não apenas em Enuewm, mas em toda parte.

Era de se imaginar que uma força destrutiva capaz de fazer aquilo com o Pilar causasse uma gigantesca onda de impacto, desmoronando tudo nas proximidades, devastando completamente a área, porém não foi isso que aconteceu. O que quer que tivesse acontecido, atingiu apenas a grande coluna, que simplesmente deixou de existir.

Todos estavam paralisados, como que hipnotizados diante da desolação da praça. Havia apenas o espaço cercado e uma grande cratera, deixado para servir de marco póstumo. A sensação de vazio e ausência era tão profunda que ao olhar para os lados Lucky viu o desnorteamento estampado na face de todos. O que irá acontecer agora? Parecia ser a pergunta que todos se faziam. Alguns finalmente acordados do torpor saíram correndo, outros ficaram e desesperaram-se, gritando juntos. Houve ainda aqueles que murmuravam qualquer coisa sobre a morte do general e tentavam aproximar-se do corpo, sendo logo detidos por uma corrente viva de Porteiros.

Lucky tentou prosseguir e encontrar Eve, mas o estouro da multidão era intransponível. Em um de seus avanços, foi atingido pela lateral, sendo forçado a recuar alguns passos. Assim ele acabou se içando em um poste próximo, supondo que conseguiria uma melhor visão, caso estivesse alguns metros acima do burburinho.

Entretanto, como normalmente acontece em situações públicas de crise, bastou apenas a primeira pedra ser atirada para que, mesmo sem saber ao certo o motivo ou o destino, alguns indivíduos começarem a atacar alguns Porteiros. No meio da confusão, não se sabe ao certo como, alguém foi lançado por um ogro mestiço. O poste de madeira não suportou a soma do impacto e do peso do garoto. Assim ele ruiu, e com ele Lucky — jogado para dentro da cratera, passando por cima da grade de metal.

Ele gritou quando sentiu todo o corpo acender, queimando de forma intensa. Tudo não durou mais que alguns segundos, entretanto foi o bastante para derrubá-lo. Era como se ainda houvesse resquícios da energia devastadora do raio. O jovem antes de apagar, viu algo que ele julgou ser fruto de delírios causados pela dor; uma mulher trajando um terno vermelho, observando a tudo do telhado de uma torre próxima, desaparecendo logo em seguida dentro de um rasgo no ar.

XIV

Conclave de fadas

— O Pilar do Éther caiu! — Foi o que gritou em pura alegria jubilosa, levantando ambos os braços e acrescentando uma gargalhada cascateante.

Era uma mulher de longos chifres negros muito pontiagudos e de aparência lustrosa. Ela usava um longo vestido, escuro como os córneos, porém de aspecto fumarento. Os olhos eram duas lascas de gelo, dotados de uma coloração azul tão sutil que quase pareciam completamente brancos.

— Irmãs! Este é o momento pelo qual esperamos tanto! O general caiu, logo o véu e toda a Ordem vão seguir pelo mesmo caminho... Teremos o que nos foi tomado e muito mais... Todos os inimigos irão sofrer! E nos banquetearemos sobre suas carcaças! — Rosnou ela dando um soco em um jovem pinheiro próximo; o tronco partiu caindo no chão da floresta dividido ao meio.

Estavam em uma pequena clareira, medindo não mais que cinco metros de diâmetro. O chão se achava coberto por uma mistura de neve velha, que derretera em alguns pontos, criando poças de lama. Pinhas e pequenos cascalhos rangiam ao menor movimento. Os pinheiros que formavam os limites da clareira se achavam cobertos com uma fina camada de neve fresca; caída alguns momentos antes, retornando agora em um fluxo maior. O frio parecia agitado, assim como as criaturas daquela reunião.

O vento fustigava as árvores, uivando por entre os troncos, raspando as múltiplas mãos sorrateiras nas agulhas verdes que faziam a vez de folhas. As outras seis criaturas presentes na clareira se aglomeravam em semicírculo, todas voltadas para a sétima, a mais velha e a líder dentre elas.

— Se o que fala é verdade, quero todos eles como meus escravos — falou uma delas que vestia um grosso sobretudo, forrado com pele de raposa.

Era uma mulher de intensos cabelos cor-de-rosa bem curtos, igual aos da Marilyn Monroe. Muito branca, a pele quase do mesmo tom da neve fresca. Ela trajava ainda um collant preto, além de botas de couro, com o cano longo subindo até a altura das panturrilhas. Emitia leves gemidos e mordias os lábios, deliciando-se com a possibilidade de infligir aos inimigos os flagelos de intermináveis horas de sessão de sadomasoquismo.

— Achei que gula era algo próprio de Gluthonia e não seu Lustranis — falou outra delas, sentada em um pequeno tronco, apertando entre as mãos diminutas um morcego. Este, por sua vez, guinchava e debatia-se.

Diferente das outras, era uma jovem de não mais do que quinze anos. Os cabelos esvoaçantes estavam em constante mudança, passando do loiro-cinzento ao ruivo-cereja. Ela usava um vestido muito leve para o clima, porém não parecia se importar com a temperatura. Possuía uma suave tonalidade esverdeada na pele.

— Por acaso está com inveja, Envyli? Ou é apenas uma impressão minha? — perguntou em um tom de voz debochado uma delas que estava mais afastada; recostada em um pinheiro, que destoando de toda a escala de cores da região, tinha o tronco tomado por uma profunda tonalidade de dourado.

Era uma mulher muito bela, a mais bonita entre todas, porém usava uma burca que a cobria dos pés à cabeça, contudo era feita de um tecido transparente, o que gerava um efeito misterioso e confuso ao mesmo tempo. Por toda parte eram vistos anéis, pulseiras, colares, joias e mais joias sobrepostas e refulgindo em ouro.

— São apetites diferentes, *ma pethit*, deveria saber que não pretendo devorá-los. Ao menos não com a boca — falou a que trajava o collant preto, enquanto despia o pesado casaco e o pendurava em um galho próximo.

— Quietas! — Rosnou uma mulher de cabelos incrivelmente ruivos. O som de um chicote estalou nas sombras da noite, acompanhando a sua voz. — Parecem galinhas cacarejando ao redor do milho! Deveríamos atacar agora que a Ordem está fraca, sem comando — falou ela saindo da formação de meia lua, caminhando de um lado para o outro pela clareira, produzindo um ranger seco. Dava passos esmagando as pinhas com as botas em estilo militar.

A expressão dela era dura, olhos faiscando em um brilho castanho-avermelhado. A boca esmaltada em um tom rubro tão intenso que os lábios pareciam sangrar. Olhava uma por uma a face das outras criaturas, avaliando as expressões, pronta para atacar diante do menor sinal de não concordância.

Um pouco mais atrás da linha frontal havia um balanço com assento de vime trançado e trepadeiras subindo pelas cordas. Este parecia estar fixado no ar, visto que não havia nenhum ponto de sustentação; as cordas simplesmente acabavam metro e meio acima.

Sentada sobre ele havia uma jovem de cabelos brancos encaracolados, que alguns instantes antes dormia a sono alto, tendo sido acordada pelo grito da companheira. Agora olhava tudo com olhos remelentos, bocejando e piscando.

— Ah?!... O que foi? Acabei adormecendo — falou ela enquanto se espreguiçava, lançando olhares baços para os lados.

— Não foi nada, Slothonia... Apenas Whatronia em um de seus surtos — falou uma mulher incrivelmente gorda, com a voz pastosa devido ao fato de ter a boca cheia de pernil. — Não creio que esta é a hora de atacar. Devemos ficar mais fortes quando o véu cair e as emoções humanas estiverem livres, para que possamos consumir elas. Assim esperamos e quando estivermos nutridas o bastante atacaremos... — falou limpando a gordura com as costas da mão e em seguida em um tronco ao lado.

— Exatamente! Concordo com esse raro momento de eloquência de Gluthonia! Acho também que deveríamos buscar saber quem provocou este ataque, poderíamos lucrar muito conseguindo um aliado tão forte — comentou enquanto pegava uma folha lançada ao vento, tocando-a e observando o tom amarelado, de folha seca, assumir um aspecto metalizado, atingindo por fim o estado de puro ouro. Igual ao pinheiro, sob o qual estivera recostada.

— Acredito que lembram da última vez que dependemos de aliados... Não, desta vez seremos inteligentes, quando atacarmos será para vencer! — falou a mulher de chifres e depois lançando um intenso olhar para cada uma em específico. Acrescentou: — Uma cuidará da outra, como irmãs que somos, não podemos deixar que nossas faltas se sobressaiam ou...

— Besteira! Uma cuidar da outra?! Você não liga para nada que não seja você! Isto é o que eu penso da sua ideia de esperar — falou a indivídua ruiva cuspindo para o lado, de braços cruzados e uma clara expressão de impaciência.

— Iremos com toda certeza utilizar seu ímpeto, minha irmã... — falou aquela que se portava como líder, o brilho morto da noite desenhando formas espectrais nos pontudos cornos. Os olhos de gelo grudados na ruiva, que assumia cada vez mais uma postura de afronta. — Contudo não sabemos, assim como a Ordem, quem derrubou o Pilar. Posso afirmar entretanto que eles ainda não perceberam a natureza da magia utilizada; magia proibida! — Ela deu alguns instantes para que a força da revelação ganhasse força. — Foi o que chamamos de "Aniquilação divina" ou "Etherion"...

— Quem pode invocar algo assim? Essa não é a magia que destruiu a cidade flutuante dos Draconianos? Fazer uso de algo assim... Deve ser alguém muito poderoso... — falou Gridenia com os olhos brilhando de cobiça, largando instintivamente a folha d'ouro, como se estivesse com algo bem maior à frente.

— Gostaria de ter um poder assim — comentou Envyli para o morcego que trazia cativo, porém sem apertá-lo mais, visto que este não oferecia mais resistência; morrera alguns instantes atrás.

— Deve ser delicioso... — refletiu Gluthonia falando com as bochechas trêmulas de avidez e sujas de gordura de porco.

— E profundamente excitante... — emendou Lustranis com a voz entrecortada por um suspiro, visivelmente impaciente com as divagações das outras. Pridevenia, cansada de esperar que chegassem ao raciocínio que ela não havia demorado mais do que segundos, continuou. Não admitiria, mas havia pressa, afinal uma reunião de todas poderia ser percebido por Titânia:

— Apenas duas hipóteses são válidas sobre este "inimigo": ou é alguém com conhecimento de causa sobre o intrincado proceder das magias divinas ou alguém muito antigo... Capaz de entender os meandros da aniquilação... Quem nós conhecemos que é velho o bastante, não tem o menor escrúpulo para agir, beneficiar-se-ia muito com a queda do véu e principalmente não tem o mínimo respeito pela regra de se manter à margem? Além de uma de nós, é claro!

— Mefistófelis... — Foi a resposta dada em coro, algumas sussurrando, outras falando entredentes como Whatronia. Porém todas foram atingidas pela declaração da líder; a força do ódio era tamanha que chegou inclusive a envolver Slothonia, que mesmo cochilando falou o nome entre suspiros.

— Exatamente! Acredito que ele esteja por trás disto, irmãs... Atacou com a antiga magia da aniquilação divina, provavelmente usando o general como condutor mágico, uma vez que esta magia sempre exige um sacrifício. Provavelmente os outros pilares estão enfraquecidos, em desequilíbrio. Mesmo que de agora em diante ele se esconda sem fazer mais nada, como o rato covarde que é. Estes não devem demorar em ruir por completo, sobrecarregados em sustentar o véu...

— Este parece ser o tipo de plano daquele maldito traidor, mas não entendo como ele ainda detém este conhecimento... Foi banido como nós, não é? Como ainda teria uma ligação com a divindade, para invocar a aniquilação? E o que ele ganharia derrubando o véu? — Interveio Gridenia.

— Ele vai ganhar o meu chicote... — Estalou Whatronia.

— Acho que ele sente saudade dos irmãos… — disse Slothonia entre um bocejo e outro, voltando a cochilar logo em seguida.

— Isto mesmo, a bela adormecida tem razão… Se o véu cair os doze Djins se livram da maldição de Titânia… — comentou Envyli segurando o morcego pela ponta das asas, brincando com ele como se fosse uma boneca de pano.

— Os Porteiros estão agora mesmo em reunião com todos os membros; agentes, oficiais, comandante de operações etc. Pobrezinhos, perderam o tão amado torneio… Tenho que admitir, Mefistófelis não poderia ter escolhido dia melhor. — Caminhando pela clareira ela olhou para cada uma das irmãs, procurando a aprovação que tanto necessitava para executar o plano que havia desenvolvido. Pridevenia sabia que o que desejava fazer era ambicioso demais, sem as outras com ela, não teria a vingança da forma que planejava. — Eles vão procurar os outros pilares, sei que vão. Muito provavelmente esperam conseguir fortificá-los e defendê-los. São crianças tolas! Não entendem que assim como outras coisas do universo, na sustentação do véu o equilíbrio é imprescindível. Um a menos e todos os outros são sobrecarregados. O que pretendo é garantir que eles não consigam retardar o processo natural… Além de garantir que o nosso ardiloso inimigo não consiga escapar… — Pridevenia levantou o punho cerrado e continuou: — Os Porteiros querem continuar no poder, permitiremos isto? — perguntou Pridevenia.

— Claro que não! — Rosnou Whatronia, ao passo que todas as outras manifestaram concordância. — Mas também não serei manipulada, nem permitirei que elas sejam — falou indicando as irmãs, apontando com o chicote rubro. — Você está com medo de agir Pridevenia, se corrói com os pensamentos de vingança, mas não faz nada.

Whatronia falava entredentes, tamanha era a força da raiva que sentia; filetes de baba translúcida pingavam dos cantos da boca, maior três vezes o tamanho original. A pele por toda parte assumia uma tonalidade de couro endurecido e as mãos estalavam, com a carne borbulhando. Dedos se transformando em compridos dentes, olhos surgindo…

— Pensamento racional nunca foi sua virtude… Mas aqui vai um conselho, muito cuidado com as palavras que usa, Whatronia. Alguém poderia se ofender, arrancar sua língua e enforcar você com ela enquanto ateia fogo às suas vísceras.

O clima de tensão crescia cada vez mais entre as duas fadas. A transformação de Whatronia não foi interrompida, ao contrário, se intensificou de tal forma que em poucos instantes a fada da ira não possuía mais braços e sim dois longos pescoços; esses terminavam em grandes cabeças de lagarto. As línguas vibraram furiosas, gotejando veneno no ar da noite.

Pridevenia sabia que não poderia deixar aquela situação continuar. Agora era apenas uma, mas se não houvesse uma reversão rápida, logo as idiotas estariam seguindo outro alguém ou até mesmo separadas pelos mundos. Tinha que lembrar por qual motivo a temiam: Sem qualquer aviso ela saltou, alcançando algo em torno de dez metros de altura. Girou no ar e mergulhou sobre a irmã como uma bala.

Whatronia tombou diante da força do impacto, mas não se rendeu. Mesmo tonta, avançava, tentando morder a garganta da fada do orgulho. Até que aproveitando um instante de distração a língua extensiva se enrolou na cintura de Pridevenia, comprimindo ferozmente.

— Já chega! — gritou a fada do orgulho, que após ser derrubada, estava sendo mantida no chão pelas línguas de Whatronia.

Pridevenia retirou um dos chifres, revelando uma adaga de cristal negro com a qual partiu as amarras, sendo banhada por um jorro de sangue e saliva podre. Ela avançou contra a fada caída da ira, golpeando-a na cara, enquanto prendia os dois "braços" sobre os joelhos; a cada novo soco, o barulho que se seguia era parecido com o de um trovão.

Slothonia em estado semidesperto resolveu interferir, criando dois projéteis de preguiça condensada, disparando de forma muito sutil sobre o ânimo de suas irmãs. Concomitante a isto ela estourou as minúsculas bolhas que já havia criado e espalhado pelo ambiente; afinal era raro um encontro entre elas que não houvesse uma batalha.

O efeito da ação da fada caída da preguiça foi praticamente instantâneo; Gluthonia estancou paralisada a meio caminho de começar a roer o osso do pernil que devorava. Lustranis recostou-se ao lado de Slothonia, suspirando dengosamente. Gridenia soltou as três pinhas recém-transmutadas em ouro e lançou um olhar desorientado para as irmãs. Envyli que estivera pulando e gritando como louca, ao redor da briga, parou quieta. Porém o efeito mais surpreendente foi o fim do embate. Pridevenia levantou de cima de Whatronia, ao passo que a fada caída da ira começou a reverter a transformação.

— Eu acho que cochilei novamente... O que houve? Já não somos mais aliadas? Eu dormi tanto assim? — perguntou Slothonia, coçando os olhos com as costas das mãos, ao passo que ronronava suavemente.

Pridevenia lançou um olhar calculista para a irmã; se Slothonia não fosse tão preguiçosa ela definitivamente seria um problema. Respirando fundo para clarear a mente ela começou a falar:

— Vocês terão que dividir-se, irmãs, visto que temos várias metas: procurar os pilares e os derrubar, investigar Mefistófelis, segui-lo e assim nos mantermos sempre um passo à frente deste maldito. Finalmente, uma de vocês colherá informações a respeito da localização do "Portão de Arthuro" e como abri-lo. Afinal aquele bastardo pode muito bem querer derrubar outra coisa além do véu e nisto chegaremos primeiro — falou a fada caída do orgulho, com veneno no olhar.

O silêncio que se seguiu ao pronunciamento de Pridevenia foi grandioso, do tipo que espreita os seres adjacentes de forma inconfortável. Era a pura representação do incômodo, todas estavam curiosas e ou até mesmo amedrontadas, porém nenhuma delas queria bater de frente com a mais velha dentre todas. Até que vencida novamente pela sua impaciência a fada da ira questionou:

— Por que o portão?

— Ora, mas achei que fosse óbvio! Sabemos o que e quem ele guarda, imaginem se formos nós a abri-lo. Pensem no poder que teremos nas mãos... Todas as possibilidades de vingança... Arrancarei pessoalmente uma por uma as membranas das asas de Titânia — falou ela passando de leve as mãos nos ombros, como que conferindo que suas antigas asas ainda não tinham retornado.

Lustranis, a fada da luxúria, estava sentada junto a Slothonia, acariciando os cachos alvos da irmã adormecida. Olhou para Pridevenia, percebendo toda o rancor e orgulho ferido que gotejavam de cada palavra dela.

— E você? Pelo que entendi, você distribuiu tarefas a serem sorteadas, mas ou entendi mal ou não se incluiu nelas? O que você fará?

— Será que teremos uma nova briga? — sussurrou Envyli para a carcaça do morcego em suas mãos.

— Eu? — Rindo-se ela completou: — Vestirei novamente minha máscara e voltarei para a Ordem, manterei contato com todas, as atualizando. Agora façamos a divisão das tarefas... — Ao que ela interrompeu-se olhando para um ponto a sua esquerda.

Por alguns segundos todas permaneceram em silêncio; Gluthonia parou de mastigar e até mesmo Slothonia acordou e espreitou com olhos brilhantes a noite selvagem que perdia-se por entre pinheiros cinzentos e flocos de neve silenciosos. Até que decidindo não ter sido mais do que uma simples impressão, Pridevenia pegou um pedaço da árvore jovem que havia derrubado e pediu para as outras formarem um círculo, enquanto preparava as varetas para o sorteio.

O que nenhuma delas notou, foi a mulher de terno vermelho e botas de neve forradas de pele de urso braseiro, que sumia em uma fenda no ar alguns metros distantes da clareira. Ela estava incrivelmente satisfeita consigo mesma, afinal, tudo corria perfeitamente de acordo com o planejado.

XV

Zenith

A chuva não abrandara desde o fim da manhã, caindo fina e interruptamente, como se os céus estivessem pranteando a destruição do imenso Pilar. Em alguns instantes a garoa havia até mesmo se tornado mais forte, atingindo o estágio de uma torrente, que lavava toda a cidade, mas não o bastante para lavar o medo e a ansiedade. Os ventos também não davam sossego, abatiam-se vorazes, uivando pela cidade um som lamurioso, que enchia tudo de uma tristeza palpável.

Caminhando pelos telhados da cidade, ele a enxergava não apenas de outro ângulo, mas com outros olhos. Tudo parecia maior, melhor iluminado e repleto de ameaçadoras oportunidades; um pórtico que poderia ser um refúgio muitos metros acima da rua ou os galhos de uma árvore, que ofereciam uma via de fácil acesso entre este e aquele prédio.

De alguma forma a sua transformação em animal o havia esclarecido em certos aspectos. As pessoas quase nunca olham para cima, quando o fazem concentram-se nas estrelas, nuvens, esquecem que existe a possibilidade de algo estar à espreita. Como por exemplo, no momento da queda do Pilar, ninguém pareceu notar a figura vestida de rubro que observava tudo agachada, recostada em uma torre. Por si só este fato já poderia ser considerado suspeito; aliado aos fatos de que o Pilar havia sido derrubado, havia a questão que o general despencara morto e o grande raio, carregado de energia antiga, fora o responsável. Tudo estava conectado, e aquela mulher fazia parte dessa trama, disto ele tinha certeza.

A coluna do Éther havia sido derrubada e de alguma forma parecia que um pouco de tudo havia sido morto. Sobre as cores uma tonalidade triste e melancólica se fixou, tomando conta de tudo. As ruas movimentadas da grande cidade, cheias de crianças e seus mini-golens, agora estavam desertas. Toda Enuewm estava mergulhada numa apreensão granulosa, incômoda, do tipo que queima a parte de trás da língua e quase não é possível engolir.

Da mesma forma que não conseguia simplesmente acreditar que o ataque que sofrera fosse um acontecimento isolado, não deixava de crer que a queda do Pilar e o ser que observava a tudo no telhado, estivessem ligados de algum aspecto. Refletindo sobre si mesmo, ele concluía: não tenho nada de especial, posses ou habilidades excepcionais. Talvez eu tenha sido alvo por ter descoberto a provável localização do Pilar da Terra, sendo assim a minha permanência neste estágio da matéria deve permanecer em segredo, ao menos até que eu descubra quem ou o que está realmente por trás de tudo.

Este pensamento o fez se encolher ainda mais para baixo do parapeito de madeira da janela, sob o qual se amparava da chuva fria que há pouco aumentara novamente o fluxo. Será que existe alguém tão poderoso? Ao ponto de vigiar determinado assunto? Acompanhando deste pensamento lhe adveio a imagem do rosto sombrio que conseguira desvendar nas entranhas dos tentáculos sombrios. Os pelos detrás das orelhas ouriçaram automaticamente e lá no fundo da consciência ele ouviu Torrão miar amedrontado. Mas ele não se deixaria dominar pelo medo, não depois de tudo que havia deixado para trás.

Decidi viver, perdi meu corpo em consequência... Agora devo novamente escolher; arriscar e contar o que sei ou fingir que simplesmente morri? Suportaria ser novamente refém do medo? Desde que rompera as barreiras da mente, ele caminhava atento, afinal poderia ser atacado a qualquer instante. Visto que se uma vez ele foi encontrado, outra vez poderia ser. Sendo assim ele bem poderia não deixar saber que havia sobrevivido. Decisão... Teria que escolher... Fosse lá como fosse, sentia-se cada vez mais obrigado a agir, sempre fora plácido e receptivo, exercer o papel de agente ativo em algo era novo, profundamente ameaçador.

Do ponto no qual estava, podia olhar quase toda a extensão da antiga praça do Pilar, porém o evitava fazê-lo. Visto que a cratera parecia uma grande ferida, aberta no ventre da cidade; o dorso rasgado de um animal, agonizando sob a chuva. Fixara então a atenção no prédio do outro lado, na sede central dos Porteiros, para onde logo após o incidente todos foram convocados. Em uma reunião de portas fechadas logo a versão oficial seria divulgada, mas Zenith tinha certeza de que ela não chegaria próximo à realidade.

Questionava-se até onde a Ordem conseguiria controlar a situação. Uma vez que o baque havia sido duplamente aterrador com a morte do general, em uma cerimônia pública à sombra do Pilar que foi posteriormente derrubado. Resta saber como ficará o equilibro da instituição, bem como a imagem pública para com a sociedade. Toda essa situação demonstra uma fragilidade que é no mínimo preocupante. Pensou ele, ao passo que Torrão miou em concordância. Foi então que algo lhe ocorreu; o ataque deve ter sido organizado para ocorrer exatamente no momento em que todos ou a maioria dos membros estariam presentes... O que ocorreu hoje não foi apenas um ataque, mas, sim, uma clara afronta a tudo o que a Ordem representa.

Ansioso ele remexia-se; arranhando o telhado com as garras retráteis e curvilíneas, as quais ainda não controlava direito. Isso sem falar da cauda — poucas coisas conseguiam ser mais estranhas do que a sensação de prolongamento da coluna. Acontece que Zenith estava muito nervoso, o que acabava gerando a impaciência. Ele estava cansado de esperar, nada ocorria e na verdade nem sabia direito o que estava esperando. Agora mesmo, uma missão em escala mundial poderia estar em pauta e ele ali, encolhido, escondido da chuva e de todos — tremendo diante de possibilidades... Não! O Zenith medroso morreu, junto com a casca que eu chamava de corpo! Repreendeu-se.

Não iria ficar sem agir, não mais. Não quando ele conhecia a face do inimigo. Respirou fundo e fechou os olhos, concentrando-se nos sons ao redor, o barulho da chuva gotejando, o som fluido do líquido escorrendo pelas calhas, o ululante sopro do vento roçando em suas orelhas peludas, e por fim um grande ruído; assemelhando-se a um zumbindo forte. Depois o silêncio se tornou absoluto.

Estivera receoso a respeito da utilização dos seus poderes desde a troca de corpos. Não os havia usado até então, pois na verdade ele temia tê-los perdido. Qual não foi a surpresa ao perceber o seu corpo astral intacto, flutuando muitos metros acima da praça. Torrão ainda encarapitado no telhado, o olhava com seus amarelados olhos atentos, miando em concordância à mensagem telepática de seu dono.

— Fique aqui, carinha, ok? Tudo dará certo... Basta permanecer escondido, eu voltarei logo.

A primeira coisa que percebeu com estranheza foram os padrões de energia; estavam distorcidos por toda parte, como se uma gigantesca nuvem de poeira houvesse estacionado no centro da cidade, fluindo em várias direções em pequenos braços arroxeados. Na atual forma a percepção se tornava muitíssimo mais sutil, propensa à observação não apenas das questões físicas; materiais ou mágicas, mas também do mundo etéreo. Uma parte da poeira roxa subia espiralada em direção ao firmamento — vestígios da energia do Pilar, que ainda permaneciam grudados nas dobras da realidade.

As partículas em suspensão se moviam em círculos concêntricos, executando um padrão de ascensão rumo às nuvens, para novamente cair misturadas às gotas de chuva. Não poderia continuar ali, observando o espetáculo dançante que era o esvair daquele microcosmo.

Por algum motivo, algo naquele fluxo de energia o fazia se lembrar cada vez mais do corpo que perdera e tudo o que não poderia agora era se deixar dominar pelos sentimentos; perder o controle era o meio mais fácil de retornar ao estado físico.

Sendo assim, resolveu novamente focar sua mente na tarefa a ser feita; espionar a reunião dos Porteiros. Flutuou com a velocidade do pensamento, muito antes de um abrir e fechar de olhos, ele estava no átrio central da Ordem. Sua atenção foi logo arrastada para o centro; onde um senhor careca e de tez morena-clara estava. Olhos de um azul em um tom mais escuro que o celeste, esquadrinhando a todos. Ela trazia uma barba comprida e bem cuidada, chegando até quase o umbigo, presa por anéis dourados em intervalos regulares. Trajava uma túnica cinza e calções azuis quase negros, além de utilizar por cima uma armadura completa constituída de metal aparentemente leve, ornamentada com arabescos dourados. O capacete repousava no assento de uma cadeira de espaldar reto, colocada à frente dos balcões.

Zenith reconheceu-o imediatamente; Macalister Duílio, ex-general da Ordem. Abdicara de seu cargo para procurar o local de repouso das antigas armas santas — de acordo com elas não deixariam simplesmente de existir, pois eram pedaços da essência divina. Era uma lenda viva na magia do ar, considerado mais poderoso que alguns dos integrantes dos "novos sete", tendo inclusive recusado a honraria de ingressar no grupo por duas vezes. Todos falavam que ele não encontrara nada além de rumores e pistas sem sentido, todavia percorrera vários pontos do mundo mágico e até mesmo do humano. O que rendeu o título de louco obcecado.

O velho possuía uma voz trovejante apesar da idade, em verdade, excluindo a brancura de sua barba, as rugas que circulavam olhos e boca, além das inúmeras marcas no cenho, sua disposição, postura e até mesmo seu gestual eram próprios de alguém que ainda não havia saído da casa dos quarenta.

Correndo os olhos por sobre os presentes, ele via tristeza, angústia e muita confusão estampadas nas faces, bem como impressas nas escalas energéticas que os circulavam. A áurea dos presentes constituía em somatório um aspecto maior, que tomava conta de todo o ambiente, criando uma unidade de padrão vibratório, opressor e doloroso. Exceto por quatro indivíduos, destoantes da totalidade: Uma phelina de cabelos castanhos, vestido e echarpe negros, que havia entrado no salão de forma muito sutil, chegando quase que ao mesmo instante que Zenith. Ela trazia em seu semblante uma expressão estranha, como se estivesse contente consigo mesma. O mago mental percebeu que havia uma boa quantidade de energia ao redor dela; o que era estranho, já que os phelinos possuíam a magia condensada apenas em aspectos físicos.

A segunda pessoa era uma garota com traços orientais, pele muito branca e longos cabelos negros. Embora ela possuísse lágrimas nos olhos, ele conseguia observar a aura dela, era a energia da morte que a circulava e não tristeza. Por um momento ele achou que ela era parente de alguém que recentemente houvesse fenecido, mas poderia ser outra coisa... Pois Zenith reparou que havia uma espécie de bolha obscura sugando as cores do espaço ao redor dela.

O terceiro indivíduo Zenith reconheceu como o homem de cabelos brancos, que havia visto junto ao mar. Estava completamente tomado por uma fúria, tão imensa que seria capaz de incendiar o coração de toda uma multidão. Ele olhava duro para a frente, tentando não deixar transparecer o vulcão que explodia no íntimo. Ao lado dele estava uma mulher de curtos cabelos loiros e um rapaz com "manchas" em sua áurea; claramente uma criatura do Éther negro. Surpreso pela presença deste último, Zenith resolveu analisá-lo melhor.

Enviou uma onda telepática, a fim de tentar captar alguns pensamentos superficiais da mente dele. Pôde sentir por aproximação a culpa furiosa que o homem de cabelos brancos emanava, o desgosto pelo ataque à Ordem, que inundava a mente da mulher loira e temor pelo futuro que perturbava a mente do vampiro.

Zenith nunca havia estado tão perto de uma criatura como aquela, ainda que fosse um mestiço, como era o caso dele. Assim ele não se conteve e acabou vasculhando mais a fundo a mente; um terrível quadro lhe veio à tona, destruição, angústia, traição, tudo estampado diante de seus olhos — tendo essa visão desaparecido tão rapidamente quanto surgiu. Acima de tudo, foi a tristeza que ele sentia perante tudo isto, além da sensação de incapacidade, que convenceu Zenith a quem ele contaria o que sabia. Ao vampiro que ele agora sabia chamar-se Michel.

Outra pessoa destoante da totalidade presente era o próprio Macalister, assemelhava-se a uma estátua discursando, não havia raiva ou fúria, dor, angústia, não havia nada. Zenith achou estranha aquela ausência de tudo, assim enviou uma onda de magia, exatamente como havia feito com Michel e os companheiros. A resposta foi exatamente a mesma! Talvez estivesse apenas cansado pelo uso da magia, talvez o corpo compartilhado com Torrão não lhe possibilitasse grandes prodígios, pensou ele enquanto decidia o que fazer em seguida. Achou melhor aproximar-se mais — usaria uma abordagem direta. Porém tomando cuidado de não penetrar completamente na mente daquele que era uma lenda viva e seu herói.

Por um instante o ex general continuou agindo normalmente. Até que levantou os olhos e encarou Zenith. Não estava simplesmente olhando para um ponto qualquer do teto, mas, sim, diretamente para ele. Havia escuridão nos olhos! Algo ameaçador, faminto! Algo como, A SOMBRA! Tudo transcorreu em um segundo, mas foi o bastante para fazê-lo recuar de volta para o corpo compartilhado com Torrão. Ficando no telhado tiritando de frio e pânico.

XVI

Allan

Maldizendo a hora em que resolveu se dar um pequeno descanso, indo então até Enuewm com a simples intenção de distrair-se, observar os tolos gladiadores mágicos ou acompanhar as provas individuais, ele caminhava apressado pelo corredor, o solado das botas rangendo no piso de mármore, enquanto pensava o que havia "perdido". Nada de interrogatório ou análise de processos pendentes. Algumas horas de calmaria, que com sorte teriam um desfecho na Taberna de Elodin, um bom ensopado, alguns goles do forte licor de cereja. Nada mais prazeroso do que perder-se em momentos de completo ócio criativo, apenas servindo-se de cigarrilhas perfumadas.

Todavia nos planos dele não estavam incluídos os últimos acontecimentos: o ataque ao Pilar, muito menos a morte do general Maehda. Tudo ocorrera de forma tão repentina, que ele mal teve tempo para perceber que estava sendo recrutado para participar da reunião de escolha do novo general. Claro que para uma ação tão importante, ele tentara conseguir a presença de seu superior, mas cristalizar estava simplesmente impossível, além do que, desde a queda do Pilar o transporte pelas chaves estava um pouco confuso. Então a solução era aceitar os desígnios de Faraxi e conduzir o processo com honestidade.

Desta forma, mesmo a sua revelia ele estava ali como representante da justiça mágica; mediar a votação para o novo general da Ordem era uma tarefa delicada, qualquer comentário fora do contexto e ele poderia ser acusado de imparcialidade! Terei que tomar cuidado... Afinal é de extrema importância apoiar a pessoa certa, sem que isso fique óbvio.

Mas talvez a escolha não será tão difícil, analisou ele, lembrando-se da fala do Subgeneral da base de Enuewm, Andrew Mathew: "Não há tempo a perder, cada minuto que passarmos sem uma figura na qual espelhar-nos, é uma gota de vitória que vertemos na taça dos inimigos". Tendo conseguido com essa pequena frase, mais aprovação e salva de palmas do que Allan supunha ser possível para alguém tão afamado por seu egocentrismo exacerbado.

Após alguns instantes de caminhada ele chegou na ala norte, onde ficava entre outras coisas as salas de reunião. Rumou até o Salão Opala, mais luxuoso de todos. Duas duplas de phelinos guardavam a porta, uma de cada lado. Todos usando o completo traje armadurado, guardado para situações de celebração ou extremo luto. Timming perfeito, pensou Allan. Parou diante da porta, saudando os quatro seres com um aceno de cabeça e cumpriu o protocolo ao mostrar a insígnia de promotor da justiça mágica: um broche em forma de balança, com um sol e uma meia lua de cada lado, abaixo de um olho aberto.

— Bem-vindo, senhor juiz — saudou um dos phelinos. — Os Sub-Generais e Comandantes de Operações das bases ainda não chegaram.

O que na opinião de Allan era perfeitamente natural, visto que estes, antes da reunião de votação iriam, nas palavras de Mathew, "insuflar o ânimo da tropa". Provavelmente estariam nos momentos finais dos respectivos discursos, supôs enquanto entrava na sala. Só então percebeu que não corrigiu o erro de título cometido pelo guarda... Mas quem liga? Efetuarei mesmo o papel de juiz... Pensou ao fechar a porta; lutando para afastar a ideia de como o juiz Alfred Heth já era um homem velho... Bastante velho... Assim como Maehda.

Censurando a si mesmo, Allan postou-se sentado à mesa de grosso carvalho; era um maravilhoso exemplo do trabalho de carpintaria das tribos nômades dos phelinos. Um gigantesco tronco, esculpido de forma a construir lugar para treze pessoas. Possuía uma pintura escura, subindo pelas pernas e laterais. Contrastando com um entalhe em madeira clara, no formato de um Enth, antigo elemental da floresta, este tomava conta de praticamente todo o tampo da mesa. Allan assumira uma posição reflexiva, mãos à frente do rosto com as pontas dos dedos unidas. Os olhos castanho-escuros estavam fechados, bem como cenho e lábios franzidos.

Dispostas ao lado dele havia doze cadeiras, além, é claro, daquela ocupada por ele mesmo. Allan aguardava a chegada dos quatro Subgenerais e os quatro Comandantes de Operações, respectivamente um de cada base. Sentiu-se bastante tentado em acender uma de suas cigarrilhas, se recostar na confortável cadeira de espaldar alto e relaxar... Era exatamente o que precisava naquele momento. Mas não era possível, não com o general da Ordem morto e um dos antigos pilares atacado. Além do fato de que na reunião, contariam também com o ex general Macalister Duílio. Allan o julgava como o tipo de pessoa que guarda esqueletos no armário, passando toda a vida atrás de duas coisas: Redenção ou Manutenção do segredo. Aquilo seria interessante, ele não poderia negar.

Ainda refletindo sobre o ex general, Allan se pegou mais uma vez questionando a histórica decisão; ele nunca conseguira entender o motivo que poderia levar alguém a abdicar uma posição de alto comando para peregrinar como um ermitão, vagando pelo mundo atrás de lendas. Este era um pensamento desprovido de lógica! Possivelmente perdeu a sanidade devido a pressão de comandar, a história é cheia de exemplos. Alguns capazes inclusive de destruir todo um império, como foi o caso do "dragão louco"; rei draconiano da extinta cidade dourada.

Imagine só, o próprio rei invocar uma magia de destruição em massa; A Etherion, usando a si próprio como condutor. Uma luz acendeu dentro da mente do promotor mágico neste instante, afinal ele estivera perguntando-se a respeito de como o Pilar havia sido destruído. Todo o tempo a resposta era óbvia, dançando em sua frente, gozando de sua momentânea falta de pragmatismo. Deixei-me levar por toda comoção, assumindo que havia sido um ataque externo... Quando na verdade deveria ter submetido os acontecimentos ao crivo da lógica.

Mas a opção do Etherion não poderia explicar a morte do general, ou poderia? Tal magia necessita um "condutor"; indivíduo que sirva de faísca inicial, sacrificando a si próprio, para converter a essência da criação para uma energia profundamente destrutiva. Por ser esta uma magia considerada divina, saber que existe alguém capaz de conjurar algo assim é assustador! Mas, quem? Quem poderia fazer isto?

Correu os olhos pela sala vazia, pousando-os sobre o grande relógio na parede oposta à sua posição. Ainda devo ter alguns momentos antes que todos cheguem. Pensou ele, animado pela possibilidade de realizar uma descoberta. Munindo-se de papel e caneta ele iniciou a construção de uma lista de suspeitos.

Com a tampa da caneta entre os dentes, ele começou:

1- As fadas caídas

2- Mefistófelis

3- ...

Olhou novamente para os lados, certificando-se que ainda estava sozinho e que não havia problema em continuar; as duas primeiras opções eram escolhas óbvias, diante de qualquer ameaça à ordem pública. Embora para muitos, as sete irmãs fadas fossem consideradas lendas e o segundo, resquício de histórias antigas, usadas para coibir os menores a não falar com estranhos. Porém havia outros indivíduos que poderiam ter o conhecimento ou os meios necessários.

3- Comandante de Operações Phantom

4- Sub General Andrew Mathew

5- Sammya Tominaga

Enquanto observava os novos nomes que havia colocado, ele refletia acerca destes; o comandante Phantom, junto com sua Subgeneral, estavam no topo da lista dos "linha-dura" da Ordem. Sempre muito rigorosos ao aplicar medidas disciplinares, muito temidos porém ambiguamente cercados de subalternos leais. A base deles, instalada na cidade de Rüegg, conhecida como a cidade das montanhas, construída na base de uma grande cordilheira, possui uma das menores quantidade de agente, oficiais etc. Contudo, os subordinados são muitíssimos eficientes, compensando então o porte da base.

Mas é a natureza de magia do comandante que o torna um possível suspeito, visto que Phantom recebeu essa alcunha devido às criaturas que invoca. Sempre seres do submundo ou até mesmo do além-túmulo. Para muitos isso pode ser considerado prova de envolvimento com magia das trevas, contudo para a efetivação do Etherion em si, seria necessário a morte do conjurador em questão...

Então um pensamento nefasto lhe passou pela cabeça; e se o general Maehda foi o responsável por tal ação? E se ele não foi atacado...? Por que ele faria isto? A função dele era manter a paz na sociedade, bem como cuidar dos interesses da Ordem. Será que o general estava agindo em cumplicidade com alguém? Ou pior, ele pode ter sido manipulado, há casos em que a magia das trevas é poderosíssima! Pensou ele assustado, diante da desconfiança.

Diante de possibilidades cada vez mais terríveis, Allan resolveu continuar a análise da lista. O próximo era o Subgeneral Andrew Mathew; conhecido pela grande determinação em atingir seus objetivos. Não é por puro acaso que ele é o Subgeneral da sede mais importante. Muito embora a fama de não medir esforços, nem de demonstrar piedade sempre o preceda. Mesmo que não existam aparentes pendências às forças nefastas, ele combina duas características muito perigosas; ambição e juventude. Poderia muito bem ter encontrado uma forma de usar a magia de aniquilação divina.

Continuando a linha lógica dos suspeitos, a próxima da lista era Sammya Tominaga, neta do general. Claro que seria inescrupuloso suspeitar dela, afirmou Allan para si mesmo. Mas sempre questionei sobre o que existiria por trás de seu riso aparente e constante, teorizou ele em pensamentos. Isto sem mencionar o fato de a mãe ser quem é — a mulher que "inventou" a invocação de espectros-escravos.

Satisfeito com o raciocínio, ele seguiu em frente: por enquanto será em cima desta lista que guiarei minhas investigações paralelas. Claro, tudo muito sutil, visto que para todos os efeitos, os maiores e únicos suspeitos serão os convencionais. Pensou ele enquanto gravava mentalmente a lista e a rasgava, depositando os pedaços a sua frente.

— Talvez queira queimar… — falou uma voz grossa como um trovão atrás da cadeira do promotor.

Voltando-se rápido, ele encontrou o olhar plácido e a face sem emoções do ex-general Macalister encarando-o.

— General… Desculpe… Não o vi entrar — disse ele correndo os olhos para a porta e de volta para os papéis picados a sua frente. Teve quase certeza de que em momento algum ouviu a maçaneta sendo usada ou passos pela sala. — Posso servi-lo de alguma coisa? — falou ele pegando rapidamente a pequena pilha de papéis e colocando no bolso da sua capa de viagem.

— Não se incomode. Os outros estão demorando, não é mesmo? Supus que já estariam aqui — falou o ex-general em um tom naturalmente despreocupado, sentando-se na cadeira de cabeceira da mesa. — Isto que rasgava com tanta determinação… Só pode ser uma carta de amor não correspondido… Aconselho que queime, o fogo é um ótimo expurgador — comentou Macalister dando uma piscadela em uma tentativa de ser jovial, que acabou por deixá-lo ainda mais sinistro.

Se por um lado a presença de Macalister era um bom sinal, pois indicava o fim da reunião com todos os membros, possivelmente os Subgenerais e comandantes dentre alguns instantes todos estariam ali, por outro, ele se viu obrigado a dividir a espera com o ex-general; o que estava deixando-o inquieto, sem saber ao certo o motivo.

Os muito crentes chamariam de intuição. Fosse o que fosse, ele sentia que algo estava errado. O homem renega toda a sua vida como Porteiro para buscar lendas tão antigas que se tornaram imprecisas. Então da noite para o dia simplesmente está na cidade e oferece sua experiência em momentos de crise? Não, isso tem furos demais para que eu aceite tranquilamente, pensou o promotor com seus botões e ao mesmo tempo realizou mentalmente uma alteração em sua lista:

1- Macalister Duílio

2- As fadas caídas

3- Mefistófelis

4- Comandante de operações Phantom

5- Sub General Andrew Mathew

6- Sammya Tominaga

Durante aproximadamente vinte minutos ambos os homens esperaram em silêncio, por vezes o ex-general ficava tão quieto que Allan o julgava dormindo, para depois constatar que ele estava apenas com a atenção focada em um ponto qualquer; os olhos baços, perdidos em observar o vazio. Em verdade poderia nem estar realmente ali, corporalmente sim, é claro, mas sua mente parecia vagar por entre lugares que o promotor possuía certeza quanto ao desejo de não os conhecer.

Até que, sem qualquer aviso, as portas da sala foram abertas com um som oco, permitindo a passagem do que possivelmente seria um dos grupos mais importantes de membros da Ordem. As quatro cidades mágicas e suas devidas bases estavam representadas; de Zanon, a cidade das flores, a Subgeneral Sarah Tifon e seu Comandante de Operações Vermilion Nimueh. Vindo de Alethea, a cidade dos ventos, que recebera essa alcunha por estar localizada na possível região do nascimento de Phitéia, estavam o Subgeneral Eduard Ericô e o seu boçal Comandante de Operações; Raehgo Graft.

Allan o odiava desde o dia em que perdera para ele a nomeação para comandante em uma festividade da Ordem. Num dia exatamente como aquele... O promotor nunca havia concordado com certas tradições bárbaras da Ordem, como por exemplo, decidir a nomeação de comandante em uma batalha ou como foi o caso, um torneio. Um dia, Graft... Um dia... Pensava ele à medida que o observava entrar, indo sentar-se ao lado esquerdo de Macalister.

Em seguida entraram os representantes da base local, o audacioso e cheio de empáfia Andrew Mathew e a sua comandante "amazona" Juliet Versagi; filha de um humano tocado, com uma maga invocadora. Tal união fomentou uma das habilidades mais raras que Allan já havia observado: ela era uma invocadora de armaduras.

Por fim entrou a comissão de Rüegg, Megaha Plúmbea caminhando na frente, em sua habitual capa de viagem vermelha, combinando com as luvas e botas de couro da mesma cor. Logo atrás vinha um indivíduo trajando um manto com capuz, em um tom negro já desbotado pelo uso. Andava de forma dura, coluna ereta e portando-se de forma militarista, cumprimentou a todos rapidamente, seguindo direto para Macalister. Diante do qual se prostrou e falou:

— Muito me alegra vê-lo, senhor... Rogo que os ventos ainda o mantenham conosco por muitos anos.

Pigarreando para limpar a garganta, Allan se levantou. Não aguentava aquela paparicação com o velhote louco, assim partiu o selo de um pergaminho que trazia consigo e leu:

[...] Em conformidade com o decreto Nº 3254; de 23 de agosto de 1800.

Após a morte do general interino em serviço, se convocará uma sessão extraordinária, farão parte o Subgeneral e o Comandante de Operações de todas as sedes, como também um representante da justiça para a execução da homologação da reunião. A sessão empregará o voto aberto, a fim de eleger o substituto para o alto cargo:

- Deverão existir ao menos dois candidatos; para que não exista falsa votação.
- Se e somente se, existir empate mediante todos os votos efetuados, caberá ao executor da sessão o voto decisivo.
- Apenas o voto direto e posse majoritária deste configurará o endosso positivo para que o(a) eleito(a) assuma o referido cargo [...]

— Para iniciarmos, senhoras e senhores presentes, gostaria de ressaltar que muito me entristece receber tal responsabilidade. Pois ela provém de uma grande perda para todos nós. Fomentada pela situação peculiar, não houve possibilidade da presença do grande juiz, muito menos tempo para as devidas apresentações de candidatos. Sendo assim, desejo que primeiramente os candidatos apresentem-se — falou o promotor, para logo em seguida arrepender-se.

Visto que adveio uma enxurrada de vozes; o tom ríspido de Raehgo, a voz musical de Megaha, o ritmo acelerado de lançar palavras de Sarah e até mesmo a frases cheias de soberba que escapavam de Mathew. Muito embora o promotor tivesse tentado conter a situação, por diversas vezes chegando próximo a perder a calma, foi o trovão em forma de brado que Macalister liberou que fez com que os ânimos esfriassem, tendo quase quinze minutos sido gastos para o estabelecimento do silêncio.

— Grato... — falou Allan para o ex-general, ao passo que respirava fundo para atingir novamente o tom judicial, necessário para continuar: — Peço que os candidatos apresentem os seus nomes... Calmamente! — Acrescentou ele apressado.

O primeiro a levantar-se foi como previsto por Allan; o S.B. Mathew, que em poucas, porém ásperas palavras, afirmou por qual motivo ele seria a escolha mais óbvia, afinal, de acordo com ele, o fato de ser S.B. da presente sede já o titularia de forma mais que satisfatória. Tendo acrescentado ainda:

— Além do que, eu era, como muito bem devem saber, conselheiro do ex-general — disse Mathew rindo cheio de empáfia.

Para a surpresa de todos, mais ainda a do S.B. Mathew, a segunda pessoa a levantar-se foi sua Comandante de Operações Juliet, que após pedir respeitosamente desculpas a este falou:

— Francamente gostaria de ver no comando alguém que saiba agir quando necessário, mas que também não se permita turvar a mente por egoísmo, ambições ou problemas pessoais. Acredito que o general deve ser um símbolo, estar acima dessas questões e para tal apresento agora minha candidatura...

Uma nova tempestade de frases encobriu o fim de seu pronunciamento, encabeçada novamente por Mathew. Todos mostravam certo desconforto com a dupla candidatura dos representantes de uma mesma cidade, em principal por ser essa cidade aquela considerada como de maior importância para a Ordem. Era uma situação sem precedentes, assim como todo restante que estava acontecendo...

— Em qual lugar do livro de regras está escrito que Comandantes de Operações não podem concorrer? Se não é proibido é permitido, não é mesmo, senhor promotor? — questionou Raehgo pondo-se de pé. — Quero afirmar que concordo com a Comandante de Operações Versagi em suas palavras, chegando inclusive a fazer uso delas para ilustrar minha visão, de por qual motivo eu deveria ser o novo general da Ordem.

Allan sentiu uma pedra cair em seu estômago, despencando de uma prodigiosa altura. O maldito não está contente com o cargo que possui, ele ainda quer tomar para si o alto comando? Tramarei para dar o cargo para Mathew, mas não deixo que Raehgo assuma! Pensou o juiz provisório, segurando uma mão na outra, para não deixar que alguém as visse tremer. Ele sabia que não podia deixar transparecer a raiva que lhe incendiava. Sendo assim, trincou os dentes para manter-se no controle e respondeu:

— Na verdade não existe proibição, muito embora a convenção ao longo da história mantenha a disputa baseada entre os quatro Subgenerais.

— Sendo assim, acredito que esteja na hora de realmente dar início a uma nova ordem, aproveitar este terrível momento para ressurgirmos em honra e glória, quebrando paradigmas ultrapassados. Não vejo motivo que os impeça de concorrer, mesmo porque são indivíduos mais do que merecedores de todas glórias. Todavia, creio que meu trabalho em Rüegg fale por si só... Nenhum aqui presente, seja Subgeneral ou Comandante de Operações, poderia apresentar maior resultado com o pouco que tenho — falou a Subgeneral Megaha pondo-se de pé.

— Creio que a senhorita Plúmbea esteja correta — pronunciou-se Macalister, pela primeira vez desde o seu brado.

O promotor não pôde deixar de notar, mesmo sendo uma simples frase, como a manifestação do ex-general surtiu efeito; de uma vez ele conseguiu que todos acatassem a participação dos Comandantes de Operações ao passo que demonstrou certo favoritismo para com Megaha. O que possivelmente influenciaria os indecisos. O que você está querendo, velho? Transformar a Ordem em um grupo militarístico e atroz? Por qual motivo? Mas acima de tudo a questão: Por que você voltou? Era a pergunta que dava mil voltas em seu pensamento.

— Não aguento mais esperar por minha vez, pretendo fazer parte dos candidatos também, mais alguém? Não? Ótimo! Então vamos logo à votação, afinal caso não tenham percebido estamos enfrentando uma situação crítica. Precisamos agir! Discutir sobre essa ou aquela tecnicalidade só nos deixará vulneráveis — falou a Subgeneral Sarah Tifon, cuspindo as palavras em seu já familiar ritmo acelerado.

— Existe alguma outra candidatura a ser anotada? — perguntou Allan olhando para todos os presentes. — Sendo assim, daremos continuidade, iniciando o processo de votação — disse ele e logo em seguida acrescentou: — Os candidatos votam primeiro... Vamos seguir pela ordem de apresentação das respectivas candidaturas — comentou ele olhando para os referidos.

— Eu voto em mim mesmo! — falou Andrew em um tom que ao mesmo tempo queria dizer o quão óbvio isto era, bem como o quão ridículo seria não votar nele. Ao que ele acrescentou um olhar demorado para a sua Comandante de Operações Juliet. Pareceu, para Allan, que o Subgeneral estava tentando intimidar a amazona.

A segunda a pronunciar seu voto foi exatamente Juliet, que novamente surpreendendo não votou em si mesma, nem em seu Subgeneral. Mas, sim, em Megaha, alegando que a fala da superior, a respeito do renascimento da Ordem, era exatamente o que tinha em mente e como a tradição favorecia os Subgenerais:

— Que a eleita seja a Srtª Megaha — disse a Comandante de Operações com uma saudação formal à Subgeneral loira.

Toda a ação e o deferimento empregado por Juliet pareceu ter sido uma gota de ácido sobre o ferimento do Subgeneral Mathew. Este a olhou com uma expressão que misturava incredulidade e raiva. Os dentes estavam tão cerrados que quase se podia ouvir o rangido, o que na visão de Alan significava o quão estava esforçando-se para não explodir ali mesmo.

Continuando com o processo, o Comandante de Operações Raehgo antes de votar, afirmou também concordar com a necessidade de renovação. Contudo votou em si mesmo:

— Seria injusto com todos os meus atos corajosos, eu simplesmente votar em outra pessoa. Acredito de forma firme que em relação a liderar a Ordem, sou o mais indicado.

— Antes de qualquer coisa, gostaria de deixar clara aqui a ausência de antipatia, ou problemas pessoais que venham a interferir, ao menos de minha parte. Afinal todos somos companheiros de ordem e buscamos o bem comum. Para tal, voto em mim mesma — pronunciou Megaha sentando-se novamente, fazendo um gesto em direção a Sarah para dar prosseguimento.

— Subgeneral Plúmbea... — falou Sarah executando um meneio de cabeça e agradecendo a vez de falar. — Acima de qualquer coisa eu sou uma pessoa de ação e preso isto nos indivíduos. Em verdade me candidatei apenas para cumprir o protocolo; não poderia deixar minha cidade sem uma representação, seria um ato vergonhoso. Porém ser general está longe das minhas aspirações. Acredito ainda que tudo que foi dito aqui merece ser bastante pensado; sendo assim, minha opinião é que o senhor Andrew é o mais indicado — falou ela indicando com um breve gesto o Subgeneral sentado à sua frente.

— Dando prosseguimento, meu voto é da Comandante de Operações Juliet, por sua coragem e fibra moral — comentou o Subgeneral Eduard. Ele então pigarreou e continuou: — Não creio que deixar de efetuar uma candidatura seja um ato vergonhoso. Em minha humilde opinião, pior é, fazê-lo de forma vazia.

A situação está ficando tensa, pensou Allan. Acho melhor apressar as coisas, antes que uma briga comece...

— Faltam apenas dois votos... Como já devem ter percebido, eles são bastante decisórios. Assim, acho melhor continuarmos — falou Allan em um clima que era um misto de ansiedade, receio e animosidade entre os presentes.

Os olhares feios que estavam sendo trocados entre os Subgenerais Sarah e Eduard foram amenizados diante da declaração do "juiz provisório", e os dois restantes prosseguiram:

— Acredito nas palavras de meu velho amigo Raehgo e é, com certeza de agir corretamente, que a ele entrego meu voto — falou Vermilion.

Phantom nem votou em Megaha, o que já era bastante óbvio na opinião de Allan. Tal ato rendeu a Subgeneral Megaha o cargo de nova generala da Ordem.

— Sendo assim, de agora em diante, até o dia de sua morte, a senhora Megaha Plúmbea é o novo alto comando de nossa Ordem milenar. Na presença de todos e em posse de minhas atribuições eu a saúdo — falou Allan batendo continência em respeito à nova superior.

Havia um leve tom azedo na voz de alguns ao parabenizá-la, porém em nenhum deles o desprezo ficou mais evidente do que na fala de Andrew, que mal assinou o termo de testemunho, rodou nos calcanhares e saiu da sala, batendo ruidosamente a porta atrás de si.

— Como minha primeira medida, quero convidar mui respeitosamente o Senhor Macalister Duílio para ser meu conselheiro nestes primeiros momentos de mandato. Além de conceder o cargo de Subgeneral para meu anterior Comandante de Operações Phantom, ficando sob a responsabilidade dele a escolha de seu sucessor — falou Megaha abrindo um grande sorriso.

Allan não pôde deixar de notar o riso satisfeito que se desenhou sutilmente na face de Macalister, quando concordou com o pedido da recém-eleita. Tal gesto na visão de Alan só veio para confirmar que a manifestação de concordância por parte do ex-general havia surtido o efeito esperado. A pergunta: Por que você voltou? Voltou-lhe à mente mais uma vez.

XVII

Lucky

Havia um som de gotejamento interminável, ecoando por todo lado; não conseguia saber a origem, ao mesmo tempo em que parecia vir de todo lugar. Existia, contudo, qualquer coisa de distanciamento. As coisas ao seu redor eram incertas, uma imensa massa de névoa, movimentava-se por todo o espaço, engolindo e cuspindo as coisas. Apenas ele escapara desta que era uma fome abissal.

Ele olhou para os lados, ainda tentando entender em que lugar estava; parecia estar dentro de uma caverna ou o interior de uma gigantesca fera, por vezes as coisas mudavam; a penumbra estendia seus braços para as reentrâncias da pedra fria. Em outros momentos, esticavam-se das paredes ao redor dele tentáculos pilosos. Estes tentavam pegá-lo, roçavam em seus ombros, se envolviam nos cabelos, arrancando alguns fios. Em desespero ele fugia, seguindo com água até quase a altura do joelho, vagando pelo interior daquele lugar desconhecido. Tropeçava e por não ter em que se amparar quase chegava a cair...

A névoa se alargou, avançando pela superfície das coisas, ele novamente tentou correr, mas a água tolheu os movimentos, subindo pelas coxas. Não adiantava gritar; a voz também parecia presa, travando na garganta seca e por mais que abaixasse as mãos para colher o que beber, essas sempre voltavam vazias. Como se na verdade não fosse água, mas, sim, névoa um pouco mais densa.

A sensação desse algo indefinido lhe tocando a pele, começou a intensificar-se. À medida que o nível de água passou a subir pelo corpo era como se alguma força viva e consciente estivesse possuindo o elemento. Lucky movia então os braços e tentava agarrar sua perseguidora, à medida que andava a esmo. Porém rapidamente a atmosfera do lugar começou a pesar, logo qualquer gesto era custoso, até que ele atingiu o ponto em que já não saía do lugar. Uma estátua viva, preso por uma rede de névoa líquida. Foi então que vários filetes da água esfumaçada avançaram-lhe pelos lábios, adentrando forçadamente pela boca, sufocando-o completamente.

As cores entravam e saíam de foco, bem como a noção de profundidade, que alterava-se a cada piscar de olhos; a jarra de vidro ao lado da cama, por exemplo. Algumas vezes parecia crescer muito maior do que seria o natural, já em outras, diminuía até quase sumir. Perdurava então a indecisão entre estar ou não acordado.

A cabeça estava dez quilos mais pesada, além de frouxa no encontro com o pescoço, visto que bambeava quando Lucky tentava fixar o olhar em algum ponto. Por todo corpo uma sensação estranha se instalou — foi como se algo houvesse sido colocado por baixo de sua pele, deslizando por entre os músculos, produzindo uma cócega gostosa, que se assemelhava com o roçar ocasional da grama alta no tornozelo.

O estômago reclamou, assim como o senso de equilíbrio dele. Ainda é a água? Questionava-se ele, enquanto tentava olhar para os lados, mover os braços ou fazer qualquer coisa além de permanecer estirado inerte. Ao fundo, chegavam até ele vozes agitadas, talvez alguém nas proximidades estivesse brigando, não conseguia precisar direito...

O foco de sua atenção flutuava entre tentar entender o que se passava ao seu redor e a tontura que parecia brincar com ele. Girando-o, girando-o... Foi quando reconheceu uma das pessoas que falava como sendo Eve. Isto foi o bastante para enchê-lo de força de vontade, fazendo ele abrir e fixar os olhos à frente, porém ainda sem conseguir levantar-se. Na garganta o queimar azedo do odre de vinho que bebera na cabana.

— Você deveria ter me falado assim que o encontrou!

— Não vejo o motivo, você não tem nenhuma habilidade curativa — falou uma voz que ele então reconheceu como Júlia.

Tudo lhe adveio instantaneamente; ele tentava chegar até Eve quando o Pilar de alguma forma explodiu. Para todos os pontos onde olhava o que via era desolação, incerteza e muito medo. Começara a sentir-se enjoado novamente e quando estava para cair, alguém o amparou. Foi Júlia? Algumas coisas ainda pareciam confusas demais... Chegou na mente dele a imagem de si mesmo sendo carregado. Ela o segurava e puxava com o braço na cintura e o dele por sobre o ombro, ainda não sabia onde estava e como chegara. Mas a coisa realmente surpreendente era que Júlia havia ajudado!

— Cretina! Eu estava preocupada! Prometi que o levaria de volta! Nem que fosse pelas orelhas. Nós o conhecemos desde criança! — gritou Eve, em algum lugar próximo.

— Prometeu? Bom, eu não sabia... Na verdade não poderia adivinhar que ele estava desaparecido, não é mesmo? O velhote denunciou o sumiço?

— Ahhh, não me venha com essa, sua vaca!

— Ele é como um irmãozinho caçula para você? Não é isso? Está assim tão desesperada por uma família? Zafrina finalmente conseguiu provar que você foi adotada? — Chacoteou Júlia, emendando uma risada forçada.

— Sim, sua vaca escrota! Ele é um irmão sim! Conheço esse garoto desde...

O coração de Lucky neste momento parou. Um frio súbito surgiu em seu íntimo. Em sua mente parecia haver apenas duas palavras; Irmão... garoto... Ecoando em um vazio sem fim: Irmão... garoto...

Ela me vê como uma criança? Assim como Sidrak, para ela eu também não sou capaz? Não consigo me virar sozinho? Eu sou um garoto? Um IRMÃO!? O que ela diria então ao ver minha deformidade? Pelos Deuses o velhote estava certo, as pessoas não entendem... Achava que Eve fosse diferente, afinal ela não é como todos... Será que ela entenderia ? Ela sabe que eu... Interrompeu seu pensamento porque agora já não tinha certeza. Como que tomado por uma vontade superior à sua, conseguiu, por fim, sentar-se. Parecia que uma corrente elétrica explodira em todo o corpo, animando o que outrora era barro. Todavia não era simples entusiasmo e sim vontade de provar para Eve, Sidrak e todo o mundo do que ele era capaz.

Elas estavam do lado de fora do quarto, porém ele as conseguia ver através da porta entreaberta. Aparentemente havia sido trazido para uma enfermaria, eram ao todo oito leitos, estando apenas dois ocupados, além do dele; dois phelinos, com ataduras pelo corpo, dormindo a sono alto. Ele lembrava-se vagamente de algumas pessoas gritando, talvez estivessem próximos demais do Pilar.

Jogando o lençol para longe, ele inconscientemente levou as mãos à cabeça, sempre conferia o turbante. Foi quando uma pontada de desespero lhe cortou o fôlego. Oh não! Não, não... Por favor, não... Está mesmo maior? Sua deformidade crescera! "... alimentavam-se de magia...", "... um perigo para a sociedade...", ecoaram as palavras do pergaminho...

Respirando fundo, ele tentava acalmar os pensamentos que vibravam em sua mente. Você não é um garoto assustado! Você é um homem, aja como tal! Ralhava consigo, enquanto tentava ordenar as ideias. As pernas amoleciam a cada novo passo, ameaçando fraquejar a qualquer momento. Engolindo a saliva açucarada que se amontoava sobre a língua, ele foi até a porta.

Antes que pudesse realmente entender o que era aquele borrão, Eve havia pulado sobre ele. O abraçava ao mesmo tempo em que dizia que o mataria, caso ele tivesse morrido. O contato da pele dela era exatamente como ele imaginara. Cálido, reconfortante e acolhedor, de uma tal forma que ele poderia morrer ali. Por alguns segundos ele desejou a eternidade, findar sua existência naquele instante. Mas então uma voz amarga pareceu dizer; "Não adianta de nada, seu bem-querer é idiota. Para ela você é um moleque rebelde, uma criança que ela pode levar pelas orelhas ou pior, estapear o bumbum como corretivo".

— Olá, agente Eve, como pode perceber, estou bem. — Voltou-se para a Júlia e falou em um tom mais amável: — Agradeço a ajuda, sinto por ter causado qualquer incômodo — disse à medida que se soltava do abraço da agente loira, que o observava atônita.

— Lucky... O que houve? Está tudo bem? Sente alguma dor? — perguntou Eve com o cenho franzido.

— Eu que gostaria de saber o que houve, as coisas parecem confusas e irreais — falou ele olhando diretamente para Júlia, sem, no entanto, ter deixando de observar Eve pelo canto do olho esquerdo. — O Pilar, ele realmente foi derrubado...? Gritos e um clarão... É o que me lembro com mais força.

Aparentemente divertindo-se, visto que seu riso era largo e franco, Júlia falou:

— Sim, o Pilar caiu... Na verdade, são muitas as coisas que ocorrem. A Ordem tem uma nova generala, a senhora Megaha Plúmbea. Neste momento estão sendo decretadas medidas de segurança, bem como a distribuição de missões especiais para diversos membros da Ordem, até mesmo sargentos. A situação é de crise, mas não se preocupe, ok? — Aproximando-se dele, ela pegou-lhe pelo braço e acrescentou: — Claro que não preciso pedir sua discrição quanto a este assunto, confio em você e por isto contei-lhe tudo. Mesmo por que você já é bem crescido, não é? — falou ela dando um soco de leve no ombro dele.

Foi com certo prazer sádico que Lucky percebeu a confusão nos olhos de Eve, ele sempre fora próximo; era gentil e carinhoso. Lembrava-se de quando ambas treinavam combate, ele sempre torcia contra Júlia, chegando por vezes a acusar algum movimento sujo que ela fizera. Contudo, aparentemente crescera apenas para aquela com quem nunca fizera questão de se dar bem.

— Então acredito que vocês devem estar precisando de toda ajuda possível — falou Lucky ainda voltado para Júlia, porém continuando a olhar de esguelha para o lado de Eve.

— Não se preocupe com isto, a Ordem...

— Claro que estamos! Não a escute. Mas, me diga, você tem interesse em entrar na Ordem? Pelo visto hoje é realmente o seu dia de sorte.

Posso dar uma boa ajuda, afinal não sou mais uma reles agente — falou Júlia dando uma piscadela para Eve.

— Sendo assim eu quero entrar. Você me apadrinha, Júlia? — perguntou ele tomado completamente pela euforia de tornar-se um grande herói da Ordem.

Um som alto e agudo saiu da garganta de Eve, parecia que ela tentava falar enquanto havia uma corneta em sua boca. Uma chuva de palavras inteligíveis foi despejada por ela em direção aos dois e com uma cara fechada, ela girou nos calcanhares e saiu pisando duro pelo corredor, deixando um forte odor de queimado para trás.

Ele sentiu uma pequena pontada de culpa, afinal não queria irritar ou magoar Eve. Mas não poderia retroceder agora. Se o fizesse, seu comportamento seria interpretado como capricho juvenil. Sendo assim esperou silencioso, enquanto Júlia conversava com a enfermeira de longos cabelos prateados, que após examiná-lo, o liberou.

Esperando-os na frente do prédio da enfermaria estava Aisha, parceira de Júlia. Era uma bela moça de feições finas e constituição física delgada. Os cabelos cascateavam pelos ombros, cachos castanhos escuros emolduravam o rosto e os lábios avolumados. Lucky a avistara apenas uma vez; em Enuewm com Sidrak, viu as duas passando a caminho da praça central.

Ela parecia muito mais bonita do que ele se lembrava, vestia uma combinação de roupas típicas da sociedade mágica, com algumas peças estranhas a Lucky; a calça de tecido grosso em um tom azul desbotado descia muito justa pelas pernas, evidenciando o cano alto da bota negra que calçava. Em tonalidade mais escura que a da calça, ela usava uma túnica bem marcada na cintura, dotada de mangas ornadas com arabescos cinzentos.

— Quem é esse aí? — perguntou ela a Júlia indicando Lucky com um menear de cabeça.

Antes que ele pudesse responder, a oficial distanciou-se com a parceira. Falaram por alguns instantes e mesmo tendo se esforçado ele não conseguiu entender o que diziam. Muito embora tenha ficado claro que a moça de cabelos castanhos não estava muito aberta à presença dele. Porém por algum motivo, pouco tempo depois ela retornou junto de Júlia, oferecendo a ele uma bala de morango; seguiram para o prédio anexo à principal estrutura da Ordem.

Lucky não pôde deixar de pensar em como ele era idiota; para "se vingar" de Eve ele estava se preparando para entrar no pior lugar da terra para alguém como ele.

XVIII

Bárbara

Encostada na parede, de braços cruzados sobre o peito, Bárbara bocejava ruidosamente enquanto observava Kyle e Tessa em mais uma de suas intermináveis discussões. Desta vez, contudo, o tema era relevante, possivelmente o motivo sobre o qual atualmente todos na Ordem refletiam: A queda do Pilar e a morte do general. Mesmo assim, ambos levavam ao extremo os mínimos detalhes — gerando uma vontade absurda de gritar. A policial tinha que se segurar para não mandar eles começarem a "gastar a tensão" que havia entre os dois. Oh Deus! É óbvio que esses dois se gostam, por isso implicam tanto um com o outro, será que eles são tão cegos assim? Ou apenas querem continuar a fingir? Pensava ela.

Escondendo o bocejo com as costas da mão esquerda, ela seguiu refletindo: foi realmente um duro golpe em toda a instituição, bem como na totalidade da sociedade mágica. O pior era não saber quem empunhara a "espada", sendo assim, não havia como estar preparado para o próximo ataque, muito menos supor de onde viria. Essa era a questão crucial, visto que a necessidade de se manter em constante alerta era extrema.

Entre bocejos, reclamações, ameaças e piadas jocosas, os dois agentes mantiveram-se no ataque mútuo. Sentados no chão do portário, expondo as próprias teorias, Kyle apostava que a intenção inicial era um ataque motivado por vingança contra o general. Desta forma a queda do Pilar havia sido uma terrível consequência, produzida pela liberação de energia pós-morte. Segundo ele, as tribos das montanhas afirmavam que quando um poderoso mago morre, sua magia é devolvida à terra.

— Talvez a devolução tenha sido rápida ou violenta demais — falou ele dando de ombros.

— Me poupe. É óbvio que não foi isso...

Já Tessa afirmava exatamente o contrário, em sua opinião o alvo era o Pilar desde o início. O general por algum motivo atraiu o "primeiro ataque", foi um dano colateral ou algo assim.

— Ele pode ter percebido o que ocorria e usando sua energia, trouxe o ataque para si — falou Tessa entre bocejos.

— É... Pode ser... Na verdade eu li que existem relatos de magos mentais que usaram o poder da telecineses para mover outros tipos de energia — comentou Kyle pensativo.

— Porém o segundo ataque atingiu o objetivo, afinal o general já estava caído — falou Tessa ignorando a interrupção de Kyle.

Todavia, uma coisa era comum para ambas teorias: Não saber quem era o culpado. E isto era mais intimidador que qualquer outra coisa, afinal quem poderia supor que existisse alguém forte o bastante para destruir um Pilar? Algo criado pela magia divina dos Santos Magos... Era simplesmente inimaginável.

— Isso é assustador! Vocês já pensaram no que pode acontecer com a queda de todos os pilares...?

Bárbara estava pensativa desde que ouvira a opinião de Tessa sobre o ocorrido. Até que finalmente ela lembrou — percebendo o motivo do porquê estivera tão incomodada. Ela percebera algo estranho, tão intrigante que mesmo diante de seu parco conhecimento sobre os aspectos da magia, ela julgou muito pertinente. O pingente que o general usava durante a cerimônia havia acendido poucos instantes antes dele despencar do palanque, sendo seguido pelo Pilar. Ela não sabia se mais alguém havia observado, ou até poderia ter visto e não considerar um fato relevante. Entretanto, para ela, ambos os acontecimentos estavam interligados... Este era o palpite de um milhão! Pensou Bárbara.

"... A lista de suspeitos ainda está em desenvolvimento e como medida de prevenção, iremos formar e enviar equipes em busca dos outros pilares, a fim de protegê-los..." O clássico pronunciamento que não quer dizer absolutamente nada, pura babaquice vazia, é isto que eu acho. Pensava Bárbara à medida que os trechos de informações lhe advinham à memória. Ela começou a relembrar os acontecimentos, talvez pudesse encontrar alguma nova informação... Logo partiriam em missão... Qualquer informação extra poderia ser a diferença entre vida e morte; "...Todavia enfrentamos um grave contratempo, a maioria das possíveis localizações é imprecisa ou possui antigas suposições como base..." Outra afirmação oca, somada a um salvaguarda, que parece dizer: Já que as localizações são imprecisas, não nos culpe, caso estes não sejam encontrados. Escrotos filhos da mãe!

"... Como forma de garantir uma maior cobertura de terreno, bem como fornecer uma ideia prática de treino, vamos proporcionar um treinamento de choque... Nossos recém-recrutados vão participar da operação, agindo de forma a somar nas equipes variando de dois a quatro indivíduos...” Um ato de desespero? Existem muitas coisas que permeiam essa situação que não foram contadas, era isto que a intuição de policial lhe dizia. Aposto uma garrafa de tequila que o grau de seriedade de toda essa situação é bem maior do que consigo supor, pensou ela apoiando-se na convocação de agentes completamente despreparados.

Olhando para o relógio, ela foi trazida de volta das reflexões, pois constatou impaciente: Quinze minutos de atraso! Qual o sentido de estar tão cedo de pé, ser uma das primeiras equipes a chegar ao portário, se permanecemos aqui? E o que é mais ridículo; esperando o nosso superior. Era de se supor que ao menos ele desse o exemplo... Mas o que esperar de um homem que parece mais um modelo de comercial de creme dental, do que um oficial condecorado? Pensou ela com um ar de aborrecimento... Estranhamente, por algum motivo a óbvia beleza de Kevin a incomodava.

O primeiro contato havia se dado de forma rápida, na reunião realizada pela Subgeneral Tifon; outra decepção. Pela forma impaciente e brusca de comportar-se, se imaginaria que não estivesse com um posto tão alto na cadeia de comando. Foi, contudo, o Comandante de Operações Vermilion que “salvou”, a imagem da base na opinião de Bárbara; um homem de estatura mediana, cavanhaque bem-cuidado emoldurando o rosto de formato ovalado. Os cabelos eram cortados curtos, quase rentes ao crânio, com uma entrada bastante pronunciada em cada lado da testa. Eram de cor castanha, assim como os olhos; ágeis e muito observadores, sempre correndo de um ponto para outro. Portava-se muito educado, de fala serena, porém ágil em suas observações.

Veio pessoalmente cumprimentar Bárbara e ao apresentá-la ao futuro mestre, ele comentou:

— Este é Kevin Gabriel. Ele será o oficial responsável por seu treinamento... Acrescento que estará nas mãos de uma das nossas maiores promessas! Em tempos difíceis como estes, fico contente em tê-lo ao nosso lado. — Olhando para Kevin, ele o cumprimentou seriamente e disse: — Essa é a senhorita Bárbara Mackenze, acredito que dentre em breve ouviremos muito falar sobre ela. — Pondo a mão no ombro direito de Bárbara, acrescentou: — Ela invocou as armas sozinhas...! Sabia? Nem lembro quando algo assim aconteceu na história...

— Na verdade sim, senhor, li os relatórios dos agentes... É realmente um feito notável! Infelizmente estamos em um momento conturbado, caso não, adoraria empregar uma análise em suas pistolas; sou um armeiro, antes de ser Porteiro. — Ele acrescentou a última parte abrindo um riso largo e muito branco: — Seja bem-vinda, espero que se sinta entre amigos.

Foi trazida de volta de seus devaneios pelo grito de encerramento de Tessa, anunciando a Kyle o quão estúpido ele era; este tendo ecoado no grande espaço em que estavam, tomando proporções épicas. O fim desta vez, não havia sido diferente das outras desavenças; ambos emburrados, Kyle resmungando em voz baixa e Tessa respondendo com muxoxos de descrédito.

— Quanto tempo ainda vamos esperar, hein? — perguntou Kyle bocejando ruidosamente ao mesmo tempo em que aproveitava a distorção da voz para falar: — "Tessa é chata".

— O que você disse? Repete...! — ameaçou Tessa cerrando os punhos; os olhos da agente já assumiam um tom aquoso, comum ao uso de magia por parte dela.

Bárbara mais uma vez permitiu à sua atenção que flutuasse livre, à medida que deixava-os discutindo, prometendo a si mesma que um dia os faria admitir o que sentiam um pelo outro ou daria um tiro para o alto, encerrando as picuinhas. Porém ela não podia negar que gostava deles, mesmo irritantes, ela gostava deles.

Concentrada como estava, a policial vasculhava na mente os fatos ocorridos, separando em categorias, de forma a tentar montar um quadro mental de pistas. O que era uma tarefa complicada, visto que o conhecimento em relação ao mundo por trás do véu era bastante reduzido. Estava tão entretida em seu processo de "lego mental" que por pouco não percebeu que Kevin havia chegado e estava falando com ela.

— Desculpe, senhor, o que disse?

— Explicava que meu atraso ocorreu devido ao fato de providenciar o seu "álibi", para garantir sua participação segura. O que acontece é que normalmente temos um tempo de adaptação para recrutas em sua situação; humanos tocados. Então foi necessário improvisar...

— O que perguntou, foi se havia problema a respeito de termos, "adoecido" seu pai. Claro que é algo provisório, foi apenas uma questão emergencial — falou Kevin em seu melhor exemplar de riso cativante.

Doente, morto, não me importo... Ela quase falou. Segurou-se, no último instante. Controle-se! Idiota! O que você quer? Que todos achem que é fraca? Instável emocional? Respirando fundo, ela respondeu por fim de forma seca:

— Não, senhor, não há problema algum.

Por vezes ela notava essa "divisão" dentro dela, como se houvesse duas Bárbaras lutando, e ela não fazia menor noção de qual poderia ganhar...

— Por sua formação anterior como detetive, eu lhe darei um voto de confiança, assim você não será considerada uma "civil". Acontece que não houve tempo algum para preparo então na verdade terei que vê-la em missão... Mas uma coisa já adianto, por não ser completamente "crua", em certos pontos será cobrada igualmente à Tessa e Kyle. Caso observe ou deduza algo relevante, deverá me falar primeiramente. Qualquer ação, combativa ou não, deverá ocorrer unicamente mediante minha autorização e acima de tudo, cuide dos seus companheiros como se fossem sua família.

Bárbara mal pôde conter a surpresa que a invadia: "como se fossem sua família?" Isto seria realmente possível? Principalmente para ela, que não possuía prática neste tipo de convivência? Até mesmo entre os colegas policiais havia uma trincheira. Conseguia atingir um alvo muitos metros distantes, conhecia de cor vários capítulos do manual de cadetes, sabia pormenores de diversos casos famosos e todo o procedimento destes. Mas as capacidades sociais sempre lhe foram um mistério. Talvez fosse pelo fato de sempre ter que cuidar de si, afinal só podia contar consigo mesma!

Uma coisa a deixou admirada. Bárbara reparou que com a chegada de Kevin, os dois agentes assumiram um tom e um comportamento exemplar. Olhá-los era observar dois cadetes bem treinados e disciplinados. Isto tudo foi realmente inspirado por ele, como é possível? perguntava-se olhando para o oficial. Não era encenação ou respeito forçado, eles o respeitavam, e eram tratados no mesmo nível — são amigos, ou até mais... "como se fossem sua família".

Enquanto ela refletia, ele deu prosseguimento:

— Nosso objetivo principal é encontrar e guardar o Pilar do Ar. Como todos os outros três restantes, o paradeiro é desconhecido. O que sabemos ao certo, é que existem ao todo sete versões sobre a localização deste Pilar especificamente. Assim, foi feita uma distribuição entre as equipes; a cada uma tendo sido entregue uma posição para verificar. Partiremos para uma região montanhosa onde foi edificada a primeira das cidades... Uma "avó" de Rüegg, por assim dizer; segundo uma antiga lenda, Phitéia e Mabeth se encontraram, se amaram e se despediram, deixando para trás uma densa cortina de névoa, impedindo assim que outros achassem e profanassem o leito de amor. — Kevin olhou para Bárbara e continuou: — Caso seja necessário, concentre-se em suas armas, chame-as e elas virão para lhe proteger. Mesmo assim, espero que não seja necessário...

Ao mesmo tempo em que falava, Kevin retirava do bolso da calça uma chave incrivelmente comprida, em relação às que Barbara já havia posto os olhos. Era mais ou menos do tamanho de uma caneta, cerca de treze centímetros. Porém fina como um canudo, e com uma ponta de aparência afiada. Olhando rapidamente, parecia com uma miniatura de lança, similar às usadas em duelos ou justas medievais.

Ao girar a chave na fechadura e abrir a porta, eles foram saudados por um sopro frio e orvalhado. Após a visão se acostumar com a claridade, surgiram pinheiros, um monte deles. No chão uma névoa se acumulava, rastejando por sobre raízes e folhas secas. Finalmente, para completar o quadro, um uivo agudo chegou até eles. O tipo de "grito" de dor que escaparia unicamente da garganta de um animal ferido gravemente. Algo que poderia ser tomado como um sinal de mau agouro.

Os pelos da nuca de Bárbara arrepiaram-se imediatamente e ela percebeu que até mesmo Kevin assumiu uma expressão preocupada. Mas foi Kyle que de olhos arregalados e com a voz levemente trêmula demonstrou o receio que parecia tocar a todos.

— O que foi isto? Foi um lobo, um Patruel ou um Sissanz?

— O que são essas coisas? — perguntou Bárbara olhando-o curiosa.

Kevin limitou-se a revirar os olhos, como um professor faria diante de um comentário espirituoso de um aluno querido. Tessa, por sua vez, assumiu uma expressão levemente irritada e respondeu para Bárbara ao mesmo tempo em que voltava às costas para Kyle:

— São duas antigas raças de hominídeos, assim como os phelinos, mas que estão E-X-T-I-N-T-O-S — falou ela frisando bem a última palavra. Foi o bastante para que os dois voltassem a se olhar de forma feia. Bárbara achava que apenas a presença do oficial os inibia o bastante para reprimir uma nossa discussão tola e sem fundamentos.

Repetindo mentalmente que nunca se acostumaria com a magia das chaves, fosse hoje ou daqui há dez anos, ela gastou alguns segundos observando a paisagem que a porta aberta revelava. Ainda sem tirar da cabeça o "grito" que havia chegado até eles...

Maldizendo o fato de não ter pegado uma jaqueta de material mais quente, ela passou pela soleira. Saindo nos fundos de uma cabana de caça abandonada no exato momento em que os raios da manhã acertavam os picos nevados mais à frente. As folhas pontiagudas dos enormes pinheiros assumiam uma cor verde-escuro, ao passo que o caule fibroso se assemelhava a um tom outonal de marrom.

Ainda havia algumas retardatárias estrelas no céu e pairava no ar um perfume de saudosismo, muitíssimo sutil para que os outros percebessem. Era uma fragrância que a lembrou das vezes que havia ido caçar com o pai, em locais exatamente como aquele. Meninas de dez anos devem abraçar uma boneca e não aprender a limpar uma arma... Pensou ela com uma pontada de amargura, enquanto dava lugar para os outros saírem do portário.

XIX

Michel

— Então era você quem estava me chamando? — falou Michel, à medida que se sentava no telhado, usando um tom mais próximo da afirmação do que aquele utilizado por um questionamento.

Correndo os olhos pela praça à frente, sem atentar-se em demasia nos detalhes, mas percorrendo o quadro total até que acrescentou, por fim, voltando-se para a misteriosa figura que o observava silente:

— Uma bela visão a que se tem daqui de cima, um pouco lúgubre sem o Pilar, porém bela... Toda a cidade parece ter sido construída ao redor desta praça. — Colheu algumas minúsculas pedras, lançando-as na outra parte da cobertura do prédio, sobre o qual se assentara.

O estranho gato preto estava parado ao lado dele, a cauda enrolada para frente. Encarava Michel com um olhar direto, muito significativo, quase sem piscar. Dos grandes olhos verde-claros escapava uma expressão racional, que poderia muito bem passar despercebida para algum observador localizado a distância.

Um passante, por exemplo, que por qualquer motivo olhasse para o alto, constataria de pronto que o meio-vampiro havia enlouquecido; para todos os efeitos ele falava com um gato. Ambos encarapitados nas alturas daquele prédio, que mais parecia uma igreja; era um perfeito exemplo de arquitetura gótica. Mas o importante não era exatamente o lugar por ele ocupado, mas, sim, como chegara até ali.

Alguns minutos atrás o ex-general Macalister, aparentemente surgindo do nada, porém providencialmente no meio de toda a confusão, fizera um pronunciamento geral a respeito dos fatos ocorridos — como ele sabia exatamente o que ocorrera em tão pouco tempo, Michel não conseguia dizer. Contudo, havia algo estranho naquele velho homem; uma mistura de imponência, evidenciada na postura com a qual envergava a armadura e falava, com um toque de mistério, um olhar cruel...

Fora durante o discurso que ele, abstraído em uma torrente de ideias, martirizando a si próprio diante da forma distraída e apática que tratara as revelações recebidas por Delphine, viu a mente vagando para muitas direções, longe daquele imenso átrio..., mas no meio de seus devaneios ele sentira uma presença vaga entre seus devaneios, alguém tencionava ler seus pensamentos!

Rapidamente a imagem do quadro de Delphine veio para o primeiro plano; as sensações angustiantes que permeavam advieram junto, como aconteceria se ele estivesse pensando exatamente nisto. Quando, na verdade, Michel sabia que ele estava sendo conduzido a lembrar-se destas questões à medida que desvendavam a sua mente. Mas não havia qualquer sombra de dúvida — reconhecera a sensação de pronto, não que fosse algo evidente, ao contrário; era um afago evanescido no meio da mente.

No passado fora Niel o responsável pelo primeiro contato com este tipo de magia; era um vampiro sangue puro, com a habilidade de ler mentes ou até mesmo impressões marcadas em objetos pessoais, mediante ao toque de pele ou superfície do referido objeto. "Algo muito útil para se conhecer os outros de forma rápida e sutil", falara ele com um ar de canalha, após ler alguns segredos de Michel. Por alguns segundos, em um saudosismo desenfreado, ele julgou ter sido Niel a tentar algum contato. Porém lembrou-se em seguida que ele necessitava de um contato físico para fazê-lo.

Intrigado com essa situação, Michel começou a olhar discretamente para os lados, procurando um mago ou uma maga do Éther, visto que eles eram capazes de tal feito. Todavia não havia observado ninguém nas redondezas fazendo uso de magia, ao menos não de forma visível; uma vez que tais magos, ao realizar suas ações mágicas ficavam levemente envoltos por um brilho arroxeado. Claro havia aqueles que conseguiam fazer uso de magia sem emitir qualquer sinal perceptível, mas isso era muito raro.

Michel estranhou quando o contato foi diminuindo, como que se distanciando, até que terminou por sumir de forma abrupta, tal qual um abajur que se extingue. Não havia mais a conexão com a mente dele; não no sentido de "invasão". Mas ele ainda sentia a opressão suave em seus pensamentos, era uma impressão; um chamado. Alguém queria dizer-lhe algo, ele sabia que sim, só não conseguia saber quem era ou onde estava.

Mais agoniado do que antes, ele olhava para os rostos nas proximidades, mas era muito difícil procurar por algo, quando não se sabe exatamente o que é. Por duas vezes Eve perguntou o que estava acontecendo... Sossegando apenas quando ele jurou estar muito bem alimentado. "Nunca se sabe". Michel a ouviu falar baixinho.

A sensação de impaciência perdurou ao ponto de durante a reunião com o Subgeneral e Comandante de operações, da base a qual agora ele era afiliado para a divisão das missões, apenas metade de sua atenção estar presente. A outra parte ficou quieta, imóvel, atenta a qualquer sinal de comunicação, por menor que fosse. Ansioso como uma mulher à espera do contato de seu amante.

Não podia evitar, estava em um estado constante de ansiedade desde o encontro com Delphine. Era tomado por uma sensação angustiante de urgência; o Pilar caiu assim como no quadro. Então todo o resto pode ser verdade... Seria a vidente que tentava entrar em contato com ele? Nervoso raspava as unhas vítreas no braço da cadeira... O estado de desatenção era tamanho que mal percebeu quando foi direcionado para uma missão juntamente com Balon e sua atual rabugice, além de Eve e sua constante impaciência.

Ele rosnou internamente em relação aos parceiros; Eve parecia uma pilha de poderes enlouquecidos; isso devido ao íntimo relacionamento com os sentimentos da agente. Grande exemplo disto, foi que ao ter sido informada da presença de Lucky na enfermaria da base — inconsciente após a queda do Pilar — ela partiu ligeira em direção ao leito do rapaz, gritando por cima do ombro que voltaria em breve. Retornou duas horas depois com um semblante agastado, chamas por trás dos olhos e um maravilhoso mau humor. Que ela fez questão de ir descontar na sala de treinamento.

Já Balon, conseguira algo que Michel supunha ser impossível; assumira um tom ainda mais recluso, trancando-se atrás de olhares duros, uma ausência completa de risos e a redução do vocabulário para "sim" e "não". Afirmando possuir um assunto pessoal de grande relevância, saiu após o término da divisão das missões. Resmungou qualquer coisa sobre todos estarem prontos no portário antes da primeira hora da manhã, e partiu em direção à porta de madeira azul, que ligava a sede da Ordem a cidade.

Percebendo-se sozinho com seus pensamentos, o meio-vampiro passou a se concentrar completamente no chamado em sua mente. Para sua alegria este se intensificou, alargando-se e inchando de tal forma que começou a sentir os pensamentos espremidos entre a "voz muda" que sussurrava em cabeça e os ossos de seu crânio.

Aquele começava a instigar nele uma sensação estranha... Desconhecida... Não aguentando a situação, saiu do edifício da Ordem, falando para si que partia em busca de ar fresco, todavia, buscava encontrar a fonte de tudo. Por mais incomum que fosse essa procura, ela o divertia. De certa forma era uma agonia gostosa, algo que ele não havia experimentado em sua vida. Chegou até mesmo a executar em sua mente um "tema" em violinos e acordeom para "ilustrar" sua busca.

Desceu a escadaria da Ordem, saindo na praça de Enuewm. Caminhava entre os passantes, todos membros da Ordem saídos das respectivas reuniões. Em alguns instantes ele sentia o contato mental tão próximo que poderia olhar por cima do ombro e lá estaria a fonte desta situação. Para em outros momentos, perceber um distanciamento, era como se estivesse sendo guiado.

Fechou os olhos por alguns instantes, indeciso sobre libertar uma pequena "onda" de suas habilidades — bastava persistir e o acharia, sim, disto Michel tinha certeza, era um homem. Porém quando chegou ao meio da praça, a "pressão" retornou, forte. Entretanto, diferente dos momentos anteriores, juntamente com a presença, ele sentiu chegar à localização. Vários andares a partir do nível da rua, no teto do prédio oposto ao edifício da Ordem.

Amparando-se da fina chuva ao lado de um pináculo esculpido em pedra cinzenta, estava ele. Michel não o via claramente, estava difuso como uma imagem posta atrás de um vidro muito grosso. Uma vez que a conexão mental não chegava a tal precisão de detalhes, ele conseguia apenas perceber alguns trechos, traços; olhos verdes, sardas sobre o nariz aquilino e branco. Com sua mente Michel o percebia de uma forma muito mais profunda do que seria possível com suas íris azuis-acinzentadas. Por assim dizer, estava vendo com os olhos da mente.

Algo em seu corpo pareceu "explodir", tomando conta dele. Michel seguiu na direção indicada, ao passo que insulava seu sangue. "Aprenda a controlar sua *sanguis vitae,* não há mágica mais poderosa que aquela residente no líquido da vida." Dissera-lhe Adrian num dos primeiros encontros, exibindo sua incrível capacidade de alterar estados da matéria. Rindo-se com o canto da boca, Michel falou baixinho: — Você se surpreenderia com o que tenho aprendido...

Os olhos clarearam até quase assumir o tom invisível das nuvens crepusculares, os alvos caninos brilhavam, refletindo o tom mortiço da luz noturna. Por trás das suas órbitas, no decorrer de um segundo e meio, ele viu exatamente onde deveria pisar, pular, agarrar a gárgula e erguer-se para enfim chegar ao espaço desejado. Tudo isto se movendo o mais rápido que lhe era permitido.

Não estava mais ligando para os passantes; se o observavam ou não. Ele os daria um motivo para fofocar. Parado alguns metros de distância do prédio, ele sentia o sangue afluir robusto — mãos postas ao lado do corpo, os dedos em forma de garras, unhas vítreas escapando-lhe das pontas. Sem qualquer aviso ou movimento prévio, veio o primeiro salto — tão natural como deveria ser. Agarrando-se na parede porosa içou o corpo para a diagonal, se lançou mais uma vez e por um segundo voou; estava em suspensão no ar.

Sentia-se diferente de tudo que havia experimentado até então, sempre contido, comedido, Michel era a racionalidade caminhante. Mas não agora, não aquela noite, não! Ele estava caçando, sentia a presa o convidando, o arrepio excitante que acompanhava a curva oblíqua de seu abdômen subia por sua espinha até o crânio, onde parecia acender um holofote.

Sou um vampiro! Pensava ele saltando novamente, sustentando o corpo inteiro com a mão esquerda. Segurando-se numa das patas de uma gárgula corcunda, feita de mármore, balançando-se muitos metros acima do chão. Em seus lábios havia um riso provocante, em seu peito uma canção, em sua mente um chamado a ser atendido.

Uma, duas, três vezes ele oscilou o corpo esguio para lá, depois para cá, como um pêndulo e então, quando seria o quarto balançar, jogou-se, subindo vários metros, dobrando-se no ar, rodopiando sobre seu próprio eixo. Aterrissou de forma praticamente inaudível ao lado de Zenith, que mesmo habitando a casca corpórea de um gato, diante de Michel ele aparecia como um homem, posto que o vampiro olhava o mago de consciência para consciência.

Por trás da imagem inicial, que era a de um gato negro, ele via aquele que o atraíra até ali como realmente era; alto, pálido, olhos verdes e lábios finos. O vento noturno que tocava sutilmente nos pelos do animal parecia fazer moverem-se os cabelos negros da imagem projetada mentalmente.

Arfando, mais pela excitação da caçada do que pelo esforço, Michel aproximou-se, olhando-o nos olhos todo o tempo. De alguma forma se compreendiam. Em um movimento fluidamente belo, ele girou o corpo alguns centímetros para o lado, sentando-se de forma a olhar para o céu.

— Você veio... Que bom que me achou... — falou Zenith em sua mente.

— Na verdade, se me permite dizer, eu me achei... — disse Michel ainda com os olhos em tom claríssimo, porém com os caninos já escondidos.

— Eu sei onde fica o Pilar da Terra, sei como passar pelos enigmas... — falou ele novamente na mente do outro, esse percebendo um toque de alívio na voz do primeiro.

— Sim, eu sei que sabe — disse Michel pondo-se de pé.

— Como?

— Adveio-me agora a visão de nós dois percorrendo um corredor de pedra, com rostos esculpidos... Mas não estávamos sozinhos... temos que encontrar o resto do grupo. Vamos?

Sem esperar alguma resposta, Michel suspendeu o animal e com um único salto eles desceram. O ar zumbindo por seus ouvidos, ao passo que em sua mente Michel ouvia os "gritos" assustados de Zenith. "Vamos morrer! É muito alto!", " Você só pode ser louco... ", "Estamos indo rápido demais, eu não vou conseguir nos parar!"

Porém, antes mesmo de perceber, estavam no chão. O gato pulou de seus braços, bufando baixo, como que mal humorado pelo susto.

Ao adentrarem a Ordem dos Porteiros, Michel ainda sentia-se inebriando, descobrira em seu íntimo uma fera, diferente da besta que urrava em suas entranhas quando estava faminto, havia agora algo mais perigoso. Não sou apenas razão, eu sou a emoção pura e viva, que a lua invoca nos caminhos.

XX

Sammya

Com uma expressão cuidadosamente estudada estampada no rosto, marcada pela "dor" da perda, ela caminhava ligeira, lançando olhares tristes àqueles que cruzavam o percurso. Saiu de seus aposentos em movimentos rápidos, não queria ser abordada por algum lambe-botas condoído com o destino de seu "querido avô". No estado de completa ansiedade no qual estava, era capaz de retalhar a cara do primeiro que viesse prestar os pêsames. Todavia não era propício ser notada caminhando para fora da sede da Ordem àquela hora, depois de acontecimentos tão terríveis.

Principalmente se a pessoa fosse ela, que deveria estar constrita, chorando sobre seu travesseiro ou fazendo qualquer coisa para expiar sua dor, enquanto o grande general Maehda era preparado para a pira funérea, que o devolveria por completo para os deuses.

Sendo assim, prosseguia de forma a evitar os corredores com maiores aglomerações e se ouvia passos de alguém se aproximando ou via alguém, ela cobria-se com uma imagem de tristeza, abraçando-se em muda consternação.

Lançando mão de sua energia psíquica, criou a ilusão de alguém que não ela; era um truque simples, caso se aproximassem demais, seria fácil reconhecê-la. Porém ela se fiava na clássica ausência de empatia dos seres, para todos os efeitos, era apenas uma mulher vestida de preto, dotada de uma fisionomia comum.

Sua intenção era chegar aos vales além dos muros de Enuewm, lá havia uma pequena, porém densa floresta. Em algum lugar no seio do pequeno arvoredo ficava o local secreto da garota, um dos únicos lugares em todo o mundo onde podia ser ela mesma; uma talentosíssima necromante, invocadora das forças das trevas e senhora de espectros. Além de significar um excelente ponto de fuga.

Parou alguns metros antes do portário, olhando cuidadosamente. Pois agora se aproximava de um ponto crucial em seu "passeio noturno"; as portas azuis, passagem exclusiva de ligação entre o interior do prédio da Ordem com a praça da cidade. Por existir muita magia naquele local, a manutenção do pequeno artifício de Sammya se tornava impossível, até mesmo para ela. Assim estaria completamente exposta, qualquer pessoa que a olhasse neste momento a veria sem ilusões. Então ela ajeitou o capuz de sua túnica escura, para que este pudesse recobrir melhor o rosto. Pôs-se novamente em movimento, a saia emitindo um som de "ruge-ruge" entre as pernas, proveniente do tecido acetinado.

Quando já percorrera alguns bons metros, descendo a praça principal na direção sudoeste, o feitiço que invocara minutos antes voltou em sua completa capacidade de distorção da aparência. O problema em relação à proximidade ainda estava presente, contudo Sammya sabia que as pessoas veem o que querem ver. Agora na rua estava convencida que não corria risco, entretanto não poderia fiar-se completamente nisto, afinal sempre existe uma possibilidade do impossível acontecer. Afinal, o que é a magia se não a ruptura entre o sonho e a realidade, alimentando-se do coração?

Apertado dentro da palma direita havia um pequeno saco de veludo negro, onde repousava o colar gêmeo com o qual presenteara seu avô. Tolo! Acreditando em cada riso forçado, palavra vazia e olhar doce que eu lhe dirigia. "Oh, vovô, estou tão preocupada... Tome este colar, lancei um encanto sobre ele para lhe proteger... Sei que não vale muito, mas eu me sentiria mais tranquila sabendo que o está usando."

Enquanto lembrava-se de sua atuação, a risada surgia tão poderosa que por pouco não a conseguia conter. Havia sido uma tarefa dificílima manter seus verdadeiros intentos isolados, na presença dele, por meses e meses. Sempre se contendo diante de cada pequeno avanço de seu plano, tecendo fio por fio a imensa malha de confabulações, com a qual, juntamente com a mestra, envolvera toda a Ordem.

Esperar até o momento certo para agir havia sido sua primeira lição! Sua vida inteira se baseava nessa regra; começando sua "jornada" quando encontrara o antigo diário de sua mãe, tendo sido então apresentada aos primeiros feitiços. Possivelmente, teria facilmente sido reconhecida como praticante de magia proibida, se não fosse ela... Sim, ela é estranha, tem métodos incomuns e há sempre aquela voz... Mas, foi com a orientação de minha mestra que cheguei ao meu atual nível, pensava Sammya, enquanto movia-se ligeira pela trilha que contornava o muro sul da cidade.

A lua nova era não mais que um fino risco curvo no céu, quase imperceptível diante das várias nuvens carregadas que ainda circundavam a região. Chovera quase que ininterruptamente desde a queda do Pilar, havendo apenas alguns momentos de trégua. O vento soprava, rugindo por sobre a cidade; uma fera alada de garras afiadas, que seguia atacando os telhados e as nuvens de vestígio mágico que ainda pairavam no ar, fazendo com que estes caíssem por sobre a praça e até mesmo por toda Enuewm, agarrados às grandes gotas, assemelhando-se a balas de grosso calibre, que alvejavam os telhados, os bancos vazios e as pedras do calçamento.

As árvores seguiam movendo os galhos no ritmo ditado pelo vento, produzindo assim grandes sombras monstruosas. Por um instante Sammya deteve seu avanço, olhando o balé nefasto que se desenrolava ao longe. De onde estava, dir-se-ia que havia ganhado o sopro da vida e agitavam-se a fim de retirar do solo suas raízes. Quase podia ouvir o ranger doloroso, que certamente produziria o chão diante destes movimentos não naturais. Algo no íntimo dela parecia alertá-la para um perigo iminente.

Seguindo para o arvoredo, ela penetrou cuidadosamente por entre as sombras dançantes, dotadas com a minúscula proporção de luz lunar; assumiam uma tonalidade podre em suas cascas e folhas. Ela que sempre se sentira segura e acolhida no meio daquele bosque, agora percebia-se temerosa — algo primitivamente voraz se aproximava como se a estivesse caçando.

Aquilo disparou um sinal na mente da garota; será que a natureza estava irritada com o que ela havia feito? Não, isso era apenas superstição boba! Passou alguns instantes imóvel, tentando se aclimatar como todo o ambiente. Após alguns instantes resolveu prosseguir pelas quase inexistentes trilhas de chão batido, repleto de folhas secas e pequenos seixos acinzentados — em noites de lua cheia brilhavam como milhares de diamantes. Estes mesmo caminho que agora percorria, parecia nas noites de brilho intenso uma estrada de estrelas, conduzindo para o ventre mágico da grande senhora das sombras, a bruxa da noite, Dariana.

Alcançou o que seria o centro da floresta, após gastar cerca de quinze minutos em uma lenta caminhada. Havia lá uma clareira de terra lisa, com um grande e velho carvalho exibindo seu tronco verrugoso, repleto de reentrâncias e espaços nodosos, na porção oposta ao qual ela adentrou.

Antes de dar um passo para dentro deste espaço sagrado, ela foi tomada pela sensação de estar sendo observada; como se vários pares de olhos estivessem postos sobre ela, analisando cada pequeno passo. Era desconfortável, mas não podia ser verdade; não havia sido seguida, ela se certificara disto, mantendo a ilusão mesmo após sair da cidade.

Tranquilizando a si mesma, ela abriu a capa de viagem que vestia. De um fino cordão de prata, atado à cintura por baixo do cós da saia, Sammya retirou uma pequena chave também de prata. Era um objeto de constituição delicada; dotada de diminutas pérolas negras incrustadas, que se assemelhavam a gotas de orvalho negro salpicando todo o corpo do artefato, produzido um intrincado conjunto de arabescos, vazados e finos.

Lançou um último olhar ao redor antes de continuar. No tronco da grande árvore à frente existia uma fechadura, diminuta como a chave a qual estava destinada. Para olhos despreparados a respeito do que buscar, passaria despercebida como um rombo qualquer. E deste mesmo problema pereceria a porta, a qual essa encerrava; tão bem entalhada no tronco que não se perceberia a existia, nem mesmo com a proximidade do toque.

Ela mesma não saberia se não houvesse sido instruída por sua mestra no passado. "Nunca entre em seu espaço sagrado com temor no coração, melhor seria atirar-se de um penhasco ou sobre a lâmina de uma espada." Sussurrou ela baixo, porém em um tom de voz decidido, no instante em que abria a porta escondida. Era a senha final para o acesso àquele local místico...

— Não acho que sua confiança esteja plena, principalmente em sua mestra, ela te abandonou, não foi? — Soou uma voz desconhecida em algum ponto dentre as sombras. — Sem responder ao espelho negro? Por isto pretende ir atrás dela? — continuou a voz em tom de deboche.

Sammya virou-se na direção da voz, procurando entre os arbustos e as sombras. Assustada por ter sido seguida... irritada por ter deixado, mesmo que indiretamente, alguém invadir aquele espaço ritualístico e ancestral... Mas principalmente angustiada por ter sido descuidada ao ponto de ser flagrada naquele lugar. Aqui e ali risinhos escapavam por entre as folhas, deixando-a mais receosa. De tal forma que acabou derrubando o pequeno saco de tecido, quando tropeçou em um dos galhos; o item que trazia apertado na palma da mão foi aterrissar pouco além do centro da clareira, em um leito de folhas.

— Quem está aí? — questionou ela para a noite ao seu redor e como não teve uma reposta imediata, acrescentou temerosa, mesmo sabendo em seu íntimo a negatividade da resposta: — Minha senhora, é você?

Um sopro de vento mais forte uivou por entre as folhas, fazendo os galhos rangerem, ao passo que silenciosamente uma figura irrompia dos arbustos próximos. Trazia nos lábios um riso frio e nas costas um bandolim preso por uma alça de couro. Era um homem de aparência jovem, bastante comum. Não usava trajes finos ou qualquer item especial; mas emanava uma aura de poder... O corpo embora franzino movia-se de forma ágil, como um bailarino entre nuvens de incenso.

— Olá, Senhorita Sammya, meus pêsames por sua perda... — falou ele vestindo uma expressão forçadamente condoída e exagerando numa reverência.

Aos olhos comuns, ele seria facilmente tomado como uma viajante, com um toque de estranheza em seu gestual. Porém para ela, que trazia sempre sua segunda visão semi-desperta... "deixe-me ver, deixe ouvir..." Era fácil perceber que se tratava de algo muito além... Era algo poderoso e antigo, habitando por trás da máscara humana, risonha e comum que ele havia posto.

— Você é um Djinn...? — falou ela em tom mais afirmativo do que propriamente perguntando.

— Mefistófeles, ao seu dispor — disse ele ao mesmo tempo em que fazia outra mesura bastante teatral. — Acredito que tenhamos um interesse em comum e gostaria de propor uma fusão de capacidades. — Deu um largo, porém gelado riso.

Ela ficou em muda defensiva, observando a alva pele, levemente imaterial, esticada por sobre um fino esqueleto, sem qualquer carnosidade por baixo. Ele realmente era dotado de uma magreza doentia, careca e com grandes mãos lânguidas. Os olhos eram negros com íris arroxeadas, lábios finíssimos e vários dentes pontiagudos completavam uma face ensandecida. Mas havia algo errado; embora ele tivesse todos os traços descritos no diário de sua mãe, faltavam os símbolos gravados na pele — as inscrições dos deuses, o aval para ceifar almas.

Para a surpresa da garota, a criatura se movia de forma incrivelmente rápida; num lampejo apanhou o pequeno saco do chão, rumando até o carvalho, esfumaçando-se pelo caminho. Recostou-se no tronco e ficou imóvel, fitando-a com a cabeça meio de lado, enquanto lançava para o ar e tornava a pegar o pequeno invólucro escuro.

Sammya sentiu o corpo retesar, como um arco muito esticado. No saco havia o medalhão... Ela planejava escondê-lo, afinal poderia ser útil no futuro... Mas será que nas mãos erradas aquilo poderia depor contra ela? Não podia também fugir, afinal decidiu que a melhor alternativa era não se deixar intimidar!

— Não faço a menor ideia do que está falando, mas vai-te embora, criatura! — falou ela dando um passo para trás, ao passo que juntava as pernas e os braços, colocando a mão direita por dentro da manga esquerda. — "Que meu chamado ecoe e que tu sofras a ira daqueles a quem o teu mal afligiu" — falou ela retirando a mão que agora segurava uma miniatura de mão óssea, esta sustentando um olho banhado em sangue seco.

A pequena clareira foi invadida por uma luz morta, que parecia vir de todos os lados, mas que, contudo, não fornecia qualquer alento sobre melhorar a visibilidade ou tornar-se uma fonte de calor. Era uma espécie de luminosidade densa, a tal ponto que rastejava pelo solo, gotejando das folhas próximas, aglutinando-se de forma espiralada nos tornozelos da garota.

Por todos os lados começaram a surgir figuras pálidas e espectrais, com os contornos indefinidos, em alguns pontos desfazendo-se na névoa, fogo fátuo brotando do chão. O espaço ao redor esfriou de tal forma que a respiração se condensava em pequenas nuvens. Aqui e ali, os seres que havia surgido, pareciam esfacelar-se, para em seguida voltar ao seu estado anterior de imaterialidade. A cada novo instante mais seres surgiam, criando uma multidão.

Uma risada surgiu rasgando o ar com dentes amarelos de tão gastos. Provinha gorgolejante da garganta do homem à frente. Ele dobrava-se enquanto ria de tal forma, que o bandolim lhe escorreu por sobre a cabeça. Com o pé esquerdo pisoteava o chão, espalhando folhas secas.

— O chamado dos espectros? Isto é sério? Você quer realmente usar este tipo de magia contra alguém como eu? — falou ele parando de rir instantaneamente e a olhando com um olhar penetrante.

O homem magro caminhou até o centro da clareira, à medida que Sammya recuava, bem como os seres invocados por ela. De alguma forma ele parecia maior. Com o escuro da noite mais intenso ao redor dele, apenas a face era perfeitamente visível, exalando uma fúria cega. Havia qualquer coisa de primordial na forma como agora ele se mostrava. A máscara do homem comum rachando... Levando juntamente todo o mundo ao redor. Restara apenas a criatura caótica, que recebera dos céus a tarefa de vagar pelo mundo recolhendo almas, cumprindo a sina de aliviar as dores da transição.

— Criatura tola! Você ousa soprar o pó da morte sobre o manto daquele que carregou a foice? — falou uma voz gutural do meio das trevas absolutas. — Vim lhe propor ajuda, mas agora te porei uma marca! — esbravejou Mefistófeles. — "Caminharás pelas noites sem encontrar abrigo, o desespero te será companheiro, toda a dor, todo o horror que aprendeste a invocar, contra ti levantará a mão. Por fim quando restar apenas sangue e agonia, a ajuda do destino voltará para você, apenas neste momento terás paz. E durante todo este martírio te lembraras de mim!"

A voz do Djinn se fundiu à escuridão, ecoando mil vezes, fazendo sumir os espectros invocados, devastando Sammya com a potência da maldição. Quando ele terminou de falar a lua voltou a brilhar na clareira, só que ele já havia sumido, deixando-a para trás estendida no chão úmido de orvalho.

— Mãe... Ajuda-me... — sussurrou ela para a noite, flutuando por fim para a inconsciência.

XXI

Allan

Repassando pela centésima vez a lista de suspeitos que havia organizado, Allan remoía tudo o que havia ocorrido na sala de votação; a intervenção de Macalister, a forma que os votos foram distribuídos... Algo estava errado na vitória de Megaha... Não conseguia descobrir o que, mas se sentia incomodado. Assim a melhor solução por ele encontrada, foi tomar uns tragos do forte vinho de cerejas, iguaria do Straggler, estabelecimento que resgatava o arquétipo de uma antiga taberna, muito conhecido e visitado por todos da Ordem.

Embora houvesse a Firkin, O Anjo e o Dragão nas proximidades da praça principal, além de vários outros bares e restaurantes, era o atendimento dispensando por Autrin, ex-caçador de recompensas, que atraía tantos membros da Ordem. Afinal por anos ele prestara serviço da Ordem e terminou por fazer muitas amizades.

A Straggler era praticamente um patrimônio da cidade, na qual todos eram bem-vindos e bem tratados, além de contar com o pulso firme do ex-mercenário, garantido que nenhum desentendimento acabasse em confronto ou com a destruição de metade do telhado; como o episódio envolvendo um grupo de agentes de Zanon, na Anjo e Dragão.

Allan bebericava de quando em quando a bebida de um tom vermelho profundo. Ao passo que, uma atrás da outra, seguia acendendo suas cigarrilhas de palha. Fitava a rua, com olhos baços, perdido em suas divagações. A chuva havia abrandando, apenas algumas gotas caíam espaçadas sobre a calçada, salpicando o parapeito de madeira da varanda, na qual estava a mesa que ocupava.

Não se poderia negar que mesmo sendo alguém para quem o termo louco seria um elogio eufêmico, Macalister acertara ao ter feito a "sutil" indicação de predileção em relação a Megaha. Afinal por ser uma viciada em disciplina, ela poderia conter toda a histeria em massa que a queda do Pilar provocou. Ordem no meio do caos é exatamente o que precisamos!

Toda a população vira os agentes reunindo-se em frente da sede da Ordem, dos quais alguns grupos até mesmo já haviam partido. A prova maior de que a situação enfrentada era precária, veio exatamente quando era encarado o fato de que a Ordem fizera um pronunciamento público, informando o seu plano de ação, chegando até mesmo a listar a qual base enviaria equipes, em busca de qual Pilar. Desta forma, dividindo a culpa, fragmentavam a pressão. Caso uma base falhasse, toda a culpa recairia então sobre os superiores desta ou daquela base. É uma atitude sensata para uma situação como essa, pensou Allan.

O problema ocorria pelo fato de que; a Ordem procedendo desta forma assumia uma face frágil para a população comum, problemas com comando no que se referia a um pulso firme, bem como precária estruturação da instituição.

— Fomos atacados em praça pública, droga! — falou ele mais alto do que tencionava, desculpando-se com um pequeno gesto de cabeça, pelo fato de ter assustado uma das garçonetes que por ali passava. — Qualquer um que possua uma pequena dose de senso crítico perceberá facilmente o quão nos assemelhamos a um formigueiro sobre o qual se lançou uma jarra d'água. Nossa única alternativa é não se deixar afogar.

Mas uma coisa ainda me inquieta acima de todas as outras, pensou Allan. O general Maehda fora usado como condutor ou ele usou a si próprio? Se ele foi utilizado, surge a questão: Como? Controle mental? Não, este tipo de coisa não seria válida, ao menos não para uma magia como o Etherion, se ele foi controlado, deve ter sido de alguma outra forma. Alguma magia do mesmo período ou origem, talvez... Afinal tem que ser outra coisa... Mas o quê?

Existe, é claro, a segunda opção, a de que ele usou a si próprio. Sendo assim, questiona-se: Por qual motivo? Atacar o Pilar de Éther foi atingir diretamente o orgulho da Ordem e de toda a sociedade mágica. Foi como abrir uma jaula de leões famintos, diante de cervos feridos. Por que Maehda faria isto? Por que fariam isso a ele?

Mesmo com todas as inquietações, com os problemas e atribulações passando na cabeça do mago da terra, a noite resplandecia em singela beleza; a lua nova era nada mais que um risco curvo no céu, com uma coloração dourada envelhecida, que lembrava a de uma aliança esquecida na parte de trás de uma gaveta qualquer. Em alguns poucos pontos, a grossa cobertura de nuvens escuras abria-se, formando pequenos rombos em toda a superfície de algodão cinzento, que era o firmamento.

O vento uivava roçando nos pórticos, gárgulas, pináculos e todas as outras partes dos telhados da cidade. Era uma melodia constituída em parte por tristeza, juntamente com uma metade complementar de tenebrosidade. Se fosse dado a surtos emocionais, poderia dizer seguramente que estava melancólico hoje. Pensou Allan, enquanto arrolhava a garrafa de vidro escuro e lançava um último olhar para a rua, preparando-se para sair. Pensava em andar vagarosamente pela cidade, sentir um pouco a agudeza que se perpetuava nos ares da noite.

Foi neste momento que ele viu surgir uma figura vergada, com roupas escuras, movendo-se ligeira. Uma das mãos segurava o véu sobre o rosto e a outra estava escondida por entre as muitas camadas das vestes negras. Seguindo-a com os olhos por alguns instantes, ele percebeu que o destino da insólita figura seria a saída sudoeste, caso ela continuasse no mesmo rumo.

— Você não está caminhando rápido demais para uma velinha corcunda? — perguntou Allan a si mesmo, quando a viu mais à frente, quase sumindo por entre as sombras da cidade. — E para onde pretende ir? O vale, além da cidade? — Suspeitava ele estreitando um pouco os olhos e de cenho franzido.

Neste momento ela puxou o capuz por sobre a cabeça, talvez tenha sido algum truque de luminosidade ou a mente lhe pregando uma peça, visto que havia passado o fim de tarde pensando nos nomes de sua lista, mas não poderia negar: Fora o rosto de Sammya que vira de relance.

Primeiramente pensou em chamá-la, motivado pelo simples impulso de gentileza cavalheiresca; afinal era uma jovem mulher, andando sozinha em ruas escuras. Porém as questões lógicas suplantaram rapidamente seus pensamentos. Já se aproximavam as horas escuras, o que ela estaria fazendo na rua pouco depois da morte do avô; quando deveria estar preparando-se para a cerimônia da pira funérea?

Acima de todos os outros questionamentos, havia um crucial: Onde e como ela aprendeu a usar um encanto *glamoury*? Magia proibida, condenada e muito antiga... "A máscara mágica"... Em que exatamente está metida, senhorita Sammya? Pensou ele, pondo-se a segui-la.

Ela andava decidida, sem lançar ao menos um pequeno olhar para os lados. Talvez supondo estar segura, acima de qualquer suspeita, teorizava Allan, quando a viu chegar à pequena alameda que ficava em frente a saída. A "velha" parou alguns instantes para conversar com os guardas. Allan acreditou que neste ponto ela seria abordada e todo o passeio estaria acabado. Qual não foi sua surpresa ao perceber que de alguma forma ela havia conseguido derrubar os dois. Para depois esgueirar-se rápida entre os portões.

Os dois dormiam a sono alto, um deles estava com as mãos postas sobre o peito, armas caídas ao lado do corpo, cauda enrodilhada na cintura.

O outro sentado no chão, recostado na parede de pedra escura, ressonava baixo, cabeça pendendo. Allan olhava de um para outro, cada vez mais surpreso, pareciam ter sido drogados ou encantados de alguma forma.

A fim de não a perder de vista, ele se apressou para sair do abrigo dos muros da grande cidade. Avistou ela mais ao longe, seguindo na direção do arvoredo mais à frente. O promotor sabia que qualquer movimento em falso denunciaria sua posição e mais que qualquer outra coisa ele desejava saber qual seria o paradeiro dela. Bem como o motivo, que era tão importante ao ponto de retirá-la das suas obrigações de parente enlutada.

Supondo que só havia uma forma de segui-la sem deixar qualquer pista de ser descoberto, já que estavam em um grande descampado, precedente ao bosque de árvores escuras, ele resolveu agir rápido; retirou as luvas e recostou-se na parede. Sentindo a superfície áspera da grande muralha.

Estava fria, úmida da chuva, com alguns pontos lodosos nas reentrâncias das pedras irregulares. Fechou os olhos, enquanto agachava-se, tocando a terra com ambas as mãos. Essa também estava cheia de vestígios do dia de chuva, porém existia algo além, parecia estar acariciando o dorso de um grande animal ferido, talvez tenha sido o abalo provocado pela queda do Pilar. Mesmo esse sendo muito posterior à estruturação do mundo, a existência de uma magia tão grandiosa como os cinco pilares altera todos os padrões de equilíbrio de forças e agora um ter sido derrubado do nada; era uma estocada forte demais.

— Aquiete a mente, não poderá fundir-se enquanto seus pensamentos borbulham em sua mente! — falou ele ralhando consigo mesmo. — Não apenas sinta a terra, seja ela! — Repetia ele quando tudo ocorreu; primeiro a ponta dos seus dedos, em que as unhas assumiam uma tonalidade terrosa. As mãos, esfarelando-se, os braços desaparecendo pelos e pele. Finalmente todo o seu corpo; atravessando a superfície, para ir fundir-se com o elemento. Restando suas roupas e pertences amontoados, no exato local onde ele penetrou.

Em seu atual ponto de observação, não podia ver nada com os olhos carnais, porém sua consciência estava estendida por vários metros, em formato circular. Devido a sua conexão com o elemento, poderia mover-se quase que livremente. Mas de longe, a grande vantagem de ter utilizado uma magia de quimerismo, era possibilitar seguir a figura de capuz preto sem ser percebido. Visto que apenas um excelente telepata ou outro mago da terra poderiam perceber a presença dele. Em que exatamente está metida senhorita Sammya?

Havia, contudo, um revés; essa forma rara e ao mesmo tempo perigosa de magia, na qual o mago ou a maga se une ao elemento, tornando-

-se "inalcançável" por certo espaço de tempo, implica na necessidade de um total controle, para que o elemento não se torne um inimigo ao invés de um aliado. Uma vez que caso não consiga atingir o estado de "transe", o elemento pode engolir por completo ou expulsar de qualquer jeito e nunca se pode apostar por conseguir carregar consigo todos os membros.

Enquanto avançava, Allan não conseguia deixar de sentir, vinda de algum lugar profundo, uma espécie de tristeza fluindo ao seu redor, reverberando igual ao som dos passos daquela a qual seguia. Não iria permitir-se contagiar, na verdade sua vida dependia exatamente disto. Tenho que ser sereno, calmo, inabalável tal qual uma rocha. Refletiu ele.

O avanço foi mais lento e exaustivo do que ele suponha. E principalmente confuso, por vezes parecia haver mais alguém, por vezes não. A garota, porém, continuava decidida. Se estava perdida, em momento algum retrocedeu, embora tenha estancado seu avanço por uma ou duas vezes, apenas para continuar o progresso de seu caminho pouco depois. O promotor concluiu então que o caminho já lhe era conhecido. Pela forma "pura" como seus passos ecoavam terra adentro, Allan diria que ela caminhava por uma trilha já existente, com pouca ou nenhuma vegetação cobrindo o solo.

Ele a seguia de perto, ao menos o quão próximo lhe era possível mover-se entre as camadas de solo. Era uma forma estranha de avançar, dir-se-ia como estar nadando entre areia e pedregulhos de cascalhos. Agradeceu aos céus por ter tido sorte em encontrar um pequeno bolsão no caminho. Assim pôde "expelir" a parte superior do corpo e descansar da exaustão energética.

De onde estava, ele conseguia "vê-la". Ela estava no centro de uma clareira. Ele aproximava-se lentamente, de alguma forma ali o terreno era mais difícil de transpor. Havia magia naquele espaço, deixando pra trás um tipo bem específico de resíduo mágico. Algo antigo e profundamente poderoso. Apenas mais alguns metros, falava ele para si mesmo. Ao mesmo tempo em que tentava forçar o avanço, sentia uma força contrária a si, impelindo-o de volta.

Foi com surpresa que ele percebeu a existência de outra pessoa, de passos leves, porém possuidor de uma grande presença mágica. Quase que ao mesmo instante surgiu uma grande pressão, comprimindo-o por todos os lados. A sensação de tristeza adquiriu um tom mais agudo, se fosse dado a crer em questões sentimentalistas, ele diria que a "floresta" estava triste. Um espaço sagrado que fora profanado, era isso o que ele sentia, por estar fundido com o elemento, essa tristeza lhe penetrava pelos poros.

Não conseguiria suportar, muito menos manter por mais tempo a atual condição. Forçava-se então a resistir apenas mais um instante, mais alguns metros e estarei bem abaixo dos dois, poderei então surpreendê-los. Nunca vão esperar um ataque, facilmente os renderei, muito embora esse indivíduo possua grande energia, uma ação surpresa bem dirigida deve ser mais que o suficiente.

Reunindo os últimos pingos de autocontrole, ele endureceu certos pontos da terra, formando "Sementes de rocha" em vários locais próximos aos dois indivíduos. Sua intenção era fazer surgir inúmeras estacas de pedra ao redor destes, imobilizando-os e impedindo qualquer reação ofensiva.

Contudo, antes de terminar a contento os preparativos e realizar as ações de ataque, algo ocorreu — por alguns instantes pareceu não existir vida na superfície da clareira. Nada! Absolutamente nada. Havia algo na impossibilidade de sentir até mesmo as raízes das árvores, que lhe inquietava. Em poucos segundos, tudo em um raio de pelo menos dez metros pareceu ter sido engolido por um vazio sem cor, disforme e frio. Como se um buraco negro houvesse sido fecundado ali no meio da floresta, tendo dado à luz a si mesmo, do meio do nada.

A curiosidade para entender a situação apenas intensificou-se quando tudo que havia sumido começou a redesenhar-se acima de sua posição de expectador. O vazio faminto que havia sido invocado, agora regurgitava tudo o que consumira de uma só bocada. Ao mesmo tempo em que devorava a si mesmo, até que finalmente a floresta era apenas paz.

Todo esse processo transcorreu em não mais que alguns poucos segundos, meio minuto talvez. Entretanto o esforço anterior para manter-se mimetizado ao solo, além de tentar mover-se rápido e quase ter realizado um ataque de alto nível, havia quase esgotado as forças de Allan.

Urgia a necessidade de sair, mais alguns instantes e talvez essa opção deixasse de existir. Seus pulmões começavam a doer agudamente e por toda pele um pequeno comichão lhe percorria. Como a volta de sensibilidade a um membro dormente, de forma gradual, sim, porém incômoda, desconfortável.

Havia deixado a chance passar, tencionara surpreender e fora feito prisioneiro em sua própria armadilha. Não os atacara em flagrante, todavia, certamente haveria outro momento, afinal sua posição não havia sido descoberta. As atividades suspeitas de Sammya e de seu comparsa haviam sido reveladas.

Ouviu passos ao longe... Mas ele já não conseguia controlar, estava subindo desfazendo a conexão. Arfando ele tencionava levantar-se, buscando apoio nos joelhos, que teimavam em não sustentar o seu peso. Seu corpo estava coberto com uma fina camada de terra, vestígios finais da transição entre o elemento e a criatura, uma pessoa desavisada poderia jurar que uma estátua acabara de ganhar vida.

Com certo esforço postou-se ereto, amparando-se no tronco nodoso de um carvalho. A sola dos pés grudava no solo nu a cada passo que ele dava. Parecia que ambos, ser vivo e existência mineral, não aguentavam mais a possibilidade de manterem-se separados.

Esforçando-se para manter seu corpo distinto à sua fonte de magia, o promotor escorregou novamente pelo tronco, cabeça girando. Enquanto uma parte de sua mente ralhava com ele por ter arriscando-se tanto. Tolo egocêntrico! De que adiantou tudo, se agora está aqui, um alvo fácil. À mercê de qualquer um e ainda por cima nu.

Com alguns instantes de profunda respiração, todo espaço ao seu redor começou a entrar novamente em foco. A sua pele já não mais comichava, nem tampouco parecia esculpida em pedra marrom. Seus cabelos moviam-se livres nos braços do vento, não mais grudados uns aos outros e sem o tom terroso de segundos atrás. Foi neste instante, em que os últimos efeitos se esfacelavam por completo, que ele viu um pequeno embrulho em tecido escuro.

O medalhão saltou para fora, brilhante e perfumado, pesando em sua mão muito mais que o peso de seu material constituinte, visto que agregado a ele, havia a condenação de Sammya Tominaga, como praticante de magia proibida.

Um simples feitiço de elo potencializado com mandrágora, planta das raízes de sangue com o poder de intensificar qualquer magia em que seja utilizada, contudo ao ser regada com sangue produz um fluído que possibilita condensar magias arcanas poderosíssimas. Pondo o queixo entre os dedos polegar e indicador ele se pôs a pensar.

Todo este conhecimento de magia antiga, como ela adquiriu? Em verdade, poderia pensar em duas ou três pessoas que soubessem como reconhecer magias antigas, que dirá ter conhecimento prático para a execução. Não existiam livros com receitas ou fórmulas e sim lendas em prosa. Daí, a saber, como praticar essas ações... Talvez apenas elas... Senhorita Sammya, com que tipo de forças você vem lidando? Eram esses os pensamentos que passavam pela mente de Allan, enquanto ele rumava para a muralha; o vento castigando o corpo, e o frio assolando a nudez dele.

— Senhor, eu entendi certo? — perguntou o escrevente atordoado pela hora e principalmente pela urgência com a qual o promotor o chamara.

— Sim, Cibok, entendeu. Quero um mandado de apreensão com o nome de Sammya Tominaga e possíveis ajudantes em todas as sedes da Ordem, antes do dia terminar de nascer.

XXII

Eve

"...Acredito que vocês devem estar precisando de toda ajuda possível...", "Claro que estamos! Não escute ela...", "... Posso dar uma boa ajuda...", "... você me apadrinha, Júlia?..." As frases ecoavam na cabeça dela, ganhando mais força e inflando ainda mais a raiva dentro de si. Eve caminhava de má vontade, braços cruzados sobre o peito. Na mente uma grandiosa efervescência de pensamentos. No rosto, um semblante fechado; cenho e lábios franzidos.

Em qualquer outra ocasião, ela estaria animada, para não usar o termo eufórica. Correndo de um lado para o outro, entre as ruínas da antiga cidade Kirma. Mas hoje, diante do estado de humor em que estava, se restringia a chutar montes de areia e resmungar. 175

Toda aquela região em um passado distante havia sido uma joia nas margens do deserto. Hoje não era mais do que um conjunto de colunas e paredes ruindo, em que a areia fina estava por todos os lados, até mesmo dentro da boca, já que Eve sentia o ranger desta toda vez que falava algo.

O vento forte, sem nenhuma umidade, arranhava o rosto da agente, além de emaranhar sua franja loira. Ao ponto que ela puxou o lenço estampado que usava preso na parte de trás da nuca um pouco mais para frente, a fim de melhor proteger a parte inferior da face. Ela havia tentado embeber com o conteúdo de um dos cantis, mas após a reação exagerada de todos na equipe, ela se contentou em xingar nomes feios aos quatro ventos.

— De todos os zilhões de locais deste mundo, por que a porcaria de um deserto? — perguntou ela para ninguém em especial, reclamando como havia feito desde que o grupo partira da sede da Ordem.

— Eu já expliquei; quando li o livro "Histórias e lendas: compêndio do tempo antigo" percebi um anagrama no meio de um capítulo acerca de uma lenda sobre Kirma... — explicava Zenith ao ser interrompido por Eve.

— Ahhh... Agonia! Já disse para não ficar entrando em minha mente! — falou saltando para o lado, como se ao aumentar a distância, a chance de leitura mental diminuiria.

Antes que o mago hospedado no corpo do negro animal respondesse ou agisse de alguma forma, o oficial bradou:

— Agente Evellyn, comporte-se! Desde que saímos da base, tem agido como uma criança mimada! — falou Balon fitando-a com um olhar duro. — Ele é um telepata no corpo de um gato, o que esperava que ele fizesse para manter comunicação? Não se esqueça que o mago Zenith muito corajosamente se ofereceu para ajudar, sem ter qualquer relação direta com a Ordem...

Normalmente Eve teria entrado em uma discussão, respondendo de forma selvagem que seu nome é Eve e não Evellyn, como o oficial insistia em falar. Agindo exatamente como aquilo que fora acusada de ser, uma criança. Todavia havia alguma coisa acontecendo no íntimo de Balon, ela não podia afirmar exatamente o que era, mas podia perceber o vulcão próximo a explodir. Aos olhos dela, o oficial parecia uma fera, com uma das patas presas em uma grande e afiada armadilha, diante do qual se balançava um pedaço ensanguentado de carne.

Não o conhecia na verdade, mas ele não aparentava ser este cara irritado e resmungão, extremamente determinado em encontrar o Pilar. Na verdade a forma rápida como ele acreditara e cedera diante da história de Michel e do Gato, havia sido, sem sombra de dúvidas, muito estranha. Parecia que estava esperando algo assim acontecer; não falara nada durante toda a explicação do telepata, para então sem apresentar qualquer motivo, aceitar a filiação honorária imediatamente.

A vontade de Balon em achar o Pilar era tamanha, que ele vinha imprimindo um ritmo frenético de caminhada desde que saíram da Ordem. Devido à inexistência de portas na abandonada Kirma, haviam saído da região de Las Vegas, na passagem mais ao sul, já no fim da cidade. Andavam já há quase duas horas sem parar, o sol que surgira a pouco já brilhava intenso; aumentando o calor gradativamente, porém de forma intensa.

Olhando para frente, era possível ver as ondulações de ondas termais, elevando-se juntamente com os restos de umidade da madrugada anterior. O vento agora parecia saído das entranhas de um enorme vulcão de todos os pontos, igual uma rede invisível, que prendia os viajantes em seus fios vaporosos. As montanhas mais ao longe pareciam entidades imortais, observando ao longe o grupo fritar sob o hálito absurdamente quente do sol.

— Ainda estamos muito longe? — questionou Eve, ao mesmo tempo em que pôs o dedo em riste, apontando para o gato. — Nem pense...

— Mais alguns metros à frente — falou Michel à esquerda, que agora carregava o gato sobre o ombro. — Aparentemente o Pilar ou a passagem para ele fica no centro da cidade. Um fato interessante é que este é o mesmo local de uma grandiosa fonte, diante da qual dois heróis se enfrentaram no passado.

Fazendo um gesto para que ele continuasse com a explicação, Eve acrescentou:

— Ainda não entendi a parte do tal de... Como é mesmo o nome?

— Anagrama, acontece que Zenith leu o relato sobre uma batalha do passado, que ocorrera aqui em Kirma. Lá havia uma frase: "Eu, Mirkala Rimp temo N. Rans", que é um jogo de palavras para: "Em Kirma encontras um Pilar". Por isto estamos indo para o centro da cidade, procurar essa fonte, já que foi este o local da batalha de Mirkala; lendária guerreira ruiva, que montava um dragão de gelo, um dos mais raros, contra alguém intitulado N. Rans, do qual não se tem maiores informações.

A agente parou, ainda de braços cruzados, vergando levemente a cabeça para o lado. Em sua mente uma pergunta vibrava, lutando para ser feita: Mas como vocês sabem que é realmente uma pista e não apenas uma brincadeira do autor? 177

Contudo antes da pergunta ser exposta ou alguma resposta ser produzida, Balon que os esperava mais à frente sob a fina sombra do que no passado fora uma bela coluna, gritou para eles apressarem-se, visto que em pouco tempo o sol estaria incrivelmente forte, incomodando a todos, principalmente Michel; este já mostrava claros sinais de desconforto, mesmo utilizando uma roupa que lhe cobria praticamente todo o corpo.

Balon estava impaciente, a areia ao redor da coluna estava revolvida, como se ele a estivesse raspando com a ponta de sua bota de couro, procurando por alguma coisa que não sabia ao certo o quê. Talvez seja sua paciência, pensou Eve.

— E então "Senhor eu decifrei um enigma, olhem pra mim, olhem pra mim"... Para onde vamos agora? — perguntou ela, novamente pondo o dedo em riste, avisando silenciosamente.

Parecia dizer: Nada de telepatia comigo! O que não foi percebido pelo telepata ou terminou por ser ignorado, visto que ele respondeu:

— "Tendo achado a porta que uma chave não abre, Mirkala Rimp caminhou até a antiga coluna, prostrando ao seu alicerce as armas..." — Soou a voz de Zenith na mente dela.

— Mais um enigma! Que legal! — falou Eve fingindo alegria, para em seguida acrescentar: — Achei que você sabia a localização, mocinho! Não foi por isso que lhe trouxemos? E nada de falar em minha mente, ainda não "engoli" você...

— O que você tem contra telepatia? — perguntou o meio-vampiro, ajeitando o turbante negro que deixava apenas os olhos de fora; estes cobertos por óculos de lentes escuras. — Temos apenas que procurar por algo que se encaixe na descrição do Zenith, apenas pense um pouco... Não deveria ser algo tão complicado assim. — Acrescentou o meio-vampiro claramente irritadiço.

— Não tenho nada contra magos do Éther, o que não gosto é um gato telepata que surge do nada... É um direito meu, não é? — Bradou ela voltando as costas e aparentemente seguindo a ordem de dividir e procurar, dada por Balon um segundo antes, quando na verdade o que ela queria era encontrar alguma sombra, encharcar o lenço com a água do cantil e remoer mais um pouco sobre o que teria levado Lucky a aliar-se com a "vaca ruiva".

"Faça isso, Eve... Não faça aquilo, Eve... Já chega, Eve... Você não pode ameaçar o Zenith Gato com fogo, só para ver se ele fala a verdade..." Pensava ela dando a volta em uma grande cabeça de pedra, parcialmente enterrada na areia, achando ali uma tênue linha de sombra, cobrindo a face esculpida e uma pequena porção do chão ao redor.

O rosto perdera quase todos os seus detalhes; a íris do olho esquerdo era pouco mais que uma mancha esquecida. Ambas as narinas possuíam agora um aspecto poroso, tal qual rocha que se desfaz, pouco a pouco, ao longo do correr dos séculos.

— Grupo de chatos! Foi isso que eu arrumei... Ah Khana, que saudade de voc...

Sua fala foi interrompida por um tremor que percorreu todo o antigo monumento. Rapidamente ela retirou a mão que havia encostado na rocha, ficando surpresa ao perceber que o olho direito da imensa cabeça de rocha sumira. O que se seguiu foi um som de rocha pesada deslizando sobre uma superfície não muito lisa, seguido de um sopro vaporoso, desprendendo-se da boca de pedra. Esta agora se encontrava escancarada, revelando uma escura sequência de degraus, que desciam espiralados para a escuridão, rumando direto para algum lugar embaixo das areias escaldantes.

Eve por alguns segundos permaneceu boquiaberta, encarando o vazio que se intensificava alguns passos além da entrada. Ela então chamou os outros com uma mistura de ansiedade e medo. Havia qualquer coisa no ar que a eletrizava, arrepiando os pelos do braço. E ao ver os outros se aproximando, ela pôde perceber que o mesmo também ocorria com eles. O gato, por exemplo, lançou as orelhas para trás ao mesmo tempo em que os pelos da cauda arrepiavam-se.

— Os olhos são a porta para o interior e que melhor lugar para a coluna da terra que o subterrâneo? — falou Michel para ninguém em especial, com um riso nos lábios, como que se odiando por não ter percebido isto antes.

— Muito bem, agente... Viu o que pode fazer quando se concentra... — comentou Balon enquanto metia a cabeça dentro da passagem. Os cabelos muito brancos contrastando com o tom terroso dos lábios repletos de ranhuras que se abria para o obscuro incompreensível.

Todos se aproximaram da cabeça, rodeando-a. A necessidade de adentrar era óbvia, mas ninguém dava o primeiro passo. Até que Michel comentou que devido àquela escuridão, era impossível ver qualquer detalhe da descida.

Eve percebeu rapidamente que todos estavam olhando para ela.

— Sou uma maga do fogo não uma lamparina! — falou Eve em resposta ao pedido silencioso.

Mesmo assim, terminou por concordar. Seguiu na frente, iluminando o caminho com uma chama controlada. Bruxuleando na palma de sua mão esquerda, as línguas de fogo de ponta alaranjada criavam um círculo de luz. Sombras arrastavam-se pelas paredes e mudavam de tom à medida que Eve descia pela escadaria em espiral. A mão à frente, mantida arqueada. O oficial vinha logo atrás, respirando ruidosamente, como alguém faria caso estivesse cansado ou sob forte efeito de ansiedade. Já o meio-vampiro parceiro de araque, vinha mais atrás, carregando nos braços o Gato-Zenith sobre o ombro.

As paredes eram escuras, terrosas, com um aspecto arenoso, muito áspero ao toque, assim como os degraus. Tudo parecia ter sido feito do mesmo grande bloco de pedra; subdividido e realocado. Mas havia algo que permeava aquele pequeno espaço, Eve não conseguia dizer ao certo o que, mas sentia bem no fundo de sua substância mágica e isto era tão perceptível que até mesmo as suas chamas lutavam para atingir um aspecto diferente.

A descida espiralada terminou exatamente quando as constantes reviravoltas já começavam a deixá-los enjoados. O ar começou a perder a opressiva baixa umidade, para ir ganhando frescor à medida que desciam. A escada acabava em uma caverna de teto abobado, recheado de rochas pontiagudas. Eve juntou as mãos em concha, como alguém faria caso estivesse segurando algo vivo e preciso. Então levantou ambas num gesto rápido, abrindo-as, lançando o que ali havia mantido.

Uma flecha de fogo subiu ligeira em várias direções, tal qual uma flor de fogo, com as várias pétalas iluminando o ambiente. Tratava-se de uma câmara bem maior do que eles supunham, repleta de grandes rostos. Em todos eles as expressões eram absolutamente iguais.

As bocarras abertas, assim como a primeira face enterrada nas areias metros acima, possuíam passagens. Todavia não eram escadas e sim túneis que seguiam nas mais variadas direções, alguns possuindo inclusive inclinação. Enquanto outros, nem bem começavam já evidenciavam uma curva.

Agora eu quero ver... Só falta ele nos mandar separar novamente. Pensou ela postando-se mais ao lado para dar passagem ao outros. Ou pior; "vamos deixar o Sr. Eu sou um gato, mas sei decifrar as coisas" decidir... Pensou, assumindo uma expressão irritada na face. Eve concentrou em novamente invocar as línguas de fogo para a palma de sua mão, afinal o que havia usado para iluminar todo o espaço subterrâneo estava por se extinguir.

— Bem... Parece que temos diante de nós um labirinto... — falou Michel no tom que assumira para indicar que não estava emitindo seus próprios comentários e sim externalizando um pensamento do gato.

— Como vamos encontrar o caminho certo? — perguntou o oficial correndo os olhos de um caminho para o outro.

Eve pôde perceber que havia grande dose de fúria na expressão outrora imutável do oficial. Muito embora ele estive mais quieto do que estivera durante o percurso pelo deserto, um profundo vinco dividia as sobrancelhas. Ela não o conhecia muito mais do que poderia falar sobre o meio-vampiro, por exemplo. Porém era claro que algo o incomodava, talvez fosse a missão em si ou o peso que lhe recairia sobre os ombros caso eles falhassem.

Mas de qualquer forma, até mesmo para ela, que achava dificílimo manter-se concentrada dobrando-se diante da autoridade de um líder direto, ficou claro que o oficial, tenso como estava, não aceitaria da parte dela nem de ninguém uma atitude clara de desrespeito. Sendo assim, decidira se manter na linha, quando ouviu o meio-vampiro falar:

— Vamos esperar um pouco... — afirmou ele caminhando ao redor com o rosto inclinado, como que farejando algo no ar. — Zenith está explorando os possíveis caminhos.

Alguns minutos mais tarde, eles estavam seguindo de acordo com os direcionamentos ditados por Zenith e narrados por Michel. Eve teve que admitir que a capacidade de projetar-se mentalmente do novo companheiro de equipe "honorário", como ela fez questão de acrescentar, acabou sendo de grande serventia, principalmente para encontrar o caminho e escapar das armadilhas que estavam semeadas aos montes.

Algo que o telepata falou confirmou o que ela própria já havia percebido:

— É difícil conseguir o controle completo, este lugar parece tão cheio de magia antiga que até mesmo a execução de uma simples tarefa torna-se árdua — disse ele para justificar-se que não havia cometido erro nenhum; aquele caminho ditado era a melhor escolha, mesmo diante da armadilha enfrentada.

Logo que adentraram pela boca de pedra escancarada, à esquerda da posição inicial, tendo percorrido apenas alguns passos, um barulho de rocha deslizando sobre rocha chegou até eles, vindo do caminho às suas costas. Seguiram correndo então pela única opção restante, a frente, adentrando mais e mais no que parecia ser a região interna do corpo de uma grande besta.

Quanto mais caminhavam, mais percebiam que aquele lugar era um labirinto de paredes úmidas com uma atmosfera pesada e um aroma esquisito, ao mesmo tempo opressivo e limpo, porém de uma forma estranha. Como se uma mancha de sujeira houvesse sido removida esfregando algo mais sujo por cima. A sensação de ansiedade também crescia, não se sabia o que viria a seguir. Muito menos se estavam rumando pelo caminho correto. Aqueles túneis poderiam vir a se tornar o seu túmulo, ao menos já estavam no subsolo.

Claro que a presença de Zenith lhes concedia uma boa vantagem. Mas Eve não confiava nele ainda, então até onde sabia, poderiam estar sendo levados para uma emboscada... Os pensamentos dela foram interrompidos por um som ensurdecedor. Era um som muito estranho, reverberando ao longe, chegando até eles pelas paredes. Semelhante a um urro ou algo próximo a isto.

Tal fato dilatou ainda mais a tensão da agente, fez parecer-lhe que a qualquer momento uma criatura dos tempos antigos sairia de alguma curva mais adiante.

Ainda assim continuaram avançando, seguindo as orientações de Zenith. Por aproximadamente dez minutos, houve uma falsa sensação de segurança, já que não se depararam com uma ameaça considerada como séria; encontraram dois alçapões que ao abrir revelaram um líquido espesso e de odor muito forte. Uma parede que escondia pêndulos gigantescos, dotados de lâminas de aparência afiadíssima apesar da idade que provavelmente possuíam. Além das flechas de fogo que disparavam do teto e do solo em intervalos regulares. Este último tendo sido bastante inconveniente de transpor — uma vez que, mesmo ela tendo apagado as chamas, ainda havia as pontas metálicas para lidar.

O progresso deles era cada vez mais incerto de ser avaliado; caminhavam alternando a direção. Por vezes pareciam estar voltando ou andando em círculos, para em seguida sair diante de paredes desconhecidas. Outra questão preocupante, era o urro que até agora já havia se repetido duas outras vezes e que todos, exceto ela, fingiam ser algo normal — mas afinal, o que era normal naquele labirinto tenebroso? O fato de algumas partes do labirinto serem móveis também ajudava para aumentar a tensão. A constante ansiedade pelo próximo caminho fazia o estômago dela fervilhar; não era propriamente medo, talvez fosse ansiedade. Ela apenas queria saber exatamente contra o que teria que lidar. Mas não iria se diminuir e perguntar ao gato se ele vira algo ao se projetar. Não darei esse gostinho... Pensou ela trincando os dentes.

Em certo momento Zenith anunciou que estava muito cansado das constantes projeções e que precisava descansar um pouco, propondo então que eles parassem, visto que prosseguir sem saber ao certo o que viria a seguir era ariscado. Balon, contudo, não julgou aquela como sendo uma opção válida. Não havia tempo, afinal da mesma forma que eles encontraram aquele lugar, as mesmas pessoas que atacaram o Pilar do Éther, também poderiam tê-lo feito.

— Quem sabe se agora mesmo não há um inimigo atrás de uma destas paredes? Não podemos parar... Se precisar repor sua energia, descanse, iremos prosseguir — acrescentou adiantando-se para a bifurcação, olhando de um rosto de pedra para o outro.

Decidiu pela direita e nem bem todos atravessaram o arco formado pelo lábio superior da face esculpida, o caminho de retorno se fechou com um reboar profundo. À frente o caminho assumia um tom íngreme, tornando muito difícil o avanço, visto que o chão da subida apresentava uma superfície muito lisa, bastante escorregadia, com poucas ou nenhuma ranhura.

Isso não está certo... Pensou Eve. Algo está... Nem mesmo teve tempo de manifestar sua opinião. Um odor muito intenso surgiu do solo e ela viu que de quatro pequenos buracos jorrava aquele mesmo líquido escuro que preenchia os dois alçapões, algumas voltas atrás. Ela nem chegou a se dar o trabalho de pensar, postou as duas mãos para trás e disparou uma rajada de rápida explosão. Porém sua intenção de subir rapidamente usando o fogo como propulsão, foi um verdadeiro fiasco; chegou a subir alguns metros, mas logo o fogo extinguiu-se. Ela ainda tentou agarrar a superfície, mas terminou por descer escorregando com a bunda na pedra.

— Isto é água do Pântano Negro, agente... É um ponto cego para magia elemental como a sua. E numa quantidade destas, é capaz de interferir em outras formas de execução mágica — disse Balon a segurando para não estacionar na poça fétida mais à frente.

— Então como vamos subir? Isso aqui vai virar um lago rapidinho — falou Eve com uma voz esganiçada.

Estava assustada com a possibilidade de estarem muitos metros abaixo da superfície, longe de qualquer sinal de civilização e ter sua magia anulada por um banho contra sua vontade em lama pútrida.

— Não sei como essa água veio parar aqui, mas isto é um bom sinal. Indica que algo bem importante está sendo protegido. Apenas magia pré-existente pode ser usada na presença de algo assim. Qualquer outro tipo sofreria interferência como a agente Firewalker tão bem ilustrou — falou Balon indicando o líquido malcheiroso.

— O senhor se refere à magia rúnica? — perguntou Michel no tom estranhamente empolado que usava para evidenciar não estar manifestando seus próprios pensamentos.

Contudo o questionamento não chegou a ter uma resposta. O oficial postou-se de frente para a elevação, inspirou profundamente e fechou os olhos. Os longos cabelos brancos pareceram resplandecer à medida que Balon falava em uma língua estranha. Parecia ser uma prece ou algo similar. A única coisa que Eve conseguia saber, era que se tratava do idioma dos elfos.

Então as manoplas e grevas do oficial iluminaram-se com um fulgor levemente azulado. Emanando de um conjunto intricado de finas letras, que subiam de forma espiralada pelas peças de armadura, tendo surgido onde antes era apenas metal polido. Era como se as palavras ditas pelo oficial estivessem sendo gravadas naquele momento, constituindo ornamentos em caligrafia belíssima, porém indecifrável para a agente.

Pelo pouco que ela conhecia da cultura e magia dos "Nyë-rante" ou "guardiões dos bosques", tudo era possível, afinal para eles cada coisa possuía um nome e o poder residia exatamente em nomeá-las, provando assim o domínio. Ela ainda refletia quando o oficial subiu em ziguezague, saltando de parede em parede até alcançar o nível superior sem maiores dificuldades, deixando para trás o brilho proveniente das letras de refinado traço, que estavam sumido quase por completo no momento em que ele atingia o topo. Levantou a camiseta, expondo um rolo de corda, arrumando-a em voltas ao redor de seu torso.

— Agora entendi, achei que ele estava engordando — comentou Eve para os outros, contendo um riso sem graça.

A água continuava a fluir dos quatro tubos e agora restava apenas uma finíssima faixa ainda não coberta. Apressando-se então para não correr o risco de esbarrar nela e fazendo uso do ponto de sustentação oferecido pela corda, a subida transcorreu rápida, porém não tão fácil como Michel fizera parecer; visto que ele nem bem agarrou a corda, içou-se com uma velocidade quase igual à de Balon. De certa forma Eve foi mais içada, do que se içou sozinha. Vencido esse desafio, eles já estavam novamente a caminho quando mais uma vez foram expostos a uma armadilha, na verdade, praticamente todo passo era dado com o maior cuidado possível.

Desta vez não foi uma das paredes que moveu, ao menos não unicamente; o solo, nessa parte do labirinto, era irregular, repleto de elevações de topo alaranjado, como se toda a terra estivesse com um grave problema de acne. Lama em tons que iam do amarelo ouro ao laranja queimado borbulhavam, lançando pequenos respingos no ar. Eve olhou de um para o outro e antes que alguém desse um passo ou fizesse qualquer movimento, um som de deslizamento se abateu sobre eles e o teto começou a descer.

Uma grossa nuvem de poeira abateu-se sobre eles, criando uma atmosfera ainda mais difícil de respirar, visto que os pequenos amontoados de terra assemelhados a furúnculos soltavam no ar alguma coisa rançosa, como se fosse gordura velha. Os respingos que deles se desprendiam ficavam aglomerados por toda parte. O grupo apressou-se em seguir para o fim da área purulenta, porém logo descobriram o quão inconveniente era esbarrar naquela gosma estranha.

A calça de Michel, na altura da panturrilha, grudou-se a um dos montículos e cada nova tentativa para locomover-se só o deixava mais preso. A substância era uma espécie de cola, que endurecia ao toque, dificultando ou até mesmo barrando o progresso. O que era incrivelmente alarmante, uma vez que o teto tendo começado a sua descida de forma lenta, agora progredia em um ritmo acelerado.

Zenith foi lançado para frente, quando o meio-vampiro forçou o corpo na tentativa de desprender-se e por muito pouco não aterrissou em cheio em um dos montículos. Eve não teve a mesma sorte, quando Michel esbarrou nela, caiu com o cotovelo enterrado na cratera lamacenta.

— Ah! Que nojo! — gritou quando a consistência pastosa lhe aderiu à pele e manga da camisa. — Isto parece... Melhor nem falar — falou virando a cara, já prendendo a respiração.

Por maiores que fossem os esforços, não conseguia desprender o braço. Mais consistente que seiva de árvore, pensou. E então estreitando os olhos, seguiu uma ideia. Ela incendiou o braço, retirando-o facilmente da borbulhante massa alaranjada.

— Novamente você vai à frente, agente... — ordenou Balon indicando o caminho.

Eve acendeu ambos os braços à medida que corria para o fim da armadilha. Disparava pequenas bolas de fogo, do tamanho de uvas, da ponta dos dedos, atingindo os pontos borbulhantes de gosma grudenta. Michel resgatou Zenith nos braços, avançando com uma velocidade incrível, quase tão rápido quando Balon; porém sem deixar para trás o brilho azulado deste. O teto continuava a descer e eles já avançavam vergados, temendo não conseguir atingir o fim antes de ficarem irremediavelmente esmagados.

Até que, por fim, desemborcaram em uma ampla caverna, com o teto e chão repletos de pedras pontiagudas que pendiam ou erguiam-se. Milhares de dentes arreganhados, prontos para devorar os intrusos. Na verdade, observando com maior atenção, era possível ver aqui e ali alguns poucos esqueletos, dentre os quais um ainda possuía pedaços de carne e tecido presos aos conjuntos de ossos, cristalizados em âmbar.

No meio do imenso espaço, havia grandes rochas cinzentas, de formas arredondadas; partes de cristais translúcidos eram evidentes em vários pontos, incrustados por toda parte, sobre os quais se estendiam grossas raízes de um frondoso cipreste. Parecia nascer do meio das pedras e ao mesmo tempo não chegava a ser uma estrutura à parte, mas, sim, uma coisa única, como se fosse um ser vivente; um coração pulsando ou um imenso pulmão inflando para trazer vida, composto por rocha e árvore.

O tronco era coberto por um intrigado conjunto de gravuras esculpidas. O padrão era tão complexo que Eve não chegava a saber, com precisão, onde começavam e terminavam as cenas desenhadas. Estes eram de uma variedade imensa; representando Os Sete Magos Santos, batalhas terríveis, a invocação do véu e até mesmo cenas cotidianas.

Envolto na incrível árvore havia um grosso chicote em tom vermelho-sangue e empunhando-o estava uma bela mulher ruiva. Ela puxava com força a arma, segurando ao mesmo tempo o cabo e a ponta bifurcada desta. A cada novo movimento, as várias voltas do corpo da arma enterrava-se mais fundo no caule ornamentado.

Um som rouco de areia roçando em madeira ouvia-se a cada instante, fazendo parecer que na verdade o chicote não era constituído por tiras de couro, mas, sim, por uma lâmina avermelhada e maleável, que raspava a casca, penetrando cada vez mais fundo. Um serrote, pouco a pouco rasgando o caule suculento.

Ela usava uma armadura leve; ombreiras, manoplas, grevas e um cinturão que subia em "X" pelo tórax. Tudo em metal lustroso com uma tonalidade entre o vermelho de seus cabelos e o bordô-escuro do couro de suas botas. Por baixo vestia uma túnica também vermelha, porém ornada com arabescos dourados; bastante incomum na opinião de Eve.

Por todo o corpo havia manchas de terra, como se por várias vezes houvesse rolado no chão. Seus cabelos, embora belos, possuíam um ar de descaso, assanhados, com fios arrepiados e soltos do coque alto, que se assemelhava a uma grande flor.

Levantando a cabeça na direção dos recém-chegados, ela os saudou com um olhar duro, de cenho franzido:

— Chegaram tarde... Aquele que derrota o guardião adquire para si o poder de vida ou morte para o Pilar — falou ela em um tom estranho, havia qualquer coisa de primordial.

A forma como pronunciou as palavras pareceu mais com uma profecia; algo prestes a ser concretizado, muito além de uma simples ameaça. Foi só então que a agente percebeu as gigantescas pernas, que se achavam caídas mais ao fundo, à direita de seu campo de visão. Elas estavam cruzadas uma sobre a outra em um ângulo estranho. Como se uma colossal mão as houvesse arrancado do corpo e lançado longe, tendo então caindo de qualquer jeito.

Eve correu os olhos pelo resto do ambiente, que terminara por ignorar diante da inusitada cena composta pela mulher e a árvore. Olhando para os lados era possível ver as muitas partes, do que seria uma cópia em uma escala muitíssimo maior, dos golens com os quais as crianças da cidade brincavam. Porém este fora despedaçado, talvez a mulher não soubesse exatamente como brincar com ele...

A ruiva os fitou com uma expressão dura, lábios franzidos e olhar cruel:

— Se querem assistir à queda do Pilar, não se intrometam e não me darei o trabalho de destroçar seus crânios.

— Este é o Pilar? Mas não deveria ser... Vocês sabem, um Pilar? — perguntou Eve para ninguém em específico, mas voltando a atenção de Zenith para Michel.

— A magia assume muitas formas... O Pilar do Éther não era propriamente uma coluna, mais parecia uma lança de ametista. — Soou a voz de Zenith.

Eve iria responder, mas antes que pudesse recriminá-lo pela resposta direta em sua mente, ela ouviu um rosnado rouco ao seu lado e supôs que se tratava de um animal, no qual não prestara atenção antes. Contudo, logo percebeu que o som emanava de Balon, que de um salto pôs-se à frente da equipe. Nas manoplas e grevas que usava, novamente o brilho azulado sobre as letras em intricada e delicada caligrafia.

Porém agora o brilho estava tão intenso que os membros do oficial eram borrões de luz.

— Pagará pelos seus erros, criatura decaída!

Num lampejo Eve percebeu diante de quem estavam. Juntara as peças tão rapidamente que ficou orgulhosa de si própria; os cabelos ruivos, de um tom tão intenso quanto sangue recém-vertido. A expressão raivosa, que chegava a doer dentro da mente e o chicote, arma maligna, com a quão devia ter feito mais inimigos do que poderia lembrar. Ouvira histórias sobre a morte dos pais de seu atual oficial ... Burburinhos sussurrados que ela só chegou a prestar atenção quando ficou claro que serviria ao lado dele por certo tempo.

Ela o entendia... A raiva diante da impossibilidade de fazer algo diante do massacre de entes familiares... Por um momento aquela criatura de cabelos vermelhos era também uma Caçadora de Lis, retirando de Eve a companhia dos pais... A compreensão de tudo lhe explicou a pressa do oficial:

— Ele sabia! De alguma forma sabia que ela estaria aqui. — Pegou-se falando.

XXIII

Júlia

A noite ao redor possuía um tom irritantemente quieto, mais do que seria correto considerar normal. Até mesmo a fogueira parecia crepitar mais baixo, porém ainda assim espalhava sons secos, provenientes da queima dos pequenos gravetos utilizados como base a fim de manter o fogo cercado. Para distrair-se ela criava formas com as chamas; indo de um pardal a um gato em posição de ataque, devorando o pássaro e voltando ao tom alaranjado do fogo normal.

Ela estava sentada sobre um tronco caído, grosso o bastante para estar completamente apoiada. A casca soltando em certas partes desprendia pedaços toda vez que ela se movimentava. Próximo à coxa esquerda dela, um par de cogumelos; rosados e pequenos chapéus pontudos, surgindo através de um buraco, grande o bastante para caber dois dedos seus.

Entediada ela começou a cavoucar com a ponta da bota os musgos esverdeados e cinzentos que recobriam algumas das pedras à sua frente, até que, movida por algum instinto maldoso, ela raspou a sola de couro duro, descolando grandes pedaços. Com um trejeito de mão, fez compridos braços azulados saírem de dentro da fogueira, a fim de pegar os úmidos pedaços de musgo, carregando-os consigo para dentro do fogo, espalhando fumaça ocre pelas proximidades.

Tateou o bolso interno do cardigã manga morcego, procurando a carteira de cigarros. Colocou um entre os lábios, prendendo-o com os dentes enquanto o acendia com sua magia; emitindo um pálido brilho azulado sobre sua face. Júlia, que de forma constante permanecia tranquila nas missões, fossem entrar em um covil de Ogros, seguindo pistas de algum traficante de ash ou em qualquer outro local, agora se percebia inquieta e até mesmo relutante em estar acordada sozinha — seus parceiros dormiam, enquanto ela pegara o primeiro turno de guarda.

Claro que não admitiria isto para ninguém, mas adoraria ter alguém acordado ao seu lado, para dividir aquelas horas de espera. Aisha, enrodilhada próxima à fogueira, produzia de vez em quando um ronco sonoro, contrastante em relação a sua pequenez e falsa constituição frágil. Ao contrário de Lucky, que jazia silencioso, mesmo tendo se mexido algumas vezes deste que se deitara.

Sempre existe algo de hostil no ar da floresta... Alguma coisa de selvagem e territorialista. Que parece dizer, através de cada arbusto ou rumorejar do vento: "Vá embora! Você não é daqui..." Isto sem contar com a sensação inquietante de estar sendo constantemente observada. Há mais olhos aqui do que folhas, pensou ela lançando o cigarro meio fumado dentro da fogueira, vendo este se incendiar; o tom alaranjado do filtro escurecendo à medida que o fogo o consumia.

Já arrependida de sua impetuosidade, Júlia olhava para a fogueira, movendo os dedos como se estivesse regendo alguma orquestra invisível. As chamas saltavam e dançavam, com volteios circulares. Como responsável pelo comando do grupo, ela tomara a decisão de ser um dos únicos grupos que partiu imediatamente após o recebimento do local da missão. O que resultou no fato de acamparem na floresta.

Sempre houve especulações e lendas a respeito da localização dos pilares, tidos como desaparecidos pela maioria da população. Todavia, Zafrina sabia o local de ao menos um... Pensou Júlia sem conter um pequeno riso. Aquela velha maldita! Se o mundo mágico soubesse do grupinho ao qual fazia parte e o que escondia... Será que ainda assim seria a lendária Zafrina? Responsável por acabar com a guerra dos vampiros?

Contando com ajuda de sua crescente influência na Ordem, Júlia havia manipulado o local da missão, escolhendo um que nem mesmo estava na lista pré-definida, mas que ela sabia por experiência própria, e agradecia por ter ganhado este voto de confiança, que sua escolha seria muito mais que um simples palpite de sorte.

Levantou a cabeça, contemplando ao longe o contorno da grande montanha, distinguível apenas por um tom mais negro em relação àquele que a noite assumira para si. O Pilar do Fogo estava em algum lugar no ventre da grande montanha de Deulas; antigo lar dos grifos de fogo, de onde segundo as lendas proveio a montaria lendária do Mago Santo do Sol.

Além do que, se alguém teria a chance de encontrar e proteger o Pilar, que fosse ela e seus parceiros! Imagine só o que isto fará com a minha carreira... Tudo correndo bem e quando voltar o meu cargo de tenente vai estar a minha espera! Rindo-se internamente, enquanto arrancava algumas folhas do arbusto de menta silvestre ao seu lado, ela se lembrou de como sua companheira de treino havia recebido a culpa, alguns anos atrás quando ela, Júlia, conhecera alguns segredos de sua mestra.

"— Alguém remexeu em minhas gavetas! Qual de vocês foi? — Bradou Zafrina.

Irritada como estava, ela parecia muito maior do que realmente era; labaredas alaranjadas ardiam sobre seus ombros. Uma serpente inteiramente constituída de chamas rastejava para o jardim, silvando na direção delas.

— Eu não fui... — falou Júlia em seu melhor tom inocente-*dissimulado. Olhando para a companheira de treino ao seu lado, que mesmo com uma expressão quase tão dura como a da mestra de ambas, parecia tremer sob o sol do fim de tarde.*

— Evellyn!? — gritou a mulher, mais afirmando do que propriamente questionando, enquanto seus olhos faiscavam de raiva. — EVELLYN! Venha aqui agora! — Bradou ela enquanto a serpente levantava metade do corpo, silvando para a garota loira. Passando por uma Júlia ilesa de sua travessura.

— Não fui eu... — falou Eve olhando para Júlia de olhos estreitos. — Mas de qualquer forma eu sou sempre culpada, não é ? Estou sempre errada, não é? — Ela levantou as mãos e bateu as palmas na fronte da cobra.

Filetes de fogo escaparam da cabeça do animal que a sacudiu para os lados. O corpo do animal tremeu e então as chamas se evanesceram, apagando-se gradativamente da cauda até a ponta da língua bifurcada.

— Como ousa? O que você viu? Até onde sabe? — falou Zafrina descendo pelos degraus. As chamas que a envolviam sumiram por completo, mas ela parecia ainda mais irritada. — Júlia... Vá prepara o jantar... *Terei uma sessão especial com minha sobrinha-neta."*

Interrompeu seus pensamentos enquanto procurava nos bolsos por uma das balas de Aisha; uma verdadeira viciada em chicletes e balinhas de morango. Foi então que ouviu um barulho, como o de alguém tencionando aproximar-se furtivamente do acampamento ou passar por este sem ser percebido. Instintivamente suas mãos aqueceram e com um movimento rápido fechando o punho, a fogueira reduziu até quase a extinção, diminuindo consideravelmente a luminosidade. Feito isso, se manteve atenta e imóvel, na espreita do que ou quem fosse. Finalmente algo que ela entendia e podia lidar; uma luta. Era isto que precisava para espantar a sensação de tédio famigerada.

— Júlia? O que houve? — perguntou Lucky em um sussurrar praticamente inaudível.

— Shiii... — Foi o único som que ela emitiu.

Permaneceram quietos, esperando por algum sinal hostil ou qualquer outro indicativo da presença de alguém. Uma silhueta mais escura caminhava agora de forma a afastar-se, como alguém que depois de saciada a curiosidade, simplesmente se vai, sem nem ao menos voltar-se para trás por uma última vez.

Ela tentou fazer um sinal para Lucky, indicando para este permanecer imóvel enquanto ela sairia para verificar. Contudo não foi compreendida ou ele simplesmente resolveu ignorá-la, visto que quando ela saltou para o arbusto onde viu por último o "invasor", percebeu pela visão periférica que o garoto estava sacando uma espada média. Ela quase o impediu, porém perderiam mais tempo. Sendo assim ambos levantaram-se e partiram em uma checagem do perímetro. Acabaram sem encontrar nada; pegada, galhos quebrados ou sequer um único indício de alguma presença estranha.

— Parece que vimos um fantasma — comentou Lucky, enquanto guardava novamente a espada na bainha de couro endurecido.

— Odeio lugares assim... — falou ela com um gesto que abrangia tudo ao redor. — Mas eu sei muito bem o que vi, havia alguém aqui... — Ao que ela deu uma nova olhada para os lados, antes de tornar a sentar-se no tronco e reavivar as chamas da fogueira; com a mão apontada para esta, fez um gesto ascendente, girando o dedo indicador.

— Cuidado com o que fala! Sidrak sempre disse que quanto mais selvagem e intocável for a região, maiores as chances de ainda haver elementais... — falou ele, deixando seu comentário sumir no silêncio noturno. — Talvez tenha sido algo assim que vimos... — comentou ele alguns instantes depois.

Júlia, como que levada a perceber a verdade no comentário exposto, devido à expressão estranha que surgiu na face do outro, aquietou-se paralisada, com a cabeça levemente vergada para a esquerda. Figuras do passado correram por sua mente, ela voltou a olhar para o arbusto onde havia visto algo ou alguém. Será que foi um elemental? Ficaram então silentes, não ouvindo nada além dos roncos de Aisha e o crepitar ressequido do fogo próximo.

Assim como certas vezes não se percebe que há um relógio funcionando em algum ponto da sala, até que este por fim deixa de funcionar, Júlia só percebeu que toda a floresta estava cheia dos rumorejares da noite alta, quando estes cessaram por completo, deixando para trás um silêncio incômodo e duro, que por algum motivo tornou a noite muitíssimo mais fria e fez a floresta dobrar de tamanho, inchar até quase assumir uma imensidão hostil.

Com a intenção de preencher essa lacuna incômoda, além de ter certeza que por mais que fosse deitar neste momento ela não conseguiria dormir, Júlia comunicou com o seu melhor tom de fingida descontração; afirmando ter descansado o bastante durante as horas de guarda de Aisha e que sendo assim ficaria ali conversando com Lucky, assim poderiam desde já, tratar algumas estratégias de ação.

— Acho que devemos começar a subida pelo menos uma hora antes do sol surgir no horizonte. O que deverá acontecer daqui a umas duas horas. Desta forma, já teremos uma boa posição nas horas mais quentes do dia. Além do que, existem muitos bolsões de ar quente escapando em jatos pelas fendas do caminho. Isto normalmente ocorre nas horas mais próxima ao meio do dia...

— Aparentemente você teve um bom tempo para pesquisar sobre o local — comentou Lucky com descontração.

— Na verdade já havia vindo aqui... Quando ainda estava em treinamento minha mestra trouxe-me.

Júlia parou alguns instantes observando as sombras das árvores e o tom vermelho crepitante que brincava nos troncos, bem como no chão próximo às botas dela. Não achava que voltar aquele lugar seria assim; desagradável como passear por um corredor de lembranças ruins.

— Lembro-me de Zafrina — falou ele sem conter certo arrepio na espinha. — Ela sempre me deu medo... Nunca entendi por que ela agia tão duramente.

Imagens em forma de rápidos *flashs* povoaram a sua mente. Eve e ela sendo obrigadas a desviar-se de ataques enquanto estavam vendadas. "Sintam o fogo, de onde ele vem..." Elas mergulhadas numa lagoa de águas geladíssimas, tendo que aquecerem-se em pleno inverno apenas com o fogo interior de suas almas...

Sim, ela havia sido uma mestra muito rigorosa, mais com Eve do que comigo e talvez tenha sido exatamente por essa óbvia diferença que a nossa relação esfacelou-se ao ponto que é hoje. Ambas estávamos vendadas, mas as minhas mãos não estavam presas às costas... Achava que ela assim o fazia por gostar mais de mim, por ver um grande potencial... Que grandiosa tola eu era! Divagou em seus pensamentos.

— Acho que você tem razão... Ela era uma...

— Velhota ranzinza e cruel como às vezes Sidrak também fora, mas quero crer que tudo foi porque eles esperavam o melhor de nós — comentou Lucky, brindando-a com um riso cálido, como que se desculpando por tê-la interrompido.

Correu os olhos pelo cenário mais uma vez, não havia sido ali, mas bem poderia ser, já que tudo era tão parecido. As imagens agora vinham muito nítidas; um lago de lava, a conversa com a elemental de fogo... Naquele dia conquistara seu título de maga e selara completamente o ódio de Eve para com ela.

Tudo o que ela queria era conseguir "o fogo azul" e não ter que ostentar o título de "andarilha do fogo" como toda a família. Mas ela não fez por merecer... Eu achei o covil da elemental primeiro, eu troquei um pouco de minha magia com ela! Defendeu-se Júlia em pensamento. Até que assumindo um tom pensativo, ela comentou com Lucky:

— Contudo, das duas, Eve sempre foi a mais cobrada, com ela, o treinamento assumia requintes de crueldade.

Havia falado e agora estava liberta do sentimento de culpa, da mão invisível que lhe apartava a garganta. Livre! Arfava ela à medida que se apercebia do que acabara de admitir, algo que nem mesmo para si havia feito. Ambas, ela e Eve, sofreram nas mãos da mestra. Mas de uma forma estranha Júlia agradecia, o treinamento a tornara forte. Atingira um potencial que nunca poderia caso tivesse permanecido com sua família. Afinal ela vinha de uma tradicional linhagem de rastreadores...

Remexendo-se inquieta no tronco, levantou-se com os braços cruzados à frente do corpo, indo recostar-se numa árvore próxima, fingindo olhar o contorno, lá longe, da montanha que subiriam nas primeiras horas do dia. Pegou outro cigarro e o acendeu do mesmo modo que o anterior. Guardando novamente a carteira quando Lucky recusou a oferta.

Novamente o silêncio se fez perceber cruamente vivo, como se toda a floresta estivesse sob o efeito de um feitiço soporífero, ou ainda como se uma serpente invisível, gigantesca e voraz, tivesse percorrido todos os recônditos daquela mata, devorando os sons.

— Por que você fala isto? E se realmente é verdade, por que não interveio? Sei que vocês não se dão bem, na verdade em respeito a Eve eu não... — Interrompeu-se, ao passo em que tentava disfarçar a sua expressão, que parecia dizer: "Quase falei demais, por favor, finja não ter entendido".

Ela que até aquele momento estivera desconfortável no cenário da missão, viu uma oportunidade de distrair-se, focar a mente em outra coisa além de suas decisões passadas. Todavia ao mesmo tempo em que a divertia ver toda a hesitação residente nos óbvios sentimentos de Lucky, ela sentia-se incrivelmente má, culpada diante da pureza com a qual ele encarava o mundo e as relações entre os seres.

Sentia vontade de esbofeteá-lo, falar em alto e bom som: "A vida não é assim! Ela é mesquinha, feroz. Você se torna forte ou será esmagado! Foi isso que eu fiz! Tornei-me algoz, carrasco e testemunha..." Mas ela não conseguia, pois em cada olhadela que ele lhe dirigia, por menor que fosse, parecia lá estar escondido o olhar de fera pisada, que tantas vezes havia visto na face de Eve durante o treinamento; quando ela poderia ter feito ou falado algo.

— Me ajude, Júlia... — Ela quase podia ouvir. Absolutamente todas as vezes voltei-lhe as costas. Indo atrás de Zafrina, para deitar e rolar em troca de uns poucos elogios que agora percebo terem sido vazios... Ela não me expunha ao mesmo ritmo por ser sua predileta, mas porque nunca esperou de mim o mesmo que esperava de Eve.

Sim, eu poderia ter retirado essa guilhotina de sobre sua cabeça, deveria ter falado que fui eu quem remexeu nos papéis de Zafrina. Ou ao menos ter contado para Eve o que descobri aquele dia, mas achei melhor vingar-me silenciosa, enquanto assistia ela ser castigada por minha curiosidade indiscreta. Divertindo-me por ter enganado minha mestra, colhendo todo dia um pouco da raiva frustrada de minha companheira de treino, por saber que não havia feito nada para merecer a dureza com a qual passou a ser tratada.

Durante anos ensaiei a frase que diria a Eve, acrescentando ou retirando palavras, em algum lugar que não fosse minha mente. Sem nunca as ter pronunciado:

— Você, assim como a própria Zafrina, é descendente de Benfur, o mago do sol... E ela, que por sinal é sua mestra, acha que você está destinada a empunhar a espada dele.

Segurando um suspiro, que ela transmutou em bocejo, Júlia o olhou com sua melhor expressão de inocência:

— Eu temia... — Parou em uma hesitação estudada. — Fui fraca! Não ajudei minha companheira por medo da represália que cairia sobre mim — falou sentando-se ao lado dele e pondo a cabeça em seu ombro. Do cigarro uma fumaça subia espiralada e do corpo do garoto ela sentiu um calor diferente, acolhedor e ao mesmo tempo voraz...

Ela pôde perceber também todo o desconforto que tal proximidade fomentou nele, os músculos rígidos e a coluna muitíssimo reta. Júlia quase poderia adivinhar a expressão de confusão que deveria estar impressa no rosto dele, além da possível dúvida, se deveria ou não afagar os volumosos cabelos ruivos. Até que por fim, gaguejando ele falou, enquanto levantava-lhe o rosto para olhá-la nos olhos:

— Tudo... Tudo bem... Todos têm medo... Você... Você deveria conversar com... — Ao que ele parou o que falava, surpreendido pelo beijo que ela agora lhe dava.

Os lábios dele estavam ressecados, permaneceram semiabertos, imóveis devido ao choque. Assim como a língua que se retraiu, como que com medo. Muito provavelmente aquele era o primeiro beijo do garoto... Ela também havia tirado isto de Eve!

— Eve tem muita sorte, por ter alguém como você. Eu a invejo... — falou Júlia, recostando novamente a cabeça no ombro trêmulo de Lucky. — Não tem problema... Eu não contarei nada a ela. — Acrescentou por fim.

XXIV

Balon

— Seu desejo de vingança é muito forte... Consigo perceber isso quase que de forma sólida. — Empunhando o pincel com uma delicadeza invejável, ela descreveu um pequeno arco de tinta sobre a brancura fria da tela, ao passo que acrescentou: — Nesta sua missão terá aquilo que tanto deseja e um encontro não tão desejado assim.

— Então quer dizer que eu a encontrarei? Mas como? O que devo fazer?

— Um desconhecido o ajudará... —falou ela calmamente, enquanto molhava as cerdas macias na tinta clara. — Você o reconhecerá porque ele vai chegar trajando negro e será muito mais do que aparenta ser, entretanto...— Neste momento, pela primeira vez desde que ele entrara na alcova, ela interrompeu a pintura que fazia, dando um suspiro cansado, continuou: — Mas não o aconselho a seguir adiante, encontrará sua oportunidade para a vingança, mas também o seu fim oficial...

— Não me importo de morrer, desde que vingue o assassinato dos meus pais. Desde que eu possa fazer o que não consegui tantos anos atrás; ser valente.

Ela voltou a face para ele, havia ternura nos olhos cinzentos, como se ela pudesse ver algo nele que nem mesmo ele próprio era capaz de enxergar.

— Não posso proibi-lo de ir... Mas será uma grande perda... Há coisas maravilhosas que podem ou não surgir em seu futuro. *— Falando isto a vidente voltou a pintar. — Se tivesse vivido tanto tempo quanto eu, saberia que as coisas sempre tornam a acontecer... Mesmo que seja de uma forma ligeiramente diferente. — Pondo o pincel numa reentrância do cavalete de pintura a mulher se levantou e caminhou na direção dele. —* Não se deve combater raiva com ódio... Não há nenhuma vitória possível *nisto...*

Vê-la ali, a poucos metros de distância, fez acender em seu íntimo o fogo raivoso que ele vinha domesticando durante toda sua vida. Delphine acertara sobre Zenith, não teria chegado até ali não fosse o conhecimento do inesperado aliado, e sobre a presença de Whatronia na câmara do Pilar, mas estaria certa sobre tudo? "... Encontrará sua vingança e o seu fim..." Ele não se importava, ao menos era isto que queria acreditar. Derrotar a fada era o que mais desejava.

Dos antebraços e canelas advinha um brilho intenso. Fulgurando em uma claridade azulada, estavam as armas mágicas de seu pai; ganhas mediante a herança do contrato e ativadas com a magia escrita do povo de sua mãe...

A combinação de magias fluía por seu corpo de forma sutil, porém ao mesmo tempo abrasadora. Sentia-se muitos quilos mais leve, na verdade era como se seu corpo fosse quase etéreo. Ela sabia que era praticamente capaz de cavalgar nas costas do vento. Eles hão de me ajudar, a memória deles será vingada! Arrancarei sua cabeça! Ameaçou a fada em sua mente, ao mesmo tempo em que toda uma profusão de pensamentos girava em um eixo elíptico, descrevendo os acontecimentos em movimentos ovais e fazendo surgir diante de seus olhos cenas, trechos; uma sobreposição nefasta de imagens.

Até que ele não conseguiu mais conter-se e explodiu:

— MALDITA!

O grito que lhe escapou garganta afora foi como o acionamento de um botão vermelho escrito "perigo", ou o gatilho de uma arma de grosso calibre, que após o primeiro disparo, se aguarda silenciosamente o eco produzido se desfazer.

Por alguns segundos, tudo parecia em suspensão, o que é em certo ângulo, uma forma oca de paz. O som de gotejamento incessante e aquoso, que advinha do alto, despencando pelas estalactites branco-leitosas, para chocar-se retinindo no chão de pedra, pareceu cessar por completo.

O ar do ambiente que o circundava possuía uma combinação de odores e cheiros distintos, como se vida e morte houvessem dado as mãos e juntas derramado o suor de suas faces sobre eles.

E então, como uma onda, que até o exato instante de lançar-se sobre as rochas pontiagudas da praia se mantém ileso e silente, Balon irrompeu em fúria cega, partindo-se em milhares de minúsculos sinos diante da fada da ira. Ele era naquele instante a vitalidade selvagem de uma força natural, um animal viçoso rugindo diante da aspereza estéril que era a face daquela criatura.

Sem qualquer aviso saltou com uma agilidade luminosa para frente e para cima, atingindo uma estalagmite cinzenta mais ou menos no meio da estrutura, lançando-a vários metros acima, em uma subida vertiginosa. Ele havia mirado nas protuberâncias gotejantes do teto de pedra, localizadas acima daquela que era seu objeto de ódio.

Sua intenção era clara, soterrá-la ou ao menos distraí-la o bastante para uma aproximação rápida e letal. Tudo correndo de acordo com o planejado, apenas um golpe certeiro seria o suficiente; um único toque e ele poderia morrer, feliz por ter cumprido sua sina. Os pensamentos agora se moviam ligeiros, possuidores de grandiosas asas. E os movimentos dele deixavam para trás uma trilha evanescente, dotada de um tom azulado. Ele em si era uma visão de incrível beleza — ao redor havia uma ondulação impressa no ar, produzindo um som vibrante e vivo.

Sentia-se como um herói dos bosques profundos, caçando uma besta com o dobro de seu tamanho. Balon não era neste momento o garoto assustado que correra do fogo, dos gritos, da morte de seus pais. Ele agora era um enviado do universo. Sacrificara muito por este momento e iria até o fim.

Antes mesmo dos muitos pedaços do teto caírem sobre a fada ruiva, ele já havia se posto a caminho. Correndo, deslizando pelo chão. Com o braço direito curvado, ele socou uma das protuberâncias de pedra fria que havia em seu caminho, fazendo uso da parte pontuda como uma estaca. Pulou brandindo-a no ar, tentando vislumbrar algo no meio da nuvem de poeira. Porém, antes de decidir o alvo, algo surgiu acompanhando a queda das pedras.

Um tentáculo vermelho voou em sua direção, o atingido em pelo ar, enrodilhando-se velozmente ao redor do corpo do oficial, para logo em seguida lançá-lo para o lado. Fazendo-o chocar-se contra a parede áspera e úmida da caverna.

Soltando um brado poderoso e feroz, a fada submergiu do interior do mar de pó em um prodigioso salto, aterrissando sobre a cabeça de pedra inerte do guardião, espatifando-a com as botas rubras.

— Eu sei quem é você... — disse a fada com um riso sádico, espanando a poeira da armadura. — Seus pais arderam juntos nas chamas de minha ira... — Lambeu os lábios ao falar e estalou seu chicote no ar úmido.

Sua arma não era mais apenas vermelha com a tonalidade próxima à do sangue, mas, sim, parecia ser constituído deste líquido. Era um tentáculo gotejante, aparentemente dotado de vontade alheia à de sua dona, além de uma elasticidade infinita. Visto que contraía-se e dilatava-se, remexendo para as várias direções como um animal cego, uma cobra rubra sem pele, agitando-se atrás dela, com o que seria a cabeça indo de um inimigo para outro, aquela coisa parecia analisar cada um em separado.

Balon porém não tinha tempo, precisava atacar rapidamente. Sabia do que a inimiga era capaz e não lhe daria chance de agir. Desprendeu-se da parede da caverna, onde havia entrado alguns bons centímetros devido à intensidade do golpe. Saltou e nem bem tocou no solo, girou o corpo para frente sustentando o peso nas mãos e jogou-se para trás.

Repetiu esse gesto algumas vezes, alternando entre mãos, pés, mãos... Cada vez mais acumulando impulso para o próximo movimento. Os cabelos alvos estavam agora sem a tira de couro, pendendo livres sobre os ombros largos dele.

Maldita aberração, nem mesmo um arranhão... Preciso ser mais rápido... Se ela não conseguir me acompanhar... Terei minha chance. Um golpe... Tudo que preciso é de um único golpe! Olhando rapidamente para o restante do grupo no momento em que completava a última pirueta e agora subia de encontro ao teto da caverna, ele avaliava as opções. O vampiro e o gato são parcialmente inúteis, porém Eve pode ajudar.

— Eve! Cobertura! — gritou ele ao passo que flexionava as pernas, diminuindo o impacto do choque com a superfície dura e ao mesmo tempo pegando apoio para um grande pulo.

Rachaduras surgiram aos montes ao redor de seus pés, a pedra escura cedeu alguns centímetros, como que submetido a uma grande pressão, ao passo que as pernas dele pareceram explodir em um trovão azulado.

A agente correu para frente do grupo, enquanto lançava uma, duas... Várias bolas de fogo do tamanho de laranjas maduras na direção da fada. Movendo-se em ziguezague, Eve parecia não ter braços e sim canhões.

A fada não moveu um músculo, permaneceu imóvel enquanto a arma saltava sobre a dona; circulando-a em um redemoinho infinito. Os ataques da maga elemental foram absorvidos um por um, à medida que se chocavam contra esta barreira rubra. A cada novo contato com a magia da porteira, o chicote assumia uma constituição mais e mais arredia, até tornar-se uma perfeita combinação em que chamas e sangue se entrecruzavam juntos sob a compleição de um tentáculo, respingando fagulhas ao seu redor.

A fada ria-se alto, quase ao ponto de gargalhar, enquanto os inúmeros ataques foram lançados, sem que absolutamente nenhum destes pudesse surtir o efeito esperado. O oficial, aproveitando a distração causada por sua parceira, lançou-se para a inimiga que ele supunha incapaz de percebê-lo. Mirava o ponto que na visão dele parecia ser o mais frágil em todo o ciclone de sangue e fogo que cercava a criatura: o topo. Atacaria de cima.

Apenas um golpe... Abençoa-me, senhora da noite! Empreste-me seu poder... Rogava ele à medida que descia do teto da caverna. O ar ao seu redor pareceu dividir-se, como se o braço direito, retesado a sua frente, fosse uma quilha gigantesca. Apenas um golpe...

O toque de Dariana... Talvez exista uma opção, o poder da noite... A magia que se sobrepõe às outras, não por ser mais intensa, mas, sim, por fazer uso de algo que nem todos compreendem; o misterioso magnetismo que existe nas sombras...

Seu punho ardia, como se este houvesse sido exposto ao calor de uma fogueira e a pele de seu antebraço arrancada com uma pinça de sal. Ao contrário disto todo o seu corpo parecia imerso em uma lagoa gelada. Sentia toda a sua energia fluir sob a pele, em direção a sua mão, deixando para trás um esgotamento inimaginável — afinal não era o tipo de magia que qualquer criatura mágica poderia fazer uso. Aquele havia sido um encantamento criado por uma maga santa, mas acima de tudo uma vampira:

...Certa vez, deitada sobre o leito macio de um campo relvado, prateado à luz da lua, Dariana achava-se descansando de uma agradável caçada ao cervo de três chifres. A bruxa da noite olhava as nuvens e cantarolava baixo, imersa em contemplação do belíssimo espécie.

Único em toda a terra, um animal capaz de correr tão rápido quanto o vento, além de saltar penhascos inteiros com um simples impulso de seus cascos dourados. Ela não planejava feri-lo, o seu desejo era apenas domesticá-lo. Seria uma montaria perfeita para ela.

Dariana havia esquecido, mesmo entre as árvores do bosque profundo existem criaturas más e ambiciosas. Foi uma delas, uma entidade da floresta cultuada por elfos negros, atraída pelo resfolegar do cervo preso em uma rede de flechas. Chegou até o leito de repouso da poderosa bruxa, reconhecendo-a de imediato.

Motivado por cobiça, diante dos poderes e beleza da grande bruxa, ele tentou enfeitiçá-la para um sono profundo, sussurrando uma canção soporífera através do rumorejar das folhas. Contudo, protegida pela essência divina que habitava seu arco, ela não foi afetada. Irritada com a petulância da criatura, a bruxa da noite o perseguiu pelos bosques, saltando por sobre troncos e pedras, evitando armadilhas e os feitiços que a criatura deixava no caminho a fim de parar o avanço daquela que o caçava. Já próximo ao nascer do dia ela o encurralou nas margens de um rio caudaloso e lá fazendo uso de uma prece de banimento de magia, concentrou toda a energia em um toque, expulsando assim toda a força vital dele em um instante...

— Ajude este que é seu servo — sussurrou ele enquanto aproximava-se daquela que era seu alvo. "Espero que a ash que consumi seja o bastante..." — Foi a última coisa que pensou.

Antes mesmo que pudesse entender o que estava acontecendo, já não havia mais tempo para evitar. De alguma forma Whatronia o interceptou no meio da queda, envolvendo-o com seu agora flamejante chicote, girando o próprio corpo e ele em consequência, lançando-o pelo ar na direção do tronco do grande cipreste.

O som de madeira partindo-se foi tenebroso, parecia que todas as árvores do mundo haviam perdido um galho ao mesmo tempo. Todavia por alguma espécie de sorte torpe, a invocação do toque de Dariana não havia sido completa. Mesmo assim o golpe acertou em cheio. A árvore agora pendia um pouco para o lado, devido a um rombo mais ou menos do tamanho do punho do oficial, que maculava o tronco frondoso. Farpas e pedaços de casca jaziam caídos no solo, sobre o corpo do oficial e principalmente cravados na pele do punho. Este agora estava parcialmente inconsciente.

Balon sentia-se esgotado, suas pernas não o obedeciam e até mesmo as inscrições mágicas das armas de seu pai haviam perdido o brilho. Sentia-se derrotado, a um passo do abismo, para onde todos vão. "Os elfos não retornam para a divindade ao morrer, suas essências penetram no solo, engrossando o trançado do tecido da vida. Olhe bem e você conseguirá perceber sua mãe em cada flor, em cada grão de areia." Com ele também aconteceria isto? Perguntava-se estendido aos pés do Pilar da Terra.

Eve avançou utilizando a magia como propulsor, com uma cobertura de fogo ao seu redor; transmutada em um grande projétil. A fada da ira saltou para o lado no último instante, envolvendo-a com o chicote, pressionando-a de tal forma que a agente liberou um grito desesperado, cuspindo um pouco de sangue.

O vampiro partiu rosnando em direção à fada, pela primeira vez Balon o percebeu como uma criatura feroz, como ele sempre supôs serem os de sua espécie. Errando-a por alguns centímetros, Michel rodopiou sobre si e no meio do movimento lançou um pedregulho na direção dela, acertando-a em cheio na face. Ao passo que Eve remexia-se na tentativa de libertar-se do abraço cada vez mais feroz que a fazia gritar em agonia.

Maldita! Não posso permitir que ela novamente escape impune, não! Delphine previu que eu teria minha vingança! Eu só estarei vingado quando ela morrer! "... encontrará sua vingança e o seu fim..." Havia dito a vidente e o fim estava próximo, ele conseguia ver, sentia, sem saber como. Correu os olhos do ferimento no tronco do cipreste para a Eve caída, voltando para o vampiro que bailava, lançando pedregulhos sobre a fada, que esmagava ou desviava deles. Sim, ele conseguia perceber, em algum lugar observando-os havia um ceifeiro a postos.

Uma pedra flutuou ao lado de Zenith e foi lançada contra Whatronia, porém neste instante surgiu uma subdivisão do chicote, partindo ao meio o objeto arremessado. Balon não pôde conter um riso de satisfação, o pequeno guia não era tão inofensivo quanto ele supunha. Mas Zenith e o vampiro seriam o bastante para conter a fada até que Eve e ele estivessem aptos para lutar?

Neste momento, como se a inimiga estivesse respondendo à pergunta silenciosa de Balon, o chicote ergueu-se no ar, libertando uma Eve completamente imóvel e sangrenta. Ocorreu então uma separação ainda maior da arma; agora contava com vários tentáculos finíssimos, agitando-se no ar, todos em chamas, gotejando lágrimas de fogo. Diante desta visão Zenith recuou até o início do túnel pelo qual havia chegado, o vampiro arreganhou mais os dentes, rosnando e também recuando.

A visão dos pais ardendo adveio à mente do oficial, junto com o cheiro da carne queimada e os gritos que morriam em suas gargantas, transformados em gemidos de agonia e acima de tudo, a completa sensação de impotência.

No rosto da fada assim como naquele entardecer tenebroso, havia uma expressão sobre-humana, uma força da natureza tomada pelas trevas. Os devaneios torturantes do oficial foram interrompidos por um grito de dor, tão terrível que Balon sentiu-se enojado diante da risada que Whatronia libertou logo em seguida. O vampiro rolava pelo chão, com vários dos tentáculos envoltos em seu corpo, enquanto suas roupas e carne ardiam.

Só então Balon entendeu, a fada havia sugado a magia de Eve, utilizando-a contra Michel e até mesmo Zenith, que flutuava a alguns metros de distância, movendo-se para os lados na tentativa de escapar dos açoites de chamas. Afinal a própria agente já havia comentado que o fogo dela era "pura raiva". A maldita aproveitara-se da fúria cega de Balon, bem como consumido a essência criadora da magia de sua parceira.

O oficial tentava levantar-se quando ouviu um estralo, em seguida outro mais alto que o anterior. Aterrorizado ele levantou os olhos e viu inúmeras fissuras subindo pelo tronco, como se estivessem brotando da ponta de adagas invisíveis. O ar ao redor parecia carregado de uma imobilidade aguda, do tipo que surge quando se caminha sobre o gelo fino. Balon respirava muito lentamente, como se o menor movimento pudesse piorar a situação, até que um sussurro escapou-lhe dos lábios:

— Não! Em nome dos Sete Santos, não!

XXV

Sidrak

Balançando-se vagarosamente na cadeira de madeira escura, Sidrak dava profundos tragos em seu cachimbo cristalino, cujo bojo refulgia, cheio com o redemoinho de fumaça cinza-chumbo. Soltava densas baforadas, enquanto em sua mente os pensamentos ferviam, antevia um futuro quase tão enevoado quanto o produto de seu fumo curtido.

As molas rangiam sob a alteração de peso do phelino ancião, acompanhando os movimentos de ir e vir do móvel. Ele sentia uma mistura de cansaço acumulado, com a paz interior que nasce após uma difícil escolha. Assim, aproveitava os momentos que agora vivenciava pois sabia que ao pôr em prática seus atuais planos, nada mais seria como antes.

Mas afinal o que ele poderia querer? Tivera uma boa vida, uma boa esposa e um "filho" querido; uma pena que não ao mesmo tempo. Todavia fizera votos, estes passados por seu pai, que os recebera de seu avô.

O sol ainda se espreguiçava no horizonte, espalhando cuidadoso os raios sobre os trigais maduros à frente. A claridade vinha beijar-lhe os pelos esbranquiçados da face, trazendo um sopro carregado da umidade da manhã. Ele estava desperto e olhando o horizonte pouco a pouco ir se colorindo, há tanto tempo que nem saberia ao certo afirmar se era madrugada ou noite. Quando se sentara na varanda, ruminando opções.

A paisagem que agora via a sua frente, iluminada pelos raios de sol ainda mornos, refletia uma calma pungente, parecia espalhar-se por todo o mundo. Era um tipo especial de paz, que é possuidora de uma dureza fria e surge apenas antes da destruição. Como se alguém estivesse fazendo uso de uma almofada acetinada, porém forrada de espinhos.

Havia ainda outra coisa, mais sutil e perigosa até. Porém o phelino não conseguia definir ao certo. Era o tipo de sensação que surge em certos momentos e fica no ar, pairando ao mesmo tempo em que exala um cheiro suave e incomum. Algo vibrante que parecia estar em todo lugar e ele sabia exatamente o que essa coisa indefinível, que se grudava sobretudo ao redor, significava: Guerra.

Quando o fumo cessou as suas exalações vaporosas, transmutando, por fim, em cinzas e na mistura curtida de folhas e ervas secas, Sidrak levantou-se da cadeira, indo limpar o cachimbo; batendo-o levemente na coluna de madeira que sustentava a varanda, guardando-o numa sacola de veludo vermelho. Era chegada a hora...

Entrou na cabana, rumando para o quarto nos fundos. Pegou a bolsa de couro que estava sobre a mesa e fechou o armário pequeno à esquerda. Deu uma olhada em volta, como que para conferir se tudo estava em seu lugar. Saiu novamente para a varanda, desta vez passando direto pela cadeira e indo na direção da cerca, alguns metros além.

Caminhava em direção à porta, encarapitada na cerca de madeira que ficava a alguns metros de sua casa, quando viu no céu uma revoada de pássaros. Ruidosos, dotados de uma coloração azul-violeta e barriga branca. Um arrepio surgiu em sua nuca, sentindo seus pelos da face ouriçados. "Gralhas são sempre um mau sinal, seja para a vida ou para a colheita." Falava Katrin, com seu carregado sotaque das tribos montanhesas, sempre que via uma revoada como esta. Era uma criatura incrível... Ter morrido como morreu era pura ironia da vida.

Sacudindo a cabeça para os lados, como que para espantar tais pensamentos, o phelino retirou do bolso da túnica verde-musgo que vestia um pequeno embrulho. Dentro havia apenas duas chaves, olhou-as bem, como que para certificar-se de que estava ali.

Ambas eram pertencentes à classe de objetos que chamava atenção ao simples olhar; uma pelo inusitado formato — o cano de ligação entre a cabeça e o encaixe da fechadura descrevendo uma espiral com várias voltas descritas. A "cabeça" da chave possuía um aspecto similar à lâmina de um machado. A outra chave era dotada de uma tonalidade evanescente — parecia feita de vapor condensado, de acordo com o ângulo sob a qual era observada, dir-se-ia ser invisível.

Enquanto descia o declive ele pôs a mão por dentro das vestes, vasculhando à procura de algo. Era uma chave presa em uma corrente prateada, que ele levava no pescoço igual a Eve. Porém completamente diferente da agente ou de qualquer outra usada pelos Porteiros, parecia exatamente com o que deveria ser. Não possuía decorações ou entalhes, nem mesmo era feita de material incomum, para qualquer observador menos atento, era uma simples chave.

A porta pela qual ele passou, ligou o terreno de sua casa com o interior de um jardim florido, onde se podia ver uma casa de dois andares além deste. Fechando às suas costas a passagem pela qual adentrou, reparou na cerca viva, na qual essa estava instalada, era como a passagem em sua propriedade, porém muito mais bela.

A vegetação do jardim estava aparada milimetricamente perfeita. Faria inveja a muitos jardineiros experientes, revelando uma disciplina que ia muito além do normal, beirando a compulsão. Constituía um muro bem mais alto que ele, com uma boa largura também, pelo menos dois palmos, e compacta de tal forma que era impossível ver o outro lado.

Mais à frente, seguindo por um caminho de seixos rosáceos, havia uma pequena lagoa, com as bordas marcadas por drusas de quartzo. No centro da qual, em uma diminuta ilhota, uma estátua de um rechonchudo garoto, sentado indolente sobre uma pilastra de pedra escura. Parecia fitar o próprio reflexo.

Caules aéreos, dotados de um verde viçoso, subiam pela coluna, emaranhando-se na figura corpulenta, caindo para os lados, repletos de flores avermelhadas com grandes pistilos amarelos. Algumas vitórias-régias jovens ainda fechavam suas flores brancas, como que percebendo aos poucos que a noite terminara. Um rápido movimento na superfície da água denunciava a presença de peixes, ou anfíbios.

À direita da fonte havia algumas árvores de tronco sinuosos, quatro ou cinco delas, em pequenos canteiros de grama baixa, todas com bancos de metal torcido abaixo. Mais além existia uma gazebo de madeira escura, cedro talvez, visto que um aroma encorpado vinha dessa direção, flutuando nos braços do vento da manhã.

De costas para a lagoa, uma mulher apenas alguns centímetros mais alta que Eve trajava uma túnica em um tom vivo de lilás e calças brancas. Descalça, ela executava movimentos circulares e fluidos com os braços. Movendo as pernas para os lados, concomitante com os gestos executados pelos membros superiores, com uma perícia digna de nota.

Seus gestos eram vagarosos, porém perfeitamente calculados, ela estava concentrada em uma espécie de dança incrivelmente complexa e o mais fantástico eram as labaredas que flutuavam ao seu redor, em cores diversas. Variando em tons do amarelo-claro, até o vermelho-sangue, todas girando em órbitas diferentes, como se ela fosse o centro de todo um universo em que cada planeta acendia, com as chamas devorando-se e tornando a surgir de acordo com os movimentos da mulher.

Sidrak esperou paciente pelo momento em que ela juntou as mãos, encostando o punho direito fechado na palma esquerda aberta, encerrando assim seu espetáculo e dispersando as línguas de fogo.

— Olá, Zafrina, há quanto tempo...

— Sidrak... O que veio fazer aqui a essa hora? — perguntou a mulher antes mesmo de voltar-se para ele.

Seus cabelos presos em um rabo de cavalo alto refulgiam em um loiro cor de feno, com apenas alguns trechos acinzentados. Sua boca era diminuta, formada por finos lábios, com apenas algumas rugas marcando essa e a região ao redor dos olhos. Estes dois possuíam um tom muito escuro de azul, Sidrak sempre achou que eles pareciam dois profundos poços, observados à meia-noite. Era uma mulher bela, mas não do tipo que normalmente é elogiada, mas, sim, dona de uma beleza austera.

A magia manifesta-se de inúmeras formas, realizando prodígios tão espetaculares, que até mesmo aqueles que são praticantes acabam surpreendidos. Todavia em qualquer que seja sua forma de execução, essa sempre deixa vestígios de sua existência, variando, é claro, de acordo com a sua potência. Para Sidrak, um dos aspectos mais incríveis era o acordo realizado com o tempo. Zafrina, uma mulher de quase noventa anos, não aparentava mais que cinquenta, além de possuir vigor físico lendário.

— Vim porque precisamos conversar, cheguei a esta hora, pois sabia que você terminaria a sua saudação ao sol. Assim estaria bem-disposta e receptiva para o delicado assunto que me trouxe. Comentou o phelino aproximando-se do gazebo.

Ela indicou um banco próximo, que ficava debaixo de uma frondosa aveleira. Fornecendo uma sombra circular perfeita, devido a uma copa aparada tão regular quanto a cerca viva que separava a propriedade.

Zafrina sentou-se com a coluna incrivelmente reta, olhando não para o phelino, mas para as carpas que subiam aqui e ali na superfície da lagoa mais à frente.

— Zafrina, minha amiga, acho que é chegada a hora de sairmos do anonimato. Creio que devemos ao menos ajudar a Ordem no quesito da localização dos pilares.

— Não, você sabe o que jurou e imagino que ainda deve recordar-se. Ou não estaria aqui tentando conseguir meu apoio e sim em algum escritório da Ordem — comentou ela ainda sem fitar-lhe. Voltando-se então para olhar o phelino nos olhos, ela falou: — Fazendo algum esforço, posso compreender o que seu coração mole deve estar passando, mas espero que se mantenha fiel aos segredos que prometeu guardar.

Uma face munida de uma dura expressão foi aquilo que ele pôde encarar. Lábios franzidos até quase a extinção e com um brilho maligno, que fez parecer com que os poços que eram os olhos dela estivessem ardendo em chamas.

— Não seja tão intransigente, temos que reunir todos. Atente para a atual situação, Zafrina, devemos aproveitar este momento que o mais antigo regressou...

— Há uma tríade de comando, que agora está completa com a volta de Macalister, mas isto não quer dizer absolutamente nada. Afinal você e eu também somos membros da cúpula. Agora basta! Tenho um jardim para cuidar e você já tomou bastante do meu tempo — falou ela levantando-se.

— Zafrina, minha amiga! Veja a razão, juramos proteger as linhagens até mesmo dos próprios descendentes, porém, acima de tudo, defender a ordem mágica e isto significa perpetuar o véu, o que acha que acontecerá se os pilares caírem? Temos que contar onde estão os pilares e falar com os descendentes. Acho melhor eu conversar com Eve...

— Não! Já chega! O que temos de fazer é unir todos e selar os locais dos templos com magias de ligação corporal se for preciso. — Bradou ela ao mesmo tempo em que lhe voltava as costas e começava a subida em direção à casa, localizada à esquerda do banco no qual estavam sentados.

— Eve está lá fora... Sua sobrinha-neta! Ela também partiu à procura dos pila...

— ELA É UMA FRACA! — gritou Zafrina. — Finge não conhecer suas raízes apenas por puro deleite preguiçoso.

— Você está dizendo que ela sabe? Mas como? — perguntou Sidrak visivelmente surpreso.

— Há muito tempo, ela vasculhou alguns documentos e diários meus com assuntos dos "Dente-de-leão", não creio que tenha ido muito além, contudo, ao menos em relação à origem de nossa descendência ela já é ciente há muito tempo — falou ela por cima do ombro e então voltou-se para encarar o phelino com uma expressão furiosa, quase bestial: — Sempre fingindo, nunca corrigindo sua postura indisciplinada. Ela é uma vergonha! — falou ao mesmo tempo em que indicava a porta da cerca viva. — Tenha uma boa viagem de volta.

— Você é mesmo um monstro, Katrin sempre esteve certa a seu respeito. Sim, eu vou embora. Mas saiba que daqui irei até a sede em Enuewm, levo comigo pergaminhos e as árvores genealógicas — falou ele batendo levemente na bolsa a tiracolo de couro marrom, que trazia pendurada no ombro. — Venho refletindo, desde a queda do Pilar do Éther decidi contar absolutamente tudo!

Os olhos da mulher a sua frente faiscaram em uma fúria cega. Sidrak em seu íntimo estava dividido, havia nojo e raiva para com ela. Todavia, além disto, havia fascinação, ela era uma figura magnífica, não vira os magos santos em ação, mas Zafrina não poderia ter nascido de outra linhagem. Eve também seria assim um dia? Perguntou-se ele à medida que uma sutil aura flamejante refulgia ao redor do corpo aparentemente frágil da mulher à frente.

A magia elemental cobriu os punhos rigidamente fechados e subiu pelos antebraços, na forma de labaredas alaranjadas, movendo-se vagarosas como serpentes preguiçosas e curiosas, que estendiam irrequietas suas cabeças em várias direções.

— Eu o proíbo! Ouviu bem? Na condição de segunda anciã da tríade, o proíbo! — repetiu ela como que querendo certificar-se que ele a havia entendido. — Vá contra mim e eu trago à tona o seu pequeno segredo... A propósito como está o jovem Lucky?

Sidrak parou o seu avanço em direção à porta do jardim pela primeira vez, assustado com as palavras de Zafrina. Não pela ameaça em si, mas diante do que ela agora se mostrava capaz de fazê-lo. Questionar como ela descobrira tudo seria inútil, ele sabia que sim. Contudo, não se deixaria chantagear, não agora que ele havia tomado uma das decisões mais difíceis de sua vida.

— Eu já sou velho, não tenho tanta magia como você para me preservar, meu tempo até encontrar Katrin não tarda a chegar e o garoto, desaparecido como está, não será achado assim tão facilmente. Faça como desejar, mas eu irei até a Ordem — falou ele, voltando-lhe as costas.

— Se a tua mão direita trair teus irmãos, corte-a fora e que o mesmo fim seja guardado para ti... — recitou ela em tom grave.

— Eu conheço os votos, neles também existe o verso que diz que acima de tudo devemos proteger o véu e os herdeiros — falou Sidrak retirando discretamente do bolso o embrulho com as duas chaves incomuns.

Uma bola de fogo pouco menor que um melão maduro errou o phelino por centímetros, indo atingir a porta e uma parte da cerca, que começou a arder no ponto em que o ataque recaiu.

— Sinceramente não estou contente com isto, mas você não me deixa escolha — falou Zafrina enquanto as labaredas que estavam alojadas em seus punhos esticavam, engrossavam e multiplicavam-se, atingindo vários metros cada.

Ele que já esperava por tal reação, saltou para o lado, pegando as duas chaves, empunhando uma em cada mão. Uma destas aumentou de tamanho, transmutando-se em um machado de dupla lâmina, preservando, porém, o cabo torcido e a ponteira semelhante à de uma lança no fim da espiral. Todo este era cheio de caracteres rúnicos, além de entalhes. Já a outra, manteve-se imutável, criando uma espécie de distorção no ar próximo.

— Lhe peço, minha amiga, que não tome este caminho — falou ele assumindo uma posição claramente hostil, na qual a mão em que empunhava o machado estava posta à frente.

Zafrina abriu ambas as mãos, enquanto as labaredas transmutavam-se por fim em grandes serpentes, com aproximadamente dez metros cada.

— Ataquem! — Bradou a maga do fogo, enquanto corria para aproximar-se em diagonal, pelo lado oposto ao da arma.

Os animais flamejantes moviam-se com uma velocidade estonteante, deixando rastros de queimado para trás, na grama antes verdejante. O phelino evitou o ataque do primeiro ser, decepando a cabeça deste com um golpe certeiro da lâmina afiada. Como uma chama que desaparece completamente ao ser soprado, a criatura evanesceu sem deixar rastros, sumindo a partir do ponto em que foi ferida.

Todavia as outras cinco restantes atacaram de uma vez, só então ele percebeu a estratégia, na qual uma delas era o chamariz. Mas já era tarde; duas saltaram mirando a região da face, uma lançou-se com as presas à mostra em direção ao peito e as outras duas tentaram enrodilhar-se nas pernas do inimigo.

Sidrak saltou para trás, brandindo a chave de aspecto vaporoso, em um movimento cortante; quase invisível à luz da manhã, produzindo um som similar ao que o vento faz nos bambuzais, além de uma fenda no ar à frente. Na qual as três cobras que miravam a parte superior de seu corpo penetraram, sumindo completamente.

Porém sua agilidade não era a mesma da qual em outros tempos ele havia se gabado. Sua panturrilha esquerda queimou profundamente, quando um dos animais flamejantes se envolveu nele de tal forma que a perna da calça irrompeu em grandes chamas. Quando ele estava para descer o machado sobre a atacante, duas pontiagudas e ardentes presas se cravaram em seu braço na altura do cotovelo.

Zafrina movia-se rápido, em menos de um segundo ela já estava golpeando-o na altura das costelas, retirando o ar de seus pulmões e o presenteando com uma rasteira que o deixou completamente à mercê das serpentes por ela invocadas. Estas, por sua vez, insuladas pela mestra, torceram-se ao redor dos membros atingidos, aumentando a intensidade do fogo; porém diminuindo de tamanho, como se estivessem consumindo a si próprias.

O grito que escapou dos lábios do phelino foi tamanho, que por um instante ele supôs que suas cordas vocais se romperiam. Suas pernas doíam de forma aguda, os ossos de ambas as canelas pareciam pedaços de madeiras lançados em uma fogueira. Sentiu-os se partindo em vários pontos, à medida que a pressão e a intensidade das chamas aumentavam de forma exponencial. O machado caído ao seu lado, havia pouco, voltava ao aspecto anterior de diminuta chave. O braço direito era agora apenas um apêndice carbonizado, onde a serpente que ali o atingira enroscara-se girando sobre si própria e quase rompendo os tendões com a intensidade do movimento. Zafrina por alguns segundos o observou sofrer, até que com um simples gesto de mão dispersou os animais.

A dor que ele sentia não foi embora junto com as criaturas de fogo. Não poderia deixar que essa turvasse sua mente. Afinal suas chances de sobreviver às queimaduras eram nulas, mas ele ainda possuía uma missão.

— Sinto muito que tenhamos chegado a tanto — falou ela cruzando os braços e abanando de leve a cabeça. — Você amoleceu, imagine só, o maior chaveiro do mundo abatido assim tão facilmente. Mas temos aqui algo que despertou meu interesse — falou ela enquanto abaixava-se para pegar a chave evanescente que ele trazia, firmemente segura, na mão esquerda.

Sidrak então moveu o objeto de forma rápida, fazendo surgir novamente uma fenda no ar, da qual as três serpentes que anteriormente havia sumido saíram, direto para a face dela. Zafrina nem teve tempo de reagir, gritou quando caiu para trás, levando as mãos ao rosto queimado por sua própria magia.

Aproveitando este momento de distração, enquanto a maga recuperava o controle necessário para extinguir as criaturas, Sidrak tombou para o lado, tencionando engatinhar até a bolsa e fugir para a Ordem. Mas suas esperanças voaram para longe dele, ao ver que no local onde esta havia caído, agora era preenchido por um monte de cinzas.

— Maldita! Víbora! — gritou ele, quando tombou de costas no gramado.

Sentiu as forças esvaindo-se de suas pernas, assim como também uma grande quantidade de sangue, que brotava gotejando dos inúmeros pontos em que sua pele fora tostada. Sua vida agarrava-se ao corpo trépido de forma febril, sentia fortes ânsias... O corpo lutava para permanecer vivo, mesmo sendo inútil. Já que não teria mais condições de comprovar todas as revelações que pretendia fazer, só havia um lugar para o qual ir.

Dominando o temor que borbulhava em seu íntimo, diante da possibilidade de não conseguir conjurar o rasgo no ar, afinal estava diante de suas últimas forças, ele sabia que esta seria a última vez, já respirava de forma entrecortada quando ele novamente usou a chave. Uma vaga sensação de solavanco adveio-lhe, quando pela fenda o phelino entrou.

Surgindo no alto de uma colina verdejante, que devido ao fato de estar cercada por uma grande plantação de girassóis assemelhava-se a uma ilha em um mar de flores amarelas, o céu límpido da manhã refulgiava claro e isento de nuvens. Parecia estender-se mil vezes maior, mais profundo. Dir-se-ia capaz de engolir toda a luminosidade do sol.

À sua esquerda, havia uma presença fria: Uma lápide de pedra clara, com uma face entalhada, que ainda conservava o frescor da manhã. Gotas diminutas de orvalho aninhadas nos cabelos e na curva dos lábios.

Ao levantar a mão, tencionando acompanhar o entalhe do rosto no mármore, ele sentiu um reconfortante toque que o envolveu como um regato de água fria sobre suas feridas. Uma nuvem de perfume chegou até suas narinas, e ele a sentiu: Lá estava Katrin, em seu esplendor. Bela, jovem, com um faiscante riso a fitar-lhe de volta.

— Meu amor... Finalmente...

E então ele abraçou a finitude da vida, como uma dádiva esperada.

XXVI

Bárbara

O ar puro e limpo da montanha revigorara seu corpo de forma tamanha, ela sentia-se incrivelmente viva, além de melhor consigo mesma. Era, na verdade, uma sensação incrível, não vivenciada há muito tempo. Os cabelos soltos voavam para o lado, da esquerda para a direita. Lançados por algum sopro do vento indolente, que uivava atrás dos pinheiros de trocos grossos. Este fustigava seu rosto, principalmente as maçãs da face e os olhos; fazendo-os arder.

Os lábios provavelmente estariam rachados antes do fim da subida, devido ao sopro gelado. Porém ela não se importava com isto, afinal sentia--se eletrizada pelo lugar, como se alguma coisa entre as pinhas caídas aos montes ou o céu de um profundo azul-chumbo lhe estivesse dando forças.

Em seu íntimo Bárbara agradecia por não ter que realizar aquela missão apenas com Kevin. Por mais taciturna que ela fosse, em certos momentos, a concentração de seu atual superior em campo, era infinitamente maior e mais irritante; na verdade ele poderia manter-se calado de forma profissional. E de alguma forma o ambiente a afetava mais do que ela poderia supor, sendo assim, queria conversar, agir... Poderia muito bem subir toda a inclinação a sua frente em um só fôlego, ao menos era isto que ela sentia.

Kevin, por outro lado, seguia quieto, calado demais, analisando cada pequeno trecho do terreno. Seguiam então a trilha montanha acima, na seguinte disposição: Kevin à frente, mudo ou esquecido da faculdade da fala, voltando várias vezes por minuto a cabeça para os lados. Parecia estar à procura de algo ou alguém que apenas ele esperava. Kyle vinha logo atrás, em uma postura tão informal e distante ao seu superior quanto seria possível. Caminhava quase que arrastando os pés, agindo com mais entusiasmo apenas quando achava uma pinha de tamanho "imenso", por ele considerado, é claro. Quando então, nestes momentos, chutava o fruto o mais forte possível; exclamando e agitando-se qual garoto, quando produzia uma boa distância.

Estava para repetir tal ato pela quinta vez, quando Kevin o repreendeu seriamente, lembrando-lhe que estavam em território parcialmente hostil e que o melhor seriam entrar e sair, sem nem ao menos terem sido notados. A bronca resultou em um Kyle de cara amarrada, caminhando duro e mais apressado.

Tessa por sua vez caminhava ao lado de Bárbara resmungando baixo diante de cada ação do "ameninado" companheiro. Todavia Bárbara, assim como qualquer pessoa que se presta o mínimo de atenção, não pôde deixar de notar a forma como os olhos da garota brilhavam ou o riso que vinha brincar no canto dos lábios carnudos da moça de negros cabelos sempre que Kyle fazia algum comentário engraçado, agia de forma irreverente ou simplesmente sorria para ela.

Ela, Bárbara, vinha quase que por último. Com o peito arfante, não pela dificuldade do terreno, mas, sim, pela ansiedade que lhe acometia, percorrendo-a inteira por dentro, cavalgando duro sem ferraduras. Seguia atenta para o caminho e alguma possível pista, quando mesmo que sem querer passou a imaginar que em algum momento seu pai sairia detrás daquela pedra coberta de musgo, ali ao fundo.

Amparando-se no tronco naquele pinheiro mais inclinado... Fazendo xixi na beira da estrada... Não podia evitar, tudo ali lembrava ele. Poderia jurar que já passara por aquelas árvores no passado — em um momento de sua vida, quando ela era apenas uma garotinha que queria agradar aquele que admirava.

— *Sua porca! Veja como está a bainha da faca! Você a guardou suja de sangue!*

— *Quantas vezes eu já lhe disse? Acerte a cabeça! A cabeça, sua tola...*

— *Agora vá até lá e termine de abater aquele filhote.*

Um por um, os gritos do babaca de seu pai a esbofeteavam, vindos de longe para morder seu cérebro. E então, como que atingida por um feitiço maligno, ela simplesmente queria morrer... Toda a beleza, a paz, a alegria que sentia emanar daquele lugar, havia esfarelado diante dos olhos dela. Agora o peito subia e descia cada vez mais rápido — antes a respiração era compassada. Mas neste instante ia e vinha em aspecto rápido, falhado, repentino. Para então quase sumir e ela mal poder manter-se de pé...

Os estalos que surgiam acompanhando cada passo dado, nascidos do contato da sola de suas botas com o chão coberto de pequenos cascalhos e uma variedade imensa de pinhas, secas e apodrecidas, algumas até mesmo "imensas" segundo Kyle, havia por completo silenciado, não importando o quão grande fosse o esforço aplicado.

Até mesmo toda a escala de luminosidade que se abria em acordo com a manhã desaparecera. O escuro instalava-se engolindo a visão periférica, engolfando ao redor dela com um ar misterioso, como se a cada nova curva a certeza de ser observada aumentava.

Foi com a mesma surpresa estampada no rosto como na primeira vez, que as percebeu ali, ambas as pistolas materializando-se em suas mãos, como que dotadas de raciocínio e vontade próprias. Todo o seu corpo agora vibrava, tomado por sensação aguda de "estar em perigo".

Percebeu então o quão para trás se deixou ficar, seus companheiros estavam a, pelo menos, quinze metros à frente. Eles cercavam algo que ela ao aproximar-se correndo supôs ser uma estatueta, toda feita de ouro; uma loba carregando um filhote pendurado pelo pescoço, com outros dois no encalço das patas traseiras.

A fidelidade de detalhes era tão descomunal que quase a fez virar o rosto. Pois ela sabia sem que fosse preciso alguém explicar-lhe, não era uma estátua:

— Eles foram transformados... Quem faria isto? — Assustou-se ela ao perceber que a pergunta saía de sua garganta.

Kevin apontou para o que parecia um aviso, gravado no lombo do animal:

"O Pilar do Ar *é* meu e de mais ninguém. *Vão embora ou também reclamarei suas vidas.*"

— Minha intuição estava certa, estamos sendo observados — comentou Kevin, olhando para os pinheiros próximos como se esperasse detectar ali os observadores.

Kyle de cara fechada comentava qualquer coisa sobre nunca ter escutado falar que Patrueis ou Sissanz conseguissem fazer este tipo de coisa, parou de falar logo em seguida, quando percebeu que não estava sendo levado em conta.

— Por que você invocou as armas? Viu alguma coisa? — perguntou Tessa após perceber as pistolas nas mãos de Bárbara.

Ao questionar a companheira Tessa, assim como Kevin, se pôs a olhar para os lados, assumindo uma posição hostil, como que esperando o ataque começar a qualquer instante.

Na verdade eu não fiz nada, nem sei direito o que aconteceu, quis falar Bárbara. Mas ela manteve-se quieta, reunindo forças para não vomitar, o mundo voltava ao ritmo certo, com todas as cores, sons e facetas de luminosidade. Isto tudo, porém, ocorrendo de uma vez, parecia demais para suportar.

Apenas o receio de ser considerada inútil e despreparada foi o que a conteve, não poderia suportar que eles considerassem como errada a atitude de trazê-la. Em seu íntimo uma Bárbara menina se refugiava a um canto, mordendo os lábios para não chorar ou pedir para ir embora, sendo logo repreendida por uma Bárbara adulta, que a chamava de tola e curiosamente usava o colete de caça de seu pai ao gritar com ela mesma.

— Achei ter visto algo se movendo ali mais à frente. — Mentiu ela apontando com o cano da pistola segura em sua mão direita.

Os três voltaram sua atenção para o local indicado e ela agradeceu pela estátua não poder falar, pois os olhos desta pareciam ver o seu âmago, sua mentira e o pior de tudo: Parecia ser capaz de enxergar a menina, que agora se agarrava com um rifle, enquanto a Bárbara de colete gritava-lhe para limpar: "Rápido, rápido!"

— Creio que isto — falou Kevin apontando para a loba de ouro — indica que estamos no caminho certo e que não estamos sozinhos nessa empreitada. Vou à frente, fazer um pequeno reconhecimento, espero vocês naquele ponto onde a subida em diagonal para e começa a parte mais vertical — falou ele apontando para um local uns três quilômetros à frente. — Tenham cuidado! — falou ele para todos. E então, voltando-se para a policial, ele completou: — Até lá você está no comando, Bárbara.

— Ela!? Por que não eu? — perguntaram Kyle e Tessa ao mesmo tempo, para então perceber este fato, cruzarem os braços e cada um voltar a cabeça para um lado.

Suspirando e revirando os olhos, Kevin fitou-a e disse, respondendo à pergunta não feita:

— Você é a mais velha, além do que é neutra nessa "disputa". — Ao que ele acrescentou um gesto de aspas a sua fala, enquanto indicava com um meneio de cabeça, os outros dois. — Cuidem-se, vou apenas investigar o terreno, sozinho cubro muito mais espaço.

Ao dizer isto, ele deu alguns passos para trás e fechou os olhos por alguns instantes; duas nuvens luminosas surgiram na região das suas canelas, descendo pelos tornozelos, indo até os pés. No lugar de suas antigas botas de couro escuro, agora havia metal. Eram botas de aspecto mais delicado do que normalmente seria chamado de armadura, possuíam fivelas de prata na lateral e um par de asas metálicas em cada perna. Um resquício de brilho acinzentado ainda as cercava, dissipando-se à medida que entravam em contato com o vento.

— As botas de Hermes — comentou ele dando um lindo riso, como se o brilho adormecido do sol de inverno estivesse todo ali em seus dentes brancos.

Bárbara, ainda sob o efeito do surgimento espontâneo de suas armas mágicas, parecia conseguir ver o seu redor em câmera lenta, não tendo, então, grandes dificuldades em acompanhar os movimentos de Kevin.

— UAU! As botas de Hermes! Você viu, Tessa? Ele é tão legal! — comentou Kyle, aparentemente esquecido que estava ofendido por não ter recebido o comando provisório da equipe.

— Como exatamente funciona a habilidade dele? — perguntou Bárbara aproveitando para soltar um comentário a fim de distrair da tensão instalada no ambiente.

— O Kyle é um invocador e dos melhores! — falou Kyle em um tom que parecia perguntar: "Não é óbvio o que ele faz, não?"

Eles haviam recomeçado a subida, enquanto conversavam. Kyle falava com Bárbara, assim como Tessa. Entretanto ambos não se dirigiam um ao outro. De alguma forma era como se um colocasse a culpa no outro pelo fato da "novata" ter sido posta no comando. E Bárbara matinha ambos entretidos, afinal parecia que a qualquer momento haveria uma guerra na montanha.

— Existem dois tipos de invocadores, aqueles que trazem "seres vivo-mitológicos" e aqueles que, como o oficial Kevin, conjuram armas e equipamentos especiais, adquirindo habilidades de acordo com o chamado — falou Tessa, vindo ao socorro de uma Bárbara cada vez mais perdida em relação às tecnicalidades do universo mágico.

— Duas perguntas: Ele poderia invocar pistolas como as minhas? — falou ela sentindo-se mais exposta agora que suas armas novamente estavam desaparecidas. — E de onde ele invoca todas essas coisas?

— Na verdade as armas dos tocados são exclusivamente deles, apenas quando você morre o contrato é rompido. Mesmo assim, acho que um invocador não poderia chamar, quer dizer, na verdade eu não sei — respondeu Tessa dando de ombros.

— Eu andei dando uma pesquisada... Que foi? Por acaso achava que eu não sabia ler? — falou Kyle em tom visivelmente ofendido, diante da expressão descrente de Tessa. — Continuando... — falou ele voltando-se para Bárbara. — As suas pistolas surgiram apenas uma vez na história: Gideon Sutang, um tocado como nós, tinha como armas dois mosquetes mágicos gêmeos. Um atirando uma bala capaz de penetrar qualquer coisa e outro que anulava magia ao entrar em contato com ela. — Ele encarou Bárbara por alguns segundos antes de continuar: — As armas tendem a retornar na família, então até onde se sabe, esse tal de Gideon pode ser um parente seu.

Bárbara olhou para as mãos vazias, como que em busca das pistolas. Manifestando então um pensamento que lhe ocorreu, ela afirmou muito vagarosamente:

— Então foi por isso que atingi aquele espectro, afinal vocês falaram que as peles deles são impenetráveis. Mas, por qual motivo elas vêm e vão sem controle?

— O controle vem com o tempo, acredite... — falou Kyle dando uma tampinha por cima do ombro, no martelo preso às suas costas.

— Certo, certo, mas agora eu também fiquei curiosa sobre uma coisa; de onde as armas vêm? — falou Tessa em um tom de quem acabou de pensar alto.

— Hum... É mesmo... — disse Bárbara, voltando-se para Kyle, também curiosa com o fato.

— Essa daí, eu não sei... — Riu-se ele, dando de ombros.

Caminharam por aproximadamente trinta minutos, subindo pela trilha, que a cada novo passo ficava mais e mais íngreme, indo culminar mais à frente em uma verdadeira "quebra" na elevação. Bárbara ficou com a visão de Tessa e Kyle apostando uma corrida, disparando à frente, sem sobreaviso.

Por um segundo Bárbara pensou em mandá-los parar, mas achou melhor não gritar, ao menos não na atual situação, em que sabiam estarem sendo observados. Mas este tipo de atitude infantil a irritava profundamente. Principalmente vindo de Tessa, que se julgava tão madura, mas que poderia irromper em uma luta de bola de neve sem o menor pudor. Todavia, antes mesmo de chegar a decidir-se entre gritar ou manter o silêncio, os dois simplesmente sumiram, caindo por um grandioso buraco.

Droga! Porcaria! Eu fico no comando por alguns momentos e uma merda destas acontece! Pensava ela à medida que corria para alcançar a vala que surgira no chão. Eram quase três metros de largura por muito mais de seis metros de comprimento; um odor forte de terra e alguma coisa cítrica chegou ao seu nariz, fazendo-a tossir fortemente, sentindo sua garganta irritar-se à medida que o fazia.

— Merda! Kyle! Tessa! Vocês estão bem? — gritou ela para dentro da fenda, que aparentemente não possuía fundo, já que ela muito mal conseguia enxergar um metro além da superfície.

Voltou então a cabeça de lado, apontando a orelha para a escuridão absoluta, silenciando de tal forma que prendeu a respiração. Nada! Absolutamente nenhuma resposta, nem mesmo um eco brincalhão. O estômago afundando em seu interior, como se ela houvesse engolido um grande pedaço de gelo.

O cheiro cítrico começou a intensificar-se mais e mais, à medida que da fenda começavam a se desprender fiapos de uma névoa densa, subindo em espirais cada vez mais compridas, elevando-se, estendendo-se. Tomavam conta do ambiente ao redor de uma forma incrivelmente potente, ela já não conseguia nem mesmo ver alguns pontos da paisagem ao seu redor.

— KEVIN! — gritou ela, à medida que jogava para longe a porcaria do "Cristal de comunicação" que havia lhe dado. — Esse troço não funciona para merda nenhuma. Ai que droga! Kyle... Tessa! Vocês estão me ouvindo? — falou novamente aproximando-se do buraco.

A névoa agora já se estendia por vários metros ao seu redor, cada vez mais compacta. O vento, o sol, os sons, pareciam fundir-se à branquidão fumarenta, em um nível tão profundo que se ela mesma não tivesse presenciado o seu surgimento, diria sem sombra de dúvida não haver nada além da névoa.

Uma luz lhe veio, incrivelmente nas palavras e voz de Kyle: "... e outro que anulava magia ao entrar em contato com ela". Olhando para ambas as mãos vazias, ela respirava fundo, à medida que tentava silenciar a gritaria que soava em sua mente: De um lado, a garotinha recostada num canto de parede, pedindo chorosa para irem embora o mais rápido possível e do outro, a Bárbara crescida, que xingava, esbravejava, ao mesmo que socava a parede na qual a sua versão miniatura se abrigava.

— Quietas! Vacas! — gritou ela, deixando sua voz ser tragada pela branquidão infinita.

Abriu os braços, entendendo-os para os lados, as mãos abertas, com as palmas voltadas para cima. Ela agora caminhava por um terreno desconhecido e isto a deixava mais desconfortável ainda com a situação. Afinal, não existe um "manual sobre como invocar suas armas" pensou ela. Não, sua burra! Concentração! Nada de ficar fazendo piadinhas, mantenha a porcaria do foco, idiota.

Sentiu as mãos aquecendo e a já familiar sensação de observar tudo em uma velocidade diferente da sua própria. À sua esquerda um brilho azul escuro surgiu ao mesmo tempo em que outra luminosidade, porém à direita e cinza-escura, envolvia suas mãos. A algazarra que vinha crescendo em sua mente silenciou automaticamente, mediante o surgimento das armas.

De alguma forma, as duas "Bárbaras" haviam se entendido ou matado uma a outra. O que importa é que pela primeira vez, eu as trouxe de forma consciente, pensou ela orgulhosa de si.

Disparou, uma vez, tendo a bala produzido um rombo aproximadamente do tamanho de uma bolinha de tênis na parede de nevoeiro que engolia tudo. Por alguns poucos segundos nada aconteceu, até que o rombo aberto foi diminuindo, e sumiu.

— Então você se reconstrói... Mas de toda forma, eu consegui rasgar você. — Olhando então para a pistola azul-prateada, ela questionou-se: — Quantos disparos será que você tem?

Todavia, antes que pudesse pensar em alguma outra ideia, ela percebeu com certa dose de horror que a névoa movia-se em sua direção; desde que essa escapara da fenda, parecia motivada apenas em envolver o ambiente, engolindo tudo e separando ela do resto do mundo. Contudo, agora que ela havia atacado, de alguma forma, aparentemente irritara a névoa.

Que absurdo, irritar um nevoeiro... Censurava-se ela, quando se deu conta de que instintivamente estava recuando, à medida que era cercada. Merda! Merda! Merda! Eu tinha que atirar nessa porcaria, poderia ter deixado ela quieta, mas eu fiz isso? Não! Eu atirei e por que eu atirei?

— POR QUE O DOIDO DO MEU PAI ME ENSINOU A ATIRAR PRIMEIRO E DEPOIS PERGUNTAR — gritou ela, como que esperando ser ouvida por ele.

A cortina de vapor esbranquiçado e fumarento aproximava-se cada vez mais, restringindo o "território" dela para apenas alguns palmos de terra. Foi então que ela deu mais um passo para trás e sentiu a espinha gelar — estava na beirada da fenda. Tentou voltar, mas era tarde, já havia perdido o equilíbrio.

Dobrou o corpo para frente, na tentativa desesperada de manter-se estável. O chão sumiu debaixo de seus pés, o buraco crescia à medida que as bordas fragilizadas pelo peso cediam.

O gritou advindo da queda foi simplesmente incontrolável. Ambas as pistolas caíram de suas mãos, quando ela tentou agarrar-se nas laterais. Todavia estas eram lisas, sem qualquer vestígio de raízes, pedras salientes ou qualquer outra porcaria de coisa que deva existir debaixo da terra.

Uma escuridão profunda a cercou e isto apenas aumentou o terror sentido por ela, fazendo-a respirar cada vez mais e mais rápido. O coração batia acelerado no peito e nas têmporas ela sentia uma pressão que a fazia querer fechar os olhos. Mas abertos ou não, o que via era a mesma coisa: trevas.

Quando ela começou a se surpreender com a demora em atingir o solo, uma forte rajada de vento a amparou. Fazendo a queda desacelerar ao ponto da inércia absoluta, até que com uma suavidade que beirou a gentileza e a fez exprimir um gritinho de surpresa, ela aterrissou no solo firme; rodeada pela escuridão.

XXVII

Allan

— Primeiramente, bom dia a todos os presentes. Gostaria de agradecer o convite para comparecer aqui na presença dos senhores, devo acrescentar que é um prazer... Não, ainda não está bom, tenho que ser mais natural — falou ele para o reflexo no espelho de moldura oval a sua frente.

Respirando fundo, ele passou a mão nos cabelos, sacudindo a cabeça e os braços, como que para espantar a ansiedade que se instaurara sobre seus ombros desde que recebera o "convite".

Em um primeiro momento, ao receber a convocação oficial das mãos de um phelino, muito bem vestido acompanhado de outros dois, em uniforme completo, ele sentiu suas entranhas desfazerem-se em gelatina, enquanto os fazia entrar e ao mesmo tempo se dizia para manter a calma.

Não se esqueça de sorrir... Lembre-se de ser gentil, ofereça o vinho de cerejas! Eram estes, entre outros, os pensamentos que corriam soltos em sua mente. Mas antes mesmo de conseguir exteriorizá-los, já havia sido deixado sozinho, com o envelope pardo nas mãos.

Lacrado em cera roxa, constando o símbolo dos Novos Magos Santos: uma serpente alada, enrodilhada sobre si mesma e marcada em sete pontos, da cauda à cabeça, representando a renovação da essência divina, além da profunda soberba de alguns indivíduos em se compararem com lendas vivas.

Enuewm 25/01/14

Ação convocatória

O conselho dos Novos Sete Magos Santos vem através desta, convidar o senhor Allan Dupon, membro da promotoria mágica, a comparecer à reunião extraordinária, realizada no Salão Aqua-Marinha, no próximo dia vinte e seis do presente mês, às treze horas.

Atenciosamente,

O papel pergaminho já apresentava marcas de desgaste, pela quantidade de vezes que ele o havia desdobrado e lido, buscando alguma mensagem oculta, um jogo de palavras, que por menor que fosse, pudesse vir a indicar a intenção do convite, uma vez que ninguém era contatado pelo conselho dos novos sete sem um motivo muito forte. Era uma associação de indivíduos poderosos e profundamente temperamentais.

Todavia, não conseguiu encontrar nada e isto só afiou as unhas da ansiedade, para que essa o beliscasse cada vez mais forte. Assim, estava acordado muito antes de o sol burlar a vigilância da cortina acetinada e vir ocupar todo o seu quarto, lambendo a cama, aquecendo o leito.

Ao contrário do dia anterior, que transcorrera indeciso entre chuva ou amortecimento nublado no qual as nuvens assumiram um tom cinzento, igual às pedras à mercê da ressaca do mar possuem, naquele dia fazia um sol forte, com uma intensidade tamanha que chegava a doer nos olhos.

Suas roupas estavam jogadas umas sobre as outras devido à sucessão de trocas a que ele havia se submetido com o desejo de escolher a vestimenta ideal. Tudo o que conseguia pensar era: Por quê? Uma carta oficial, entregue por um mensageiro, contando ainda com a presença dos guardas. O que foi isto? Uma demonstração de poder? Mas com que finalidade? Talvez a mensagem secreta esteja não na carta em si, mas em como ela foi entregue.

Dois phelinos em uniforme, portando a cimitarra e o machado de lâmina dupla, que os caracterizavam como agentes executores do Gran Tribunal Mágico, batendo a sua porta. Além de outro indivíduo da mesma raça, vestindo a túnica dos mensageiros da Ordem. O que isto significa? Que o conselho vai finalmente passar a exercer influência no comando da Ordem? Megaha abriu as portas assim tão facilmente? Maehda esforçou-se por anos para manter a independência dos Porteiros, será que a nova generala simplesmente jogou isto pela janela?

Diante deste raciocínio ele achou que o melhor a fazer seria não se atrasar. Pelo menos vinte minutos antes da hora marcada, ele já poderia ser encontrado dando a trigésima volta no corredor, à frente do salão de reuniões indicado. Parando sempre que ouvia ou pressentia a aproximação de alguém, afinal não era sua intenção deixar transparecer qualquer sinal de que a situação o deixava incomodado. Por vezes, parava com a coluna muito reta, alisando a calça, espanando alguma partícula imaginária de poeira, com um peteleco enérgico.

Quando já se aproximava o instante em que começaria a questionar a respeito se seria ou não deixado esperando para todo o sempre, ele os viu surgindo no corredor: Primeiro dois phelinos em vestimentas sóbrias e formais, carregando na cintura as armas que os caracterizavam como a "mão que solta a guilhotina" da Ordem.

Logo mais atrás vinha Armand Jean Luc, que com a morte do general Maehda, atualmente exercia o posto de "primeiro dos sete". Era um homem alto, de pele muito mais alva do que seria condizente com qualquer ser vivo não pertencente à classe dos vampiros.

Era um indivíduo de aparência bastante jovem, embora já houvesse passado dos quarenta anos. O porte esguio era ressaltado pelo corte do terno escuro, fomentando um falso julgamento a respeito de compleição física do indivíduo.

Em um primeiro momento ele passava por alguém frágil, com braços compridos, acabando em mãos grandes de finos dedos. Todavia, o vigor referente à resistência física e a exposição de magia era muito acima do considerado normal. Os cabelos negros eram lisos e compridos e estavam atados por uma presilha entalhada. Duas mechas, porém, pendiam soltas de ambos os lados da face, tocando os ombros.

Ao lado deste, para a surpresa de Allan, caminhava uma sorridente Megaha, trajando uma nova versão de sua já característica capa de viagem vermelha. Os cabelos loiros, dotados de grandes cachos que outrora ficavam soltos, esvoaçando e lhe emprestando um ar feroz à fisionomia, agora estavam presos em um coque alto, emoldurando o rosto ainda marcado pelo frio da região de Rüegg. Ela emanava uma beleza voraz, da qual Allan não havia se dado conta ou não a supunha capaz.

Os lábios dela estavam voluptuosamente marcados, delineados com batom carmim. Assemelhando-se a uma cereja, convidativa de tão madura. Todavia, muito além das mudanças nas roupas, o que de longe foi a maior fonte de inquietação para o promotor, era exatamente o fato de vê-la sorrindo, portando-se como uma meninota tola que é convidada a cear na mesa dos adultos e por consequência disto, se permite as mais frívolas ações, apenas para que continue a ser considerada uma companhia agradável, quando, na verdade, sua presença é tolerada como um divertimento doentio. Todos rodeiam a iludida criança, não por estarem fascinados, mas, sim, para que não se percam os gestos da "macaca treinada".

Mordendo o lábio, ele se obrigou a rir, ao passo que afastou-se para o lado, abrindo caminho para que os dois phelinos se postassem ladeando a porta. Armand o cumprimentou com um pequeno e sóbrio aceno de cabeça, ao passo que Megaha brindou Allan com um olhar frio. Como se estivesse ressentida com ele por alguma coisa que, por sinal, ele não fazia ideia do que poderia ser.

A mudança de comportamento da atual generala serviu apenas para deixá-lo mais apreensivo. Visto que, com todo o poder residente atualmente nas mãos de Megaha, agora ela poderia tornar infernal a vida de qualquer um. Foi trazido de seu mar de divagações quando convidado a entrar. Surpreso ele questionava-se silenciosamente, à medida que ingressava na sala: Mas e os outros membros? Afinal ele havia sido convocado para uma reunião do conselho, não é isto? Outra pergunta muito mais urgente se formava em sua mente. A generala também fará parte da reunião?

Nem bem entrou no cômodo deparou-se com uma mesa oval de madeira clara. Perfumada, com pernas torneadas, levemente arqueadas para o interior. O móvel lembrava uma grande pedra lapidada, perfeitamente assentada sobre um leito metálico do suporte.

As cadeiras também possuíam o formato côncavo, com estofados verdes no assento e encosto. Na verdade, todo o salão era decorado em diferentes tons de verde, além de alguns detalhes em folhas d'ouro: Rodapés, maçanetas, borlas das cortinas e até mesmo a moldura de um grande painel.

Allan tentava não demonstrar, porém estava admirado diante de tamanha opulência. Nunca havia conhecido aquela parte do complexo da Ordem e acabou se perdendo um pouco no processo de contemplação. Sendo assim teve que ser convidado duas vezes a sentar-se. Quando o fez, ficou paralelo ao quadro, observando este através da visão periférica. Por diversas vezes teve a impressão de que as figuras estavam movendo-se, tamanha era a sua ansiedade.

Armand e Megaha, desde o momento em que entraram na sala, conversavam em voz baixa; ignorando-o. Quando então a generala o olhou, o fez novamente de aspecto duro e frio. Alguns instantes de silenciosa tensão transcorreram até que o homem de compridos cabelos negros, falou:

— Folgo em vê-lo, senhor promotor, não havíamos tido oportunidade de nos encontrarmos e conversarmos desde... Desde... Ah, sim, a batalha para nomeação... Raehgo acabou com você naquele dia.

Armand tinha um brilho ao mesmo tempo sínico e cruel no olhar. Allan sabia que aquilo não passava de uma provocação. Como quando um irmão maior é deixado no comando e dotado de um impulso sádico, obriga o menor a prestar-lhe favores, apenas por que pode fazê-lo.

A solução seria não se mostrar abalado, se alguém sabe que este ou aquele fato o afeta, será exatamente neste alvo que todas as setas serão miradas. Todavia, se com o motivo de vergonha é construído um escudo, em vez de uma mirra, não há por que se preocupar com as flechas alheias.

Diante desta linha de pensamento, Allan abriu seu melhor exemplar de riso diplomático; completando a encenação com um gesto assertivo de cabeça e afirmando em um tom jovial:

— Tem razão, senhor, quase ainda posso sentir as dores daquele dia.

— Sendo assim, o senhor conhece muito bem a humilhação pública, partindo do princípio que eras o favorito em tal batalha — falou Armand em um tom de voz beirando o desprezo e para aumentar o espanto de Allan, sem qualquer demonstração de que ele estava sendo alvo de uma cruel brincadeira.

— Foi exatamente por conhecimento próprio que você desejou causar este tipo de humilhação a memória do general Maehda? — perguntou uma Megaha com um sorriso injetado, enquanto servia uma xícara de chá da bandeja dourada que acabara de ser trazida por um criado.

A expressão na face de Megaha parecia tão artificial que estava prestes a descolar do rosto dela, Allan quase podia imaginar a boca dela rolando por sobre o tampo da mesa. Foi exatamente este fato que fez acender uma luz em sua mente, dando forma a algo que antes era apenas estranhamento; ela não estava ali fingindo um comportamento, havia algo mais sério por trás de tudo.

Em outros instantes ele teria perdido o controle diante da pergunta invasiva da generala, mas seu lado calculista havia acordado, dizendo-lhe para manter-se tranquilo, agir naturalmente e acima de tudo, não se esquecer de respirar fundo. Não perca o controle, não é a hora nem o local... Recomendava ele a si próprio.

— Desculpe, senhores, mas não entendo ao que estão se referindo — falou olhando de um para o outro, sem precisar fingir surpresa.

Armand levantou-se de seu lugar, na cadeira ao lado da generala Megaha, e caminhou tranquilamente até a janela próxima; abrindo completamente a cortina. O leve tecido verde ondulou permitindo que o sol entrasse mais profundamente na sala.

— A sua ordem de prisão... É sobre isto que estamos falando. Sei que assim como nós está empenhado em resolver a morte de nosso antigo general. — Ao que ele se voltou para o promotor, encarando-o com um olhar muitíssimo significativo. — Todavia expor as questões familiares por trás de todo o ocorrido não é algo que possamos chamar de proveitoso. Além de que o senhor não tem poder para instituir uma "caçada", não uma desta magnitude.

— Por isto, vou revogar a sua ordem em âmbito oficial — falou Megaha, tomando o último gole do líquido morno e aromático. — Contudo, estamos sim, muito preocupados com o que Sammya possa tramar, sendo assim ainda será instaurado um processo de busca por ela — falou a generala deixando escapar um risinho.

— Mas não da forma que você tentou executar, senhor Dupon... — falou Armand brincando de moldar os raios de sol.

Então finalmente chegamos ao cerne do problema... Pensou Allan. O alto-comando da Ordem, junto com os novos sete não querem passar uma imagem de fraqueza. Por isto me trouxeram aqui, para me pressionar pelo que fiz e possivelmente empregar alguma medida disciplinar, afinal inadvertidamente expus questões delicadas. A neta do general, agindo sozinha ou não, atingiu algo muito precioso; o ego daqueles que compõem a nata da sociedade mágica. Quase não se conteve em deixar escapar uma risada, em honra ao brio da senhorita Sammya. Anotando mentalmente o "respeito" que teria para com ela, deste ponto em diante. Já que por debaixo do nariz de todos, ela aplicou uma joelhada nos países baixos de toda estrutura de poder, atacando o avô, agindo para derrubar o Pilar do Éther. E quem sabe o que mais estaria dentro dos planos da garota. Talvez a traição fosse algo existente no sangue, afinal ela era filha de quem era...

Três batidas suaves na porta atrás do promotor o fizeram voltar-se, no momento em que a relações públicas da Ordem, Srtª Audália, envergando um terno feminino em um tom de rosa escuro, informava:

— Senhor Jean Luc, a sala de conferência já está pronta, os outros já chegaram e esperam os senhores para dar início à coletiva — falou ela como se exclusivamente a sala estivesse ocupada por Armand.

— Obrigado, Audália, diga-lhe que já estamos terminando — falou Armand, dispensando-a com um movimento de mãos que lembrava o enxotar de um inseto.

Allan não pôde deixar de regozijar-se diante da expressão de raiva estampada no rosto da phelina, que surgiu apenas quando Armand volta-se para a generala. Ele observou ainda, com certa curiosidade contida, a troca de olhares entre o novo mago santo e a generala, ao que ela afirmou enquanto levantava-se:

— Então, para encerar, quero informar que como generala da Ordem dos Porteiros, eu o exonero do cargo de promotor mágico, senhor Dupon, restando com esta medida apenas doze promotores, provisoriamente, é claro — falou enquanto ajeitava o cabelo e alisava o tailleur escarlate que vestia. — Contudo, em face de sua preocupação com o presente caso, irei incumbi-lo com a missão de achar e prender a criminosa Sammya Tominaga. Trazendo-a para julgamento perante um tribunal público, quero fazer deste caso um exemplo para todos os atuais inimigos de meu mandato.

Colocando à frente dele um rolo de pergaminho com o timbre dos Porteiros e dos novos sete, um ao lado do outro, ela falou:

— Assine aqui, confirmando oficialmente a sua saída do cargo, bem como a tomada de posse do novo e devo acrescentar recém-criado, cargo de: Executor chefe das leis mágicas. Este sendo provisório, vindo a tornar-se efetivo com a condição da apreensão de Sammya Tominaga.

— Trazendo-a com vida! Mas isto eu nem preciso ressaltar — comentou Armand.

Antes que Allan pudesse sequer retrucar ou até mesmo respirar, Armand estava entregando-lhe uma caneta tinteiro, preta com detalhes em dourado, em um claro sinal de que o melhor seria concordar com tudo que lhe era imposto.

— Assine, senhor Dupon, afinal não vai querer ir contra as ordens da mulher que finalmente uniu os Porteiros com o grupo dos novos magos santos, não é mesmo?

— É chegado um novo tempo, sob o meu comando e com a ajuda de meus mais novos irmãos... Sim, eu agora faço parte deste seleto grupo — falou Megaha, diante do rosto perplexo de Allan. — Levaremos a sociedade mágica para um patamar nunca visto, muito menos sonhado. Fique conosco e saiba; toda lealdade será lembrada. — Parafraseou um trecho do lendário discurso de Aloor Rhoco sobre a pedra fundamental da Ordem.

— Agora se nos dá licença, temos que anunciar que Os Novos Sete estão novamente completos. Vamos, minha querida — acrescentou Armand em um tom mais baixo, acariciando o ombro de Megaha.

Ambos saíram, deixando o ex-promotor tão aturdido que mal podia focar leitura no documento em suas mãos. O que foi tudo isto? Megaha entrou para os Novos Sete ao mesmo tempo em que uniu as duas instituições? Mas, isso é uma estupidez! Um absurdo! Na verdade os Novos Sete sempre foi um grupo de esnobes praticantes de magia que almeja o poder absoluto, intitulando-se a si próprio como os mais poderosos e, por conseguinte, segundo eles mesmos, os mais aptos a governar.

No íntimo, o Allan emocional gritava para que ele rasgasse aquele pergaminho ali mesmo, desligando-se de vez da Ordem, como provavelmente aconteceria se ele não o assinasse. Em contrapartida, seu aspecto racional sibilava que essa não seria a solução para aquela situação de crise.

Respirando fundo, ele correu os olhos pelos termos, lendo em voz alta uma parte ou outra que o chamava atenção. Então, se tudo correr de acordo com o desejado, não serei mais um promotor; não acusarei os criminosos, nem defenderei os direitos da sociedade em júris. Assino aqui e passo a agir como um carrasco, um caçador, um reles cumpridor de ordens.

Perceberam meu potencial, agora me veem como uma ameaça e acharam melhor me promover. Julgam que vão me calar com uma promoção criada às pressas, pois com este cargo podem me mandar para qualquer canto do planeta sob o pretexto de ser minha função encontrar os infratores.

Assim, quem sabe um acidente misterioso no exercício de minha função venha a me atingir em cheio e pronto; estariam livres de alguém indesejado como eu. Porém, caso eu me mostre eficiente, terão alguém saindo por aí atrás dos inimigos da "Ordem". Pensava ele, enquanto balançava a caneta, presa entre o indicador e dedo médio da mão direita.

Contudo, isto aqui me será muito proveitoso nas atuais circunstâncias, pensou ele dando um peteleco sobre o adendo que garantia a ele o direito de formar uma equipe a seu comando. Poderei me cercar de indivíduos de minha confiança. Tudo o que tenho que fazer é fingir estar contente com tudo, seguir abanando a cauda diante deles, enquanto vou me enchendo de aliados, à espera do melhor momento.

Pois muito bem, se querem que o jogo seja assim, quem sou eu para discordar, não é mesmo? Afinal, sou apenas o mero Executor Chefe das Leis Mágicas, pensou ele enquanto assinava o documento.

XXVIII

Zenith

Os gritos de Michel lhe chegavam vindo de um ponto distante do planeta, como se tudo não passasse de um sonho ruim, do qual se acorda encharcado de suor, com o lençol enrodilhado entre as pernas.

Não, nada disto era um sonho, tudo estava acontecendo de verdade: A visão da agente chamada Eve esgotada e sem magia, caída em uma poça de seu próprio sangue, lutando apenas para manter os olhos abertos. Balon, deitado imóvel ao lado do cipreste, que aos poucos ia sendo marcado por rachaduras cada vez maiores, escalando tronco acima, partindo do ponto onde o oficial havia acertado o soco.

Da árvore mágica caíam lascas de madeira e folhas; perdendo o viço no caminho entre a copa e o chão. Foi então que uma língua de fogo passou a centímetros de seu rosto, acordando-o de seu devaneio.

A mulher ruiva agora gargalhava, enquanto dividia a atenção entre brincar de mirar Zenith, visto que em seu íntimo ele sabia que não havia sido acertado até então por simples prazer doentio dela em vê-lo esquivar-se, além de açoitar Michel com as muitas labaredas que aspergiam gotas de sangue fervente.

Zenith usava a sua telecinese para manter-se flutuando e assim de acordo com seu julgamento, tornar-se um alvo mais difícil. Todavia o seu controle nunca havia sido dos melhores. Isso somado ao fato da situação de crise, fazia ele se sentir caminhando sobre o fio de uma navalha, onde qualquer passo poderia levá-lo ao desequilíbrio, acarretando um mergulho em um rio de águas ferventes ou, sendo mais prático, na atual situação, ser apanhado por um dos veios de fogo que castigavam o ar ao seu redor.

Os pulmões ardiam pelo esforço e a cada novo movimento de zigue-zague que fazia em pleno ar, sentia como se minúsculos alfinetes estivessem sendo espetados no crânio. Torrão lá no íntimo bufava ruidosamente, chiava e se debatia. O que apenas aumentava a tensão de manter o controle do corpo emprestado.

Zenith temia, afinal sua existência não passava de uma ideia, uma abstração sem corpo, em que seus muitos pedaços não contavam mais com a ajuda de uma camada de carne para contê-los; era a sua magia que o mantinha estruturado. Preocupava-lhe o fato de ter que fugir das investidas da mulher ruiva, ao mesmo tempo em que tentava acalmar Torrão, sentia-se cada vez mais empurrado em direção à borda do abismo, o limite de suas forças.

E se eu não conseguir...? Calma, Torrão fique calmo... Tudo vai dar certo... O que me garante que é realmente possível uma "Possessão"? Será que este não é um tabu que deve ser deixado ileso? Perguntava-se ele, quando simplesmente não teve mais como prosseguir com o fluxo dos pensamentos.

Dois centímetros, essa seria a distância que ele deveria ter desviado para o lado, assim o golpe teria sido apenas um sopro quente, ardendo-lhe a lateral do corpo, como tantos outros até então. Todavia, estava distraído com a tarefa de criar um quarto de isolamento no qual colocaria Torrão, para finalmente voltar toda sua atenção para a situação...

Porém ele reagiu alguns segundos atrasado. Foi atingido em cheio sendo, por consequência, lançado para trás vários metros, chocando-se com a solidez úmida da parede da caverna e escorrendo por ela até atingir o chão poeirento. Agora não havia agulhas apenas em seu crânio, elas estavam espalhadas por toda a extensão do corpo, até mesmo na cauda flexível e cheia de mobilidade.

Seu desejo era gritar; o que ele não daria para ainda ter um corpo dotado de mãos, e assim poder esmurrar a face daquela criatura má. Chutar-lhe as costelas, provocando a mesma dor asfixiante que agora percorria o corpo de Torrão. Aquele ferimento era para ser nele, não no corpo compartilhado com o pobre animal, que inocente havia-lhe dito sem palavras, alguns dias atrás: "Sim, tome conta de meu corpo, eu o posso dividi-lo com meu amigo-dono, afinal não preciso de tanto espaço assim".

A visão de todo o ambiente estava um pouco embaçada, as coisas ao redor começavam a perder o foco. Até mesmo as percepções de profundidade sofriam alteração. Zenith percebeu que o animal estava lutando para manter-se acordado, havia sido apenas um golpe. Contudo o impacto o atingira em cheio, além do choque contra a parede e o solo. Ele sabia que não haveria muita possibilidade de continuar, ao menos não daquela forma.

No momento, se questionava a respeito da viabilidade de projetar-se para fora do corpo de Torrão e tentar algum tipo de ataque psíquico, fazendo uso do estado de corpo astral no qual as chances de um ataque livre de qualquer reação de defesa por parte de sua inimiga seriam bem maiores.

Contudo, seus planos foram interrompidos por uma pressão no vento, como se todo o ambiente tivesse subido milhares de metros em alguns poucos segundos. Respirar passou então a ser uma dura tarefa. Num primeiro momento, ele temeu ser algum problema físico com Torrão. Porém ao voltar a atenção para os outros, percebeu com uma pontada de pânico que o peito de Eve subia e descia mais rapidamente, confirmando também ser alvo da pressão invisível. Michel que até alguns segundos atrás, iniciava tropegamente uma tentativa de levantar-se, caiu novamente no chão, rosnando imóvel no solo pedregoso. Balon, que fitava boquiaberto o processo de nascimento das inúmeras fissuras no cipreste acima, arregalou mais os olhos, focando sua atenção na mulher.

— O que você está fazendo? Pare, maldita! — O oficial cuspiu as palavras, com a mesma fúria de quem atira pedras.

Zenith percebeu então, que pela primeira vez desde que havia entrado na caverna, a mulher mostrava-se surpresa. Existindo inclusive um pouco de dúvida e até mesmo medo na expressão dela. Ela também não sabe o que está acontecendo, nem de onde vem essa pressão ou todo este tremor que navega ao mesmo tempo por ar e terra. Concluiu ele.

Ele sentia o corpo compartilhado com Torrão trêmulo e hesitante. Como se algo lhe estivesse escapando. Não conseguia definir o que se desenrolava, mas achou ser aquele o momento perfeito; ela estava distraída olhando para os lados, à procura de um inimigo ou ameaça por ela antes ignorado.

Até mesmo os tentáculos flamejantes, que antes se moviam livres, estalando em todas as direções e espalhando manchas de fogo e um odor forte de cinzas estavam quietos, tal qual vermes, rastejando silenciosos. Esperando para devorar...

— Cale-se, seu idiota! — gritou a mulher, fazendo cair sobre Balon vários tentáculos que o envolveram, lançando-o para cima, pegando-o no ar, envolvendo-o novamente e estalando com ele de encontro às pontudas estruturas do solo.

Zenith indeciso sobre a possibilidade entre agir ou não, resolveu enfim que possivelmente não iria possuir uma nova chance como aquela. A pressão ainda estava instalada no ambiente, mas ao se projetar não seria atingido... Já que ela estava concentrada em Balon... Tem que ser agora!

Duas coisas o surpreenderam: A primeira foi uma nuvem de energia verde, que escapava das rachaduras no tronco da árvore subterrânea, flutuando em várias direções. Em certos pontos, cobrindo completamente o solo ou subindo em fiapos de névoa até sumir, filtrando-se pelo teto da caverna. A "pressão" desconhecida vinha do Pilar, fragilizado como estava, não conseguia conter a energia que o compunha.

A segunda surpresa, que na verdade se caracterizava como um grande choque, foi a aparência que a mulher ruiva possuía. Ele já havia encontrado em seus estudos relatos onde alguns seres eram definidos como possuidores de dois tipos distintos de estrutura corporal; uma que ficava à vista de todos, normalmente possuindo uma grande beleza para tornar irresistível a criatura. Ou sem qualquer sinal destoante do comum, com o intuito claro de camuflar o possuidor. Mas havia ainda uma segunda aparência, a do corpo astral, normalmente, nestes indivíduos, muito diferente do padrão apresentado pela parte física.

Porém, nunca, nem em seus maiores devaneios assustados, ele teria conseguido criar algo semelhante ao que agora via no lugar da mulher; uma criatura com um corpo quadrúpede, coberto com grossas placas vermelhas e espinhosas, sustentado por grandes patas musculosas que terminavam em três negras garras, havendo ainda uma quarta; menor que as outras, voltada para trás em sentido inverso. A fera contava com uma cauda que se torcia inquieta, alongando-se por vários metros. Na extremidade era dotada de espetos negros, afiadamente ameaçadores, medindo aproximadamente o tamanho de um lápis já bem apontado.

Ao todo havia cinco cabeças reptilianas, todas equilibradas em longos pescoços descarnados. Sendo a do meio bem maior que as outras, porém todas possuíam bocarras muito abertas, mostrando fileiras duplas de dentes diminutos, pontiagudos. De compridas línguas bifurcadas, ardendo em fogo imaterial, gotejava uma saliva incendiada.

Inconscientemente ele retrocedeu assustado, sem conseguir conter o pavor diante da inesperada visão. A cabeça central o fitava, enquanto as outras, circunvizinhas a essa, voltavam-se para os lados, aparentemente ainda tentando encontrar algo que pudesse explicar a mudança na atmosfera do ambiente.

— Eu o vejo, garoto... Sempre o vi e agora você também me vê, não é mesmo? — falou a maior dentre as cinco cabeças, enquanto filetes de baba ardente escorriam de sua boca, apagando-se em pleno ar.

— Se você vai agir, que seja agora! Vamos, faça alguma coisa! Ataque... — Era o que Zenith falava para si mesmo, à medida que recuava temeroso.

— Você é mesmo um pássaro assustado... Eu odeio isto! O aniquilarei de forma a não deixar rastros... Mas antes quero matar seus companheiros, vamos encher de raiva este seu coraçãozinho, para que depois eu possa me alimentar dele. — Ao falar isto as cabeças adjacentes rugiram e a principal avançou, mordendo o ar.

Ele investiu sobre a mente dela, tão rápido que não chegou sequer a pensar no que fazia; foi na verdade um ato reflexo, uma ação movida por instinto. Quem é você? O que você quer? Por que está fazendo isto? Lançou essas perguntas na mente dela, montadas em uma sensação feroz de dor aguda; caso não as respondesse ou o fizesse através de meias verdades, a mente da mulher seria transpassada pela sensação de incontáveis adagas.

Ela rugiu e tencionou erguer as barreiras de proteção em sua mente, contudo Zenith foi mais ágil, saltando por cima das defesas que ela erguia. Abriu-se no íntimo dela como um guarda-chuva espinhento, expandindo seu alcance até onde lhe era possível, cravando garras e dentes. Travaram então uma batalha, na qual a mulher tentava a todo custo mandá-lo para fora de seus pensamentos, enquanto Zenith torcia e dobrava e prendia-se cada vez mais.

— O seu nome, fale! Eu ordeno! Quero saber quem é você! — gritou ele afligindo-a. Uma visão veio em resposta, primeiro destorcida, mas pouco a pouco tudo ficou claro; era um beco ou uma viela de uma grande cidade. Os tijolos que formavam o piso oscilavam entre o amarelo e o laranja, tal como o sol ao horizonte. Uma garotinha de traços humanoides, porém com grandes olhos amarelos e pupilas verticais, conversava com uma bela mulher ruiva, que Zenith reconheceu como sendo sua atual inimiga.

A cena rapidamente dissolveu-se à medida que as cores iam se fundindo, ao ponto em que tudo assumiu uma tonalidade de arreia molhada, para logo em seguida o cenário desenvolver-se: A garotinha mestiça agora estava maior, cabelos presos em tranças, só que desta vez não estava rindo ou conversando com a mulher ruiva, estava caída sobre uma sarjeta imunda. Não parecia nem mesmo ser a mesma cidade...

Dois homens a ameaçavam, um deles inclusive estava armado com uma faca e segurava alguma coisa ensanguentada, assemelhando-se em muito com um membro de um animal; era marrom-claro, alguns tons acima da pele da menina. Era um pedaço da cauda! Oh pelos céus, eles estavam atacando a garota!

Quando ele tentou se desvencilhar do aperto cruel de um dos atacantes, chutou um dos homens na virilha. Este soltou um rosnado e transmutou toda a cabeça... Drakons! Um dos membros da família real dos dragões ! Ele percebeu assustado...

Ele via tudo ao lado de uma mulher ruiva, que rosnava e socava a própria palma da mão, mas que de alguma forma não era vista pelos outros três da cena. A garotinha chorou baixinho, como um animal resignado, que teme apanhar novamente. Um dos homens aproximou-se e deu a volta nela, agachando-se e descendo a lâmina da faca sobre algo que devido ao ângulo de visão, Zenith não viu o que era.

Ela teria gritado, ele sabia que sim, mas o outro homem enfiou o pedaço ensanguentado dentro da boca da menina quando ela a abriu. Ele queria poder ajudar, doía-lhe incrivelmente o que via, mas sabia que de nada adiantaria tentar agir, aquilo há muito havia acontecido. Era uma lembrança...

A mulher ruiva não podendo mais conter-se, agiu: seus movimentos eram certeiros, cheios de crueldade e fúria cega. Parecia uma fera, uma besta com mil mãos, garras afiadas e um número infinito de dentes. Observá-la agir era como estar diante da fúria de algum elemento; sem medidas de consequências, apenas seguir atacando, atingindo... Sem fazer distinção se eram dois homens cruéis ou uma garotinha assustada, que é confundida com uma agressora no momento que tenta escapar.

Essa cena também se desfez, entretanto de uma forma bem mais abrupta que a anterior. Pois antes mesmo que o pensamento fosse formado ou até mesmo que ele pudesse transformar em palavras para entender o que vira, já estavam de volta à caverna.

— Eu sou Whratonia; a portadora da IRA! Uma das fadas que caiu antes do véu ser erguido e que agora exige seu direito: Eu derrotei o guardião — falou ela voltando-se para o Pilar trincado. — Como espolio de guerra eu clamo pela sua queda! — Bradou ela de braços levantados e olhos fixos à frente.

Zenith sentiu o mundo girar mais rápido, mesmo em corpo astral ele pôde perceber toda a alteração no ambiente que as palavras da fada haviam provocado. Uma rápida passada de olhos pela névoa esverdeada que agora se adensava, escapando não em fiapos como antes, mas, sim, em grandes jorros, e ele pôde vê-la fluindo do interior da árvore para todos os lados, muito mais rápido do que anteriormente.

— Pare com isso! Ainda há tempo... Você já foi uma fada boa no passado... Não pensa em todo o mal e guerras que vai trazer ao derrubar o Pilar? E a garotinha mestiça? O que ela acharia disto? — perguntou Zenith forçando sua telepatia ao máximo, para novamente penetrar na mente da fada, escorregando por entre as brechas da defesa dela.

— Você é a sétima criatura a conhecer a minha história, além de minhas irmãs. Não pretendo deixá-lo viver muito para se vangloriar disto. Vamos, "mago espectral", diga-me aquilo que você mais ama, mais até do que a si mesmo. Pois eu quero destruir isto diante de seus olhos e só então matá-lo! — Rugiu ela ao terminar de falar, avançando na direção dele.

As línguas de fogo lamberam o tronco e a face, fazendo-o exprimir um grito de dor. Em verdade assustando-o mais que tudo, um corpo astral atingido por um confronto físico, era algo que ele julgava impossível! No instante que ela se preparava para o próximo golpe, lhe veio uma ideia, uma última borboleta azul, chamada esperança. Fitou então o Pilar que se rachava, na eminência do fim e estendeu a sua conexão mental ao máximo. Não tencionava conectar-se com a fada ou com outro ser, mas, sim, diretamente com o Pilar.

Zenith estava apostando na possibilidade de existir alguma consciência residual daqueles que ali o edificaram:

— Se consegue me ouvir, se está aí, por favor, me ajude... Ela não vai parar, sei que não... Peço ajuda, não para mim em si, mas em nome de todos que estão aqui e também para os que não estão. Para aqueles que conhecem a história dos grandes magos e também para os que a ignoram. — Intensificando ainda mais a conexão, ele estendeu a força que empregava ao máximo. — Peço principalmente ajuda em nome de todos os inocentes, deste e de outros mundos. Por saber o quão terrível será se este véu cair, eu rogo, ajude-me a impedi-la. Foi feito o sacrifício de sete vidas para a criação do véu. Agora ofereço minha existência para mantê-lo; mesmo que nenhuma parte minha por menor que seja permaneça viva, toma-me! Mas mantenha o véu de pé...

Uma grande sensação de paz circundou não apenas ele, mas todo o ambiente. Então ele soube, sem a necessidade de qualquer palavra de explicação; seu temor e desespero teriam fim. Não porque seu pedido havia sido atendido, mas porque estava na presença de algo divino. Sentiu-se empurrado novamente para dentro do corpo de Torrão, como se aquilo por ele agora vivenciado fosse algo denso demais, para estar em corpo astral. Sendo necessária uma ligação terrena, um suporte físico, para que ele simplesmente não escolhesse ir além, em direção à luz.

— Levanta-te, filho do Éther... Temo não poder ajudar sobre o Pilar, mas se o quiseres, darei a ti uma ferramenta, com a qual poderás impedir que este ser consumido pela ira torne a causar o mal. — Soou uma voz suave e imaterial.

Zenith não pôde ver muito além que um grande feixe de luz surgindo em movimentos contínuos e fluidos. Este mudava constantemente de cor, muito embora havia uma forte sensação de reconhecimento, na qual ele apoiou-se, e respirando fundo já de volta ao corpo de Torrão afirmou:

— Sim, eu aceito.

Sentiu-se flutuando, sem ter se concentrado para tal. Com espanto ainda maior, percebeu que o corpo de Torrão estava como antes da batalha, intacto! Talvez até mais cheio de vigor que outrora.

Um halo de luminosidade roxa o envolvia, como faixas de fino linho perfumado. Via o movimento de cada partícula em separado e até mesmo de forma integrada. As menores oscilações na sinergia do ambiente eram de seu conhecimento.

Ele sentiu o cheiro amarelo do medo. Contudo, pela primeira vez que poderia lembrar, não provinha dele, mas da fada. Ela havia interrompido no meio o movimento de ataque e agora corria em volta do signo material do Pilar da Terra; o cipreste há muito em processo de destruição. Zenith percebeu que ela tentava apressar, o que agora ele sabia ser inevitável; a queda de mais um sustentáculo do véu. Sem esforço algum leu a mente dela, entendendo então a fraca linha de raciocínio que a motivava; quando ele havia focado a mente no Pilar, todo o poder que agora o envolvia, surgira. Tencionava então acabar com o que supunha ser a fonte da magnífica magia que cascateava sobre ele.

Sua voz soou incorpórea e imaterial quando ele falou:

— Não é daí que provém a essência divina que agora está sob meu controle, mas, sim, de algo mais profundo, uma ligação que você não poderia romper com seu resfolegar de besta...

— Quem é você para me chamar de besta? Uma consciência de mago que habita o corpo de um animal... Uma aberração, isto sim! Eu quebrei um tabu e por isto fui castigada. Mas onde está a sua punição?

— Não ouse edificar comparações entre nós! — falou ele e novamente surpreendeu-se com o alcance de sua voz.

Michel o encarava com olhos arregalados e ele se viu através das lagoas de água invernal que eram os olhos do vampiro: O corpo de Torrão flutuava mais alto do que ele normalmente conseguia, cercado por uma energia em forma de luz. As órbitas do animal estavam preenchidas por essa mesma essência.

Atrás dele erguia-se uma figura espectral, formada apenas por contornos e preenchido pelo mesmo padrão de cores mutáveis que havia visto antes, quando a voz sem corpo soou. Nas mãos dessa figura estava uma foice de cabo longo, com a lâmina reluzente tal qual prata líquida. Ele parecia maior, ameaçador, supremo...

— Por mais de mil anos, desde o episódio na cidade de ouro, você tem espalhado o mau... É chegada a hora de encontrar um fim... Hoje quero que você e todo o mundo, todos os mundos saibam que: A arma santa do Éther mais uma vez achou alguém para empunhá-la!

Ao falar isto ele fez descer a foice, produzindo um som ecoante, fazendo cair sobre a fada não um simples golpe, mas mil. Um milhão... Como se todo o poder residente no sutil elemento do espírito houvesse sido condensado em uma única ação. Ela não teve tempo de emitir um suspiro, um grito de dor sequer, apenas deixou de existir.

Um esgotamento descomunal abateu-se então sobre ele, sentia-se insone há um mês inteiro. Antes de sucumbir completamente ao cansaço teve, porém, a visão de Michel correndo até ele e às costas deste uma pilha de madeira apodrecida no lugar antes ocupado pelo cipreste.

XXIX

Lucky

O beijo ardeu em seus lábios muito além do que ele supunha ser possível. Ainda agora lhe queimava por dentro, como se uma mariposa de asas pilosas estivesse volteando em seu íntimo. Até agora o cheiro dos cabelos ruivos, bem como a maciez da pele dela, estavam em sua mente. Ainda podia sentir o peso morno dos seios dela, roçando suavemente no tórax dele, provocando uma sensação tumescente no meio de suas virilhas. Sentia-a em seu corpo; agora mesmo poderia fechar os olhos e seria tomado pela lembrança. Não era, contudo, em aspecto de desejo que Lucky pensava nos fatos ocorridos à luz da fogueira, mas como um lembrete.

O simbolismo da traição de seu próprio corpo, em relação aos secretos suspiros de seu coração. Não conseguia definir de forma concreta o que sentia, todavia, a sensação de mal-estar, escalava-lhe o corpo, cada centímetro por vez.

Foi ela quem me beijou. Pensava ele à medida que tentava defender-se de seu próprio julgamento. Diga-me, por qual motivo não a deteve? Na verdade teria sido bem simples; sustentá-la pelos ombros, ao passo que a moveria para trás. Soou uma voz de reprovação em sua mente, que curiosamente trazia um pouco do tom irado de Sidrak. Não sei a razão de não a ter impedido...

Talvez tenha sido pena ou surpresa, diante da face que Júlia mostrou-lhe. Sempre a julgou como sendo solícita demais, mesquinha e até mesmo má. Em relação ao comportamento provocativo e mexeriqueiro com o qual tratava todos. Mas, nunca supôs que por trás destas partes detestáveis, vivia uma criatura assustadiça.

O medo muda as pessoas, concluiu ele no momento em que Júlia os fez parar. Só então percebeu o quão estivera distraído; estavam andando desde o nascer do sol e Júlia anunciara que descansariam um pouco da caminhada. Enquanto Aisha usaria suas habilidades para realizar; "Uma rápida e eficiente cobertura do terreno", de acordo com as palavras da própria oficial. Foi quando ele constatou estar na metade do caminho traçado para ser percorrido durante o dia.

Lucky sabia o suficiente sobre as habilidades da parceira de Júlia, apenas para ficar curioso a respeito. Assim observou espantado quando a oficial invocou uma águia espiritual; grandes asas cinzentas e longas garras negras. Entretanto ao invés de ver a criatura materializar-se à frente deles, situação comum em relação a magos invocadores executando sua magia, o que ocorreu foi uma espécie de "possessão", onde o animal surgiu como um vislumbre vaporoso, para depois evanescer adentrando pelos olhos da invocadora. No corpo dela, iniciaram-se sucessivas transformações: as mãos alongaram-se, a pele assumiu uma textura mais grossa e uma tonalidade mais próxima ao amarelo. Da ponta dos dedos, garras brotaram negras e curvilíneas.

Os pés secaram, fazendo as botas escorregarem. Os dedos agora eram apenas três, quatro, se o menor que brotava do calcanhar fosse colocado na conta. Um bico potente surgiu no local em que antes ficava o nariz, englobando também os lábios, além de parte do queixo. Os olhos, outrora dotados de um castanho escuro, começou a clarear. Foi rareando até adotar uma tonalidade de amarelo tão vivaz, que tornava quase impossível encará-la.

Porém, sem sombra de dúvidas, de todas as transformações ocorridas a mais surpreendente foi o surgimento de um grandioso par de asas, dotadas de penas cinzentas que de tão conectadas umas às outras se diria tratar de um trançado. Os poderosos membros emplumados dobraram-se de tal forma que as pontas roçaram no chão. Para em seguida, em uma fluidez de movimento, fazer Aisha subir disparada, descrevendo movimentos em espiral até o firmamento acima da copa das árvores.

No momento em que se percebeu sozinho com Júlia, Lucky ocupou-se em afiar a lâmina de sua espada curva. Torcendo em seu íntimo para ela não falar nada com ele... Tentou focar a mente no que aconteceria caso encontrassem o Pilar, ou ainda, quais notícias Aisha poderia trazer após o voo de reconhecimento.

Por duas vezes, através da visão periférica, a flagrou observando-o atentamente, com olhos compridos. Mudando em seguida a expressão para uma máscara de cera, dotada de um riso cheio de uma timidez graciosa. Quando estava no limiar de conseguir convencer a si mesmo que deveria falar algo sobre o acontecido entre eles, foi surpreendido por uma grande sombra, volteando por sobre a clareira em que estavam descansando; Aisha preparando-se para pousar.

— Fiz uma varredura de aproximadamente quinze quilômetros, não encontrei absolutamente qualquer pista sobre o Pilar... Contudo, existe algo estranho na floresta, há uma ausência significativa de pássaros. Não vi nenhum animal maior que mosquitos e algumas partes da floresta simplesmente desapareceram, clareiras desertificadas ou em alguns casos, grandes buracos de aparência profunda... — falou a oficial torcendo os ombros e o pescoço, à medida que as transformações ocorridas anteriormente retrocediam. O que ajudou incrivelmente na compreensão do que ela falava, uma vez que o bico estalava, alterando um pouco a sonoridade das palavras.

Lucky percebeu que houve uma troca de olhares entre as parceiras, algo rápido e sutil. Todavia, como ele encarava Aisha atento às menores mudanças na face dela, pôde perceber. Tal fato o deixou intrigado; quantas seriam as coisas que ele ignorava? Como fui me meter em uma missão assim? Calma... Tenho que ficar calmo... Não posso surtar... Repreendia-se ele diante de sua crescente ansiedade. "Se continuar agindo assim nunca será encarado como um adulto confiável." Afirmou a voz de Sidrak em sua mente.

— Acho que devemos nos concentrar em verificar estas áreas que você citou — falou Júlia para Aisha à medida que se punha de pé. — Talvez precisemos de um espírito animal que possa rastrear... — falou Júlia, dando uma piscadela para a outra.

Essa última fala serviu para confirmar as suposições de Lucky a respeito das habilidades da oficial de aparência frágil e viciada em balinhas de morango. Os magos invocadores normalmente trazem sabe-se lá de onde os espíritos de seres, criaturas e até mesmo heróis mortos, segundo relatos. Para que estes ajam como seus defensores-ajudantes, de acordo com as habilidades de cada um. Contudo, de alguma forma a magia de Aisha não funcionava neste padrão, era uma espécie de conexão mais profunda, na qual as criaturas por ela invocadas, "vinham para dentro do corpo dela", emprestando-lhe as habilidades e características.

Enquanto Lucky pensava a respeito das implicações residentes nas habilidades mágicas de sua atual companheira de equipe, ela já havia "vestido" um lobo, e com um rosnado de aviso, saiu correndo pela floresta, parando alguns metros à frente. Levantou a cabeça e sorveu o ar pelo grande focinho, para só então retomar a corrida. Lucky e Júlia apertaram o ritmo na corrida, mas estavam bem atrás da oficial meio-loba. Aisha saltava sobre troncos e pedras caídas com uma facilidade incrível. A cauda dela balançava de um lado para o outro, de acordo com as acrobacias que fazia, fornecendo um ponto extra de equilíbrio. As garras tanto das mãos quanto dos pés raspavam na madeira ou no chão, deixando para trás marcas profundas.

A visão da clareira vazia deixou Lucky com os pelos da nuca ouriçados. Olhando para os lados e para trás, havia ainda a vistosa floresta nos arredores. Todavia à frente deles estava um pequeno deserto de aproximadamente quinze metros de raio. Árvores, animais, pedras. Tudo havia sumido; das folhas mortas que se acumulavam no chão, formando um tapete úmido e cheio de fungos, até os seixos multicoloridos, encontrados aos montes naquela região. Apenas um fino pó branco fora deixado para trás; este mais se parecia com sal bem triturado, do que propriamente areia.

Até mesmo o solo sumira em alguns pontos: Buracos profundos, com mais de quarenta e cinco centímetros de diâmetro, exalando uma pequena nuvem de vapor quente e de forte odor sulforoso. Como se gigantescas minhocas houvessem atacado aquele território, deixando para trás o resultado de um intestino bem regulado.

Um forte som agudo soou... Vindo de todos os pontos e de nenhum em especial, descendo em cascata pela montanha como se um apito colossal tivesse caído nas mãos de um gigante, que agora brincava com este. Por um instante todos paralisaram enervados e assustadiços; até que um primeiro tremor riscou o solo, logo sendo seguido por outros, cada vez mais e mais fortes. Pequenas explosões soavam debaixo da terra, produzindo ecos que eram trazidos até eles através das aberturas subterrâneas que porejavam no solo, juntamente com um forte odor de ovo podre, que fazia arder olhos e nariz.

Mais ao longe, no topo da montanha à frente, uma espessa nuvem desprendia-se. Elevando-se no céu, acinzentada e volumosa. Seguia espalhando-se pelo céu horizontalmente como a parte superior de um cogumelo; quente e mortal. Rachaduras começaram a brotar no solo, riscando não apenas a montanha, mas o chão de toda a região próxima. Grandes colunas de vapor aquecido saíam das aberturas, bem como um alto som de trituração.

Jatos laranja-avermelhados de rocha líquida eram cuspidos do cume da montanha, nas mais diversas direções, avolumando-se de tal forma em alguns pontos, que acabava descendo em veios pela encosta, incinerando árvores e tudo o mais que entrava no caminho. Além disto, havia ainda os respingos que emergiam borbulhantes através das muitas fissuras recém-abertas; se assemelhavam a feridas purulentas, jorrando não pus, mas um líquido incandescente.

Enquanto eles observavam paralisados as manifestações físicas da fúria da natureza que os cercava, não perceberam que no chão, principalmente nas áreas exatamente abaixo aos seus pés, as rachaduras surgiam aos montes. Talvez tenham sido enganados pelos tremores, que agora haviam assumido um aspecto constante ou a densa cortina de vapor, que os fazia respirar com dificuldade. Contudo, não perceberam que o solo estava ruindo. Até que já era tarde demais e tudo estava desmoronando, revelando um rio subterrâneo de lava bem abaixo deles.

Aisha em pleno ar perdeu as presas, garras e tudo mais que o espírito lupino lhe havia emprestado, adquirindo novamente o grande par de asas cinzentas, bem como as patas amareladas de pássaro, com as quais ela suspendeu Lucky. Este por sua vez sentiu seu sangue congelar, ao perceber que Júlia ainda caía. Debateu-se diante da vontade desesperada de ajudar e por pouco não escapou das garras de Aisha.

Contudo a oficial ruiva disparou uma coluna de fogo em direção ao rio de lava, Lucky já havia observado Eve utilizar deste mesmo artifício com o intuito de parar uma queda. E até onde ele sabia, havia sido desta forma que ela cumprira a missão de atravessar um rio de fogo, ganhando o título de "Firewalker". Entretanto, algo estava errado, por alguns segundos a velocidade chegou até a diminuir, para em seguida a própria Júlia se incendiar, soltando um grito de dor! Despencando sem qualquer empecilho.

— Pegue a Júlia... — falou ele retirando da bainha a espada curta. — Eu tenho um plano...

Tudo foi muito rápido, ele mal teve tempo de pensar uma segunda vez, se o que planejava fazer daria certo. Todavia, como acontece algumas vezes em que a situação é de crise, a mente de ambos parecia conectadas, sem qualquer sinal ou indicação prévia, cada um sabia exatamente onde deveria estar e o que fazer.

Aisha baixou uma das asas e manteve a outra esticada em uma linha reta com a altura do ombro. Deu um giro sobre si mesma, pegando impulso e lançando ele na direção de uma parte intocada pela lava. Fazendo isto, mergulhou para resgatar a parceira desacordada.

Lucky, por sua vez, levantou a espada um pouco acima da cabeça, segurando o cabo com ambas as mãos o mais firme que conseguia. Cravando-a na parede porosa da caverna, o primeiro impacto contra a rocha sedimentar quase o fez soltar o punho da arma, todavia, fazer isto seria lançar-se nos braços da morte. Ele descia devido ao seu peso em relação ao suporte ofertado pelo cabo de madeira, enquanto rogava aos Sete Santos para a lâmina resistir.

Júlia foi alcançada e suspensa por Aisha quando já estava prestes a mergulhar na lava. Sua salvadora soltou um grito ao erguê-la no ar; talvez esteja quente. Pensou Lucky, levando em consideração a forma como a outra incendiou-se momentos antes de ficar inconsciente. As duas pousaram abruptamente no chão duro de uma ilhota, rolando uma sobre a outra.

Lucky pondo os dois pés na parede empurrou com a perna, ao mesmo tempo em que dava um giro para trás. Aterrissou um pouco mais à esquerda do local, onde uma Júlia recostada numa pedra e um pouco atordoada, volteava para os lados a cabeça, como que tentando entender o que havia acontecido.

Aisha, por sua vez, estava em pé ao lado dela, abanando as mãos, como normalmente se faz ao segurar algo muito quente. Ambas apresentavam algumas escoriações, porém estavam em segurança. Pensou ele agradecendo em silêncio.

— ASSASSINOS! Finalmente decidiram mostrar suas caras! Que a ira dos Deuses caia sobre vocês e seus olhos estourem! — Trovejou uma voz atrás deles, ecoando cavernosa no interior abrasador da terra.

No meio do lago de lava, alguns metros além do que seria o centro, havia outra porção de terra, bem menor do que a ocupada por eles; pouco maior que um metro quadrado. Uma criatura com características hominídeas estava de pé, em uma clara posição hostil. O corpo era constituído pela junção de uma rocha avermelhada, dotada de inúmeras rachaduras, através das quais se podia ver o fluxo de rocha derretida, como ocorreria com o sangue em outros seres. Com fogo constituindo os cabelos e barba. Labaredas avermelhadas que se remexiam irritadiças, como as pontas das chamas de uma grande fogueira. Os olhos eram duas esferas em brasa e os dentes reluziam vermelho-escuros em um brilho doentio, muito similar ao cobre derretido.

Aos pés da criatura, havia outra figura, o corpo desta possuía um claro talho feminino, contudo as labaredas dela estavam apagadas, bem como os veios de lava. A metade de baixo do corpo dela terminava em uma poça de rocha vulcânica recém-resfriada.

XXX

Júlia

Por todo corpo uma sensação de dolorosa ardência circulava, aglutinando-se principalmente nas articulações e pulmões; esses pareciam cheios de líquido fervente, que borbulhava a cada nova tentativa de sorver o ar. Esse último lhe advindo aquecido, repleto de vapores e da raiva cega, da criatura à frente que inundava o ambiente.

Olhando para os lados, ela tentou o mais racionalmente que sua mente turva lhe permitia, analisar as possibilidades, ao mesmo tempo em que buscava levantar-se; contava com um garoto sem treino, completamente despreparado caso a situação descambasse para o combate. Usando como arma apenas uma espada curta, que provavelmente estava sem corte depois da proeza com a parede da caverna.

Claro que a presença de sua companheira de equipe a tranquilizava um pouco. Mas em seu íntimo ela questionava-se o quão útil Aisha poderia ser. Júlia já havia estado com elementais antes e sabia o quão terrível aquela situação poderia ficar. Tenho que resolver as coisas de forma rápida, zonza como estou não sei se tenho condições de lutar a sério, além de protegê-los de alguma eventual labareda mais afoita. Pensou.

— Irmão de elemento, eu venho em paz... — falou ela levantando a mão direita, ao mesmo tempo em que fazia surgir uma chama fraca, que descia espiralada pelo antebraço até quase a altura do cotovelo.

O ser a olhou impassível de sua ilhota, o que a fez duvidar se havia ou não sido compreendida. Ela desconhecia completamente o comportamento e as particularidades de um elemental em relação a uma situação como aquela. Na verdade, só havia tido contato com um ser como aquele quando recebera o título de "Bluefire".

Em uma voz que lembrava, na pronúncia de algumas palavras, o som crepitante das chamas ao lamberem toras de madeira seca, ele falou:

— Não ouse me tratar como irmão... Em nada somos parecidos! Você é uma usurpadora, não entende a verdadeira natureza do elemento. — Ao que ele levantou os braços, descendo-os com uma pequena firula; duas colunas de lava elevaram-se muitos metros acima para em seguida petrificarem, criando um formato que em muito lembrava dois grandes chifres. — Junto com seus comparsas vocês profanaram meu lar, estão dizimando os pilares... E mataram a minha companheira! — Neste momento a voz assumiu um tom de rugido, que pareceu reverberar, aumentando ao bater nas paredes e fez vibrar algo dentro do peito de Júlia.

— Não fomos nós, viemos ajudar...

— Não ouse despejar o veneno que escorre de suas palavras diante da memória de Arsimisa! — falou ele apontando para os restos mortais estendidos aos seus pés. — Mas vocês terão o castigo merecido, farei cair sobre vocês um fogo mais intenso que o domado por Amir! — Levantou novamente os braços, porém desta vez, várias colunas se ergueram respondendo ao chamado da criatura, o nível do lago de lava aumentou, subindo pelas margens da porção de terra na qual eles estavam.

— Algo me diz que ele está realmente falando sério. Alguém tem que falar para ele esfriar a cabeça — comentou Lucky em uma clara tentativa de quebrar a tensão do ambiente.

— Também acho... — completou Aisha, acrescentando um pequeno riso nervoso.

— Você tem algo que possa resistir a um ataque dele ou derrubá-lo de forma rápida? — perguntou ela a Aisha ao mesmo tempo em que lançava um olhar duro a Lucky, como quem fala: Este não é o momento para gracinhas.

— De certa forma sim, mas não é o tipo de magia que eu possa usar com frequência... — respondeu a outra oficial, abrindo as asas e elevando-se no ar ao mesmo tempo em que dizia: — Vou ficar esperando um sinal.

— Não adianta voar, planejar, nada! Eu matarei a todos! Verei com prazer suas carnes sendo queimadas, os olhos derretendo e os pulmões estourando, tamanha será a sinfonia de gritos. — Ao que ele começou a mover os braços, além de realizando movimentos circulares com a perna, descrevendo no chão alguns semicírculos, além de emitir sons que nem chegavam a parecer palavras.

Júlia observou que as colunas de lava respondiam ao menor movimento da criatura, não era apenas uma magia de fogo, era algo além. Parecia uma dança, em que o parceiro incinerava ao toque, mas que se deixava conduzir com a mesma leveza de um regato de águas frescas. Na verdade, se não fosse a situação de crise, ela teria gostado e muito do espetáculo. Com toda certeza poderia reproduzir tudo aquilo, só precisava prestar atenção... Fitava boquiaberta a chama que se elevava, trançava-se, caindo para depois subir rugindo.

Tais quais as serpentes de Zafrina, que se devoravam a si mesmas para em seguida ressurgir maiores, o fogo comandado pelo elemental assumia o mesmo comportamento. Contudo, Júlia percebeu que, diferente dos animais invocados por sua mestra que silvavam, expondo presas e pareciam sempre prontas para o ataque, a característica principal destas eram exatamente a placidez, a magnificência que embasbaca e não a agressividade que assusta.

Era claro que não haveria motivo para continuar tentando conversar. O elemental estava furioso, os culpava pela morte da companheira e aparentemente por tudo que ocorria ao mundo mágico. Da forma como ele estava; rugindo e condensando magia, a criatura poderia atacar a qualquer momento. Assim que a preparação para fazer cair sobre eles uma torrente de fogo, lava e fúria fosse encerrada.

Aisha voava em círculos, tentando manter-se o mais longe possível das colunas-serpentes de fogo e lava. Júlia podia imaginar o quão difícil estava sendo para a companheira respirar ou até mesmo manter-se com a mente focada. Visto que até mesmo ela, acostumada com a presença do calor, sentia-se um pouco febril. Lucky um pouco mais atrás, observava o balé à frente, as bochechas que de tão vermelhas brilhavam. Nas mãos a espada curta, brilhando sua falta de fio e inutilidade.

Júlia o odiou naquele momento; como pôde ser tão ingênuo? Um tolo que simplesmente encara de espada em riste uma força da natureza. Mas também não pôde deixar de sentir no íntimo, uma pontada de preocupação. Eu o trouxe aqui apenas para provocar Eve, mas ele simplesmente não pode enfrentar algo assim, pensou ela sentindo a garganta seca. O que quer que aconteça com ele é culpa minha, mesmo que indiretamente...

Não era apenas a garganta, os lábios também estavam ressacados... Foi apenas neste momento que Júlia percebeu o quão sedenta estava. Mais alguns minutos e logo estariam derrotados, quase já poderia antevê-los estirados no chão. Fosse pela impossibilidade de lutar com o elemental ou pela perda excessiva de água; devido ao grandioso calor que se abatia sobre eles. Ela sabia que aquilo teria que acabar rápido!

O elemental parou a sua dança abruptamente, como se no meio de um movimento, o próximo houvesse sido por ele esquecido. Por todo o lado o fogo, que outrora se movia suave, agora aguardava paralisado, rugindo rouco, estalando sua própria matéria de constituição.

As chamas estavam ansiosas diante do momento em que seriam enviadas sobre os inimigos. Foi então que a criatura; como quem atende aos desejos mais caros ao coração de alguém querido, soltou um berro melodioso. Com isto fez cair sobre eles a sua fúria, que era também a do fogo que comandava.

Aisha esquivou-se volteando no ar, executando um duplo *looping* a fim de escapar da investida e atingir uma distância mais segura no segundo movimento. Com uma poderosa batida de asas, ela subiu até quase a borda do buraco pelo qual haviam entrado.

Júlia ao mesmo tempo em que gritava para que Lucky permanece-se imóvel, fazia surgir ao redor deles dois vórtex de fogo azulado, que em constante movimento subiam e desciam, descrevendo espirais. Com os dentes trincados ela aguardou ansiosa, esperando pelo ataque, torcendo em silêncio para a ideia funcionar; evitando a morte do garoto e não provocando o fim dele.

O jorro de fogo veio aterrorizante, soando como uma grande onda que é atingida por um trovão. Júlia sentiu as pernas cederem e por pouco, por muito pouco, não perdeu o equilíbrio. Movendo o pé de um lado para o outro, ela cavou um pouco o solo, melhorando seu ponto de apoio, enquanto se concentrava no fluxo da respiração — não podia errar e sabia que só teria uma chance para surpreendê-lo. Girou o corpo para trás, levando consigo o redemoinho azulado, bem como o fogo que lhe era lançado. A oficial descreveu um semicírculo com as mãos, ao mesmo tempo em que tentava manter a mente vazia. Invertendo o fluxo das chamas, ela lançou contra o atacante não apenas o que ele direcionou para ela, mas também um pouco de sua própria magia.

Todavia as ações da maga se provaram falhas, visto que o inimigo ao perceber a manobra dela nem ao menos esquivou-se. Manteve-se imóvel, sem esboçar qualquer movimento, por menor que fosse. Deixou-se ser completamente envolvido pelas chamas, que rugindo mais alto que nunca, subiram altas e espiraladas até quase o "teto".

Júlia estava com o joelho esquerdo fincado na terra, ainda tentava fazer com que ambas as pernas trêmulas lhe obedecessem. Para conseguir levantar do chão cinzento, Lucky estava próximo a ela, pondo a mão sobre seu ombro, em um silêncio agradecido. A oficial sentia o rosto afogueado, como poucas vezes lembrava de tê-lo assim. Mas havia vencido e essa certeza parecia lhe renovar as forças, estava há pouco questionando-se a respeito de ter finalmente encontrado uma missão que não conseguiria completar...

Os pensamentos foram interrompidos abruptamente; primeiro pela surpresa diante da força com a qual o garoto apertou-lhe o ombro. Segundo porque ao levantar a face para questionar-lhe o motivo, ela sentiu em seu íntimo algo inchando, era o medo. Ainda um pouco turvo, visto que andava dentro das chamas, vinha na direção deles o elemental.

— O fogo não me atacará, sua tola, ele me reconhece como uma parte dele!

Só então ela percebeu que ele falava isto não da ilhota, onde antes estava, mas vindo na direção deles, caminhando por sobre o lago de lava, que borbulhava à medida que ele se aproximava com passos vagarosos.

É isto... Acabou. Não posso mais... Rindo-se ela zombava de si mesma, de como havia sido tola ao imaginar que poderia enfrentar uma força da natureza sem ter que caminhar pelos terrenos do limite de sua magia. Zafrina estava certa, algumas vezes a única coisa que se pode fazer é ir fundo, simplesmente não poderia ter arrependimentos ou sentimentalismos ou seria engolida.

Com um movimento rápido, ela retirou a mão de Lucky de cima de seu ombro. Forçou-se a levantar sozinha; recusando a mão que o garoto entendeu. Pôs-se em frente ao inimigo, respirando cada vez mais compassadamente. Afastou os pés, alisando o solo e firmando-os. Mãos postas ao lado do corpo, olhos fixos em seu alvo.

— O que você pretende fazer? Não tem como lutar com ele, talvez se...

— Quieto! — gritou ela, interrompendo-o. — Não se comporte como um garotinho assustadiço — falou sabendo que aquilo mexeria com o brio dele o bastante para que ou ele fosse para um canto qualquer cruzar os braços amuado, ou tomasse alguma atitude estúpida para atrair a atenção do elemental e provar que era um homem de verdade. De qualquer forma, as duas opções lhe garantiriam os segundos necessários para executar sua última cartada.

Respirando fundo mais uma vez, ela trouxe à tona a lembrança que estava buscando. Zafrina demonstrando como fazer uso do "fogo vivo", não a magia de criação de fogo, mas um degrau acima. E quase sem sentir, ela estava recitando junto com a memória de sua mestra:

— *No passado, quando o tempo havia há pouco sido criado, o fogo foi o primeiro contato das criaturas, com uma força elemental possível de ser criada, porém de acordo com eles: este era temperamental e incontrolável. Por muito tempo o fogo foi visto como maldade e destruição, até que o Grande Domador, Amir, mandou erguer uma fogueira, feita com mais de doze pinheiros. Do meio das chamas ele invocou duas feras e sobre elas montou, provando que vida e fogo podem coexistir. Agora eu invoco diretamente do outrora, as feras de Amir.*

À medida que ela repetia a pequena história, que na verdade tratava-se de uma invocação, labaredas azuladas surgiam em suas mãos, fluindo para o chão e amontoando-se em ambos os lados. À direita formava a silhueta de um grande leão e à esquerda desenhava um tigre, ambos inteiramente constituídos pelas chamas dela.

O elemental parou o seu avanço, volteando a cabeça para os lados, como alguém que analisa o que tem à frente, enquanto se questiona até que ponto é seguro investir. Ainda neste processo de julgamento, ele moveu os dedos da mão esquerda, produzindo com isto algumas labaredas mais afoitas e diminutas, lançando sobre Júlia e Lucky.

O garoto, como ela havia previsto, tomou a frente, movendo-se com uma agilidade incrível. Ele administrava golpes nas labaredas com a espada em suas mãos, exprimindo pequenos grunhidos de dor quando era atingido. Todavia, nada de muito mais sério lhe ocorreu. Tal situação pareceu divertir o elemental, já que ele poderia ter tornado a enviar novos ataques, mas não o fez. Emitiu uma espécie de barulho melodioso, muito parecido com uma risada.

Júlia, contudo, mantendo-se serena e focada, procurava encontrar o olhar de Aisha para lhe dar o sinal prometido. Por um instante temeu que o inimigo tivesse entendido a formação de seu plano, uma vez que ele olhou para os lados; atento a um ataque surpresa. Por isto, Júlia resolveu agir, para não dar tempo do inimigo atacar com mais força. Abriu ambas as mãos, libertando as feras das correntes.

Como que antevendo a voracidade do perigo que se anunciava, o elemental saltou para trás e fez subir uma grande parede de chamas, separando-os. As duas feras saltaram rugindo, não apenas a atravessaram, como estavam maiores; havia agora manchas laranja-avermelhadas espalhadas pelo corpo azulado. O leão, por exemplo, trazia uma lindíssima juba, ornada com fios coloridos, o que aumentava a feroz expressão de seus olhos. O tigre por sua vez, parou o avanço, aquietou-se lambendo a pata dianteira, enquanto o restante da parede era absorvido por ele.

Ambos agora estavam pelo menos três vezes maiores e partiram para o ataque. O que se desenrolou foi um espetáculo digno de nota: O leão saltou mirando o pescoço, tendo sido parado por uma tromba de fogo, que desviou o seu ataque o bastante para que o elemental pulasse para o lado. Porém não escapou ileso, pois o ombro foi vazado pelas garras incendiadas do tigre, que muito mais sutil, atacava na surdina.

Júlia sabia que as feras não derrotariam o elemental, e rezava para que o contrário também fosse verdadeiro. Contudo, o inimigo estava se cansando, concentrando a atenção em evitar os ataques e aproximar-se dela; uma vez que derrotando-a, as feras se extinguiriam.

Só mais um momento... Era o mantra que ela repetia, à medida que metade de sua atenção estava em acompanhar a luta e a outra, em observar com curiosa ansiedade a transformação pela qual sua parceira passava: Muitos braços e pernas surgindo, bem como uma longa cauda dotada com um grande ferrão.

Alma Bipartida ou Alma de Fera... Eram estes os nomes da perigosa técnica em que Aisha executava o procedimento "contrário" de sua magia; ao invés de invocar uma criatura e fazer uso das características desta, ela criava uma "cópia" meio criatura, meio mago. Todavia, para tal, ela dividia um pouco de sua essência a fim de criar um corpo para o ser invocado. Diante disto, era óbvio que ela não podia fazer uso prolongado daquela tática.

Com certa alegria assassina, Júlia constatou o exato momento em que a companheira girou no ar, a fim de lançar a "cópia". Esta com a cauda em riste, gotejando veneno do ferrão. Tudo ocorreu muito rápido: as feras atacaram por ambos os lados do inimigo, ao passo que o ser venenoso, que exibia as feições de Aisha o atingiu por trás. Cravando o ferrão tão profundamente, no meio de um dos veios que riscava o corpo do elemental, que o ataque ultrapassou.

O elemental urrou devido ao toque doloroso do viscoso veneno e tal qual tempestade, que se intensifica nos instantes mais próximo ao fim, ele reluziu envolto pelas chamas e colunas de lavas que se elevaram, produzindo um som cavernoso.

Aisha assustada veio pousar junto dela e agora ambas esperavam pelo fim. Júlia mordia o lábio inferior, quase como quem diz: É isto, acabou, morreremos agora... Se ele não foi derrotado não terei mais o que fazer.

Num último esgar de fúria, o elemental lançou na direção delas uma torrente de fogo com muito mais que um metro de largura. Júlia convocou as duas feras para protegê-las. Estas saltaram, porém era calor e energia demais para ser absorvido — ela soube diante da ligação mágica com as criaturas. Então atendendo aos desígnios da mestra, os dois felinos de fogo desviaram o ataque.

Todavia devido a um capricho do destino, Lucky estava mais próximo do que Júlia supunha. Assim, quando as feras forçaram a torrente de magia elemental para a esquerda, ele foi atingido em cheio, sendo lançado muitos metros para trás. Caiu imóvel e logo foi soterrado pela parede da caverna; desabando em um rio de poeira.

XXXI

A notícia

— Finalmente o achei... — sussurrou ela para si mesma, enquanto esfregava as mãos uma na outra, reproduzindo o gesto que havia observado em Gridenia, para em seguida dar uns tapinhas de parabéns no dorso da criatura que estava a sua frente; aproximadamente do tamanho de um pombo, sem penas. O corpo era peludo, em um tom verde escuro. Dotado de asas membranosas e quebradiças como a de um morcego. Não possuía cabeça, a boca era um fino risco na base do dorso, já próximo as patas traseiras. Todo o restante do animal era ocupado por um único e grande olho, com uma íris vermelha, muito cheia de diminutas veias.

— Quem é o Zoiudinho da mamãe? Quem é? Quem é? — perguntava ela coçando com a ponta dos dedos a junção das asas. Falava ainda em sussurros, afinal não queria arriscar ser descoberta.

A criatura voejava ao redor dela, emitindo pequenos guinchos de contentamento, que mais pareciam os de um camundongo ferido.

— Xiii... Chega, chega... Agora você vai até...

As palavras ditas por ela foram abafadas por um soar agudo que vinha não se sabe de onde. Ela quietou-se por alguns segundos, esquecendo-se até mesmo de continuar com a Ordem. Contudo o desnorteamento experimentado por ela durou apenas alguns segundos, logo ela já sabia exatamente a causa daquilo; um riso faiscou-lhe a face e agarrando a criatura pelas asas ela a atirou para cima à medida que falava:

— O Pilar da Terra foi ao chão, foi ao chão...

No meio da alegria experimentada, sem qualquer aviso prévio, um estremecimento percorreu todo o seu corpo, de uma forma tão violenta que ela caiu sobre os joelhos. Sentiu-se tonta e profundamente nauseada, como quando havia competido com Gluthonia sobre quem comeria mais. Todavia o que sentia agora era algo diferente, não era a sensação de estar cheia e simplesmente acreditar que iria explodir. Mas, sim, um vazio agudo, que de tão intenso parecia rasgá-la por dentro.

Olhava para os lados, buscando inutilmente alguma resposta e quando tencionou mover-se para tornar a levantar, novamente o tremor voltou, trazendo consigo um resfriamento. Este assemelhava-se com adagas sendo espetadas em algum lugar no peito dela. Lágrimas floresceram nos olhos e ela não sabia o motivo... O que poderia ser essa sensação? Quem estava causando aquilo?

Esta inquietação era lhe estranha, doía! Rasgava exatamente onde antes ficava o coração... Foi então que o entendimento sobre a situação lhe chegou, na verdade sempre esteve com ela. Perdera tantas coisas ao desligar-se de sua condição anterior; o dom de ver o futuro, as asas, a armadura de ametista. Porém havia ganhado algumas; dentre estas a mais importante foi a ligação constante entre ela e suas irmãs. O que a uma delas acontecia, para as outras também ocorria. Cada uma sentia o que era realidade para as irmãs.

— Pobre Whratonia... Está morta... Agora descansará? Finalmente encontrou a placidez que tanto desejava? Perdoando-se enfim? — Falava Envyli, com os olhos baços, fixos em um ponto qualquer à frente. — Eu a invejo... — sussurrou ela, mais por força do hábito do que por real desejo. — Vá, Zoiudinho, voe até Pridevenia... Diga o que encontramos — falou ela com um aceno de cabeça, indicando as construções mais à frente, sem qualquer sinal da alegria de alguns segundos atrás.

Ela ficou vendo a criatura sumir desengonçada no céu noturno e não pôde deixar de sentir certa inveja do voo deste, que embora irregular, era dotado de uma grande velocidade. Claro que o sentimento correto seria "orgulho" afinal foi ela mesma que o criou, mas não podia evitar, era da natureza dela...

Estava tão absorta em seu processo de cobiça, que não percebeu a aproximação de um homem de estatura mediana, porém formado de sombras; sem um corpo físico propriamente dito, como seria o comum. Todo o corpo era negro como a noite, coberto de minúsculos tentáculos que se agitavam.

A criatura abriu a boca e mesmo sem mover os lábios, uma voz saiu do buraco escuro que formavam:

— Olá, Envyli... Tenho um acordo a lhe propor...

A fada caída da inveja saltou para trás, evitando tropeçar em um pedregulho que estava no caminho. Ela fora descuidada, acabara se empolgando com a queda do segundo Pilar e esquecendo de sua missão principal; encontrar o portão de Arthuro. Pridevenia não ficaria satisfeita... Com toda certeza ela seria castigada!

— Não sei quem é você... O que quer de mim? — perguntou Envyli, sondando a criatura.

— Eu não quero nada... Mas...

A voz da criatura de sombras foi interrompida. Um som de engasgo desprendia-se da "boca" do ser. Os muitos tentáculos se agitaram mais ainda... Esticaram ficando muito retos, como se fossem espinhos. Um som de rasgo foi ouvido e o ser foi partido ao meio, como uma folha de papel.

— Já é o bastante, deixe que eu falo com ela. Concentre-se em sua missão... — Soou uma voz sem qualquer entonação. — *É! O primeiro descendente reclamou o legado! Isso está errado! Ai ai!* — Soou uma voz mais aguda, vinda de algum lugar.

A fada caída da inveja agora olhava para uma mulher alta, usando um terno vermelho. Vestia também uma cartola também vermelha e trazia ainda uma bengala com um globo de neve.

— Você é... ?

— Sim, sou eu mesma — disse a mulher de vermelho.

— Agora fique bem quietinha para que possamos apagar sua memória. Afinal gostamos de você... — Soou a voz sem corpo.

— Seria uma pena que fosse destruída tão cedo.

XXXII

Michel

O corpo marcado pelas várias queimaduras causadas pelo chicote parecia ranger e reclamar a cada passo que ele dava. Sua pele de meio-vampiro, mais sensível ao calor do que a maioria, rachava e estalava a cada novo movimento, causando uma sinfonia de agonia a cada gesto, por menor que fosse.

A maga loira pesava-lhe nos braços, exalando o aroma agridoce e férrico que ele tão bem conhecia; e desejava. Por hora ela estava estável. Fazendo uso das propriedades cicatrizantes de sua saliva, ele havia lambido os cortes, mediante muito autocontrole, é claro. Estava fora de risco, ao menos por enquanto. Mas pelo pouco que conhecia do funcionamento dos corpos, perder a quantidade de sangue que ela havia perdido, não era de forma alguma um bom sinal.

Também sendo carregado por ele estava Zenith, adormecido em seu ombro e para o espanto de Michel, sem qualquer ferimento aparente. Na verdade, quem o visse assim diria que estava apenas dormindo. Se ele não tivesse visto não acreditaria...

Mas agora não havia tempo a perder, afinal vários dutos surgiram nas paredes e até mesmo no teto, dos quais uma areia fina começou a cair no momento em que o Pilar caiu, possivelmente não suportando os sucessivos ataques o qual fora exposto. Olhando para trás e para os lados, ele cada vez mais sentia-se oprimido. O que era bastante irônico, considerando a fama que vampiros tinham entre os humanos, de gostar de espaços escuros e fechados.

Tentando manter a mete focada, Michel passou a analisar o sistema que deveria estar por trás daquela que certamente era uma grande armadilha; provavelmente acionada pela queda da coluna mágica. Talvez com o intuito de enterrar vivo quem ou o que profanasse o local sagrado. O que ele podia afirmar, com certeza, é que, no ritmo que estavam seria praticamente impossível alcançar a saída. Afinal ele estava cansado e ferido, carregava peso extra... E a areia descia do teto em um ritmo alucinante.

Talvez se Balon ainda estivesse entre eles... O meio-elfo era forte, bastante ágil também, mas... Um gosto amargo insinuava-se na língua de Michel, sentia-se em parte culpado pelo que havia acontecido ao oficial. Deveria tê-lo avisado... Mas, teria ele acreditado num vislumbre meu, quando não seguiu um conselho de Delphine? Provavelmente não, respondeu para si mesmo.

Apenas o ato de pensar neste nome já lhe causava arrepios, não por ela em si, mas por tudo que ela significava e principalmente pelo que havia visto quando a encontrara. Suspirou fatigado ao lembrar-se do painel, as várias imagens... E o que o amedrontava mais que tudo, uma a uma elas vinham acontecendo: a queda do Pilar do Éther, a morte do general, a queda do Pilar da Terra... Ela acertaria sempre? Balon diria que sim, afinal ele havia dito: "Delphine acertou tudo... Agradeça ao gato por mim... Ele conseguiu aquilo que eu não pude fazer... Além de restaurar minha fé... Quem diria que ele empunharia a foice do Éther."

Por alguns momentos após a morte do oficial ele ficou em dúvida; deveria ou não levar o corpo? Era costume que este recebesse as devidas honrarias, sendo cremado como o guerreiro que era. Mas observando a expressão de contentamento que se instalara na face dele nos últimos instantes, Michel por fim concluiu. Aqui ele achou a vingança que tanto procurava, sendo assim que este seja o leito do seu derradeiro repouso. Quando voltou-se para um último olhar, após suspender Eve e Zenith, já o viu parcialmente coberto pela fina areia clara, como que confirmando o pensamento do meio-vampiro.

Agora olhando as paredes de pedra, que em sua opinião eram exatamente iguais entre si, ele sentia-se perdido de uma forma que nunca havia antes experimentado em sua vida. Há pelos menos dez minutos, andava ao que lhe parecia ser em círculos cada vez mais intricados. Tendo encontrado apenas pilhas cada vez maiores de areia.

No começo carregava consigo esperança, posteriormente tendo-se mostrado como vã, de que se lembraria do caminho trilhado outrora. Porém, após regressar duas vezes ao ponto de partida, a angústia já corria solta em seu peito.

A meio caminho de virar à esquerda, em um túnel, Michel sentiu-se sair do corpo, sua mente foi transportada e ele passou a ver Eve sendo carregada pelo deserto... Só não conseguia ver por quem... Este vislumbre do futuro o encheu de ânimo! Ainda temos tempo! Ainda há uma saída! Pensou ele ao retornar.

Buscando aquietar a mente, já respirando fundo e de olhos fechados, ele tentou encontrar os vestígios do rastro deixado por eles. Só este gesto já poderia ser analisado como indicativo de seu desespero, visto que desde que entrara naquele ambiente, ele já havia constatado a impossibilidade de uma percepção olfativa mais concreta, tantos cheiros e odores... Além do anulador e cru cheiro de terra.

Pensou em deixá-los e sozinho procurar a saída, afinal sem o peso extra da agente e o forte odor de sangue que seus ferimentos exalavam, ele supunha ter alguma chance de encontrar o caminho. Contudo, não o fez por puro medo de que, ao tentar chegar até eles novamente, não conseguisse fazê-lo.

Lambendo os lábios empoeirados, ele já se encontrava no limiar entre o medo de ser soterrado, falhar em proteger seus companheiros e acima de tudo: Não conseguir conter a fome. Afinal fora fortemente atacado pela fada, para recuperar-se usara parte do sangue acumulado em seu organismo. Logo... Não! Eles precisavam sair, não havia outra opção...

Nunca havia tentado provocar visões, na verdade essas eram para ele nada mais que pequenos sonhos, como quando se está acordado e entediado. Devaneando; fica-se com o olhar vazio, observando algo que não é o presente ou a realidade, mas algo distinto.

Todavia agora qualquer coisa poderia ser útil. Uma olhadela nos caminhos futuros a fim de garantir a sobrevivência de todos. Foi então que lhe adveio à mente a frase do velho phelino, agindo como um tapa empregado em sua face: "Isto é falta de disciplina de sua parte, nada acontece simplesmente por acontecer". Aquele velho não o conhecia para saber o quão tivera que ser disciplinado em sua vida para não atacar inocentes. Entretanto o chaveiro estava certo ao expor a falta de prática em controlar o dom recebido por ele. Isso somado ao fato dele partilhar da filosofia de "nada acontecer por acaso", foi o bastante para fazê-lo tentar.

Recostou Eve numa parede, confortavelmente amparada por uma pilha de areia que crescia rápida ao lado. Acomodou sobre o colo dela um Zenith ainda adormecido e sentou-se com a coluna reta. Respiração contida, os olhos fixos metros à frente na curva escura do caminho.

Sentia o fluxo de seu sangue percorrendo o cérebro, pulsando energia, cada pequena parte do organismo estava imersa em magia. Bastava um pensamento, uma ordem por menor que fosse; fingir um tom corado nas maçãs do rosto, forjar calor corpóreo, acelerar o movimento ou a cura de determinado membro. Todas as habilidades da magia de sangue. Mas agora o que ele buscava era algo mais sutil; utilizar conscientemente o dom residente em seu sangue. Fazer sua vontade comandar a energia ali contida. Acessar por este caminho a alma do mundo e até certo ponto moldar a realidade.

Viu a si próprio caminhando com Eve nos braços, Zenith estirado sobre o ombro. Um passo, e uma armadilha foi acionada, prendendo-os por tempo bastante para que o soterramento fosse completado, antes que Michel pudesse terminar de rasgar a rede de fios de prata que os envolveu. Estava animado, havia conseguido transpor a barreira inicial! Provocara a visão, pela primeira vez. Agora ficaria mais fácil, ele só rezava para que não precisasse repetir o processo por muitas vezes ou a fome seria incontrolável.

Sacudindo a cabeça para afastar as sensações de segundos atrás, ele novamente concentrou-se em checar as possibilidades; a cada novo caminho escolhido ele antevia os obstáculos encontrados. Após algumas tentativas ele já se sentia exausto, nunca havia até então utilizado seu dom de forma consciente e agora o fizera repetida vezes. Não conseguia encontrar a "luz no fim do túnel" que tanto necessitava.

No íntimo a fome começava a aumentar o ronco. Certo ar febril delineava seus lábios, subindo por sua face, incendiando a mente. Mesmo sem mirar-se em um espelho, ele sabia que seus olhos deviam estar com um agudo tom de azul, além da palidez exacerbada que sua pele deveria assumir.

Usar magia não era mais uma opção, fazer isto apenas aceleraria o processo. Uma vez que dali a duas, quatro horas no máximo... Nem mesmo que ele desejasse de todo coração, conseguiria se conter. Essa constatação trouxe junto a lembrança de um grito, um jorro de sangue quente e adocicado, o terror nos olhos de um garoto...

Não! Se continuar pensando assim, a fome virá antes... Ele agora lambia insistentemente os lábios e sentia uma adstringência em sua boca, como se estivesse com vários tufos de algodão por baixo da língua.

Pensou em novamente tentar acordar Zenith, assim poderiam buscar ajuda fazendo uso de seus poderes telepáticos. Deixar Eve aos cuidados dele e ir para outro ponto do labirinto. Este pensamento lhe trouxe novo arfar de ironia, alguma coisa entre um riso e um gemido; perdidos em um labirinto tendo um "monstro" querendo alimento. Não pôde deixar de sentir familiaridade com o Minotauro da história clássica humana.

Quando estava ajoelhando-se ao lado dos companheiros, ouviu um som grave, como o que seria produzido pelo encaixe de duas grandes engrenagens de pesado material. Os trechos de luminosidade que riscava alguns pontos do caminho sumiram e o ar rapidamente tornou-se mais frio. Sentindo seu íntimo agitar-se em desespero ele constatou que o tempo havia encerrado, as portas do labirinto estavam fechadas e dentro de poucos instantes tudo ali seria uma caixa de pedra, enterrada para todo o sempre em algum ponto do deserto.

XXXIII

Sophie

— Finalmente! Aqui está a passagem para o antigo templo de Kirma! Eu já estava começando a duvidar daquele oráculo... — falou Sophie para uma entediada Ane Marie, a vampira albina que estava ao lado dela, naquela missão ridícula de resgate.

A vampira de intensos olhos cor de lilás brincava de atirar pequenas pedras; mirando o mais longe possível. Enquanto Sophie, também uma criatura da noite, fazendo uso da superforça com a qual fora presenteada ao ser transformada, cavava e socava já há duas horas sem qualquer sinal de proximidade com a entrada da construção subterrânea.

Sophie já estava começando a ficar com fome, devido ao uso constante de sua habilidade, quando esbarraram em uma placa de pedra, medindo aproximadamente um metro. No instante em que essa foi esmagada por um soco incrivelmente potente um sopro de ar abafado as saudou, confirmado a descoberta do caminho. Agora era só descer... Mas na verdade, teria sido tão mais fácil simplesmente deixar ele morrer! A linhagem de Dariana, passada por Lian continuaria com ela, então não seria necessariamente uma perda. Pensava Sophie à medida que limpava a entrada.

Claro que isso não seria "humanizado", pensou Sophie, lançando vários metros longe uma pedra particularmente grande. Primeiro ele surtaria, rasgaria algumas gargantas, se ainda houvesse alguma para ser rasgada... Para depois ir pouco a pouco mergulhando na letargia da fome. Até que... Bem um dos lados teria que ganhar; se fosse o lado vampiro ele entraria em hibernação, caso o vencedor fosse a parcela humana, ele morreria de fome.

Mas isso não poderia acontecer, não é mesmo? Afinal... "Na noite da terceira lua do caçador, o Pilar da Terra cairá. O poder das armas santas novamente estará entre nós... Um descente de incrível habilidade clamará pelo seu legado". *Merde*! Por que ele tinha que convocar o arco de Dariana justo agora?!

— Que tal uma pequena ajuda? — Rosnou Sophie para a outra integrante do grupo.

Tulaba, membro da guarda de Raymond; "padrinho" de Sophie, era uma vampira de poucas ou nenhuma palavra, usada atualmente como assassina ou guarda-costas, uma vez que seu mestre ainda estava em hibernação.

Tratava-se de uma jovem de cabelos negros pouco abaixo dos ombros, presos em um rabo de cavalo. Não era um exemplo de beleza, podia ser tomada como comum, porém possuía um belíssimo par de seios. Nas roupas e acessórios que carregava, estava evidenciada a personalidade prática; coturnos, calça jeans, camisa regata e pesado casaco com capuz. Sem contar com as várias facas de arremesso, a pistola no modelo *desert eagle*, a balestra escondida pelas vestimentas e as lâminas retráteis em cada bota.

— Nem se dê ao trabalho, meu bem... Ela beira a imbecilidade, seria mais fácil tentar conversar com a rocha e pedir lhe licença — comentou Ane Marie, pontuado as palavras com um toque de deboche irônico.

Tulaba não era conhecida pelos aspectos sociais; era muito introvertida para qualquer contato mais profundo que um aceno de cabeça, mas por ser uma jovem de ação. Desta forma, após retirar os óculos que usava, correu os olhos de uma vampira para outra. Caminhou até os entulhos. Os olhos castanhos, muito escuros, brilhando ao assumir uma tonalidade vermelha. Esticou a mão direita, apontando para as pedras e as pulverizou, com um único disparo de energia.

— Olha só... Ela serve para alguma coisa além de decapitar os inimigos — disse Ane Marie levantando da coluna de pedra na qual estivera sentada.

— Ane... Para de pegar no pé dela... — comentou Sophie, espanando a poeira da capa de viagem da companheira. — Além do que, não acho que seja boa ideia ficar chateando alguém que pode manipular micro-ondas... — sussurrou para a albina. — Um instante você está falando mal dela e no outro "BANG"! Eu estou tirando seus miolos dos meus "Manolo Blahniks"... — Brincou.

Sophie caminhou até a entrada do túnel, tentando expiar algo no meio da escuridão completa. Voltou a cabeça para o lado, apontando a pequena orelha esquerda, buscando ouvir algo além do constante assobio do vento; nada. Naquele momento ela odiou Marco mais do que nunca... As três haviam sido mandadas ali para resgatar o tão "especial" Michel Aires... Mas tudo que Sophie queria fazer, era deixar que a carcaça dele fosse engolida por toneladas de areia.

Ane se aproximou, parecendo ler os pensamentos dela, pois lhe deu um beijo na bochecha e falou:

— Bom... ele não vai se salvar sozinho. Teremos que descer. Não podemos deixar que Marco tenha cobrado um favor de Audália em vão, não é mesmo?

Ah, claro, Audália! A grandiosa "relações públicas" da Ordem, que fizera o meio-vampiro ser aceito. Sophie não gostava dela, nem um pouco. Havia algo por trás dos terninhos e da constante "boa-vontade", ela podia sentir isso. Mas tinha que admitir que Ane estava certa, não teriam conseguido chegar naquele ponto do deserto tão rápido, não fosse a phelina ter usado a influência que tinha para fazê-las usar uma chave.

— Tulaba, você fica aqui e garanta que não seremos emboscadas ou algo do gênero. Entendeu?

A vampira acenou e num rápido movimento saltou para o alto de uma das poucas estruturas de Kirma que ainda estava de pé; uma coluna de quatro metros de altura. Lá em cima ela sacou a pistola numa mão, a balestra em outra e se pôs a observar a paisagem do deserto; imóvel e silenciosa.

— Juro pelas presas de Dariana, ela me dá arrepios... — comentou Ane Marie, enquanto irrigava as pupilas com *vitae* para melhor enxergar na escuridão do templo subterrâneo.

Sophie tinha que concordar, Tulaba era uma espécie de cão de guarda, treinada para matar qualquer coisa que se movesse, mediante uma ordem. Guardada as devidas proporções ela era o "Kerberos" de Raymond. Sophie já havia visto a silenciosa moça sozinha derrubar um grupo de doidões de ash sem sair do lugar; uma bala para cada cabeça, sem errar uma única vez. Estariam seguras...

XXXIV

Bárbara

A chama do isqueiro tremeluzia azulada, criando um pequeno círculo de luz não maior que trinta centímetros ao seu redor. Ela mantinha a mão em concha à frente deste, afinal o vento sussurrava ligeiro. Temia que a única fonte de luz fosse apagada e que não houvesse chance de acendê-la novamente.

Respirar tornara-se mais difícil do que quando estava na floresta, igualmente quando a noite esfria rápido e alguém sai sem agasalho, sendo então alvo de lufadas interruptas de vento gélido, que faz a ponta do nariz doer, bem como arder os olhos. Era uma sensação estranha... Como se estivesse não no ventre da montanha, mas no topo.

Os passos dela ecoavam a princípio, quanto mais caminhava em direção à luminosidade embaçada que ficava no fim do corredor de pedra, estes acabavam sendo abafados pelo constante sopro de brisa. Assim, a única coisa que ela ouvia era o rumorejar do vento.

Talvez tivessem caído em um caminho subterrâneo, alguma trilha de mineradores ou algo assim, afinal não poderia simplesmente existir pedras talhadas debaixo da terra, não naturalmente. Alguém as tinha posto, aquele caminho havia sido edificado e não poderia levar do nada para lugar nenhum. Pensava Bárbara à medida que avançava e movia a fonte de luz de um lado para outro; buscando encontrar uma passagem ou os corpos de Kyle e Tessa...

Não, Tessa e Kyle provavelmente estavam num ponto mais adiante, discutindo por algum tolo motivo. Era disto que gostaria de se convencer. Eles estão bem... Têm que estar. Não sabia ao certo o motivo, mas estava muitíssimo mais preocupada com o "casal" de idiotas-briguentos do que gostaria de admitir, mais até mesmo do que com ela própria. Algo não estava como deveria, não que ela pudesse dizer o que era ou como teria que ser.

Seguia caminhando cuidadosa na direção do murmúrio à sua frente — afinal aquele caminho teria que dar em algum lugar. Atenta a qualquer item que poderia lhe servir de indicativo da presença de outro alguém ou o que viria a ser pior, algo, ela suspeitava cada vez mais daquele lugar estranho. Tudo poderia ser uma armadilha e se fosse o caso, rumava diretamente para uma emboscada. Pensou nas armas, mas achou que o melhor seria não as invocar. Se estivesse desarmada, seria mais fácil acreditar que ela era inofensiva. Além do que, temia não conseguir invocar as armas ou até mesmo pior, perder o controle.

Raciocinando desta forma, ela adiantou-se finalmente para a luminosidade, que de tão intensa não permitia ver nada. Até que pouco a pouco tudo surgiu; abaixo de onde ela estava, havia nuvens grandiosas que de tão brancas e felpudas, pareciam com grandes tufos de algodão-doce; fazendo ela sentir-se mais faminta.

Olhando para os lados não havia pássaros, muito menos qualquer indício de vida. Onde deveria estar a abóbada celeste, o que ela viu foi o universo ou, pelo menos, um recorte deste. Pois lá estavam, luzindo igual a milhares de pequeninas gotas de orvalho, as estrelas salpicadas no breu acima dela. Em certos pontos a aglomeração era tamanha que ela chegou a crer estar diante de galáxias inteiras. A surpresa foi tamanha que inconscientemente baixou ambas as mãos, deixando morrer a chama que alguns instantes atrás tencionava proteger. Ao dar mais um passo em direção a luminosidade ela paralisou.

À frente havia um fino caminho de pedra, uma ponte, melhor dizendo. Mais ao longe era possível ver outras, tão finas quanto e todas pareciam seguir este fluxo: Saíam de algum túnel e encontravam-se numa pequena porção de terra. Muitos metros à frente, as pontes terminavam em uma "ilha" flutuante. Suspensa sobre o mar de nuvens.

Segurando na beirada do túnel, Bárbara esticou-se para a frente. Ela queria ver o que havia mais abaixo, porém tudo que encontrou foi tufos brancos. As nuvens estavam se movendo, arrastadas pelo vento e ao formarem um "buraco" o que a policial viu foi o vazio; apenas escuridão e ausência.

Tornou a levantar a cabeça; levemente nauseada pela recém-descoberta. No centro da ilha havia uma espécie de árvore, que ela não podia ver com muitos detalhes, ao menos não de onde estava. Mas parecia ser inteiramente branca: galhos, tronco e até mesmo folhas. Tudo constituído de uma tonalidade leitosa, mas que reluzia a distância.

Seria este o Pilar do Ar? Questionou ela embasbacada. Até que, como se o conhecimento estivesse a vida inteira com ela, deixou escapar: Só pode ser! Parece algo tão irreal! E eu sinto a energia fluindo... Assim como de tudo por aqui. Completou a observação voltando a cabeça para os lados. De alguma forma ao cair por aquela fenda, ela parecia ter entrado em uma gigantesca caverna, pois de todos os lados havia um paredão de rocha — com passagens como a que ela estava, e pontes ligadas ao centro. Todavia, apenas uma olhada de tão longe não poderia lhe garantir muito. Ela tinha que aproximar-se... Não poderia fornecer maiores detalhes a Kevin sem analisar tudo...

Contudo ao notar que estava caminhando pela ponte, ela acabou soltando um sonoro: Merda como é alto! Andara pelo menos dez metros por sobre o caminho de pedra clara. E estava paralisada! Aquele era um excelente momento para descobrir que tinha medo de altura.

O vento que antes brincava com alguns fios soltos do cabelo, agora rugia sobre ela, fazendo pressão o bastante para deixá-la preocupada com a queda. A percepção de andar acima das nuvens, combinado à insegurança do caminho, uma ponte que de tão fina parecia ser feita de lâminas de pedra, somado à ausência completa de algum apoio fizeram as pernas dela fraquejarem.

A saliva começou a represar açucarada em sua boca e os joelhos tremiam levemente, ameaçando não suportar mais o peso dela. Você vai cair, sua idiota! Volte para o outro lado, estúpida! Dizia-lhe a consciência, que por uma estranha coincidência soava um pouco como seu pai.

Ali onde estava, paralisada à mercê da força dos elementos, ela começou a ouvir algo parecido como o ruflar de asas. Contudo deveriam ser grandiosas, para produzir algum som possível de ser escutado em meio a todo aquele gorgolejar do vento. Voltando a cabeça para os lados, ela tentava acompanhar o som; a cada novo instante chegava mais e mais perto.

O que quer que fosse estava se aproximando; era grande e rápido. Então ela não podia continuar ali, totalmente exposta. Respirando fundo, trincou os dentes e seguiu em frente. Abaixou-se vagarosamente, ficando de quatro na fina passagem. Assim sentiu-se mais segura para olhar por entre as nuvens, à procura da origem do som que tanto a inquietava. Afinal o som naquele ambiente se propagava de forma diferente, devido à grande quantidade de vento, que fazia parecer vir ao mesmo tempo de todos os lados. Então poderia vir de algo voando abaixo da fina passagem.

O som se intensificou de tal forma que seja lá o que fosse, poderia estar ao lado ou acima dela... Foi então que ela percebeu; voltou-se rapidamente, desvendando o infinito acima, pontilhado de estrelas e neste momento o viu.

Medindo mais ou menos dois metros de altura, algo ou alguém, voava até ela, usando uma túnica com um profundo tom de azul. Linhas decorativas na barra das mangas e do capuz, em pedrarias um pouco mais claras que o tecido. A faixa de amarração da vestimenta pendia a frente com vários nós, lembrando um terço budista.

Agora entendi, eu morri! Caí naquele maldito buraco e morri! Era o que ela pensava ao ver o ser aproximando-se, planando até ela com o universo às costas. Afinal este possuía um grandioso par de asas imaculadamente brancas e isto, unido ao restante, a fez crer que estava por ver face a face um anjo.

— Bem que poderia ter sido mais religiosa... — sussurrou Bárbara.

O ser pousou calmamente alguns metros à frente dela, dobrando de forma elegante as asas às costas e pendendo um pouco para o lado a cabeça e depois pra o outro, observando-a. O espanto dela foi genuinamente imenso, ao perceber que a cabeça não tinha feições humanas; como esperava. Era a de uma coruja com penas brancas, grandes e atentos olhos amarelos, que a encaravam com uma expressão curiosa. Uma linha vermelha subia pelo contorno do bico curvo, fronte acima, dividindo-se em um grande "Y" acima da linha dos olhos.

Ela se imaginou a distância, vendo aquela cena; uma mulher de gatinhas, sobre uma ponte de pedra, muitos metros acima das nuvens. Com um ser, homem-coruja, ou seria mulher? Parado à frente dela. Não pôde deixar de sentir-se envergonhada e até mesmo um pouco assustada. Todavia existia alguma coisa na presença do recém-chegado que não a deixava sentir realmente medo.

O ser caminhou na direção dela; mãos postas às costas, piando baixo e quando falou com Bárbara, ela notou uma espécie de "sotaque" em que ele puxava muito os sons de "uuu".

— A semelhança com sua antepassada é notável, a maior dentre todas as descendências, devo acrescentar. Phitéia era muito sábia e por vezes conversamos por dias inteiros.

Bárbara, no íntimo, não conseguia decidir o que a surpreendeu mais: O tom grave que o ser possuía — não saberia falar por que, mas ela esperava uma voz mais melodiosa — a forma familiar e cortês com a qual ela a tratou ou o fato dela estar de pé e nem ao menos ter se dado conta disto, até então.

— Olá... Não sei exatamente do que está falando — falou ela sentindo-se um pouco desconfortável em admitir desconhecer algo, lembrava-se de um antigo professor do colegial, que chegava a dar o mesmo "riso" de condescendência.

O homem coruja, ainda piando baixo, aproximou-se dela ao mesmo tempo em que deu um pequeno meneio de cabeça, como quem muda o ângulo para melhor observar algo. Todavia Bárbara começava a supor ser este um "tique nervoso" da criatura.

Ele agora a olhava, examinando-a dos pés à cabeça, ao passo que estalava o bico, produzindo um som oco.

— Eu me chamo Bárbara, não sei o seu nome, desculpe-me. Quem você disse se parecer comigo? — perguntou ela amarrando a face e cruzando os braços em cima do peito.

— Eu sei o seu nome Srtª Mackenze, quanto ao meu, devo admitir que procedi com descortesia ao dirigir-lhe a palavra e nem ter chegado a me apresentar. Peço, contudo, suas desculpas, fiando-me no fato de que entenderá meu comportamento, tendo este sido motivado pelo entusiasmo sentimentalista de ver, por assim dizer, "uma face conhecida". — Acrescentou então um gesto de acarinhar a face dela, este se perdendo no ar. — Sobre meu nome, é muito complexo para ser pronunciado por lábios mortais, como a maioria dos nomes divinos o é. Contudo, pode chamar-me por um dos meus vários nomes terrenos, o meu favorito é Céos, o deus da sabedoria.

Deus? Um Deus? Falando comigo? Decididamente estou morta. Este ser que tem cabeça e garras de coruja, além de duas grandes asas, este ser é Deus? Decididamente não era aquela forma que ela imaginara para um celestial. Contudo, antes que seus pensamentos corressem soltos pelas planícies de sua mente, ela tentou freá-los lidando com a situação da forma mais lógica possível.

Se todo um mundo existia "debaixo" daquele que ela conhecia e considerava como verdadeiro e real, nada poderia impedir que existam outros tantos fatos que eu desconheça. Na verdade, se pensar um pouco, pode existir verdades que nunca sequer as considerei. Só então ela percebeu que havia decorrido certo tempo, enquanto raciocinava e que o Deus coruja a observava atento, como que esperando algo da parte dela.

— Voc... O senhor — corrigiu ela rápida, se falaria com Deus, que ao menos o tratasse por senhor. Tossindo para encobrir sua descortesia ela continuou: — O senhor disse ter conhecido uma parenta minha? Como? Até pouco tempo atrás era uma simples policial, sem qualquer conhecimento do mundo mágico.

O ser à frente dela dobrou a cabeça para trás ao passo que ria um pouco, produzindo um som oco e alto, devido ao choque das metades do bico, que muito incomodou Bárbara. Possivelmente ele disto se apercebeu, visto que rapidamente o riso murchou e então assumiu um tom mais formal; que ela supunha mais compatível com uma divindade.

— Novamente tenho que recorrer à esperança de que a senhorita possa me desculpar. Uma vez que o saber é muitíssimo natural para minha criatura, por vezes esqueço-me que o conhecimento não é inerente para os outros...

Bárbara quase podia ver os balões de "blá,blá,blá", volteando sobre a cabeça dele. A forma pomposa de falar a fazia quase duvidar que alguém tenha gostado de conversar dias inteiros com ele. Mas não julgando este um pensamento educado, ela preferiu não manifestá-lo.

Logo ela já se sentia novamente ansiosa diante da presença dele, que a olhava com ares de quem espera algo. As grandes íris amareladas, brilhando como ouro derretido. Com uma intensidade tamanha que ela praticamente via a si mesma refletida.

Assim, para fugir da pressão surda que era aquele olhar, ela perguntou-lhe sobre o lugar em que estava e principalmente a respeito da árvore mais ao longe.

Assumindo uma expressão radiante — chegando ao ponto de soltar um "uuu" devido à excitação de responder, ele falou:

— Aquilo que você vê e devo acrescentar muito sagaz de sua parte assumir que ele é irreal em demasia, bem como tudo atualmente ao nosso redor, é a verdadeira "identidade" por assim dizer, do Pilar do Ar, os aspectos materiais que estão localizados em certos pontos do mundo são apenas signos...

— Então de certa forma a busca pelos pilares que a Ordem começou é desde o início fadada ao fracasso? — perguntou ela sem conseguir conter-se. — Se entendi corretamente, o real Pilar em si é este aqui — falou apontando para a árvore.

Ele bateu levemente as asas em um gesto de impaciência. A cabeça coberta de alvas penas meneou para ambos os lados algumas vezes, parando finalmente e a olhando severamente.

— Não me interrompa novamente... — falou manifestando apenas o aviso e deixando a parte da ameaça morrer sob o sopro do vento.

Bárbara assentiu grave e silenciosa. Receando até mesmo pedir desculpas. No seu íntimo ela agradeceu por ele não ter completado a fala. Não sabia ao certo o motivo, mas temia que no momento em que fosse por ele falado, tornar-se-ia uma realidade. Assim, manteve-se quieta.

Pigarreando e alisando a manga esquerda da túnica, principalmente a parte fulgurante desta, ele continuou a palestra, como se nunca houvesse sido interrompido. Ao passo que iam caminhando até a ilha flutuante, essa, vindo cada vez mais para perto, Bárbara percebeu que o fluxo de vento; outrora arredio e que fustigava o seu corpo de forma voraz, agora portava-se como uma brisa gentil. Dessas que chegam sutis nos fins de tarde de outono.

O conhecimento de magia era muito superficial, mas ela imediatamente percebeu que esta mudança se devia à presença de "Céos", era ele que estava alterando todo aquele ambiente. Como se o vento raivoso que havia antes estivesse ali para manter o Pilar original protegido... O que teria acontecido com ela se houvesse prosseguido?

As estrelas luziam intensas agora e em certos pontos era possível ver o negrume do espaço, contrastando com o tom alvo do Pilar. A árvore gigantesca possuía uma brancura tão intensa que doía olhar-lhe. As folhas pequenas, porém numerosas, moviam-se vagarosamente tal qual fumaça densa. Muitas outras flutuavam ao redor do tronco e da copa, pareciam terem sido recortadas em lâminas de seda, com as bordas queimadas pelo sol. Os galhos, brancos e lisos, sem nós ou manchas na madeira, lembraram-lhe a parte clara das bengalas de açúcar. Assim como as raízes, que em certos pontos surgiam altas para depois afundarem-se por entre a grama macia de tão verde.

Ela estava tão absorta olhando os detalhes da porção de terra circular, que percebeu a sua indiscrição de tê-lo deixado falando sozinho, apenas quando ele pigarreou alto e bateu novamente as asas em desaprovação; algumas folhas que flutuavam perto deles desfizeram-se ao contato.

— Desculpe-me, mas... Se estamos diante do Pilar, onde estão todos? — perguntou Bárbara ainda bestificada com o cenário.

Em vez de responder imediatamente, como havia feito das vezes anteriores, ele a olhou duro e inquisidoramente, como que buscando reconhecer se desta vez ela iria realmente prestar atenção. Bárbara permaneceu imóvel e com um riso que a ela parecia ser suplicante, até que ele finalmente começou a falar:

— Como outrora falei, aqui é a verdadeira localização do Pilar do Ar. Ao vê-la caindo pela fenda, reconheci imediatamente o seu parentesco com aquela que foi em momentos idos uma grande companheira minha de debate. Por isto a trouxe para este local, onde poderíamos conversar sem qualquer interrupção — falou ele espantando algumas folhas que passavam flutuando vagarosamente à frente deles. — Contudo, caso esteja perguntando em relação aos seus companheiros de equipe, estão lutando contra uma criatura "degenerada" à sombra da face material do Pilar. Se você apurar bem os ouvidos talvez chegue até mesmo a escutá-los. Não? É uma pena, não deve ter herdado o "ouvir o sussurro" de sua parenta.

— Preciso ir ajudar... Diga-me como posso ir até eles! — pediu ela olhando para os lados, como se em algum lugar existisse uma porta ou passagem que ela não havia observado até então.

— Mas vejam só, que pequena ingrata a senhorita se mostrou, a trouxe aqui em respeito à sua parenta. Não adianta ir até lá, não serviria para nada. Este Pilar vai cair, eu sei... Eu sei de tudo! — falou ele em tom exacerbado, o que aumentou em muito a entonação de pio, que em vários momentos surgia precedendo as palavras.

Ela que já havia invocado suas armas sem perceber e estava pronta para lutar, olhava fixamente o horizonte muito à frente, onde a faixa de nuvens se encontrava com o negro espaço. Questionava-se até que ponto a capacidade de sua arma em romper magias poderia ajudá-la a sair dali, caso Céos recusasse a libertá-la.

Claro que ela havia percebido que suas possibilidades eram muito reduzidas. Além do que não havia muito que fosse capaz de fazê-lo, mas isto não a impediria de tentar. Assim, temendo não estar indo longe demais, porém seguindo em frente, ela voltou-se para poder olhar no fundo dos olhos amarelados dele e apontou ambas as armas:

— Está subestimando a teimosia humana, eu que direi quando não haverá mais o que fazer e este momento será apenas ao já ter tentado tudo. Agora me deixe sair ou eu juro que atiro, em você e no Pilar — falou ela mirando o peito do ser e o que seria a base da grande árvore.

A frase soou como um gigantesco sino, do qual a amarra rompeu-se e ele caiu no chão da torre, produzindo primeiro um imenso som, para logo em seguida este morrer abafado pelo próprio corpo metálico. Por alguns instantes tudo se resumiu a eles dois, Bárbara que mesmo tremendo internamente, manteve-se imóvel e ameaçadora; Céos com uma expressão não de raiva, mas de surpresa.

Talvez ele esteja escolhendo qual será o castigo, pensou ela ainda tentando manter o olhar duro. Foi então que ele se dobrou para trás, abrindo as asas e estalando muito alto o bico, várias folhas desfizeram-se ligeiras. Pronto, é isto, ele vai jogar um raio em minha cabeça! Desesperou-se ela.

Ela cogitava se valeria ou não a tentativa de lançar as armas e rogar para que fosse perdoada, quando percebeu que ele não estava irritado, mas gargalhando diante do atrevimento dela. Pouco a pouco ele foi recuperando a compostura até que finalmente voltou ao tom pomposo de momentos antes:

— Acho que teimosia é algo de família... Lembro que discordamos por anos a respeito das implicações filosóficas e psicossomáticas do livre arbítrio na condição das criaturas racionais... — Interrompendo-se talvez por perceber a expressão vazia de entendimento que estava na face dela. — Vá, chafurde na estupidez, sua tolinha. Aqui, tome um lembrete, espero que possa ajudá-la a perceber que nem tudo é exatamente o que parece — falou ele retirando uma das penas de suas brancas asas e entregando a uma Bárbara atônita.

Falando isto ele abriu uma fenda no ar à frente; descendo a garra do indicador por vários centímetros, como se rasgasse um tecido com uma afiada faca.

Bárbara percebeu que embora estivesse falando secamente com ela, havia uma pitada de divertimento na voz dele. Com um gesto de cabeça ela o agradeceu e pulou através da fenda, segurando firmemente a pena.

XXXV

Allan

O escritório de agora era um pouco maior que aquele que anteriormente chamava de seu, nada que fosse digno de grande nota, visto que a diferença entre ambos consistia no espaço para duas estantes abarrotadas de livros. Entretanto o principal aspecto positivo do novo cômodo era a visão da janela larga que ficava à direita da mesa de trabalho.

A sala parecia abrir-se para o mar; desconhecido e temperamental. Uma boa representação para os dias que viriam, ao menos na mente dele assim o era. Os móveis, por outro lado, eram novos e lustrosos, dotados de acentos acetinados, entalhes, além de todo o rococó que se pode desejar; o que na opinião de Allan beirava o abismo do excesso. Mas aparentemente aquela era a moda.

Combinando as borlas douradas da cortina lilás, que emoldurava o vidro embaçado devido ao sopro marinho, havia uma grande quantidade de itens "decorativos" que ele desejava fazer a terra tragar. Mas não convinha agora chamar qualquer atenção, o melhor seria manter-se calmo e deixar-se ser "esquecido". Além de "adorar" toda aquela futilidade.

Ainda preenchendo o quesito de "benefícios", o novo cargo trouxe uma boa visibilidade na Ordem; afinal não foi uma simples promoção, mas a criação de uma vaga unicamente para ele. Fato este que gerou uma boa dose de comoção pelos corredores da Ordem. Caso ele esticasse a mão, poderia tocar no denso burburinho que se elevou desde o momento em que ele saiu da reunião com a generala.

Para ele, que nunca havia sido notado mais do que a cortesia básica pregava, a atual situação comparava-se com a de uma das muitas grandes estrelas humanas. Ele sabia que havia uma boa dose de inveja, misturada com admiração e até mesmo temor, por trás da composição das fofocas que agora deviam ser espalhadas.

Foi com uma surpresa divertida que ele constatou ter sido picado pelo inseto da fama; que vai a cada dia inflando mais o ego e, para deixá-lo ainda mais admirado, em sua mente uma pergunta vibrava: Isso é tão mal assim? Nunca fui realmente notado, exceto quando entrei na batalha pelo cargo de Comandante de Operações... Nunca mais irão me derrubar, jurou ele em silêncio.

Sentado à nova mesa, ele fingia para si mesmo que folheava as anotações, quando na verdade esperava ansioso, porém com certo receio, o retorno de Cibok. Durante a primeira hora em que estava no aguardo de seu secretário, foi tomado por um desassossego tão poderoso que viu, sem ver, um esquadrão de phelinos entrar derrubando a porta.

Você tem que se acalmar! Dizia-se ele. Ninguém sabe de nada, você acha que existe a possibilidade de ser descoberto, apenas porque conhece os planos. Nem mesmo Cibok sabe o que você está pretendendo! Tranquilizava-se ele.

— Será mesmo? — questionou para a fumaça de sua cigarrilha, quando na verdade falava consigo mesmo. Para logo em seguida rir de sua desconfiança, Cibok não era lá muito brilhante, não teria com o que preocupar-se.

O fato é que; nas atuais circunstâncias, um golpe certeiro poderia não apenas decapitar uma, mas várias cabeças... Pensou ele, enquanto assentia, como que dizendo a si próprio que havia gostado da metáfora utilizada.

Seguindo assim, foi pouco a pouco se acalmando e chegou até mesmo a rir de suas especulações anteriores. Claro que ele não seria descoberto. Não contara absolutamente nada a ninguém e tomava o maior cuidado para pensar em sua infância, quando estava diante da possibilidade de contato com um telepata.

O máximo que podem ter contra minha pessoa, é a teoria de que tenho uma mente infantilizada e ou saudosista, ria-se ele quando puxou mais para junto de si as pastas que solicitara.

Ao todo eram dez pastas; contendo relatórios de missões, dados pessoais referentes a determinados agentes, bem como uma avaliação de rendimento, considerando-os como os de futuro mais promissor na Ordem, porém tomados por uma certa situação, que os faria inaptos ou indesejáveis para os outros.

A atenção dele estava focada também em outra característica, que o fizera escolher quatro dentre os dez destacados, uma vez que uma questão em comum os tornava muito "atraentes" e até mesmo essenciais aos planos do executor: Todos se mostraram muito ambiciosos, comprometidos com a Ordem e acima de tudo com a própria carreira. Planejava conquistar-lhes, comprar-lhes a obediência se fosso o caso e assim ir se cercando de "peões". Os escolhidos eram: Índigo Frys, Antony (Tony) Price, Ryan e Megan Cimarelli. Todos eles dotados de habilidades incríveis e até mesmo únicas.

Acendeu uma cigarrilha de cravo, soltando a fumaça em grandes baforadas e observando-a desfazer-se. Já estava tamborilando os dedos pelo tampo da mesa de madeira lustrosa, quando duas batidas anunciaram que finalmente Cibok voltara. Fez sinal convidando-o a entrar e indicando que deveria fechar a porta.

— E então? O que temos? — perguntou ele sem esconder a sua ansiedade, mal esperando que o outro se sentasse na cadeira a frente de sua mesa.

— Aqui está, senhor — falou o secretário entregando um pequeno pedaço de papel pardo, sem qualquer indicação de documento oficial ou até mesmo assinatura. Na verdade, caso aquele bilhete fosse encontrado fora do contexto, nunca poderia se adivinhar sobre o que ele tratava e a quem se dirigia.

— Demorei, pois o Sr. Mathew estava com várias audiências e ele não queria dar a entender que havia alguma predileção ou algum motivo parecido — falou ele ao mesmo tempo em que empurrava para cima a pesada armação dos óculos "fundo de garrafa".

Recebeu o bilhete, murmurando um carrancudo "obrigado" e como quem não dá a mínima importância ao que está lhe sendo entregue; ele soltou de lado. Juntou as pastas entregando-as ao rapaz de cabelos castanhos e olhos gentis:

— Pode devolvê-las para o arquivo geral, por enquanto temos o necessário. Gostaria que você entrasse em contato com estes indivíduos — falou ele indicando a pequena lista que havia escrito e posto acima da pilha. — Apresente-lhes os termos sobre os quais conversamos hoje mais cedo e diga que tratarei pessoalmente da promoção de todos para oficiais inquisidores, caso eles aceitem, é claro. Estarei os esperando pela manhã para a deliberação inicial de nossa atual missão.

Dito isto, não foi necessária nenhuma palavra a mais, para que Cibok percebesse ser o bastante e que poderia ir, o que ele tratou de executar muito rapidamente. Allan gostava da presteza e eficiência dele, além da gratidão que demonstrava quase diariamente. Visto que após ser duas vezes recusado para ingressar na Ordem como Porteiro, Allan o acolheu para serviços burocráticos sob sua supervisão.

Era, na verdade, um pobre coitado, vergonha para toda a família possuidora de uma das linhagens de magias mais raras, o controle do vento. E ele mal conseguia invocar uma brisa; riu-se Allan ao lembrar-se do fato.

Agora que estava sozinho, correu os olhos rapidamente sobre o diminuto bilhete, sem emitir qualquer sinal de aprovação ou reprovação diante das palavras vistas, para em seguida encostar a ponta em brasa da cigarrilha e deixá-lo queimar no cinzeiro de louça branca.

Não havia lido o bilhete na frente de Cibok, não por falta de confiança, mas como agradecimento pelos bons serviços; tentava protegê-lo caso tudo desse errado. Afinal ele poderia simplesmente afirmar não saber de nada e falaria a mais completa verdade. Não podendo ser considerado cúmplice direto, mesmo que fosse feita uma sondagem em sua mente. Algumas pessoas não conseguem dissimular, pensou Allan batendo a cinza da cigarrilha.

Ainda havia algum tempo até o jantar e ele gostaria de rever todas as possíveis alternativas de diálogos. Allan era fascinado pelo jogo de xadrez e tentava sempre aplicar a "previsão de jogadas". Depois dessa noite, caso tudo fosse de acordo com o planejado.

Estaria navegando por águas perigosas, tudo deveria então transcorrer de forma a ele ser sempre considerado acima de qualquer suspeita.

Mas nada impede que eu seja prático e abata dois dragões com um só feitiço. Talvez eu possa colocar a "culpa" de tudo em alguém merecedor... Pensou ele enquanto alisava os tocos de barba, que começavam a apontar na pele do queixo. Alguém que mereça ser desmascarado e exposto, para que saiba como é exatamente a sensação de ser apontado... Riu em seguida.

Havia ainda outra coisa importante com a qual tinha que lidar; para garantir o total sigilo da reunião, eles se encontrariam em um local no mundo humano e para tal ele deveria vestir-se de acordo com os padrões desses. Questionava-se a respeito da permanência da moda de jeans e blazer quando estava saindo do escritório. Parou alguns instantes na porta, murmurando a senha de ativação do "alarme de segurança" da sala; um feitiço rúnico escrito no piso, alguns centímetros abaixo, para ser mais exato. Caso algo ou alguém desse um passo ali dentro, ele saberia.

Feito isto rumou para os seus aposentos, que devido à recente ascensão social, agora ficavam numa estrutura anexa à sede principal da Ordem. Alguns andares acima dos reservados aos agentes e oficiais. Na verdade mais parecia uma imensa casa de pombos, disfarçada em torre. Porém ele tinha que admitir que a vista fazia valer a pena, isto e a possibilidade de usar os elevadores mágicos; uma caixa de metal sendo descida ou suspensa mediante a energia mágica impressa nas roldanas anexas a esta. Um aparelho incrível!

O grande portário o recebeu vazio; fazendo ecoar os passos apressados do executor. O que fazia toda a estrutura assumir um aspecto ainda maior. Ele caminhava em direção à porta mais próxima. Uma vez que não trazia consigo intenção alguma de ser visto saindo para o mundo humano.

Vivia-se em uma fase na qual um passo em falso poderia levantar suspeitas. Para tal havia escolhido um horário em que provavelmente não encontraria ninguém, poderia então usar as únicas saídas visíveis dentro da Ordem, afinal na sede central todas as outras portas eram magicamente bloqueadas para chaves. Uma medida de segurança instaurada desde o mandato de Macalister.

— Boa noite, o senhor possui reserva? — perguntou a loira bem-vestida e de riso largo, que estava recepcionando e direcionando os clientes para as respectivas mesas.

— Sim, está em nome de Dupon, Allan Dupon, uma mesa para dois... — falou ele enquanto corria os olhos pelo salão. Interrompendo-se quando encontrou o seu companheiro de jantar de negócios, servindo-se de vinho. — Já achei o meu acompanhante, obrigado — falou indicando a mesa com um meneio de cabeça.

Era um pequeno restaurante, com ares de europeu. Situado nas proximidades de um parque, fechado neste horário. Porém ele nem chegou a dar um passo ou apreciar as belas gravuras já tão conhecidas, afinal Allan o frequentava ao menos uma vez ao mês.

Um pequeno tremor abalou o restaurante; taças, prato e mesas tilintando por toda parte, além de pessoas com olhares assustados, voltando-se para todos os lados, como se o motivo fosse ser explicado por alguma coisa do ambiente. A mulher loira, entretanto, foi de longe a mais assustada, amparando-se à mesinha de telefone, soltou um pequeno gritinho de exclamação, enquanto balançava levemente a cabeça para os lados, como se um mosquito estivesse importunando.

Tudo não durou mais que alguns segundos; o tremor desapareceu tão rápido quanto surgiu, deixando para trás uma aura de angústia e ansiedade, que alguém no salão tentou quebrar comentando qualquer coisa sobre os preços dos vinhos e um motivo para atentado terrorista. Algumas risadas forçadas e logo os garçons já estavam repondo taças quebradas.

Contudo para ele o acontecimento adveio de forma bem mais séria. Primeiro um forte som agudo, como o de algo se estilhaçando. Todo o ambiente parecia tomado por cacos caindo e ressoando no chão de mármore rosado. Além de ter sentindo que por um segundo tudo ao redor ruía, ao passo que o solo subia rápido em direção a ele, engolindo suas pernas.

A energia escorreu de seu corpo, fazendo ele sentir-se gelado e nauseado. Para logo em seguida todas as sensações desaparecerem tão instantaneamente como surgiram. Ele pendeu para a frente, sendo amparado pela recepcionista:

— O senhor também ouviu, não foi? Posso ver o pavor em seus olhos... Este é o som das trombetas, o fim dos tempos está chegando — falou ela aumentando um pouco a voz, ao que foi rapidamente silenciada pelo maitre do estabelecimento.

Allan encontrou o olhar de Mathew, e para sua surpresa, ele não manifestava preocupação. Na verdade, havia até mesmo um brilho maldoso nos olhos e as pontas de seu sorriso parecia a ponto de rebentar, tamanho era o contentamento estampado na face. Apressando o passo, caminhou o mais rápido que suas pernas amolecidas lhe permitiram.

— Você percebe o que acabou de acontecer, não é? — perguntou ao sentar-se à mesa com Mathew. Silenciando-se intrigado diante do riso que o Subgeneral trazia.

— Entre outras coisas, que as primeiras ações de nossa nova generala se mostraram tão inteligentes quanto pedir que um vampiro cuide de uma bolsa de sangue. A propósito, meus parabéns, Sr. Executor Chefe — falou ele levantando a taça e simulando um brinde, os olhos brilhando de malícia. — Não me leve a mal, acho que sua promoção foi mediante mérito próprio, afinal você tocou em um nervo, não foi? — Riu-se o Comandante de Operações.

Allan já esperava este tipo de provocação, contudo mesmo preparado para tal, ele não pôde deixar de sentir um pequeno comichão de irritação. Dizia para si mesmo: não caia no jogo dele, não se deixe levar. Respire fundo e tome o controle da situação. Afinal ele sabia que o Subgeneral estava apenas testando os limites.

— Bom saber que se mantém ferino, por um instante temi que a nova generala o pusesse uma coleira. Ou que a derrota pudesse ter feito seus testículos encolherem... — falou ele forçando seu melhor sorriso e fazendo um gesto para chamar o garçom. — De um derrotado para outro, como está lidando com isto?

— Sejamos práticos; por que me chamou aqui? — perguntou Mathew, sorvendo o restante da taça. Olhava para além de Allan, mirava algum ponto mais à frente. Como se a presença ali não fosse algo realmente relevante.

— Gostaria de propor uma relação de ajuda mútua — falou da forma mais corriqueira que lhe foi possível, enquanto partia um pãozinho de alho de crosta dourada e crocante. Levou um pedaço à boca e serviu-se de vinho.

— Eu sei de muitas coisas nas quais eu possa lhe ajudar, como por exemplo, um treino amistoso — falou o Comandante de Operações acrescentando uma piscadela cínica. — Entretanto, gostaria de saber em que exatamente você acredita que pode me ajudar — disse enquanto se servia do pão de alho.

A luta contra Graft... Será que nunca vão deixar de mencionar isto? Perguntou-se ele enquanto mastigava silencioso. Mas ele já havia aprendido a forma correta de lidar com esta situação, depois de tanto tempo. Sendo assim, fingindo não ter escutado o comentário, ele continuou:

— Até agora dois pilares caíram. — Fez um meneio de cabeça indicando que contava com o que acabava de acontecer. — Não temos praticamente nenhuma notícia da maioria das equipes enviadas e as poucas que chegaram até nós, não são animadoras. Existem boatos de que Macalister voltou porque a Ordem está com medo. Ontem, saindo de meu escritório, ouvi dois novatos falando que a melhor coisa a ser feita seria cancelar a aposentadoria de antigos heróis como Zafrina ou Sidrak...

— São dois velhos; uma sádica maníaca por controle e um ranzinza que nem sabe direito onde é a ponta de uma chave. Nenhum deles tem mais nada a oferecer, assim como o Macalister, que a meu ver não deveria receber tantas regalias. Ele não passa de um desertor. Sabia que lhe foi permitido conservar a chave? — perguntou enquanto brincava com a faquinha de manteiga.

— Não... Como ficou sabendo disto? — Allan estava realmente surpreso, não propriamente diante da informação em si, mas do fato que o Subgeneral era bem informado. Talvez não fosse tão fácil manejar as coisas como ele havia julgado.

— Isto não é importante, a questão é o apreço aos "heróis do passado", que deveriam ser deixados no local ao qual pertencem. — Fazendo um gesto de enxotar com as mãos, como se os atribuísse menor importância, ele completou: — Agora me diga, o que exatamente o Sr. Executor está me propondo? — perguntou, sem esconder o brilho ganancioso no olhar, muito menos a expressão de franca curiosidade.

Chegamos ao momento chave, pensou Allan, respondendo o olhar inquisitivo de seu companheiro de mesa com um sorriso cínico. Sabia que não deveria mostrar nenhum sinal de dúvida, agora mais que em qualquer outro momento. Tudo correndo bem, ele teria a gigantesca autoconfiança e ganância egocêntrica do outro como armas de convencimento.

— Substituição dessas lendas antigas por uma inteiramente nova; alguém que teve o pulso necessário para agir duramente uma situação de crise. Não se deixando intimidar... Levando suas obrigações como Subgeneral até o limite da própria segurança pessoal. Este, meu caro, será você, se aceitar este fardo, é claro. — Encerrou ele e no tom mais natural que lhe foi possível, chamou novamente o garçom, perguntando a respeito dos pratos recomendados, intencionalmente dando tempo para o outro pensar na proposta.

Pelo canto do olho ele viu as alterações de Mathew; primeiro a grande surpresa, sobrancelhas arqueadas e o riso que afrouxou nos lábios escorregando pela face. Seguido pela suspeita, em que ele voltou o rosto, olhando para Allan de esguelha. Como que tentando decidir-se entre estar ou não sendo alvo de brincadeira.

Até que finalmente a expressão de cobiça reapareceu no rosto, além de um olhar "cru", isento de emoções. Que a Allan pareceu gelado, talvez intensificado pelo tom azul agudo do par de olhos fitos nele.

A situação então permaneceu assim; Mathew o encarando cínica e silenciosamente, Allan por sua vez rindo despretensioso, fingindo não ser ele o alvo. Até que o pedido de ambos foi recolhido pelo garçom e este por sua vez os deixou novamente sozinhos.

— Diga-me apenas uma coisa; o que me impede de denunciá-lo por alta traição? Tenho por exemplo o seu bilhete, além de meu depoimento como Subgeneral. — Os lábios novamente estendidos até quase a ruptura, tremeluzentes de úmida saliva.

Isto é apenas um teste, posso ler em sua face que você já aceitou, Allan teve vontade de falar. Todavia achou melhor não estragar o jogo de poder que Mathew propunha nas entrelinhas. Além do que, ele poderia utilizar essa oportunidade para deixar claro que não se deixaria amedrontar ou coagir.

— Sinceramente eu prefiro que não o faça, caso contrário terei, por exemplo, que expor certo laudo. No qual foi encontrado traços de manipulação mágica no metal do medalhão do general e o da Srtª Sammya. — Allan dobrou-se sobre a mesa, como alguém faria caso fosse segredar algo: — Foram encontrados vestígios de sua magia, Subgeneral Mathew...

— Isso é um absurdo! — Interrompeu a fala do outro, em um tom de voz que parecia unir raiva e divertimento. — Ninguém acreditaria... — Riu-se ele engasgando um pouco com a boca cheia de salada.

— Tem total certeza, Eduard? Imagine o cenário: Você em sua busca constante de poder, almejando o cargo de general. Unindo suas forças com as de uma jovem perturbada, pela perda prematura e funesta da mãe. Na verdade creio que unir não é o termo certo... Acho que na verdade ela foi influenciada. Melhor... Encaixa-se mais, não acha? — perguntou ele em um tom que surpreendeu até ele mesmo. — Assim, você faz a cabeça dela, talvez prometendo perdoar a mãe exilada. Ambos matam o general e como bônus, derrubam um Pilar, deixando a Ordem fraca e desesperada por um líder. Tudo sairia perfeito se não houvesse este laudo contra você — falou ele usando a faca para apontar. — Então você tenta me incriminar para continuar com seus planos, afinal eu sou o único que tem provas. Algo que deixei escapar? Oh, sim, em relação ao bilhete, nele eu apenas o convido para jantar, em uma tentativa discreta, porém corajosa de tentar lhe parar — falou ele encerrando tudo com um belo sorriso.

— Uma boa história... Arriscaria sua liberdade por ela? — perguntou Mathew introspectivo, com as mãos cruzadas juntas à frente da face, cotovelos sobre o tampo da mesa.

— E você, estaria disposto a arriscar? Nossa, essa massa está maravilhosa, não é? — perguntou ele com a voz empastada pelo molho branco com ervas.

— Quais são suas ideias exatamente? — perguntou o Subgeneral agora aparentando mais curiosidade que simplesmente divertimento.

— Viu Megaha ultimamente? Ela parece outra pessoa, além do que o ingresso dela para os novos sete é no mínimo espontâneo demais... — Falava ele vergando-se para frente à medida que as palavras saíam.

— Você está insinuando que ela possa estar dominada? Mas isto seria... Um verdadeiro escândalo! Até que tem um certo sentido... — Ao que ele deixou a voz sumir, como se daquele momento em diante, estivesse pensando silencioso e sozinho. — Mesmo que sua suposição esteja certa, precisaremos de provas. Além de um bom apoio para ancorar de vez a tomada de posse no cargo, afinal no quesito geral, Graft e eu empatamos. — Falava Mathew mais para si próprio do que para o outro. Entretanto embevecido como estava, usava um tom mais alto, talvez fosse essa a sua forma de expor os pensamentos. — Acionarei meus "olhos" e "ouvidos" por toda Ordem, caso tenha algo, entro em contato. Farei o seguinte, soube que está recrutando uma equipe, vou lhe enviar uma oficial muitíssimo talentosa de minha base — falou ele em um tom que demonstrava não aceitar recusa.

Allan sabia que na verdade não estava recebendo uma subordinada, mas uma espiã, que provavelmente estaria atenta aos passos dele, para que Mathew pudesse ficar tranquilo de que não seria passado para trás. Afinal quem planeja uma traição pode muito bem planejar duas. O que não deixava de estar certo... Pensou Allan, pegando o saleiro.

Mesmo assim, aceitou a oferta manifestando bom humor, uma vez que seu maior interesse em procurar Mathew, era exatamente ter "acesso" à rede alternativa de informações que todo Subgeneral possuía na Ordem. Além de conseguir um forte aliado, no que seria o primeiro "golpe de estado" da sociedade mágica, desde a instituição da Ordem.

— Então estamos acertados? Manteremos contato e ninguém acusa ninguém? — perguntou Allan salpicando a voz de ironia adocicada.

— Um momento, tem uma coisa que eu ainda não entendi e devo admitir que ela me deixa bastante curioso; o que exatamente você ganha com tudo isto?

— Não faço nada pensando em recompensas e sim no bem-estar da comunidade mágica mundial. Mas é claro que ter um general me devendo um grande favor, faz eu me sentir mais confortável com a vida, entende? — perguntou Allan após ter solicitado discretamente que o garçom trouxesse a conta.

— Sabe, Dupon, julguei-o mal; tem muito mais coragem e é bem mais ardiloso do que supunha. Mas se me chantagear novamente, mesmo que seja um blefe, o esmagarei tão rápido que vai demorar para perceber que está morto — falou ele enquanto apertava a mão de Allan, selando entre eles o acordo.

Allan saiu do restaurante tão contente consigo mesmo, que sentia-se incrivelmente disposto e relaxado. Durante aqueles poucos instantes não lembrava que mais um Pilar caíra, muito menos que a cada segundo, uma guerra parecia estar mais próxima.

A lua brilhava magnífica no céu coalhado de nuvens, encobrindo muitas das estrelas, mais ao longe. Descendo a leve inclinação da rua, havia um parque. De sua atual posição Allan podia ver apenas as massas escuras que eram as árvores e os pontilhados dourados dos postes de luminárias.

O cheiro puro do ar frio misturado com os odores da selva urbana atingiu-lhe as faces de chofre. Foi neste momento que toda sua euforia trincou, esfarelando por dentro dele; em companhia do sopro da brisa, veio um uivo. Não um uivo qualquer como o que um cão daria ao reviver suas raízes selvagens ou um que seria proferido por um lobo solitário procurando localizar a matilha. Mas, sim, de algo maior, feroz e que a simples ideia de sua presença fez em instantes, a testa dele porejar um líquido frio, pegajoso.

— Que os sete nos protejam... Um lobisomem da lua cheia... No centro da cidade! — falou ele descendo apressado a rua.

XXXVI

Michel

A claridade bicou os seus olhos quando tencionou abrir, com uma presteza de movimentos tão grande que as órbitas doíam até mesmo por trás das pálpebras. Agulhas pareciam fincadas por toda a sua extensão craniana, descendo pela coluna, indo morrer em espasmos dolorosos em suas pernas. Ainda meio cego tentava mover-se, fixando com dificuldade a atenção em um ponto à frente, apenas para não tornar a cair ou tontear.

Uma forte sensação de esgotamento escorria por todo o corpo, como se mãos invisíveis houvessem derramado em sua cabeça uma jarra cheia de cansaço. Sentia os lábios rachados e era com certa lerdeza que se movia, ainda trôpego; pernas vacilantes e mãos trêmulas.

Caminhava lentamente, arrastando as pernas pelo chão arenoso, enquanto chamava por Eve e Zenith. O mais forte que sua garganta ressequida permitia, na verdade não passava de um resfolegar rouco, como o de um cavalo sedento. Não entendia como estava tão claro dentro das ruínas subterrâneas.

Pouco a pouco as coisas ao seu redor entravam em foco, tudo que ele via era destruição e pedaços carbonizados. As poucas estruturas restantes estavam retorcidas e, o que mais o apavorou; completamente vazias. Parecia ser uma cidade... Ao menos no passado... Oh céus é Enuewm! O choque o encheu de ânimo e ele correu o mais rápido que suas pernas aguentaram, seguindo a esmo, ainda rosnando por seus companheiros.

Em meio a toda aquela aridez ele sentia-se minúsculo, incapaz. Caiu ajoelhado estalando os lábios sedentos. O som do vento, que era a única coisa além de sua respiração soando em todo aquele deserto, chegava estéril aos ouvidos, apenas soprando, sem carregar sequer o crocitar de uma ave ou o aroma de algo. A areia ao seu redor, as ruínas, ele próprio; tudo cheirava a couro mal curtido, lançado para arder sob o sol.

Levou a mão ao rosto, a fim de proteger os olhos e quem sabe assim, enxergar algo que antes houvesse lhe escapado. Mas este gesto o fez soltar uma exclamação de terror; percebeu-se incrivelmente magro, seus dedos eram não mais que gravetos, sobre os quais se depositou a pele e uma grossa camada de poeira enegrecida.

Não conseguindo mais equilibrar-se, pendeu para a frente, sentido todo o corpo mole, parecia não possuir estrutura de sustentação. Na última tentativa de manter-se de pé, jogou a cabeça para trás, mas não se aguentou e caiu com as costas no solo, levantando um halo dourado de finas partículas.

O céu acima dele estava cheio de feridas; manchas negras engoliam grandes pedaços do firmamento, como se uma imensa cúpula estivesse rachando, deixando à mostra trechos do infinito. Até mesmo o sol parecia adoentado; vermelho e de aspecto decadente. Era a primeira vez que olhava para ele, sem ter que voltar o rosto rapidamente.

Ainda fitando o sol, ele continuou chamando pelos outros, com a esperança de talvez trazê-los do mundo dos mortos. Afinal naquele momento era exatamente isto que supunha, todos haviam fenecido... Ao longe ele viu uma silhueta gigantesca, se desenhando no horizonte tórrido. Ondas de calor elevavam-se do solo, distorcendo a dimensão de profundidade em seu campo de observação.

Com a aproximação da imensa criatura, Michel percebeu que esta caminhava com a bocarra aberta, sorvendo o ar com um som agudo, que provocou nele uma forte náusea. O ser que a cada passo provocava o levante de uma nuvem de pó, se movia lentamente. Girando a cabeça para os lados, o que fazia com que as grandes galhadas de cornos que brotavam de sua testa, se chocassem entre si, provocando um som próximo ao de um trovão.

O rosto do gigante possuía feições que outrora poderiam ter sido humanas ou perto disto. Contudo, agora assemelhava-se a um esqueleto de cal e cinzas, mantido de pé por uma argamassa de suor. Manchas roxo-esverdeados cobriam-lhe vários trechos das pernas, revelando pedaços em avançada decomposição, os quais soltavam um líquido viscoso e malcheiroso.

— Terrível, não é? A eternidade... — falou uma voz aguda ao seu lado, desfazendo-se em risos.

Voltou-se assustado e não achou a dona da voz. Na verdade não havia deserto, ruínas ou gigante... Tudo havia sido um sonho, particularmente ruim e vívido, mas ainda assim; apenas um sonho.

Olhou para as mãos repetidas vezes, e percorria o rosto pelo tato, alternando-as; constatando com alegria que sua face não era o conjunto carcomido de ossos que havia observado no sonho.

Estava tão impressionado com tudo que acabara de ver e sentir, que ainda sentia o corpo trêmulo, enquanto percorria com os olhos o local em que estava; um pequeno, porém aconchegante quarto. Destes que de tão impessoal, só podem pertencer a um hotel ou ser o quarto de visitas da casa.

Havia uma cama grande, com lençóis macios e perfumados, um aroma de algo próximo ao narciso, ou seria jasmim? Chegou-lhe suave ao nariz. Uma grossa cortina negra descia pela parede na qual provavelmente estaria a janela do cômodo, sua constituição era de forma a não deixar passar nenhuma luminosidade. O que o fez pensar se era coincidência ou não ele ter sido colocado em um quarto feito para barrar o sol.

Em ambos os lados da cama, havia mesas de cabeceira, porém a da esquerda conservava ligada uma lâmpada de leitura. Mais à frente, em diagonal, havia uma pequena mesa, com roupas sobre ela e um par de sapatos sobre o assento da cadeira. Tudo cheirava a itens novos... Abaixo da mesa, existia uma pequena geladeira, com um envelope grudado na porta.

Moveu-se na cama, escorregando para o lado. O que fez ele perceber com certo pudor que estava nu, por debaixo do aveludado toque do cobertor vermelho. Sentiu também um aroma suave de sangue seco vindo de seu peitoral. Havia faixas envolvendo seu tórax, o ventre e ambas as coxas. Além dos braços, na altura do bíceps e do antebraço; os locais atingidos por Whatronia, pensou ele.

Além de ter sido resgatado, haviam cuidado de seus ferimentos, tudo ficava mais estranho. Mesmo porque, ele não conseguia lembrar muito além do instante em que a escuridão engoliu o labirinto. Apenas o fato de que ele forçou-se a se afastar, afinal não sabia por quanto tempo controlaria a fome...

Sentia um ardor afiado em seu íntimo, crescendo lateralmente desde que acordara. Porém quando o aroma de seu próprio sangue lhe chegou, suas entranhas rosnaram. Sobre o envelope havia uma carinha sorridente desenhada a caneta e dentro uma mensagem muito clara, mesmo escrita em francês: *"Aide-toi"*, sirva-se.

Abriu o minibar, lambendo os lábios com sofreguidão; várias bolsas de sangue, dos mais variados tipos, ele preferia O+, porém não podia escolher. Mesmo que tencionasse fazê-lo o seu instinto primitivo não deixaria. Uma coisa entretanto ele teve tempo de perceber; em todas elas constava o selo de qualidade da "Benalthec". Uma das maiores corporações de banco de sangue em todo mundo.

Serviu-se rápido, cravando as presas diretamente no plástico frio. O plasma sanguíneo possuía um terrível gosto artificial, que ele em face da fome achou por bem ignorar. Ainda sorvendo a primeira bolsa, ele enrolava o lençol em volta da cintura de costas para a porta. Quando sentiu, antes de ouvir, que alguém a abria.

Voltou-se rápido e não pôde censurá-la por rir ao vê-lo. Imaginou a cena que deveria compor, enrolado no lençol, com uma bolsa praticamente vazia de plasma sanguíneo pendurada no canino e uma expressão de surpresa no rosto.

— Olá, maninho... Você gostou? Sinceramente não acho o gosto dos melhores, afinal é produzido em laboratório — falou ela apontando para a bolsa que ele agora tirava da boca, enquanto o devorava com os olhos, percorrendo todo o corpo dele, para finalmente o encarar profundamente.

Michel percebeu com certo desconforto que ambos possuíam a mesma cor azul-cinzenta, como o de uma manhã nublada, que acordava rabugenta. Mas fora este fato, não havia outro traço aparente em relação a qualquer forma de parentesco.

Ela era alta e de porte esguio, dotada de uma magreza sensual, como a de um felino. O nariz e as maçãs do rosto incrivelmente bem-feitas. Lábios delicados e lisos, eram tão avermelhados que pareciam formados por uma cereja madura. Os dentes brancos faiscavam na luminosidade do abajur, ameaçadores. Recostada na soleira da porta, olhava-o de lado. A perna esquerda cruzada para trás, impedindo a passagem. Brincava indolente com uma mecha do cabelo castanho-escuro, enquanto guardava um celular no bolso da frente da jaqueta.

— Ora vamos, Michel, não fique com essa cara de surpresa. O que achava? Supunha que Lian só havia mordido sua mãe? — perguntou ela, entrando no quarto, roçando o ombro esquerdo nele ao passar, indo sentar-se na cama com um pulo despreocupado.

Lian? Era este então o nome do vampiro que... Lian... Ele repetia para si mesmo, como que esperando achar algum sentido, significado, qualquer coisa. Todavia tudo o que veio foi o vazio, era para ele um nome comum, como tantos outros.

— Onde exatamente estamos? Cadê os outros que estavam comigo? Quem é você? — falou ele voltando-se e adiantando um passo na direção dela. — E por que diabos estou nu? — falou puxando o lençol, quando este se acumulou ao redor dos pés, quase mostrando a púbis alva.

— Calma aew... Acho que ambos não queremos que se exponha. — Riu-se ela, levantando e indo até a cortina, abrindo-a com um largo puxão. — *Bienvenue dans le Vieux Monde;* bem-vindo ao velho mundo, mais precisamente; Paris — falou escancarando a janela e farejando o ar noturno, que entrava frio quarto adentro, após passar pela tela metálica. — Finalmente civilização! Não aguentaria ter que escavar no deserto para dormir — falou ela tornando a olhar para ele e fazendo um beicinho dissimulado, que emprestava um quase riso aos lábios vermelhos.

— Como e por que me trouxe aqui? — falou ele ignorando os olhares dela em direção ao seu corpo. Parecia que ela estava medindo e analisando cada parte dele. Prendendo firmemente o lençol à cintura e vestindo a calça por baixo deste. — Principalmente, por que me salvou?

— Acho melhor deixar que a cúpula de comando responda. — Passou por ele, pegando a camiseta preta de mangas compridas e gola alta de cima da mesa e ao lançar para ele disse: — Termine de se trocar com calma. Vou esperar você lá fora. — Já fechava a porta atrás de si, quando voltou e acrescentou: — Não demore e a propósito, me chamo Sophie.

Havia algo nela que o inquietava, mas era por este mesmo motivo que ele também não pôde deixar de sentir-se fascinado por ela. Era como quando se tem um ferimento e mais por uma curiosidade mórbida, do que por qualquer outra coisa, observa-se por debaixo do curativo.

Abriu novamente o minibar, retirando outra bolsa; sugando-a enquanto calçava os sapatos de couro, novos, porém incrivelmente confortáveis. Passou a camiseta pela cabeça no exato momento em que a porta era suavemente aberta. Ele só teve um instante para perceber, mas foi o bastante. Saltou para o lado, caindo de costas na cama e rolando por sobre ela, parando de costas para a janela.

À sua frente, estava um homem loiro, pouco mais baixo que ele, com grandes garras avermelhadas projetando-se das mãos, como se a pele dos dedos houvesse rachado e partido, devido ao tamanho absurdo que estes assumiam. As mãos eram pelos menos duas vezes maiores que o comum, com uma coloração intensa e no lugar de unhas; pontiagudas lâminas translúcidas. Estas ainda traziam presos fiapos da bandagem do peito de Michel.

Em seu próprio peito ele sentiu o rosnar da fera, parecia que uma corrente elétrica o percorria por inteiro. Em outros momentos ele estaria assustado, recuando ou decidindo como imploraria... Porém não era mais assim, desconhecia o motivo de ser atacado daquela forma, logo após acordar. Bem como a razão em cuidar dele, se tentariam feri-lo assim que possível. Mas ele não esperaria as respostas; ali no quarto havia uma ameaça e ele aniquilaria isto, acharia os companheiros e então partiria.

Sua mente pareceu iluminar-se, como uma chama surgindo no interior de um túnel. Ele agora sabia de suas habilidades, sempre soube, na verdade. Contudo, por algum motivo desconhecido não as utilizara. Saltou para trás ao mesmo tempo em que abriu braços e pernas, içando-se assim no canto da parede. Dentes à mostra, mãos dobradas em garras, unhas vítreas riscando o papel de parede caramelo.

E então, como a mesma simplicidade de quem aciona um interruptor, ele localizou em sua mente a morada de seu poder e o manifestou. Viu a si mesmo saltando por sobre o intruso, sendo pego no ar e jogado por cima da mesa. Esta imagem sendo substituída por uma em que saltava na cama e correndo em direção à porta, apenas para receber um golpe lateral na altura do ombro, fazendo com que ele fosse de encontro à parede.

— Quem é você? — Rosnou Michel, agora que sabia que uma ação frontal não seria a melhor opção, devido aos reflexos do inimigo.

— Diga-me você, quer dizer que além de não ter uma habilidade útil você é um covarde? — falou o loiro com um forte sotaque, ainda maior do que o de Shopie e que Michel julgou ser francês.

— Um capacho, você é só um segurança, um lambe-botas que estará muito encrencado se o machucar — falou Shopie à porta, em uma imagem mental. E então Michel tornou a encarar a soleira vazia. Soube que não havia o que temer, fosse quem fosse, o vampiro loiro não atacaria de verdade, era apenas um teste. Foi quando ele desceu da parede e com uma expressão de desdém falou: — Sophie não vai gostar de vê-lo aqui.

— O que você acha que eu sou...?

— Um capacho, você é só um segurança, um lambe-botas que estará muito encrencado se o machucar — falou Sophie entrando no quarto e pisando duro. — Nos deixe em paz, diga a Marco que já estamos descendo. Vá! Agora! — falou ela rosnando e fechando o punho ameaçadoramente.

O que o fez lançar para Michel um olhar duro e sair do quarto, cuspindo para o lado. Ainda com as mãos em processo de regresso à condição anterior, produzindo sons ocos e secos de estalos; deixando no ambiente um desagradável cheiro de carne decomposta.

— Um dos cães de guarda... — disse enquanto revirava os olhos e sentava-se na cadeira.

— Você lidou bem com a situação, muitas vezes é mais importante demonstrar ausência de medo, do que propriamente atacar. Mas pelo que soube você não é o que se pode chamar de guerreiro — falou ela dando uma piscadela, enquanto recolhia com o indicador uma gota rubra, que estava em vias de pingar de um dos furos da bolsa de plasma sobre a mesa. Levou até a boca e falou: — O que exatamente você faz? Afinal não tem motivos para segredos entre irmãos, não é? — falou após tirar o dedo da boca deixando no ar o som de sucção.

— Estou um pouco afastado dos costumes da sociedade vampírica, devo admitir, mas achei que perguntar se alguém é ou não sangue puro, bem como sua habilidade, é uma grande falta de traquejo — falou ele passando por ela e indo até a porta, parando apenas para falar por cima do ombro: — Embora você afirme, eu não tenho irmão ou irmã, agora se não se importa, gostaria de ir falar com alguém que esteja realmente disposto a me explicar algo.

Por um segundo, julgou ter ido longe demais, devido ao olhar mortífero ao qual foi alvo. Mas essa impressão logo se dissolveu, quando ela soltou uma gargalhada e foi até a porta, passando bem rente ao corpo dele, enquanto o olhava nos olhos.

— Então o gênio é uma herança... — Riu-se ela. — Também não gosto de ser tratada como tola, lembre-se disto maninho, ok? — falou já com a mão sobre a maçaneta. — Siga-me, é por aqui — disse também por cima do ombro, enquanto Michel observava assustado o local onde antes estava a maçaneta e agora havia apenas um botão retorcido de metal. Como se fosse na verdade de barro ou algum outro material facilmente maleável.

Ela teria que ser incrivelmente forte ou controlar o metal, ou... A mente dele fervilhava de ideias tentando absorver o que vira, enquanto seguia silencioso atrás dela. O corredor possuía o mesmo papel de parede discreto do quarto, porém vários quadros com molduras decoradas davam vida ao ambiente. Havia algumas cortinas negras, pesadas e grossas, ao longo do caminho. Atrás das quais ele apostava que havia mais janelas, fechadas com telas de metal.

Passaram por várias portas, sem no entanto entrar por elas. Mesmo assim Michel podia adivinhar toda uma "corte" vampiresca escondida por trás delas. Talvez a noite estivesse recém-saída de seu descanso, assim como todas aquelas criaturas, que ele adivinhava existirem na casa.

Por fim chegaram a uma escadaria dupla, que descia arqueada, em ambos os lados de um espaçoso saguão. A porta deste era de madeira escura, bem como os degraus, contrastando com o corrimão; inteiramente feito de marfim. Dotado de uma superfície lustrosa e repleta de intrincados arabescos dourados, que compunham anéis no braço de apoio da escada, em intervalos regulares.

Havia um trio de cadeiras e uma mesa entre elas, alojadas de frente para a porta principal. Dois homens jogavam cartas, observados por um terceiro de pé; o loiro que invadira o quarto. Eram claramente vigias, mesmo que aparentemente estivessem absortos com o baralho, bem com algumas fichas de pôquer.

Os três levantaram a cabeça ao vê-los passar e embora todos estivessem de expressão fechada, apenas o loiro mostrou os dentes em um esgar de raiva. Os outros dois; um caucasiano de olhos verdes, ombros largos, cabelo castanho aparado curtíssimo e um moreno careca, com olhos também verdes, observaram Michel com uma mistura de interesse cruel e curiosidade sádica.

Aquele comportamento ainda o perturbava, quando ele percebeu que o corredor terminou em um elevador de estilo antigo. Ao todo havia quatro botões e Sophie apertou aquele no qual estava a sigla SB, puxou a grade dourada sanfonada, prendendo-a e começaram a descer.

Durante todo o trajeto ela se manteve observando-o, fato que o deixava inquieto, mas, ao mesmo tempo, passava uma sensação de segurança, ao menos por algum tempo. Se fui salvo é por algum motivo, seja para onde quer que esteja me levando, ainda não tem o que precisa ou nem se daria o trabalho de me olhar. Afinal não era uma atenção "cuidadosa", no sentido de mantê-lo a salvo, mas, sim, uma vigilância.

Após descerem o que ele contou como três andares, o elevador finalmente parou. Ao abrir a grade de segurança, eles saíram em uma grande cripta de teto abobadado, paredes brancas com pilastras de mármore a intervalos regulares. Não havia papel de parede ou sombra de qualquer tipo de tintura. Eram apenas grandes placas de pedra, polidas e ou enceradas.

Falsos archotes forneciam toda a iluminação, posicionados intercalados entre as colunas, e eram tão bem esculpidos que pareciam se projetar do branco liso. No chão um carpete vermelho seguia da saída do elevador até as três portas no fim do corredor.

Eles tomaram o caminho que dobrava para a da direita deles e só então Michel percebeu uma placa escrita em letras douradas acima de cada porta, nas quais se lia: Ludivic, Raymond e Marco, tendo sido esta última que atravessaram.

Só então ele percebeu o que ela quis dizer ao falar: "Acho melhor deixar que a cúpula responda." Ela estava realmente falando da cúpula! O comando da sociedade vampírica, o grupo de indivíduos que mantinha poder de decisão acerca da vida e ou morte para todos. Contudo, ele não dispôs de muito tempo para assimilar a questão ou o impacto da revelação de quem estaria atrás da porta.

— Vamos, o senhor Marco não gosta de esperar e já demoramos demais — falou ela segurando a porta para que ele passasse.

As paredes eram vermelhas, cobertas com gravuras brancas. Retratando construções e símbolos antigos, alguns Michel conseguiu identificar; iam dos sumérios aos egípcios, enquanto outros eram um verdadeiro mistério. Era um espaço amplo; pelo menos duas vezes o saguão da casa. O teto e o chão eram feitos de blocos retangulares de pedra branca, encaixados perfeitamente. Havia quatro grandes colunas redondas, nas quais estavam presas luminárias de bronze, contrastando com o grande lustre de cristal e metal escuro que pendia no meio do ambiente.

Em um grande divã de madeira, com forro acetinado bordô, deitada em algumas almofadas brancas, estava uma mulher de aparência jovem, olhos entreabertos. Os cabelos volumosos se espalhavam livres emoldurando a face, a pele morena refletia em pequeninas gotas de suor o brilho dourado das luzes do amplo aposento. No rosto uma expressão de extremo prazer a fazia franzir a testa, suspirar baixo, enquanto a mão direita apertava suavemente os seios e a outra se perdia no meio das almofadas. A curva do pescoço e o espaço convexo das omoplatas, bem como a alça da fina camisola que vestia, estavam manchados de rubro sangue. Este escorria de algum ferimento encoberto pelo volume do cabelo. Mas ela parecia não se importar ou até mesmo não notar.

O cheiro do líquido quente e fresco fez os pelos de sua nuca arrepiar. À medida que a língua parecia inchar, diante do desejo de saciar-se ali mesmo da *vitae* daquela mulher. A cena toda era carregada de um erotismo insano e por muito pouco ele não se lançou aos pés do divã, apenas para sentir de mais perto aquele aroma tão doce.

Tal cena ocorria à esquerda de uma cadeira de espaldar alto e pernas torneadas, centralizada como um trono, no qual Michel supôs que o ancião assentava-se para prestar as audiências. Foi quando ele correu os olhos para desviar a atenção, que percebeu o outro ser na alcova. Saindo de trás da pilastra localizada à direita, aos fundos. Um garoto que devia ter entre doze e quatorze anos, cabelos ruivos e pele branca, parecia deliciar-se diante do visível esforço que Michel fazia, apenas para não se mover.

— Por hora é o bastante, saia, humana — falou o garoto vindo na direção de Michel, penetrando no círculo principal de luz.

A mulher levantou servil, sem nem ao menos lançar um olhar para algo que não fosse o garoto, diante do qual ela parou trêmula, ajoelhando-se lívida. A face manchada por veios negros; resultante da maquiagem derretida, que misturada às lágrimas, escorria pelo rosto, emprestando-lhe uma expressão de profundo desalento:

— O desagradei, meu senhor? Peço que...

A fala foi interrompida bruscamente por um tapa, aplicado pelo garoto, em cheio na fronte dela, com o lado de fora da mão muito pálida.

Ela caiu no chão, batendo a região das costelas em um pequeno degrau próximo. O ar em seus pulmões saiu rápido e todo de uma vez, impedindo-a de chorar e até mesmo falar. Enrodilhando-se sob o próprio corpo, ela estendeu a mão vacilante, como se estivesse procurando apoio, no chão em si ou em alguma reentrância próxima.

Michel pensou em ajudá-la, poderia facilmente suspendê-la, esguia como era. Mas não o faria; temia a reação do garoto ruivo, que ele começava a crer ser o próprio Marco. O que era bastante assustador, afinal não conseguia unir aquela face pueril a nenhum dos relatos que ouvira sobre a "cúpula"; sanguinários, implacáveis e inimaginavelmente poderosos.

E mais que tudo, não se aproximaria dela além do que fosse necessário. Por muito pouco havia resistido; conseguira não atacar Eve, mas agora ele temia não ter a mesma capacidade. Mesmo bem alimentado como estava. Parecia haver qualquer coisa no ar daquele salão que despertava nele os instintos de fera.

Era alguma coisa no ambiente; as gravuras antigas ou a decoração, que era uma miscelânea temporal; Palmeiras que remetiam ao Nilo misturadas com entalhes renascentistas e pelo cheio de eucalipto vaporoso, ele poderia afirmar com certeza a existência de um banho termal Romano. Só agora atentava para esses detalhes na tentativa de distrair sua mente, focar a atenção em outros pontos, apenas para tentar enganar a si mesmo. Todavia aquela sala não era simplesmente um espaço, era nos mínimos detalhes uma composição de várias épocas... Quão antigo Marco poderia ser?

Enquanto esperavam silenciosos o desenlace da cena, Michel observou rapidamente o garoto; o par de olhos verde-claros faiscavam quase obscenos. Porém era o único ponto onde se via alguma reação. Visto que o restante do corpo parecia uma estátua, talhada em um mesmo bloco de granito. Não existia expressão alguma na face, apenas os olhos de víbora ardilosa é que denunciavam o contentamento diante do sofrimento da mulher morena.

E então, agindo como que acordado de um sonho, o garoto de muitas eras levantou a cabeça, agitando-a muito sutilmente. Contudo o bastante para que alguns de seus cachos cor de cobre saíssem da Ordem perfeita, caindo por sobre a pele alva e isenta de rugas de sua testa.

— Ela é uma Damfir — falou ele com o mesmo tom que seria utilizado para uma justificativa. Sem, no entanto, deixar que a menor sombra de remorso contaminasse suas palavras.

Percebendo a expressão de estranhamento de Michel em face do emprego do termo, Sophie jogou uma mecha de seus castanhos cabelos para trás, lambendo os lábios vermelhos, antes de explicar cheia de si:

— São humanos que se oferecem por contra própria para serem tomados como servos de vampiros. Na esperança de serem transformados... — Interrompendo-se um instante ela soltou um risinho debochado, para então continuar: — Por muito tempo essa prática entrou em desuso, mas agora aparentemente os vampiros estão na moda e...

— É o bastante, Sophie, nosso convidado é inteligente e pode juntar o restante por si. Seja uma boa menina e leve-a — falou ele apontando rapidamente a mulher morena, sem desviar os olhos de Michel. — Deixe-me a sós com seu irmão, tenho muito a tratar com ele.

XXXVII

Lucky

A cabeça latejava de forma febril; como a de alguém que mergulha profundamente em uma fonte termal. Sentia uma sensação pastosa e quente na nuca. Sangue? Estou machucado? Mas como isto aconteceu? Achava-se confuso, com a respiração vindo fraca e corrediça; volteando em fluxos ascendentes, dos pulmões para seu rosto. Sua deformidade parecia viva; faminta. Pulsando tal qual uma ferida profunda, que de tão inflamada, supura, recobre-se de líquido purulento.

As costas estavam apoiadas em uma superfície dura, irregular e porosa. Ele estava apertado contra alguma coisa de aspecto pesado, e por outra, que não conseguia definir o que poderia ser. Tudo aquilo deixava ele em uma situação desconfortável, agravada pelo fato de que havia grande quantidade de terra solta ao seu redor. Sentia em seu rosto a queda constante de grãos de poeira grossa, estes fediam a ovos podres; nariz e olhos ardiam em contato com ela. Com a mente vacilante tal qual estava, pensar doía; o que aconteceu? Será que morri? Fui enterrado!? A saliva acumulava-se açucarada na base da língua. Se não morri, estou doente... Quente... Muito quente... De mãos dadas com o incômodo da temperatura, vinha a sensação de estar mareado; nauseado. Um jato de refluxo ácido subiu-lhe a garganta, com uma adstringência tamanha que ele flexionou o abdômen, inconsciente. Apesar de todo o desconforto que sentia, ele estava bem disposto fisicamente e faminto. O que é tudo isto? Perguntava-se enquanto sacudia o corpo.

Mas não havia uma fresta de luz ou som do mundo externo sequer. Na verdade poderia estar agora mesmo, simplesmente dormindo, em alguma espécie de sonho ruim, vivenciando um deslocamento astral ou inúmeras outras situações hipotéticas. Contudo, o calor parecia bastante real; além de ser o limite do aceitável. Gotículas de suor escorriam pela face, pescoço, axilas. Empapando suas vestes e cabelos, esses já bastante sujos, do que ele supunha ser sangue e pó; endurecendo por debaixo das várias faixas de seu turbante.

Pensou em tirá-lo, porém não o fez. Mesmo nas condições em que estava, as constantes reprimendas de Sidrak ainda surtiam efeito sobre ele. Como você está, velhote? — perguntou-se ele suspirando fundo e inclinando para trás a cabeça: Um flash de luz, um brilho azulado, um baque forte, som de deslizamento… Silêncio grave. Agora ele lembrava o que de alguma forma, sentia nunca ter esquecido. A magia de criação de Júlia… As feras rugindo enquanto moviam-se no ar, arremessadas ao encontro dele.

Em um lânguido movimento de desconsolo, ele pôs a mão sobre a rocha à frente; a superfície porosa guardava um suspiro de fogo, morno como o abraço de Eve, porém o que ele sentia agora, não era a magia dela. Mas a de Júlia… Era como se as feras ainda estivessem ali, ao alcance de uma respiração…

Não conseguindo mais suportar o aperto sufocante das "mil voltas" de faixa, Lucky começou o processo de retirada, talvez assim sua mente ficasse mais clara e ele conseguisse elaborar algum plano. Afinal não poderia simplesmente permanecer sentado, esperando ser salvo. Até porque, a última coisa vista por ele, fora o elemental ainda de pé. Elas podem estar mortas agora. E este pensamento o fez estremecer, isto ou o alívio de retirar o tecido sujo que comprimia sua testa, escondendo a deformidade que o tornava tão incomum.

Soltando um gemido de prazer, ele percebeu com o mesmo fascínio da mariposa; embevecida diante da luminosidade que surge voraz. Para o seu espanto total, ele agora podia enxergar o interior do abrigo, não que tenha surgido uma fresta, afinal tudo se mantinha ileso. Mas, de alguma forma, todos os contornos estavam evidenciados… Sua linha de pensamento foi interrompida no momento em que ele voltou o rosto para o lado. Observou que o fluxo de luz acompanhou seu movimento. Ele teria gritado, mas sua garganta estava seca demais. Além do que, preso onde estava, não faria diferença alguma.

Ao passar a mão na testa, sentiu a deformidade pulsando. Ardendo morna, como uma fraca, porém teimosa brasa, que se apaga por último. De seus dedos, elevavam-se bruxuleantes chamas azuladas e logo não estavam apenas em um ponto, mas surgindo em vários; todos ao mesmo tempo. Como quando uma fagulha é lançada em um palheiro.

A ardência que pulava em seu estômago e que ele supunha ser fome, agora crescia. Arfando absurda em todo seu corpo. A respiração escapava-lhe em um mormaço vibrante; e a lembrança do momento na Praça de Enuewm — a mesma sensação dúbia de ruptura e profundo aconchego. Entretanto a luminosidade de agora, não surgia em feixes unidos, mas em uma nuvem, repletas de partículas; minúsculos pontos azulados.

Precisava sair dali, afinal estava enlouquecendo! Vendo luzes e chamas. Ele tinha que quebrar aquelas rochas, precisava... Primeiro veio um estalar baixo, que se seguiu de um meio rugido meio sopro, grave e veloz. Então com um zunido no ar, deixando para trás uma cortina vaporosa de pó preto em suspensão, as pedras que o aprisionavam foram lançadas. Levando com elas a lembrança do Pilar de Éther. As rochas eram de todos os tamanhos, algumas inclusive muito maiores do que ele próprio. Viajaram no ar por alguns instantes, caindo de forma pesada e ruidosa no chão ao seu redor.

O cenário que viu o deixou completamente em choque; toda a lagoa de lava que outrora borbulhava liquefeita, aspergindo salpicos de luminosidade vermelho alaranjada, agora jazia petrificada, em uma formação no mínimo incomum: Como se um grande pedaço do teto da caverna houvesse caído, produzindo ondas de lava que subiam para todos os lados da lagoa, afastando-se do ponto de impacto. O calor pareceu ter se extinguindo e tudo acabou endurecendo. Assim havia uma gigantesca formação em concha, com várias partes pontiagudas, afastadas como os dedos de uma grande mão. Em alguns pontos a formação era tão comprida que tocava nas paredes.

No meio de tudo, havia um chão liso e brilhante, refulgindo um leito de milhares de diamantes. Deles se erguia uma chama alta, subindo espiralada, no formato de uma escada em caracol e no topo, inteiramente constituído de fogo condensado, havia uma tímida árvore; com folhas e flores tremeluzindo tal qual a ponta da chama de uma vela.

Alguém incrivelmente grande, mas que ele não via com precisão devido às constantes movimentações do fogo, tentava aproximar-se do que seria o espaço do topo. Porém um ser alado mergulhava aqui e ali, em rápidos volteios aéreos, impedindo qualquer investida. Chegando inclusive a passar em um rasante pela área dos degraus, desequilibrando a massa disforme e quase derrubando-a sobre o chão reluzente.

Não conseguia entender, ele devia ter passado muito tempo sob aquele "túmulo". O cenário, as garotas, tudo estava tão... Oh! Interrompeu-se notando Júlia; recostada num montículo do solo, ela arfava lutando para manter-se ereta. Sua magia! Rápido ele entendeu, as feras haviam sugado muito dela ao serem invocadas, não restando muito com a qual lutar. Contudo, ele sabia que Júlia era forte...

Por quanto tempo estive ali? Perguntou-se voltando o corpo para trás e só então percebendo a real abrangência do que havia feito. Sim, fui eu. Repetia ele, na tentativa de entender exatamente como havia feito o que fizera: lascas da parede com três vezes seu tamanho estavam fincadas em um perímetro de vários metros a partir do ponto em que ele estivera soterrado.

— Lucky! Você... Vivo... Eu... Preocupada. — Arfou ela ao lado, com a mão posta em seu braço, mais apertando e buscando apoio, do que simplesmente o puxando para mais perto dela.

Ele ainda atordoado como estava, se deixou arrastar, encostando também no monte de pedras. Com a proximidade, percebeu como ela estava esgotada; cabelos desgrenhados e sujos, numa mecha havia algo vermelho e seco, que ele supôs ser sangue. No rosto e nos braços, principalmente nas mãos, havia manchas avermelhadas, que ele sabia serem pequenas queimaduras.

Atrás deles um misto de som de colisão e gemidos abafados, do tipo que se solta, quando ao morder os lábios, estamos tentando suportar corajosamente as fisgadas de uma dor cega, o fez virar; Aisha caída arquejava com uma asa cinzenta, manchada de fuligem, dobrada por sobre o corpo. Ela já estava a centímetros da parede da caverna, mas isto aparentemente não a impedia de tentar continuar a recuar.

De frente a ela, na verdade caminhando vagarosa até ela, estava a criatura; ele não pôde em um primeiro momento dizer o que seria. Vários talhos riscavam um corpo significativamente gordo, do que parecia ser uma mulher baixinha. Usava cabelos pretos cortados curtos e uma espécie de bata, cheia de manchas gordurosas. Passado o choque inicial diante da aparência incrivelmente incomum, ele percebeu-se ainda mais confuso e assustado. Pois as inúmeras fendas nas carnes dela, começaram a abrir — eram para o horror massificado dele; bocas! Fileiras duplas de pontiagudos dentes e línguas grossas salivavam por toda ela.

— Gluthonia... — disse Júlia em um sussurro ligeiro, de cabeça baixa. Como que lendo a pergunta muda que Lucky fazia. — Fuja, Lucky, chame ajuda... Ela é uma caída! — Essa última parte foi dita com uma nota de desespero, deixando a voz dela muito aguda.

— Você tem um cheiro tão bom de morango... — falou a fada caída, enquanto suas muitas línguas lambiam os talhos. — Minha comida preferida é morango. — Ao que uma torrente de baba escorreu por toda ela, brotando principalmente dos ombros e escorrendo pelos braços muito gordos, aglutinando-se no chão.

O que... Que coisa é essa? Pensava ele em choque, enquanto corria os olhos para o lado procurando algo que pudesse usar como arma, já que nem fazia ideia de onde estava sua espada. Foi quando viu que Aisha tentava levantar; ela abriu a asa como quem estende o braço em busca de apoio ou equilíbrio. O antebraço esquerdo estava envolto em sangue, pois faltava-lhe a mão e grande parte da asa deste lado. Com a mão direita ela amparava o ferimento, tentando deter o fluxo de sangue, no rosto uma expressão séria, do tipo que surgiria na face de um pequeno pardal ao se ver nas garras de um gato de rua. Mesmo assim, Lucky não pôde deixar de sentir-se impressionado, ferida como estava, ela conseguia manter a transformação...

Ele fez menção de ir até Aisha, mas Júlia o reteve, sacudindo vagarosamente a cabeça para os lados.

— Você não pode fazer nada, estou exausta, não poderei ajudar... Você tem que ir buscar ajuda...

Pouco depois pendeu para o lado, não batendo no chão, apenas porque Lucky a segurou, colocando-a cuidadosamente escorada, para então correr na direção do ser de muitas bocas. Que a memória dos Sete me abençoe neste que é um lugar sagrado. Se eu sou mesmo uma aberração, que eu possa ao menos ser útil...

No percurso abaixou pegando ligeiro uma pedra de bom tamanho, que curiosamente lhe pareceu muito mais leve do que supunha. Pegando impulso em um semi-giro de seu dorso, ele a arremessou mirando a cabeça da criatura, ao mesmo tempo em que gritava para Aisha sair dali.

Uma pancada surda e depois o terrível som de trituração; a criatura pareceu ter sido atingida por uma pena, que mais a incomodou pelo desconhecimento de como ela surgiu, do que propriamente por causar algum estrago. Voltou-se espantosamente rápida para alguém de sua envergadura e Lucky pôde ler em seu rosto uma expressão quase vazia; raiva, desejo assassino, maldade... Nada! Apenas fome! Olhos saltados, com as órbitas afundadas na face rechonchuda, de boca pequena.

— Mas como? — perguntou Aisha entre os gemidos arfantes que deixava escapar.

— Você tem cheiro de fome... Assim como eu — disse Gluthonia olhando para ele com surpresa, as bochechas tremendo quando virou para observar de onde havia partido o projétil, que a boca de seu ombro mastigava avidamente. — Pedra de vulcão tem gosto ruim... — falou ela com uma completa ausência de entonação.

Lucky que avançara feroz, agora estava parado a meio caminho. Uma pedra, pouco menor que a primeira, na mão esquerda. Enquanto a direita fechava-se diante da impossibilidade de ação; inútil, até a espada havia perdido. Sidrak estava certo em não ter me ensinado lições mais sérias do ofício de chaveiro, sou um peso morto. Se tivesse feito uma chave, ela não serviria nem mesmo para ser lançada de volta ao fogo. Atacava-

-se ele mentalmente, maxilar fechado e unhas enterradas na carne calosa da palma da mão.

A inimiga, agora interessada, virou-se completamente para ele, das muitas bocas que se espalhavam por seu corpo, sem sombra de dúvidas a maior delas ocupava toda a barriga da criatura. A língua era uma tromba de carne, gotejando uma saliva translúcida e viscosa. Nos lábios, muito carnudos, manchas de sangue tingiam a carne sem pele de forma que ela própria parecia verter sangue. Entre a primeira e a segunda fileira de dentes, estavam presos uma pena amarfanhada, bem como um pedaço de dedo alvo, delicadamente fino.

Houve então um som em eco, cavernoso e gutural. A bocarra muito aberta, a língua musculosa em espasmos; saliva pingando aos montes, amontoando-se em pequenas poças. Ela vergou o corpanzil para trás, tremendo a barriga ao mesmo tempo em que emitia um suspiro borbulhante; veio o vômito em uma torrente vaporosa, fogo e lava. Rugindo juntos, em um entrelaçamento que denotava avançado processo digestivo.

Saltando para o lado, ele pisou em uma parte com várias pequenas pedras que, por não fornecer um bom ponto de equilíbrio, fez com que ele caísse de costas. As chamas vorazes subiam altas, cuspindo entre elas jatos de um líquido alaranjado e viscoso. Tudo assumiu uma velocidade estonteante, acontecendo tão intensamente rápido que não houve espaço para dúvida ou racionalização.

Ele que sempre foi cheio de questionamentos sobre sua origem, agora rogava ardentemente para que as atuais suposições estivessem corretas, exatamente aquelas das quais tanto fugiu. Antes mesmo de sabê-lo, eu já era um... Oh! Percebeu ele surpreso, não conseguia terminar a palavra, por muito tempo evitou pensar; acreditava que exatamente por não pensar, a verdade não se concretizaria.

O coração palpitava feroz, em uma batida compassada que dizia: Tenho fome... Tenho fome... Tenho fome... Tenho fome... Sendo assim, no limiar entre morrer ou continuar vivo e lutando, ele finalmente abraçou sua natureza; estendeu bem os braços e entreabriu a boca, fazendo com essa, um movimento de sucção. Ao passo que dizia ao próprio coração: Essa é a hora, se farte, meu amigo!

Primeiro veio uma sensação amarga na língua, quase tão desagradável quanto os chás curativos e purgativos, que Sidrak o obrigava a tomar. Depois, euforia. Pululando por todo ele, parecia que mil borboletas azuis batiam asas por toda a sua criatura. Sincronizadas e suaves, roçando a fina seda de suas membranas nas carnes e tecidos de Lucky. Por fim uma suave capa translúcida, toda formada de bem-estar. Construída em fios de fumaça e bordada com a magia flamejante que agora absorvia. A essa sensação ele deu o nome de saciedade, a paz alada que o alçava pelos ombros, pela primeira vez desde que conseguia se lembrar.

Imóvel como estava, ele apenas absorvia e absorvia, sorvendo em grandes goles a magia que Gluthonia rejeitara. Até que com uma pontada de náusea ele percebeu a astuta armadilha edificada por ela; por algum motivo desconhecido a ele, as habilidades recém aceitas, eram do conhecimento dela. Assim, ao envolvê-lo em fogo, ela sabia que a única salvação seria manter-se quieto. Absorvendo a magia, para não ser atingido, todavia, ao entrar em tal estado Aisha estaria novamente à mercê das investidas inimigas.

Quando o primeiro grito desesperado e dolorido foi lançado no ar pelos lábios de Aisha, os olhos deles vidraram, apesar de todo calor que o envolvia, ele sentiu uma pontada fria em seu peito; um sopro de pavor, misturando nojo pelo que acontecia e raiva por não poder fazer absolutamente nada. Os sons de trituração de ossos, carne sendo rompida, combinado aos murmúrios de assentimento da criatura, chegavam até Lucky como uma revoada de pássaros negros.

Mais rápido... Precisa ir mais rápido, dizia-se ele enquanto fechava os olhos com força, como uma criança que teme os sons que escuta no meio do escuro. Isso não poderia acontecer; alguns passos para o lado e esbarraria naquele banquete louco. Gluthonia fartava-se, devorando Aisha com uma volúpia asquerosa.

E então acabou, não havia mais a barreira de fogo rugindo ao redor dele, nem outro som, a não ser os pequenos arrotos que advinham das várias bocas da caída. Lucky desabou sobre os joelhos, as mãos fechadas fortemente; pó preto fino e fuligem manchando a pele. Socou o solo, enquanto lágrimas rolavam pela face. Na garganta um nó seco, que se avolumava sem descer — o grito de terror que ele prometera a si mesmo não deixar escapar.

— Por quê? Por quê? ... — repetia ele ainda socando maquinalmente o chão, a carne do punho já ferido agora sangrava, enchendo os arranhões de uma sensação alagadiça.

— Eu tenho fome. Fui condenada a nunca estar satisfeita. Você me entende, também é assim, tem fome assim como eu — falou Gluthonia novamente em seu tom vago, carente de qualquer aspecto emocional, como se estivesse pedindo desculpas a alguém por ter pegado o último pedaço de queijo. — Eu o vejo como um irmão... Não o comeria... Só se estivesse com muita fome.

— NÃO! Eu não sou assim! Você é um monstro! — gritou ele, espalhando saliva para os lados, bem como lágrimas, que escorrendo até seus lábios salgava-os, ardendo ao penetrar nas ranhuras da pele. Com o punho direito fincado na terra alguns centímetros, tamanha a força do último golpe, ele ergueu a face corada, retinindo com uma espécie de luminosidade própria.

Alguns pontos na extensão de seu corpo acenderam, como que iluminados; ardendo então nas chamas azuladas de Júlia, bem como as alaranjadas sopradas por Gluthonia. Todo seu corpo parecia mais leve, pela forma que estava, poderia alçar voo não fosse a tumescente sensação de inchaço na sua cabeça. O chão embaixo dele estava repleto de pequeninas ranhuras, surgiram concêntricas como as ondulações de pequena lagoa, na qual atirou uma pedrinha redonda e ficou então vendo os círculos surgindo ritmados. Elas afloravam a partir do ponto em que Lucky havia socado a terra até a ruptura da superfície.

Agora que ele começava a entender o processo de suas habilidades, o seu maior desejo era gastar tudo, despejando até a última gota sobre a criatura ou terminar por retalhar o corpanzil cintilante em vários pontos devido a saliva seca e repleto de bocas escancaradas. Lucky tal qual um animal arisco, armava um pulo: Levantou-se a fim de ficar no meio do caminho, entre sentado e em pé.

Quando ergueu a cabeça deparou-se com o vazio significativo que existe em uma poça de sangue. Penas quebradas e sujas, espalhadas pelo chão, grudadas na viscosidade vermelha. Pedaços indistintos de pele e roupa amontoavam-se ou sobrepunham-se; arrancadas juntas por presas afiadas. E então ele viu; a gota d'água, o detalhe de pura brutalidade que fez a taça de raiva e asco, dentro de Lucky, transbordar de vez.

O olhar morto, sem brilho. Cinzenta janela, que se conservava aberta, como que surpreendida no ato de espiar a sua atacante. A cabeça de Aisha estava caída no chão, o lado esquerdo da face formando uma massa disforme de sangue; o olho pendendo anguloso no meio da bagunça de carne e pele, supurando como fruta muito madura, que estoura a película, vazando para fora. A boca, com o canto faltando emprestava uma expressão de susto aos lábios outrora bem-feitos.

— Sei o que você está pensando... Mas eu vim aqui para dizer que vá embora, deixe Gluthonia e saia... Cumpra o que me prometeu...

— Vo... Voc... Você está falando!? — Surpreendeu-se Lucky com tamanha intensidade que caiu sentado, perdendo o ar feroz que se acumulara. Perplexo e suarento, sua mão tremeu quando ele a levou até os olhos, esfregando ambos.

A cabeça decepada não apenas falava com ele, como agora ria diante do ar embasbacado do jovem. Não uma gargalhada sonora ou uma risada tilintante como a dada por Aisha, mas uma chuva de risadinhas agudas, que o fez arregalar os olhos em face do reconhecimento. A cabeça flutuou alguns centímetros do chão e veio pingando sangue até mais próximo dele.

— Vejo que se lembrou de mim… Perdoai-me por não vir de corpo inteiro. — Ao que ele cedeu a uma nova onda de risadinhas afiadas, agulhas que ele lançava sobre o rapaz a sua frente. — Digamos que minha cabeça está em outro lugar… — Novas risadinhas. — Além do que temos assuntos mal resolvidos — falou indicando com o olho direito, o intacto, na direção da mulher gorda.

Ao procurar pela criatura Lucky percebeu que ela estava no topo da tromba de fogo, novamente se movendo com incrível agilidade. As muitas bocas mastigando ao mesmo tempo, o que a fazia tremer-se toda, como alguém que está sendo alvo de cócegas por mãos invisíveis.

— Mas… O que está acontecendo, por que tudo isto? — Quase gritou.

— Por favor contenha-se! Quer que ela nos escute? — repreendeu a voz de Mefistófeles, saindo incrivelmente rouca da boca que pingava sangue. Tossindo de forma tão intensa que a cabeça quase rolou novamente para dentro da poça a sua frente. — Eu disse que um dia pediria algo e você concordou… Hoje estou cobrando, deixe que ela termine o que veio fazer. Para provar que gosto de você e valorizo nossa futura parceria, ainda lhe dou um conselho totalmente gratuito: Fuja, ela é insaciável, quando acabar com os brócolis de fogo ali atrás, vai se voltar para você e a beijoqueirinha ruiva.

— Ela disse que não me comeria… — falou ele com a naturalidade crua, própria daqueles que estão em choque.

— Se você quer arriscar … Só me resta uma única coisa a fazer… — O único olho brilhou ansioso e a língua inchada e roxa, lambeu o que ainda havia de boca.

A cabeça elevou-se um metro e olhando para o garoto falou:

— Sua última chance de ir embora ou vou gritar chamando-a aqui e desaparecer logo em seguida. E então vamos ver, se você consegue lidar com a culpa da morte de sua amiguinha ruivinha.

— Você é um monstro! — Socou a terra e se pôs de pé num salto.

— Com quem você está conversando? Sua amiga acordou? Será que ela tem sabor de cereja, vermelha como o cabelo ou seria cobre? — perguntou a voz de Gluthonia, soando pastosa. Como uma criança que fala de boca cheia de sanduíche.

— Viu só... O estômago dela não tem fundo. Eu realmente quero que você viva, garoto, aposto fichas em você sabia? Se quer ficar, tudo bem eu sempre faço um plano B, porém saiba que se tentar impedir a queda do Pilar, não há lugar neste ou no outro mundo onde possa esconder-se de mim, caso sobreviva. — A voz agora assumiu um tom mais grave e até mesmo imaterial, sussurrando ameaçadora, até que simplesmente sumiu, deixando para trás uma estranha vibração silenciosa no ar, que Lucky aprendera a reconhecer como traços de magia.

Voltou-se ao ouvir um roçar suave na terra, viu Júlia de pé, amparando-se na pedra; o fitando com uma expressão mista de pavor, náusea e súplica ou medo, este último lhe escapando da compreensão. Gluthonia continuava comendo o arbusto de fogo. Tremendo como atingida por uma descarga de frio, estalando por vezes as suas muitas bocas.

Ele respirou ruidosamente, assentindo com a cabeça sua decisão. Não havia muito o que ele poderia fazer, por mais poderosa que fosse sua habilidade, não poderia derrotar uma criatura que estava sozinha fazendo ruir uma estrutura erguida pelos magos santos. Deu as costas para os restos mortais e correu até Júlia. Essa por sua vez, como que se decidindo finalmente pelo pavor, também tencionou mover-se. Porém com as forças no fim, mal chegou a dar alguns passos e Lucky já a agarrava pela cintura.

Não era um desafio para Gluthonia, não hoje, mais um dia ele seria... Ambos subiam vertiginosamente, em direção à abertura pela qual caíram no começo de tudo, enquanto ele processava um juramento mudo. Júlia debatia-se e o socava o mais forte que parecia conseguir, enquanto ele suportava em silêncio; o rosto mergulhado em uma dura máscara de distanciamento.

Quando chegaram à superfície, o cheiro de madeira queimada os saudou, assim como uma névoa esfumaçada que parecia constituída de fuligem e vapor. Ele a soltou e já caminhava quando a ouviu falar:

— O que você é? Um demônio ou um anjo?

— Não, Júlia, nenhuma das opções, embora você esteja parcialmente certa com a segunda; eu sou um Qnai! — Ao que ele liberou o restante do poder que havia absorvido antes da queda do Pilar do Éther, antes mesmo de saber que poderia fazer isto. Assim flutuando o mais rápido e longe que lhe era possível, se distanciava gritando alto. Tão alto que achou jamais poderia falar novamente.

XXXVIII

Allan

Desceu a rua apressado, chegando mesmo a trombar algumas vezes com os passantes, que em sua maioria eram turistas e ou casais apaixonados seguindo lentamente; fotografando ou então parando abruptamente para entre risinhos comentar algo. Com esforço Allan conseguiu conter--se para não gritar com estes; falando para que saíssem da frente enquanto ainda havia tempo. Afinal um lobisomem feroz estava nos arredores e caso a situação saísse do controle, todos ali corriam um sério risco.

Porém toda a pressa com a qual seguiu costurando por entre os passantes, murchou um pouco ao chegar até o portão lateral do parque. As árvores, os bancos, as lixeiras... Tudo parecia estar acordado, espiando a reação dele. Algo de muito errado estava acontecendo... Devo chamar ajuda? Questionava-se ele, repetindo maquinalmente o gesto de procurar o cristal de comunicação, obtendo o mesmo resultado; negativo, muito provavelmente o havia esquecido em seus aposentos, quando mudou de roupa.

Eu poderia encontrar uma porta e correr até a base... Mas quem sabe o que um R'ohan poderia fazer. Arbac R'ohan... O clã mais feroz dentre os lobisomens. Por que justamente um guerreiro da lua cheia? E principalmente, o que está fazendo aqui, tão longe das florestas profundas? Se é que realmente eles ainda estavam honrando o exilio autoimposto; localizados em algum ponto entre o território dos lendários elfos, muito distante do mundo humano. Ao menos ele havia feito constantes pesquisas sobre as várias raças mágicas, achava-se então em uma pequena vantagem, julgava Allan.

O Portão de metal reclamou alto, rangendo as dobradiças quando ele passou. O vento fustigava as folhas; movendo-as profundas, afiadas. Mordendo com ferocidade o verde estranho; nem vivo nem morto, mas que, devido ao banho do brilho lunar, assumia uma tonalidade pálida, quase imaterial; um fantasma afogado em prata derretida e em sombras macilentas.

As estreitas ruas do passeio espremiam-se entre arvoredos e os blocos simétricos de arbustos, podados com grande afinco. O caminho era formado por milhares de pequenas pedras lisas: redondas e salpicadas de pontos luminosos, minúsculas estrelas luzindo misteriosas. Como quem guarda um segredo e por tal, transformasse ao ponto de se tornar distinto do que é comum.

Em espaços regulares entre si, havia pequenos postes metálicos, com abóbodas de vidro transparente, filtrando amarelada a luminosidade através dela: nasciam então inúmeros círculos de luz. Discos dourados que envolviam pedaços do ambiente, recortes da realidade, onde as cores assumiam uma proporção diferente: Os bancos de tábuas cinzentas, brilhando com pequenas poças de água da chuva sobre a madeira. Os trechos de grama próximos ao limiar do caminho pareciam manchas de tinta, em contraste com o tom negro da noite.

Allan caminhava o mais silencioso que podia, calculando meticulosamente onde iria apoiar o próximo passo, todavia não poderia dar-se ao luxo de mover-se devagar. Já havia se passado alguns instantes desde que escutara o último uivo, a criatura poderia até mesmo já ter fugido dali.

A tensão de procurar no meio daquele parque parcialmente vazio; exceto por alguns moradores de rua, suas mascotes e os verdadeiros donos de toda aquela extensão de terra; esquilos e pombos, produzira um efeito tão poderoso sobre ele, que o pescoço se achava tenso, rígido.

Foi então que cortando o ar noturno, como uma navalha muito afiada que se aproximou demais da pele, em ângulo de incisão, vindo primeiro na forma de um berro agudo, para depois ganhar ímpeto diante do silêncio que se instaurava no local, até que finalmente desemborcou num choro rouco, cheio de agonia. Do tipo que apenas as crianças mais novas são capazes de produzir.

O inusitado do fato o pegou tão desprevenido que Allan estancou, a boca muito aberta, infantilizada pela surpresa. Apurou os ouvidos e arregalou bem os olhos; como se agindo desta forma, passaria a ouvir melhor. Procurava atônito o ponto de origem, que parecia ser bastante próximo, já que o berro da criança lhe chegou puro, sem qualquer distorção ou perda de força.

O som de algo pesado caindo na água chegou ondulante pelo ar noturno. Ele voltou-se imediatamente para a direita, de onde parecia brotar do meio dos arbustos um rosnado gutural; uma fera irritadiça que caminhava para trás ao mesmo tempo em que tentava pela intimidação impedir o avanço do atacante.

Ele se adiantou na direção do som gorgolejante de água fluindo, deparando-se com uma laguna circular, alimentada por um rio estreito, quase um fiapo, sobre o qual se erguia com uma aparência atemporal uma ponte de pedra. Descrevia um arco, em verdade muito maior do que o necessário devido ao volume que corria por baixo. Até mesmo a distância entre as margens parecia corroborar para seu pensamento; um bom salto e se alcançaria o outro lado.

No vão debaixo da estrutura de pedra cinzenta, havia uma pequena ilhota de terra clara, sobre a qual, enrodilhado numa manta maltrapilha, destas que não se consegue precisar a cor original, estava um bebê, berrando e torcendo-se, como quem luta para libertar-se das amarras, sujo do que pareceu a Allan sangue coagulado.

À frente da ilhota havia para o horror de Allan, uma criatura hibrida entre homem e fera. Pelos negros em fartos tufos cobriam o corpo atlético e bem servido no quesito músculos. Os braços da criatura ganhariam certamente em espessura do tronco da jovem árvore na qual Allan amparava-se. As mãos, duas vezes ou três vezes maiores que a de um ser humano, eram dotadas de dedos compridos, terminados em garras negras de aparência fosca.

No focinho, estreito em relação ao corpanzil, uma mancha de sangue seco brilhava escura. A boca escancarada, exibindo dentes pontiagudos e ofuscantes de tão brancos. O pelo molhado colava ao corpo, refletindo um feixe de luz prateada e em algumas partes parecia fundir-se com o negro da noite.

Foi só então que Allan percebeu uma coisa amorfa, que nem ao certo ele poderia precisar se estava viva. Movendo o corpo disforme em algum ponto de sua visão periférica, surgindo e sumindo. Parecia muito mais ágil e fluido do que ele conseguia captar com seus olhos. Em verdade, as sombras do parque aglutinavam-se, costurando os muitos espaços vazios; era uma espécie de manta, finíssima para elevar-se nos braços do vento, porém mortal ao ponto de arrancar pedaços do gramado, ao locomover-se içando a massa pelos inúmeros tentáculos que espalhara pelo ambiente.

O lobisomem rosnava ameaçador, dando patadas e avançando no ar, mordendo, rasgando, chafurdando o focinho no meio das várias camadas. Todavia a coisa parecia não sentir os ataques. Os braços sombrios estendiam-se para todos os lados; um poste próximo foi arrancado da base para em seguida ser lançado contra a grande fera. Essa saltando no ar pegou o poste arremessado; abocanhando-o e com ambas as potentes mãos faz força para baixo, partindo, atirando os pedaços para o lado. Não sei ao certo o que ocorre aqui, mas nenhuma criança será atacada na minha frente. Pensou Allan enquanto se adiantava, saindo do meio das pequenas árvores e fazendo algo que supunha simplesmente impensável até aquela noite; tomou o partido da fera, que por algum motivo parecia defender a criança.

Ele concentrou-se na ilhota onde estava o embrulho cinzento. Na mente firmou a imagem do fundo do rio e dispersando um pouco de energia, fazendo surgir estacas de pedra. Ao todo eram oito pilastras, se elevando da água por pelo menos um metro. Todas elas cruzando as pontas, o que produziu uma espécie de cerca ao redor da criança. Depois Allan moveu as mãos para os lados, expandindo a área de cobertura, criando uma cúpula.

O lobisomem vendo isto soltou um rosnado alto e pôs-se de quatro armando novo salto, desta vez na direção de Allan. Porém antes de qualquer reação, a criatura foi pega por um tentáculo que subiu pela perna esquerda até a altura da panturrilha, puxando firme para o chão, ao mesmo tempo em que uma bola, formada por inúmeros braços sombrios enrolados entre si, atingiu o flanco da criatura, abrindo-se como uma rede de pesca.

Logo em seguida Allan constatou que a massa disforme, diferente da fera, percebeu que ele estava agindo em defesa da criança. Pois o executor passou a também ser encarado como uma ameaça. Vários tentáculos deslizaram ligeiros em direção ele; dois erraram seu ombro direto por alguns centímetros, porém passaram próximos o bastante para lhe rasgar o braço do blazer. Teriam o acertado em cheio, se ele não estivesse usando sua conexão com a terra, deslizando para trás.

Algumas trombas de sombras, mais ou menos da espessura de uma mangueira de jardim cada uma, rastejavam do meio dos arbustos. Aquela coisa, fosse o que fosse, estava em todo lugar. Qualquer sombra fosse das árvores, dos bancos e até mesmo a dele próprio, parecia servir de ponto de partida. O inimigo estava em toda parte...

Uma suspeita absurda lhe cruzou o cérebro, fazendo-o olhar ao redor enquanto saltava para o lado, desviando para a esquerda em seguida, com um novo movimento de deslizar. Fez subir um bloco de terra em sua frente, inclinando-o em curva e criou outros dois para cobrir sua retaguarda. Neste meio tempo Allan havia retirado os sapatos, agora sentia plenamente a terra pulsando nos pés, pedaços de grama presos entre os dedos e no calcanhar devido aos volteios.

Descalço a percepção de tudo ao redor era bastante acentuada, porém o inimigo estava em toda parte e sabia ser bastante afiado; nas costas, coxas e antebraços. Havia vários talhos, nenhum deles profundos pois o executor se movia com agilidade. Todavia serviam para demonstrar que bastaria um erro de cálculo por parte dele e talvez não existisse a chance de cometer o segundo.

Em sua mente sentiu a magia da cúpula que guardava o bebê ser atacada e dispersou mais um pouco de energia para mantê-la fortificada. Isto enquanto evitava pela distância de um sopro, um ataque particularmente feroz a altura de seu pescoço, feito por um tentáculo que assumira a forma de tridente.

Maldição! Onde está o mestre dessa marionete? Perguntava ele girando rápido o corpo; arrastou em semicírculo a sola do pé no chão de grama e depois erguendo os braços na direção do lobisomem. Fez surgir um bloco de terra úmida e elevou a criatura por mais ou menos três metros do solo, rompendo as amarras sombrias que a prendiam e flagelavam; já que a rede havia se enchido de espinhos. Concomitante com essa ação ele voltou as palmas de ambas as mãos para baixo e soltando o ar que prendia desde o movimento anterior, fez subir os braços acima da cabeça. Várias estacas surgiram em todo o terreno e outras nasciam a partir das primeiras existentes; todas elas perfurando a massa de sombras, que tentava se reagrupar. A cada nova perfuração as estacas se subdividiam, criando outras menores, a fim de prender ainda mais. A cena por completo parecia um grande pedaço de seda negra, preso ao chão por alfinetes generosamente resistentes.

A intenção de demonstrar que estava ali para ajudar deve ter sido percebida pela criatura. Visto que esta saltou de onde estava, para o galho de uma árvore próxima e então com uma agilidade incrível caiu de pé ao lado dele, sacolejando-se como um cão que escapou do banho. Um cheiro forte de almíscar junto com pelo molhado chegou então até o nariz do Executor.

— Ouça-me... Este tipo de magia requer ao menos proximidade visual... Ele ou ela está nos vendo, entendeu? ESTÁ POR PERTO, ENTENDEU? — gritou para a grande fera negra que o encarava com os olhos amarelos e profundos. Enquanto amaldiçoava mentalmente o momento em que deixou de estudar o licano.

A magia em sua manifestação mais pura, servia como tradutora universal. Contudo algumas raças como os lobisomens e elfos criaram ao longo dos anos uma forma única de se comunicar. Este era o caso do licano, idioma único das tribos de lobisomens e segundo os estudos de Allan, única forma de penetrar racionalmente na mente de um membro da espécie, após estar transformado.

— Eu protejo o bebê, ache quem está atacando. Eu fico aqui, entendeu? EU FICO AQUI E VOC... — Interrompeu-se ao perceber que a massa se rasgava para sair da prisão. Os pedaços uniam-se novamente, como quem entrelaça os fios em um grande tear.

Todavia ficou contente ao perceber que o lobisomem o havia compreendido, sabia que era uma medida arriscada. Confiar em um R'ohan para agir em conjunto era quase como pedir para um vampiro cuidar de um banco de sangue; eram sem dúvida os mais ferozes e menos propensos a cooperar. Entretanto uma vez que entrara naquela situação, a única forma de sair ileso seria agir em conjunto.

As sombras começaram a se aglomerar mais e mais... Pareciam perder a fluidez dos movimentos, enquanto aglutinavam-se umas sobre as outras, unindo os pedaços e crescendo... Alguns metros em direção norte, ele ouviu um uivo alto, seguido de um grito de dor, o que significava que o lobisomem havia finalmente encontrado quem estava "manipulando as cordas", daquela que não passava de uma imensa marionete de sombras.

A coisa formada de sombras estava entrando em uma espécie de torpor, já que o mestre estava com problemas para manter a mente em foco. Normalmente quem ataca a distância o faz por um motivo... Provavelmente um embate cara a cara não lhe favoreça. Pensou ele olhando para a bola de sombras, quieta por instantes, alguns metros à frente; vários tentáculos finíssimos dançavam ondulantes ao sabor do vento, que agora soprava calmo. Parecia um gigantesco ouriço, imóvel, silente.

Respirando fundo Allan tentava aquietar a mente. Não poderia perder a oportunidade de encerrar aquela coisa num aperto inescapável; agachou pondo a mão na terra, fundindo-se com o elemento até a altura do meio do antebraço. Alguns segundos depois, gigantescos dedos de pedra escura surgiram ao redor da massa de sombras — eram cinco ao todo. Romperam a superfície do terreno e continuaram, até que se fecharam sobre a palma, local em que estava o sombrio ouriço. Ele esperava por alguma resistência, mas sem alguém para controlar as cordas, a marionete tornou-se simplesmente um grandioso pedaço de coisa inútil.

Às costas ele ouviu o rumorejo baixo e farfalhante de passos na grama solta. Voltou-se a tempo de ver a fera caindo na margem do rio, a meio caminho entre a condição de lobisomem e ser humano. Foi neste momento que mais algumas peças se encaixaram no imenso quebra-cabeça que o acontecimento no parque havia se tornado: Ao contrário do que ele supunha, não era um homem, mas, sim, uma mulher, que se transmutara em fera.

Os cabelos eram castanhos muito escuros, com grandes cachos. Estava desgrenhado, cheio de pequenos galhos e folhas de arbustos. Os olhos, dois faróis azuis, estavam vidrados, fitando algo além de Allan. Existiam algumas escoriações e cortes pelo corpo, nada muito profundo, mesmo assim ela parecia muito fraca. Havia sangue seco em vários pontos, principalmente em suas coxas, descendo pelas pernas, empoçado e coagulado na altura da virilha.

Ele olhou imediatamente para a cúpula e com um aceno de mão a abriu; o bebê dormia tranquilo, provavelmente chorara até adormecer. Allan foi até ele, pegando-o gentilmente nos braços, o manto em que estava enrolado na verdade era uma saia longa, úmida de sangue e de urina da criança. Desembrulhou-o cuidadosamente para constatar o que já suspeitava; um bom pedaço do cordão umbilical ainda estava preso à barriga da criança. Um recém-nascido e já tão odiado para ser atacado assim, pensou ele correndo os olhos pelos estragos nas proximidades.

A mulher ainda com os olhos fitos no céu noturno começou a falar algo muito baixo e ao mesmo tempo muito rápido para o enferrujado licano de Allan. Este abaixou ao lado dela, que movida por alguma espécie de instinto maternal, voltou imediatamente a face para o lado da criança.

— Ele se chama Gideon... É importante... Cuide dele, por favor... — falou ela em um fiapo de voz, perdendo o resto da força antes de terminar as palavras, mesmo assim ela ainda tentou falar algo, porém apenas os lábios moveram, não houve qualquer som.

Com um arquejo rouco da garganta, ela deixou escapar um suspiro, aliviada por perceber que a morte havia enfim tolhido sua existência. Havia uma expressão de surpresa; salpicada com dor, na forma de vincos próximos ao lado da boca ao mesmo tempo rugas de tristeza em sua face lívida. Ela caiu deitada de lado, as pernas dobradas e os joelhos próximos ao peito. Os cabelos formavam uma coroa de cachos em sua testa, escondendo as orelhas, uma mecha prendendo-se no sangue do ombro.

Allan agachou perto dela, trazendo o bebê em seu braço. Este ressonando tranquilo alheio à partida da mãe. Com a proximidade o executor finalmente percebeu; pouco abaixo do seio esquerdo dela, reluzindo o brilho azedo de metal frio, uma lâmina, cravada em seu peito, provavelmente o cabo quebrado na luta. Raciocinava ele em silêncio.

— Prata... — Pensou alto, enquanto olhava o ferimento arroxeado, do qual não escoria uma gota de sangue. — Por que você estava tão longe dos seus semelhantes? — E então um pensamento lhe ocorreu tão repentinamente, que ele baixou a cabeça para a criança que carregava. — Quem é o seu pai, garotinho? Por que ele deixou uma mulher em avançado estado de gravidez sair sozinha? E porque exatamente aqui, no mundo humano?

Ali, parado no meio de toda a destruição, estacas de terra e pedra, galhos quebrados, postes amassados, ele sabia que as perguntas não seriam respondidas, ao menos não naquele momento. Mas ao menos uma pista o ataque deixará para trás, pensou ele enquanto metia o indicador e o polegar direito dentro do ferimento. Trazendo para o ar noturno uma lâmina fina e de aparência afiada, limpando o sangue negro de tão coagulado.

Sentiu o toque frio daquela chapa de metal e passando o dedo sobre ela, não pôde deixar de perguntar-se:

— De onde eu conheço essa adaga?

XXXIX

Eve

— Será que você poderia, POR FAVOR, parar de fazer isto? — falou Eve mordendo as palavras, levantando-se abruptamente do catre, indo recostar-se na parede de pedra úmida. Respirou fundo enquanto tentava mentalmente se convencer de que não adiantaria de nada incendiar a cauda de Zenith.

— Certo, desculpe, é que às vezes me distraio, a mente divaga e Torrão vem à tona, o que posso fazer? O corpo ainda é dele e ele o quer sempre bem limpo, coisa de gato. Entende? — Soou a voz de Zenith na cabeça dela. Eve agora começava ao menos a acostumar-se com este fato, então não houve toda a comoção que ocorria quando estavam no deserto.

— Mas eu acho que gritar ou projetar sua raiva em mim, não vai... — Ele tentou acrescentar, porém ela o interrompeu.

— Shiii... O que eu falei sobre ler minha mente e principalmente comentar sobre o que viu lá? — disse ela voltando o rosto e olhando para o ponto mais distante possível dentro daquela pequena cela.

Braços cruzados, numa tentativa de se conter para não arrancar as ataduras; não apenas dos antebraços, mas de todo o corpo. De cara fechada, a maga estalava os lábios de quando em quando, produzindo um som de desaprovação. A verdade é que Eve estava chateada e preocupada com uma porção de coisas, tudo o que queria era descontar sua raiva em algo.

Aquele babaca, almofadinhas! Da próxima vez eu não ameaço... Pensou ela, para logo em seguida deliciar-se com a imagem de si própria lançando pequenas bolas de fogo da ponta dos dedos, fazendo os vampiros dançarem. A cena mudou pouco tempo depois, ela acabou por se ver atacando não apenas os malditos vampiros, mas todos; Audália, Raehgo...

Não pôde deixar de rir com a idealização da cena. O som fez Zenith a olhar de esguelha, enquanto afastava-se para o canto de parede mais distante, talvez ele estivesse achando que as ideias de queimar sua cauda havia voltado.

— Também não precisa ficar calado, o tempo já passa se arrastando, não tem por que atrasar mais ainda — falou enquanto se deixava escorregar pela parede, emitindo alguns "ais" que tentava abafar, amarrando novamente a expressão.

A dor serviu como um lembrete do que havia ocorrido. De todo um cenário profundamente preocupante, afinal o mundo parecia ter enlouquecido do nada. Será que haveria alguma chance de contornar tudo isto? Remoeu ela, ao mesmo tempo em que se enfurecia; por ela e Zenith terem sido tratados mais como criminosos do que qualquer outra coisa.

— Estava tentando conectar Michel, mas ele está obviamente fora de meu alcance — comentou ele com uma nota de preocupação facilmente perceptível.

— Sabe, gato... Ok desculpe, desculpe. Zenith. — Corrigiu diante do silvado de impaciência que ele emitiu. — Para alguém que leu tanto, você é meio burrinho. Estamos em uma sala do nada, espaços ocos entre as dobras do véu. Não existe magia capaz de transpor esse tipo de barreira que não seja a das chaves, além de precisarmos que alguém abra a porta pelo lado de lá, é claro. Só vamos sair quando eles assim desejarem, o mesmo vale para a sua magia, seja como projeção ou qualquer outra coisa que tentarmos — falou ela dando de ombros e suspirando enquanto cedia finalmente ao impulso de coçar os ferimentos. Começou no braço destro, para logo em seguida já estar se revezando entre os braços e tórax.

Ela também estava preocupada com Michel, afinal se eles foram trazidos de volta para a Ordem, por que ele também não? Essa baboseira toda de reunião familiar não convenceu nem por um instante. Se eu recebi o salvo-conduto por ser porteira e o gato por seu meu "bichinho", riu-se ela ao lembrar-se da reação de Zenith, por qual motivo Michel teria que ficar? Perguntava-se Eve ao mesmo tempo em que uma voz chata dizia: "Você está partindo do princípio de que ele foi forçado a ficar, mas e se não foi exatamente assim? O meio-vampiro pode simplesmente ter se cansado de você... Não seria a primeira pessoa, não é mesmo?"

A última lembrança que conseguia firmar em sua mente era o interior da caverna; o som do chicote da fada da ira estalando grave. A expressão de choque e culpa que desfigurava a face de Balon ao perceber que era incapaz de detê-la. O cisalhamento de sua pele e o calor do corpo fluindo, fugindo. Aquela maldita me usou... *"Seu fogo é apenas ira"*. Falava a voz encarquilhada de Zafrina, vinda de algum lugar de sua mente, como uma tia velha e má que diz ao ver um machucado, comprazendo-se: Eu avisei...

Acordou sacolejando em um carro; por sinal ela sempre achou ser um meio de transporte terrível. Nunca havia entendido como os humanos pode-

riam preferir isto, quando cavalos eram tão mais maneiros. As roupas trocadas, bem como os ferimentos devidamente enfaixados. Sem falar no gato, deitado em seu colo, ressonando sereno; enrodilhado sobre a própria cauda.

Ao lado havia uma mulher de cabelos curtos, de um tom tão claro que mais parecia branco, com mechas laranjas. A boca era um botão de flor, esmaltado em roxo intenso brilhante. Os olhos eram duas grandes colheres de mel. Eve percebeu que a mulher a fitava curiosa, dividindo a atenção dela para Zenith, passando pela chave em seu pescoço, indo até as ataduras. Tudo nela parecia despertar interesse, que por sinal a estranha não fazia o menor esforço para esconder de Eve.

— Quem é você? Onde eu estou? O que aconteceu com o Pilar? Cadê o Michel? Por que estamos nessa coisa? Onde estão minhas antigas roupas? E principalmente: quem tirou elas? — perguntou em um jorro único de palavras, enquanto fechava o casaco de lã negra sobre o busto.

A mulher a olhou por alguns segundos com uma expressão confusa, até que falou por fim:

— Je m'fappelle Xandria... Je ne comprandre três bien votre langue, pouvez-vous parler plus lentement?

Eve ao ouvi-la falar, olhou para os lados. Ao mesmo em que parecia procurar ajuda, ela tentava perceber algum sinal que indicaria estar sendo alvo de uma brincadeira. A mulher de cabelos claríssimos continuou a falar e sorrir, o que deixou Eve indignada, pois ela não conseguia decidir se ela estava tentando ser simpática ou debochando dela.

— Olha aqui, minha filha... — Começava a falar com o dedo indicador em riste, quando ouviu Zenith "sussurrando" em sua mente: — Ela disse que se chama Xandria e que não entende você direito. O que eu a propósito não a culpo, você parece uma phelina perto de um canil, se acalme! Acho que é uma vampira novata ou não tem muita magia... Afinal ela não está "lendo" as intenções em suas palavras.

— P-A-R-A... O-N-D-E... E-S-T-A-M-O-S... I-N-D-O? — perguntou então, muito pausadamente e alto o bastante para fazer o motorista olhar para trás com a testa franzida. A mulher que se dizia chamar Xandria olhou-a de sobrancelhas levantadas por alguns instantes e depois tornou a rir tão tolamente quanto antes.

— Ela não é surda, sabia? — Bufou Zenith.

— Shiii... Não se meta *— falou Eve abafando suas palavras com a mão, fingindo tossir enquanto abria um largo riso para a sua companheira de veículo.*

Com muito exercício de autocontrole de sua parte, bem como uma ajuda de Zenith, mesmo que a revelia, Eve conseguiu entender que estavam indo encontrar-se com Audália, para serem levados de volta a uma das sedes da Ordem. O que para ela não parecia necessário, bastava uma porta e pronto, eles estariam bem longe.

Compreender que havia sido salva por uma irmã de Michel, foi bem mais complicado. Mesmo não podendo afirmar que o conhecia pouco mais que superficialmente, ela tinha certeza que se lembraria de caso ele houvesse mencionado algum parente, ainda mais se fosse alguém ligado aos vampiros da "alta". O que de certa forma não era realmente muito espantoso, não com todo o jeito esnobe que ele demonstrava.

— Juro que daria qualquer coisa pela minha bolinha! — falou ela finalmente emergindo de seus pensamentos.

— Desculpe-me, mas, bolinha...? — perguntou Zenith com desdém.

— É um ótimo passatempo, além do que ... Por que estou me justificando para uma bola de pelos, afinal?

— Foi agindo assim que você nos colocou aqui... — Ao que ele se levantou. Espreguiçando-se demoradamente, sentando-se muito reto, com a cauda ondulando de um lado para o outro. — Era realmente necessário ameaçar Ludivic?

— Eu admito que passei da conta... — Falava ela, quando ele a interrompeu:

— Admite coisa nenhuma! Acha que eu não sei que você estava pensando em formas de atacar ele, entre outros?

Cruzando novamente os braços sobre o peito, ela assumiu uma pose de afronta, enquanto gritava com ele:

— PARE DE LER MINHA MENTE! EU NÃO LHE DEI PERMISSÃO!

— Não preciso, sua mente nem chega a ser um desafio... — falou ele empinando o focinho. Aproximando deste a pata esquerda dianteira ele começou a se lamber.

— Isto é nojento! Eu vou queimar a sua cauda! — falou ela levantando-se e apontando o dedo para ele.

— Eve...

— Eu lhe avisei, não adianta agora querer fugir da luta — disse enquanto uma chama vermelha amarelada surgia ao redor do indicador.

— Eve...

— Certo, eu reconheço que isso também já é demais, mas é que você me deixa louca...

— EVE! A porta, olhe — falou ele apontando a parede com a cauda.

Atrás dela, uma porta surgia na parede. Finalmente iriam soltar eles, afinal quão ruim poderia ser ameaçar "queimar o traseiro velho e desbotado" de um vampiro da alta cúpula? Ironizava ela em sua mente.

Ambos se olhavam silenciosos cada um que esperando o outro tomar a iniciativa de sair do quarto do nada. Contudo continuavam parados, correndo os olhos da porta entreaberta, até de volta para a face do outro.

— Bem, que se dane —falou ela dando de ombros e saindo.

O portário de Alethea era pequeno se comparado com o existente em Enuewm, mesmo assim o número de passagens era bastante considerável. Portas de diversos tamanhos, em ângulos variados. À esquerda, alguns metros mais a frente ficavam o corredor para o acesso aos escritórios, as salas de interrogatórios, bem como aquelas para reunião de operação. Além das duas bibliotecas; uma no mesmo piso que as demais repartições e outra subterrânea, com a entrada permitida apenas para determinados indivíduos.

Mesmo não sendo a capital mágica de Enuewm, Alethea era famosa pelo comércio de especiarias e principalmente pelos livros e arquivos raros; guardados na biblioteca subterrânea da sede da Ordem.

Alguns metros à frente da porta, estava uma mulher de estatura mediada, trajando um vestido dividido em duas partes; a saia vermelha clara com trechos brancos assimétricos e a parte de cima estampada em um complexo padrão, com várias cores, mangas compridas, bem ajustadas aos braços, com um sutil decote quadrado.

Os longos cabelos negros estavam trançados sobre a testa como uma espécie de coroa, desciam depois pela lateral da cabeça até a altura dos seios. Uma presilha de osso em forma de flor, com detalhes em ouro; nas pontas das pétalas, prendiam o complicado penteado. Os olhos negros e profundos terminavam em cantos repuxados, nos quais uma tintura escura, muito bem aplicada, vinha para evidenciar um traço de mistério que percorria todo o rosto. No meio da testa havia uma espécie de cristal, em forma de gota, que refletia a luz dos archotes. A boca pequena e sem pintura, torcia-se para baixo em um claro sinal de reprovação diante daquilo que via.

— Olá, Srtª Firewalker, eu me chamo Ram, sou um dos novos promotores, vim libertá-la de seu cárcere disciplinar. A fim de acompanhá-la para uma audiência com a generala, na qual deverá apresentar os aspectos ocorridos em sua missão. — Repassou a Eve um rolo de pergaminho selado com as chaves cruzadas e a estrela dos Porteiros.

— Como assim novos promotores e que história toda é essa de audiência? — perguntou ela em um tom de voz esganiçado, adiantando-se para mais próximo da mulher de cabelos negros. O olhar recaiu em Zenith que agora saía da cela, miando enquanto movia a cabeça para ela e depois para a mulher à frente. — E o meu gato? Não tem motivos para levá-lo ao tribunal conosco, posso deixá-lo com alguém antes? — falou forçando um riso que começou largo e foi morrendo até sumir completamente, ao perceber a face séria de Ram.

A mulher caminhou até o quarto do nada, fechando a porta e retirando uma chave prateada; com várias pequenas moedas penduradas nela. Prendeu-a no fim da trança. Voltou-se para Eve e só então respondeu:

— Sei que está tentando defender seu amigo, acho isto louvável, mas saiba que eu não me deixo enganar facilmente. Sou uma rastreadora, Srtª Firewalker. — Deixou então escapar um pequeno riso, ao perceber que a sua revelação havia causado o impacto desejado, visto que Eve dera inconscientemente um passo para trás e Zenith correra para o meio das pernas dela. — Você virá conosco e prestará depoimento, nunca soube de um telepata que tenha conseguido tal prodigiosa realização e tamanha aberração ao mesmo tempo. — Acrescentou ela, olhando diretamente para Zenith. — Compreendemos que diante das atuais implicações, o senhor será julgado como membro da Ordem, visto que foi em uma missão oficial sem qualquer conhecimento dos superiores.

— Não podem fazer isto! Eu... Eu juro que vou...Eu... — balbuciava Eve temendo pelo que viria a seguir.

Eve deixou que o braço direito fosse incendiado e estava a meio caminho de reagir, quando Ram girou o corpo para o lado; as mãos espalmadas, unidas como em oração. Uma aura de anulação foi emitida a partir dela, espalhando rapidamente pelo ambiente e apagando o ataque de Eve.

— Contenha-se, senhorita, por respeito a sua mestra, uma verdadeira lenda. Eu disse que viria buscá-la sozinha, sem uma guarda oficial para constrangê-la. Megaha queria algo para servir de exemplo. Mas caso queira criar problemas, serei forçada a assumir uma postura mais dura — falou ela estapeando para longe a mão que Eve tentou levar para a chave que trazia no pescoço. — Siga-me, senão tomarei agora sua chave ou pior... — Ao que ela deixou morrer a ameaça e inclinando parcialmente o corpo para frente, indicou com a mão esquerda o caminho a ser tomado. — E você, nem ouse tentar truques telepáticos. Fui avisada para tratá-lo com tolerância zero.

Eve olhou para Zenith, que cabisbaixo girou o corpo e pôs-se a seguir na direção apontada pela promotora. Eve voltou a cabeça para os lados, como quem procura algum sinal de esperança ou até mesmo um fato que surgindo do nada muda toda a atual situação, porém não havia nada, apenas seguir em frente. Então respirou fundo e também começou a caminhar.

A sensação de estar seguindo para a "forca" enchia sua boca de saliva, provocando-lhe uma ânsia de vômito quase que incontrolável. A língua parecia inchada e pela primeira vez desde que ela conseguia lembrar, não pensava em nada para dar como desculpa, sua mente estava quieta, apenas questionava como a situação chegara a este ponto.

Dentre todos os bajuladores e lambe-botas possíveis de serem promovidos por que logo uma rastreadora? Um mago que "vende" sua magia em troca da possibilidade de perceber a magia ao redor, que coisa mais absurda! Se fosse ao menos um "defeituoso", mas nem isto, afinal para ter tanto poder como rastreadora, ela tem que ter permutado boa dose de magia. Claro que ela poderia ganhar em uma luta, disto Eve não tinha dúvidas, mas seria o mesmo que assinar de vez a carta de despensa da Ordem e talvez, até mesmo um mandado de prisão.

Uma parte dela sentia-se revoltada, mas era algo diminuto, nada que fosse capaz de acender a chama irada que parecia sempre incendiar. Agora em seu estômago borboleteava uma sensação amarga e fria, arrependimento pura e simplesmente. Ao encontrarem com Audália, na saída do carro, já deveria saber que algo ruim estava para acontecer. Era incrível como aquela phelina parecia na verdade uma ave de mau agouro. Mas claro que seria ela que iria recepcionar o séquito de vampiros, toda cheia de risos, conversando amigavelmente com o Ludivic; aquele empertigado de cabelos oleosos.

Zenith a havia prevenido para manter-se calma e quieta, no momento em que ela perguntou pela primeira vez por Michel, quando ainda estavam no mundo humano. Contudo ela bem que poderia ter escolhido um melhor momento para exigir, entre gritos, que parassem de fazer sala para o "sugador de pescoço" e começassem a demonstrar preocupação com o sequestro de um membro da Ordem.

Foi neste momento que toda a situação saiu do controle; não percebera que o seu "ataque indisciplinar" estava sendo observado não apenas por Ludivic, seus guardas e Audália, mas também pelo Subgeneral e Comandante de Operações da sede a qual pertencia.

— Senhorita Firewalker? Senhorita Firewalker? — Soou a voz de Ram a trazendo de volta.

— Todos estão à sua espera — falou ela indicando a porta.

Respirando fundo ela adentrou no recinto enquanto jurava para si mesma, que não agiria mais baseada em falta de autocontrole e motivada pelo calor da raiva. Na verdade, ela pensava em ser igual Júlia, por mais nojento que isto pudesse ser; falando as palavras certas no momento correto, bajulando se fosse necessário e acima de tudo — lembrando sempre que atacar por atacar, não é a solução. Fogo não precisa ser destruição, pode ser também vida...

Sua linha de pensamento foi interrompida, no momento em que entrava na sala do Comandante de Operações Raehgo. De todas as pessoas que poderia imaginar que a esperavam, absolutamente nunca seria capaz de supor: Zafrina!

XL

Bárbara

Ao cruzar a fenda que Céos havia aberto no ar, ela saiu atrás de uma grossa coluna com aspecto mal cuidado; à frente havia uma grande rachadura na parede, manchas de sujeira e da passagem do tempo. Ela ainda trazia firmemente segura nas mãos a pena alva e acetinada, com a qual o deus a presenteou. Pondo-a no decote da camiseta, Bárbara empunhou novamente as duas armas, preparando-se instintivamente para todas as possibilidades, afinal poderia ser atacada a qualquer instante, mesmo que não estivesse vendo ou ouvindo ninguém.

Assim, ela respirou fundo, enquanto dizia a si mesma para manter a calma. E que o fato de não estar ouvindo nada além de um som baixo, desritmado e lamurioso do vento, não era um mau sinal. Na verdade, poderia até significar que todos tendo derrotado a inimiga saíram em busca dela.

Correndo os olhos pelo ambiente ao redor, ela só então reparou onde estava; um imenso salão de características góticas, poderia até mesmo ter sido uma catedral da qual foram retirados todos os bancos e obras de arte sacras. Semeando no lugar destes, pequenas árvores de tronco fino e folhas de verde pontudo, vegetação comum em áreas montanhosas. Além da presença de uma diminuta planta arbustiva, trepada em todo lugar, com grandes flores roxas, subindo espiraladas pelas colunas.

Nas paredes, estavam incrustadas grandes janelas de vidro escuro, a madeira há muito apodrecera nalguns pontos chegando inclusive a desfazer-se em pequenas nuvens de pó, com o simples contato do vento. Que por algum motivo Bárbara supunha que seria muito mais intenso.

Olhando para os lados ela procurava por mais alguém, por alguma sombra ou indício do Pilar, todavia a única coisa encontrada foi uma atmosfera abafada, seca, poeirenta. Além das grandes e pequenas rachaduras que cobriam vários pontos do local. Em sua maioria concentradas de forma ascendente; do chão marcado por inúmeras manchas, elevando-se até um teto que provavelmente havia sido incrivelmente belo no passado, mas, que agora parecia alvejado por projeteis de diferentes calibres e poder destrutivo.

Em vários pontos do amplo salão, havia grandes pedaços do solo e até mesmo algumas das colunas, que refulgiam em ouro. Ela sentiu a saliva descer como uma bola de espinhos por sua garganta; a imagem da loba e seus filhotes, parecia agora impressa em cada mancha dourada.

Bárbara não teve depois disto mais tempo para continuar com a exploração, pois caindo do alto como uma fulgurante pedra, Kevin irrompeu do teto. Aterrissando menos de dois metros à frente de Bárbara, causando uma grande onda de impacto devido ao seu choque com o solo. Ela tentou firmar-se; abrindo bem as pernas para se manter de pé, todavia ao mesmo tempo em que o chão tremia, também se enchia de rachaduras. Pelo ar vinha um pulso de vento, que a desequilibrou por completo, devido à pressão, além do fato de tê-la atingido na altura dos joelhos.

Ao cair suas costas rasparam no piso, rasgando a camiseta. O que fez a pena flutuar para longe, além de ter arranhando a lateral do tronco nas superfícies irregulares. Bárbara deslizou por alguns metros, até bater em uma coluna que havia tombado e amparava-se na parede. Um som baixo de lamentação chegou até ela de algum lugar atrás do monte de pedras, empilhadas e cobertas de musgo. Primeiramente ela supôs que fosse novamente o vento, mas logo percebeu que era alguém chorando baixinho.

No momento em que ela girava para o lado, procurando melhorar a visão, porém ainda antes de levantar-se, outro alguém atingiu o chão, todavia, nem de longe com a mesma velocidade ou força com a qual Kevin aterrissou. Era uma mulher alguns centímetros menores que Bárbara, observando tudo com uma expressão curiosa, mas ao mesmo tempo muito distante. Contudo, por algum motivo ela não parecia fitar realmente a agente, mas, sim, algo além ou dentro dela.

Mesmo assim, os olhos possuíam um tom vago e opaco; como os de alguém que embevecido diante da admiração de algo, olha sem ver, enquanto por trás da íris petrificada o desejo de posse se afia mais e mais.

Em cada dedo havia um anel, em alguns destes, o indicador, por exemplo, havia muito mais que apenas um. Braços, pescoço, orelhas etc. Tudo repleto de joias, de tal forma que, no momento em que ela deu um passo, retiniu como uma bolsa cheia de moedas.

— Outra ladra! Este lugar é meu! Tudo aqui me pertence, vá embora antes que eu a transforme em uma das minhas estátuas — falou a mulher enquanto retinia as muitas peças que a adornavam.

Bárbara ainda deitada, caída sobre a coluna, segurava mais firme as pistolas, buscando certificar-se de que ainda estava com elas, ao mesmo tempo em que deixava bem claro que não sairia tão facilmente do local. Assim, rolando sobre si mesma, se distanciou um pouco mais para longe da mulher estranha.

Levantou-se então no mesmo instante em que Tessa também o fazia, saindo de algum lugar atrás do monte de escombros de pedras douradas. Os cabelos dela estavam desgrenhados e em sua face havia vários veios negros; maquiagem borrada. Entretanto, o pior era a expressão séria que marcava um rosto quase sempre iluminado. Bárbara agora sabia de onde estava vindo o som lamurioso.

Mesmo quando discutia com Kyle ou ameaçava ele por alguma tolice dita, sempre havia um ar de divertimento, como se a raiva que dizia sentir não fosse totalmente real. Até mesmo quando a viu pela primeira vez, no depósito de trens, lutando contra o "Mareta"; no rosto dela, passeava um riso escondido nas entrelinhas do semblante, talvez por estar fazendo algo que gostava ou até mesmo por estar ao lado daquele que gostava.

Todavia, naquele instante, nada disto era perceptível, era apenas dor e raiva, de uma forma incrivelmente assustadora:

— Você vai pagar pelo que fez ao Kyle E SERÁ AGORA! — gritou Tessa, passando por Bárbara quase como um zumbi; ignorando-a, Kevin e absolutamente o resto.

Vários tentáculos de água saíam de suas costas, em movimentos fluidos e continuados; o fluxo brotava da região pouco abaixo das omoplatas, seguindo até a ponta dos apêndices magicamente invocados. O comprimento e a espessura eram diversos, ao passo que estes se movimentavam em todas as direções, alguns se armando de pedras pelo caminho. Concomitante a isto, houve o surgimento de compridas lâminas de gelo em seus dedos, que começaram a brotar tal como garras cristalinas, mas que distorciam a visão através destes.

Uma cascata de sons de pedras, pedregulhos e afins, soou cadenciada atrás da mulher repleta de joias, quando Kevin se levantou do meio da cratera, que havia se formado quando a mulher caiu em cima dele. O oficial ainda usava as botas que havia invocado no bosque de pinhos, além de empunhar um grande escudo de metal, com adornos esculpidos; a forma era a de uma cabeça de dragão vermelho, com dois pontudos e curvilíneos chifres no alto da cabeça. Além de mais três estruturas pontiagudas, uma de cada lado do maxilar e outro no que seria o queixo. Em vários pontos da arma havia impressão de mão, com um tom dourado muito vivo, como muitas vezes as tribos primitivas marcavam sua propriedade de algo.

A expressão no rosto deste também não era muito agradável, em verdade era facilmente perceptível raiva e desejo de vingança. Assim como em Tessa, porém diferente dela, Kevin ainda parecia estar agindo de forma racional. Enquanto a garota era a representação da fúria da água, na visão de Bárbara.

Saltando para cima da inimiga, Kevin moveu-se com uma velocidade reluzente, investindo com o escudo erguido. Ao mesmo tempo em que Tessa, lançava uma tromba d'água espiralada como um saca-rolha; repleta de cristais de gelo. A mulher juntou as mãos, como quem está se preparando para uma oração; no momento em que as separou novamente, surgiu em sua frente uma parede douro, freando o avanço do oficial, bem como contendo o ataque da agente, de uma forma que Bárbara simplesmente não pôde acreditar. Era impressão dela ou aquela mulher estranha estava "transformando o ar" em ouro puro?

Todo o líquido espirrou para as mais diversas direções ao entrar em contato com a barreira invocada pela mulher, e por alguns segundos, Bárbara supôs não ver direito apenas o reflexo do dourado. Visto que toda a água adquiriu um tom amarelado, para escurecer, endurecer e começar a "subir" o fluxo em direção ao ponto de origem.

Provavelmente teria atingido Tessa, não fosse a intromissão de Kevin que rompeu o jorro, atravessando-o com o escudo. Este impacto lançou no ar ao redor deles uma nuvem de fuligem dourada. Entretanto o mais importante da ação é que deu tempo para Kevin gritar para Tessa recompor-se, não adiantaria agir simplesmente por impulso.

— Ela é muito poderosa! Não deixe as emoções tomarem conta ou você vai baixar a guarda! — gritou o oficial.

Bárbara voltava à cabeça para os lados enquanto procurava por Kyle, supunha este muitíssimo machucado, inconsciente ou até mesmo algo muito pior, dadas as reações dos outros companheiros de equipe. Não queria imaginar... Na verdade ela não suportava imaginar que algo de muito pior tivesse vitimado o garoto.

Desta forma ela preferia acreditar que o tolo e brincalhão, estava apenas impedido de se juntar a luta. Logo ele! Dentre todos que conheci deste que ingressei na Ordem, aquele que possuía o maior espírito de luta... "Ele está bem, sua tola, você verá! Agora foque sua atenção na inimiga, não está ajudando em nada." Soou em sua mente a voz ofensivamente alta de seu pai.

Contudo, no momento em que ela recuou seu corpo, a fim de escapar de um estilhaço do muro de ouro, partido em mil, ao ser atingido pela nova arma invocada por Kevin, uma lâmina triangular, larga e acoplada a uma espécie de soqueira, era um item desconhecido para ela até então, a policial viu algo que quase a fez esfregar os olhos. Não! Só pode ser alguma alucinação... Ele está brincando, simplesmente está esperando o melhor momento. Dizia para si, enquanto sentiu as mãos tremendo e uma pequena ausência de equilibro. Não esperava vê-lo assim; imobilizado no meio de uma ação, refulgindo ele o martelo. Tal qual a loba, que parecia real ao ponto de a qualquer momento tornar a se mover.

Olhando para a face do companheiro de equipe, ela quase disse:

— Por favor, Kyle, diga que está zombando de nós. Tessa esteve chorando, acho que ela gosta de você, mas no seu íntimo ela sabia que seria inútil; Kyle achava-se transmutado em uma enorme pepita, assim como o seu martelo. Este retinia em um tom de ouro mais forte, parecia mais maciço que o restante.

Bárbara sentiu o estômago revirar e apertou tão forte a empunhadura da arma que por pouco não disparou. Tentava conter o tremor que a assolava, principalmente o lado esquerdo. A pistola azul parecia prestes a cair ou o que seria pior; desaparecer para seja lá onde as armas dos tocados iam.

Viu, Céos estava certo quando disse que não havia mais nada a fazer. Tudo está perdido, o Pilar vai cair. Ralhava consigo mesma... Porém o fluxo de pensamentos interrompeu-se quando percebeu que desde que chegara até aquele lugar, não havia posto os olhos em nada que pudesse remotamente ser tomado pelo Pilar do Ar. A não ser que fosse uma das muitas colunas destruídas...

Será realmente este o lugar certo ou simplesmente estamos dando o sangue para tentar proteger um equívoco? Claro que este é o local correto, como você chegou aqui, sua tola? Com a ajuda do deus da sabedoria, acha que ele está errado em relação ao lugar? Discutiu novamente sua mente consigo mesma.

— Pobre Kyle... Juro que o trarei de volta ou morrerei tentando — falou ela para a estátua que empunhava o martelo, como se estivesse para deixá-lo cair sobre algo ou alguém. Provavelmente fora assim que acontecera; ele foi surpreendido no meio de um ataque da inimiga.

Sentia vontade de chorar, não sabia ao certo o motivo. Talvez por tudo; ter descoberto a verdade que habita por baixo do véu da realidade, sua carreira na polícia que depois de tanto esforço com toda certeza não seria a mesma, as vítimas do Mareta, por ser obrigada a ver Tessa e Kyle da forma que estavam, sem poder fazer nada para reverter... Seu coração estava acelerado e suas mãos ainda não estavam sob controle.

Em certo momento na vida de qualquer oficial da lei, existe uma espécie de crise do pânico. Quando ele se sente só, impotente e ridiculamente pequeno. Seja porque a situação é estressante em demasia ou simplesmente a crueldade empregada beira o limite do aceitável. É normal, acontece com todo mundo, o que não pode acontecer é a desistência, deixar que essa "sombra" cresça ao ponto de encobrir tudo; com seu pai havido sido assim, até que ele definhou de forma a aposentar-se por desequilíbrio emocional.

Porém ela não iria se permitir isto. Não! Eu me proíbo de fraquejar! Respire fundo, recomponha-se, sua tola. Brigava consigo mesma, enquanto se forçava a olhar para Kyle. Não entre em pânico, você não pode se dar a este luxo. Seus atuais companheiros estão lutando, precisam de ajuda e o que você está fazendo? Nada! Você está parada, enquanto vai lentamente surtando igualzinha ao seu pai: "Eles não entendem... Ninguém sabe como é, ninguém exceto você... Você entende o papai, não é? Somos iguais, eu e você, Cachinhos".

— NÃO! Nós não somos parecidos! Em nada! Não me chame assim, perdeu o direito de usar este apelido há muito tempo — gritava ela à medida que virava o corpo, afinal pelo canto do olho achou tê-lo visto.

"Impossível, ele estar aqui... Nós não somos iguais, não somos... Será? De quem você herdou o fato de ser uma "tocada"?" Perguntou a voz de pai dentro da mente dela. Trincando os dentes, Bárbara voltou-se abruptamente a fim de encará-lo, mas o que viu foi o vazio poeirento e secular de uma das muitas colunas do salão. Todavia ela sentia que já oscilava na tênue linha que cruzava a sua sanidade.

Ao mesmo tempo em que o imaginava ali, alguns metros a sua frente, sob o alvo de suas pistolas, ela sentiu o tremor intensificando de tal forma que mesmo contra sua vontade a mão esquerda elevou-se, como que sendo atraída por algo. Tentou puxar no sentindo contrário, sem resultados. Disparou como se estivesse atirando nele e de alguma forma era o seu pai que estava por receber aquele tiro, ao menos em sua mente.

Concomitante com o fato de ter atingido a coluna, as várias janelas estreitas e altas do salão se abriram todas de uma vez, juntas como que acionadas por um mesmo mecanismo. O vento entrou uivando pelo ambiente, enregelando suas bochechas, lançando os cabelos para trás. O que eu fiz? Que merda eu fiz? Repetia ela.

Os sons da luta sendo travada no salão, foram abafados pela corrente de ar que agora arrastava consigo grandes flocos de neve. A estrutura em que estavam, parecia ficar no topo de um dos picos nevados, que viu quando ainda caminhavam pela floresta. O que era muito estranho... Já que de certa forma, havia chegado ali através de um "buraco". Do lado de fora uma nevasca incrivelmente intensa se desenrolava e ela por alguma razão que desconhecia, havia conseguido a proeza abissalmente estúpida de trazê-la para dentro.

Os flocos de neve agiam de forma estranha; em muitos pontos giravam como que presos dentro de pequenos ciclones. Entretanto, observando com mais atenção, ela percebeu que não era a neve em si, mas quem os carregava. Ali dentro do salão o vento parecia vivo, não era uma coisa única, mas vários, como se fossem seres independentes.

Um som melodioso começou a se elevar acima do rugido selvagem e ela percebeu que vinha dos redemoinhos. Eles estão falando entre si!? Enlouqueci... É isto mesmo, eu enlouqueci papai? Serei realmente parecida com você?

"Não, minha pequena, você apenas está ouvindo o som do vento e daqueles que nele habitam." Soou uma voz acima dela, quase tão melodiosa quando o "sotaque" dos redemoinhos.

Bárbara levantou a cabeça, pronta para observar qual seria o próximo acontecimento estranho. Os olhos injetados pela surpresa e os lábios entreabertos, como se estivesse a todo o momento no limiar de falar algo, mas não produzia som algum.

Na região do teto, flutuando abaixo deste, porém acima do nível do chão, estava um pessegueiro jovem, menor que a árvore evanescente que vira na ilha flutuante, porém bastante similar. Folhas e frutos flutuavam próximos aos galhos, tão imateriais quanto os anteriores, porém mais vívidos no quesito cor. Do chão elevava-se uma escada feita de neve e vapor, parecia um caminho feito de nuvens, conjurado unicamente do nada. Por trás da árvore, havia também um gigantesco rosto de mulher, também formado pelas rajadas frias que entravam pelas janelas escancaradas.

— Que... Quem é você? — perguntou Bárbara tropeçando as palavras na própria língua.

— Eu sou você, ao menos uma parte do que você é hoje, já esteve em mim. Em verdade hoje sou apenas uma lembrança, um sopro do passado. Sou Phitéia "A mensageira do vento".

XLI

Um governante nas florestas profundas

O frescor da vida selvagem corria ligeiro nos braços da brisa úmida, o fim de tarde se aproximava. De todos os lugares, vinha uma sensação de vida pulsante. As primeiras estrelas, aquelas mais afoitas, já anunciavam seu brilho e os pássaros, mensageiros daqueles que não mais habitam as terras escolhidas por "Endingir o mais forte", recolhiam-se aos ninhos. Enchendo as árvores de gorjeios e piados ritmados, os sons do dia começavam a adormecer, dando espaço para o cortejo da grande lua; mãe de todos.

Na visão do ponto de onde ele estava havia um terraço de madeira clara, anexo na lateral de sua cabana. Esta se erguia na copa de uma grande árvore, na função de uma torre de vigilância particular, a mais alta dentre aquelas que compunham a vila. Tal situação o brindava com a possibilidade de enxergar a misteriosa floresta estender-se por quilômetros. Indo desde a Cachoeira das Lágrimas até a Montanha dos Cem Picos, toda a extensão de terra que agora contemplava, estava sob o domínio de seu clã.

Havia outros clãs menores, é claro, dentro daquela região selvagem. Mas nenhum deles era tão tradicional. Olhando para o céu limpo de nuvens, que ganhava mais e mais pontos minúsculos de luz, suspirou uma prece silenciosa aos seus antepassados. Seu coração estava inquieto e ele temia diante do futuro sombrio que a cada dia se anuncia mais próximo. Ele, "Namtar o cortado, governante do clã presa selvagem, comandante de um dos maiores exércitos de Arbac R'ohan e descendente de Endingir o mais forte dentre todos", estava com medo.

Porém não poderia se dar ao luxo de fraquejar; não agora diante dos acontecidos, nem nunca. Afinal, além de todos os títulos que lhe acompanhavam, ele nascera sob a marca dos guerreiros! Mas ainda assim lhe afligia imaginar o que os outros clãs pensariam ou faria se soubessem de suas inquietações e principalmente dos problemas que enfrentava no seio de sua própria família. Que tipo de líder seria se não conseguia controlar sua própria filha? Lenôra... Minha primogênita. Tudo teria sido tão mais fácil se você resolvesse colaborar.

A velha cicatriz de guerra em sua face direita coçava de forma incômoda e aquilo nunca havia sido um bom sinal. Os xamãs viam em suas fogueiras que uma nova era estava chegando e todos deviam se unir: "O mais forte dentre todos está regressando." Havia dito a chefe dos cinzentos, mas como ele poderia esperar pela volta de Endingir quando o "mal que caminha" já havia chegado até eles? Alguns membros de seu povo sumiram sem deixar pistas e exceto por Dhart, filho e orgulho de seu coração, ninguém havia escapado dos ataques.

Cruzando os braços fortes e repletos de cicatrizes na frente do peito, Namtar recostou-se em uma das vigas de sustentação do telhado. Esperava o nascer da lua, sempre que suas atribuições lhe permitiam. Gostava de ver a Grande Mãe de todos surgir no horizonte, explodindo de brilho, no céu negro. Dentro do peito, o rosnado baixo de sua fera, crescia e ganhava força. Hoje ele correria! Sim! Precisava sentir a liberdade do contato com a sua ancestralidade.

Saltar em cima da presa, em um ataque certeiro, os dentes afiados entrando fundo na pele mole, rasgar a carne e sentir o calor pegajoso do sangue; escorrendo por suas mandíbulas, descendo pelo focinho. Não pôde conter o riso em seus lábios, que devido à cicatriz em seu rosto saiu torto, curvo para baixo, assemelhado com um esgar de dor.

Estava assim, absorto em seus pensamentos e desejos furiosos, quando ouviu atrás de si um rangido baixo, parecia vir de uma das passarelas de madeira que interligavam as estruturas de toda a vila. Fechou os olhos, ao passo que levantou alguns milímetros a cabeça, para assim aspirar melhor o cheiro de quem se aproximava: "Esteja sempre alerta, lhe dissera seu pai no leito de morte". Desde o momento em que recebera a liderança do clã, apenas uma vez, fora a atual, ele sentiu-se abalado em relação ao futuro de sua "matilha".

Quando o seu meio irmão Brition, mandíbula feroz, o desafiou pelo controle do clã, por muito pouco, não deixou tudo sair de suas mãos, unicamente por deixar a emoção vir à tona. Não cometeria o mesmo erro, pobre Lenôra... "Não confie nos olhos, eles enganam Namtar." Dissera-lhe seu velho pai.

Um aroma agreste, que mesclava o tom úmido de terra revolvida, a sutileza vermelha de salpicos de sangue e o bravio cheiro de uma espécie de flor. Este último, uma surpresa para o olfato de Namtar, intensamente incomum e ao mesmo tempo incrivelmente sutil. Não fosse os sentidos apurados com os quais fora agraciado, provavelmente não perceberia. Contudo a sensação produzida foi tamanha que o fez abrir os olhos. Voltou-se no momento em que seu filho alcançava o espaço hexagonal em que ele estava.

— Dhart, orgulho de meu coração... O que veio fazer na torre de vigia? Supus que a essa hora se prepararia para "correr" — falou ele descruzando os braços, para saudá-lo como mandava a tradição; ambas as mãos postas nos antebraços do filho e vice-versa. Uma representação de que absolutamente todos estão unidos, por algo até mesmo mais forte que o sangue.

Seu filho o fazia lembrar-se dele mesmo, quando mais jovem. Longos cabelos ondulados, castanhos como a seiva de uma árvore frondosa. Os olhos dotados de um azul profundo, intenso e misterioso como a cor do firmamento. Até mesmo a altura e o porte físico garboso eram similares, apenas os lábios que eram finos e compridos, o lembravam de sua falecida primeira esposa. Pobre Eleonor, partiu sem poder ver crescer os filhos que tanto amava.

Porém parou a sua divagação saudosista ao perceber a expressão intranquila de seu filho, na testa havia vincos e ele acariciava frequentemente a trança que possuía em sua barba; hábito que ele cultivava desde que surgiram pelos em seu rosto e que o fazia apenas devido ansiedade diante de algo.

— Percebo que algo o perturba, deseja falar-me? — questionou Namtar, soltando os braços do filho e este por sua vez se voltou tão rapidamente para a floresta que a pedra da lua que trazia presa ao pescoço, pendeu para frente, oscilando no cordão de couro.

— A prisioneira fugiu pai... Meu senhor. — Acrescentou ele e rapidamente depois de falar, prostrou-se com um joelho dobrado no piso e o braço direito amparado no outro joelho, que estava apenas dobrado. — Passei há pouco em sua cela, para garantir que nada ocorreria no período de Arbac e encontrei os guardas inconscientes, envenenados. — Baixou a cabeça em sinal de servidão, como um bom soldado que espera a decisão de seu superior e sabe que este tem nas mãos o poder de vida ou morte, em relação a sua falta.

— Lenôra fugiu? Mas como? Ela estava sem a pedra lunar não estava, como poderia já ter fugido? O nosso Arbac começa hoje! — esbravejou ele enquanto socava a parede, sua mão calejada acertou uma tábua mais frágil e penetrou nela, abrindo um rombo de, pelo menos, quinze centímetros de largura na prancha de madeira da balaustrada.

Dhart pôs a mão no colete de pele que usava por cima do peito nu e retirou algo embrulhado em couro, levantando a mão para entregar o objeto ao pai, sem, contudo, levantar os olhos ou mover qualquer outra parte do corpo além do que o necessário. Uma fina estrutura, com uma ponta de metal e um conjunto de penas na outra extremidade, foi isto que ele encontrou ao abrir o embrulho.

Havia uma camada praticamente invisível de uma pasta azul violeta na ponta do dardo. O mesmo cheiro estranhamente familiar, que havia percebido no momento da aproximação de seu filho inundou suas narinas, fazendo-as arder, bem como lacrimejar os olhos. Agora ele entendia que não vinha de seu rebento em si, mas, sim, de algo que estava carregando com ele. Como fui tolo ao ponto de não perceber antes? Creio que estou realmente envelhecendo...

— É Acônito pai... Não foi uma dosagem grande, apenas o bastante para deixá-los inconscientes por horas. Eu acho que isto mostra que...

— Eu sei o que é e o que parece provar, mas eu já lhe disse Dhart, não atacaremos os "Andarilhos". Ao menos não agora... Uma união deles com outros clãs menores os deixaram em maior número que nós — falou ele embrulhando novamente o dardo e o devolvendo ao filho. — Além do que "o mal que caminha" está entre nós, você bem sabe disto. — Indicou com o olhar a bandagem que havia no ombro esquerdo do rapaz, fruto do ataque mais recente da "coisa". — Nossos homens estão com medo, sabem que não é uma simples superstição e não podemos entrar em uma guerra de clãs assim — falou Namtar, com um ar cansado, que aparentemente não escapou a observação do filho.

— Então me dê apenas alguns, os mais ferozes. Farei uma investida sutil. Cortamos algumas gargantas e vingamos a desonra na qual Lenôra nos fez cair. Trarei as presas de nosso inimigo como troféu — falou Dhart levantando a cabeça e olhando para o pai, seus olhos azuis estavam injetados, a pupila parecia pulsar e Namtar percebeu que o filho estava experimentando algo diferente da simples raiva.

Namtar sentiu-se de repente muito velho, cansado... Talvez fosse apenas a tristeza, mas de alguma forma, não conseguia mais ter essa gana, que agora vira nos olhos do filho. Ao mesmo tempo em que sentiu uma pontada de inveja, grande preocupação abateu-se sobre o seu lado líder.

— Tenha cuidado, mantenha-se sempre vigilante; a ira alimenta sua fera interna, estamos sobre nosso Arbac... Acalme-se ou não terá consciência humana quando...

— Não me trate mais como criança! — falou o rapaz, levantando e recuando alguns passos, abrindo assim uma pequena distância. — Essa não é minha lua de sangue papai! Sei como me comportar, sei como controlar meus instintos e acima de tudo sei qual é o meu lugar para com a tribo. Aparentemente quem precisa ser lembrado do que fazer é você! O que aconteceu? A morte de sua esposa, minha mãe, e a traição de minha irmã, foram pesadas demais para seu coração de guerreiro?

Após falar algo assim, ele deveria ter virado o rosto de lado. Havia ofendido um superior, o maior deles; o lobo alpha do clã. Deveria estar temeroso diante das consequências, receando o castigo. Mas não existia nada parecido com isto na expressão de Dhart; ele o encarava, pupilas levemente dilatadas. Maxilar muito tenso, como se estivesse sufocando um rosnado.

Por alguns segundos isto surpreendeu Namtar, se fosse em outros tempos. O seu filho teria acabado de pedir por sérias repreendas. Enfrentar a liderança de um alpha desta forma, só poderia resultar em um confronto sob a primeira lua do Arbac. Mas não era assim que ele fazia as coisas hoje em dia... Mas não poderia permitir este tipo de comportamento...

— Você é meu filho, orgulho de meu coração e única luz, neste momento em que as sombras se elevam. Porém lembre-se que além de pai eu sou seu comandante! E você me deve respeito e submissão absoluta, caso contrário; terei que arrancar sua língua, o enforcar com ela, enquanto os ratos comem estes olhos que me afrontam! — Bradou o comandante do clã Presa Selvagem. A mão direita dele distendeu e grandes garras surgiram, rasgando o ar e a frente do colete do jovem. — Se quer fazer algo, vá atrás de sua irmã! Ela está grávida e por ser um fruto de uma união amaldiçoada provavelmente a aberração a matará antes de nascer. Agora saia! — Bradou ele apontando a ponte de madeira pela qual o outro havia chegado.

Namtar o viu sair, resmungando e rangendo os dentes. Sim, até no gênio explosivo o filho parecia com ele. Em seu íntimo o coração de fera não podia concordar mais com as palavras de Dhart, mas quando se está em uma posição de comando, nem sempre o coração pode ser considerado. Tudo o que mais queria era desafiar o comandante dos Andarilhos, para um combate singular, pelo que o filho dele fizera a sua primogênita. Mas este tipo de ação é algo da era dos tempos antigos, hoje algo assim é estupidez!

Por fim, percebeu que perdera o espetáculo, pelo qual havia ido até o alto da torre de observação. Afinal ao olhar novamente para o céu, a lua já se exibia majestosa, cobrindo com um tom prateado as copas das árvores e até mesmo o rosnado baixo de seus instintos agora parecia sem sabor. Já que seu peito estava dilacerado, tudo o que conseguia pensar era na traição da filha; tão linda e feroz como a mãe havia sido.

Planejara tanto para ela, poderia ter conquistado muitos territórios, honrar o sangue puro que lhe corria nas veias, mas havia preferido render-se aos caprichos da carne. Idiota! Tola! Deitando-se com alguém fora de sua classe, tal qual uma meretriz! E pior, carregando no ventre a marca desta abominação, amaldiçoando todo o clã. Neste momento a indignação era tamanha que ele se sentia capaz de estrangular alguém, antes de perceber o que estava por fazer.

Havia unicamente uma fonte de luz em todo o terraço, que era o brilho prateado da Grande Mãe. Visto que ele não acendera a lanterna de óleo que trouxera. As sombras pareciam vivas, ondulando junto com as folhas de um galho próximo e quando uma imensa nuvem branca encobriu a lua, tudo penetrou em escuridão grávida; parecia existir algo adormecido no meio das trevas.

Os olhos de Namtar eram então duas safiras reluzentes, adquirindo uma coloração tão profunda e intensa que seria possível se afogar neles. Todo o corpo tremia, como se o frio do inverno o tivesse envolvido, mas, na verdade, ele sentia-se quente. Sob a pele uma sensação de comichão e ao mesmo tempo dormência lhe percorria por inteiro, como se formigas ou aranhas o escalassem.

Algo se moveu nas sombras, muito sutilmente, como um animal caminhando; roçando levemente nos ramos ao seu redor...

A sensação já lhe era uma velha conhecida e o brindava com uma nova visão do mundo que o cercava; as muitas tonalidades existentes, onde alguns momentos antes ele só via penumbra. Os cheiros da floresta que pareciam se intensificar, quando na verdade era ele que ficava mais sensível a estes. Até mesmo os sons; não poderia anteriormente a este estado alterado, por exemplo, ouvir o bater de asas da mariposa que volteava a árvore alguns metros abaixo.

As sombras agora rosnavam baixinho, sussurrando algo que era caro para seu coração. Sentia a ponta dos dedos em brasa. A pele sendo rasgada pelas grandes garras, negras como obsidiana e duras; mais que o aço dos humanos e mais afiadas que as lâminas deles também. Capaz de dilacerar uma garganta, partir uma árvore jovem ou desmembrar um inimigo.

Abafou a dor que percorria o maxilar e todos os ossos da face; enquanto estes estavam se distendendo para frente. Mordendo uma viga de madeira. Afinal ele não poderia gritar durante a transformação, como os outros. Não ele. Não o comandante.

A fera que havia nas sombras agora estava mais próxima, lambendo os lábios. A carne inchava por baixo das roupas, rasgando-as sob as costuras. Enquanto ele arrancava a pele humana com as garras afiadas, expondo grossos pelos negros, que lhe cobriam o corpo inteiro; da face até a cauda que brotava do fim de sua coluna.

Sabia que não era o mais correto, permitir-se transmutar enraivecido como estava. Contudo, cada vez mais, ficava difícil manter uma linha clara e racional de pensamentos. Seu lobo interno rosnava, sacudindo-se no âmago da mente. Faminto! Ele estava faminto! Da boca que agora se estendia para frente, terminando em um focinho, pingavam gotas viscosas de saliva e a grande língua vermelha passava nas presas como que experimentando o corte destas. A criatura que estava correndo pelas sombras, volteando ao redor dele, finalmente mostrou-se; era ele próprio, o lobo urrando para sair.

Quando a lua novamente voltou a brilhar nos céus, não o encontrou mais em forma humana, mas, sim, como uma grande criatura, mesclando homem e fera. De pé nas patas traseiras, ele vergou a cabeça para trás e a saudou com um uivo agudo, vindo do recanto mais tenebroso de sua alma.

Silenciou por alguns segundos, farejando o ar noturno, até achar o rastro que desejava. Dobrou as patas traseiras um pouco, pegando impulso e lançou-se do alto da árvore para o meio das sombras.

No meio da queda agarrou um galho que brotava horizontalmente e girando o corpo sobre este se içou a si mesmo, indo para o alto, além de muitos metros à frente. Quando se aproximou de um grosso tronco, agarrou este, grampeando-se com as garras, para em seguida descer. Escorregando enquanto suas afiadas unhas, abriam profundos talhos retos na casca, chegando até o miolo viçoso da árvore.

Antes de chegar ao solo, soltou as patas dianteiras e saltou pondo as patas traseiras flexionadas contra o tronco, empurrando este com força. O corpo descreveu um arco fluido, quase gracioso. Aterrissou completamente silencioso na pequena clareira que ficava na frente das selas. Um espaço baixo e estreito, composto de vários túneis escavados na rocha, onde havia o maior veio de prata bruta de toda região das montanhas cinturão, que dividiam o território das criaturas comuns e a floresta profunda.

Dentre todas as celas, aquela outrora ocupada por Lenôra foi facilmente identificada, afinal esse era o rastro que ele perseguira até ali. Este erguia-se do chão muito forte, porém existia outro, misturado com o dos guardas abatidos e o sutil cheiro azulado da erva que os derrubou.

Ele se aproximou mais, queria ter certeza. Aquilo não poderia estar certo. Os homens recrutados por seu filho e que provavelmente estavam ali em busca de pistas, bem como para "pegar o rastro" da fugitiva, abriram passagem para o comandante imediatamente.

Assim, chegou até mesmo a pôr a cabeça no interno do pequeno cubículo de pedra; Sim! Ele estava certo do que sentia. Só não podia acreditar que o maldito tivera a coragem de aparecer por ali e pior, ajudar sua filha a fugir. Sua raiva que até este momento, mordia o interior de sua mente, agora borbulhou igual um grande caldeirão, do qual se excedeu o limite, inundando-o por completo, correndo por suas veias, turvando seu cérebro, liberando as últimas correias.

Um nome, apenas um era o que ecoava em sua mente enquanto ele corria pela floresta. Derrubando árvores menores e espatifando pedregulhos, com apenas um golpe certeiro de suas patas.

Era um nome amaldiçoado, que acompanhava alguém mais cruel que o pior inimigo enfrentado por ele até hoje. O que você lhe deu em troca, minha filha? Você vendeu sua alma para ele Lenôra? Rosnava em seus pensamentos, enquanto percorria os caminhos cobertos de luz prateada.

Correu como se estivesse perseguindo algo, quando na verdade os restos de sua consciência racional sabiam que ele estava fugindo. Fugindo do inimigo, o mesmo que no passado o ajudou a conquistar a sua amada e que a levou alguns anos depois.

Até que atingiu o topo de uma colina, não muito escarpada, mas que o forneceu uma maravilhosa visão da Grande Mãe. E foi para ela que ele uivou o nome:

— MEFISTÓFELES...

XLII

Júlia

O céu estava repleto de cinzas dispersadas pelo vento, carregando tudo com o odor pesado dos vapores de erupção. Tal situação tornava difícil identificar qual seria o horário, ela poderia muito bem não ter passado mais que alguns instantes no subterrâneo, embora para ela parecia ter transcorrido toda uma eternidade lá embaixo.

A cabeça doía ao mesmo tempo em que tonteava para os lados. Pontadas finas a alvejavam na fronte, pouco acima dos olhos, percorrendo como uma faísca o caminho até sua nuca de forma tão esquematizada que ela poderia jurar que se alternavam conscientemente, para não flagelar ela de uma vez e ela ceder ali mesmo; no meio daquele terreno selvagem, que ela tanto odiava.

O pé resvalou em uma pedra solta e por pouco ela não caiu, amparando o corpo no tronco cinzento e retorcido, de uma espécie de arbusto frutífero, ou algo assim. O cheiro adocicado dos frutos muito maduros, que cobriam o chão próximo, subiu até suas narinas, tal qual uma nuvem, formada do líquido vermelho-ralo que se acumulava pegajoso aos seus pés. Seu estômago embrulhado dava voltas e ela teria vomitado ali mesmo, não fosse o fato de ter em seu interior apenas as balas de morango de Aisha.

Pobre Aisha... Devorada como um pedaço de carne, triturada por aqueles dentes afiados. Tão brancos e reluzentes que Júlia chegava a sentir eles na pele... Aisha não merecia morrer assim, ninguém merece! A visão da cabeça decepada, semi-imersa na poça de sangue coagulado, fez subir até a boca uma saliva espessa, em grande quantidade. Para conter a náusea, deu longas aspiradas de ar, enquanto recostava a testa num galho seco, áspero de fuligem.

Logo em seguida abriu novamente os olhos, contrafeita. Bastava divagar um segundo sequer e a visão de Lucky subindo alto até sumir no firmamento transcorria diante dela. Igual aos filmes dos humanos, que ela tanto apreciava e sempre que podia, fugia em segredo para sentar-se furtivamente diante da gigantesca tela de projeção. Se fosse um filme, aquele era o momento em que o garoto simplesmente crescia, tomando uma decisão que mudaria todo o destino da história... Estava ainda revendo Lucky subir rapidamente, quando voltou a atenção para trás.

Percebeu que não havia andado praticamente nada, o acampamento ainda estava a uma boa distância e lá, apenas lá, estava a salvação. Sozinha e esgotada como estava, não teria condições de fazer frente ao poder macabro de Gluthonia. Contudo, entre os objetos que havia deixado escondidos num espaço oco de um tronco, a promessa de ajuda a esperava; um cristal de comunicação, item raro e frágil. Não o havia levado consigo na exploração, exatamente por medo de que durante um possível combate o objeto pudesse quebrar.

O corpo pesava muito; não completamente, mas, sim, algumas partes. Estas pareciam incrivelmente grandes e inchadas, ao ponto de quase não obedecerem mais aos comandos dela. As mãos pendiam moles, os dedos eram vermes brancos que não agarravam. As pernas arrastavam-se pesadas, sem força para levantar os pés — assim seguia levando consigo folhas, pequenos galhos, pedrinhas.

A cabeça assumira o que parecia três vezes o tamanho comum. Ela não conseguia fixar o olhar, muito menos raciocinar com clareza. Em alguns momentos julgou ter escutado a voz de Aisha, para em seguida virar, penosamente devido ao cansaço e constatar o vazio agressivo da floresta.

Será que estou ficando louca? Ou é simplesmente minha consciência me pregando uma peça? Perguntou-se ela quando novamente amparou o corpo em um tronco pelo caminho, este, porém não apresentava queimaduras em grande quantidade como o anterior, até mesmo algumas folhas verdes oscilavam. O que de certa forma a animou, mais do que poderia supor. Afinal significava que havia se distanciado ao menos um pouco, do centro de destruição, provavelmente mais alguns instantes e estaria no acampamento.

Foi ao dar mais alguns passos que sentiu a esperança escorrer por seu corpo, descendo-lhe pelas pernas, que mais se arrastavam do que caminhavam. Havia percorrido um caminho por dez ou quinze minutos e pensava estar ao menos mais próxima do que quando decidira ir a busca do cristal. Todavia o que havia feito fora apenas mudar o ângulo pelo qual via a cratera fumegante; andou em círculo e não percebeu, talvez com isto tendo inclusive perdido um tempo precioso.

Desde vez nem se deu ao trabalho de tentar sustentar a queda. Pendeu para o lado, chocando o ombro esquerdo com uma rocha e escorregando até o chão quente, ralando o ombro na superfície áspera. Seus olhos estavam muito abertos e sua mente distante; não estava enxergando o cenário que a cercava e sim a sala de sua Comandante de Operações Juliet Versagi:

— Tem certeza que é uma boa ideia levar um recruta que nem ao menos foi apresentado à Ordem? — perguntou Juliet, os cabelos soltos caindo por cima dos ombros armadurados. O rosto limpo, sem brilho ou qualquer tintura. Era dona de uma beleza austera, como as santas dos humanos.

— Claro! Assim ele toma um choque de realidade, se a Ordem for realmente a vocação dele, isto só vai aumentar o desejo. Não concorda, Aisha?

— Han? Sim, claro, claro... — Soou a voz dela abafada pelas balas de morango que engolira há pouco, tentando ser o mais sutil possível. Porém Júlia havia percebido e pedira a opinião apenas para envergonhá-la na frente da Comandante de Operações. Certos hábitos simplesmente não morriam com o tempo.

— Pois bem, confio em seu julgamento. Mas e quanto à possibilidade de unir a sua dupla, provisoriamente um trio, com alguma outra? Assim caso encontrem algo, já estarão reforçados — falou Juliet fingindo não ter percebido que a outra oficial comia durante uma reunião.

— Senhora, se alguém fraqueja em uma missão importante como essa, não é merecedor de apoio e sim de castigo! Dê-me apenas um cristal de comunicação, para avisar onde está o Pilar e quantas caixas deve mandar para juntarmos os pedaços do inimigo — falou ela rindo e jogando os cabelos cacheados para trás, em um gesto naturalmente despreocupado...

Como fui tola... Deixei-me levar. Desconhecia a magnitude do poder de uma fada e por meu orgulho Aisha pagou com a vida. Não posso simplesmente ficar assim, recostada em uma pedra no meio do nada, até que meu corpo descanse e minha energia retorne. Ainda há uma chance, mesmo que pequena. O Pilar resiste aos avanços de Gluthonia. Tenho que pedir ajuda...

Sentia na garganta algo parecido com uma pedra quente e cheia de espetos, descendo para o seu íntimo. Estava tentando engolir o orgulho de "agente perfeita". Nunca havia pedido reforço ou ajuda, sempre cumprira suas missões e testes, isto desde o treinamento; por vezes ficava observando Eve receber um castigo pela demora, enquanto ela usufruía o doce da recompensa. Porém agora estava encarando algo que lhe era completamente desconhecido, o amargo da derrota, o sabor descomunalmente ácido da culpa em sua boca. E era horrível!

Ela, Júlia, a agente perfeita, a oficial modelo. Estava devastada, fora derrotada, sua parceira, reduzida a uma pilha de restos mortais. A missão era um fracasso completo. Em toda a situação apenas um garoto escapara ileso.

Estava envergonhada de si, em toda sua vida, nunca existiu seque um momento assim. Nem mesmo quando representara o papel de garota assustada e frágil, enganando Lucky ao ponto de roubar um beijo. Fizera isto apenas por diversão, sabia o que ele sentia por Eve e na enfermaria, com ele inconsciente e Eve desesperada ao lado do leito dele, percebera que ela o correspondia, embora negasse ou nem houvesse se dado conta.

Lucky... O que aconteceu com você? Caiu naquela caverna como um rapaz esperançoso, de olhos curiosos e assustadiços como os de uma corsa, para sair como um homem. No olhar, carregava qualquer coisa de distanciamento da vida e na face uma expressão muito crua, fria. De quem viu mais horrores do que poderia supor. Como isto pode ser possível? Perguntava-se enquanto erguia o corpo, usando um galho retorcido como apoio. Seguiu novamente para onde supunha ser o acampamento.

Agora que parara para pensar, entendera finalmente o motivo do turbante, esconder os cornos... A marca dos Qnai, os chifres ósseos que apontavam na testa. Mas como? Como era possível?! Era uma raça banida... Há muito tempo todos foram trancados no maior quarto do nada que se tem notícias, condenados por terem se tornado uma raça usurpadora de magia, mercenários e assassinos de Porteiros.

Qnais eram considerados uma praga, sanguessugas de criaturas mágicas, assim como os vampiros eram para os humanos, só que um pouco mais impiedosos. Estava lá, tudo isto escrito nos antigos livros da Ordem. Condenados a morrer definhando de fome, medida tomado pelos primeiros Porteiros, como forma de proteger a todos. Dizia-se inclusive que havia sido no seio da raça Qnai que havia surgido os caçadores de lis.

Não sabia a data precisa, mas tinha certeza de que era impossível ele ser um remanescente, era cronologicamente impossível! Mesmo que tenha sugado a magia de uma fada, ele teria que apresentar ao menos alguns poucos traços do passar das décadas. Mas se era tão poderoso, por que se dar ao trabalho de assumir um papel tão atrapalhado? Não, ninguém conseguiria ser tão bom ator. Ele pode ser filho de alguém que tenha escapado, mas por que o deram para Sidrak se sabiam que em algum momento o garoto teria a identidade revelada?

Essa teoria leva outra pergunta; como sabiam que o próprio Sidrak manteria a criança a salvo por todo este tempo? Ele era um porteiro-chaveiro aposentado, mas devia lealdade à Ordem... Estes questionamentos pareciam ajudar a focar a mente, afinal quanto mais tentava descobrir os fatos reais, mais a tontura regredia. Talvez sua magia logo estivesse com ela novamente.

— *A vida de um mago, mais do que por água e comida, é sustentada pela magia. É ela que afasta o toque do tempo, ela que nos faz querer ir em frente, a magia uma é por sua própria concepção, uma invenção da vida, a linguagem que as forças da criação, usam para falar conosco.*

Soou a voz de seu irmão, cruzando como um relâmpago a mente dela, há anos não pensava nele. O que não era muito, visto que não via desde o início de seu treinamento. Quando ele a mandou para Zafrina. "A melhor maga do fogo em todo o mundo, ela é uma lenda! Se ela não der um jeito em você e na sua magia fraca, ninguém o fará." Dissera ele.

Ela não queria ir, mas fora forçada. Jeffer sempre a dominara por completo, dobrando-a completamente diante da vontade dele. Entrou na Ordem para provar que era capaz, poderosa como ele e fora também. Não havia mais espaço para família ou nada deste tipo, apenas queria mostrar ao mundo quem era. Porém ele morrera antes dela completar a primeira missão, não poderia mais cuspir na face dele como queria, nem o desafiar para um duelo de chamas. Mesmo porque, soube que o babaca havia decido se tornar um rastreador...

Logo ele, que apregoava como a magia era importante, queria desfazer-se dela.

— Idiota! Pena que o processo de transformação em um rastreador lhe causou a morte. — Bradou ela e só então percebeu, assustada, que havia gritado, visto que alguns pássaros revoaram de uma árvore.

Ela estava quase se deixando cair novamente e talvez até desistir de tudo, quando percebeu que finalmente havia tomado o caminho certo. Mais à frente havia algumas lascas de madeira amontoadas na frente de um tronco caído. O local em que Lucky se sentara para afiar a espada e depois para provar o fio cortara um galho fino, como quem está se preparando para acender uma fogueira.

— Se me lembro bem, este é mais ou menos o meio do caminho — falou ela pondo-se de pé no meio do espaço reduzido entre as árvores e girando vagarosamente para os lados, enquanto procurava alguma outra coisa para indicar o caminho que deveria tomar. — Não deixa de ser engraçado, ter achado o caminho exatamente depois de pensar no idiota "eu amo a natureza". Por que Jeffer? Por que você desistiu da magia?

As árvores e o caminho ao seu redor embaçaram-se a seus olhos e ela sentiu um calor afogueado subir por sua face. Não! Você é Julia Bluefire, você não chora, falou ela para si mesma enquanto se socava na coxa com o punho direito. Sacudindo a cabeça e fungando, ela respirou fundo, soltou o apoio que trazia consigo. Seguiu um caminho por entre um aglomerado de arbustos, nos quais ela viu vários galhos quebrados, o que indicava que algo ou alguém havia passado por lá.

Pouco a pouco o caminho ia se mostrando para ela; o tronco em formato estranho, por cima do qual saltaram. O alagadiço que sugava os pés e onde ela quase perdera a bota, até que finalmente atingiu o declínio acentuado. O coração agora dando saltos de reconhecimento e sem saber ao certo de que lugar vinha a força que a movia; atirou-se em uma corrida desenfreada.

Galhos enroscando-se nos cabelos ruivos, as pernas vagueando a cada passada, como se estivessem relutando e lhe dizendo: Nós estamos cansadas, não vê isto? Os braços cruzados na frente do rosto protegiam os olhos dos espinheiros. Uma onda de suor lavava as suas costas, descendo até o cóccix, empapando suas roupas: debaixo das axilas, no meio dos seios e até mesmo na dobra dos joelhos.

A pressa era tamanha que por muito pouco não passou direto do ponto. Voltando-se, agarrando uma árvore morta coberta de musgo, o tronco se esfarelando sob seu aperto, sujando as mãos com uma mistura de casca, pasta esverdeada e sangue.

Achou a árvore velha que servia de esconderijo, na cavidade central meteu o braço até quase a altura do cotovelo, retirando primeiro as sacolas de Aisha e Lucky, chegando pôr fim a dela. Uma pequena bolsa de couro escuro, com tiras finas em formato de "V" ao contrário. Não fosse a fragilidade do item desejado, teria virando todo o conteúdo ali no meio do chão, coberto de folhas.

Contudo um cristal de comunicação é delicado demais, além do que, devido a magia do Éther que lhe é imposta, este se torna bastante instável. Porém muito mais eficaz que qualquer sistema humano. Ela sentou-se, recostando as costas doídas e suadas, na pedra a qual algumas horas atrás roçara a bota, descascando musgo.

Sob os cuidados e proteção de uma pequenina urna de barro, estava uma esfera de cristal. Não pesava mais que algumas gramas e media aproximadamente o mesmo que uma ameixa fresca. Reluzia translucida, contrastando com as mãos sujas. Exceto por uma fumaça arroxeada que subia espiralada, descendo em seguida sutilmente, o artefato era virtualmente incolor. Ela sentiu-o frio em sua pele, enquanto respirava e repetia mentalmente o que diria em seguida:

— Júlia Bluefire, oficial em missão, Pilar do Fogo encontrado, prioridade vermelha... Repito, prioridade vermelha, Comandante de Operações Versagi, está me ouvindo?

O silêncio que se seguiu pareceu durar horas, ela chegou até mesmo a levantar o objeto até a linha dos olhos o examinando minuciosamente. Já ouvira casos em que um simples arranhão estragava a receptividade mágica; afinal aquilo nada mais era que um cristal no qual foi imbuída magia de Éther — telepatia para ser mais exata. Este tipo de coisa tende a ser muito delicada.

— Qual a sua localização, oficial Bluefire? — Soou a voz dura e franca de sua comandante.

Em uma prece silenciosa, Júlia agradeceu aos deuses por ter conseguido. Controlou o nervosismo e contou como havia chegado até o Pilar, a luta com o Elemental, além do surgimento de Gluthonia, derrubando ela e Aisha. Tudo da forma mais rápida que conseguiu, teria que deixar a Comandante de Operações preparada, a fim de que ela pudesse mandar a melhor equipe de apoio possível.

Não pôde deixar de perceber a surpresa que tomou conta da voz de sua superiora, quando relatou o ataque da fada caída da gula sobre eles, bem como o que ela havia feito para Aisha. Todavia a conversa havia atingido um ponto crucial. Júlia sentia a mente rachar em duas, enquanto ela decidia se falaria ou não sobre Lucky e a verdadeira origem dele, agora que a C. O. perguntara sobre o que ocorrera ao possível recruta que acompanhava a missão. O silêncio que a agente manteve antes de responder foi tamanho, que Juliet a chamou duas vezes até que ela respondeu:

— Ele foi atingido por uma magia minha que resvalou... Não o vejo desde então. — Mordia os lábios enquanto ia soltando cada palavra, perguntava-se mentalmente se havia sido convincente. Até que decidiu tirar o foco deste assunto, direcionando para as questões mais urgentes: — Por favor mande alguém com urgência senhora... O Pilar está sob ataque agora mesmo! Não acho que vá durar por muito mais tempo.

— Imediatamente! Irei pessoalmente — falou ela para o alívio de Júlia.

Afinal se havia alguém dotada de magia e artifícios o bastante para resistir as investidas da fada, seria a Comandante de Operações Versagi. Júlia se recostou novamente na pedra, suspirando aliviada e esgotada.

Só então percebeu que ainda arfava devido a corrida descendo os últimos metros. Mas havia conseguido, a Ordem sabia da localização do Pilar e que este era alvo de ataques. Juliet viria! E traria outros agentes, com toda certeza tudo ficaria bem...

O som começou baixo, para depois ganhar força até atingir a marca de algo ensurdecedor. Parecia ter vindo de muito longe e agora chegava até ela, soando não apenas em seus ouvidos, mas, sim, em todo o seu corpo. Por um instante tudo parou, sua respiração saiu atropelando-se dos pulmões, bem como o pouco de magia que lhe restara. Os pássaros revoavam assustados e olhando para cima, ela viu a copa das árvores girando e chegando mais perto, girando. Até que sem mais conseguir conter-se ela desmaiou.

XLIII

Velhos Inimigos

Ele caminhava por entre arbustos baixos e ervas daninhas rasteiras. Evitando pisar nas pequenas flores amarelas com riscas vermelhas que nasciam por todo o espaço. "Mortheus Flori" as flores da morte, nada mais apropriado para aquele lugar. Pensou contendo um acesso de risadas.

Tratava-se de uma grande clareira, repleta de folhas e galhos secos. Tudo rescendia a devastação e aridez, exceto as venenosas flores, que nasciam apenas em lugares de grande energia das trevas. Naquele espaço outrora havia várias árvores frondosas, contudo estas agora eram sombras do que haviam sido; troncos petrificados e retorcidos. Parecia existir uma barreira invisível erguida no ar, uma espécie de delimitação, comumente chamada de "marca", referente a um local, onde terríveis atos foram praticados, de tal forma que toda a vida se retirou, deixando apenas miséria e sofrimento.

Olhando ao redor era possível perceber algumas pedras de granito, dispostas em círculos concêntricos; ao todo doze grandes blocos disformes cobertos de rachaduras, pelo passar do tempo e trepadeiras secas, repletas de negros espinhos. Ele aproximou-se de alguns, expiando-os cuidadosamente, para em seguida balançar a cabeça penosamente.

O céu estava pontilhado de estrelas, todavia grandes tufos de nuvens cinzentas encobriam o brilho prateado, emprestando um aspecto embaçado e moribundo. A lua cheia que ele sabia estar passeando no firmamento, também estava obscurecida e tudo na clareira parecia até mais tenebroso e morto.

Um vento frio soprou, desarrumando os cabelos dele e balançando as pétalas amarelas de algumas Mortheus. Após alguns instantes imóvel, ele apalpou o colete marrom que usava, retirando do interior do bolso uma pequena terrina de barro cru. Lisa por for fora e repleta de símbolos no interior polido. De outro bolso ele retirou uma pequena bolsa, contendo ervas e as derramou na vasilha; depois de colocar está no chão a frente dele.

Com a unha do dedo indicador direito, fez um corte rápido no pulso esquerdo, fazendo pingar dentro da vasilha um líquido escuro e viscoso, que brilhava evanescente. Pegou a vasilha com ambas as mãos e girou-a levemente, fazendo o conteúdo mover-se de forma espiralada. Por alguns segundos nada aconteceu, até que ele em sussurro, disse o nome daquela a quem queria encontrar; chamas azuladas com as pontas negras brilharam bruxuleantes.

Uma brisa noturna acariciava o arvoredo mais à frente, porém nenhum sopro chegava aquele espaço. Este se assemelhava com um cemitério abandonado, devido ao silêncio viscoso que rastejava pelo solo. Desta forma quando ouviu um farfalhar suave de folhas, às suas costas. Ele voltou-se imediatamente para saudá-la:

— Então você veio. Seja bem-vinda, Titânia, rainha das fadas! — falou ele fazendo uma reverência e abrindo um largo sorriso.

Ela permaneceu estática e silenciosa; o olhava com um misto de raiva e nojo. O vestido esvoaçava ao redor dela, porém sem brisa aparente. As pontas da saia e das compridas mangas pareciam formadas de fumaça; desfazendo-se, para em seguida tornar a surgir no aspecto anterior. Um doce aroma de flores silvestres fluía dela para morrer pouco depois do local onde estava. Os cabelos eram muito claros, branco-esverdeados, escorriam nos braços da brisa que parecia acompanhá-la. Na fronte ela possuía uma coroa zelosamente trabalhada, no formato de uma ramagem trançada. Dotada de uma precisão de detalhes tamanha, que mais pareciam galhos naturais preservados em ouro vermelho, esmeraldas e rubis.

— Por mais que sua presença seja odiosa, não poderia me omitir diante do chamado que fez. Afinal o "indulto da criação" não pode ser contrariado, como você bem sabe — falou ela com uma expressão dura e um profundo tom de frieza na voz.

Correndo rapidamente os olhos para a cintura da criatura a sua frente, ele viu uma espada comprida e sem bainha presa em uma corrente de prata, que dava três voltas ao redor do corpo lânguido da bela mulher.

O cabo da arma era esculpido em pedra escura, repleto de símbolos pintados em tinta branca e a lâmina, de aspecto muitíssimo afiado, refulgia negra no meio da quase completa escuridão. Todavia ele sabia ser feita da mais pura ametista, para tal, sua verdadeira cor era roxa, profunda como uma noite sem luar.

— Vejo que veio armada... Isto não é um contrassenso do indulto? — perguntou ele dando um riso nervoso, indicando a espada com a mão ainda suja com o próprio sangue.

A mão dela pousou rapidamente sobre a arma, enquanto o olhava duramente e até mesmo com uma expressão de divertimento:

— Não creio que alguém como você possa dizer o que é ou não correto. Diga por que me chamou Mefistófeles. Seu tempo não vai durar para sempre — falou ela apontando para a vasilha que ainda ardia em chamas.

— Direto ao assunto então. Respeito isto — disse ele retirando o riso que pulava de um canto ao outro de seus lábios. — Antigas amigas suas estão bastante ativas... Demolindo os pilares, atormentado a "vila" por assim dizer... Temo que elas não pretendam parar nisto. Estão até mesmo me seguindo, ou devo dizer, estão tentando me seguir — falou ele cruzando os braços e recostando-se em um tronco petrificado que estava as suas costas. — Embora elas sejam... Qual seria mesmo a palavra... "talentosas" o bastante, sabemos quem está por trás de tudo, não é?

— Claro que sim, mesmo que há muito não consulte os acontecimentos ocultos. Sei o que Ela tem feito; aliciando familiar para matar familiar, derrubando o primeiro Pilar e deixando que as irmãs caídas completassem a tarefa. Controlando um velho tolo, sedento por poder etc. As ações D'ela não são segredo, me pergunto, contudo, o que exatamente você espera conseguir com essa conversa — falou caminhando alguns passos para longe dele, quase sem produzir barulho e ou mover as folhas seca. — Ambos sabemos por que tem agido nas sombras, alguém na condição D'ela, não pode interferir nas ações dos seres comuns... — A mulher parou de falar e o olhou por alguns instantes, estudando o olhar desesperado que habitava por trás do riso dele e então continuou: — O que espera? Que me ponha contra Ela? Vejo que não é apenas Ela que é louca — falou Titânia com um tom irônico na voz melodiosa.

— Não! Quero que impeça as irmãs de derrubar o véu... Ou que ... Retire o selo lançado sobre mim no passado — falou Mefistófeles dando de ombros e caindo em uma risada aguda.

A brisa suave, que parecia acompanha a rainha das fadas, agitou-se, assumindo ares de vendaval, fazendo os cabelos e partes da vestimenta, moverem-se muito rapidamente.

— Espera que eu acredite que deseja o véu de pé? Seus irmãos e irmãs aprisionados aqui estariam livres e teriam um novo mundo, cheio de possibilidades — falou ela com um gesto largo das mãos, abrangendo todos os blocos de granito. — Além do que é muito cinismo de sua parte me pedir para quebrar o selo, sabe exatamente por que ele foi imposto a princípio! Fiz para proteger minha legião de seus ardis.

— Se a barreira ruir, não serão apenas eles os libertos... Acredite em mim, Ela está indo atrás Dos Primeiros Caídos! — falou ele adiantando-se até a fada, detendo o avanço quando ela levou a mão novamente ao cabo da espada. — Certo, manter distância... Entendido. É verdade que eu queria derrubar o véu, mas isso foi há um tempo atrás. Mas agora, certos acontecimentos me fizeram pensar em um plano geral. Simplesmente não estamos prontos para uma nova época de guerras, não agora, em que as sete armas estão em processo de retorno. Não é possível prever para que lado a magia antiga penderá...

Mefistófeles interrompeu o discurso ao ver que Titânia ria diante do que ele falava, alterando o tom da voz, ele disse quase gritando:

— Você jurou proteger as criaturas mágicas, então cumpra...

— COMO SE ATREVE EM FALAR DE JURAMENTO? VOCÊ É UM TRAIDOR, UM PROSCRITO, VOCÊ É UM VERME! — Bradou ela com uma voz que diferente daquela melodiosa e ritmada de outrora. Assumia um rugindo grave, cortando a placidez do silêncio. — Quer impedir Ela? Está realmente preocupado com algo além de si mesmo? Procure seu antigo rei, conte-lhe a situação, enfrente o castigo dele e use o que sobrar de você para então fazer algo.

— Encontrar Solomom? Ele me ceifaria antes que pudesse abrir a boca... — falou ele rindo, enquanto lançava um olhar ligeiro para a tigela.

O fogo começava a abrandar, o que significava que a magia usada para trazer a fada ali estava perto do fim. Assim ela estaria livre para causar-lhe mal, se assim fosse da vontade dela. Ele teria que ser rápido...

— Enquanto meus irmãos e irmãs ajudaram as caídas eu avisei da traição de todos, não foi? Mostre a gratidão que faltou no passado; impeça-as! Você tem poder mais do que de sobra para tal ato. Isto atrasaria os planos D'Ela! — Bradou Mefistófeles.

A expressão da mulher embora denotasse dureza e distanciamento, possuía traços de bondade, até mesmo a sombra de sorriso que rodeava os lábios finos dela. Porém tudo sumiu por completo, dando lugar a um ar ameaçador. Os cabelos caíram lisos e imóveis ao redor dos ombros dela. Um par de asas membranosas como as de uma grande borboleta azul surgiram às costas dela, brilhando envolvidas por pontículos de luz prateada.

— Você está tremendo de medo, não está? Claro que está, imagine todos os seus irmãos, livres, lhe caçando em cada recôndito do mundo. — Um riso farfalhante desprendeu-se dos lábios da rainha. — Não ouse barganhar comigo! Eu já o recompensei, mantendo livre, afinal não o entreguei ao seu rei como fiz com os outros. Escapas-te a tudo apenas com o impedimento de causar mal as minhas iguais.

Retirando da cintura a espada de pedra, que refulgiu como que dotadas de chamas em seu interior, ela bateu as asas tão rapidamente que parecia não estar movendo-as.

— Mas ainda há tempo para corrigir erros de benevolência! — Empunhando a arma, que deixaria para trás um som tilintante, à medida que cortava o ar, ela disse:

— Não ouse me procurar novamente ou juro pelo sopro divino que me deu vida, que o partirei em tantos pedaços que apenas a intervenção da grande deusa da vida será capaz de trazê-lo de volta. Espero que o véu não caia, mas se isto ocorrer, terei o prazer de ver sua família lhe saudando... — E ao falar isto, a fada sumiu no céu, rápida como um lampejo de luz.

— QUANDO OS PRIMEIROS CAÍDOS ESTIVEREM DEVASTANDO TUDO, ESPERO QUE SUGUEM SUA MAGIA ATÉ A EXTINÇÃO! — Bradou ele para o céu já vazio.

Olhou ao redor, procurando a vasilha de barro, que agora estava apagada, guardou-a no bolso do colete e rumou para o ponto entre as árvores pelo qual chegou ali inicialmente.

Mas antes de partir, parou para recolher algumas flores... Teria que reunir a maior quantidade de artifícios; o mundo estava para mudar.

XLIV

Michel

A chuva fustigava ferozmente os vidros das janelas compridas e de madeira escura. Ambas ficavam no fim do corredor, uma ao lado da outra. Pareciam ser alvejadas por uma saraivada de pedras, afinal era alto, o barulho produzido pelo choque das gotas de água. O fazia supor que a qualquer instante o vidro não suportaria e se partiria em mil pedaços.

O simples lustre bem como as luminárias do fim do corredor, estavam todos apagados, deixando o espaço cair numa penumbra densa, que não se tornava completa unicamente pelo fato de que havia uma fresta de luz amarelada, escapando por baixo de uma das várias portas.

Uma vaga sensação de reconhecimento se avolumava pouco a pouco no peito, não sabia ao certo que lugar era aquele. Porém de alguma forma, uma certeza superficial e sem nome, lhe dizia, de dentro do coração, não ser sua a primeira vez ali.

Olhando para trás ele via a continuação do corredor, este parecia se estender até o infinito; portas, janelas, lustres, tudo absolutamente iguais aos que via a sua frente, se repetindo de novo e de novo. Uma inquietante palpitação se desenhou nele afinal, como quem olha para um espelho, e chega à impressão de ver os contornos de outro alguém. E este alguém... Era ele mesmo... Mais novo, um garoto ainda; uma expressão tola de inocência, que lhe brindava com um ar pueril.

Os olhos de sua versão infante brilhavam azulados, mais claros que os que de agora; diáfanos como quando ele estava dominado pela fome. Após esta visão do passado, ele voltou-se apressado. Fitando novamente os detalhes do corredor, que antes o confundiram, mas que agora saltavam aos olhos; o tom de falso mogno presente no solo, o carpete gasto que soltava dos grampos, as manchas de infiltração no teto. Até mesmo os pontos nos quais a pintura dourada dos números e das maçanetas das portas, descascava evidenciando o metal vagabundo de que eram feitas.

Tudo reanimado em sua memória a tal ponto, que em um segundo percebeu onde e quando estava, na verdade não entendia como demorou tanto. Ali, olhando abismado para si mesmo, percebeu que tornava a caminhar; para o fim do corredor, na direção da única porta iluminada.

A chuva, a falta de luminosidade, o transitar trôpego... O entendimento de tudo lhe provocava uma dor aguda e um agravamento da inquietação; que agora girando sobre si mesma, crescera para um angustiante desespero. Não! Volte... Não entre aí... Você tem se afastar! Você está com fome! Quis gritar para si mesmo, mas já era tarde. Não havia como impedir aquilo, mesmo por que era apenas uma memória.

Os gritos de dor, o som da pequena mesinha de centro dos Anderson's partindo quando ele derrubou Killian. O cheiro vermelho adocicado do sangue O+, pobre garoto... Não! Por favor, não me force a isto, não quero mais ver. Pare! Gritava ele enquanto alguns metros à frente, sua versão mais nova, devorava com sofreguidão a vida de seu vizinho de andar e primeiro amor.

Ele sabia que estava vivenciando um sonho ruim, uma lembrança que fizera questão de afogar nos meandros mais profundos de sua mente. Todavia agora, por algum motivo tudo estava ali, sendo esfregado em sua face. Voltou-se para trás no corredor, sairia dali o mais rápido possível. Corria e continuaria a fazê-lo, até conseguir atingir algum lugar tão distante quanto suas forças lhe permitissem.

Então, ele liberou controladamente o impulso caçador em seu íntimo, todo o corpo respondeu imediatamente; agora movia-se como um borrão. Entretanto não havia fim, por mais rápido que fosse, sempre existiam metros e metros a sua frente — manchas de infiltração, tintura descascando, além de janelas de vidro escuro. Os gemidos fracos de dor que escapavam da garganta de Killian acompanhavam seu progresso. Não importa o quanto fuja, sempre o ouvirá morrer... Sussurrou a "fera" em sua mente. Não fiz por querer... Eu apenas...

Apenas. Oh não! Por favor faça parar!

— O que é isso? — perguntou ele estancando a sua corrida. Escorrendo para fora das portas na direção do teto, paredes e solo, havia veios de sangue tomando conta de tudo, cobrindo e continuando, o fluxo seguia envolvendo as coisas pelas quais passava, como o jorro incontrolável que escaparia da jugular partida de um grande animal. Atrás dele o transbordamento vermelho espesso, também brotava feroz. Alagaria todo o corredor.

— Este é o caminho que deseja escolher? — Soou a voz conhecida de Delphine às suas costas, projetando-se da soleira de uma das portas.

Michel virou-se apressado na direção dela, sentindo-se envolvido por uma calma profunda. O perfume especial que parecia brotar da perscrutadora do futuro, estava lá, como uma nuvem de incenso que protege dos maus agouros.

Havia tentado se induzir a uma viagem astral para encontrar com ela, precisava de orientação e não sabia a quem recorrer, mas não supunha que a encontraria no meio daquele terrível fato de seu passado.

— O que é tudo isto? — perguntou ele em tom ansioso, olhando de esguelha para o sangue que nessa altura gotejava do teto em grandes pedaços coagulados.

— Creio que tem a resposta. Resta saber o que fará com ela — falou ela dando alguns passos mais para dentro da alcova.

O local em que alguns instantes antes estavam ocupados pelos diminutos pés de Delphine, agora era invadido por uma poça de sangue, que parou entrincheirada na soleira sem seguir adiante. O cheiro que a princípio parecera tão agradável para Michel, agora apodrecia rapidamente, não era fresco ou cheio de vida. Era morte líquida, podre e inquietante. Não apenas o sangue, mas todo o ambiente; madeira, carpete, tudo. Estava à mercê da ação cruel do tempo. Ele estava cercado pela podridão e destruição.

— Ajude-me... Preciso falar com você — falou Michel estendendo a mão, enquanto lançava olhares ansiosos para Delphine, que languidamente o fitava de volta com as órbitas opacas e aparentemente a salvo do processo de decomposição que acometia o ambiente.

— O desejo como meu discípulo, mas não posso, nem quero ensinar nada para alguém que tenha o interior podre. Veja bem este corredor... É assim que você estará daqui algum tempo. Fenecerá ao mal. Dentro de você mora uma fera, muito mais poderosa que de outros de sua espécie — falou ela placidamente, pondo a mão na maçaneta descascada. — Reflita, Michel Aires. Você tem um potencial incrível e este poderá ser usado para o bem ou não ficará a sua escolha, assim como tudo na vida. Mas o aviso de que se continuar sorvendo sangue direto da fonte e empregando suas habilidades para os propósitos daqueles como Marco, nunca mais o verei. — Após falar isto a porta fechou-se com um estrondo incrivelmente grande para o tamanho dela.

— Espere! Delphine, espere! É verdade? Sophie e eu somos realmente descendentes? — perguntou ele já sem esperança, deixando a voz morrer, para sumir no meio do porejar sanguíneo.

Acordou sobressaltado, uma fina camada de um líquido frio e pegajoso cobria o seu corpo. Por alguns instantes a sensação de podre ainda circulava no ar ao seu redor e de algum lugar ainda advinha o repetitivo pinga-pinga do teto.

Para o espanto dele nos pés da cama, deitado em um canapé de madeira escura, com estofado em cetim vermelho, havia um rapaz moreno de cabelos aparados curtíssimos do qual Michel possuía uma vaga lembrança de reconhecimento. Como se houvesse estado com ele algum tempo atrás ou quem sabe lhe pago uma bebida.

Sob os olhos fundas olheiras marcavam a pele do jovem. Este aparentava dezoito anos ou uma idade próxima disto. Trajava apenas uma calça de algodão branco e no pescoço uma espécie de colar, que desde o primeiro momento em que colocou os olhos sobre o objeto, Michel achou muito parecida com uma coleira de identificação; era feita de tiras finas de couro negro, com um "D" dourado, para identificá-lo como um Damfir. Dormia tranquilamente e a sono alto, visto que apenas quando foi sacudido é que acordou.

— Senhor Michel... Deseja outra dose? — perguntou ele com a voz marcada profundamente pelo sono, mas já retirando o colar, deixando evidentes as várias cicatrizes circulares na região do pescoço.

— Não! Pelos deuses, não! — falou Michel impedindo-o a meio caminho do gesto. — O que você faz aqui? Qual o seu nome? — perguntou afastando-se do rapaz e indo se sentar na borda da cama, no mesmo instante em que batidas aceleradas soavam a porta.

— Maninho... Tudo bem por aí? — falou Sophie com riso na voz açucarada, que Michel já passara a odiar.

— Eu sou quem o senhor desejar que eu seja... Estou aqui para servi-lo, saciar sua fome e...

— Basta! Vá embora, por favor. — Interrompeu Michel, sem conseguir sequer lançar um olhar para o rapaz.

O garoto levantou-se e por alguns segundos pareceu atordoado, como se estivesse decidindo se havia ou não feito algo que poderia ter irritado o meio-vampiro.

— Hum... Vejo que aproveitou o presentinho que lhe mandei — comentou Sophie entrando no quarto sem ser convidada, no momento em que o Damfir saía apressado, recolhendo no caminho as sandálias de couro e a camisa também de algodão.

Ele agora compreendera o que Delphine lhe falara, exceto a primeira vez, em que perdeu a luta contra a sua fera interna, quando ainda era uma criança, ele nunca mais havia tomado sangue direto da fonte, sorvendo o líquido da vida direto da pele macia... Que os deuses me ajudem o que foi que eu fiz? Por que não me lembro? O que aconteceu aqui? Perguntava-se ele ainda de cabeça baixa, olhando para suas coxas muito brancas.

Os últimos acontecimentos pareciam trechos de um livro, o qual se leu apressadamente e só então deu por perceber falta de muitas páginas. Forçando a mente, lhe advinham fragmentos da conversa com Marco. A proposta de permanecer na "corte" vampírica que ele e os outros do alto escalão presidiam.

Lembrava também da demonstração de suas habilidades e... O que mais?

— Michel? Aconteceu algo além do óbvio? — perguntou Sophie, sentando-se no canapé entre risinhos, enquanto brincava de lançar para cima e pegar uma das almofadas cilíndricas que ficava de cada lado do móvel. Até que sem qualquer sombra de aviso, ela agarrou uma das almofadas e girando o corpo, jogou na direção dele o objeto que agora movia-se como um borrão.

Uma luz acendeu muito rapidamente na mente dele, como um flash muito forte. Com uma agilidade que ele supunha possuir apenas quando "libertava" a besta, deitou-se na cama, deixando que objeto arremessado explodisse em uma nuvem de penas na cabeceira. Pôde ouvir a expressão de espanto dela, que veio apenas a se intensificar, quando ele girando para o lado, caiu no solo, pondo-se de pé; os olhos muito claros, os dentes a mostra e as mãos postas em garras. Se era isto o que ela queria, ele iria enfrentá-la ali mesmo, nada sofreria, visto que Marco sentia interesse nas habilidades dele. Além do que, fora salvo de ser soterrado no deserto, não se dariam todo este trabalho para permitir que ele fosse morto ali.

— Você! Você trouxe aquele rapaz aqui e de alguma forma me fez bebê-lo! — Rosnou ele.

A surpresa estampada na face de Sophie sumiu em segundos, para dar lugar a uma fúria assassina.

— Sim! Fui eu quem lhe presenteou... Mal-agradecido idiota, qual o seu problema? Afinal ainda é um vampiro não é ou sua parte humana é muito maior? — falou ela carregando no sotaque, que aparentemente se intensificava diante da fúria dela. — Até porque, achei que jovens de aparência virginal e pele morena, fossem o seu tipo... — falou ela deixando as palavras serem suplantadas por uma risada irônica.

— Sou um meio-vampiro e tenho orgulho disto. Não roubo o sangue de ninguém. O que vocês fazem aqui... Essas pessoas que se entregam... Isto é errado, além de ir contra o cessar de ataques assinado junto com os Porteiros. — Falava ele, enquanto uma parte de sua mente dispensava energia, para que Michel pudesse utilizar suas habilidades, enquanto outra tentava silenciar os questionamentos que borbulhavam na mente dele, a respeito do que a irmã queria insinuar com; ser o tipo dele.

— Você é um erro! Uma aberração ridícula e doentia que nasceu por acidente... Marco e os outros estão empolgados com você, mas é por pouco tempo eu lhe garanto. Eu também já passei por isto; quando o Raymond me encontrou, eu era "a descendente", entende? — falou ela, saindo da posição ameaçadora e pondo-se do lado do móvel, sentando-se no braço deste. — Mas o tempo foi passando e nada de surgir algo especial. Meu "padrinho" foi dormir, já que desde o celebre ataque de Zafrina, por medida de segurança apenas dois dos antigos por vez permanecem acordados... Começaram a surgir dúvidas sobre eu ser a única...

Ela então interrompeu a sua fala, que fluía calmamente, para em um movimento rápido suspender o canapé, girando-o para atingir Michel pelo lado. Contudo ele estava esperando tal ato, já havia analisado tantas opções quanto lhe foi possível. Sendo assim, quando foi atacado, segundos antes já estava agachado.

Quando o banco de madeira pesada passou centímetros acima da cabeça dele, Michel jogou-se para o lado oposto, indo de encontro com uma pequena mesinha que ficava abaixo da janela, quebrando uma das pernas com o impacto. A cama foi varrida para o lado, bloqueando a porta em companhia dos restos do canapé que Sophie soltou.

— Não é nada pessoal, mas você é uma ameaça maninho e enqu...

— Eu vou embora Sophie, não posso ficar aqui ou perco minha mestra — falou Michel interrompendo-a, à medida que pondo-se de pé, ele a fitava dentro dos olhos, para que ela pudesse perceber como ele estava sendo sincero.

— Mestra? Hum. A questão é que você não pode partir, ao menos não enquanto ainda for um "concorrente" — falou ela imitando um gesto de aspas com os dedos e depois arreganhando os dentes alvos.

Michel perguntaria o que ela pretendia dizer com aquilo, mas as suas habilidades forneceram uma visão precisa em demasia; Sophie o agarrava pelos ombros, os dedos enterrados até o osso na carne de seus ombros. Ele se retorcia em espasmos violentos, gritando de dor enquanto sua garganta era dilacerada por uma Sophie em desvario, que lhe sorvia parte do sangue, ao mesmo tempo em que se deixava banhar pelo jorro violento e rubro, que escorria pelas roupas, para, por fim, empoçar no piso frio.

Numa centelha de inspiração, ele percebeu quais as reais intenções dela; absorvendo o sangue dele até o aniquilamento, ela estaria por renovar o seu vínculo hereditário. Supunha assim, com uma única manobra, aniquilar a ameaça que Michel era, além de aumentar as suas chances com Ludivic e Marco, este segundo tendo inclusive questionado Michel a respeito de que fim ele pretendia dar a sua irmã.

— Seu interior está podre, maninha — falou ele passando discretamente de uma mão para outra o pedaço da perna de madeira da mesinha. — Pretende me drenar, não é? — Riu-se internamente percebendo que conseguira com isto surtir o efeito desejado: Deixar ela surpresa o bastante, para que permanecesse mais alguns segundos com a guarda aberta como estava.

O gesto foi rápido e ele tentou imbuir nele toda a força que lhe seria possível. Atirou-se para frente, na direção da inimiga, à estaca improvisada mirando o ponto onde ficava o coração outrora pulsante daquela criatura fria.

Ela era muito forte e com a proximidade que agora assumira, ele corria a risco de ser esmagado entre os tenazes que eram os braços alvos dela, caso o espeto não penetrasse fundo o bastante. Mas, ele sabia exatamente onde atingir e o arquejo rouco que ela deixou escapar, advertiu Michel de que havia obtido êxito em seu plano.

Sustentada por ele Sophie estava imóvel em seus braços, na face ela tinha uma expressão paralisada de fúria e surpresa. Apenas os olhos dela, que corriam ligeiros de um ponto para outro, lhe indicavam que acertara em cheio o coração carcomido. E enquanto, aquele pedaço de madeira, estivesse plantado no peito dela, não haveria o menor movimento da parte dela.

Poderia então deixá-la assim por dia, semanas, definhando pouco a pouco. Se consumido internamente, pela fome irracional que é o mau de todo vampiro. Contudo, aquilo seria uma crueldade a qual ele não estava disposto, mesmo porque, provavelmente a pequena "dança" deles, devia ter chamado bastante atenção:

— Agora, querida maninha, vamos conversar... — falou Michel soltando-a no chão com um baque surdo. — Veja bem, eu posso entre outras coisas drenar você aqui mesmo, extirpando para sempre da história a criatura traiçoeira que você é. Mas por que retiraria este prazer de mãos muito mais hábeis para a maleficência que as minhas? Drogou-me com verbena, não foi? Assim conseguiu turvar minha mente... Sabia que acabaria por beber o seu presentinho, ficou esperando o momento em que poderia me pegar desprevenindo. — Divagou ele, sentado ao lado dela, enquanto observava com deleite o ódio que fervia nos olhos dela. — Mas garanto que não esperava que eu fosse conseguir lutar contra você, não é verdade "maninha"? Deveria ter me atacado enquanto eu dormia. Mas agora é tarde. Está confortável? Se me dá licença vou me trocar para esperarmos pela guarda de Marco; aposto como metade da mansão nos escutou e logo teremos companhia.

XLV

Zenith

"Detido para maiores averiguações..." O veredito repetia em sua mente, reverberando tal qual um grito muito alto, dado em uma sala vazia. A voz do Comandante de Operações Raehgo crescia, multiplicando-se em vibrações infinitas; "Detido... Detido... Maiores averiguações". E a cada vez que ouvia, parecia pior, um agigantamento da tragédia.

Ao menos você contou tudo, explicou-se o melhor que podia diante do nervosismo. Deixaram você falar, não foi? Poderia ter sido pior, terem lhe acusado sem nem dar chance de defesa. Era o que ocorria em sua mente.

Além do que não é uma acusação final, apenas um artifício para que não fuja o mais rápido que suas patas peludas permitam. Conversava consigo mesmo, tentando encarar a situação pelo maior número de ângulos possíveis. Enquanto Torrão, em tom de concordância, miava baixo, em alguma parte da mente.

Zenith sabia que tudo poderia ter degringolado de vez. Na verdade estava esperando por algo assim, pois com a sorte que vinha tendo ultimamente, não se poderia culpar ele por ser pessimista. A todo momento imagens passavam em sua mente; como por exemplo, ser preso novamente em um quarto do nada ou até mesmo receber uma sentença de execução. Nem de longe imaginava que ao invés disto, sairia livre da sala de audiência, caminhando lentamente atrás de um rapaz silencioso e de trejeitos mansos.

Porém o mais inquietante era o fato que o jovem não havia falado nada, desde o término da audiência. Zenith queria saber notícias de Eve, ele e até mesmo Torrão, estavam apreensivos diante do que ocorreria. Temiam que a agente fosse não apenas expulsa da Ordem, como também recebesse graves medidas disciplinares.

Claro que não poderia culpar o Subgeneral da base, afinal ela dera mais motivos do que seria sensato. Não havia sido apenas o comportamento diante de Ludivic, muito menos as quebras de regulamento, ocorridas durante a missão de localização do Pilar da Terra. Era uma situação muito mais complicada. Afinal ele lera algumas partes da mente da maga e sabia que ela advinha de um frequente fluxo de má conduta.

Infelizmente na tentativa de ajudar, a explanação que ele desenvolveu não surtiu o efeito desejado; falou sobre o enigma, o ataque sofrido e todo o resto. Entretanto as coisas mais se complicaram do que elucidaram; ninguém no tribunal parecia muito inclinado a acreditar nele. Contavam, porém, com a presença da rastreadora, para comprovar que ele era, quem e o que dizia ser, sanando de vez as dúvidas a respeito da existência de alguma magia negra que o estivesse animando, para agir como ser racional.

Entretanto, mesmo após todos estarem mais inclinados a aceitar a história contada, ainda existia uma grande barreira no centro do caso; como ele havia conseguido fazer algo, que nunca fora registrado na história da magia antes? Embora essa resposta fosse algo que até ele gostaria de possuir, não era nem de longe a sua maior preocupação. Logo passaram para as perguntas mais práticas:

— Como exatamente ocorreu a queda do Pilar da Terra, senhorita Firewalker? — Soou a voz de Raehgo, em tom duro, sob o olhar atento do Subgeneral Eduard Ericô.

— Na verdade, não sei ao certo. Apaguei devido aos ferimentos, só acordei quando estávamos naquela máquina infernal. Quer dizer carro, a caminho de ver a Sr.ª Audália.

— Muito conveniente e o outro? O gato? — disse Zafrina em um tom encarquilhado, carrancudo e azedo, dando um palpite em meio a resmungos.

— O que tem a dizer, senhor Zenith? Mesma pergunta, afinal a sua parceira, afirmou terem encontrado aquela que se denomina como fada caída da ira — falou a promotora Ram, caminhando calmamente em seu traje exótico, após agradecer com mesura a intromissão de Zafrina. — Pergunto-me, como estão vivos, já que um oficial condecorado e experiente os acompanhava, porém acabou por fenecer, enquanto aqui estão vocês... — falou a mulher com a mãos espalmadas, indicando ele e Eve.

Primeiramente ele pensou em mentir, poderia ter dito não se lembrar de nada, assim como Eve. Mas em seu íntimo a voz espectral, rugia, de forma imaterial: ... mas se o quiseres, darei a ti uma ferramenta, com a qual poderás impedir que este ser consumido pela ira, torne a causar o mal. Ele que havia aceitado a dádiva uma vez, não poderia agora negar, mentindo sobre ela. Seria como repudiar a si próprio sim, dai-me. Havia dito ele, não foi?

Desta forma respirando fundo, ele contou tudo em detalhes. Descrevendo a batalha, como um por um, todos caíram e ele permaneceu de pé, esquivando-se. Repetira o que conseguira lembrar, da prece que nascera no âmago de sua consciência e quando pensou que seria impossível, achou palavras para descrever o inefável contato com a centelha divina, quando invocou a foice do Éther.

Por algum tempo Zenith julgou de forma positiva o fato de que todos haviam permanecidos silenciosos. Entretanto logo ele percebeu suas faces; não era educação ou credibilidade, mas expressões de medo e dúvida, cristalizadas diante da surrealidade dos acontecimentos por ele narrados. Exceto Zafrina, que por algum motivo desconhecido a ele, parecia profundamente irritada. A ira dela manifestou-se com tal intensidade, que um brilho discreto surgiu por trás da venda rubra que cobria o olho esquerdo.

Foi apenas neste momento que ele deu maior atenção ao tapa-olho. O que poderia ter ocorrido para ferir alguém como ela? Perguntou-se ele, quando fitou o tecido que protegia a cavidade de globo ocular; mas que deixava à mostra uma grande mancha vermelha, que ia do queixo até o começo do couro cabeludo. Olhando-a assim como estava, irradiando raiva, ele entendeu a tensão emocional que Eve possuía em relação a ela.

A presença dela perpetuou-se em um mistério para Zenith. Uma vez que exceto alguns poucos comentários ácidos, ele não a viu falar ou fazer nada de relevante. Entretanto quando Eve foi levada para outra sala, a fim de receber o veredito, diretamente do Subgeneral *Eduard Ericô*, Zafrina a acompanhou. Talvez esperando levá-la consigo... De qualquer forma, não pareceu que alguém teria impedido ela de não participar daquela audiência.

Assim, quando a agente saiu, na companhia da promotoria mágica e todo o séquito de indivíduos, Zenith ficou na sala, acompanhado apenas de alguns membros da guarda de phelinos, esperando e esperando... Provavelmente havia sido tomado por louco. Depois de tudo que contara e das transformações que sofrera, não poderia ser tratado de forma diferente. Contudo, não pôde deixar de sentir pontadas de angústia percorrer-lhe a mente.

Por séculos não houve qualquer sinal das armas mágicas, receptáculos da centelha divina da criação. Até que um simples aspirante a pesquisador, possuindo o corpo de seu gato de rua, sem qualquer traço que o caracterizasse como especial. Simplesmente manifestou uma das forças mais poderosas conhecidas — tendo feito uso desta para apagar a existência de uma fada caída; criatura não só considerada como lenda, por alguns membros da Ordem, como também possuidora de uma incrível capacidade mágica.

Tudo parecia completamente fora da realidade e de qualquer padrão, que pudesse vir a ser considerado. Assim raciocinava quando Raehgo retornou para a sala, Zenith se permitiu uma pequena aventura na mente do Comandante de Operações, afinal não poderia mais fazer nenhum mal, não é mesmo? "Considere-se detido para maiores averiguações de sua situação...". Para em seguida acrescentar: "Siga com a guarda de phelinos de volta para o quarto do nada. Lá irá esperar novo contato". Isto sim era preocupante, afinal aquela situação ficaria em suspenção até provavelmente já teriam lidado com a situação crítica dos pilares e poderem dedicar a atenção a aberração de quatro patas... Naquele instante ele sentiu encolhendo-se assustadiço.

Durante o percurso de volta para a cela, ele nem chegou a observar exatamente para onde estava sendo conduzido, tamanha era a concentração que empregava, a fim de encontrar alguma solução para a situação. De tal forma que quando chegaram ao portário, e o rapaz que agora ele sabia chamar-se Cibok surgiu, abordando ele e sua escolta, Zenith não lhe dedicou mais do que alguns instantes de atenção.

Passado um tempo, ele observou que o progresso não ocorria. Ainda estavam parados no portário. Ele voltou a cabeça para cima e percebeu que algo fugia do comum. Havia qualquer coisa oficial sendo explicada em um tom que evidenciava não ser a primeira vez e documentos sendo avaliados; passando de uma mão peluda para outra, da guarda de guerreiros phelinos. Pouco tempo depois, lá estavam eles, Zenith e o rapaz louro de traços doces; indo do portário de Alethea para o de Enuewm.

— Chegamos, senhor Zenith — falou Cibok, por fim dirigindo-se diretamente a ele.

Zenith estava tão focado em seus pensamentos, que mal percebeu quando entraram em um corredor também formado de pedra cinzenta, como era comum nos prédios da Ordem, porém havia qualquer coisa de refinamento, fosse nos materiais ou na decoração do lugar. A frente havia uma porta de madeira sólida, na qual se lia a placa: Executor Chefe das leis mágicas, Allan Dupon.

— E por que exatamente estamos aqui? — perguntou ele, receoso.

Afinal a única coisa que sabia a respeito de sua situação é que, não poderia sair dos prédios da Ordem. O que de certa forma era algo positivo, devido o atual estado do mundo mágico, lembrou-se ele silencioso. Entretanto não conseguia imaginar por qual motivo havia sido conduzido até aquele lugar, aparentemente à revelia dos guardas phelinos; já que ouve uma boa discussão antes de que ele fosse liberado para acompanhar o jovem.

— Não estou autorizado a fornecer qualquer informação a respeito da transferência de sua tutela, como já afirmei aos seus guardas e tenho total certeza que o senhor ouviu. — Falando isto ele bateu duas vezes na porta, entreabrindo-a em seguida ao que pareceu ser um convite, mas que poderia ser tomado como um rosnado. — O executor Dupon está a sua espera...

Era um escritório muito menos opulento do que ele supunha e do que o exterior do corredor parecia insinuar. Ao ingressar na sala, organizada de forma sóbria, encontrou não apenas o dono do escritório, mas, sim, outros indivíduos. Dois deles pareciam uma versão humanizada de phelinos; olhos com pupilas fendidas, orelhas pontudas e pelos no corpo, principalmente na face — dotada de compridos bigodes translúcidos e nas caudas de aparência ágil. Porém havia também traços distintos ao que era comum a raça, a ausência de lábios fendidos e dentes pontiagudos, mãos perfeitamente formadas e terminadas em cinco dedos, contando com polegar opositor. Bem como pernas traseiras, sem a curvatura proeminente.

Os dois claramente eram mestiços, assumiam, porém, uma postura rígida, característica aos phelinos. A mulher estava com a cauda enrolada na cintura, envergando um traje que parecia ser perfeito para algum treinamento físico, enquanto que a cauda do homem pendia ao lado dele, balançando de um lado para o outro, calmamente, roçando nas dobras do tecido do conjunto; túnica e calças, que ele usava. As cores dos olhos e cabelos eram exatamente iguais, dir-se-ia inclusive que eram irmãos gêmeos, de tão parecidos.

Um homem baixo, claramente identificado como o executor, por estar sentado atrás da mesa da mesa, assinava alguns pergaminhos. Porém levantou a cabeça quando Zenith adentrou, a porta da sala fechando-se atrás de si. Ele vestia uma camisa branca, com bordados em marrom escuro por toda ela, concentrando-se em um padrão geométrico próximo a abertura da gola em "V" e nas mangas. Por cima havia uma casaca cor de tijolo novo, feita do que parecia veludo escovado, sem o aspecto brilhoso do veludo normal.

E na mão esquerda ostentava um anel todo feito de pedra negra, pareceu a Zenith que era uma turmalina, mas ele não chegou a ter certeza. Visto que sua atenção logo foi clamada por uma mulher de cabelos negros em uma trança comprida, quase tocando o chão. Ela vestia uma curta túnica, que não passava dos joelhos, calçando botas de canos longuíssimos, ambas as peças de vestuário em um forte tom de rosa com trechos semitransparentes, além de variados pedaços de tecidos diversos. Ao lado dela estava um grande cajado de madeira nodosa e sob os olhos, ela usava uma venda, presa atrás da cabeça com uma fita acetinada.

— Senhores, se me dão licença tenho um assunto para resolver — falou o executor olhando profundamente para Zenith. — Peço que acompanhem o meu assessor. Cibok, ela irá tratar de tornar oficial a transferência de todos, bem como fornece os indutos e insígnias necessários. Sejam bem vindos ao departamento de execução mágica — falou ele acrescentando um sorriso, que na opinião de Zenith pareceu um pouco deslocado diante da expressão séria. Em seguida a saída de todos, ele sentou-se novamente a mesa e com um breve gesto indicou a cadeira à frente.

Zenith saltou obediente para o estofado macio de tom creme, sentando-se muito ereto, com a cauda pendendo para o lado. Muito embora Cibok tenha impedido, sua detenção, ele não havia comentado nada a respeito do motivo pelo qual estava indo até o escritório do executor. Afirmando apenas que não estava autorizado a revelar nenhum detalhe, no momento em que fora abordado a caminho do quarto do nada. Então tudo aquilo teria quer analisado de forma muito cuidadosa...

Além do que, nas vezes em que tentou o mais sutilmente possível sondar a mente do jovem enviado do Executor. Zenith surpreendentemente deparou-se com uma "parede" de proteção telepática. Com uma defesa mental tão boa, só poderia retirar algo, forçando passagem, mas isto seria no mínimo falta de etiqueta, não é mesmo? Perguntava ele para Torrão e para si, tentando decidir.

— Devo admitir que não imaginei que seria alguém tão... Pitoresco — falou o executor olhando para Zenith, enquanto acarinhava uma sombra de barba. — Zenith, não é?

— Sim senhor... Se me permite, também estou bastante surpreso... Esperava estar agora em uma cela... Esperando uma decisão final ou execução. — Exteriorizou o pensamento no tom mais cortês que pode, devido ao nervosismo.

Zenith sentiu os pensamentos do executor; fluindo ligeiros, sobrepondo-se de forma a ser impossível acompanhar o processo, com o contato superficial que matinha para conseguir comunicar-se. Todavia ela sabia que neste curso, o homem a sua frente estava concebendo uma ideia; não lembrava nem copiava, mas, sim, criava algo. Decidindo que seria arriscando em demasia tentar ir mais fundo na mente do senhor Dupon, ele manteve-se quieto, enrodilhando a cauda ao corpo, esperando que as coisas seguissem o curso programado.

— Não poderia permitir à Ordem desperdiçar um talento como o seu. Além do que em um processo como este, em que não há precedente para acusação, ou pena sob a qual a promotoria possa apoiar o raciocínio. Basta que permaneça sereno, seguindo as ordens dadas... — Falando isto ele abriu uma gaveta, de lá retirou um cinzeiro no formato de dragão e uma caixa de cigarrilhas. — Acredite, senhor Zenith, se agir da forma correta, daqui alguns anos será tratado com um herói! Uma lenda no mundo da magia. — Enquanto falava, dava pequena batidas com a ponta apagada do cigarro, no tampo da mesa, a fim de melhor assentar o tabaco. — Creio que deva estar muito curioso então, sendo assim, serei direto na proposta a lhe fazer. Importa-se que fume? — perguntou ele já acendendo a cigarrilha na boca do dragão; na verdade o objeto acumulava as funções de cinzeiro e isqueiro de mesa.

Zenith o observava atentamente e podia afirmar que o executor não apresentava qualquer sinal de insegurança. Na verdade, ele estava muito cômodo naquele escritório, servindo-se dos seus charutos pequenos, enquanto deleitava-se com a aflição na qual ele supunha ter lançado o seu visitante. Contudo, não se deixando enganar, Zenith percebia a sutil alteração na face do executor desde que havia falado com ele, provavelmente questionando-se em segredo, qual o nível de telepatia do gato a sua frente.

O que está escondendo, senhor? Perguntava-se o mago do Éther. Respirando fundo ele percebeu que o melhor seria agora, fingir-se indefeso e ansioso. Afinal uma das coisas que ele havia aprendido nos últimos tempos, era que quanto menor fossem as expectativas, maior chance de surpreender e assim pegar o adversário.

— Desculpe, senhor, mas não faço ideia de por qual motivo estou aqui. Caso não se importe, poderia me livrar deste mal-estar? — Dissimulou ele, animando-se ao perceber que o joguete estava indo bem. Afinal o executor deu um largo sorriso, parecendo ainda mais deslocado que o anterior, enquanto recostava-se na cadeira.

— Pois bem, mesmo não sendo membro da Ordem, o que eu afirmo ser um desperdício — falou ele dando uma piscadela na direção de Zenith. — Pela sua participação na missão com a senhorita Evellyn, o senhor tem mais informações do que seria indicado para um civil. Sabe, por exemplo, que os pilares estão sob ataque e que até o presente momento apenas ar e água se mantêm erguidos. Visto que o Pilar do Fogo, foi derrubado pelas forças inimigas durante o seu julgamento — falou ele apagando a guimba incandescente.

A última revelação do executor derramou-se como um veio de água fria sobre a cabeça de Zenith. Ele havia sim, percebido uma alteração nos fluxos de magia, mas não supunha que tal situação houvesse sido fomentada, pela queda de mais um Pilar. Isto o inquietava mais do que ele conseguia mensurar. Afinal cada vez que uma das colunas de sustentação do véu era derrubada, todo o mundo ficava mais perto de uma catástrofe sem limites. Ele lera antigos pergaminhos e sabia como os humanos se portavam diante do que era diferente ou desconhecido para a maioria;

guerras entre nações, torturas, assassinato de inocentes e fogueiras, muitas fogueiras. Que os deuses não permitam!

— Senhor e as equipes enviadas? Não entendo... Por que não são remetidas outras? Será que não percebem como a situação é grave? — Exaltou-se ele.

— Fico contente em saber que partilhamos das mesmas preocupações, porém infelizmente não está em minhas mãos o poder de tomar certas decisões. — Acendeu outra cigarrilha, tragando-a vagarosamente. — Entretanto, meu novo cargo me permite certas alternativas... Quero pedir para que assuma um papel decisivo nesta guerra que veio bater em nossa porta. Os grupos enviados em busca dos pilares da terra e do fogo estão sendo remanejados para outros pontos de busca. — O executor se levantou, indo até um pequeno armário e de lá retirou uma caixa de madeira. — É neste aspecto que sua ajuda será essencial, quero que procure a localização das duas colunas que ainda se mantêm de pé, e para isto, darei acesso ao acervo da Ordem. — Abrindo a caixa de madeira, ele retirou uma fita de cetim vermelha, na qual estava pendurado um broche. — Use esta insígnia; indicativo daqueles que estão sob minhas ordens. Saiba que espero resultados urgentes — falou ele dando a volta na mesa e amarrando a fita no pescoço de Torrão, deixando Zenith tão abismado que por alguns instantes ele não falou nada.

O disco de pedra negra refulgia um brilho metálico, contrastando com o "ninho" de arabesco prateados, que envolviam o cristal. Sentindo aquele peso em seu pescoço, Zenith já sabia que mesmo sem ter manifestado uma reposta afirmativa, ele havia aceitado a proposta.

— Ficou bem em você — comentou o executor parando alguns passos atrás, como um adulto faria ao observar uma criança com um novo adereço.

— Seria uma honra senhor... Me tornar um pesquisador da Ordem sempre foi o meu maior desejo. Mas, por que exatamente essa tarefa? Por que eu? — perguntou ele atônito.

— Ora, mas eu achei que fosse óbvio; o Pilar da Terra foi achado mediante sua mente, por que razão não pôr o seu talento em serviço de toda a sociedade mágica? — falou o executor retirando um pergaminho e uma almofada de tinta de dentro de uma das gavetas. — Assine aqui e pode começar imediatamente as pesquisas. Pôs os objetos na frente dele e o olhou mais uma vez com profundidade.

Ele levantou a pata e quase a deixou cair sobre a almofada, quando um pensamento lhe riscou a mente:

— Senhor, eu nunca pensei que as coisas aconteceriam desta forma, mas devido os últimos acontecimentos, acho que não posso exatamente reclamar. Mas... Não tome minha postura como um abuso, mas gostaria de propor uma permuta; faço as pesquisas e muitas outras, caso se façam necessárias, mas em contrapartida gostaria que o senhor me ajudasse no andamento do processo, afinal já ocupou cargo na promotoria. Depois de absolvido eu queria entrar na Ordem, não apenas como pesquisador, mas, sim, como um Porteiro — falou voltando-se para o executor com um olhar duro.

— Ora veja só, isto muito me alegra! Será um prazer tê-lo na Ordem e de preferência continuando sob meu comando. Assine por favor. — Indicou o pergaminho com uma leve batidinha do indicador esquerdo.

Expandindo a consciência, ele focou o pergaminho e a tinta. Não confiar completamente, parecia ser a melhor forma de manter-se vivo, nas atuais circunstâncias. Porém suas preocupações se mostraram infundadas; executando uma verificação apressadamente ele não encontrou qualquer vestígio de feitiçaria rúnica. Aparentemente o executor estava sim, preocupado com a situação enfrentada pela Ordem e viu nele uma chance a mais, de sobrepujar as ações do inimigo.

Sentiu uma viscosidade gelada, escorrendo por entre as fendas da pata. Para em seguida imprimir aquela que era sua assinatura provisória, no fim do pergaminho. Olhando-se no reflexo da janela, ele ficou surpreso como parecia imponente; sentado ereto, no pescoço a fita com o broche. Nos olhos, um brilho decidido que ele não supunha ser capaz de perceber em seus olhos, ou nos de seu amigo, Torrão. Saltou da cadeira e caminhou metade da sala, quando se lembrou de sua companheira; por mais desagradável que ela conseguisse ser, havia ficado preocupado com ela.

— Senhor Dupon e a Eve? O que houve com ela? — Rindo-se ele respondeu:

— Não sabia? Raehgo demonstrou mais uma vez a estupidez que o rege, ele acabou convencendo ao Ericô para expulsar ela da Ordem, acredito que Zafrina também persuadiu o Subgeneral, de qualquer forma ela seria encaminhada para um período de detenção e depois deposta definitivamente da Ordem. Porém como deve ter percebido, estou formando uma equipe e para facilitar a estruturação dela, recebi a permissão de conceder indultos, caso se fizesse necessário. O Cibok, muitíssimo ágil, apresentou um pedido para a reintegração dela, agora como oficial sob minhas ordens. Assim ela não chegou nem mesmo a sair da sala de julgamento como uma proscrita.

— Nossa! Então ela ofendeu um vampiro importante e ganhou uma promoção? Ela realmente é bastante sortuda. Acredito que a mestra dela não deve ter ficado muito satisfeita com isto, ela me pareceu ser o tipo que acredita bastante na punição, entende? Agora se me permite gostaria de começar imediatamente.

— Claro, só mais uma coisa. Algo que me deixou bastante curioso; o que exatamente lhe ocorreu, quando... Quando se viu forçado a abandonar o seu corpo? — perguntou o Executor, disfarçando algo no rosto, uma expressão de curiosidade talvez? Todavia foi algo que Zenith não conseguiu decifrar, pois sumiu tão logo veio à tona.

As imagens surgiram de chofre, os braços sombrios e o toque afiado. Chegou até mesmo a correr os olhos pelos cantos do cômodo, talvez esperando surgir algo ali, debaixo dos móveis ou escorrendo para dentro pela fenda da porta.

— Sinceramente não sei, senhor, mas se me permite — falou ele puxando a memória do que havia acontecendo, não o acontecimento por completo, mas os trechos em que a criatura de sombras se mostrou mais selvagem, sem incluir a memória das dores provocadas. Por alguns segundos esteve em dúvida se uniria ou não a face vista por ele; quando penetrou nas defesas daquele espectro de sombras e magia. Não havia incluído essa parte no relato prestado no tribunal, porque não deixar o seu "salvador" a par de tudo? Assim poderia avaliar, até onde o Executor estava disposto a ir, para "proteger a sociedade mágica".

Torceu tudo em um pequeno fluxo e lançou para a mente do executor a sua frente.

— Este rosto parece com...

— Sim, senhor, é bastante semelhante — falou Zenith terminando de sair da sala.

Caminhava vagaroso mantendo a cauda em riste, ondulando-a em movimentos delgados. Sentia-se bem consigo mesmo, diante de toda aquela situação de risco, ele havia conseguido se manter útil. Isto o preenchia de uma coisa quente, aconchegante como uma almofada para leitura.

Seria orgulho de si mesmo? Nunca sentira tal coisa e por tal, se tornava muito complicado identificar, nomear ou mensurar. Visto que parecia manifestar-se não apenas no campo das ideias, mas, sim, em todo seu corpo; o interior parecia morno e ronronante em demasia, até mesmo para o corpo de um gato.

Após negar o mais gentilmente possível a ajuda de Cibok, para chegar até as bibliotecas — uma vez que ele sabia que o rapaz o fazia por pura delicadeza, afinal deveria ter inúmeros documentos para remeter, além de outras atividades. Zenith seguiu até o fim do corredor, reavivando na mente o caminho trilhado outrora. Além do que, por mais polido e possuidor de bom caráter que ele pudesse parecer ser, havia algo de misterioso nele.

Não sabendo ao certo se era a postura submissa e servil, que ele parecia fazer questão de aludir em cada gesto, por menor que o fosse, mas isto o fazia lembrar-se de quando também era assim, passivo em relação ao mundo... Além do fato que havia a barreira mental, identificada quando se comunicou com ele... Claro que já encontrara pessoas com este nível de defesa mental, mas sempre era outros magos e magas do Éther. Nunca em alguém que fosse considerado como um "disforme"; nome alusivamente ofensivo, empregado para classificar aqueles nascidos com pouco talento mágicos, que normalmente seguiam o caminho de se tornarem rastreadores.

No fim de alguns minutos, ele chegou até a passagem que levaria para o portário. Seguiu para a direita, entrando por uma larga porta de metal; detalhes vazados formavam um intricado entrecruzamento de ramagens e florais, bem como padrões geométricos diversos que consistiam em estrelas, triângulos, sóis e luas.

Um denso odor de pergaminhos, umidade e couro envelhecido, escapava das várias aberturas do portão. Este trancava a passagem de uma escadaria de degraus já bem gastos, descendo vertiginosamente em espiral, para o ventre da escuridão.

Zenith caminhava cheio de contentamento consigo mesmo entre as incontáveis prateleiras de livros, além de estar embevecido por encontrar-se naquele "templo" de sabedoria; ao analisar por sua atual estatura, algumas prateleiras pareciam estender-se até próximo ao infinito. Eram ao todo três pisos, penetrando cada vez mais no subsolo cavernoso.

Esferas de vidro flutuavam silenciosas pelos corredores, luzindo amareladas. Eram círculos de luz que acompanhavam o caminho daqueles que passavam por entre os inúmeros blocos de livros. Por toda a extensão da biblioteca havia pequenas mesas de estudos, dotadas cada uma com um suporte, para a luminária flutuante.

Zenith estava absorto em sua contemplação, que por alguns instantes não percebeu em quem havia esbarrado. Até que olhando para os sapatos de brilho metalizados, refletindo a luminosidade da esfera que o seguia, ele percebeu:

— Perdoe-me... Senhora Audália — falou ele envergonhado pelo acidente.

— Ora vejam quem encontro. O célebre Zenith, aquele que afirma ter derrotado uma fada caída, além de levantar suspeitas muito... audaciosas eu devo dizer — falou ela agachando-se para ficar mais próxima ao nível de visibilidade dele.

Os comentários embora breves, o deixaram muito ressabiado. Uma vez que ele supunha serem as informações reveladas nas audiências algo sigiloso. Contudo, levando em consideração o apreço pela fofoca que parecia existir inerente na sociedade mágica como um todo, ele não se surpreendeu em demasia.

— O achei bastante corajoso, sabe, falar as coisas que afirmou na audiência, na frente de tanta gente... Isso o configura como tolo ou destemido. — Correndo os olhos rapidamente para os lados, ela assumiu um tom mais sutil: — Não está fugindo, não é mesmo? Pois amo estes livros o bastante, para odiar ter que travar uma batalha no meio deles; existem verdadeiros tesouros aqui.

— Não! Claro que não estou fugindo — falou ele estufando o peito, deixando à mostra o broche com o disco negro. — Estou aqui fazendo pesquisas para ... — Interrompeu a fala e passou a observar os livros da estante próxima. Não sabia até que ponto as suas atividades haviam sido aprovadas pela Ordem, sendo assim, supôs que o melhor seria manter segredo.

— Pesquisas para...? — perguntou ela sorridente e após dar uma piscadela, Audália deu uma minúscula pancada no focinho dele com a unha negra do dedo indicador: — Se posso dar um conselho, contenha o seu entusiasmo. Nunca se sabe quem está por trás de um riso, não são mesmo? Vou deixá-lo agora, porque se me permite, tenho pouco tempo para procurar algo bem específico — falou ela levantando e espanando a saia do terninho.

— Será que não posso ajudar? — questionou ele apressado em mostrar-se valoroso. Quando na verdade, ele queria sondar o que exatamente ela estava procurando.

— Creio que não, minha pequena bolinha de pelos. Estou procurando por um item valioso e extraordinariamente raro. Não espero na verdade encontrá-lo por aqui, mas deve existir alguma menção a ele em algum ponto: "Os rascunhos de Arthuro Blackwoof" — falou ela na sombra de um sussurro.

Zenith sentiu uma chama de curiosidade ardendo em seu íntimo. O livro de Arthuro! O pesquisador mágico mais famoso de todos os tempos! Em toda a sua vida ele sonhara ter algo assim nas mãos e embora as informações fossem escassas sobre o volume, ele torcia-se de cobiça. Claro que um livro assim não estaria ali, nem em nenhuma outra parte daquela ou de outras bibliotecas, era algo especial demais.

— Tem toda razão, não vai encontrar nada aqui. Até onde se sabe, Arthuro Blackwoof produziu três cópias apenas: uma perdeu-se na história, alguns afirmam que Blackwoof a levou para o túmulo. As outras duas foram dadas de presente, como representação de sua boa-fé. Uma encadernada em couro, que as más línguas dizem ser humano, foi confiada para aquela apontada como o grande amor dele; Constantine Visccosk. Mas nada pode ser confirmado visto que ela esteve dormente, desde muito antes do alto escalão sua espécie assinar o cessar de ataques. E a última, encadernada no couro do dragão companheiro de muitas viagens, foi entregue a Ordem, sendo passando de general para general — falou ele quase em uma enxurrada de palavras, num tom professoral, olhando ansioso para a expressão imperscrutável da phelina.

— Tenho que admitir, estou impressionada e isto é bastante raro de acontecer. Bem, agora vou deixá-lo com suas pesquisas — falou ela girando nos calcanhares, sendo seguida por uma das esferas luminosas.

Zenith a observou caminhar na direção da qual ele veio, algo pareceu errado. Mas ele não soube exatamente o quê. Até que passados alguns instantes ele resolveu começar a tarefa que lhe havia sido confiada; erguendo-se no ar até o topo da prateleira a sua frente, ele começou a examinar os volumes.

XLVI

Eve

Com as mãos cruzadas atrás da nuca, ela se recostou na cadeira, equilibrando-a nas pernas traseiras. Os olhos fixos no teto do atual aposento, quando lhe vinha alguma palavra ou frase, ela então pendia para frente, batendo ruidosamente as pernas de madeira de sua cadeira no chão lustroso. Escrevia a ideia, para logo em seguida rabiscar algo já escrito. Ou até mesmo rasgar o papel e começar tudo do início. Desta forma, o tampo da pequena escrivaninha se achava coalhado de folhas amassadas, algumas até mesmo chamuscadas; quando ela considerava o escrito verdadeiramente ruim. Estava neste processo há horas; escrevendo, reescrevendo, amassando o resultado, tamborilando os dedos no tampo da mesa e quando dava por si estava rabiscando florezinhas e estrelas nos cantos da folha.

— Droga de carta de desculpas! — falou ele amassando mais uma folha, jogando para o lado, junto com as outras anteriores a ela.

Em outros tempos, já teria incendiado aquela pilha de papel, consumindo-a em chamas altas. Na verdade, para começo de conversa, nem teria se dado o trabalho de tê-la produzido, afinal nunca foi de seu perfil escrever cartas, muito menos uma tão rebuscada como aquela.

Odiava ter que perder tanto tempo, principalmente com algo que ela sabia ser completamente vazio. Era óbvio que absolutamente nada ali poderia fazer voltar atrás à ameaça feita, riscando da memória dos envolvidos que ela quase atacara um membro da "alta sociedade vampiresca".

Aquela era na verdade uma exigência tola, feita por alguém mais tolo ainda, afirmara o executor Dupon ao se referir a carta de retratação solicitada por seu ex-comandante, o Comandante de Operações Graft. Todavia, algo "tolamente necessário" principalmente agora em que estamos em uma situação de guerra. Além de fazer-se necessária a manutenção de um bom relacionamento com a corte de vampiros, a fim de que o agente em treinamento Michel, fosse devolvido em segurança. "Um passo em falso e ele poderá se tornar um refém". Acrescentara o executor, na conversa que havia tido com ela.

Pensando desse modo, resolveu tentar mais uma vez, depois de horas espremendo o cérebro para retirar algumas poucas linhas. Ela escreveu mais uma vez o que havia conseguido até então e leu em voz alta:

Enuewm; 15/02/14

Ilustríssimo senhor Ludivic,

Escrevo essa carta com a intenção de pedir muito respeitosamente desculpas pelo ocorrido na sede de Alethea. Gostaria de acrescentar que foi muito desrespeitoso de minha parte ameaçar a sua pessoa, fazendo uso de palavras de baixo nível. Espero sinceramente que possa me desculpar.

Atenciosamente,

Oficial Executora Firewalker.

Está ótimo! Pensou ela dando um peteleco na lateral da folha. Além do que, melhor que isto não ei de conseguir, falou ela para si mesma enquanto punha um pingo em um "i". Rindo-se ela enrolava o pergaminho, procurando o tablete de cera, para lacrar a carta.

Gostaria de ver a cara do Ludivic quando vir que não sou mais uma simples agente, como ele fez questão de frisar. Agora sou uma "oficial executora das leis mágicas" repetiu ela levando para a altura dos olhos a chave que trazia presa no pescoço. Ao lado desta agora havia um broche com disco negro; emblema do novo cargo.

Contudo, o breve momento de contentamento dissolveu-se ao lembrar que muito provavelmente o vampiro contava com meia dúzia de servos para cumprir as mais variadas funções; de abaná-lo a espanar a poeira de traseiro branquelo. Sendo assim, esperar que ele próprio fosse ler algo escrito por ela, era uma tolice... Por fim achou a fina barra de cera vermelha, derretendo-a ao encostar na ponta do dedo médio, em um gesto feio na direção da carta, que a fez novamente rir.

Batava agora encontrar a assessora de imagem da Ordem, Audália. Visto que seria de responsabilidade dela fazer a carta chegar às mãos do destinatário. Depois poderia seguir cumprindo suas primeiras atribuições; se atualizado dos dados do caso, a respeito da procurada número um — Sammya Tominaga, a filha da necromante mais famosa dos últimos séculos e responsável pela morte do antigo general, além de ser a vaca que deu início a toda essa fase ruim, pensou ela.

Provavelmente Audália não está na sala dela, afinal como encarregada da manutenção da boa imagem da Ordem, creio que deva sempre estar em reuniões, eventos etc. De qualquer forma posso deixar por baixo da porta dela, assim não tenho que encarar a perua peluda, cheia de si nos seus altíssimos sapatos. Olhe pra mim eu sei andar de salto alto, olhem para mim eu tenho uma cauda... Eve remedou a relações públicas com exagero de afetamentos, enquanto ria e vestia um casaco.

No caminho que tomou após sair de seu novo alojamento, Eve percebeu olhares curiosos lançados sobre ela. Alguns indivíduos tentavam disfarçar que começavam a segredar logo assim que a viam, enquanto outros pareciam querer tomar para si o título de desagradáveis do mês, alteando a voz para que ela ouvisse que era dela que falavam, ou simplesmente repetindo a célebre ameaça: Eu vou queimar sua bunda branca de sugador de pescoço.

Todavia, para a surpresa dela, mais comum do que os idiotas que tentavam irritá-la, eram aqueles que demonstravam apoio e até mesmo parabenizando-a pelo feito. Pobre Michel, pensou ela quando estava na porta do escritório da phelina. Afinal se tanta gente assim não gosta de vampiros, imagino o que não o espera com a continuação da permanência dele na Ordem.

Apenas neste momento foi que um pensamento lhe ocorreu: E se ele não foi forçado a ficar lá em Paris? Ele pode ter ficado com os vampiros por vontade própria... Afinal se ele tem realmente uma irmã, seria de se esperar que tenha resolvido ficar com seus semelhantes. Não é mesmo? Mas será que foi realmente assim? Nossa parceria embora breve não significou nada para ele? Já estava acostumada com o ar esnobe e sabe-tudo dele... Porém agora começa uma nova era, uma nova Eve, trabalhando sozinha e largada no meio desta terra selvagem e hostil. Dramatizou ela em pensamento.

Após duas fracas batidas, ela passou a carta por debaixo da porta e tratou de desaparecer do corredor o mais rápido que poderia fazer, sem ter que correr. Pensou em sair da Ordem, comer algo na taverna; um bom ensopado de cordeiro com coalhada enquanto lia a pasta do caso Sammya. Porém ao descer o lance de escadas que levaria para a saída principal, olhou de esguelha para o portário e lá a viu: Júlia!

Pronunciou mentalmente o nome dela com ácido no pensamento, mas nem chegou a odiar a antiga colega de treinamento da forma apropriada; xingando-a de dois ou três palavrões, por exemplo. Pois ao correr os olhos por ela, Eve estancou surpresa; cabelos desgrenhados, roupa rasgada e suja. Arrastava duas mochilas pequenas, uma das quais ela sabia pertencer a Lucky. Contudo, sem sombra de dúvida, o que mais a chocou foi o olhar desabitado de vida. Com os olhos fitos à frente, Júlia caminhava trôpega, ladeada por alguns agentes e encabeçando o grupo, estava a própria Comandante de Operações Juliet, resplandecente em uma leve armadura branca.

Antes que ela pudesse dar por perceber seu peito arfava em disritmia, todas as batidas pareciam perguntar; cadê o Lucky? Onde ele está? O que em nome dos Sete, aconteceu? Apressou o passo, cruzando um grupo de novatos que se aglomeravam no começo do corredor, obscurecendo a sua visão. Quase gritou para sair da frente ou ela sairia distribuindo pontapés em brasa, mas se controlou a tempo. Quando se aproximou o bastante, para perguntar sem ter que alterar a voz, ela fitou profundamente a face vaga de Júlia:

— O que houve? Onde está Lucky? E Aisha?

Júlia a olhou de um modo estranho, como se apenas neste instante houvesse se dado conta de ter chegado na Ordem e da presença de Eve. Ensaiou resposta por algumas vezes, mas embora tenha aberto a boca, imobilizou-a entre aberta, infantilizada pelo gesto.

— O corpo do recruta não foi encontrado... Talvez ele tenha sobrevivido. Aisha infelizmente não resistiu a missão — respondeu Juliet aproximando-se de Eve, talvez a fim de evitar maior comoção.

Ela sentiu e até mesmo chegou a ouvir, ou supôs que ouviu, algo se espatifando em seu íntimo. Por alguns instantes temeu que aqueles que estavam mais perto tivessem escutado também, não foi à toa que se voltou para o lado, olhando-lhes a face. Procurava algum sinal que indicaria a participação de todos, em alguma espécie de cruel brincadeira, arquitetada por sua rival. Mas infelizmente não encontrou nada do tipo.

Eve respirou fundo e levantou a cabeça:

— Estou indo comer algo na taverna, te espero lá, quando se recompuser — falou quase maquinalmente, dando as costas ao grupo e caminhando apresada para o lado de fora.

Lágrimas ameaçavam cair, marejando a visão de tudo ao seu redor. Sua face queimava à medida que ela apertava os olhos, resistindo contra a facilidade para chorar que ela não supunha existir. Não queria ser vista assim, por isto apertou mais ainda o passo.

Agora movia-se como quem é perseguido por uma manada de feras, seguiu trombando nas pessoas, estabanada, quase caindo. Sentia que todos a olhavam e parecia que surgira uma marca luminescente em sua fronte, denunciando o motivo de estar fugindo. Até que no final do que parecera quilômetros, o ar fresco da praça, a frente da Ordem, lhe chegou de chofre no rosto. Ela recostou-se numa pilastra da estrada, dando a volta para se esconder, escorrendo por ela e sentando no pequeno espaço do degrau.

Ali sentiu por fim o impacto caudaloso de uma imensa corrente de água, foi como ter uma barreira rompida em seu âmago. O pranto fluía incontrolável, caindo, sempre caindo. E ela que se sentia inundada por este sentimento pegajoso, pesado e espinhento que é a tristeza, percebeu com surpresa que suas lágrimas desciam frias, geladas como que se a chama que ardia continuamente em seu peito, tivesse apagado ao saber que Lucky se fora.

Ele ainda pode estar vivo, talvez tenha escapado ou tenha sido atingido por algum ataque ou... Não! Pare! Não pode continuar a viver assim; tola, imatura, irresponsável! Chega disto, está me ouvido? Discutia consigo mesmo, enquanto o choro gelado continuava rolando face abaixo, pingando pelo queixo. E Sidrak? Você acha que ele já sabe? Talvez deva ir até a cabana Pobre velhote, vai ficar arrasado!

— Lucky morreu... — disse ela em voz alta, como se ao externalizar este fato, ela pudesse ter algum controle sobre ele. Deixando-o distante de seu coração. Levantando a atenção para o céu, ela encarou o astro que brilhava intensamente.

Na cabeça, os pensamentos fervilhavam; ela lembrava de Lucky... um garoto magricela, esforçando-se para acompanhar ela, já que Eve usava o fogo como propulsor. Eles não tinham uma diferença tão grande assim... Mas ela o via como um irmão mais novo, durante o treinamento, tudo era duro e difícil; cada dia era uma tormenta, na qual Zafrina e Júlia se revezavam pelo papel de maior vaca.

Os raros passeios na cabana de Sidrak eram férias, onde ela podia correr pelos campos de trigo, assar pão com a própria magia e manter a forja da oficina sempre acesa...

Naturalmente Lucky e ela ficaram mais próximos. Ela sabia ou achava que sabia o que ele sentia... Mas ela não queria pensar se era recíproco, tinha medo de que algo saindo errado entre eles, ela pudesse perdê-lo.

Gostaria de ser como o sol, queimando, porém a distância! Não deixarei nada ou ninguém se aproximar novamente. Assim não havia espaço para sofrimento... Este pensamento, por algum motivo lhe trouxe uma calma poderosa, fria e avassaladora. Enxugando os olhos com as costas da mão, ela se levantou. Fungava profusamente, enquanto rumava para a taverna. Atravessando a praça central, que agora parecia maior, sem o Pilar do Éther.

Uma grande cratera, exposta tal qual um ferimento incurável a encarrou de volta. As pedras de fundação ainda estavam lá, repletas de resquício mágico; pó arroxeado que criava uma camada de sobreposição. No breve espaço de um piscar, ela reviu o Pilar ainda erguido, transpirando magia, pareceu ser há séculos atrás. Sob a luz do fim de tarde, viu a si mesma de pé ao lado da cerca. A mulher de terno vermelho, cabelos lilás também estava lá.

É claro! Óbvio! Por que não lembrei antes? Com a queda do Pilar, todos sendo enviados na correria para os quatro cantos do mundo, tudo ocorreu de uma vez e não pude nem ao menos raciocinar. Mas é certo que aquela mulher estranha tem alguma coisa relacionada com tudo que ocorreu aqui. A noite ela surge, tocando o Pilar e no outro dia ele cai! Não foi uma simples coincidência estranha, aquela mulher deve estar por trás de tudo isto, talvez seja uma fada. Pensou ela parada no meio da praça, correndo os olhos pelos prédios ao redor.

Achou um banco próximo a cerca e nem bem se sentou, já estava com a pasta aberta sobre as coxas. Tentava concentrar-se naquilo que lia, perseguindo a ideia que lhe ocorrera, porém em vários momentos a imagem de Lucky lhe chegava sorrateira na mente, mas ela fingia não perceber. Mordia os lábios, estralava os dedos liberando minúsculas faíscas de fogo. Repetindo esse processo de "exorcismo" até que conseguiu manter-se atenta ao ponto de não ter percebido no momento em que alguém se sentou ao lado. Assim quando este falou com ela, por pouco Eve não gritou:

— Não creio que vá encontrar nada aí...

— Juro pelos deuses... Não faça mais isto! Eu poderia tê-lo atacado, sou uma máquina de combate... O que foi que falou mesmo?

O acompanhante de banco era um senhor, aparentando idade bastante avançada, trazia uma bengala consigo e um estojo para algum instrumento musical estava no chão, apoiado na perna dele. Os olhos eram negros, assim como a pele, porém essa possuía manchas brancas nos dedos, pescoço e até uma parte do rosto.

Na cabeça usava uma boina xadrez que contrastava incrivelmente com a camiseta no estilo bata, de aparência gasta e cor laranja. As calças brancas, também pareciam ter visto muitos verões. A grande barba chegava até quase o meio do peito, ajudando a emoldurar uma expressão inteligente, porém ao mesmo tempo agradável, parecia o avô músico de alguém.

— Desculpe minha filha, não era minha intenção lhe assustar... Mas é que vendo alguém tão bonita como você, com o rosto todo marcado por lágrimas. Senti-me obrigado a puxar conversa — falou ele abrindo um largo sorriso e pondo uma mão trêmula sobre a perna dela. — Será que não existe nada em que eu possa ajudar?

Ela fechou automaticamente à pasta, que trazia aberta sobre o colo. Inicialmente suspeitou que se tratasse de um espião, para depois concluir que não passava de um bisbilhoteiro qualquer. Era incrível, a fofoca deveria ser o esporte da sociedade mágica. Era um senhor simpático, mas ainda assim intrometido, afinal que tipo de pessoa ficaria reparando se outro estava ou não com o rosto marcado por lágrimas?

— Não me leve a mal, mas não tem nada que possa fazer — falou ela limpando apressadamente o rosto e fungando um pouco da coriza que ameaça escorrer do nariz. — Se me dá licença, tenho que ir. — Falava já se levantando, quando ele, de forma bastante ágil para a idade avançada, segurou-lhe o braço direito.

— Achei que gostaria de dividir as suas preocupações, já vivi muito e não há nada que não tenha visto. Mas se prefere ser direta; podemos falar logo de negócios, senhorita Firewalker. — Neste ponto o velho usou uma voz mais firme, sem qualquer indício da fragilidade anterior, até mesmo as mãos pararam de tremer.

Aquilo a confundiu, ele não era o que aparentava ser. Isto ficou claro rapidamente para ela. Mas como sabia o nome dela? Será que o avaliara inofensivo cedo demais? Pensou em puxar o braço ou o pressionar ali mesmo em busca de resposta, mas não seria inteligente fazê-lo. Não ao ar livre, no meio daquele lugar público, afinal não fazia nem vinte quatro horas que quase perdera tudo devido ao seu temperamento. Além do que havia jurado para si mesma que não se deixaria agir impulsivamente novamente. E agora com a morte de Lucky, tudo se agravara, ele poderia estar vivo, se ela o houvesse levado pelas orelhas até Sidrak.

Por tais motivos, ela respirou fundo. Contou até dez e concentrou-se apenas na parte do braço pela qual o estranho a mantinha ali, de pé ao lado do banco, olhando-o bem dentro dos olhos negros, para melhor apreciar a careta de dor, que perpassou o rosto dele, quando ela esquentou o espaço que havia entre o corpo dela e a palma da mão do outro, o bastante para fazê-lo soltá-la.

— Não sei quem é você, nem como sabe meu nome. Mas se fizer algo assim novamente eu garanto que não serei tão gentil — disse ela quase em sussurros, para depois virar-lhe as costas e sair caminhando duro.

— De longe se pode ver que seu coração está sangrando... Pense bem, não ofereço meus serviços mais de uma vez — gritou ele as suas costas.

Eve parou assustada, não sabia ao certo o motivo, mas alguma coisa na forma como o homem falara aquelas coisas a deixou nervosa. Assim, voltou-se a tempo de ver o misterioso velho levantando do banco. Novamente ele sorria, desta vez mais abertamente e caminhava firme, usando a bengala mais como um falsete do que propriamente como um apoio.

— Sabia que pensaria melhor, vamos conversar um pouco? — falou parando ao lado dela e dando o braço a ele, para seguirem em passeio.

Eve lançou um rápido olhar para a mão esquerda dele, mesmo tendo sido um contato mínimo, era de se esperar que houvesse alguma marca de queimadura, por menor que fosse. Todavia lá estava, a pele ilesa, sem qualquer sombra de ferimento. Isto a espantou mais ainda.

— Quem é você, ou melhor, o que é você? — perguntou ressabiada.

— Digamos que eu sou um mercador de sonhos, desejos, caprichos. Entre outras atividades. Normalmente não apareço sem ser chamado, mas estava aqui por perto, tratando de questões profissionais e não pude deixar de sentir sua tristeza. Resolvi quebrar um pouco o protocolo oferecendo minha ajuda — respondeu em um tom alegre, com um gesto de cabeça indicou o braço, que ainda estava estendido para ela.

Um pensamento acendeu em sua mente, ligeiro o bastante para deixar ela tonta:

— Você é um "ceifeiro", não é? — falou ela dando um passo para o lado.

— Você é muito astuta, não é? — Riu-se ele.

— Veio buscar alguém? — falou ela correndo os olhos pela praça, como quem espera por algum sinal, ou até mesmo uma pessoa acenando a distância. — Eu? Veio me ceifar, é isto? — A boca infantilizada pelo susto, muito aberta.

— Claro que não, não seja tola, você ainda tem muito que fazer por aqui. Vim porque como falei estava nas proximidades e senti a sua dor. — Olhando para cima, franziu os olhos. — Você fez uma oração bem sincera sabe. Dura e amarga, mas ainda assim bastante sincera. — Pondo a mão sobre o ombro dela à medida que se aproximou um pouco, o velho continuou. — Muito tem acontecido e mais ainda está por vir, quero apenas manter-me seguro, como todos tantos outros querem.

— Está querendo propor um acordo? Pegar minha alma. É isto, não é? — falou mexendo o ombro e dando um passo para trás. — Não quero! Ouviu bem? Não quero um acordo. Além do que, isto é errado, deveria estar ceifando as criaturas pelo mundo... Dando a elas uma morte tranquila. Saia daqui! Vá embora! — falou ela alterando um pouco a voz.

— Não gostaria nem mesmo de saber o que houve com seu amigo? — falou ele sorridente e pondo o peso do corpo na bengala.

Lucky! Gritou o coração dela, mesmo que sua boca tenha se mantido duramente fechada, franzida até quase a extinção. Sim, ela queria responder que sim. Mas não podia, seria uma afronta ao que é natural. As almas devem partir para os braços dos deuses após a morte, não podem ficar presas nas mãos gananciosas de uma criatura. Não! Mesmo que pudesse fazer alguma coisa por Lucky agora, não faria. Não com este preço.

— Não vou vender minha essência para você! Criatura gananciosa eu espero que o seu rei descubra que pratica essas transações e lhe derrube. — Olhando para a bengala finamente trabalhada em um misto de madeira e metal, além de uma empunhadura de couro, ela perguntou: — Esta é sua gadanha, não é?

Rindo-se como alguém que acabou de ouvir engraçada piada, ele levantou a bengala do chão. Passando na frente dela, lançando de uma não para outra:

— Sim é. Mas tenha calma senhorita Firewalker, não faço este tipo de acordo cruel como alguns de minha espécie. Mas não vou enganar, nada é gratuito e eu quero algo mais subjetivo... Como disse, muita coisa está por acontecer. Grande potencial reside sobre algumas pessoas em específico e gostaria de assegurar meu lugar ao lado deles — falou ele abrindo novamente um largo riso.

— Não entendo direito o que está falando... Mas o que realmente deseja?

— Façamos o seguinte, como gesto de boa-fé, eu lhe asseguro que seu amigo não foi ceifado e que não o será por um tempo, ao menos este é o programado.

— Ele está vivo? Está bem? Onde ele está? — As palavras saíam dela num único jorro, mas então temeu que implicitamente houvesse aceitado o acordo, fosse qual fosse o pagamento. — Eu não queri... Interrompeu-se ao perceber que o velho não estava mais lá, correu os olhos e não mais o encontrou.

Lucky estava vivo, poderia estar ferido ou inconsciente em algum lugar. Mas estava vivo e isto a aquecia por dentro, mais intensamente que o seu momento de maior uso de magia.

— Eve... Achei que estava me esperando na taberna. — Soou a voz de Júlia às suas costas.

Ela havia tomado banho, o cabelo brilhava escovado e as roupas novas escondiam a maioria das queimaduras. Exceto aquelas existentes na face, estas marcavam um tom vermelho claro, porém ainda bastante perceptíveis.

Os olhos continuavam a carregar um vazio enorme, isto preocupou Eve mais do que gostaria de admitir, embora Júlia fosse uma nojenta puxa-saco. Por anos tinham apenas uma a outra como companhia diária, de certa forma era parte da família, na verdade, tomando Zafrina como exemplo, Júlia não poderia agir muito diferente.

Porém o "ceifador" havia dito que Lucky não partira, mesmo sumindo antes de fornecer qualquer detalhe, a respeito do estado dele. Desta forma Eve sentia-se confusa, os pensamentos fugiam ao controle e antes que pudesse evitar, cenas de seu amigo destroçado lhe chegavam à mente. Mas ela não poderia se deixar fraquejar, aprendera da pior forma que Júlia era igual um cão raivoso, atacando ao menor descuido.

— Imaginei que iria demorar, vangloriando-se dos detalhes, como salvou o dia etc. Assim resolvi esperar se iria ou não aparecer... — Percebeu que a outra trouxera a trouxa de couro que pertencia a Lucky: — O que tem aí?

— Acho melhor irmos para a taverna, pegar a mesa mais afastada que existir por lá, tenho algumas coisas para lhe falar. — Após isto ela simplesmente seguiu o caminho para o outro lado da praça.

Eve não pôde achar mais estranho este comportamento da ex-colega de treinamento. Contudo a seguiu, alguns passos mais atrás. Afinal ainda estava ressabiada pelo encontro com o ceifeiro. A curiosidade dentro dela parecia ter dado às mãos a ansiedade e juntas brincavam de ciranda, sobre seu peito. Mas alguma coisa em Júlia a fez manter-se calada. Talvez tenha sido o tom sério com o qual falou, ou o vazio nos olhos, este parecia ainda maior em relação ao encontro no portário.

Seguiram então assim; Júlia muda à frente, carregando a pequena bolsa de Lucky, não a arrastava como no momento em que entrou pelo portário, mas levava junto ao peito, agarrada como uma criança faria com um brinquedo querido. Eve rumava atrás contando os passos, para retardar-se o bastante a fim de não seguir lado a lado. Com a mão direita, segurava a chave, mexendo nela com um trejeito nervoso, estava em vias de gritar pedindo que a outra apressasse o andar, porém se manteve quieta.

— Dois ensopados de cordeiro com coalhada e hortelã — pediu Eve para Audry, a simpática garçonete da taberna Ansher.

Estavam no patamar superior; uma estrutura de madeira que se apoiava em largos troncos de pinheiros, cortados e trazidos ali pelo pai de Anne, o saudoso Ezequiel. Todo o ambiente do andar superior havia sido construído para fornecer privacidade aos que dele faziam uso. Ao todo eram doze mesas, contendo de dois até seis lugares, separadas entre si por biombos simples; caixilhos dourados, forrados com tecidos floridos, aqui e ali era possível ver manchas de ensopados, vinho ou até mesmo pequenos rombos, feitos pelas pontas em brasas de cigarrilhas, mas era algo que parecia dar mais charme ao local, fazia perceber o quão era visitado, principalmente por agentes e oficiais.

Havia ainda um terraço, com visão para a rua. Por vezes em belas noites de luar, eram postas mesas para que os casais apaixonados pudessem apreciar a paisagem. Mas neste caso o público frequentador era composto basicamente por civis, visto que a relação amorosa entre membros da Ordem não era bem vista, o que não significava que não ocorria.

— Audry está crescida, não é mesmo? — falou Júlia fitando o pequeno lampião ornamental que ficava no meio de cada uma das mesas.

— Sim, está... — disse Eve enquanto olhava a jovem taberneira acender os outros lampiões, usando magia de fogo.

Ambas se mantiveram silenciosas, Júlia ainda observando o enfeite, abria e fechava a pequena portinhola de vidro, como se essa fosse a coisa mais incrível em todo o mundo. Eve ainda estava pensando sobre Audry; *espero que tenha melhor sorte do que eu*, pensou ela antes de voltar a atenção para Júlia — algo de muito sério havia acontecido durante a missão. Sua ex-companheira de treinos parecia transformada em outra pessoa; quieta, envergonhada. Comportando-se igual uma criança que após cometer uma grande traquinagem, recebe o castigo, ciente da bobagem feita.

— O que aconteceu Júlia? Você está... Diferente — falou ela por fim, não suportando mais esperar pela outra, para que a conversa tivesse início.

Olhando-a espantada, como que esquecida de que estava a mesa com outra pessoa.

Júlia abriu e fechou a boca várias vezes, antes de falar em resfôlego:

— Eu fracassei, Gluthonia surgiu do nada, durante a luta com o Elemental de fogo. Eu estava cansada e não pude fazer muita coisa... Nem ajudar Aisha... E Lucky, ele... Ele partiu. Abandonou-me sozinha na floresta, sem forças... O Pilar caiu Eve, entende? Eu falhei!

Tudo saiu em um jorro, parecia que ela passara tanto tempo em silêncio para ordenar uma grande quantidade de acontecimentos e que não obtendo êxito, nem conseguido mais manter tudo contido em seu íntimo, explodira por fim. Depois disto perdeu-se novamente, fitando um ponto qualquer acima do ombro de Eve.

Quando ela começara a falar, sua exaltação foi tamanha que a chama azulada que ela pôs dentro do pequeno lampião no momento em que a noite começava a descer e que brilhava quieta tremeu mesmo sem qualquer sopro de vento, para depois se alterar, quase triplicando de tamanho; saindo pelas laterais, finalmente voltando a condição anterior, quando Júlia calou-se. Eve só vira o fogo dela comportando-se desta forma uma vez, pouco tempo depois de atingir o título de "Bluefire"; quase Júlia mal podia se conter de emoção.

— Não entendi nada do que falou, você está em choque. Não creio que vá conseguir me falar qualquer coisa, acho melhor conversarmos quando estiver mais... mais você mesma, sabe? Com o pacote odiável todo completinho — disse Eve no momento em que dois pratos fumegantes eram postos na mesa.

O cheiro de pão quente convidava a fome para sentar-se com elas. Havia manteiga amarela, brilhante de tão fresca e uma pequena tábua de madeira, com queijo branco, porejando soro. Elas não pediram nada para beber, mas Anne trouxera um vinho muito escuro para Júlia e uma caneca de cerveja preta para Eve. Afirmando ter sido essa a bebida consumida pela recém-promovida oficial, na última vez que estivera no recinto.

— Aisha morreu Evellyn... Lucky... ele... ele... Eu não sei como lidar com tudo isto!

Lançou o fato na mesa assim que a garçonete se afastou o bastante.

— Ok, coma um pouco e depois você me contará tudo — falou Eve em um tom surpreendentemente doce.

— Pobre Aisha, ela foi devorada... Gluthonia a matou mordida por mordida — disse encarando Eve, como que esperando algum tipo específico de reação. — E eu ali, impotente! Sem uma gota de magia para lançar contra aquela criatura monstruosa. Fazia muito tempo que não invocava feras de fogo e não soube dosar a magia... Droga! Se pudesse voltar no tempo... Eu me sentia tão pequena! Aisha lutou bravamente, por um tempo a impediu de chegar perto do Pilar enquanto a atacava, mas ela também estava cansada e foi neste ponto que... — Júlia interrompeu a sua narrativa, olhando para os lados, checando se não havia ninguém mais por perto. — Antes de continuar quero que você veja isto... — Pôs a pequena bolsa sobre a mesa e fingiu concentrar sua atenção em partir o pão e passar manteiga nele.

— O que tem aqui? — falou Eve desatando o nó duplo.

Encontrou um pequeno caderno, duas mudas de roupa íntima; que ela rezou para estarem limpas. Além de um pequeno estojo contendo ataduras e alguns vidros com os remédios de ervas que Sidrak fabricava. Havia também uma camisa puída nos cotovelos, que protegia algo no qual estava enrolada.

Era um pergaminho de aspecto bastante envelhecido, mesmo com o lacre rompido, Eve pôde perceber que se tratava de um documento oficial. Uma cópia que deveria estar neste momento em algum lugar das muitas bibliotecas da Ordem. Foi ao desenrolar ele e correr os olhos, que percebeu o quão raro ele era.

— Por que ele carregaria alguma coisa assim? Se fosse pego certamente estaria com...

— Porque o Lucky é um Qnai Eve — sussurrou Júlia, interrompendo-a apressada. — Não sei como ele conseguiu algo assim, talvez Sidrak tenha dado para ele, isto não é exatamente o mais importante. A questão é que ele é um Qnai! Um vampiro de magia e baseado no que vi, diria que a fome dele despertou. Só não sabia que os Qnai podiam usar a magia roubada... — Essa última frase ela falou mais para si mesma.

O silêncio que se instaurou na mesa parecia um gigantesco bloco de gelo. Denso o bastante para fazer o ar ficar pesado de respirar. Denunciados pelo tilintar agudo do minúsculo sino de metal à porta, bem como as vozes e o barulho dos passos, os fregueses agora entravam aos montes, visto que a noite expandira sua rede completamente. Postes de luz acendiam pela cidade, com o costumeiro "incendiar" dourado do feitiço rúnico sendo ativado.

Eve sentia o estômago revirar, como se o cordeiro consumido até então, tivesse voltado à vida dentro dela e agora lutasse para sair. Percebeu então que ainda estava com a colher na mão, o ensopado havia escorrido para o tampo da mesa, desde que Júlia lhe dera uma bofetada com a revelação.

Como normalmente acontece diante de uma revelação absurda, o primeiro pensamento foi o de negação. Com toda certeza Júlia havia sido mais afetada pela missão do que ela supunha. Todavia diante do olhar firme da outra, lhe chegou à dúvida, será? Mas como isto seria possível? Eu não teria notado? E os cornos? Perguntava-se ela quando Júlia como se estivesse lendo seus pensamentos, perguntou a ela, se alguma vez vira Lucky sem o turbante dele. Para corroborar com o terror que se proliferava em seu íntimo, Eve teve que confirmar que não. Assim, diante de expressões, cada vez mais atônitas por parte de Eve, Júlia contou como ele foi atingido por uma magia poderosa, para reaparecer alguns momentos depois, aparentemente ileso.

Ela contou o que viu ao acordar de seu desmaio, a aparente conversa que Lucky travava com a cabeça desfigurada de Aisha, talvez a fome por magia o houvesse deixado louco, teorizou a oficial ruiva. Descreveu também como ele desaparecera flutuando, antes de confirmar em alto e bom som que era um Qnai.

Queria falar que era um absurdo aquela afirmação, toda aquela situação era. Aisha sendo devorada viva. Lucky falando com uma cabeça, ele usando magia... Ele um Qnai! Não, isto simplesmente não poderia ser verdade, nada disto poderia realmente ter acontecido.

Não suportando mais, ela vasculhou em silêncio os bolsos do colete que usava, retirou algumas moedas e colocou sobre a mesa. Estava pronta para sair quando Júlia a conteve:

— Ainda tem outra coisa que você deveria saber, algo que eu sei faz algum tempo... Mas acho que não compete a mim lhe falar, procure Zafrina, pergunte pela sua árvore genealógica.

— Fale logo o que é! — Bradou Eve já sem conseguir conter-se.

— Acho melhor fazer como eu disse...

— Certo! Júlia. — Interrompeu Eve, enquanto punha o pergaminho de volta na bolsa e a entregava para a oficial ruiva.

— Não! É melhor ficar com você, afinal... Esquece... Acho que você pode entregar mais facilmente o pergaminho. Agora têm mais acesso aos processos e documentos que eu. Aliás, parabéns pela promoção Evellynzinha — falou ela dando um riso amarelo, para uma Eve que já descia as escadas.

— Eve... Eve... Oficial Firewalker! — Falava uma voz atrás dela, enquanto ela pisava forte no chão amadeirado da taverna.

Audry a olhava com um misto de nervosismo e ansiedade. Segurava uma badeja do lado corpo, enquanto torcia algumas tranças do cabelo; *dreadlock* coloridos. A cabeça dela parecia o ponto final de um arco-íris. Ela era maior do que Eve pelo menos dez centímetros, mais encorpada fisicamente também; no referido a seios. Muito embora ela não houvesse passado dos dezesseis anos.

— Eu preciso de um conselho seu... — Ela correu os olhos pelo salão e puxou a maga para mais próximo do final do balcão. — Eu não quero entrar para a Ordem, sem ofensas, mas eu não quero acabar como meu pai. Mas também não quero desperdiçar a magia com a qual fui agraciada e tipo... Os melhores mestres estão todos na Ordem, entende ?

Eve compreendia o dilema pelo qual a garota passava, mas não sabia por que ela estava contando tudo daquela forma. Além do que, a pobre Audry tinha um péssimo timming já que Eve com a cabeça cheia como estava, não estava nem um pouco interessada em problemas alheios. Então foi com muito esforço, que ela não gritou para que a outra fosse direto ao ponto.

— A questão é que eu recebi um convite de Zafrina... Eu gostaria muito de aceitar por que o que falam sobre ela...

— Acredite, ela é uma velha egoísta, sádica sem coração. Vai fuder legal com a sua mente — disse Eve olhando nos olhos da jovem.

— É... Falam muito do temperamento dela — disse Audry cruzando os braços e recostando a cabeça numa viga de madeira. — Você poderia me ensinar... Será que...

— Ok garota, isso é que é desespero. Ou alguma forma de... Olha se isso for uma espécie de pegadinha...

— Não eu falo sério! Você é forte, corajosa... Vamos lá, me ensine magia e prove que Zafrina perdeu, prove que ela não conseguiu lhe afetar.

Audry agora se adiantara e agarrava Eve por ambos os ombros, trazia um olhar suplicante nos negros e profundos olhos.

Ela é boa, pensou Eve. Diante do argumento usado por Audry. Mas o que realmente convenceu a maga do fogo, foi a sensação de reconhecimento. Ela também já esteve "perdida".

— Tá bom! Me procure quando essa coisa toda com o véu for resolvida. Eu lhe ensinarei então.

XLVII

Allan

Sentando-se à mesa, o executor retirou do bolso interno de sua casaca um embrulho de tecido branco. Era seu lenço, bordado com as iniciais "AD" em letras finas, num belo tom terroso. Envolta neste estava a lâmina prateada, olhando-a curioso, ele a girava nas mãos como se a estivesse vendo pela primeira vez.

Uma adaga de prata... Será realmente de quem suponho? Perguntava-se ele limpando um resquício de sangue coagulado, com o tecido na qual havia sido envolta. Preciso ter certeza, antes que possa fazer uma acusação formal, afinal qualquer deslize faria Megaha cair sobre mim, muito mais raivosa do que em relação à Ordem expedida acerca da senhorita Sammya.

As gravações na lâmina remetiam a um tempo tão antigo, que ele não conseguia determinar com precisão. Muito embora o seu licano estivesse bastante enferrujado, ele conseguia entender a noção central do que estava escrito; uma prece, um feitiço de banimento para o mal da lua. Houve um tempo em que os lobisomens saltavam detrás de cada pedra, eram ferozes e criaram bastante problema para as criaturas mágicas, além de dizimar os humanos, assim como os vampiros o fizeram.

— Ele se chama Gideon... — Dissera a mulher no parque, pouco antes de pedir que ele cuidasse do garoto, para só então partir; gemendo e tencionando os músculos. Nossa! Adoraria ter podido conversar com ela, mas não chegara nem mesmo, a saber seu nome.

Allan havia olhado com atenção o corpo dela, procurando por marca ou adorno característico dos clãs. Porém não encontrou nada, o que a classificava como fugitiva ou banida, afinal diga o que disserem, mas os lobisomens nunca estão sozinhos por vontade própria. Não conseguia entender essa situação inusitada de encontrar uma R'ohan vagando solitária, se fosse uma deformada Miltash, ele poderia entender, afinal este tipo de Arbac nunca foi bem-aceito por clã algum. Mas era uma

R'ohan, recém parida, perseguida por um ser que controlava magia das sombras... O tipo de coisa que Allan julgou nem mesmo existir ... De onde teria vindo? De quem exatamente fugia?

Sem serem convidadas as imagens mostradas por Zenith vieram até ele; os tentáculos grossos alargando-se, sendo subdivididos; lanças, agulhas. Lâminas negras que sugavam a luz, dilacerando a mesa e provavelmente o corpo do garoto. Havia ainda a face... Dura e cruel...

Levantou-se de supetão, não deixaria que algo assim continuasse arrasando vidas. Talvez... Os assassinatos... Oh pelos deuses, como não percebi isto na hora? Essa coisa, seja lá o que for e quem o comande, podem estar por trás de todos os assassinatos ou desaparecimentos que vinham ocorrendo não apenas nas quatro cidades, mas nas áreas rurais e afastadas. Zenith, aquela mulher com o filho, além de tantos outros... Foram vítimas por algum motivo; mas qual seria? Qual seria a ligação?

Embrulhou novamente a lâmina, olhando pela janela. Ainda havia tempo, para algumas visitas:

— Cibok, vou sair, preciso resolver algumas coisas, poderia entrar em contato com a senhorita Frys? Quero jantar com ela, reserve a mesa costumeira na taverna — falou ele terminando de fechar a casaca, já seguindo para o corredor.

— Claro, senhor...

Poderia falar com alguns dos bibliotecários sobre as inscrições na lâmina ou até mesmo pesquisar por conta própria em alguns dos volumes. Afinal a biblioteca de Enuewm na sede dos Porteiros era incrivelmente vasta. Contudo, não gostaria de se arriscar levantando perguntas a respeito de por que estava procurando exatamente aquele tipo de informações. Andrew havia comentado sobre espiões dele, o que impediria que outros membros do comando e até mesmo dos Novos Sete, possuíssem olhos ou ouvidos, espalhados por ali? Não. Tenho outras fontes, onde posso primeiro checar minha suspeita.

Ao todo existiam quatro ferreiros especializados no conserto de armas mágicas, além do fabrico de artefatos especiais. Sendo assim, não custava fazer uma rápida visita, afinal algo como aquela lâmina, estava bastante longe de ser uma arma comum. Poderia facilmente possuir alguma espécie de feitiço rúnico antigo, ou alguma outra coisa que ele pudesse usar para confirmar a origem.

O grande problema era o fato de que três das forjas ficavam na cidade da montanha, antigo domínio de Megaha, na qual agora Vermilion, seu antigo braço direito, assume a função de chefia da sede. Mas para isto ele já estava preparado, pensou ele dando uma tampinha no outro bolso, onde estava o medalhão de Sammya. Levando ele consigo poderia fingir ser este o seu motivo para ir até lá.

Teria sido muito mais prático ter saído em alguma porta na parte mais baixa da cidade, entretanto ele queria manter o disfarce em relação ao medalhão. Assim, ser visto saindo no portário de Rüegg demonstraria que não teria nada a esconder.

A cidade erguida que encontrou, ao sair do edifício esculpido na própria montanha, estendia-se por um terreno montanhoso, na qual existiam muitas ruas íngremes. Calçadas com grandes blocos de pedra quadrados, moldados com magia da terra. Na verdade, vista de longe, Rüegg nem chegava a parecer uma cidade e sim vários picos.

Os prédios, as casas, todas as construções, até mesmo a sede da ordem eram inteiramente construídos a partir da rocha. Havia mediante rápida observação uma impressão de desleixo. Visto que algumas torres acabavam pontudas demais ou em determinado ponto as ruas possuíam uma largura que deixava a desejar. Contudo após uma cuidadosa análise, era possível se perceber o extremo cuidado, com o qual os magos e as magas responsáveis haviam edificado tudo; aquela cidade era uma perfeita extensão do terreno. Diferente das outras três cidades, Rüegg fora construída para agir como ponto estratégico, por estar localizada na região mais distante do mundo mágico.

Nos períodos próximos ao final do ano, seguindo pouco depois ao começo do ano posterior, a neve caia por toda Rüegg, cobrindo-a de branco, das calçadas aos telhados mais altos. O gelo reinava soberano, aliado com a força do vento, que soprava forte o bastante para derrubar pessoas de porte mais esguio.

Atualmente a primavera já se aproximava para a região, logo a neve não era mais uma densa manta branca. Inclusive em alguns pontos no sopé da montanha, havia derretido por completo, talvez algumas flores estivessem em vias de desabrochar, aquelas mais apressadas, é claro. Entretanto na altitude que estavam nunca havia grandes alterações entre as estações, exceto pela presença ou não destes flocos de gelo, que em determinados períodos intensificavam, enquanto em outros rareavam até desaparecer por completo, durante alguns meses.

As ruas estavam cheias de uma mistura de neve velha, terra, esterco de animais e lixo, formando uma espécie de massa disforme, algo de intermédio entre lama e água suja. O vento que ainda estava bastante frio, lhe riscou o rosto desde o momento em que saiu para a rua. Enfrentaria uma boa descida, visto que o prédio da Ordem ficava no ponto mais alto da cidade. Allan poderia apostar que a visão de algumas salas ou alojamentos seria de tirar o fôlego.

Olhando para o lado direito viu um dos muitos vagões que faziam o trânsito para os pontos mais distantes, um havia acabado de partir, outro sairia dentro em breve. Resolveu apressar o passo, para que não fosse necessário descer tudo a pé, perdendo mais tempo.

Sentou-se no veículo que não passava de uma carruagem sem tração animal, ao todo eram quatro fileiras de bancos, havendo espaço para aproximadamente doze pessoas por vez. Lá dentro, com a proteção de um teto sobre sua cabeça e paredes de madeira ao seu redor, ele sentiu-se mais bem abrigado do frio.

Nunca se dera ao trabalho de entender o mecanismo que controlava a subida ou descida. Sabia tratar-se de uma espécie de adaptação de um conjunto de roldanas ou alguma coisa que havia nos bondes humanos. Poderia inclusive se conseguir o mesmo com algumas linhas de magia rúnica, mas duvidava que essa fosse uma prática bastante conhecida, principalmente naquela região, que era apontada como a mais simplista dentre as quatro cidades. Melhor assim, pensou Allan limpando um pouco de fuligem da calça. Visto que a magia de inscrição poderia ser catastrófica se alguns símbolos fossem trocados.

Pouco antes do início da descida, ele reparou em uma moça, sentada na primeira fileira. Cabelos negros presos em um rabo-de-cavalo rigorosamente firme. Usava uma boina azul-escuro, bem como um casaco com capuz forrado em pele de animal, além de luvas, tudo em um tom profundo de azul.

Ela o olhou duas vezes, disfarçadamente, porém ele percebeu, principalmente devido à boina que ele sabia ser parte do uniforme da Ordem naquela região. Apenas ali os Porteiros usavam algo para caracterizá-los, visto que a intenção é que todos passassem despercebidos entre as criaturas mágicas, consideradas civis e os humanos. Megaha entretanto discordava, costumava falar: "Não temos por que nos esconder... Todos têm que saber que a lei está chegando".

Provavelmente em pouco tempo a nova generala seria informada de seu passeio, sendo assim ele deveria ter mais cuidado. Afinal, caso ela e os novos amiguinhos descobrissem exatamente quem ele estava investigando, as coisas poderiam se tornar um pouco desagradáveis...

A primeira parada foi na "Fenrir & Dunrir", uma forja fundada por dois irmãos gêmeos baixinhos, roliços e ruivos. Simpáticos ao seu modo, ou seja, no estilo Rüegg de ser, mas como todo astuto negociante, trataram de desmerecer os artefatos apresentados, afirmando que peças assim não seriam encontradas ali. Visto que a lâmina partida apresentava microfissuras na fusão do metal e ainda de acordo com eles, o medalhão era simplista demais, sem qualquer trabalho maior de adorno, algo que provavelmente seria produzido por um aprendiz, não mestres ferreiros como eles.

Após a recusa de Allan em comprar algo de maior qualidade, Fenrir simplesmente deu as costas, voltando ao trabalho quase ao mesmo tempo em que o irmão Dunrir. Este, alguns décimos mais prestativo, antes de voltar sua atenção ao que fazia, disse:

— Procure pela "Obliv'latem" aquilo lá é mais uma loja do que uma forja, soube que o picareta do dono quase nunca faz algo ele mesmo. Revende o trabalho de outros ou usa os serviços de um rapaz humano. Acredita nisto?

— Humano é? Como ele se chama? Vocês sabem? — perguntou Allan subitamente interessado, visto que o medalhão em si não possuía nenhum traço de magia na fabricação, ao contrário do que ele falara para Andrew.

— Não, não sabemos... Por que o interesse senhor... Como foi mesmo que disse se chamar? — perguntaram Fenrir e Dunrir, um terminando a fala do outro.

— Na verdade não cheguei a falar. Sou Allan Dupon, executor chefe das leis mágicas.

Falou ele se deliciando com a reação dos irmãos diante de seu cargo, o que poderia indicar entre outras coisas, que havia algum material ou artefato irregular.

Por ter saído de lá com muito mais do que supunha, ele seguiu pelo caminho indicado para a loja-forja, como os gêmeos falavam. Tendo decidido que não mandaria uma batida investigar a forja dos gêmeos.

Desceu mais um pouco a rua, em passos apressados, afinal agora era o vigor da investigação que o impulsionava. Quando estava para dobrar a segunda rua depois de uma pequena fonte de pedra, ainda seguindo as indicações recebidas, ele teve a sensação recorrente de ser observado. Parecia um peso efêmero sobre seus ombros, algo que incomodava, além de ao mesmo tempo atiçar a curiosidade.

Olhou para trás e lá estava ela, a mesma moça de rabo-de-cavalo, mas agora ela estava acompanhada. Um grandalhão mau encarado, braços cruzados e expostos ao ar frio, cobertos apenas por uma fina camada de malha de metal. Os cabelos, cortados muito curto, quase inexistentes, contrastavam com a vasta barba. Um emaranhado de fios negros que cobriam boa parte da face. Ao lado dos dois havia um jovem, que parecia quase uma criança, comparado ao tamanho de seu companheiro. Os cabelos loiros moviam-se ao sabor do vento, todavia estava sempre cobrindo uma parte do rosto dele. Seu porte físico era pouco mais que uma magreza aguda, quase absurda. Porém havia algo em comum em todos os três além da boina azul; era o olhar duro, inquisitivo, principalmente o do jovem loiro. Pareciam dizer: Estamos te observando...

Allan pensou em tentar despistá-los, mas provavelmente não teria êxito, visto que a cidade não era conhecida por ele, mas com toda certeza o era por seus "perseguidores". Poderia simplesmente continuar seu caminho, fingindo não ter percebido nada, mas ele achava que o melhor mesmo seria fazer uso de uma meia-verdade, temperada com um pouco de cinismo. Sendo assim, parou onde estava, voltando a cabeça para um lado, depois para o outro. Olhando com uma expressão séria, cenho franzindo enquanto coçava a sombra de barba no queixo. Quando julgou ter representado tempo o bastante, virou-se novamente para eles, que se mantiveram na mesma localização, sorriu e foi ao encontro destes.

— Olá, companheiros, poderiam me informar qual o caminho para a "Obliv'latem"? — perguntou ele no tom mais simpático que conseguiu, evidenciando que não era da região. Olhou de um para o outro, rindo internamente diante da surpresa. Provavelmente eles esperavam assustar o forasteiro ou o intimidar ao ponto de fazê-lo recuar.

— E você quem é? — perguntou o mais alto dos três. Forçando uma expressão mais séria ainda, franzindo as vastas sobrancelhas.

— Senhor... O termo certo é senhor. Eu sou Allan Dupon, Executor Chefe das Leis Mágicas e estou perguntando algo que pode ser decisivo para uma investigação.

— Por favor, desculpe meu companheiro, Senhor Executor, o Julius aqui é um pouco brusco, para não falar obtuso. Eu sou Cecil, oficial porteiro de primeira ordem, ao seu dispor. Teremos o maior prazer de acompanhá-lo até o estabelecimento do senhor Ob-Liv — falou o jovem loiro com uma voz aveludada, porém tão carregada de pedantismo, que Allan surpreendeu-se por ele não se oferecer para servir de montaria.

— Não é necessário, basta que me indiquem o lugar — falou Allan correndo os olhos de um para o outro, mantendo um riso amarelo e forçado.

— Ora, mas eu insisto. Principalmente depois da descortesia de meu parceiro. Se me permite, devo acrescentar que o senhor é bastante jovem para o cargo que ocupa. Provavelmente a generala Megaha o tem em grande conta — falou ele pondo-se a caminho. — Por aqui senhor...

Allan sabia que não adiantaria gastar tempo tentando convencê-lo do contrário, conhecia muito bem o tipo. Cercava de cortesias e gracejos qualquer pessoa que estivesse acima dele na cadeia de poder. Quando conseguia achar uma "presa", se agarrava a esta, tal qual uma serpente. Diante disto, o melhor seria ingressar no jogo. Fingiu-se muito tocado pelos elogios e comentários, que o outro se esmerava em desfiar para Allan, no curto espaço de três quarteirões.

No momento em que finalmente chegou ao local, o executor supôs que por alguma distração havia tomado o caminho errado. Diferente do estabelecimento anterior, este era um prédio alto; três andares ao todo. Uma base larga, com três soleiras compridas, porém estreitas, dotadas de portas metálicas, vazadas e simples. O andar superior possuía uma espécie de varanda de pedra e o último piso mais parecia uma pequena torre pontuda, encarrapitada, um pouco torta para o lado direito. Os portões estavam os três abertos, revelando um espaço pequeno, repleto de vitrines e mesas expositoras.

Atrás de um balcão lustroso, estava um homem alto, magro e muito pálido, com escorridos cabelos brancos. O comprimento descia muito além dos ombros, escorrendo pelas costas. Levantou a cabeça concomitantemente ao momento em que Allan entrou, seguido de perto pelo trio. A expressão que havia se iluminado ao ver um possível cliente, murchou até um trejeito de nojo tomar conta dos lábios, o qual ele não fez a menor menção de disfarçar. As mãos muito brancas e dotadas de dedos finíssimos, foram cruzadas a frente do corpo e ele ficou imóvel, silencioso, olhando de um para o outro.

— Olá Senhor Ob-Liv, sou o Executor Chefe Allan, Allan Dupon. Tenho comigo um artefato que gostaria que fosse examinado — falou Allan sorrindo e retirando o embrulho miúdo que era o medalhão, entretanto, antes de depositá-lo na palma muito alva, quase sem linhas ou traços, ele procurou os olhos de Cecil, que se dizia capitão da equipe: — Agradeço a ajuda, creio que posso seguramente prosseguir sozinho. Então movido por uma inspiração, ele acrescentou: — Comentarei sobre a presteza de vocês para a generala, quando tomar chá com ela da próxima vez.

— Sanguessugas... — sussurrou Ob-Liv quando os três saíram da loja. O fez baixo, porém foi o bastante para que Allan escutasse. — Vejamos o que temos aqui — falou enquanto voltava para trás do balcão. — Posso oferecer alguma coisa senhor executor? Um chá talvez?

— Eu preferia informações senhor Obliv.

— A pronúncia correta é "Ob-Liv" senhor, com um pequeno espaço fonético no meio — corrigiu o homem fechando o livro caixa que estava sobre o balcão.

— Desculpe, eu preferia que me servisse a verdade, senhor Ob-Liv — corrigiu Allan.

O velho homem não teceu qualquer comentário, simplesmente retirou para o lado o livro que examinava. Pondo um forro de tecido sobre a madeira e ao lado deste, colocou um estojo com lentes variadas. Só então abriu o embrulho, sem conter a expressão de desapontamento que surgiu no rosto.

— Isto é uma coisinha qualquer, não chega nem a ser bem-feito — falou em tom seco. Mas ao aproximar o objeto do rosto, franziu o cenho, fungou duas vezes e então olhou para Allan. — Este cheiro que estou sentindo é bastante perigoso, posso saber onde conseguiu esse pingente senhor?

— Na verdade este é um item que faz parte de uma investigação, então os detalhes são sigilosos, como pode supor muito bem. O que desejo saber é se foi feito em sua... Loja — comentou o executor, procurando a palavra certa para caracterizar o ambiente.

O velho de cabelos escorridos fez um gesto de assentimento, novamente sem esconder o desapontamento diante da recusa do executor em lhe fornecer mais detalhes. Ele dedicou mais uns momentos de atenção ao objeto enquanto Allan corria os olhos pelo ambiente, demorando-se em alguns pontos.

Havia um pequeno móvel com prateleiras de vidro, expondo algumas joias de menor valor. Por todas as paredes, em suportes e ganchos de pedra; itens variados eram ostentados para um possível freguês. Armas diversas; facas, adagas, espadas para uma ou duas mãos. Chegando até mesmo a existirem para a venda, manoplas e grevas. Num par de luvas para arco-e-flecha ele viu um símbolo familiar. E quase não acreditou no que seus olhos mostravam. Era uma pequena flor de lis dourada, bordada dentro de um pentagrama da mesma cor. A simples posse de um objeto com este símbolo já seria motivo o bastante para investigar o velho. Afinal, mesmo que a seita formada por perseguidores de Porteiros, conhecidos como "Caçadores de Lis", estivessem extintos, possuir, trocar ou vender algo ligado a estes criminosos e dissidentes, configurava crime; incentivo direto ou indireto. Propiciando hostilidades contra a Ordem. Allan achou melhor manter-se quieto sobre aquilo, ao menos até obter o que desejava.

Finalmente após alguns instantes de muda observação, o velho suspirou baixo e afirmou:

— Senhor executor eu não trabalho mais na forja, como pode muito bem supor, meu corpo já está bastante enfraquecido, assim como minha memória — falou ele abrindo os braços como que para mostrar sua suposta fragilidade. — Um instante sim... Gab! Venha aqui...

Alterou a voz, voltando a cabeça um pouco para trás.

— Gab é o meu ferreiro, faz itens menores como este aqui, mas lhe garanto; não vai encontrar estrato de mandrágora aqui — afirmou ele, como quem estivesse soltando um comentário há muito guardado.

Foi só no momento em que o velho chamou o ferreiro, que Allan percebeu um silêncio instaurando-se nos fundos. Visto que alguém martelava algo, com pancadas tão ritmadas que assumiram um aspecto praticamente imperceptível. Apenas quando pararam foi que ele notou que elas sempre haviam estado ali.

Saindo detrás de uma cortina composta por tiras de tecido cinzento, surgiu um rapaz sem camisa; gotas de suor porejavam por todo o dorso, algumas dependuradas nos tufos de pelos negros. Nas mãos, bem como nas faces, ele possuía um tom afogueado, daqueles que estão em constante proximidade ao fogo. Os cabelos formavam um halo ao redor do rosto. Cachos grandes e pequenos cascateavam na forma de uma vasta cabeleira negra. Sob os olhos havia bolsas e orelhas, como se o rapaz não estivesse dormindo direito. Mesmo assim, o riso era franco, assim como a expressão alegre. Allan não sabia o motivo, mas o rapaz possuía uma espécie de "imã" natural. Fosse uma empatia inata ou qualquer outra coisa, mas ele gostou de Gab gratuitamente.

Assim que o rapaz chegou, estancou olhando de seu chefe para Allan, que aos olhos dele era um estranho. Num gesto natural deu de ombros ao mesmo tempo em que soltava um riso sem jeito, questionando:

— Posso ajudar?

— Gab, este senhor trouxe um objeto, poderia dar uma olhada nele?

O rapaz enxugou as mãos úmidas de suor nas pernas da calça rota, recebendo a lupa que Ob-Liv estendia para ele. Não gastou nem mesmo um minuto observando o medalhão, para afirmar que o reconhecia pelo simples fato dele ter sido o fabricante:

— Acho que foi uma das primeiras coisas que fiz aqui, foram dois na verdade. A ideia é que fossem irmãos, sabe? Vendi para uma mulher meio engraçada, sabe?

— Quando exatamente foi isto Gab? — perguntou Allan tentando não transparecer na voz a sua ansiedade.

— Foi há um tempo... Não lembro ao certo o dia... — falou ele lacônico, lançando olhares significativos para o chefe, como que esperando orientação sobre o que poderia ou não falar.

Allan achou estranha a forma como o rapaz se calou, mas resolveu não enveredar por este caminho. Afinal desde que entrou naquele ambiente, havia percebido que não era uma forja comum, mas, sim, uma espécie de loja, repleta de artefatos duvidosos. Entretanto no momento era mais proveitoso manter-se "cego" para certos detalhes. Sendo assim, ele achou melhor entrar no assunto:

— Você disse mulher? Não seria uma garota?

— Não, era uma mulher. Lembro bem por que ela chegou ao fim da tarde, disse que estava tratando de umas coisas nas proximidades e queria comprar um presente para a pupila dela, falou que queria dois itens iguais. Pedindo especialmente que fossem feitos por mim e não pelo meu mestre... Engraçado, não é? Querer algo feito por um aprendiz...

Allan percebeu que Ob-Liv estava desconfortável, agora era a vez dele de olhar para o garoto. Provavelmente o velho sabia o motivo, mas temia que de alguma forma o aprendiz pudesse falar algo que os comprometeriam.

— Em certas práticas mágicas os itens envolvidos são bastante específicos, como por exemplo, um medalhão forjado por mãos humanas. Sem ajuda de qualquer tipo de magia na fabricação, entendeu? O Gab é um humano, não é, senhor Ob-Liv?

— Sim, um humano tocado, que preferiu a arte do fabrico de armas e outros itens, à barbárie sem limites de ser um Porteiro. Principalmente em Rüegg! — falou o velho que mesmo sem levantar o tom de voz um momento sequer, fez transparecer perfeitamente o quão estava irritado.

Allan queria mais detalhes desta mulher, mas certamente não os teria com Ob-Liv sibilando raivoso. Então resolveu que chegara a hora de dar uma cartada, retirou o embrulho que guardava a lâmina, pondo no balcão, para tentar mantê-lo ocupado.

— Vejo que o senhor não gosta da Ordem, não duvido que tenha seus motivos. Afinal em alguns momentos da história os Porteiros agiram como detentores da verdade absoluta, mas isto passou. — Olhando fixamente os olhos do velho senhor ele acrescentou. — O tempo dos caçadores de lis também passou. Que tal me ajudar a pôr um grande hipócrita em um cubículo? Ajude-me com isto — falou ele dando umas tampinhas no embrulho. — E eu garanto que o quarto do nada dele será tão pequeno que não haverá espaço para permanecer de pé.

Os olhos do velho brilharam, enquanto desfazia as voltas do tecido com as mãos trêmulas, ele lambeu os lábios finos em um gesto de ansiedade e o executor pôde perceber muito surpreso que era uma língua fendida como a de uma serpente.

— Uma gota de sangue Sissanz... — comentou o velho com um olhar duro, como o de alguém que muito sofreu.

Exprimiu um sibilo de exclamação ao ver a lâmina e então se perdeu em concessões consigo mesmo. Afirmando por vezes algo como: "Isto é algo antigo..." ou, "Onde foi que coloquei aquele dicionário". Allan sorriu internamente ao ver que seu plano surtira o efeito desejado, deixando com tempo bastante para recolher as informações que o jovem poderia oferecer.

— Como era essa mulher, Gab?

— Alta e magra. — Baixando a voz ele acrescentou: — Não como o senhor Ob-Liv, mas de uma forma jeitosa, sabe? Usava uma roupa toda vermelha, algo parecido com um terno bem "grã-fino", com a parte de trás meio comprida. Os cabelos dela eram de uma cor muito incomum, algo como rosa ou roxo. E... — Inseguro ele olhou para o lado, mas vendo que o velho ainda estava imerso na observação do outro objeto, ele, por fim, acrescentou: — Acho que ela era meio louca sabe? Deu vários risinhos enquanto a atendi e quando estava saindo disse para esquecer o rosto dela... Não sei direito se foi alguma coisa que ela fez, mas sinceramente não a reconheceria hoje.

— Não pode ser... — falou Ob-Liv, olhando para um livro de capa negra, aberto sobre o balcão.

— Algum problema, senhor? — perguntou o executor.

O velho lambia os lábios a todo momento, torcendo as mãos pálidas dotadas de dedos finos e para a surpresa do executor, o velho mais parecia uma criança que havia descoberto o esconderijo dos presentes do dia do Yule.

— Essa inscrição me confundiu um pouco, primeiro achei que era uma espécie de "banimento para o mal da lua", como era antigamente chamada a descendência de lobisomens. Contudo, isto é, na verdade, uma espécie de assinatura. Como o senhor bem deve saber, os lobisomens foram caçados devido às atividades que praticavam, várias famílias de magos se tornaram famosos nessa atividade, dentre eles havia uma especial. Eles se intitulavam "Os perseguidores do mal da lua", Os Duílio.

Sim! Eu estava certo! Quase gritou Allan. Ele agora tinha a sua confirmação, mas de certa forma isto não era uma prova irrevogável. Afinal ele encobrira o ocorrido no parque, a fim de proteger o pequeno Gideon, não poderia agora trazer tudo à tona. Mas ele tinha a certeza que tanto queria, não sabia ao certo o que fazer com estas informações, porém com toda certeza o jantar com Índigo teria que ser atrasado um pouco. Visto que ele precisava falar com Andrew imediatamente!

— Agradeço imensamente a ajuda de vocês... Se me dão licença, preciso continuar minha investigação, mas desde já, aviso para manter em total sigilo o que foi conversado aqui. — Olhando especialmente para o velho, ele acrescentou: — Para a segurança de vocês, é claro — disse isto e saiu da loja, sem dar tempo para qualquer reação dos dois.

— Caminhava em direção ao ponto onde havia descido do bonde, enquanto procurava o seu cristal de comunicação:

— Andrew? Tenho uma novidade para nossa empreitada! Precisamos nos encontrar com urgência.

XLVIII

As fadas se reúnem

No meio da grande faixa de terras, que existe entre as montanhas de Rüegg e os campos floridos de Zanon, estes sendo muito famosos pela fertilidade e variedade de flora bem como fauna, há uma porção de terreno, que devido a uma sucessão de acontecimentos ocorridos nos tempos antigos, antes do véu ser erguido pelos magos santos, os moradores destas cidades passaram a considerar como amaldiçoada.

Existem inclusive relatos que afirmam terem visto fogueiras ardendo a distância e pequenas esferas de luz passeando pelo firmamento, principalmente nas horas próximas ao começo da noite.

Muitos indivíduos, "os estudiosos do oculto", nome empregado por eles próprios para se descreverem, feneceram nesta que é uma pequena propriedade; não atingindo nem mesmo o tamanho de qualquer uma das quatro grandes cidades, por exemplo. Neste lugar ficam as ruínas do que outrora foi o maior colégio-retiro do mundo mágico. Atualmente não passa de um amontoado de pedras fendidas, paredes cobertas de trepadeiras e lodo, além dos resquícios do que anteriormente havia sido um prodigioso conjunto de altas torres.

Até mesmo a estátua em tamanho real daquela que era considerada a patrona dos estudiosos do oculto havia recebido o abraço cruel do tempo e acabou por perder grande parte da beleza pela qual era afamada. Todavia sob o pedestal ainda estão conservadas, praticamente ilesas, algumas inscrições talhadas na pedra e os pés descalços de Phitéia. O restante da escultura havia sido desintegrado pelas constantes atribulações às quais fora exposta.

Recostada em uma árvore que começava a deixar cair a casca perfumada e grossa que recobria o tronco, para receber por completo a baforada de vida renovada que chegaria daqui a alguns dias, estava Pridevenia, a fada caída do orgulho, que de tão impaciente devido ao fato de esperar suas irmãs, bufava e remexia-se sob o tronco, descolando grandes pedaços da cobertura nodosa.

Dentre todas as irmãs caídas, que era como elas designavam a si mesmas, Pridevenia era a única que ostentava sua verdadeira forma, sem qualquer resquício de vergonha ou indignação pelos fatos do passado.

Chifres negros, pontiagudos e levemente curvilíneos, saíam de sua testa. Estes pareciam roubar a parca luminosidade ao seu redor, visto que possuíam um aspecto opaco, porém muito liso. Medindo aproximadamente trinta centímetros cada, eram duas grandes espadas, de aparência afiada e pesada, como se tivessem sido esculpidas em pedaços de pedra. Descendo pelo rosto, ombros e o restante do corpo, havia como que uma cobertura viva; que balançava ao menor sopro da brisa, como seria próprio de um tecido leve, todavia não era essa a sua natureza. Tratava-se do cabelo dela, que se fundia fio por fio, formando uma espécie de grande túnica negra, assim como os cornos. Ornada com capuz e longas mangas; alternando entre hora esvoaçante, hora justíssima ao corpo.

Enquanto esperava, ela maquinava em silêncio uma forma de vingar-se pela espera a qual havia sido submetida. Distraía-se esmagando pedras do tamanho aproximando de uma maça, esfarelando-as simplesmente com a pressão de sua mão. Foi assim, observando a destruição que uma ideia maldosa cruzou-lhe a mente, fazendo sua face iluminar-se; quando fosse chegada a hora, faria elas irem na frente.

Um arroubo de risadas infantilizadas, seguidas por guinchos baixos, surgiram cortando o ar da noite, avisando-a que Envyli e a sua criatura alada de estimação havia finalmente chegado. Porém, antes mesmo que pudesse vê-los, sua atenção foi atraída para a direção oposta. Visto que de algum ponto no meio da noite escura emanava um aroma misterioso, parecia unir odores florais com uma pequena dose dos odores corporais, tipicamente mais fortes nos humanos; a verdadeira paixão de Lustranis.

Surgindo de trás da base de uma pilastra, que se despedaçava pouco a pouco, vinha a fada caída da luxúria, trajando uma de suas roupas agressivamente sensuais, na opinião de Pridevenia. Era uma espécie de segunda pele, repleta de espaços vazados, que mais mostravam do que cobriam. Isto aliado ao par de botas de cano alto, que ela ostentava com seu jeito de desfilar em vez de caminhar normalmente, arrematava um ar de sensualidade grosseiro.

Uma figura envolta em faixas maltrapilhas, de aspecto sujo e até mesmo mal cheirosas surgiu manquejando atrás de Lustranis, arrastando-se com esforço, como se as pernas estivessem atadas ou um ferimento de grandes proporções lhe marcasse a pele. Normalmente escravos e escravas sexuais da sua irmã não lhe diziam respeito, mas a petulância de trazer algo assim para uma reunião pareceu-lhe a gota d'agua.

Estava decidido, Lustranis iria na frente de todas, como um escudo vivo! Riu-se silenciosa enquanto caminhava até o ponto, onde num tempo há muito ido, ficava um grande salão. Fato facilmente perceptível visto que em alguns trechos, nos quais as ervas não cobriam selvagens, ainda era possível se identificar ladrilhos claros, cacos de um painel composto por belas imagens.

— Irmãs! Que prazer em vê-las — falou Lustranis, incluindo em seu cumprimento também Envyli que surgira há pouco, irrompendo de um grande tufo de vegetação.

— O que é isto Lustranis? — falou Pridevenia apontando inquisidora para o ser roto e encapuzado que agora arrastava-se para mais perto, trazendo nas mãos uma bandeja prateada; contendo uma garrafinha de barro e algumas pequenas taças. — Espero que sua demora não tenha ocorrido motivado por alguma tola brincadeira — falou ela esmagando um pedregulho sobre o qual descansou o pé direito.

— Eu também quero saber. — Envyli aproximava-se da irmã e da criatura que a acompanhava. — Você poderia carregar uma badeja também Zoiudinho — falou em tom de desapontamento para o ser alado que volteava centímetros acima do ombro dela. — Imagine só como seria divertido... Poderíamos fazer uma festa do chá e... — Calou-se rapidamente ao ver a expressão carrancuda com a qual Pridevenia lhe olhava.

Sentando-se e cruzando demoradamente as pernas, Lustranis pôs-se de costas muito retas, sem nem ao menos virar a cabeça para o lado. Ela estalou os dedos e apontou para a garrafa de barro. Esperou então ser servida e só então respondeu às perguntas de sua irmã:

— Essa aqui é uma pobre criatura imolada pelas crueldades do destino, apiedei-me dela de tal forma que a tomei como minha protegida. E então passou a mão várias vezes na frente do que seria o rosto. Todavia, mais parecia um amontoado de tiras e faixas, deixando á mostra apenas dois olhos vagos e cinzentos. — Viu só, não tem ninguém em casa. Além do que, tenho isto — falou ela mostrando um pingente comprido, no formato de um tubo de vidro coberto com uma rede de metal. Lá dentro, uma coisa viscosa e luminescente subia pelas paredes, para em seguida escorrer. Recomeçando então este que parecia ser um ciclo de infindáveis movimentos.

— Isto é um pacto de essência? — Estranhou Pridevenia, o simples fato de sua irmã ainda lembrar-se de uma magia tão antiga merecia toda a surpresa dela. Seria então descortesia de sua parte insistir para que lhe fosse revelada a identidade da "protegida".

Ainda assim, um pacto de essência? Era realmente surpreendente que sua irmã houvesse se interessado em alguém a este ponto. Visto que neste tipo de acordo mágico, uma parte se doa de corpo e essência para alguém que passa a ser considerado seu dono, podendo dispor como bem entender do ser que agora é antes de mais nada uma propriedade. Em contrapartida, se vê obrigado em ensinar as artes da magia antiga, proteger e cuidar do servo aprendiz, além de no final de um prazo, estipulado por ambos, libertar o servo.

Pridevenia não pôde deixar de sentir-se curiosa, o que aquela criatura possuía para despertar tamanho "apreço" por parte de sua irmã? Logo, logo, ela própria saberia, afinal se Lustranis cumprisse bem a função que receberia, a serva estaria livre do pacto e ela mesma, a tomaria para si. Não perdoaria a afronta de que outra além dela pudesse possuir um escravo.

Forçando um gesto de pouco caso diante do espanto da outra e puxando o pingente para longe do avanço ligeiro de Envyli. Lustranis, suspirou após bebericar mais um pouco da bebida e falou em tom de acusação:

— Não demorei se todas não chegaram, afinal onde estão Gluthonia, Slothonia, Gridenia? A propósito, que infortúnio o ocorrido com Whatronia... Sabe que ainda não entendi como aconteceu, qual sua opinião sobr... — Parou no meio da frase devido a um grandioso arroto, seguido de uma enorme labareda, surgindo de algum lugar riscando a noite.

Próximo delas, Gluthonia chegava caminhando pesada e com uma aparência horrível; várias partes do corpanzil estavam vermelhas, algumas até estavam cobertas com uma crosta de onde porejava um líquido espesso e de forte odor adocicado. As mãos retiniam vermelhas e ensanguentadas, como se alguém lhe tivesse acabado de retirar a pele. A barriga, mesmo coberta, também deveria estar em um estado similar, visto que quase toda a sua extensão estava grudada ao tecido da túnica, uma mancha úmida, gotejante e vermelha.

— O que é isto, Gluthonia? — perguntou Envyli, imitando até mesmo a entonação de Pridevenia ao falar com a outra irmã.

— O Pilar do Fogo... — falou ela arfando e desabando o corpo sobre o amparo de uma parede coberta por uma trepadeira com flores azuladas. Neste momento ela arrotou mais uma vez e uma baforada de fogo, menor que a anterior, iluminou sua face robusta.

— Vê Lustranis, isto é dedicação! Ela cumpriu até o fim a tarefa que lhe foi confiada. E você irmã? Onde fica o portão de Arthuro? — falou Pridevenia e neste momento seu interior estava exultante. Humilharia a outra na frente até mesmo de sua serva, mostrando-a incapaz!

Porém ela não, ela era Pridevenia, a fada caída do orgulho! Ela era uma vencedora mesmo que uma a uma, todas caíssem tal qual moscas, ela sobraria de pé!

Descruzando as pernas, Lustranis levantou-se e pegou uma taça com a serva. Foi até Gluthonia. Encorajando-a a beber, afirmando que se tratava de hidromel fabricado por humanos e que isto provavelmente a faria bem. Neste meio tempo falou como quem comenta que vai chover ou que o dia está muito quente:

— O portão é inalcançável, simples assim. Precisamos de muito mais poder do que temos agora, para conseguir chegar até ele. Porém em minhas andanças encontrei algo bastante interessante.

— Não irmã, ele está mais próximo do que imaginas e eu lhes direi o que vamos fazer para encontrá-lo. Mas antes… Eu tenho algo para falar — disse Envyli, bebendo de um único gole o conteúdo de uma das taças assim como fizera Gluthonia, e depositando-a na bandeja, não sem antes olhar para a irmã, fazendo um gesto com a cabeça, indicando que também terminara sua bebida. — Com a ajuda de Zoiudinho descobri que Mefistófeles não derrubou o primeiro Pilar, na verdade ele deve estar tremendo de medo, afinal foi falar com Titânia. — Ao que ela falou o nome da antiga rainha com um sussurro.

— E quem foi? — perguntaram as outras em coro.

— Isto eu não sei. Mas ele sabe e parece estar muito temeroso — falou Envyli dando de ombros. — Me propôs até um acordo, disse para eu convencer vocês a parar de derrubar os pilares e ele me daria um Qnai para ser meu bichinho.

O silêncio que se seguiu a declaração da fada caída foi denso, nem mesmo os constantes soluços e arrotos de Gluthonia ou o vento castigando as ruínas pode interferir. Cada uma parecia refletir sobre a revelação, exceto Lustranis, que sorridente falou:

— Ah, mas eu tenho uma boa noção de quem começou tudo. Eu não disse que encontrei algo bastante interessante? — Virando-se para a criatura maltrapilha ela disse: — Vamos Sammya meu bem, fale para elas o que você me disse…

XLIX

Bárbara

O vento rugia ao adentrar pelas janelas escancaradas e os grandes rombos que coalhavam o teto resfolegavam ruidosamente sob a pressão do soprar incessante. Por toda parte que se podia ver, a nevasca instalara-se selvagem. Parecia que um imenso lençol branco havia sido estendido ali, cobrindo não apenas o solo, como também alguns pontos do salão. Aglomerando-se de tal forma, que os montes de neve chegavam facilmente até a altura de seus joelhos. A estátua dourada em que Kyle fora transformado estava repleta de flocos; amontoados nas dobras das vestes, nos cabelos, sobre os ombros. Fato que retirava um pouco da expressão viva e a sensação de estar no meio de um movimento, que perpetuava-se nos traços do rapaz.

Não havia luz, exceto aquela que a massa disforme e esbranquiçada refletia. Na verdade, Bárbara não conseguia afirmar se era manhã ou noite. Visto que parecia estar no meio da tempestade, cercada por rajadas de um vento que corria forte ao ponto de quase derrubá-la ao chão.

Seu corpo tremia, não apenas mãos ou pés, mas ela por completo. Como que soterrada inteiramente pela branquidão macilenta, que parecia multiplicar-se mais e mais. Contudo isto não passava da sensação térmica, visto que ela estava no coração do redemoinho. Os seus cabelos brandidos soltos, os lados da jaqueta batendo contra a barriga. Tudo ocorrendo de uma forma tão irreal que ela não pode conter-se, o medo chegou ligeiro. Foi crescendo, ganhando forma e força, até que ela quase não podia mais discernir onde ele começava e onde ela terminava.

O enorme rosto imaterial à sua frente, formado unicamente por rajadas de vento e concentrações diferentes dos flocos de neve em suspensão no ar sorria-lhe de forma gentil, como que tentando acalmá-la. Todavia ela não conseguia se deixar envolver completamente, mesmo que Bárbara tenha falado com Céos; O Deus da Sabedoria. Ela não conseguia crer que existia algum parentesco com aquele ser a sua frente, que reluzia magia, além de ser dotada de uma beleza selvagem: como aquele presente na forma que as ondas do mar quebram na praia ou qualquer outra manifestação da natureza. "Eu sou você, ao menos uma parte do que você é hoje, já esteve em mim." Fora isto que a face gigantesca havia dito. Contudo, ela não conseguia conceber isto, era algo imenso demais...

— Tenha calma minha querida, quero lhe pedir algo... Sei que não entenderá no momento, mas quero que vá embora daqui. É mais perigoso do que supõe e não posso ariscar que seja morta. — Soou a voz de Phitéia.

— Mas... mas... Voc... A senhora quer que eu deixe o Pilar cair? Por quê? Eu não entendo.

— Tudo na vida corre segundo um ciclo, onde há um início, meio e fim. Ir contra o fluxo natural da vida é uma tolice... Não há em você poder capaz de enfrentar Gridenia, ao menos não ainda. — Ao que uma pequena pausa da voz melodiosa se instaurou, combinado a uma diminuição do ímpeto do vento. — Veja seus companheiros...

Neste instante Bárbara viu surgir uma fenda, inicialmente um simples rasgo na cúpula que a cercava, para em seguida alargar-se até quase atingir o tamanho de uma janela. Aos olhos dela, primeiro chegou um fiapo de luminosidade, refletida pela cobertura completamente ausente de matiz de cor. Depois, quando sua visão se apurou ela pôde ver novamente a estátua de Kyle, quase que soterrada.

Kevin jazia recostado numa das colunas, com uma expressão fatigada marcando o rosto de uma forma tão profunda, que toda a beleza parecia ter sido roubada, deixando em troca uma face cansada, repleta de rugas provocadas por uma dor desconhecida por Bárbara. Nos olhos havia uma expressão de desorientação, além da grande fadiga que evidentemente brotava-lhe dos poros.

Ele parecia surpreso simplesmente por estar vivo, correndo rapidamente os olhos pela cena. Bárbara entendeu o motivo para o espanto, bem como a dor, que estavam estampados no lugar do largo sorriso que iluminava antigamente o rosto do oficial: A mão esquerda, até a altura do meio do antebraço estava dura, paralisada no meio do caminho do gesto de agarrar alguma coisa. Um tom dourado, incrivelmente lustroso cobria toda a extensão dos dedos, subindo até bem próximo ao cotovelo.

O oficial levou a mão direita até próxima a outra, encarando ambas, comparando-as, como que para certificar-se de que estava diante de uma extensão do seu corpo, transmutada em ouro. Num gesto brusco, girou-a para trás, na direção da coluna, golpeando com o que pareceu a Bárbara, toda a força que havia restado nele. O som produzido a fez trincar o maxilar, era como se uma mareta estivesse sendo usada em uma parede. Com uma única exceção; martelos não se despedaçam ao serem utilizados.

Ele então levantou-se, como que movido apenas por uma maré furiosa de sentimentos. Gritando loucamente e com os olhos vidrados, Kevin se lançou novamente ao combate. Na mão restante não havia nada além de seus dedos retesados, porém ele seguiu para além do ponto de visualização de Bárbara, com um brilho de determinação que beirava a bestialidade.

— Kevin! — gritou ela se adiantando para a frente, mas trombando na barreira de vento e sendo empurrada violentamente de volta. — Deixe-me sair! — falou voltando-se para a face incorpórea, que flutuava alguns metros acima.

— Quero que entenda, não há como você ajudá-los. Eu também não posso, estou aqui unicamente porque fiz uso dos elementais do vento, eles queriam lhe dar um recado. — Falando isto a "janela" que havia a frente dela desapareceu, para surgir num ponto a sua esquerda.

Tessa jazia ofegante no chão, os cabelos assanhados caíam sobre o rosto, alguns fios presos no filete de sangue que escapava dos lábios. Bárbara não chegou a ver com precisão os olhos dela, mas teve certeza que estavam fixos alguns centímetros acima, como que encarando alguém próximo. Do ventre dela projetava-se uma estaca de ouro, que pelo aspecto da ferida de entrada, estava prendendo-a no solo; Tessa havia sido atravessada.

Bárbara não podia ouvir, mas parecia que a garota dizia alguma coisa. Forçou a visão, cerrando mais os olhos e concentrando-se nos lábios, mas a nevasca que caía fora da redoma de vento impediu a interpretação.

— Aguenta Tessa, eu já vou... — gritou ela quando apontou a arma esquerda para a parede, disposta em abrir à bala um caminho até a companheira.

O disparo simplesmente perdeu-se na parede de vento, sem reproduzir nem de longe o efeito de quando ela atirou contra a névoa que a cercava, no sopé da montanha. E antes que ela pudesse disparar novamente, a voz ecoou pela redoma. Todavia, desta vez ao invés da anterior perenidade havia algo além. Irritação? Ansiedade? Bárbara não sabia ao certo o que era:

— Não se comporte tal qual uma criança. Eu disse há pouco, tudo na vida faz parte de um ciclo sem fim

— Você é uma megera sem coração! — gritou Bárbara interrompendo-a. — Tenho que ajudar meus companheiros de equipe. Me deixe sair! — pediu ela enquanto disparava mais duas vezes.

Bárbara não sabia como fazer magia, não entendia boa parte do que estava acontecendo. Muito menos conseguia sequer imaginar a magnitude dos acontecimentos em caráter mundial, caso o véu fosse derrubado. Mas uma coisa ela sabia; a magia estava intimamente relacionada com a vontade de quem usava. Assim antes de atirar ela concentrou toda a força de vontade possível — ela queria romper aquela cúpula, explodir em milhões de fiapos e usaria as suas armas combinadas; desta forma ela lançou anulação de magia e penetrabilidade de defesa contra a antepassada.

As balas zuniram rápidas em direção ao rosto fluente, cruzando a testa e a bochecha esquerda, pouco abaixo da linha do nariz, para então seguir caminho, tornando a desaparecer dentro da parede da cúpula. Por alguns instantes, Bárbara supôs que o efeito seria o mesmo que o anterior, ou seja; nada além de fomentar o surgimento de rasgos, que logo tornariam a sumir. Contudo os "ferimentos" não se fecharam, ao contrário. Um brilho sutil delineou-se nas bordas descoradas. Para em seguida os rombos irem alargando-se vagarosamente. O rosto foi pouco a pouco sendo consumido, até que finalmente explodiu.

Uma expressão curiosa instaurou-se na face de Phitéia antes de desaparecer, os traços de semelhança que havia entre ela e a futura agente transmutaram-se completamente. Por alguns segundos apenas deixando no lugar a visão de uma face estranha, que para a surpresa de Bárbara, a encarou serenamente, enquanto uma voz aguda ria fartamente.

Primeiro nada aconteceu, durante um curtíssimo espaço de tempo ela chegou a acreditar que tudo não passava de uma espécie de teste. Entretanto antes mesmo que a dúvida sobre seu desempenho começasse a lhe corroer o íntimo, veio o som: um tilintar agudo e melodioso. Semelhante ao que escaparia de alguns tubos de metal fino, entrechocando-se devido ao sopro ululante do vento.

A cúpula evanesceu rápida como a chama de uma vela, que é atacada por uma rajada ou um sopro. Revelando um cenário desolador e branco; não o branco felpudo do qual as nuvens são feitas ou o branco ofuscante que assola os olhos, quando se passa de um lugar muito escuro para a claridade difusa de uma manhã ensolarada. Era a branquidão derradeira, que surge apenas quando a noite está alta e a madrugada vaga livre, este é o branco do fim, da solidão mortal, que se reproduz devorando esperanças.

Ela sentiu então um vazio maciço, que de tão pesado chegava a lhe doer fisicamente. Vergando-lhe o corpo ou ainda pressionando os pulmões, congelando-a de dentro para fora. O vento que outrora riscava o ambiente, levando consigo grandes porções de neve, agora sumira por completo, deixando no lugar uma névoa densa, que se movia em espirais, quase vivas. Fluindo por todo o salão e cobrindo com uma fina camada de gelo o caminho por onde passava.

Cada vez mais era difícil respirar, parecia que uma grande pedra havia sido posta sobre suas costas. As pontas dos dedos ardiam um pouco, como que mergulhadas em água prestes a congelar. O solado das botas grudava caso ela permanecesse, mais que alguns instantes em uma mesma posição. Assim abraçando-se e levantando as pernas em intervalos regulares, ela correu os olhos pelo salão. Tentava encontrar algum sinal de vida no meio de toda aquela desolação.

Kyle era um borrão amarelo na claridade difusa. Tessa imóvel e de olhos muito abertos, parecia fitar alguma coisa além do teto. A respiração era não mais que um fiapo, esgarçando-se até sumir no ar pouco acima de seus lábios. Kevin Jazia ajoelhado, tiritando de frio. O toco dourado que estava no lugar de seu antebraço esquerdo, aninhado sobre o peito, projetava-se do ombro direito como uma estaca, a qual ele tentava em vão arrancar com a mão que lhe restava, contudo faltava-lhe força. Tudo o que conseguia era fazer um novo jorro de sangue afluir, para logo em seguida este já começar a ser congelado. Além de arquejar de dor, tendo o corpo percorrido por um tremor mais duro e seco que aquelas provocadas pelo toque do frio.

Não havia sinal de Gridenia em lugar algum, poderia ser uma armadilha por parte da fada caída. Poderia estar atrás de alguma coluna ou monte de neve, apenas esperando um momento de distração da parte de Bárbara. Sendo assim, ela permaneceu na posição em que estava. Os olhos pareciam dois borrões de tão rápido que passavam de um ponto ao outro do salão, procurando alguma pista; uma pegada, uma nuvem de respiração condensada, qualquer coisa.

Foi nesta vistoria mais aprofundada e atenta que ela enfim percebeu. O Pessegueiro!

— O Pilar! — gritou uma voz esganiçada em sua mente, que nada mais era que a sua própria, com o tom elevado para o agudo devido ao grande nervosismo que dela se apoderou.

— Bárbara... O que você fez? Como fez? A fada estava transmutando o Pilar e você a ajudou!? Por quê? — falou Kevin em um fiapo de voz, que lhe escapou pelos lábios azuis de frio.

Alguns metros à frente havia um jorro dourado escapando do chão; como se um gêiser de ouro estivesse brotando do piso. No alto dessa estrutura estava o pessegueiro — dois rombos atravessavam o tronco... Oh pelos céus ela havia atirado no Pilar?!

— Eu... Não... Foi um acidente Kevin. — Correu até ele, esquecendo completamente do receio sobre ser observada. — Não sei direito o que aconteceu, eu... O Pilar... — Calou-se sentindo a garganta apertada.

A coluna atrás do oficial começou a estalar, coberta por uma grossa camada de gelo, que se elevava do piso até o teto. Consumindo a pedra de forma tão extrema que Bárbara percebeu, logo não apenas aquele ponto, mas todo o salão seria uma lembrança, soterrada no gelo.

— Kevin, você está bem para andar? — perguntou ela ainda indecisa se devia levantar ele, fazia menção de agachar ao lado dele, para em seguida interromper-se no meio do movimento.

— O que você fez Bárbara? — perguntou Kevin olhando-a com olhos baços. — O Pilar, por que atirou nele?

No lugar da face jovem e bela, havia uma máscara pálida, ornada com manchas roxas, além de lábios azulados de frio. Ele perdera muito sangue, todavia a queda na temperatura fora ao menos neste ponto algo positivo, visto que sobre o ferimento, existia uma crosta grossa de vermelho coagulado.

— O Pilar... Você derrubou... Por quê? — disse ele com dificuldade, visto que o maxilar estava travado e o braço direito pendendo inerte ao lado do corpo. Os dedos mínimo e anelar, tomados por um tremor sem controle. — Você é uma espiã? Uma traidora...

Ela sabia muito bem que aquele tipo de conversa não levaria a nada. Tinha que tirar eles dali, depois poderia pensar exatamente no que fazer. Ele gritou de dor, quando Bárbara o ergueu, pondo o toco dourado por sobre os ombros dela e passando o braço direito ao redor da cintura dele, suspendendo-o por fim. Kevin pendia para a frente, arfando e gemendo toda vez que Bárbara tentava apressar o ritmo dos passos. Ela temia não conseguir chegar a tempo na saída, visto que só conseguira encontrar a porta do salão quando já era tarde demais e essa estava coberta por uma grossa camada de gelo, bem como algumas janelas.

Ele disparou várias vezes, até Kevin informar que não funcionaria, aquele tipo de magia possuía uma espécie de gatilho, no referido caso provavelmente a queda do Pilar. Sendo assim apenas se ela soubesse onde ficava o ponto zero da magia é que conseguiria algum resultado. De outra forma, poderia gastar toda a sua energia em balas que não conseguiria fazer nada além do gelo crescer mais rapidamente.

— Consegue ficar de pé sozinho? — perguntou Bárbara guardando as duas pistolas nos coldres. — Preciso verificar se existe como sairmos através de uma das janelas que ainda não foi lacrada — falou ela justificando-se já a alguma distância dele, visto que ele havia respondido com o gesto afirmativo de cabeça a pergunta dela.

As duas primeiras janelas verificadas ficavam de frente para um grande penhasco, confirmando que o salão devia estar em alguma parte da montanha. Numa espécie de reentrância da pedra. Visto que no momento em que ela pôs a cabeça para fora, pode observar que a cordilheira continuava acima do que seria o teto daquele salão. Assim sendo, ela correu para as outras, movendo-se sempre o mais depressa possível, sem deixar ficar muito tempo parada.

Seu coração deu saltos de alívio quando, por fim, achou uma janela que dava passagem para o lado de fora, sem, contudo, cair direto no abismo; aparentemente sem fundo. Era uma faixa de terra de não mais que alguns metros, porém larga o bastante para atingir em segurança. Poderia aproveitar a camada de neve que se elevava no solo, para conseguir amortecer o salto. Mas havia uma preocupação adicional; Kevin não poderia saltar com aquela barra espetada.

Qualquer movimento mal calculado e quem sabe que tipo de agravante surgiria. Tinha esperanças de conseguir algum abrigo, talvez até mesmo um pouco de água quente para lavar a ferida. Mas agora não havia tempo, teria que retirar o quanto antes. Ou não conseguiriam escapar, os movimentos dele estavam cada vez mais restringidos.

Caminhava na direção dele quando ouviu um grunhido baixo, parecido com um gemido de dor — talvez algum pequeno animal. Correu os olhos pelo chão próximo e viu Tessa; congelada até a altura do umbigo, a ferida dela era uma flor vermelha debaixo da superfície translúcida e cristalina.

— Tessa! Achei que... Fique calma eu vou te ajudar... Eu. — Interrompeu-se sem saber como continuar.

Afinal poderia mesmo fazer alguma coisa? O gelo a consumia rapidamente, provavelmente já não sentia as pernas. Era um feito incrível não ter morrido de hipotermia ainda, talvez pelo gelo ser de alguma forma ligado com a magia dela. Agachou-se ao lado dela e lhe afagou a face, incrivelmente pálida. Os lábios assim como os de Kevin estavam roxos e seu maxilar batia tanto que Bárbara não conseguia entender o que ela tentava falar em um resto de voz. Pareceu-lhe alguma coisa sobre não deixar Kyle ali e por mais doloroso que fosse recusar aquele pedido, Bárbara sabia que não havia nada que pudesse fazer para ajudá-lo. Estava com problemas em conseguir fazer Kevin caminhar, carregar uma estátua de ouro daquele tamanho, seria simplesmente impossível.

Bárbara sabia que aquilo era um delírio, nada mais que pensamentos amorosos turvados em face de seu estado. Talvez em algum lugar de sua mente, não tolhido pelo seu estado físico, ela poderia supor que havia esperança. Mas não havia, nem para Kyle e nem para ela mesma. Isto doía muito mais do que Bárbara supunha, era uma ferida mortal, que ela sabia não ser remediável: Kyle morrera e Tessa estava indo para o mesmo caminho. Não havia absolutamente nada que pudesse fazer para impedir.

— Bárbara! — chamou Kevin em desespero. — Ajude-me… — falou ele soltando uma das pernas do abraço congelante que começava a lhe subir pelos pés.

Não havia tempo! Tessa estava em seus momentos finais, logo caminharia ao lado de Kyle em algum lugar ensolarado, ambos discutindo sobre algo banal. Este pensamento trouxe lágrimas aos seus olhos e pela primeira vez em muitos anos, ela não fez menção de esconder. Seria um insulto não chorar por eles, que em tão pouco tempo a conquistaram.

Correu até Kevin, amparando-o quando este dava um passo vacilante para o lado. Não há mais tempo! Seja rápida, você precisa agir. Falava para si mesma, quando segurou a barra de ouro, girando-a um pouco para descolar. Faça devagar, pode ter atingido uma veia e quando retirar surja um grande sangramento. "Tire de uma vez… Aja como gente grande." Soava o grito de seu pai, ecoando de algum ponto distante, dentro de suas memórias.

— Vou contar até três e então eu tiro. — Respirou fundo e começou a contagem: — Um, dois, TRÊS!

L

Reunião Tribal

A noite há pouco havia lançado completamente seus raios de luar sobre a floresta, tecendo uma grande rede de sombras. Corujas riscavam o céu, morcegos e outros seres noturnos, agora plenamente ativos moviam-se, saindo de seus esconderijos, partindo em busca de comida. Não era com a mesma intensidade que acontecia durante o dia, porém toda a região da floresta profunda fervilhava em vida.

A lua, rainha absoluta da imensidão negra, grávida de luz, ainda não surgira completamente. Apenas denunciava o seu estado, pela grande quantidade de luminosidade prateada, que surgia por detrás dos blocos de nuvens. As estrelas por outro lado, começaram a surgir tão logo o sol deitou seus raios sobre o Oeste.

O vento que normalmente seria mais quente nessa época do ano, parecia ter se recusado a deixar o inverno ir embora. Todavia não era algo assim tão estranho, por todo o mundo tocado por magia; das quatro grandes cidades as áreas vizinhas, chegando até mesmo as florestas profundas, havia uma atmosfera de desequilíbrio. Era possível para os mais atentos, perceber esse estado diferente; em cada folha, em cada chama, havia uma prece de desespero.

Eram, ao todo, três grandes árvores, dotadas de troncos frondosos. Grossos o bastante para que apenas várias pessoas de mãos dadas conseguissem abraçar apenas um deles. A clareira media muitos metros, em um círculo perfeito e cada árvore ficava em um ponto no limite do espaço. De forma que as copas se entrelaçavam formando uma cobertura única, olhando de cima por exemplo, supunha-se tratar-se de apenas uma árvore. Ali estava a trindade da vida; corpo, mente e alma. Representados respectivamente; acácia, macieira e vidoeiro.

As folhas remexiam com o toque do vento, pareciam tremer diante do frio. Muito embora o inverno corresse ainda alto em alguns pontos bem ao norte dali. Aquela região parecia conservar uma estação única, uma espécie de outono primaveril, onde o clima era mais ameno do que seria no verão, porém não havia redução na atividade dos animais ou plantas.

Voltando a cabeça para os lados, a partir do ponto central da clareira se veriam ao todo treze troncos, com aproximadamente quatro metros cada um. Entalhados de forma a configurar uma espécie de "livro das eras" para os lobisomens. Ali estavam gravadas desde as lendas que narravam o surgimento dos primeiros a caminhar pelo mundo, até os dias mais recentes; batalhas, grandes vitórias, amargas derrotas. Tudo documentado, para não permitir às gerações futuras cair no esquecimento de suas origens.

Iluminados pelo fogo alto da grande fogueira, alguns entalhes pareciam ganhar vida. Eram lobos, homens, algum a meio caminho entre os dois estados. Dizia-se que um xamã bastante sensível poderia apenas com o toque, sentir os séculos ali retratados.

Aquele espaço era quase sempre utilizado para os rituais dos xamãs, como por exemplo, meditações, consulta aos espíritos ancestrais e as provas de iniciação. Mas havia ainda outro motivo, para o solo sagrado daquela clareira ser visitado; os preparativos para uma guerra.

A fogueira não ardia alimentada por aveleira, louro ou sândalo, como acontecia ao servir aos propósitos dos cinzentos. Eram galhos, folhas e raízes secas de carvalho, significava que não seria realizado nenhum ritual aquela noite e sim um conselho tribal. Diante do qual poderia ser definida uma nova guerra!

Observando a dança das chamas vermelho-alaranjadas, estava uma velha senhora com bochechas encarquilhadas. A face marcada pelo correr do tempo, parecia uma máscara de preocupação. Os cabelos dela eram muito compridos e desciam até quase o fim das costas, presos em várias tranças que depois da nuca entrelaçavam-se, terminando em um enfeite de penas. O arranjo dos fios muito brancos, servia para demonstrar o avançado grau na escala de conhecimento.

Exceto um colar de contas vermelhas, a mulher não usava adornos. Preso a este, havia uma rede de fios de metal e couro, que continha uma pedra da lua; aninhando-a com carinho. Raramente estes itens excediam o tamanho de uma moeda, mas este em questão, parecia uma laranja pequena.

Essa mulher chama-se Thala, chamada por alguns de *Buró* Thala, que significava avó Thala. Visto que ela, a anciã dos xamãs, considerada como a mais poderosa dentre todos os lobisomens vivos. Ocupava um posto de honra, não apenas como mestra nas artes místicas, como também pertencente ao conselho de guerra, sem comandar um clã propriamente dito. Contudo, por ser a líder de todos os cinzentos, possuía o poder de voto nas reuniões entre os chefes de clã. Além do que, fazia parte de sua função como líder espiritual, estar presente para consultar os espíritos ancestrais, a fim de aconselhar os senhores tribais.

Como ela própria costumava dizer, Thala é pertencente há um outro tempo, antes do período das feras, em que muitos dos seus irmãos agiram como animais. Até mesmo pior, visto que estes seguem as leis da natureza, matam quando tem fome, atacam apenas quando são ameaçados. Diferente de muitos irmãos, que em alguns momentos comportaram-se de forma a deixá-la em vergonhada por pertencer a mesma espécie. Thala não ali com esperanças, mas, sim, para ajudar no entendimento da dura verdade; o fim do mundo conhecido estava próximo.

Em sua maioria esmagadora, os cinzentos agiam muito mais respeitosamente para com o ciclo da vida. Infelizmente sempre existe uma exceção, pensou ela e num lampejo, imagens sobrepostas cruzaram-lhe a mente; um círculo de ossos, o cheiro nauseabundo de carne humana sendo lambida pelo fogo... Sacudiu rápido a cabeça, como que para afastar os pensamentos. Estava com a mente inquieta, ficava divagando; saindo e entrando em assuntos, deixando tudo mais confuso.

Tornou a contemplar as chamas, enquanto repetia seu gesto de "mastigar" o ar, o que fazia suas bochechas moles tremerem. Acima de sua cabeça as sombras brincavam de esconder entre as folhas. Aqui e ali surgia uma estrela, essa era visível por alguns instantes, até que o vento soprava, movendo nuvens ou a copa das árvores.

Ela puxou para perto o cajado de madeira torneada que usava para amparar-se ao caminhar. Era uma bela peça, toda gravada com símbolos mágicos, entalhes de lobos e luas, em suas várias faces. Costumava pôr ambas as mãos na extremidade e sobre estas recostar o queixo, assim mantinha a postura de contemplação por horas.

As chamas dançavam e às vezes abriam pequenas janelas, dentro das quais Thala via o que estava por chegar.

— Julguei que não veria o véu cair, uma vez que o vi nascer — falou ela após alguns instantes de silenciosa vigília. Suspirou novamente e um pouco impaciente ela cavoucou o chão com o cajado, repetindo o gesto de mastigação, que na verdade era um tique nervoso. — Ao menos meu fim também está próximo... Poderei ir até a Grande Mãe, repousar estes velhos ossos cansados.

Ela estava tão absorta que nem chegou a ouvir o rumorejar suave de passos às suas costas, assim, quando ouviu alguém falando atrás dela, assustou-se de tal forma que ao se virar, estava rosnando. Sua pedra da lua perdera o tom leitoso e brilhava intensamente, como se ela estivesse prestes a usar o poder contido nela.

— Falando com o fogo, Buró Thala? — Era Dhart em um tom respeitoso, porém bastante desprovido de qualquer emoção.

— Falar sozinho é um hábito comum aos mais velhos — comentou já mais calma, odiava ser pega de surpresa, mas naquele caso era apenas um garoto, jovem e tolo como a maioria de sua idade. — São tantas coisas vividas, que por vezes cremos estar acompanhados... — Mastigava novamente o ar, enquanto encarava o jovem a sua frente. "Ambicioso!" Sussurram os ancestrais para ela. "Muito além do que seria saudável." — Onde está Namtar? — perguntou enquanto desviava o olhar, procurando o líder do clã, presa selvagem.

Nem bem ela pronunciou o nome do líder tribal, ele surgiu entre dois dos treze postes de madeira. Caminhava lentamente até ela, trazia uma expressão muito preocupada, que lhe tirava em muito a beleza e a juventude da face. Ao aproximar-se, ele pegou gentilmente a mão da velha senhora, que entre as suas, parecia incrivelmente pequena. Beijou-a, fazendo um leve meneio com a cabeça e, por fim, falou:

— Buró, ninguém chegou ainda? O que acha, eles virão?

Por alguns instantes ela pensou em não responder, fingir não ter entendido a pergunta ou até mesmo desconversar. Todavia havia feito seus votos; como xamã, como Buró e mais importante que tudo, como ela mesma, alguém que abominava mentiras:

— Sim, meu filho... Alguns virão. — Ao que acrescentou em um tom mais obscuro, que normalmente sua voz assumia apenas durante os trabalhos ritualísticos, como indicativo de que havia outras forças presentes. — Mas não será a maioria e mesmo que fosse, não haveria motivo para esperança. — Sentiu-se então tonta, com o mundo sumindo ao seu redor e o chão chegando muito rápido em sua direção.

Voltou a si e logo sentiu algo úmido sobre a testa, por alguns segundos não conseguiu definir se havia realmente acordado ou se ainda estava no meio do círculo de ossos. Não poderia ser, não sentia mais o cheiro de sangue fresco, além do que ouvia vozes, dentre as quais Laff; sua mais fiel discípula. Foi então que soube, desmaiara e só não caíra dentro da fogueira porque Namtar a segurou.

De uns tempos para cá, toda as vezes que fechava os olhos, fosse para dormir ou apenas refletir em silêncio, imagens nefastas surgiam diante de si, para em seguida sumirem, naufragando novamente no mar do passado. Entretanto agora tudo havia sido de alguma forma real demais, não apenas uma lembrança ou um mergulho rápido no que ainda estava por vir. Não, foi algo de intermédio, uma espécie de presságio do passado. Toda vida, rasteje, voe ou corra. Obedece a uma sucessão infinita de ciclos de repetição. Talvez o círculo de ossos já esteja ocorrendo e ainda não percebi. Pensava ela quando era ajudada a levantar.

Recusando terminantemente que a reunião fosse cancelada, correu os olhos ao redor e o que viu a deixou desanimada. Sabia que o chamado não seria respeitado por todos os clãs. Mas o número que viu foi simplesmente desanimador, estavam ali os representantes; Olhos da Noite, Bestiais, Mordida Mortal, Guerreiros da lua, Senhores da montanha, Pele Castanha e Presa Selvagem. Com este contingente não chegavam nem mesmo a metade dos clãs, visto que apenas três dos presentes eram o que se chamava de Listôr, ou seja, clã inteiro. Os outros; Bestiais, Mordida Mortal, Senhores da montanha, Pele Castanha. Eram clãs menores, que surgiram diante da divisão de alguns Listôrs, estavam ali apenas por respeito, talvez pudessem juntos, representar um voto.

Não havia motivo pelo qual esperar mais, vinte ou trinta minutos não surtiriam maior ou menor efeito. Visto que até mesmo o representante do clã das montanhas já havia chegado, outros mais próximos provavelmente teriam tempo de sobra, caso desejassem realmente ter vindo.

Assim ela aceitou a gentil mão de apoio que Laff lhe oferecia e foi até o centro da clareira. Sentia-se enjoada e o mundo ao seu redor parecia sumir, sendo devorado pelas sombras vorazes da noite, para em seguida tornarem a aparecer. Era uma vertigem forte, que lhe secava a garganta e fazia o lado de sua cabeça latejar. Sobre as têmporas parecia haver um minúsculo tambor, que era constantemente espancando cada vez que ela falava ou baixava um pouco a fronte.

— *Evoi avoi ejê!* Sejam todos e todas bem-vindos a este que é um espaço sagrado. Contudo não é motivado por celebração que hoje nos reunimos.

Sentia a sua cabeça bambeando, como um pedaço de madeira, que ao cair nas águas de um rio, movesse de acordo com a vontade da correnteza; para lá, para cá.

Conhecia muito bem aquela sensação, era o universo chamando-a. Como que sussurrando em seu ouvido e pedindo para que ela lhe cedesse a oportunidade de falar. Por toda sua vida almejou conseguir conectar-se com as forças ancestrais sem perder a consciência, contudo a magia não obedece a desejos, que não os próprios. Mordeu então os lábios e com um breve gesto de cabeça, passou a palavra para Namtar.

— Buró... O que está sentindo? Quer um pouco d'água de raiz forte? — perguntou Laff ao seu lado.

— Não, minha querida, está tudo... — As palavras morreram em sua garganta e tudo o que ela conseguiu fazer foi apertar com força o braço de sua pupila.

Sentia uma dor tão profunda que lágrimas lhe saltaram aos olhos e o corpo embora ileso superficialmente, no íntimo contorcia-se inteiramente, como se milhares de vermes de fogo escalassem por dentro de sua pele, escavando suas carnes.

Quando voltou a si, a noite estava por findar, a manhã estendia ligeira seu xale de brocados. O horizonte tingia-se de cores e vida, ainda que restasse no vento traços de hálito gelado. Estava esgotada, suas articulações queimavam ao menor movimento, chegando a ranger quando ela fez força para sentar-se na borda de sua cama. Lívida ao seu lado estava Laff, com um talismã entre as mãos. Provavelmente passara a noite em vigilância, direcionando para a mestra energias curativas.

— Eu lhe dei muito trabalho? Ontem à noite, o que foi decidido? — perguntou Thala, arfando para manter a respiração constante.

— A senhora está dormindo há quase três dias... — falou a título de explicação, seguidamente a voz foi pouco a pouco transformando-se num fiapo e finalmente morreu.

Laff a olhava profundamente, estática em seu processo de muda observação. Lambia os lábios que pouco antes havia mordido. Parecia mais uma criança dada a travessuras e que pega no flagra não sabia o que fazer, muito menos como começaria a abordar o assunto. Até que ela percebeu o olhar inquisidor que Thala lançava sobre ela, finalmente dando-se por vencida falou:

— A senhora desmaiou novamente, pouco depois de ter passado a palavra a Namtar, então a reunião foi adiada para o dia posterior. Mas como não acordava e mais um Pilar caiu...

— Tudo está por um fio, não tardará então... — comentou Thala interrompendo a mulher a sua frente, falando mais para si mesma do que para a outra, ao que ela acrescentou voltando-se para a discípula, aparentemente acabando de lembrar que não estava sozinha. — O que foi decidido Laff?

— Ficou acertado que cada clã enviaria um emissário até as outras tribos que não compareceram, como forma de cobrar obediência. Os Listôrs devem mandar mais de um afim de cobrir em menos tempo o terreno. — Correndo os olhos pela mestra, Laff deparou-se com uma expressão de ausência, como se após ter perguntado sobre a reunião se perdeu em divagações. — Senhora... o que está por um fio?

— Tudo. Absolutamente tudo meu bem. Eu vi coisas... Não foi um simples desmaio, as forças ancestrais me convocaram... Quero que saiba que antes da lua encher novamente haverá o fim de uma era.

Olhando para a discípula não pôde deixar de ver um pouco de si, muitos anos atrás quando ainda não era um xamã, formada e recebera a honra de tornar-se pajem da Buró de sua época. Para saber liderar é preciso que antes se aprenda a servir. Lembrou-se, enquanto deixava escapar um riso frugal, mas que mesmo assim fez as enrugadas bochechas oscilarem.

Naquele momento, foi alvo de uma incrível compaixão para com a garota. Os olhos amarelos e misteriosos, porém que a fitavam com um misto de doçura e preocupação. Provavelmente durante seu sono, irmãos e irmãs de culto haviam vindo lhe visitar, mas aparentemente a garota em momento algum havia abandonado o lado de seu leito. Uma tempestade se aproximava no horizonte e Thala sabia que não permaneceria por muito tempo. Nem mesmo veria a chegada desta.

Gostaria de poder protegê-la, explicar tudo o que viria, liberá-la de suas atribuições e mandar que fugisse. Não lembrava com precisão tudo que viu em seus sonhos, mas sabia que provavelmente nem mesmo as florestas profundas seriam seguras. Daria então um presente para ela, uma paga por seus serviços prestados, que eram sua obrigação, mas o zelo com que empregou foi além.

— Laff, minha querida, quero lhe dar algo. Estou velha, logo irei para os braços da grande mãe de todos nós....

— Peço que por favor não fale assim Buró, ainda vivera muitos anos. — Interrompeu-a Laff.

— Não seja tola, minha criança, tudo que é vivo um dia morre, é natural. Tome, quero que fique com isto — falou Thala retirando o colar de contas vermelhas e entregando para a pupila a pedra da lua. — Seja cuidadosa este item é muito raro e poderá despertar a cobiça daqu... Sim você vai aceitar. — Apressou-se a falar diante das recusas da moça, que abanava a cabeça, com o lábio cruelmente preso entre os dentes, além de lágrimas que escorriam pela face. — Eu sou antes de mais nada a sua líder e ordeno que aceite este presente.

Laff era também uma iniciada e Thala sabia que ela entendia o que estava acontecendo. A garota sabia que a mestra estava mais próxima do mundo dos ancestrais, que do aspecto terreno da vida. Assim, ela compreendia que aquele momento poderia ser um dos últimos de paz.

— Eu quero que saiba que sou grata por tudo... — Laff interrompeu a fala, pois a voz estava esganiçada, entrecortada pelo choro eminente.

— Sei que houve muita discussão quando eu fui escolhida para ser sua pajem... Ainda não tenho conhecimento de meu nome secreto e...

— Está tudo bem, minha criança... Sei que o nome lhe será revelado quando estiver pronta — falou Thala afagando os cabelos da jovem, lembrando do próprio nome; Thala, Marcada pelo fogo. No passado também houve alguém que não tinha "nome"... Ela quis dizer para a moça, mas achou melhor não tocar em velhas feridas, não naquela hora.

— Não deixe que a ideia dos outros lhe aflija, você é especial. No momento em que pus os olhos em você pude sentir isto.

A velha terminou de sentar na cama e puxou a manta para cima dos ombros. Ajeitando de forma a se proteger do frio incessante... O calor da vida já está lhe abandonando... Pensou ela.

— Sabe o que eu gostaria agora? Um pouco do seu maravilhoso chá de Artemísia, com biscoitos de aveia e mel.

Enquanto a jovem tratava de atender ao pedido, Thala levantou e foi avivar as chamas da lareira de pedra. Pegou o atiçador de ferro fundido, parando a meio caminho quando viu pelo canto do olho uma movimentação. Levantou a cabeça mas não havia nada...

O tempo dela realmente estava se esgotando.

LI

Lucky

O suor escorria por seu rosto em largos veios, começando em sua testa e caindo para o chão, após despencar pelo queixo. Sobre o lábio superior, aninhadas entre alguns poucos pelos, que ameaçavam um dia tornarem-se um bigode falhado. Estavam inúmeras gotículas transparentes, que ficavam dependurando-se para os lados, até que finalmente ele as esmagava com o passar da língua.

Os músculos dos braços estavam tão retesados que as veias saltavam, entrecruzando-se abaixo da pele. A mão esquerda achava-se com a palma voltada para cima, completamente aberta, num gesto como o de quem espera receber algo. Já o braço direito estava em ângulo reto, bem próximo a lateral do corpo. Três dos dedos da mão direita estavam esticados; o médio, o anelar e indicador, estes dois últimos encontravam suas pontas, sob o terceiro, formando uma espécie de seta que apontava para o ar a frente. Enquanto o polegar prendia fortemente o mínimo, vergado sobre a palma.

As pernas dele estavam bem firmes no chão, abertas entre si com mais ou menos a largura dos ombros, do rapaz e um pouco arqueadas. O solo ao redor dele estava com a terra revolvida, pelos movimentos anteriores. Várias minúsculas manchas povoavam o chão, era o suor que pingava em um ritmo intenso. Visto que o sol abrasador atirava severo, suas lanças sobre toda a extensão do terreno.

Seus olhos estavam fechados e ele respirava o mais comedido possível, perdera as contas de quantas vezes já tentara aqueles movimentos. Todavia de longe essa era a que ele mais se aproximou do que sabia ser correto. O que planejava fazer era delicado demais, não poderia se dar ao luxo de cometer algum erro durante a execução. Afinal era algo completamente novo até onde ele sabia.

Todo seu corpo estava tenso, parecia que uma descarga elétrica o havia atingido. Seus chifres pulsavam suavemente, o que ele já entendera como sendo um sinal de que estava próximo a uma fonte de magia, que no caso, era todo o espaço ao seu redor. Visto que ele estava há, pelo menos, seis horas praticando os movimentos de condicionamento.

Fosse pelo fato de não ter finalizado o processo, o que deixava a energia mágica produzida, condensada, até então dispersa no ar, ou pelo fato de que desde o seu despertar e todo o episódio com Gluthonia, Lucky sentia-se fervilhando com uma energia que não era dele e assim, concentrado como estava, podia até mesmo identificar quem era o que no meio daquela massa energética que o percorria.

Então, como se estivesse obedecendo a um comando invisível, ele respirou profundamente e ao mesmo tempo, desceu a mão esquerda para a altura da direita, ao passo que desfazia o cruzamento dos dedos dessa. Aproximou mais uma perna da outra e abriu os olhos. Não podia ver a si próprio, contudo era facilmente imaginável o seu estado; coberto de suor, veias saltadas, chifres luminescentes e um largo riso no rosto.

Finalmente ele havia conseguido, se Sidrak pudesse olhá-lo agora... Teria orgulho? Isto ele não sabia, mas com toda certeza estaria impressionado. Todos os movimentos, sem um erro sequer! Ele sentia-se exultante, de uma forma que supôs nunca mais ser possível, desde que resolvera abraçar sua verdadeira natureza.

Pelo canto do olho, podia ver os minúsculos pontos de energia que ele havia invocado mediante seu próprio esforço. Sim ele era um Qnai, um "ladrão" de magia, contudo acabara de provar, poderia muito bem sobreviver sem atacar ninguém. Abriu bem os braços e levantou o rosto. Lucky agora mantinha os olhos bem fechados, porém a claridade do sol tingia de vermelho por trás de suas pálpebras fechadas. Sentia-se incrivelmente preenchido, à medida que sorvia a energia que fremia suspensa no ar ao seu redor, tal qual alguém faria com um bom perfume.

Os chifres aqueceram e vibraram muito suavemente, ele percebeu existir uma diferença no que se poderia chamar de "gosto" da magia absorvida por ele agora. Visto que não era algo roubado como nas outras vezes e sim pura condensação do ambiente. Todavia por ser essa a natureza da energia, bem como pelo fato de que não sendo mago, ele não sabia de que forma conduzir aquilo que fora absorvido, para uma condição diferente. Tal inaptabilidade não causou nele grande descontentamento, afinal nunca foi seu desejo controlar o fogo ou ser capaz de realizar qualquer um destes prodígios. O simples fato de que ele poderia controlar seus impulsos, já era um importante passo.

A pele de suas costas e ombros, que estavam queimadas pelo sol da manhã, reclamou quando ele se recostou num tronco de árvore, mas até essa ardência não lhe causou grande incômodo. Era apenas o jeito de seu corpo demonstrar que ele exigira em demasia dele, caso o limite houvesse sido respeitado ou ele não tivesse treinado sem camiseta por horas, nada disto ocorreria. Seu corpo lhe ensinava a cada instante; como absorver magia, utilizar aquela que fora roubada de outrem para o benefício próprio, até mesmo o rumo que deveria tomar em seguida.

O coração era o único e maior mestre dele no momento e este lhe dissera para ir até o seus. Mesmo que tal coisa pudesse parecer absurda, seu coração lhe dizia para voltar para "casa", visto que de alguma forma ele sentia que os outros iguais a ele estavam vivos. Assim, quando pensava em casa, estava na verdade tentando resolver o enigma que lhe fora apresentado momentos após seu despertar; havia descoberto finalmente onde era o seu lugar, só não sabia a localização deste.

Primeiro ele pensava que este chamado para voltar, era apenas um arroubo de sua consciência, gritando diante da ingratidão com a qual tratara Sidrak. Visto que inicialmente ele pensava apenas em abrigar-se, achar um local seguro e calmo, para que suas ideias caminhassem tranquilamente. Sua cabeça estava repleta de dúvidas, seu corpo parecia a ponto de explodir, tamanha era a ebulição interna que sentia e havia Aisha...

Não conseguia esquecer o que viu, as penas grudas no sangue e Oh! Lembrar doía!

Porém parecia ser impossível esquecer tudo que ocorrera com a oficial, imagens desfilavam na frente de seus olhos. O que o fez sacudir a cabeça, como que tentando lançar para longe os pensamentos. Assim, ficou quieto, mordiscando um pedaço de pão escuro que trouxera consigo, o olhar perdido em algum lugar do horizonte agreste. Até que sem conseguir mais fingir para si próprio ele argumentava algo como; mas eu não derrotaria aquela coisa, não teria como vingar Aisha!

"Poderia ter tentado, coisa que nem ao menos fez, sugar a magia dela talvez, roubando um pouco de cada vez até não existir mais nada!" Falou uma voz em sua cabeça, que para seu espanto era a voz de seu "coração", a mesma que lhe dizia que ele conseguiria tal feito se realmente desejasse ou aquela que rosnara no passado afirmando ter fome.

— Eu não serei assim! — gritou ele para o regato, que corria suave a alguns passos de distância.

Os Qnais foram banidos exatamente por que alguns viciaram-se de tal forma na magia que cometiam atrocidades; famílias inteiras, crianças, recém-nascidos... Todos drenados até a morte. Eu não serei assim, repetiu ele mentalmente. Aprendi a condensar magia, agora vi que posso fazê-lo perfeito se me esforçar, além do que matar Gluthonia não me faria muito diferente dela. Foi realmente por isto que não a ataquei? Pela incapacidade de vencê-la? Para garantir que não cederia a tentação e entende-se a mão sobre a magia dela? Ou foi o medo diante da ameaça de Mefistófeles? Talvez uma junção de fatores...

Saiu de baixo da sombra da árvore, indo até o riacho a sua frente. Com as mãos em concha, servia-se de água fria. Molhando o rosto e a nuca, na tentativa de abrandar a forte pressão que sentia na base da cabeça, esta subia até os chifres tal qual um veio de fogo líquido. Levantando um pouco a cabeça ele pressionava o nariz, com o indicador e polegar da mão direita, tentando banir aquela dor.

Ao longe ele via a cabana de Sidrak e parecia que ela o encarava de volta. Vazia, silenciosa, praticamente intocável desde que retornou para aquele lugar há três dias e encontrou apenas uma carta selada, endereçada a ele, mas que ainda não obtivera coragem o bastante para abrir. Um borrão escuro, vários metros a sua frente, cruzando o riacho, era assim que ele via a casa. As lágrimas lhe enchiam os olhos, mas por algum motivo não caiam, parecia que havia chegado até ali apenas para lembrar que ele ainda possuía sentimentos, que ainda poderia haver esperança.

Queria abraçar o phelino, sentir o forte aroma de fumo impregnado na barba de Sidrak. Receber o olhar severo dele, sobrancelhas arqueadas e cara amarrada, para logo em seguida, surgir um riso sutil, quase como uma autocondenação por não mais rigoroso. Então ele lhe voltaria as costas e gritaria por sobre o ombro antes de voltar para o quartinho das chaves: "Você fará o jantar até o fim do ano".

Infelizmente não encontrou nada além de sombras, cinzas na lareira e o vazio que pareceu agigantar a cabana. Quando ele ouviu seu coração e voltou para aquelas terras, ele fugia para o mais longe que podia, para algum lugar que nem ele sabia ao certo. Tentava escapar do que ocorrera com Aisha, de Gluthonia, do Pilar, que flamejava a distância e parecia dizer: "Queimarei todos! Só restará cinzas!"

Tencionava fugir até mesmo de si. Visto que quando se sentiu pela primeira vez desperto, como sendo um Qnai adulto, Lucky teve medo. Sentia-se confuso e incrivelmente sozinho.

Estava agora deitado na margem do rio, o braço dentro da água. Tentava relaxar o corpo, que gastara durante o treino, além da mente. Precisava decidir o que faria dali em diante. Havia prometido para si mesmo, que caso Sidrak não voltasse até o meio dia deste dia, ele juntaria alguns mantimentos na cabana e partiria. Antes leria a carta, que encontrou ao entrar no ateliê do phelino.

Estava refletindo se deveria comer outro pedaço de pão de milho escuro com queijo amarelo ou se o melhor seria outra sessão de condicionamento, caso ainda possuísse vigor para fazê-lo... Desta vez pretendia acrescentar um galho numa das mãos, como quem empunha uma espada. Todavia antes de tomar qualquer atitude ele sentiu uma ondulação no ar, como se algo tivesse agitado o tecido da realidade.

Logo em seguida veio o som; agudo, desolador, inquietante ao ponto de fazê-lo pôr-se de pé num salto. Seus cornos lhe diziam que era magia antiga, correndo em um fluxo que seria impossível medir. Olhando para os lados, ele "farejava" a magia, parecia estar em todos os lugares, indo e vindo ao mesmo tempo. Porém de um instante para outro não havia mais nada, nem mesmo um resquício. Mais um Pilar caíra! Por um motivo que não sabia, esta percepção lhe deixou assustado. Havia uma pergunta, que ele não conseguia responder: Se o Pilar que falta cair, o que vai acontecer?

Juntou pão, queijo e o odre de vinho de qualquer jeito dentro de uma pequena sacola de tecido marrom. Apanhou as sandálias e a camiseta do chão ao lado da árvore. Em um salto atravessou o riacho em direção ao cimo do pequeno monte, rumava para a cabana o mais rápido que podia.

Uma vez lá dentro procurou em vão por Sidrak e já estava para sair, quando lembrou-se do rolo de pergaminho ainda sobre a mesa de madeira do ateliê. Suspirando ruidosamente, ele deixou a sacola no chão ao seu lado e recostando-se na bancada, aproveitou a luz diurna que escapava da vigilância de uma cortina amarelada pelo tempo, pondo-se a ler:

Lucky

Meu garoto, primeiro quero lhe desejar parabéns. Dezessete anos! Se você está lendo esta carta, significa que infelizmente não nos veremos novamente. O que me impede de entregar-lhe pessoalmente o seu presente (olhe na primeira gaveta de baixo, da esquerda para direita).

Sempre fui muito duro com você, peço desculpas. Saiba que eram com as melhores intenções que o fazia. O mundo é muito cruel, principalmente com aqueles que são diferentes... Sendo assim, queria deixá-lo pronto para qualquer situação, mas parece que me esqueci do principal, você era apenas uma criança.

Existem coisas sobre você, suas origens e até mesmo a forma como veio até mim, sobre as quais menti ou omiti. Quando o acolhi você era pouco mais que um bebê, veio para mim no mesmo dia em que perdi o grande amor de minha vida, minha esposa Katrin. Existe uma regra na magia que prega o constante equilíbrio, no dia que o encontrei isto pareceu ser comprovado; uma vida que se vai outra que chega.

Você veio até mim através de um rasgo no véu, diante de toda surpresa que senti ao ver aquela coisinha frágil, chorando a plenos pulmões, distrai-me por alguns segundos e devo admitir que foi o bastante para que a fenda tornasse a fechar. Por mais que tenha tentado, ao longo de vários anos, não consegui achar o seu caminho de volta.

Assim, você foi ficando... Pouco a pouco me encantava pelo garotinho inteligente e incrivelmente habilidoso que você era. Mas havia algo que enchia meu coração de terror; seus chifres. Para algumas pessoas, bastaria a simples visão deles, para prendê-lo em algum lugar esquecido. Temo não saber o bastante para retirar suas dúvidas, na verdade poucos sabem além do que foi dito sobre eles, a sua raça; os Qnai.

Você é jovem e muito perspicaz, sei que encontrará uma forma de informar-se. Porém quero que saiba, nada do que vir em livros, pergaminhos, será exatamente o que você é ou deve ser, todos somos diferentes e podemos fazer escolhas.

Quero que fique com a casa, além de tudo que está nela, não tenho filhos de sangue ou parentes. Você, meu garoto, é minha única família. Espero que seus sonhos e anseios se realizem e acima de tudo, que um dia possa encontrá-lo novamente, seja nessa vida ou em outra. Saiba que rezo aos deuses e aos magos santos, para que me seja concedida a graça de ser novamente seu amigo.

Sidrak.

Foi apenas quando terminou de ler que percebeu as lágrimas, seu rosto estava banhado por elas. Sentia-se sufocado, como se uma grossa corda estivesse enrodilhada sobre seu pescoço. Dificultando não apenas a sua respiração, como também o ato de engolir a saliva, que se aglomerava em sua boca. Estava nauseado, profundamente tonto, de forma que caso não tivesse buscado apoio na bancada de trabalho, provavelmente teria caído.

Uma sensação de culpa percorria-o por dentro. Havia sido injusto com o phelino, além é claro de muitíssimo ingrato. Após ler a carta entendeu perfeitamente por que o seu mestre não o deixava produzir chaves, possivelmente ele temia o que aconteceria caso um Qnai estivesse em contato direto com a magia. Certamente seria este também o motivo pelo qual nunca lhe permitia observar o processo de inserção da magia nas chaves esculpidas ou forjadas.

Sempre querendo me manter seguro, ainda que no caso, fosse eu mesmo o maior inimigo! Pensou ele, enquanto fungava e limpava com as costas da mão a mancha de lágrimas em sua face.

Corria os olhos pelo espaço enquanto repetia mentalmente: a primeira gaveta de baixo, da esquerda para direita. Até que seus olhos caíram sobre a estante que ficava na parede da porta, essa por sua vez, quando estava aberta como agora. Escondi-a quase que completamente, visto que porta possuía largura dupla.

Lucky sabia ser ali o local onde o seu mestre costumava guardar itens pessoais, normalmente livros e pergaminhos, porém já o vira pondo ali toda uma sorte de artigos, que não conseguia fazer caber nos três baús que possuía no quarto.

A gaveta reclamou um pouco ao ser forçada, na verdade apenas com o emprego de força, foi que ele conseguiu abrir. Dentro achou um grande embrulho marrom, que em um primeiro momento ele supôs ser tecido, porém logo percebeu que era uma capa de couro, provavelmente muito martelado para adquirir tamanha maciez.

As lâminas brilharam, refletindo a luz amarela da tarde lá fora e de tão polidas que estavam, quase se podia utilizar como um espelho. Eram espadas curvas, com uma precisão de forja tamanha que não fosse pelos cabos, apresentarem entalhes diferentes ele poderia afirmar serem uma o reflexo da outra. Pegou-as experimentando a empunhadura, fazendo alguns movimentos com os braços.

Estava maravilhado com a leveza das armas, porém ambas possuíam uma aparência robusta no que se referia ao metal. Os cabos eram um assombro, pura representação da genialidade do phelino, afinal parecia haver uma assinatura de Sidrak em cada detalhe. Foi assim, neste estado de contemplação que ele percebeu que as empunhaduras se encaixavam, formando uma espécie de "lança", com as lâminas fazendo curva para lados diferentes.

Olhou novamente para o embrulho, como que procurando alguma indicação. Aquilo era realmente para ele? Provavelmente uma arma única em todo o mundo, ninguém possuiria algo assim. Ele simplesmente não podia acreditar! Reparou que havia um pequeno pedaço de papel, apenas algumas palavras escritas em uma língua que Lucky desconhecia, mas aparentemente a frase atrás era a tradução dela:

"Non recedet de fati." "Não se foge do destino."

LII

As fadas e a impostora

— O que foi que fizemos para pegar a guarda? Nunca acontece nada — falou Eric acendendo um cigarro, com um isqueiro que tinha o formato de uma pequena pistola prateada. Soltava baforadas de fumaça entre as palavras, como que as pausando. Ignorando deliberadamente os protestos de seu companheiro de turno, que lembrava pela terceira vez naquela madrugada, que era proibido fumar em serviço, principalmente dentro das instalações.

Eric possuía uma estatura mediada, moreno claro, com cabelos muito negros. Estes cortados baixos na lateral, quase no estilo militar, porém deixando um grande topete. Seu rosto era jovial e trazia sempre um riso largo, intensificado pelo cavanhaque que usava. Trajava roupas humanas, conservava em muito, os hábitos que possuía antes de ingressar na Ordem.

Ele e seu colega de turno; Augustin, eram o que se chama de recrutas, haviam entrado na Ordem apenas alguns dias. Fato bastante comum nos últimos tempos, parecia existir alguma correlação com os ataques aos pilares e o crescente números de humanos tocados que despertavam. Já havia até mesmo um apelido que os ironizava; "pombos". Visto que surgiram do nada e em grande número, porém sem pessoal qualificado em quantidade suficiente para treiná-los, eram "inúteis".

— Eu já fui vigilante noturno em um shopping, basicamente o mesmo, muitas portas, ninguém a vista, nada para fazer — falou Augustin, dando de ombros cada vez que descrevia a atividade anterior, como que ilustrando a ausência de qualquer outra atividade.

— O problema, meu caro, é que se um ladrão entrasse, você poderia apontar uma pistola. E aqui? Nem mesmo aquele troço de conexão fizeram direito, afinal...

— Cerimônia de ligação — corrigiu Augustin.

— Tanto faz! Vou te falar uma coisa, isto aqui é muito do louco sabia, eu na verdade só vim, porque iria ser despejado do meu apartamento mesmo. Além do que toda esta conversinha de...

— Ei cara, vem vindo alguém, apaga isso! — falou o outro apressado.

Mal ele pisou sobre o cigarro meio fumado, espanando em parceria com o colega de turno o ar ao redor deles, na tentativa de disfarçar o forte odor de nicotina, uma silhueta surgiu no ponto oposto do portário, caminhava apressada, produzindo um forte som de eco, devido aos seus passos.

— Vocês não sabiam cavalheiros que fumar é prejudicial? — falou ela abrindo uma das portas.

Antes que eles pudessem responder algo, para quebrar o silêncio desconfortável que se instaurou no ambiente, um aroma adocicado inundou o ar. Parecia fluir diretamente da porta aberta para dentro do salão, numa espécie de névoa acinzentada que se elevava alguns centímetros do chão, até fundir-se, sumindo no ar.

— Sammya? Faça como eu lhe ensinei, meu docinho... — falou Lustranis estalando os dedos da mão direita e apontando para os dois guardas, que pareciam pregados no chão tamanha era a surpresa deles diante do vestido escandalosamente vermelho e decotado da fada da luxúria.

Por alguns segundos eles permaneceram quietos, olhando para a figura encapuzada e coberta de ataduras que se aproximava. Ela puxou com a mão direita, de dentro da manga esquerda, um pequeno punhal. Cortou a palma e falou algumas palavras que eles não entenderam e antes de qualquer reação da parte deles, um pouco do sangue dela os atingiu.

Eles se entreolharam e por alguns segundos nada ocorreu, até que se agarraram, abraçando-se e beijando-se com tamanha intensidade que caíram por terra. O silêncio que se instalou no portário seria completo, não fossem alguns gemidos liberados pelos dois que agora se devoravam mutuamente. Arrancando nacos de carne do ombro de Augustin a dentadas, Eric livrava-se de suas roupas rasgando-as, enquanto o outro acariciava-o na altura da virilha e abocanhava a coxa direita.

No chão de pedra fria, havia uma poça de sangue ao redor deles. As portas mais próximas estavam cheias de salpicos de sangue, bem como na parede que estava atrás de ambos. Porém o mais incrível na cena, não era o que ocorria em si, mas, sim, o fato de que ambos os guardas pareciam estar deleitando-se incrivelmente com o fato.

Um observador mais atento, perceberia que os olhos deles estavam muitíssimos irrigados de sangue, além de estarem com as pupilas dilatadas. Todavia, não seria este o detalhe que mais chamaria atenção, mas o fato de que os dois homens que se mordiam não liberavam gritos de dor, muito menos faziam qualquer menção de parar aquele espetáculo enquanto um deles ainda estivesse vivo.

— Morte por paixão. Esta ensinando-a muito bem — comentou Pridevenia para a irmã.

Porém não pôde deixar de sentir uma pontada de satisfação ao ver que a aprendiz da irmã foi até os guardas e lhes abriu as gargantas com o punhal antes de tornar-se a escondê-lo na manga das vestes.

Aquilo para ela foi mais que uma prova de que a garota ainda não estava preparada para o tipo de magia que ela e suas irmãs conheciam. Todavia, o erro não é do aprendiz, mas da mestra, que é fraca. Tudo que ela precisa é de um pulso firme! Eu saberei dá-lo quando for a hora devida, pegou-se pensando Pridevenia; que por pouco não conteve o riso ao perceber que estava invejando algo, quase como Envyli. Estava então em meio a estes devaneios, quando percebeu que havia cometido um pequeno erro de julgamento; o tipo de magia executado há pouco por Sammya, mediante o derramamento de sangue da vítima, por parte do enfeitiçador, fazia surgir um elo de essências. Sendo assim, não havia sido por compaixão que ela os executara, mas para garantir que após a morte, os dois fossem por ela amaldiçoados.

A magia deles não retornaria para a fonte de tudo, apodreceria com seus corpos e poderia ser invocada por uma necromante, caso fosse necessário. Não havia sido piedade que a garota demonstrara, na verdade, foi um requinte de crueldade. Teria tempo o bastante para aprimorar aquela garota, que aos olhos dela possuía um bom potencial. Com o treinamento correto, seria uma serva maravilhosa no que se refere a execução de trabalhos "sujos" como o de agora.

O plano era bastante simples: ela, Pridevenia, fazendo uso de sua posição privilegiada ou seja; o lado de dentro do portário, abriria passagem para Lustranis e a aprendiz. Subiriam até o escritório da generala, enquanto Envyli, Gluthonia e a recém-chegada Gridenia, ficariam com a parte mais divertida; causar distração.

Nem bem havia tomando o rumo para a saída do portário, em direção as escadas, ouviram um rugido, não o que seria liberado por um leão ou qualquer outra fera silenciosa. Mas algo que Pridevenia supunha que nunca mais teria a oportunidade de ouvir. Um brado selvagem, quase tão primordial quanto elas. Seguido ao primeiro, veio outro rugido, mais feroz que o anterior, acompanhado desta vez por gritos e o barulho de sinos de alarme sendo soados.

Pridevenia percebeu que a garota havia estancado e olhava para todos os lados do portário. Como que esperamos encontrar ali alguma pista ou indicação do que aconteceria lá fora.

— Esta é Envyli, liberando-se completamente, assumindo uma das formas favoritas dela; um grande dragão vermelho — comentou a fada deliciando com a expressão de admiração que surgiu nos olhos da moça, a única parte do corpo que não estava coberta por bandagens.

— Provavelmente está ocorrendo uma grande festa; fogo e ouro para todos os lados — comentou Lustranis arrumando os seios no decote: — Além de várias pessoas sendo devoradas... Embora Gluthonia esteja ainda com queimação desde a queda do Pilar do Fogo, comentou ela desta vez mais para si que para as outras.

Depois de seu comentário Lustranis pediu a Sammya que indicasse o caminho para o antigo escritório de seu avô. Pridevenia seguia mais atrás, ainda conservava a aparência que usava como disfarce dentro da Ordem. Afinal se o plano por algum motivo desse errado, ela poderia simplesmente fazer cara de dor e gritar por ajuda, afirmar que fora feita de refém ou algo do gênero. Neste momento lhe adveio um flash de muitos anos atrás; um jovem cheio de si, empunhando uma espada flamejante... Tudo será diferente desta vez! Pensou ela.

Sammya havia acabado de comentar que provavelmente não corriam mais o risco de encontrar guardas, quando ao entrarem no corredor de acesso ao escritório do general da Ordem, bem como salas de reuniões e conferência, elas deram com três guardas, dois phelinos e um terceiro indivíduo, que levando em consideração a chave que trazia presa em uma corrente ao redor da cintura, deveria ser um Porteiro.

Por alguns instantes eles permaneceram imóveis, bem como as fadas. Sammya por sua vez apressou-se a retirar a adaga ritualística que trazia debaixo das vestes. O membro dos Porteiros foi mais rápido que ela, posicionando-se de lado em relação as inimigas, ele deslizou o pé direito no chão, descrevendo um pequeno semicírculo e então juntou as duas mãos; com as palmas espalmadas.

O piso assumiu um aspecto movediço, chegando inclusive em alguns pontos a borbulhar, como que liberando bolsões de ar. Por um espaço de aproximadamente quatro metros, todo o chão desapareceu, deixando em seu lugar uma espécie de pântano ou faixa de areia movediça.

— Avisem a todos que temos intrusas, talvez as fadas tenham entrado na Ordem — gritou o jovem para os dois phelinos.

Sammya que não havia sido rápida o bastante, lutava para liberar sua perna; estava presa até pouco abaixo do joelho esquerdo. Ela bufava e rosnava quase como um animal, porém sem obter qualquer sucesso, visto que por um raio de alguns centímetros ao redor do local onde havia atolado, o chão voltara a endurecer.

Lustranis resolveu agir, supondo que sua aprendiz não conseguiria sair daquela situação sozinha. Desta forma adiantou-se para a borda do lago terroso, levantando os cabelos com ambas as mãos, liberando um gemido baixo, sem qualquer sutileza. A reação foi simplesmente automática, os dois phelinos que já haviam virado as costas, para iniciar uma corrida, estancaram e a olharam bestificados.

O mago novamente agiu rápido e prendeu o nariz. Ele sabia que aquela situação não poderia se prolongar, visto que não poderia lutar sem respirar. Lustranis soltou risada diante do gesto dele de manter a mão esquerda segurando as narinas fechadas. A gargalhada dela era um som cascateante e ele teve que segurar-se para não correr na direção dela, tudo que mais desejava agora era prendê-la em seus braços. Afundar seu rosto naquele decote que parecia crescer, perder-se nos cachos dos cabelos, que ele sabia serem muitíssimos perfumados, poderia possui-la ali mesmo...

Todavia os dois phelinos pareciam não ter um senso de autocontrole tão grande, talvez fosse a pouca quantidade de essência mágica presente em seus corpos, visto que todos sabem que quando mais poderosa a criatura, mais difícil é enfeitiçá-la. Porém o que se sabe é que eles correram na direção da mulher de vestido vermelho, que riu mais alto e soltando os cachos; esses caíram como uma moldura ao redor do rosto. Ela juntou as duas mãos a frente das coxas, fazendo os seios saltarem mais ainda, devido ao aperto dos braços.

— Você não me quer? — falou ela fazendo biquinho. — Veja só, seus amigos se afogariam por mim — falou Lustranis assumindo um beicinho de tristeza forçada. Enquanto apontava para os dois phelinos que se debatiam no lago de terra criado pelo mago.

Ele trincava os dentes tentando pensar o que faria, não poderia anular a magia ou estaria morto antes que pudesse fazer outra ação, julgava isto pelo olhar assassino que a criatura encapuzada lhe lançava. Não poderia, contudo, deixar os companheiros ali, afundando pouco a pouco em uma areia movediça criada a partir de granito e mármore.

— Sabe, você é bastante irritante... Não poderia simplificar? — Ao que ela se agachou, rasgando a lateral do vestido, que agora expunha bem mais do que o começo das coxas.

Gritou como uma mulher que estivesse dando à luz, rangia os dentes enquanto suas pernas e o chão tingiam-se de um sangue muito escuro, como que coalhado. O mago estava tão perplexo com a cena, que se esqueceu de continuar a prender a respiração, soltou um suspiro de exclamação. Foi neste momento que sentiu ele um odor muito forte, algo como a mistura de carne em putrefação, dejetos humanos e rosas apodrecidas. Era um odor desagradável e enjoativo, que fazia subir do estômago uma sensação nauseante.

Os phelinos que antes pareciam hipnotizados pela mulher a sua frente, ignorando completamente o mago, agora pediam em desespero que ele os ajudasse, tirando-os dali, de perto daquela aberração. Lustranis continuou agachada, de olhos fechados, era visível que estava em uma espécie de parto, visto que a cada vez que ela fazia força, algo apontava do meio de suas pernas, para em seguida desaparecer novamente na fenda da fada.

Até soltar um urro profundo e gutural, muito parecido com o que haviam ouvido quando ainda estavam no portário, contudo em menor potência. Ela caiu para trás, sentada sobre o seu vestido ensopado de sangue. Na frente dela, escorrendo no chão úmido, havia três criaturas de formato humanoide, porém sem pele. Não eram maiores que treze centímetros, apresentavam grandes olhos amarelos e bulbosos, sem pálpebras e muitas fileiras de dentes pontiagudos.

— Meus bebês, o jantar está servido! — falou ela ainda sem ter levantado. Apontava para os phelinos, que se torciam tentando desvencilharem-se da massa que os prendia.

O mago estava tão chocado diante do que via, que nem pensou em reagir quando uma das criaturas abriu os braços, abaixo dos quais surgiram membranas finas como as de um morcego e ele levantou voo na sua direção o ser, que parecia ter saído dos livros de terror que lera aos montes na juventude, quando seu pai mantinha ativa negociação com os seres que viviam no mundo humano e trazia-lhes revistinhas de quadrinho de terror *trash*.

A primeira mordida doeu muito mais do que ele supunha ser possível, a criatura aparentemente possuía muito mais fome e força que um "recém-nascido" comum. Por mais que ele voltasse estapeado ou que tenha criado para si um bastão de pedra, nunca conseguia acertar nada que não fosse o ar.

Vendo aquela cena Pridevenia não pôde deixar de sentir nojo da magia de sua irmã; quantos homens e outras criaturas, por ela enfeitiçados, não havia lhe doado a semente da vida, para que ela as corrompesse, transformando nessas crias bestiais, que se alimentavam incansavelmente de toda a carne e sangue que pudessem achar pela frente? O único fato dela e Sammya não terem sido atacadas ainda, era pela presença de Lustranis, uma vez que ela estivesse distante essas crias não demonstrariam a mesma cortesia.

Não supunha que a irmã chegasse ao ponto de liberá-las, na verdade ela nem achou que ela o faria. Não havia necessidade, um pequeno salto e estaria do outro lado do trecho movediço. Poderia ter usado "a visão da nudez" para enfeitiçar o teimoso, já que o "aroma do paraíso" não o atingira.

Então um pensamento lhe ocorreu em relação a condição da irmã, nunca havia gastado um segundo qualquer com a reflexão diante dos pontos fortes e fracos de outrem. Todavia a vergonha que sofrera com a derrota para os Porteiros séculos atrás, lhe haviam ensinado; talvez de tempos em tempos ela tenha que parir essas coisas hediondas ou eles a devorem por dentro.

Os gritos ecoavam no salão vazio e ela tinha certeza de que logo ele não permaneceria daquela forma, afinal as suas irmãs a esta altura já deviam ter causado destruição o bastante para deixar todos em estado de batalha. Algum guarda poderia estar em ronda e vir checar ou até mesmo Megaha, convocar alguma reunião de emergência. Embora essa última opção não seria de todo desagradável, não esquecera como fora tratada pela generala...

Esmagarei seu crânio por isto, pensava ela, quando ouviu uma porta abrindo atrás dela. Dois phelinos saíam já de espadas na mão, provavelmente atraídos pela confusão impertinente que os "bebês" de Lustranis provocavam. Ao vê-la um postou-se a sua frente pronto para defendê-la, o que para ela foi muitíssimo engraçado. Enquanto o outro de costas para o companheiro buscou esclarecer a situação, que na visão dele devia estar amedrontando-a.

— Srtª Audália, estamos sendo atacados! Dizem que são as fadas caídas... — Não terminou de dizer a frase, visto que um grito de dor se desprendeu de sua garganta.

Ele caiu contorcendo-se no chão a frente dela, com o braço esquerdo segurando o toco do ombro direito, onde ela havia arrancado com um puxão o membro do phelino. O phelino que se postara a frente dela, ouvindo o grito desesperado do companheiro, virou-se. Porém não rápido o bastante para evitar que a espada de seu irmão de armas lhe decapita-se, arma essa que ainda estava segura pela mão do phelino, que agora agonizava no chão.

— Quem você acha que as chamou verme? — perguntou Audália que agora deixaria para trás seu disfarce, assumindo completamente a sua forma original. Com o pé ela esmagou o crânio do phelino que estava caído. — Já chega, Lustranis, chame seus monstrinhos, temos que continuar...

Neste momento ela tomou a frente do grupo, passando pelos cadáveres dos guardas que havia servido de refeição para as crias de luxúria. Do mago, por exemplo, não restava o bastante de carne na face que o faria ser reconhecido, este era outro fato interessante; os seres paridos por Lustranis normalmente concentravam-se primeiro em consumir a carne da face, globos oculares e língua eram as partes favoritas.

Seus cabelos esvoaçavam atrás dela, assumindo um formato etéreo, como se estivesse usando um vestido de longa cauda, somado a botas de salto altíssimos e uma grande tiara.

LIII

Michel

— Não creio, senhoras e senhores, que seja conveniente julgar algo que não aconteceu, seja porque havia possibilidades ou não de ser um fato tido como real — falou Ane Marie caminhando pela saleta de audiências de Marco. — Entendo que as habilidades de nosso novo companheiro — neste ponto ela apontou para Michel antes de continuar — apresentam a crueza e o despreparo da juventude, desta forma não posso deixar de sentir insegurança em relação a veracidade do que foi apresentado.

A atmosfera da sala parecia cada vez mais densa, como se a cada instante o ar recebesse uma outra demão, tornando-se pesado e viscoso. Michel que há pouco terminara de explicar o que acontecera nos seus aposentos; como Sophie o atacou e todo o desenrolar da cena, agora aguardava silencioso o depoimento da "defesa" que Ane Marie, amiga de Sophie, tecia para Marcos e o grupo de espectadores ali presentes.

Até que ela se voltando para Michel, pergunto-o como se o pensamento tivesse acabado de lhe ocorrer naquele momento, muito embora a sua expressão tenha assumido um tom de falsete incrivelmente perceptível:

— Foi o seu primeiro sangue, Damfir?

— Sim... — falou Michel seco e lacônico. Como era seu hábito atualmente. Desde que percebera que sua permanência na propriedade de Marco, era na verdade mais próxima a um regime de prisão, que propriamente aquilo que o fizeram crer no início; ele, um ilustre convidado de uma corte vampírica.

Falando abertamente, ele não poderia reclamar de nada, no quesito satisfação de suas vontades, afinal nada lhe faltava. Havia até mesmo sido providenciados piano e violino, para que ele pudesse "aprimorar sua música angelical", como o próprio Marco afirmou ao acompanhar pessoalmente a entrega dos itens.

Entretanto, sob circunstância alguma, ele podia sequer ir até o jardim, caso não estivesse acompanhado. Não conseguia entender o motivo de tamanho rigor, afinal para onde fugiria? Tudo que sabia era que estava em algum lugar nos arredores de Paris; mal sabia algumas palavras de francês. Além do que estava longe de qualquer contato com a Ordem; sentia-se ilhado.

As informações que conseguia obter do mundo além das paredes do palacete eram escassas e havia uma grande quantidade de incongruências; alguns diziam que Megaha estava pessoalmente liderando a caça aos culpados pelo atual estado de pandemônio, outros que não existia qualquer pista sobre quem eram os responsáveis. Uma coisa era certa, a lista de "inimigos de alta prioridade" da Ordem, aumentava exponencialmente, abrangendo das fadas caídas à neta desaparecida do ex-general Maehda.

Todavia, tudo o que sabia era o fato que a Ordem estava com suas estruturas abaladas. Os pilares caíam como moscas e aparentemente nenhum vampiro iria levantar um dedo diante da situação. Marco dissera: "Uma nova era se aproximava, para todas as criaturas da terra; mágicas ou não. E com a queda do véu talvez a essência divina volte a correr livre". Michel supunha que ele se referia as armas santas. Ele juntamente com os outros vampiros do alto escalão, deviam estar ansiosos pelo rompimento do véu.

Mas isto seria assim tão proveitoso? Perguntava-se Michel. Bastava refletir por alguns segundos, que parte do painel de Delphine lhe vinha à mente; os pilares caindo e combinado a eles um mar de sangue, desemborcando suas ondas em pilhas de ossos mais altas que montanhas...

— Senhor Aires? Michel? — chamou Ane Marie, trazendo-o de volta de seus devaneios. Ao que ela não perdoou a desatenção dele e no momento em que ele pediu para ela repetir, ela atacou: — Vejam senhores presentes, o próprio acusador distraído diante de um assunto, que tanto o afligiu. Ao ponto de muito violentamente, devo acrescentar. Atacar Sophie; prestimosa e solicita integrante da corte.

Após falar, Ane Marie empertigou-se, lançou um breve olhar para Marco e depois para os espectadores, que em um primeiro momento Michel supôs fazerem o papel de júri. Mas logo percebeu que eles estavam ali simplesmente pela diversão, afinal era muito possível que houvesse condenação à morte ou alguma outra pena menos severa, porém não menos dolorosa.

Porém uma coisa continuava como mistério para ele, até aquele momento a "advogada" de sua meia-irmã não direcionara a palavra para Marco uma única vez. Ela parecia querer dar tempo e material aos membros presentes para eles duvidarem, cochicharem entre si; sobre Michel, a acusação que ele fazia a Sophie e acima de tudo, decidir quem apoiariam. O que exatamente ela planejava concentrando todo seu discurso em uma mera plateia?

Ane Marie esperou por alguns segundos a fim de verificar se seu pronunciamento havia surtido o efeito desejado e exatamente quando eles começaram a comentar de forma sutil. Ela retomou:

— Senhores é o bem-estar de alguém muito querido que está na berlinda... Mas aparentemente isto não é um assunto que mereça atenção, não é mesmo senhor? — falou ela olhando para Michel.

Voltou o corpo para ele, ficando face a face, á apenas meio metro de distância, em uma clara tentativa de amedrontá-lo. O que de certa forma surtiu efeito, visto que ele não pode deixar de sentir um mal-estar. Não pela ação dela em si, mas propriamente por ela mesma, havia algo naquela mulher... Talvez relacionado com os poderes dela, ou não. Mas com toda certeza, ela não era inocente, muito menos indefesa, como tentava aparentar.

Ane Marie era uma mulher alta e muito atraente, não que fosse um esplendor de beleza, mas, sim, pela exoticidade de sua constituição; a pele era de uma brancura muito além do comum, até mesmo para os padrões vampíricos, assim como seus cabelos e todos os pelos. Ela era o que comumente chamava-se entre os humanos, de albina. Exceto pelos olhos que apresentavam um raro tom de azul, próximo ao roxo e os lábios que ela pintara de um vermelho fortíssimo, toda sua face poderia facilmente pertencer aos fantasmas das histórias de terror.

Aproveitando-se da falta de ação de Michel, devido ao fato de ter-se perdido em contemplar o aspecto quase invisível de suas sobrancelhas e cílios ela falou:

— Eu dizia que o ato de beber a vitae direto da fonte, produz uma espécie de torpor e que este muitas vezes vem acompanhado de visões... — Ela acrescentava um gesto de aspas, ao termo visões quando foi interrompida.

— Isto é um absurdo! Não foram alucinações de frenesi! Eu sei o que vi — falou Michel voltando-se para os espectadores, afinal se era assim que ela pretendia agir, ele também poderia. Foi então que percebeu qual era exatamente o jogo dela, estava estampado na face de todos, que ele estava sendo desacreditado.

Sentiu-se desolado, paralisado como se uma estaca estivesse lhe atravessando o peito. O que estava acontecendo? Por que não conseguia pensar direito? Ele que era tão eloquente ... Ane pareceu perceber o estado em que ele estava e não lhe deu tempo para recompor-se, continuou atacando:

— Espero que entenda, senhor Michel, que seria facilmente perdoável sua confusão, afinal que atire a... Não! Deixe-me terminar! — falou com a mão direita espalmada alguns centímetros a frente do rosto dele. — Todos aqui já passaram pela confusão do frenesi, contudo, o ataque brutal que o senhor empreendeu não pode ser ignorado. Pode senhores? Se isso for deixado de lado agora, todos se arrependerão. Acreditem no que digo...

— Ela queria me sugar até a extinção — disse Michel apontando para Sophie que estava sentada numa cadeira a esquerda de Ane Marie. — Ela acredita que fazendo isto pode tornar-se a portadora da essência da noite, afinal com a minha morte ela seria a única descendente de Dariana, a bruxa da noite.

O silêncio que adveio depois desta sua declaração foi tão incrivelmente denso que poderia ser acertado por um cruzado de direita. Os espectadores outrora falantes, agora estavam mudos. Até mesmo aqueles que lançavam olhares de desdém, agora o encaravam; parte surpresos, parte abertamente desconfiados. Contudo, foi quando ele observou a reação de Marco a sua fala, que Michel percebeu ter cometido um erro. Apenas duas pessoas pareciam satisfeitas com o que ele dissera: Sophie que agora o fitava com um brilho nos olhos, deferente da raiva viscosa que ela parecia nutrir por ele, desde que fora imobilizada com a estaca e Ane Marie, que exibia um riso triunfante.

— Senhor Michel, deve entender que tomou conhecimento disto que agora afirma, fazendo uso do seu dom, não é mesmo?

— Sim! Mil vezes sim! Não entendo por qual motivo tenho que repetir, já contei como previ as ações dela e as possibilidades de ataque. O que mais tenho que falar? — perguntou Michel já passeando pelo limite de sua paciência e, afastando se um pouco mais para longe da vampira albina.

— Quero apenas que explique, para todos aqui presentes, como o seu dom sendo premonitório. Lhe deu a capacidade de ler o pensamento de alguém "do futuro". Isto é claro, partindo do princípio de que foi uma previsão e não uma visão de frenesi — falou Ane Marie em um tom baixo, mas que não deixava dúvidas a respeito de como ela se sentia.

— Não sei explicar ao certo, é mais uma espécie de sentimento... Isto é uma tolice! Ela me atacou, destruiu os aposentos. Vê-se que estou machucado — falou ele mostrando os braços, levantando as mangas da camisa que vestia. — Creio que todos sabem o quanto ela é forte... — Deixou a frase ecoar no silêncio que ainda estava presente na sala e então acrescentou, já em um tom que beirava o brado: — Não poderia ter feito tudo aquilo sozinho! Nem se eu desejasse!

— Senhor Michel, não estamos aqui discutindo quem destruiu os móveis, claro que foi minha amiga Sophie, contudo ela não o fez para atacá-lo e sim como autodefesa — falou enquanto soltava os cabelos do coque perfeitamente arranjado.

Michel que até instantes atrás estivera segurando-se para não ouvir sua fera interna; que lhe dizia para atacar Ane Marie. Arrancar-lhe aquele riso tolo da face e depois sugar Sophie até que suas veias estalassem de tão secas. Não conseguiu mais manter-se equilibrado, diante do conflito de sensações que lhe corroíam por dentro; a confinação, o fato de ter sugado um Damfir, os pilares caindo e principalmente a ausência completa de notícias de Eve e Zenith (estariam eles vivos?). Diante disto, ele explodiu:

— Chega dessa sucessão de acusações! Eu sou a vítima e acho um abuso ter que lembrar isto. Senhor Marco, gostaria que desse seu veredito agora — falou Michel surpreendendo até a si mesmo com o tom impositivo de sua voz. — Ela não descansará até ter distorcido toda a verdade. — Desta vez foi ele quem fez o gesto para que Ane Marie o deixa-se falar. — Contei minha versão, que é a única verdadeira, devo acrescentar, e ela distorceu os fatos ao infinito. Sendo assim, agora é com sua senhoria.

Ela sabia que estava sendo afoito, mas foi apenas quando viu uma pequena, quase imperceptível, ruga no cenho de Marco, que percebeu seu erro; não apenas quebrando o protocolo, que por algum motivo devia mandar "ignorar" Marco, como também, e principalmente isto, lançando uma ordem a um vampiro ancião.

Entretanto era tarde para retroceder, na verdade mesmo que fosse possível ele não o faria. Claro que estava receoso diante da reação de Marco, mas em seu estado atual de ânimo, o medo não passava de um pequeno pássaro volteando ao redor de um rochedo. Sentia-se irritado e era apenas a muito custo que não estava silvando raivoso, para todos os presentes.

Toda aquela situação caminhava para o limite. Precisava falar com Delphine e era urgente que o atendesse, ela tinha que "atendê-lo"! Talvez ela o ajudasse; um plano de fuga, conselhos... Qualquer coisa capaz de amenizar aquela situação. Marco levantou do divã, caminhando em silêncio até o meio da sala. A atmosfera da sala tornava-se mais densa a cada passo do vampiro ancião. Sua face já não exibia qualquer sinal de irritação. Na verdade, parecia calmo, exceto pelo brilho agudo que estava instaurado em seus olhos; transmitia uma sensação mortífera, como quando se olha para uma cobra de bote armado e sabe com certeza que ela está próximo a abater algo ou alguém.

— Senhor Aires, gostaria de informá-lo que no passado, já mandei castigar com chicote em chamas por menos do que a forma com a qual me tratou agora. — Ele falava pausadamente, em um tom de voz muito calmo. Porém suas palavras estalavam e quando ele deu um semi-giro para continuar sua fala, agora olhando para Sophie. A maioria dos espectadores presentes deram um pequeno salto, como que atingidos por uma corrente elétrica. — Todavia, existem poucas descortesias maiores do que atacar um convidado, não é mesmo Sophie? — Ao que ele levantou a mão fazendo-a calar-se. Voltando-se novamente para Michel e desta vez com um olhar ainda mais afiado ele continuou: — Quero acrescentar também que foi muitíssimo desagradável de sua parte ter revelado sua descendência. Se não o fiz antes para toda a corte presente, é óbvio que havia um motivo. — Neste ponto a única coisa que conteve o burburinho dos presentes, foi o tom sínico que pontuava as palavras do vampiro. — Contudo não há por que lamentar o sangue vertido... Senhoras e Senhores, eu vos apresento os últimos descendentes vivos de Dariana, a bruxa da noite. Sim, os boatos são verdadeiros, os sete lendários deixaram linhagens de sangue.

Marco deixou que os presentes caíssem em uma maré de comentários e aproveitando o fato de que eles distraídos, falavam entre si. Com um gesto, chamou um serviçal. Este voltou dentro de alguns poucos instantes; trazia uma bandeja simples com uma taça posta sobre ela e acompanhando ele estavam dois dos vampiros que Michel sabiam fazer parte da guarda de elite de Marco. Estes carregavam um indivíduo, com as mãos atadas às costas por algemas de prata e um saco de tecido que lhe cobria todo o rosto.

Marco pegou a taça e com a mão livre fez sinal para Sophie aproximar-se, visto que tanto ela quanto Ane Marie recuaram alguns passos no momento em que o ancião desceu do divã.

Michel começava a sentir-se nauseado tamanha era a atmosfera de ansiedade cultivada. Por um segundo seu olhar cruzou com o de sua meia-irmã e ele percebeu que nela também havia receio diante do que estaria por vir. Afinal ela conhecia a personalidade sádica de Marco muito melhor que Michel.

— Antes que eu lhes dê meu veredito, quero lhes contar uma breve história, ilustrativa, digamos assim: Concomitante com a "transformação" de Dariana em uma dos "sete eleitos", havia uma grande onda de canibalismo entre os vampiros. Uma vez que se acreditava que ao consumir a vitae de um sangue puro, era possível absorver as habilidades deste, o que sabemos não ser um processo tão simples. Dariana, para impedir que tal abominação terminasse por exterminar os seus semelhantes, criou um laço mágico. Um pacto se assim preferirem chamar, que impedia um de causar mal a outro. Aquele que descumprisse o acordo seria condenado a sentir na pele o "toque de Dariana" ou "o beijo da morte" como passou a ser chamado; a maldição que faz com que toda a essência mágica seja drenada da vítima. Assim este pacto, tornou-se prática constante até que pouco a pouco sua necessidade foi sendo eliminada. Existe, é claro, um preço a se pagar, pois tal ligação precisa de um coração. — Neste ponto Marco correu os olhos de Sophie para Michel e após esboçar um minúsculo riso, que mais parecia um canto de lábio torto e então: — Não vejo como poderia selar a paz entre ambos de forma mais poeticamente apropriada.

Todos que ali se encontravam estavam em choque. Michel podia afirmar sem sombra de dúvidas que ninguém esperava por aquela decisão por parte do ancião. Ane Marie adiantou-se, porém, antes dela falar algo Sophie segurou-lhe o ombro e sacudiu a cabeça negativamente.

Só então Michel percebeu que havia algo além acontecendo entre elas; fosse a forma pela qual elas deram às mãos depois de anunciada a sentença de Marco ou o olhar suplicante que a vampira albina lançava para a outra. Tudo agora o fazia sentir-se desconcertado, por não ter percebido antes.

Marco que nem sequer emitiu qualquer gesto, de que havia tomado conhecimento da reação de Ane Marie, diante do seu pronunciamento. Caminhou até o encapuzado e num gestou fluidamente teatral revelou a face deste:

— Como já disse, um dos maiores crimes entre vampiros sempre foi matar os de sua própria espécie, mesmo que estes tenham sido recém transformados, unicamente para terem o corpo reduzido a cinzas, para então vender esse "pó mágico" a preços indecentes. Diga, senhor Adrian, achou mesmo que não lhe encontraríamos?

Michel estancou paralisado no momento em que o ancião retirou a cobertura, revelando a face conhecida de seu antigo "patrono". Claro que ele sabia que Adrian seria destruído pelo que fizera, mas não imaginara que seria na sua frente e mais que isto, para usar o coração dele como forma de selar a "paz" entre ele e sua meia-irmã. Adrian lhe voltou olhos suplicantes, assim como o fez para todos ao redor, mas não ousou falar. Sabia que não tinha salvação, provavelmente deveria conhecer a fama de Marco.

O ancião retirou da bainha, presa a cintura de um dos guardas, uma espada longa, com a lâmina refulgindo em prata e a entregou a Michel:

— Mate-o, corte a cabeça — disse isto e fez um gesto para os guardas, que torceram os ombros de Adrian, de forma que a cabeça ficou projetada para a frente.

— Michel... Por favor... Eu o ajudei — sussurrou Adrian sem levantar a cabeça.

Alguns fatos passaram diante dos seus olhos; a forma como havia sido tratado nas propriedades do vampiro, o que ele lhe ensinara, os momentos a dois. Queria poder fazer algo, mas sabia perfeitamente que bastava uma palavra de Marco, menos até, um simples gesto e todos os vampiros que ali estavam cairiam sobre ele. Ele era grato, mas acima de tudo ele queria viver.

— Faça o que mandei agora e saberei que posso confiar em sua lealdade, do contrário serei forçado a crer que estou sendo incrivelmente indulgente com você — falou Marco, como que lendo a hesitação na face de Michel.

Simplesmente não havia tempo para sentimentalismo, era Adrian ou ele. Levantou a espada e fez descer num único movimento sobre o pescoço do vampiro ajoelhado, enquanto murmurava um pedido de desculpas. A cabeça bateu com um baque surdo no piso de pedra, aos pés dele, sujando-lhe com o sangue de seu antigo amante.

— Muito bem, foi uma sábia decisão... Podemos prosseguir com o encantamento. — Ao que ele virou para os guardas e acrescentou: — Leve este verme para o jardim, queimem e deixem os restos serem varridos pelo vento.

— Não vai pegar o coração dele? — perguntou Michel atônito.

— Ora querido, eu menti, não é necessário nada além do sangue de vocês. — Falando isto ele estendeu a mão pálida, dotada de unhas pontiagudas e de aspecto vítreo para Sophie: — Dê-me o pulso.

Com a unha do polegar, ela abriu um talho pouco abaixo da união da mão de Sophie com o antebraço, vertendo algumas gotas na taça de metal escuro. Ane Marie olhava para Michel com uma expressão dura; não havia nada além de raiva e nojo.

— Sua vez... — falou Marco soltando o braço de Sophie e olhando para Michel.

— E se eu me recusar?

Uma das mulheres presentes na sala assumiu uma expressão de surpresa que deixou sua face ainda mais redonda. Alguém que estava à direita de Michel soltou um "oh" de espanto ao passo que uma voz masculina afirmou que ele com toda certeza estava louco.

Depois disto, ele sem saber ao certo como, estava debatendo-se no chão. Os músculos contraindo-se involuntariamente e de forma tão intensa que ele pensou que suas panturrilhas, por exemplo, iriam saltar para frente ou que estava sendo esquartejado por alguma força invisível. Suas têmporas latejavam como tambores martelados e todo seu corpo parecia ter mergulhado em uma grande panela de água fervendo.

Até que tão repentinamente quanto surgiu, todas essas sensações desapareceram. Ele sentia-se dolorido, como que atingido por uma câimbra gigantesca, além de estar encharcado com algo que num primeiro momento supôs ser suor, mas que logo em seguida descobriu ser sangue.

— Em algum momento dei a entender que havia escolha? — perguntou Marco agachado ao lado dele e agarrando-lhe o braço. — Eu mando! Eu sou a lei!

Perfurou a pele de Michel com grande ferocidade, vertendo o líquido rubro no recipiente escuro. Não foi com a mesma potência de Sophie, mas quando o ancião lhe soltou o braço bruscamente, Michel caiu no chão, com o ombro muito dolorido. Marco era muito forte fisicamente! Era verdade o que falavam dos anciões; quanto mais velho, mais forte o vampiro ficava.

Os olhos do ancião assumiram uma tonalidade clara, claríssima; de forma que nenhuma parte do globo ocular era visível, além da pupila; um pontículo negro, que agora parecia menor. Ele começou a falar em um tom de voz profundo, ao mesmo tempo em que Michel levantava com dificuldade:

— Vocês beberão da taça de Dariana, firmando um acordo de paz; um não poderá levantar a mão contra o outro e caso este contrato vocês descumpram, a vida de um se esvaziará como a magia do outro.

Michel percebeu que enquanto Marco falava, o líquido no interior da taça borbulhava, como se estivesse sobre chamas. Os Presentes recuaram de tamanha forma, que alguns se achavam espremidos contra as colunas. Parecia que ninguém queria correr o risco de ser envolvido de algum jeito.

Quando o vampiro entregou a taça para Sophie, Michel percebeu que ele sorria. Não um esgar de lábios, mas, sim, um largo riso e foi isto que o assustou mais do que tudo até então. Sophie recebeu o recipiente e antes de levá-lo os lábios, olhou profundamente para Michel; poucas vezes na história do mundo dois seres se odiaram mutuamente como naquele instante.

— À sua saúde, maninho... — Brindou Sophie, para depois entregar-lhe a taça, limpando com a língua uma gota que escapara.

— Encontrarei uma forma de lhe mostrar todo o meu amor fraterno — respondeu Michel bebendo o restante.

LIV

Zenith

Acordou sobressaltado; silvando para o nada. A pelagem do dorso ouriçada e as unhas a mostra. Por alguns instantes não conseguiu entender onde estava, tudo pareceu confuso, com as cores entrando e saindo de foco. Até que ele reconheceu as paredes da biblioteca subterrânea. Torrão bocejava e espreguiçava-se no íntimo, enquanto Zenith ainda sentia certa angústia... Revelando que o sonho ruim; o qual não conseguia lembrar, era dele e não do animal.

Olhando em volta Zenith percebeu que estivera deitado sobre um grosso volume de história e para seu espanto, arranhara um pouco as margens da página. Cada vez mais ficava difícil controlar a natureza de seu hospedeiro. Felizmente não fora nada muito sério, afinal um livro como aquele, seria custoso de ser reposto...Não poderia, é claro, culpar Torrão por sentir-se entediado, ele mesmo sentia-se cada vez mais cansado. E não era incomum adormecer, normalmente quando tal situação acontecia, quem vinha acordá-lo era Olivia; a bibliotecária noturna, que possuía entre outras atribuições a função de fechar as portas do lugar pouco depois das nove da noite. Todavia nos últimos dias estava cada vez mais tolerante em relação ao horário de término das atividades do setor, bem como gradualmente assumindo um papel de copiloto nas pesquisas dele.

Além de acumular a função de "cuidadora", visto que Zenith ao iniciar a sua busca diária pela locação do Pilar da Água, único que ainda permanecia de pé, penetrava numa espécie de torpor científico; pulando de um livro para outro e mais algum. Sem dar-se qualquer tempo de descanso ou intervalo, chegando muitas vezes a passar horas em uma mesma posição, metido em fatos históricos, procurando de forma alucinada por qualquer pista que pudesse lhe revelar o que tanto almejava. Alguém precisava lembrá-lo de comer ou descansar.

Olivia era uma boa garota, de um tipo bem específico e que até conhecê-la Zenith supunha não existir: gostava de livros de forma tão intensa que parecia viver dentro deles, quase como ele havia sido, antes de ter seu corpo extirpado pela sombra assassina. A área de pesquisa dela, contudo, era bastante diferente da dele; concentrando suas leituras na anatomia das muitas espécies mágicas.

Mesmo sem qualquer informação pertinente sobre o que ele procurava, afinal o executor havia solicitado segredo, depois do último encontro, Olivia era de grande ajuda, fosse localizando livros; "Enciclopédias das Nações", "Atlas de energia telúrica", além dos raríssimos pergaminhos com os feitos dos Sete Magos. Incentivando-o constantemente a persistência.

Mas sem qualquer sombra de dúvidas a maior ajuda da garota era a sua presença, a forma doce e gentil com que o tratava. Além da incrível cumplicidade que surgiu entre eles desde o primeiro instante: Olivia caminhava empurrando uma estante móvel, carregada de livros e devido a uma desatenção momentânea trombou com uma pilha muito instável de pesados dicionários e grossas gramáticas. Não tendo sido soterrada unicamente pela ação rápida de Zenith; a fez flutuar para longe, além de criar uma barreira tele cinética amparando a queda dos volumes.

Outra questão interessante eram as características peculiares da magia de Olivia, ela assim como Zenith, fazia uso das forças sutis da energia do Éther. Entretanto, nela os poderes telecinéticos não eram o bastante para levitar uma simples caneta. Já a capacidade telepática era melhor desenvolvida, o que possibilitava que muitas vezes eles se comunicassem estando em pontos distantes da biblioteca, enviando um para o outro, a imagem mental do que procuravam ou somando mentes para a tradução de um título; facilitando assim o garimpo de obras.

Porém por mais agradável que fosse o processo de busca, a troca de experiências ou o fato de estar numa fonte gigantesca de conhecimento, Zenith sentia-se cada vez mais pressionado. Uma vez que o estado de perpetuação ou não do Pilar da Água o assombrava, mais do que qualquer outra coisa até então.

Ele sentia-se culpado pelo que ocorrera com o Pilar do Ar; caíra praticamente no mesmo instante em que ele descobriu sobre o salão das montanhas, escondido de todos por uma rede de luz, moldada para deixar invisível. Na região montanhosa onde Phitéia e Mabeth iniciaram um romance; chegou até a realizar a conexão mental com o executor para passar as coordenadas, mas já era tarde demais para impedir algo. Ao menos pode avisar que uma grande nevasca se abatera na região e que o grupo enviado poderia estar em grave risco — ou mortos.

Havia ainda a questão de não possuir qualquer notícia de Michel; perdera a conta da quantidade de vez que tentara contatá-lo, tudo em vão. O meio-vampiro não queria ou não podia falar com Zenith... Assim o seu nível de estresse estava cada vez mais elevado, de tal forma que sua mente parecia em constante estado de cansaço. Por isto, quando se distraía por alguns segundos, adormecia em uma clara tentativa de autoproteção.

Um flash de luz cruzou a mente dele, foi só pensar no amigo que as lembranças do sonho de agora a pouco lhe chegaram. A já então conhecida sucessão de corredores bem decorados e cheios de portas. Não importava o caminho tomado, sempre acabava encurralado. Todavia diferente das outras vezes, houve uma sensação estranha de intensidade; foi bom sentir a proximidade do amigo. Visto que todas as outras vezes em que estivera neste ambiente, não conseguira ir mais além. Muito menos encontrar com Michel, apenas o sentia, muito longe e fracamente. E quando tentava utilizar seus poderes, era lançado para longe do "mundo dos sonhos".

Entretanto desta vez houve algo diferente — agora que se pusera a refletir não conseguia afirmar com certeza, se tudo o que viu havia sido realmente um sonho ou se visitara mesmo este lugar, seja lá onde fosse. As cores muito mais vivas, as paredes mais bem entalhadas. Parecia uma viagem astral.

Além disto havia aquela mulher, sentada de coluna reta, imóvel exceto pela mão que fazia movimentos fluidos com um pincel de cerdas escuras. Na face uma expressão concentrada, como se estivesse observando não aquilo que pintava, mas, sim, algo além. A Zenith não pareceu que em momento algum ela o tenha percebido e se o fez, não deu a entender. Perdurou então compenetrada na elaboração do quadro; uma imagem quase em tamanho real de Michel bebendo em uma taça de bronze, a qual partilhava com uma bela moça. Essa possuidora de olhos com a mesma intensa coloração de azul, que os dele.

— Michel! Onde você está? — perguntou ele para a imagem à sua frente, quando esta começou a mover-se.

Ele estava observando não uma tela, mas, sim, uma janela. Através da qual Zenith percebia indícios que o inquietavam; não sabia ao certo se o motivo era o fato de os ver partilharem de uma taça de bronze, que continha algo muito próximo a sangue, ou a questão de estarem em uma espécie de cripta, cercados por outros indivíduos, dos quais, ele não conseguia ver nada além de rostos borrados.

Na tentativa de obter alguma resposta ele aproximou-se da moldura, no exato momento em que Michel voltava o rosto para o lado. Foi quando um grande rugido o tirou do mundo dos sonhos. Ele levantou-se, espiando com olhos sonolentos o espaço mal iluminado ao seu redor. Gastou alguns instantes ambientando-se novamente ao corpo de Torrão; fato comum nos últimos dias. Antes sentia-se confortavelmente instalado, mas agora sempre que voltava de um período de sono, sentia-se tentando calçar uma bota dois números menores.

Estava então espreguiçando-se, observando o livro sobre o qual adormecera e lamentando-se sobre o fato de provavelmente ter perdido a reunião com o executor chefe, quando ouviu o segundo rugido. Desta vez, talvez por estar inteiramente desperto a reação foi bem mais assustadora; ele havia se convencido de que tudo fora efeito do "sonho". Não sabia o que ou quem produziria aquele som, mas o coração de Torrão parecia que explodiria a qualquer instante, tamanho o medo que ele sentia.

Zenith experimentou uma espécie de temor irracional, advindo de alguma parte da mentalidade do felino. Não era algo familiar para ele, mas lhe pareceu um medo bastante específico. Do tipo que um animal provocaria em sua presa com a simples presença. Assustado como estava ele correu os olhos pelo ambiente ao seu redor e deparou-se com o trecho de céu noturno, visível através da pequena janela a sua esquerda; um firmamento tingido de tons rubros. Aquilo é fogo? Pensou Zenith.

O soar dos sinos veio algum tempo em seguida, repicando estridentes por todo lado oeste da cidade. O sinal de alerta! O que será que está acontecendo? Perguntava-se ele ao mesmo tempo em que já iniciava a expansão da mente, com o intuito de encontrar não apenas Olivia, como também checar se havia alguma perturbação estranha nos planos mais sutis. Tudo que havia ocorrido desde que despertara, fomentou nele um grande receio.

Visto que não encontrou Olivia no interior da biblioteca, ele estendeu mais ainda o campo de busca. Uma sensação o saudou, envolvendo suas energias... Era algo ruim, com tamanha intensidade que num primeiro momento, não entendeu exatamente o que viu ao checar o portário.

O ambiente estava anormalmente escuro; duas figuras se achavam deitadas no chão, próximas uma da outra. Porém imóveis, o que era bastante elucidativo devido à quantidade de sangue que havia no chão e parede ao redor da cena. Foi quando expandiu completamente a consciência, saindo inteiramente do corpo de torrão, que se deparou com uma cena grotesca; uma figura encapuzada conduzindo, duas "criaturas", visto que ele não achou nome melhor para descrevê-las.

Uma delas possuía um par de pontudos chifres negros, foscos e ao mesmo tempo reluzindo tal qual metal polido, porém parecendo ainda mais afiados. Não chegou a ver o rosto, mas podia sem qualquer dificuldade imaginar as feições dela; compleição bela, porém séria, talvez até mesmo com expressões duras. Em um primeiro momento ele supôs que ela usava um vestido esvoaçante, mas em seguida percebeu que na verdade não era uma vestimenta e sim uma mistura do cabelo, com a própria pela da criatura que hora se elevava, hora retraia, assumindo um aspecto similar ao de um ser vivo.

A outra criatura apresentava uma compleição muito mais estranha, no que se refere à disposição corpórea; parecia uma junção realizada de qualquer forma, entre uma mulher de incrível beleza e formas voluptuosas, com uma figura humanoide, dotada de inúmeras protuberâncias, que se achavam espalhadas por todo o corpo magro. Ambos os lados unidos pela coluna cervical e muito embora possuíssem uma anatomia completamente distinta, não parecia tratar se de dois seres, mas, sim, um único ser, portador de grandes deformidades.

Fadas caídas! O pensamento adveio-lhe rapidamente, como se alguém lhe tivesse soprado, mas o reconhecimento veio porque elas lhe fizeram lembrar a criatura que enfrentara no Pilar da Terra. Ao passo que concomitante com a identificação das invasoras, chegou também uma grande inquietação. Não podia acreditar que ao menos duas fadas estavam dentro do prédio da Ordem... Ele não pode deixar de pensar que aqueles rugidos guturais e o fogo estariam relacionados com a invasão.

Havia ainda a terceira, uma figura toda encapuzada e recoberta de faixas. Parecia uma múmia... Mas definitivamente não era uma outra fada, ele pode sentir energia do Éther negro; emanando dos poros daquele ser.

Zenith agora completamente assustado, estava no meio do caminho para voltar a segurança da biblioteca, quando Olivia o conectou telepaticamente; estava muito nervosa, escondida no acesso as criptas subterrâneas. Ela explicou que ao passar pelo portário viu os guardas e três figuras, ficou tão perturbada com a cena de morte que ao invés de tentar entrar silenciosamente na biblioteca, acabou descendo para as câmaras dos artefatos, apagando sua presença com uma barreira telepática.

— Fique onde está! Não faça nada! Elas são muito perigosas...

— Temos que dar um alarme! Ninguém sabe que há invasores dentro do prédio! Todos devem estar saindo para entender o que são estes rugidos...

"Zenith, eu estou com medo." Comunicou Olivia, em sua mente.

Não conseguia parar de pensar o que duas fadas queriam ao invadir a Ordem. Seria algo ou alguém em especial o motivo de tal ato impensado? Serei capaz de novamente invocar todo aquele poder...? Mas o que exatamente eu fiz? Não creio que há tempo para investir em especulações! Pensava ele enquanto sem nem ao menos perceber caminhava em direção as escadas.

— Olivia, permaneça na câmara dos artefatos. Vou tentar localizar alguém. — Falou ele já quando estava para sair novamente do corpo de Torrão. — Afinal precisaria de todo poder combatível que fosse possível reunir, não sabia exatamente a quem recorreria, então a primeira tentativa foi encontrar o executor chefe; procurou pelo escritório, pelos aposentos dele e quando estava "descendo" pelo segundo andar passou em frente ao dormitório feminino.

— Eve? Eve? Estamos sendo atacados... Eve...

— Como assim atacados? — Soou ela em voz sonolenta. — O que você está fazendo em minha cabeça gato? Eu já nã...

— Quieta! É uma situação grave e não existe tempo para estupidez! Estou perto da biblioteca central, ao lado do portário. Dois guardas foram mortos por... Por criaturas que creio serem fadas caídas e uma terceira, da qual não vi muita coisa, mas sei que tem algo de Éther negro nela.

— Fadas? Aqui dentro? Quantas? — perguntou Eve já sem qualquer sombra de sonolência. — Dê o alarme, gato... Mas permaneça onde está, assim você será meus "olhos".

LV

Eve

— Merda... Merda... Merda! — falava Eve repetidamente enquanto vestia-se apressada, jogando uma espécie de grande casaco sobre o pijama; regata e short minúsculo. Além de calçar botas de cano longo. — O que fadas poderiam querer aqui? — Perguntava-se ela, enquanto lutava para abotoar a vestimenta.

Talvez estejam apenas adiantando as coisas, na verdade, com os pilares caindo o que mais poderiam querer? É óbvio que estão aqui para destruir a Ordem... Matar a generala, terminar o que começaram alguns séculos atrás.

Terminou de vestir-se e já estava para sair quando percebeu que sua companheira de quarto e de setor; ambas pertenciam ao grupo formado pelo Executor Dupon, estava sentada na cama. Vestida toda em rosa e transparências, bem como uma expressão serena, inalterada como se estivesse esperando para ir ao parque.

— Irei com você — falou ela levando as mãos à faixa de renda que lhe cobria os olhos, desatando o laço, para depois deixá-lo mais apertado.

— Não vai não... Como é seu nome mesmo? Ok Mireya... Não tenho muito tempo para ser gentil, então eu vou logo falar; não acho que seja uma boa ideia você me acompanhar. A Ordem está...

— Sendo invadida — completou ela pondo-se de pé. — Provavelmente tem algo relacionado com as perturbações que captei do outro lado da cidade — falou ela, caminhando decida para a porta, como se não estivesse de olhos vendados.

— Ei... EI! Onde você pensa que vai? Eu estou falando com... — Ao que ela se interrompeu quando ouviu a voz de Zenith.

Primeiro supôs que era apenas em sua cabeça, mas logo em seguida compreendeu que ele não falava exclusivamente para ela, mas, sim, para todos presentes na sede da Ordem:

— Eu sou Zenith Vicrêt, membro adjunto dos Executores da Lei. Estamos sendo atacados, repito; estamos sendo atacados. Os inimigos neste momento estão dentro do prédio, seguindo para o que imagino ser a sala da generala. Creio que exista outro ponto de ataque ao sul da Ordem. — Ao que em seguida ele cortou a comunicação geral e falou apenas com Eve: — Não consegui encontrar o Executor Dupon ou o Subgeneral. Portanto não faça nada de muito estúpido, ok?

— Como assim de muito estúpido? Você por acas... — Ela então percebeu que estava completamente sozinha no quarto. Mireya de alguma forma já havia saído e parecia ser bastante ágil, visto que não deixou para trás qualquer vestígio de sua passagem ou ainda qual caminho tomara.

— Para uma cega ela é bem orientada! — comentou em voz alta.

Eve em outra ocasião teria adorado o fato de se ver livre de Mireya, que era na opinião de Eve um "peso morto". Afinal ela não conseguia acreditar que alguém com o tipo de deficiência possuído pela outra, poderia ser de grande valia em uma luta. Havia, é claro, toda uma aura de mistério acerca dela; como entrara na Ordem? Por que exatamente numa divisão recém-criada? Como parecia conseguir "sentir" as coisas e pessoas, usava um cajado, mas não tateava pelo caminho. Havia então grande estranhamento por parte dos outros membros dos executores, que a consideravam uma espiã de algum Subgeneral. Houve inclusive um episódio em que os irmãos Cimarelli, Ryan em específico. Afirmou categoricamente que não trabalharia em parceria com alguém tão parecida com a lendária "assassina cega"; partidária do grupo denominado "Caçadores de Lis".

Claro que ela não dava crédito a tais suposições tolas, contudo aprendera a confiar em seu instinto e não conseguia gostar da recém-chegada. Havia algo de misterioso em sua face, talvez fosse apenas uma má impressão causada pela venda, que lhe cobriam os olhos "cegos de nascença" como ela afirmara. Foco! Tenha foco! Estamos em uma situação extremamente difícil. Falava ela para si mesma, enquanto tentava racionalizar o que faria em seguida.

Zenith havia dado o alarme, então provavelmente todos os presentes na Ordem deviam estar rumando para a localização fornecida. Assim não haveria problemas, por mais poderosas que as fadas pudessem ser, não teriam como lidar com vários Porteiros.

Neste momento ela corria o mais rápido e silencioso que lhe era possível. Ao passo que tentava rememorar o encontro anterior com uma destas criaturas. Não lembrava de muita coisa, além da dor excruciante que sentira e da surpresa diante da grande quantidade de magia que a fada possuía. Ela teria que planejar alguma coisa rapidamente, afinal o seu atual alojamento, ficava próximo o bastante da torre da generala, para ela provavelmente ser uma das primeiras a chegar.

Uma sensação desagradável subiu-lhe a espinha, indo culminar em uma pequena "explosão" pouco acima da nuca. Aquele desconforto lhe parecia familiar, muito embora em um primeiro momento, ela não conseguia lembrar-se de qual lugar do mar das memórias, está em específico provinha.

Todavia a solução para este pequeno dilema surgiu no momento em que ela terminou de subir o lance de escadas a sua frente; saltando os três últimos degraus, caindo silenciosa tal qual uma gata, no corredor de acesso ao escritório da generala. Deparou-se então com uma cena digna das narrações épicas de batalhas, que tantas vezes ouvira Sidrak contar.

Um grande trecho do chão aparentava ter sido removido, como se um pedaço de solo pantanoso houvesse sido colocado no meio do corredor, no exato lugar em que deveriam estar pelo menos três blocos de mármore. Dois phelinos jaziam torcidos na terra, completamente enlameados, como se houvessem arrastado o corpo pelo solo; a face de um deles estava completamente desfigurada, enquanto o outro não aparentava sinais de ferimentos, não fosse pela poça de sangue que escorria debaixo dele.

Havia ainda um terceiro indivíduo deste lado do "lago de terra". Eve já o havia visto uma ou duas vezes pelos corredores da Ordem. Entretanto não era alguém que ela poderia afirmar conhecer, nem sequer sabia o nome dele, reconhecera ele basicamente pelas luvas com dedos vazados, item que ela sempre achou ridículo. Mas a visão do rosto dele completamente descarnado, com as órbitas vazadas e o maxilar escancarado, lhe embrulhou o estômago. Afinal ela não pôde deixar de sentir como se o cadáver estivesse gargalhando, um riso angustiante, silencioso e macabro.

Outros dois corpos de phelinos estavam mais além no corredor; um deles estava cercado de sangue, a mão esquerda posta em um vazio, onde estivera no passado o ombro e todo o restante do braço direito. Sua face também estava devastada pela ausência de carne, bem como dos globos oculares. Um pouco mais à esquerda, atravessado exatamente pelo que provavelmente era a espada e a mão do outro, estava um corpo também de um guarda phelino, que apresentava na face os mesmos ferimentos que o restante dos cadáveres no corredor.

Eve estava paralisada, sentia-se grudada no chão, começou então a virar a cabeça para os lados, como que buscando entender quem ou o que poderia ter causado aquilo. Em sua mente a imagem da fada ruiva, brandindo o chicote com extrema destreza, lhe assaltou. Como isto é possível? Isso não pode ser obra de uma criatura racional. Algo assim... É aterrador!

— Acredite ou não eu já vi pior. — Soou uma voz grave atrás dela.

Quando virou a cabeça deparou-se com o velho de olhos negros e boina xadrez, que encontrara na praça. Ele estava terminando de erguer-se ao lado do phelino sem o braço, alisando a túnica com ambas as mãos, ao seu lado na parede; repousava a bengala, de empunhadura prateada e uma caixa de transporte para instrumentos musicais; uma maleta negra, de alça também prateada.

— Você... Veio ceifá-los? — perguntou ela automaticamente, com um tom de surpresa que seria próprio das crianças.

— Digamos que eu cheguei atrasado — falou ele pigarreando e pegando a maleta.

Eve sentiu sua boca escancarar-se um pouco mais, como que impossível de manter tamanha admiração, sem um gesto demonstrativo. Correu então os olhos pelos corpos a sua frente e ao lado, ao passo que sentia um gosto azedo no fundo da garganta.

— Quem. O que fez isso com eles?

O velho empunhou a bengala e começou a caminhar na direção dela, no rosto trazia uma expressão fechada, diferente da visão anterior que Eve havia tido dele.

— Vi isto apenas uma vez ... Uns duzentos anos atrás, eram outros tempos... Diferentes deste, mas na vida certas coisas sempre tornam a acontecer. — Deteve-se um momento quando passava por ela, olhou-a com seus profundos olhos negros e continuou: — Pode ser que advenha um tempo em que a senhorita e mais alguns sejam perseguidos pelo que são. Melhor faria se o descobrisse logo.

— O que isso quer dizer? Quem são estes mais alguns? — perguntou ela franzindo a testa, como que trazida de volta a realidade pelas palavras do velho.

Mas ele não estava mais lá, simplesmente desaparecera; entre um passo e outro houvesse saltado entre dois locais do universo ou estivesse apenas invisível. Ela teria provavelmente investido mais tempo em investigar isto, não fosse o fato de ter escutado um barulho de estalos no ambiente.

Voltando-se muito vagarosamente quando percebeu que o som advinha do cadáver ao seu lado. O peito dele começou a subir, não como se ele estivesse respirando, mas como se algo dentro dele lutasse procurando um caminho para sair. Até que acompanhado de um crescente som de zumbido, pequenas garras negras romperam a pele.

Uma criatura com o tamanho aproximado de um cogumelo alto, com traços de um recém-nascido, não fossem os grandes olhos sem pálpebras, a dupla fileira de pontiagudos dentes e as asas membranosas que uniam os braços com as pernas, saiu de dentro do tórax do phelino. O ser ainda mastigava um pedaço de pulmão, quando saiu voando para a cabeça do cadáver. Arrancou um naco restante, do que outrora fora um lábio e o mastigava, segurando-o avidamente com suas diminutas mãos. Quando então ele levantou a cabeça, com que atraído por alguma coisa que a Eve passou despercebida. Ele a olhou abrindo um riso tão largo que um pedaço de carne se desprendeu dos dentes. Abriu os braços preparando para alçar novo voo e começou a estalejar a língua.

— O que porcaria é isto? — Eve conseguiu finalmente falar, e quando percebeu que a criatura se preparava para atacá-la ela acrescentou: — Só pode ser brincadeira.

Ela incendiou o punho direito e avançou com ele, na tentativa de interceptar a criatura em pleno voo. Contudo, sua investida foi falha, visto que o ser se esquivou muito rapidamente para cima, deixando para trás apenas uma enxurrada mais alta e rápida de estalos.

Eve voltou-se para trás, supondo que ele teria dado a volta para tentar surpreendê-la, todavia o que encontrou a deixou ainda mais enojada. Duas outras criaturas devoraram pedaços de carne; um roía os dedos da mão que ainda segurava a cimitarra, que estava plantada no ventre de um phelino. Enquanto o outro lutava com a língua de um dos cadáveres, tencionando arrancá-la, agarrando-se com seus dentes pontiagudos, ao passo que batia as asas.

— Merda... Merda... Merda... — falou Eve o mais silencioso que pôde, incendiando a outra mão e partindo na direção deles.

Os seres levantaram a cabeça ao mesmo tempo, como que avisados por algo. Ambos largaram aquilo que tentavam devorar e alçaram voo. Porém desta vez ela sabia o quão eles poderiam ser rápidos. Assim em vez de tentar acertá-los com socos, quando se aproximou mais um pouco Eve abriu ambas as mãos e as chocou, como se estivesse aplaudindo algo. Deste choque uma grande labareda surgiu, fluindo para todas as direções.

Ela aproveitando o pequeno descontrole das criaturas diante do fogo, separou as mãos, fazendo um gesto como o de quem lança algo no ar ou tenta desfraldar um grande pedaço de tecido. Surgiu então uma espécie de rede, feita inteiramente de fogo, que envolveu as criaturas e as derrubou no chão aos guinchos, quando Eve puxou para baixo.

— Que porcaria é essa? — falou ela quase como um grito de surpresa, ao sentir uma pontada em seu ombro.

Voltando a face, ela percebeu que era uma criatura mordendo-lhe por cima do casaco. Provavelmente o primeiro que ela viu subir para desviar do ataque, porém aparentemente havia saltado para suas costas. Eve contorcia-se, mas a criatura não se deixava apanhar, ficava escalando e desviando-se das investidas dela ao passo que a enchia de mordidas afiadas.

— Eu adoro este casaco, não me force a incendiá-lo — falou ela quando se lançou de costas contra a parede do corredor.

A criatura soltou um guincho de dor e desprendeu-se, caindo aos pés de Eve. Neste momento ela saltou para o lado, ficando de frente para os corpos. Então reparou que havia vários pares de mãozinhas saindo de baixo do phelino que estava deitado de bruços, bem como saindo da boca do Porteiro. Fosse lá o que fossem, essas criaturas saiam de dentro dos cadáveres, sendo assim só havia uma solução definitiva, pensou ela.

Desta forma ela juntou os punhos à frente do peito, separou um pouco as pernas e flexionou um pouco os joelhos. Por alguns instantes ela fechou os olhos, sentindo o fogo dentro dela, o sopro de vida que aquece todo ser vivente. Deixou então essa sensação lhe preencher por completo, como alguém que aviva uma fogueira, atiçando-a até que se ouça o crepitar da madeira e veja as fagulhas esvanecendo no ar; poucos centímetros após saltar da origem.

Separou os punhos, abrindo as mãos e pondo-as ao lado do corpo, ficando imóvel por alguns instantes. Ainda com a imagem em mente do fogo a inundando, ela abriu os lábios, soprando não o ar de seus pulmões, mas, sim, o fogo interno, a essência de sua magia. Ao mesmo tempo abriu os braços e levantou a cabeça; transformando se em uma estrela emanando fogo.

Uma labareda imensa elevou-se no corredor, línguas de fogo saltavam de um corpo para outro, devorando-os, bem como as criaturas que estavam em seu interior, além é claro das que já havia conseguido sair e agora tentavam escapar da impiedosa chama, elevando-se no ar. Entretanto não havia como fugir, a magia de Eve encheu o corredor, consumindo até mesmo o lustre e a pintura das paredes. Quando o fogo findou alguns instantes depois, não restara nada além de restos carbonizados e as pedras da construção expostas.

Ouviu passos atrás de si e voltou-se pronta para tentar reproduzir a façanha que acabara de cometer, quando então percebeu que não se tratava de outras criaturas ou até mesmo o mestre destes, mas, sim, ninguém menos que a própria generala Megaha. E ao lado dela o Subgeneral da sede; Andrew. Fato que surpreendeu Eve quase com a mesma intensidade da visão que ela teve ao entrar no corredor.

Até onde sabia o Subgeneral Mathew, era completamente contra o mandato da atual Megaha. Não fosse Zenith ter falado que a invasão havia sido realizada por fadas caídas, ele seria o primeiro suspeito em quem Eve pensaria. Ela percebeu ainda que por mais que eles estivessem do que aparentava ser o mesmo lado, havia uma sensação de desconforto e mútuo ódio, perdurando entre eles.

— Firewalker, não é? — falou Megaha caminhando até ela. — Vejo que Graft estava certo a respeito do seu talento para a destruição... Foi uma excelente representação da "conflagração de fogo"; quase digna de nota, afinal julguei que ninguém mais soubesse...

— Mas de agora em diante assumiremos por aqui, direcionei os membros da sede para o embate que está devastando a cidade. Irei pessoalmente cuidar destas invasoras. — Lançando um olhar de esguelha para o Subgeneral Mathew, ela falou: — Prepare-se, vamos entrar.

Neste instante a generala, tirou a capa vermelha que vestia, lançando-a ao lado. Deixando seus braços à mostra, eram muito torneados para uma mulher, mostrava todo um conjunto de músculos bastante definidos. Juntou as mãos e estralou os dedos flexionando palmas para frente, voltadas para fora. Quando as separou Eve sentiu uma oscilação percorrer o ar, como se alguém tivesse aberto uma janela em algum lugar próximo e uma grande rajada de vento houvesse penetrado no corredor. Era mais do que simplesmente o movimento do ar, havia algo além no ambiente. Eve sentia os pelos da nuca eriçados e instintivamente recuou até sentir atrás de si a parede.

No chão, rachaduras começaram a se desenhar por debaixo das manchas queimadas e da fuligem. Sons de fratura material fluíam de todo o corredor; paredes, teto, até mesmo os restos mortais. Tudo estava sendo afetado pela magia da generala, que voltando a atenção unicamente para a porta fechada à frente, deixou uma expressão maligna tomar conta de sua face e então baixou as mãos; conservando separadas e um pouco elevadas em relação aos ombros.

— Seja vocês quem forem, saiam para enfrentar sua punição! — Bradou ela no instante em que uma onda de energia deslocava-se a partir dela, em direção a porta.

A pressão psíquica liberada pela maga, seguiu arrastando pedaços de pedras do piso e paredes. A porta não suportando tamanho impacto não permaneceu trancada por muito tempo, quebrando também em várias partes, para logo em seguida desintegrar-se, bem como a soleira e grande parte da entrada para o escritório.

Eve que havia se comprimido contra a parede o máximo que pode, tentando agarrar-se para não ser levada também. Foi derrubada e só não teve maiores ferimentos porque criou rapidamente uma espécie de áurea de fogo ao seu redor. Uma labareda de chamas muito vermelhas e que ajudou a protegê-la em grande parte do ataque, todavia mesmo assim ela foi deslocada quase um metro.

— SAIAM! — Bradou Megaha, seguindo para a porta sem nem ao menos lançar um olhar para o lado de Eve.

LVI

Bárbara

Olhava a neve caindo vagarosa, como se fosse uma chuva de pétalas brancas, infinitamente belas. Caminhara quase até o limite de suas forças e agora já não conseguia parar; seu corpo entrara num processo de automação, como se houvesse insistido tanto para sua mente superar os limites, seguindo em frente sem se deixar abalar pelo frio, que agora seu corpo parecia não lhe obedecer mais. Na verdade, não sentia muito de si, apenas os olhos e a mente eram seus, o restante; eram partes estranhas e adormecidas. Enfeitiçadas para continuar caminhando.

Voltando a cabeça para os lados, não conseguia encontrar qualquer sinal para orientar-se. Andava por entre aqueles pinheiros, repletos de gelo, por toda a sua vida? não conseguia raciocinar se estava avançando ou se já havia passado por aquele trecho.

— Aquela pedra parecer familiar... — Soou um fiapo de voz que para o seu espanto lhe pertencia.

Mas ela não conseguia decidir se conhecia ou não aquele caminho, fazia tanto frio que sua mente estava prestes a congelar por completo. Onde estavam todos? Eu tinha companhia não era? Ela não conseguia lembrar com clareza, recorria apenas uma vaga ideia, um pensamento pequeno, como que a sombra de uma lembrança maior. A nevasca agora havia recebido um ânimo renovado; o vento se intensificava ao ponto de fazer rachar os lábios e lacrimejar os olhos. Mas foi apenas agora ou já está ventando assim há muito tempo? Tudo era tão confuso, tão branco...

Eu me perdi! Pensou ela em um lampejo. Saímos do grande salão Kevin e eu..., mas os outros... Pobres Tessa e Kyle... Eles não conseguiram! Lágrimas teriam escorrido por sua face, mas o frio parecia tê-las congelado também, assim como o restante. Correndo os olhos em todas as direções, não havia nada para ser visto além de um imenso deserto branco. Eles estão mortos... Até mesmo Kevin já deve ter morrido a esta altura. Há quanto tempo estou caminhando?

As coisas desfilavam a sua frente, insinuando-se um pouco mais adiante. Próximas o bastante para Bárbara conseguir perceber alguns detalhes borrados, porém distantes para serem alcançadas completamente. Desta forma ela supunha lembrar, para em seguida perder-se entre as dúvidas do que havia ou não sido real; eu falei com o vento, não falei? Aquelas criaturas tentavam me avisar... sobre o Pilar, sobre como estava sendo enganada! Mas eu não ouvi... Oh! Ele caiu não foi? Não foi minha culpa, por favor alguém diga que não foi minha culpa, pensou Bárbara pendendo para a frente, agarrando-se ao troco úmido de um grosso pinheiro. O cheiro do musgo invadiu suas narinas gélidas, quando ela recostou a testa na grande árvore. Sentir a aspereza da casca da árvore em sua pele, mesmo que por alguns lhe deu clareza.

O vento rugia nos ouvidos e ela sentia uma dor aguda em seu interior, estava completamente sozinha no meio daquela floresta. Por que me deixei levar pela minha curiosidade? Por que simplesmente não aceitei que existem coisas inexplicáveis e segui adiante com minha vida? Talvez tenha sido o fascínio diante do desconhecido, que assola toda criatura humana. Eu poderia ter chegado a sargento... Tentava raciocinar enquanto lutava para puxar o ar, mas até mesmo isto configurava-se em uma difícil tarefa.

Pontadas mordazes acometiam suas costas. Criando um conjunto de dores que escorriam pela espinha, acompanhando a neve que primeiramente ao cair amontoava-se sobre sua cabeça e ombros, para em seguida derreter um pouco, produzindo uma sensação nauseante em seu interior; Bárbara não conseguia deixar de associar com Tessa sendo congelada viva. As partes do corpo ferido, pouco a pouco afundando no esquecimento de si própria.

Devido ao fato de ter escorregado pelo tronco até o chão da floresta, a pele de sua testa estava ferida, minúsculas gotas escarnadas porejavam a superfície do machucado. Além de estar com o rosto manchado de verde lodo. Da forma que se posicionara, quase poderia dizer que estava aquecida; deixara-se cair na neve, com o corpo dobrado sobre si mesma. Os braços cruzados a frente do peito e as pernas muito dobradas. De tal forma que os joelhos estavam encostados na sua fronte.

Aquietou-se abandonando-se por completo nas divagações do seu corpo. Por algum tempo que ela não saberia precisar com certeza, mas que lhe pareceu infinito. Bárbara mergulhou em um estado de dormência, em que ela ficava indo e vindo entre o mundo das alucinações. Por várias vezes, por exemplo, julgou ter sentindo a presença de alguém, que afagou pouco acima da orelha e afirmou que tudo ficaria bem.

Tentou levantar-se quando isto ocorreu pela primeira vez, mas não encontrou forças para fazer mais do que suspender a cabeça, olhando assustada para os lados. Todavia não havia ninguém, apenas a fina cortina de neve, que continuava a despencar demoradamente do céu.

Dentro em breve estarei morta, serei apenas outra parte da floresta, imóvel tal qual uma pedra, inútil como um veio de água contaminado por cadáveres. Num suspiro aliviado ela virou-se de lado, para em seguida ficar com as costas apoiadas na neve fresca, como se estivesse brincando de fazer anjo na neve.

Seus olhos começaram a vagar pelo vazio acima, a atenção flutuando de um floco de neve para outro; era uma chuva de estrelas. Até que uma espécie de brilho difuso, começou a se desenhar no ar. Primeiro como algo muito distante, do qual mal se enxerga a origem. Para em seguida começar a luzir cada vez mais próximo, chegando finalmente a lhe rodear e então houve uma explosão, ou assim pareceu.

Como alguém que é exposto a uma repentina mudança de luminosidade e fica cego por alguns segundos, Bárbara piscava os olhos, intercalando com esfregadelas nas pálpebras, sentindo neste instante um medo profundo. Quando recuperou novamente a capacidade da visão, supôs que estava sofrendo novamente com alucinações, contudo desta vez era algo muito mais elaborado, ao menos sua mente estava se esforçando, pensou ela. Mas por que tinha que ser a porcaria de um deserto? Podia ao menos ser uma praia.

O céu acima dela, não estava carregado de tons cinzentos e esbranquiçados, mas de cores quentes, fortes, como se o pôr do sol estivesse no auge. Não havia nenhum sinal de nuvens, estrelas ou qualquer outra coisa. Apenas uma sensação incomoda de perenidade, ela não sabia explicar, mas de alguma forma, em seu íntimo ela sabia, que aquele crepúsculo assumira para si a eternidade.

O vento soprava com a mesma intensidade, sem não entendo aspergir neve. Não havia mais os traços de fúria da natureza, mas, sim, uma sensação de aridez. Talvez fossem as grandes nuvens de poeira que se elevavam ao menor movimento ou ainda a secura da terra, que aparentava há muito não conhecer chuva. Mas havia algo naquela alucinação que a deixava esgota e sedenta.

No solo ao seu lado e até onde Bárbara conseguia observar não havia vestígio de outro tipo de vegetação, que não fosse alguns agrupamentos de arbustos diminutos; galhos ressequidos e folhas quase inexistentes.

Aquele lugar não parecia outra coisa que não um grande deserto... Esquecido até mesmo por Deus... Bárbara olhava para os lados tentando decidir se tudo que a cercava era real ou não, quando um pensamento mais assustador lhe ocorreu; talvez tudo aqui seja tão real quanto seja possível ser ... Talvez tenha morrido e fui transportada para este lugar que só pode ser algo de intermédio, visto que é completamente diferente do que supunha ser o céu ou até mesmo o inferno. Estou no purgatório então?

A este pensamento se adicionou um acesso de vertigem, sentia o chão as suas costas oscilando e provavelmente se não estivesse deitada já teria caído. Visto que já não possuía mais nenhuma força para sustentar-se. Seu nariz parecia esfolado por dentro, assim como os pulmões; diferente de antes, quando não conseguia respirar por parecer congelada, agora o ar era muito seco, doendo no peito. Agora entendia como as comidas prontas se sentiam quando tirava elas do congelador e as jogava no micro-ondas de qualquer jeito, riu-se ela. E o riso provocou-lhe um acesso de tosse.

Não, não poderia estar morta e ainda sentir tanto desconforto... Ou poderia? Perguntava-se ela no momento em que viu cruzando o céu uma figura alada, muitos metros acima dela. Primeiro ela supôs tratar-se de Céos, o que a animou um pouco. Contudo, quando o ser arremeteu a trajetória, voando sobre ela, em círculos, para então pousar alguns metros mais à frente, ela percebeu que não havia nenhuma semelhança, não fossem as grandes asas e o aspecto humanoide.

Era um indivíduo de estatura mediada, dotado de magreza doentia e com um aspecto faminto muito pronunciado. Seu crânio era idêntico ao de uma ave, com pequenos olhos muito negros e um bico curto, com uma pequena curvatura para baixo. A pele do rosto, pescoço e até mesmo o que seria o couro cabeludo possuía uma tonalidade acinzentada, além de uma aparência áspera. Suas vestes eram pouco mais que andrajos sujos, muito similar a um saco de estopa, no qual se fizeram furos para braços e cabeça.

Bárbara não pôde deixar de compará-lo com um grande urubu. O que causou uma pontada de angústia em seu íntimo. Afinal este tipo de ave alimenta-se de cadáveres, muitas vezes cercando uma criatura moribunda, apenas esperando o momento do banquete. No estado em que ela estava, não poderia culpá-lo por resolver considerar ela como uma futura refeição.

Ela se forçou a mover, arrastando-se de costa contra a areia. A criatura percebendo o seu afastamento, bateu as asas; o que a fez levantar alguns centímetros do chão, além de elevar uma cortina de poeira que cercou ambos. Tossindo sem controle, Bárbara o ouviu crocitar algo que ela não compreendeu. A voz rouca e falhada dele parecia ecoar em meio a poeira.

— Nhamê... Nhamê thuê... — falou ele elevando-se mais um pouco no ar, para depois avançar para ela com as garras afiadas de seus pés de pássaro.

Bárbara queria reagir, invocar sua arma, rolar para o lado, fazer qualquer coisa, até mesmo gritar. Contudo não encontrou forças para fazer nada além de permanecer imóvel, lambeu os lábios com a pressa cruel de quem espera pelo pior. Todavia, o golpe não veio, muito menos a dor que provavelmente lhe acompanharia. Ao invés disto a criatura bradou algo não para Bárbara, mas, sim, para algo ou alguém atrás dela.

Surpresa diante desta reação ela tentou virar-se, mas a vertigem adveio-lhe intensamente e tudo que conseguiu foi se deixar cair novamente por terra. Seu estômago parecia ter adquirido vida própria pela forma como revolvia-se. Veio então a náusea e ela começou a engasgar; teria sofrido asfixia não fosse alguém lhe suspender a cabeça e virar o corpo de lado.

— Shiii... Está tudo bem... Tudo ficará bem...

— Obri... obrigado... — Conseguiu falar Bárbara antes de apagar nos braços da desconhecida de compridos cabelos negros e olhos puxados; parecia uma gueixa, foi a última coisa que ela conseguiu pensar.

LVII

Júlia

O cheiro salgado do mar cavalgava nos braços da brisa noturna, espalhando uma sensação de gélido frescor em toda a região sul da cidade de Enuewm; cobria os prédios, as ruas e até os passantes, com uma espécie de capa odorífera. Desta forma, alguém com uma sensibilidade olfativa maior poderia após aspirar o ar uma ou duas vezes, afirmar que este ou aquele indivíduo havia passado pela região do mirante.

A maresia aglomerava-se invisível na superfície lisa da mureta de observação, pouco a pouco tudo era coberto por uma finíssima camada de sal marinho, que espalhava-se por toda a região, esbranquiçando as pedras do calçamento e cobrindo de "ferrugem" as folhas das árvores.

A nuca desprotegia de Júlia arrepiava-se diante do menor toque da natureza, mesmo porque o vento parecia saber que ela ainda não estava acostumada com o novo corte de cabelo e fazia questão de soprar-lhe exatamente no pescoço. Ela como alguém que ainda não está perfeitamente adaptada a uma mudança, realizou um gesto quase que automático; levantou a mão para alisar o que seria a sua vasta cabeleira. Todavia, na região em que anteriormente ficava a grande profusão de cachos ruivos estava apenas a pele do pescoço e um pouco mais acima, um pequeno montante de fios acobreados, aparados praticamente ao estilo masculino.

Certa vez, em uma das suas fugas para o mundo dos humanos, a fim de apreciar uma de suas mais belas criações; o cinema. Júlia havia assistido a um filme sobre uma tribo de guerreiros que cortava o cabelo ao serem derrotados em batalha. Em um primeiro momento ela não considerou um bom gasto de tempo, mas alguma coisa no filme fez com que ele não saísse de sua cabeça. A oficial que vivenciava um misto de emoções sobre essas suas "escapadas"; ao mesmo tempo em que se sentia deslumbrada, havia também uma boa dose de vergonha. Não conseguiu esquecer a cena em que um inimigo derrotado tinha seus cabelos recortados com uma grande faca de caça.

Agora que se lembrou deste fato um riso amargo pintou seus lábios, emprestando uma máscara carregada ao seu semblante. Não conseguiu decidir se fizera esta mudança, impelida por um simples desejo de mudança e que mediante isto era preciso externalizar, construindo assim um lembrete constante ou se havia simplesmente repetido a cena observada na grande tela; aquele que é derrotado deve perder os cabelos. Aparentemente não existe originalidade, tudo é copiado ou recriado.

Ela levou aos lábios o gargalho da garrafa de vidro verde, que trazia consigo, vertendo rapidamente em sua boca um grande gole, engolindo o líquido de sabor forte e adstringente, enquanto lançava olhares para os lados como que para ter certeza de que não estava sendo observada. Claro que não existia problema em ser vista bebendo, era dona de si há muito mais tempo do que seria o comum. Entretanto, não gostaria que alguém passando por ali, vindo da taverna em frente da praça principal ou então seguindo para um dos vários botecos, bares, restaurantes e pequenos dormitórios, que ficavam naquela região, vendo-a, fosse até ela, a fim de conversar.

Não estava com um pingo de paciência para qualquer interação. Aquela noite era dela, apenas dela, afinal em seu íntimo já havia uma multidão; formada por um amontoado de vazios. Ela sentia uma enxurrada de sentimentos conflitantes. Ao mesmo tempo em que se via como uma garota indefesa, assustadiça; uma tola que acaba de descobrir que todos os monstros que temia, são muitíssimos reais. Também se enxergava como uma sobrevivente...

Sua mente ficava indo e vindo, vagando até trazer à tona novamente as imagens da luta na caverna. Então aquele não era um momento para conversas, ela precisava pensar.

Novamente tomou um generoso gole da bebida de sabor forte, essa agora parecia um pouco mais suave que anteriormente e provavelmente de agora até o final da noite nem estaria mais sentindo travo algum. Voltou as costas para o mar, recostando-se na mureta e silenciosamente deixou os olhos correr pelas pedras do calçamento: "Aquela parece um sapo esmagado... E aquela outra ali parece com o cara daquele phelino, lembra? O que disputou queda de braço comigo...". Soou a voz de Aisha, como se estivesse ali, ao seu lado. Ela e o velho costume de "achar formas escondidas", pensou Júlia.

Estava absorta em seus pensamentos, a meio caminho de levar a garrafa novamente aos lábios, quando viu um trio de mulheres irromperem de um beco escuro, em um ponto mais adiante da rua em que estava. Em uma atitude muito suspeita, as três caminhavam juntas, falando entre si, ainda parcialmente no abrigo das sombras.

A mais alta delas andava muito empertigada, virando a cabeça para um lado e depois muito demoradamente para o outro, como o faria alguém que tenta analisar cada detalhe daquilo que vê. Usava uma suntuosa capa de viagem, com ao que pareceu a Júlia àquela distância, acabamento em fios de ouro. Douradas também eram as inúmeras joias que adornavam seus braços, dedos e pescoço; eram pulseiras, colares e vários anéis de diferentes tamanhos.

Neste trio havia uma delas, que era pouco mais que uma garota, esguia e de feições delicadas. Os cabelos na altura do queixo afilado eram cheios de mechas em vários tons de verde, esvoaçavam sob o sopro do vento. Ela parecia não se conter de entusiasmo. Cheia de risinhos e brincadeiras com uma espécie de morcego que voejava por sobre sua cabeça.

A terceira integrante do grupo, causou em Júlia uma enxurrada de sensações. Por alguns segundos ela foi transportada novamente para dentro da caverna; estava cercada de lava, incapaz de qualquer ação, enquanto via Aisha chegar ao limite de suas forças, lutando para proteger o Pilar e a si mesma, das ávidas mandíbulas de Gluthonia.

A fada caída da gula, ainda estava em sua forma disfarçada, com a qual passaria perfeitamente por uma simples mulher de baixa estatura e um pouco acima do peso ideal. Contudo Júlia sabia que aquilo era apenas uma máscara, um engodo do qual ela se valia, para aproximar-se o bastante de suas presas ou simplesmente para caminhar incógnita quando assim fosse seu desejo.

Seu primeiro desejo foi o de atacá-la ali mesmo, talvez se o fizesse de forma que o ataque não fosse antevisto até ser tarde demais para desviar, ela conseguiria causar algum dano..., mas o pensamento que lhe ocorreu em seguida, a impediu de agir; se aquela era a fada caída da gula, as outras duas poderiam muito bem também serem fadas. Trincou o maxilar ao mesmo tempo em que, admitia para si mesma que ela sozinha não seria capaz de fazer frente as três, não fora o bastante para enfrentar apenas uma...

Desta forma moveu-se sorrateiramente para trás de uma das árvores a sua esquerda. Agradecendo aos Deuses e Magos Santos por estar com seu cristal de comunicação. Depois do ocorrido no vulcão ela sempre o mantinha próximo... Assim enquanto retirava o objeto, de uma pequena bolsa de couro, acomodada entre os seios. Ele tentava ao máximo colar seu corpo no tronco nodoso, ao passo que se movimentava em rotação; num sentido diferente ao tomado pelo trio, sem, no entanto, perdê-las de vista.

— Oficial Bluefire reportando atividade suspeita no quadrante sul de Enuewm; duas meliantes desconhecidas acompanhadas da fada caída da gula. Comandante de Operações Versagi está na escuta? Repito, a fada caída da gula está na cidade.

Por alguns segundos ela temeu ter sido percebida, visto que do ângulo em que estava ouvia as três falando entre si. No momento em que usou o cristal de comunicação, um silêncio súbito instaurou-se. Aquilo a deixou completamente mergulhada em pavor, todo seu corpo estava tensionado. Porém a mente de Júlia já trabalhava tentando criar algum plano de ação, quando percebeu que após o curto espaço de tempo em que permaneceram quietas, como que combinando algo, elas se dividiram e começaram a agir.

A reposta veio rápida para a oficial, porém infelizmente a Comandante de Operações não se encontrava em localidade próxima e o Subgeneral também não atendeu. Desta forma, ela teria que permanecer em sua posição, cuidando ao máximo para não ser descoberta, enquanto aguardava o deslocamento de sua superior, bem como os reforços que essa lhe prometera remeter.

O trio que aparentemente atendia a um "sinal" silencioso, pois sem qualquer aviso iniciou então as suas atividades de destruição naquela região da cidade; a mulher esguia, com os dedos repletos de anéis. Começou a mover-se com exemplar destreza, correndo de um ponto a outro, tocando em tudo que lhe era possível e o que foi mais surpreendente para a oficial; após este fato uma camada dourada se estabelecia sobre o objeto ou local por ela tocado.

Bastou alguns segundos observando este procedimento, para Júlia começar a suspeitar sobre a verdadeira identidade da mulher. Há tempos, durante seu treinamento, Zafrina havia comentado sobre as sete fadas caídas, que se tornaram famosas por terem unidos suas forças com Djins, tencionando destronar a rainha Titânia. Derrotadas e banidas do seio "familiar" as renegadas passaram a carregar consigo o estigma dos seus pecados, tornando-se as fadas caídas portadoras dos pecados capitais. Aquela mulher de gestual empertigado, vestida com tecidos finos e que parecia transmutar qualquer coisa em ouro com o simples contato de sua pele, não poderia ser outra que não a fada da avareza.

Tal conhecimento lhe atingiu no estômago mais forte que um soco. Claro que ela supunha que as acompanhantes de Gluthonia, partilhavam da mesma essência criadora que a primeira, mas daí a confirmar tal teoria, a situação mudava de contexto. Ficou agradecida por não ser impetuosa como Eve e ter se mantido ileso. A mulher gorda dobrou-se sobre si mesma, com ambas as mãos postas na barriga protuberante, como alguém faria caso estivesse sofrendo de um ataque de cólicas. Todavia Júlia sabia que não era o caso, mas, sim, que ela estava invocando a verdadeira forma de sua criatura; um corpo balofo e de carnes moles, com inúmeras bocas, de diferentes dimensões, em toda a sua extensão. Nada mais apropriado para uma criatura que se empenhava em saciar seu apetite, consumindo absolutamente tudo.

Gluthonia endireitou o corpo, suspendendo os braços a frente de sua barriga e da imensa boca que lá havia, saiu um jorro de líquido esverdeado. Com um aspecto de vômito, porém muito mais mal cheiroso. A mureta que fora o alvo deste disparo, dissolveu-se como um pedaço de gelo o faria devido a exposição ao sol. A fada caminhou para o jardim e pôs-se a devorar alguma planta rasteira que Júlia não podia observar com mais clareza de onde estava.

A mais nova das três, de longe era a que mais parecia estar divertindo-se com a ação de suas companheiras, dava risadas e saltitava pela pequena alameda. Chamando entre gritos e gargalhadas estridentes, os moradores da cidade:

— Venham brincar, seus covardes! — gritava ela quando Júlia percebeu que estava sendo observada.

A criatura parecida com um morcego, que a oficial havia visto volteado próximo a garota. Estava a sua frente, subindo e descendo no ar cada vez que batia as asas membranosas. Agora que estava perto o bastante para que ela pudesse observar detalhes, Júlia intrigou-se ao constatar que toda a criatura parecia ser na verdade um grande globo ocular que recebera asas e fora lançando no ar para ficar volteando, enquanto emitia uma espécie de chiado ou algo similar, que ela não conseguiu compreender de onde vinha. Afinal não havia boca visível...

O ser monocular volteou o tronco e já se distanciava em direção a garota, que agora estava parada junto a uma árvore recém transformada em ouro, observando-a com uma admiração digna de nota. Era óbvio que ela seria denunciada, assim Júlia agiu rápido. Tendo sido mais rápida que a criatura alada; o acertando com um disparo flamejante. O pequeno mostro guinchou alto, caindo no chão completamente carbonizado.

— NÃO! — gritou a garota, como que atingida também.

Automaticamente a garota voltou-se na direção da criatura e de Júlia por consequência. Correu até o ser diminuto, de asas tostadas vergadas sobre si. A oficial dando por infrutífera sua tentativa de permanecer despercebida até o momento da chegada dos reforços, não viu então outra opção que não, se preparar para a batalha. Desta forma, saltou de trás da árvore, invocou as chamas e se pôs em posição de ataque; a mão esquerda arqueada como uma garra ao lado do corpo, segurando uma bola de fogo que se sacudia. O punho direito estava levantado, cerrado, com uma espiral de fogo ao seu redor, subindo até o cotovelo.

— Seu fogo é azul... Eu queria ter algo assim... — falou a garota olhando para Júlia, sem qualquer vestígio do infante de minutos atrás. Ao falar isto ela desabou de joelhos no chão e esmurrando a terra esbravejou: — Por que eu não tenho uma chama azul? EU QUERO!!! — Neste ponto sua voz já não era mais doce e sim distorcida.

Júlia que estivera questionando-se qual aberração seria a habilidade da garota a sua frente, surpreendeu-se ao ver que não era apenas a voz que mudava, mas a dona desta; no local que segundos antes era ocupado pela garota, agora estava uma massa verde disforme. Parecia uma grande bolota de barro, no qual foram esculpidos vários braços, rostos, bocas, asas e toda uma sorte de apêndices amontoados. Foi então que o entendimento lhe atingiu rápido como um sopro; Inveja! Aquela era a fada caída da inveja e de alguma forma ela parecia possuir habilidades que lhe configuravam a capacidade de agregar para si tudo aquilo que cobiçava nos outros.

Enquanto esperava a inimiga tomar alguma atitude, pela visão periférica Júlia correu os olhos ao redor, buscando algum sinal de aproximação dos reforços que a Comandante de Operações Juliet enviara, bem como tentando manter-se constantemente atenta ao posicionamento das outras. Neste instante ela constatou com grande alívio, que ambas estavam tão profundamente concentradas em suas destruições particulares, que ainda não haviam percebido o que ocorria.

Quando voltou novamente sua atenção para a inimiga a frente, percebeu que a "massa" começara a se torcer, alongando-se em alguns pontos e endurecendo em outros. Como se grandes mãos invisíveis estivessem moldando-a; um comprido pescoço delineou-se, encimado por uma cabeça de formato triangular, com duas fileiras de chifres pequenos na lateral da grande cabeça, indo do começo da boca, subindo até o alto do crânio.

Por todo o corpo, que não parava de crescer, escamas grandes como pratos de sopa surgiam. Uma formação que Júlia supôs ser uma cauda estendeu-se muitos metros do troco e nesta também apontaram espetos. Todavia, diferentes daqueles existentes na cabeça, não havia nenhum padrão linear. Era apenas um amontoado de estacas com diferentes tamanhos e ângulos diversos. As quatro patas que despontavam da estrutura central, possuíam quase a mesma largura da fada da gula, porém bem torneadas. Estas também eram recobertas pelas placas de aspecto duro e coloração fosca.

Júlia que estava tão concentrada diante do espetáculo de formação daquele ser sentiu-se paralisar, quando duas imensas asas membranosas se projetaram do dorso do animal quadrúpede. Ela tapou a boca com a mão esquerda, segurando um grito que terminou por sair através de seus olhos, esbugalhados diante da surpresa; a criatura abriu bem as asas, provocando grande deslocamento de vento e levantou a cabeça, urrando muito alto. Quando tornou a descer a cabeça, a transmutação já estava completa, até mesmo filetes de fumaça negra elevavam-se no ar ao sair de suas narinas.

A pequena alameda pareceu ainda menor diante do tamanho daquele ser. Júlia simplesmente não conseguia acreditar; um dragão! Ali na rua, em toda a sua imponência, à apenas alguns metros de distância. Estes seres fantásticos haviam sumido há muitos anos, destruídos completamente junto com a cidade flutuante e os descendentes. Não era possível que algo assim houvesse permanecido em segredo por tanto tempo. Aquilo não poderia ser um dragão! Mas por todos os Deuses ela não conseguia pensar em outra explicação.

A criatura a encarou por alguns segundos com profundos olhos amarelos alaranjados, tal qual âmbar recém-petrificado. Para em seguida movimentar a cabeça para cima, soltando um segundo e mais poderoso urro. Depois para os lados, até que a fumaça que saia de seu focinho desapareceu por completo. O dragão abriu a bocarra cuspindo uma gigantesca baforada de fogo abrasador; em um profundo tom de vermelho.

As chamas atingiram alguns dos pedaços de árvores que Gluthonia derrubara com suas mandíbulas incansáveis, derreteram um banco recém-transmutado em ouro, além de incendiar alguns dos telhados mais próximos. Bem como tingido de queimado todo o chão ao redor de Júlia, que era o principal alvo do hálito da criatura.

Júlia ainda ofegante sentiu seu peito vibrar quando a criatura urrou novamente ao ver que ela não havia sido atingida. A oficial experimentou uma vertigem passageira, devido ao grande esforço de invocar as feras do Mago Santo Amir, em tão curto espaço de tempo e sem qualquer preparação prévia. Suspirou aliviada ao constatar que estava completamente intacta, embora tenha sido por muito pouco e desta vez, diferente do que ocorrera na luta com Gluthonia, ela havia conseguido criar as feras, sem perder uma gota de magia além do necessário.

Ela sentia o calor reconfortante dos grandes felinos reluzentes ao seu lado. Júlia liberou as correntes que os prendia e pôs-se novamente em posição de ataque. Ela reparou que exatamente como ocorrera na luta contra o elemental, as feras flamejantes apresentavam traços da magia original utilizada para a invocação, o fogo azul da oficial, combinando com a energia absorvida do sopro do dragão; grandes trechos da chama avermelhada que agora formavam o corpo dos animais, contudo, eles estavam bem maiores. A fada sem esperar, havia alimentado seus inimigos.

Júlia, que já havia liberado os felinos de fogo, assolou as feras para cima do dragão, ordenando que o ataque fosse concentrado nas grandes asas membranosas, desta forma manteria o grande animal no chão enquanto tentava criar um plano de ação para lidar com as inimigas restantes.

Neste instante o som de sinos começou a ser ouvido, vinha de algum lugar nas proximidades, talvez alguém informando sobre o que supunha ser um incêndio. Mas foi quando ela correu os olhos para tentar localizar de onde provinha o som, a fim de verificar se seria possível fazer algum sinal; o que poderia dizer? Traga ajuda? Ou quem sabe, vá embora! Salve-se. Porem seu coração pareceu dilatar-se ao ver que alguns companheiros de ordem apontaram na rua, além do que um ponto luminoso surgiu no céu. Vindo em sua direção, tão rápido que ela mal teve tempo para se questionar o que poderia ser e já sabia a resposta.

Descendo com um grande alarido de vento no meio do campo de batalha: Juliet Versagi! Usava uma armadura leve, toda prateada com entalhes negros subindo pelas grevas até a altura dos joelhos. Este padrão de detalhe tornava a surgir na altura dos ombros, fluindo para trás. Terminando em um grande para de asas negras de metal. As manoplas eram escuras como breu, possuindo asas que surgiam pouco abaixo do punho, abrindo-se por fim na altura do cotovelo. Não havia capacete, mas, sim, uma tiara fina, que descia pelas têmporas, com pequeninas asas despontando, quase iguais às que surgiam nos tornozelos. Era a famosa armadura alada, que lhe concedia a habilidade de voar, atingindo grandes velocidades.

Deste ponto em questão adiante, a batalha assumiu proporções grandiosas. Ela perdeu de certa forma o senso da totalidade do ambiente e focou sua atenção no inimigo à frente. A imensa criatura tentava alçar voo, mas as feras invocadas, concentravam seus ataques nas grandes asas e retaguarda do imenso animal. E Júlia reconfortada pela presença de seus companheiros, achava-se de ânimo renovado.

A ação das feras proporcionava pequenos tremores no chão da alameda, uma vez que a cada nova tentativa falha de subir aos céus. O enorme dragão colidia-se nas paredes de alguns dos prédios próximos, rachando a fachada, derrubando parte da estrutura ou até mesmo sobre o calçamento de pedras escuras, criando crateras e fendas. Ela sabia que havia civis dentro das casas, mas não poderia ajudá-los agora.

Júlia saltava de um lado para o outro, esquivando-se de rochas sendo espatifadas ou colunas de terra surgindo próximo a ela. Estacas douradas pareciam surgir de todos os lados e então ela percebeu que a mulher alta com o toque dourado havia mostrado sua verdadeira face; uma espécie de boneco sem face, feito inteiramente de um metal com aparência fosca, muito escuro, com trechos enferrujados, inclusive pedaços lascados ou faltando. Havia ainda que manter sob constante vigilância os movimentos da comprida cauda espinhenta do dragão, visto que essa chicoteava o ar tentando manter os animais de fogo distantes.

Foi então que lhe adveio a ideia que tanto buscava, algo que lhe permitisse combater o inimigo; se a fada está transmutada nesta grande fera e aparentemente partilha das suas habilidades, provavelmente deve partilhar das mesmas fraquezas... Desta forma tenho que me aproximar o máximo possível, para lançar um ataque em seus olhos, única parte que não possui o revestimento de dura couraça, talvez consiga criar uma lança de fogo, poderosa o bastante para lhe transpassar o cérebro.

Devido a uma pequena distração de sua parte ao saltar para escapar de uma estaca de ouro, ela por alguns segundos parou de comandar os animais por ela invocados. Desta forma o tigre de fogo foi pego de surpresa, sendo arremessado em direção ao centro da luta, caindo ao lado do boneco de metal que por sua vez, fez surgir uma jaula de grades douradas ao redor deste. Parando os avanços da fera por tempo o bastante para se aproximar, em seguida o transmutou em uma estátua de ouro, antes que Júlia pudesse realizar alguma ação de resgate.

O leão de fogo em contrapartida, mantinha-se ágil no embate contra o dragão, perdendo em velocidade apenas para a comandante Versagi, que se movia tal qual um relâmpago estocando Gluthonia com uma comprida lança de duas pontas. Saltando para longe depois de cada novo golpe, aproveitando o fato de a fada estar meio suspensa no ar, lutando para se soltar ou devorar as amarras de vento que um dos Porteiros presentes havia invocado.

Quando Júlia corria para tentar alcançar o dragão; antes deste tornar a ficar de pé, após nova queda, a fera em um semi-giro do pescoço, conseguiu abocanhar o leão de fogo, que estava sobre suas costas, tentando dilacerar as grandes asas. Sacudindo a cabeça para os lados, a fada caída dilacerava seu inimigo, para o lançar próximo a oficial e terminar de o destruir com um movimento em "S" da cauda repleta de espinhos.

O dragão então abriu as asas e alçou voo, subindo acima das casas com um único ruflar. Neste movimento ele lançou em todas as direções lascas e destroços. Além de tornar mais vívida as chamas dos telhados vizinhos; fagulhas saltavam sobre os troncos caídos, os escombros e os presentes, naquele campo de batalha.

Por todos os lados moradores assustados irrompiam, os não soterrados é claro; fosse sob os umbrais incendiados de suas moradias ou unindo esforços para apagar o fogo. Contudo, a maioria deles permanecia imóveis, embasbacados de medo e surpresa, diante da figura gigantesca que descrevia círculos no firmamento sobre suas cabeças.

Júlia tentava ao máximo diminuir os estragos, desviando as labaredas cuspidas pela grande fera ou então apagando os focos principais de incêndio. Todavia era uma tarefa difícil demais para uma única maga e ela não poderia se esgotar como fizera, não cometeria este erro novamente. O dragão como que percebendo tal aspecto, teve seu ânimo renovado, atacando com maior ferocidade; abrindo grandes veios no chão da praça com suas garras, ao passar em voos rasantes.

O mago do ar que sustentava Gluthonia foi alçado pela fera; em uma mordida ela arrancou a cabeça e boa parte do trono dele. Jogando o corpo sem vida para cima, ela o engoliu ao mesmo tempo em que a fada da gula vomitava um pequeno furacão contra Juliet. A Comandante de Operações foi atingida e começou a ser arrastada. Num lampejo de luz ela trocou de armadura; invocando uma toda feita de pesado ferro negro, dotada de grossas correntes com as quais se fixou a terra.

Júlia parada do outro lado da alameda, olhava para o cenário a sua frente com horror. Tudo o que via era destruição; fogo e sangue pareciam brotar ao seu redor. Ela sabia que um inimigo alado, com aquele poder de ataque consistia em uma vantagem imensa para as fadas, desta forma, mesmo em número maior, os Porteiros não conseguiam lutar contra as mandíbulas de Gluthonia ou escapar do toque letal da outra fada, enquanto tinham que se manterem atentos aos golpes que voejavam sobre suas cabeças.

Ela é a fada da inveja... Antes de transmutar-se demonstrou interesse em meu fogo. Talvez eu possa atrai-la... Pensou ela ao mesmo tempo em que, fez surgir em ambos os braços correntes azuladas, que fingiu usar para influenciar os focos de incêndio, mais próximos. Enquanto em seu íntimo ela rezava para que os Magos Santos lhe ajudassem:

— Façam com que ela venha para cá — sussurrava ela.

O dragão completou mais um sobrevoo e descreveu no ar uma grande volta, postando-se então de frente para a oficial e abrindo bem as asas. Por alguns instantes pareceu pairar flutuando no ar, enquanto lançava uma baforada na direção dela.

Júlia neste momento mal pôde conter o riso que lhe adveio, ao perceber que o grande animal havia mordido a isca que ela preparara. Se não consigo atingir os olhos, então lhe destruirei de dentro para fora! Pensou ela voltando-se para a fera. Abriu os braços e incendiou-se completamente, no mesmo instante que o sopro incandescente da fera lhe atingia, cercando-a com um intenso tom rubro.

Todavia ela não sentiu nada mais que um pequeno solavanco. Afinal naquele momento, ela era o fogo. Conectada por completo com o seu elemento de poder, ela sentia o pulsar da energia dentro e ao redor dela. Por alguns segundos todo o mundo pareceu parar de girar ou talvez tenha sido ela que ao tentar avançar mais fundo na conexão, experimentou algumas gotas do que alguns chamam de onipresença; ela via toda a situação da alameda, não através de seus olhos, mas, sim, de diferentes ângulos, de cada foco de incêndio. Até mesmo de dentro do sopro do dragão.

O dragão tornou a se mover, ruflando suas potentes asas, lançando lufadas de vento uma atrás da outra na direção da tromba de fogo que estava à frente. Contudo o fogo, que neste momento era Júlia, não foi atingido, em verdade intensificava a cada instante, visto que a oficial subia fluidamente pela baforada do dragão, tal qual um grande salmão que nada corredeira acima.

Ela agora ouvia sussurros de lugares distantes, pessoas falando, animais que relinchavam nos estábulos. Não estava apenas ligada aos pontos de incêndio que assolava a região, mas, sim, no mundo inteiro; todos os lugares em que uma chama ardia lá estava ela. Todavia Júlia sabia que nada na magia é gratuito e cada passo que dava em direção a fonte primordial do elemento, mais diante ela ficava de si própria.

Era portanto, com um esforço grandioso que se mantinha focada na ideia que a trouxera ali inicialmente. Pensar no que fazia e porque fazia, dava a ela de certa um propósito; uma forma de conseguir continuar com a consciência. A fera parecia ter percebido qual o plano da oficial e agora estava caída no chão. Urrando e contorcendo-se como fizera nos instantes em que se transmutava de garota para dragão. Todavia não havia tempo para retroceder, afinal Júlia chegara, por fim, no princípio de criação, a fonte de essência mágica que ardia no interior do grande animal.

Tal qual ela suspeitara, a fada ao se transformar em dragão convertera não apenas o corpo, mas, sim, toda a sua essência. Assim como Júlia que não era mais uma maga elemental e sim o próprio elemento, vivo e pulsante. A fada não era mais uma fada caída e sim um imenso dragão, que possuía em seu interior, correndo em suas veias, a magia do fogo.

Ela podia sentir o desespero da fada, que aconselhada pela prepotência supunha ser indestrutível. Júlia levantou a mão e sem qualquer dúvida diante do que fazia, ordenou que aquela essência mágica a sua frente, que nada mais era que uma das muitas formas do fogo da vida, fosse extinta.

A fera não urrou ou teve outra ação além de simplesmente estender-se imóvel no chão. Uma massa verde disforme, repleta de partes desconexas que pouco a pouco ressecavam, esfarelando-se e sumindo no ar.

A oficial sabia que havia ido longe demais, exigido em excesso de se própria. Não teria possibilidades para retroceder, contudo não se sentia triste ou temerosa, como ela sempre supusera que o faria ao chegar neste momento. Ela seguia para os braços do infinito, faria parte da força primitiva da formação, viveria eternamente no íntimo da grande mãe e seria sempre lembrada como a maga que derrotara a fada caída da inveja.

LVIII

Lukcy

Sentado sobre um dos degraus da cabana, com a cabeça recostada na pilastra de sustentação. O peito arfava mais suavemente que alguns instantes atrás, todavia ainda estava bastante cansado, como alguém que não se alimenta direito ou dorme o tempo necessário, o que realmente estava acontecendo desde que encontrara o diário. Ele sentia-se esgotado não unicamente no aspecto físico, mas também no que se referia as suas emoções; a ingratidão e a desconfiança com as quais tratara Sidrak agora voltavam para lhe morder.

Lucky duvidava que o caderno de capa preta, no qual o phelino escrevia toda uma sorte de coisas; desde projetos e inovações técnicas de seu ofício. Até pequenas confissões, nas quais mostrava sempre caminhar lado a lado com o arrependimento. Houvesse sido elaborado com o intuito de agora servir como base para todo o pensamento negativo, que afligia o rapaz. Todavia mesmo que sua execução tenha sido para o phelino uma válvula de escape. Ter achado aquele diário fora para Lucky um golpe duro, porém necessário em seu ponto de visão.

Trazia o cenho franzido, como alguém que discorda diante de um pensamento ou que se encontra muito aborrecido diante de algo. Seus olhos, perdiam-se na observação do campo a frente. Fitava muito além dos trigais que ondulavam no fim de tarde, muito mais distante do que seria possível ver. Afinal sua atenção estava voltada para um local que ele não via exatamente com seus olhos físicos.

Tantas vezes havia observara o phelino quase nessa mesma posição, com o cachimbo de canola translúcida ao colo. Perdido em um mundo, que ele dissera muitas vezes parecer ser formado inteiramente de fantasmas. Nunca o havia compreendido até agora, neste momento em que bebia chá de raiz amarga, engolindo grandes goles por vez, para não ter que sentir o gosto ruim. Lucky experimentara por fim o que o phelino tantas vezes chamara de "estar aberto aos fatos incomuns do universo".

Pouco depois de ter encontrado as espadas, que Sidrak planejava lhe dar como presente, Lucky sentira-se nauseado. Era um misto de culpa, com uma dor seca que dava voltas em sua garganta. Ele que planejava ir embora, simplesmente não conseguia sair... Olhou toda a oficina com olhos assustados, como se aquela fosse a primeira vez que a visitava. Passou a mão sobre a mesa central, na qual uma pequena camada de poeira e limalhas de metal, tornavam a superfície áspera ao toque.

A cortina se inflou como uma vela, no momento em que ele abriu a janela. O lugar parecia diminuir — mais alguns segundos ali e não conseguira respirar, no entanto não fazia nenhuma menção de sair. O embrulho que continha as espadas pensava sobre seu ombro esquerdo, enquanto a mão direita, seguia pelo cômodo. Viva como se fosse um ser a parte, tocando em cada ferramenta, esquadrinhando a estante cheia de pequenos compartimentos, ele estava se despedindo. Finalmente o entendimento lhe chegara, aquela sucessão de ações estranhas, com ideias descompassadas e pensamentos desconexos, era uma espécie de despedida. Neste momento adveio o choro! Forte! Com um som rouco. Não era algo agudo ou sentimental como uma criança ou uma menina faria. Era um choro silencioso, que o queimava por dentro. Sidrak está morto! Ele teve então a certeza. Não poderia dizer como sabia, mas ele o sabia.

Percebera isto quando sua mão havia, por fim, estancou sobre um monte de projetos. Esbarrando no diário do ex-chaveiro; livreto fino de encadernação bastante simples, com uma capa preta, que constava com uma tira de couro para dar uma volta em todo o objeto.

(...) por vezes me pego como que voltando de um longo sono. Do qual trago comigo, além de um desconforto no peito, a cabeça cheia de imagens daquela noite; o pequeno ser tremendo no meio da chuva, na testa dois minúsculos pontos que luziam, no meio da escuridão. (...)

(...) Tremo diante da possibilidade do que teria acontecido, caso eu tivesse entregue a "chave do véu" para o maldito Djinn ... Ainda bem que Phitéia me inspirou... Espero que um dia eu possa contar ao garoto como tudo aconteceu, pedir-lhe desculpas pelo acidente que o tirou de junto dos seus e que é inteiramente minha responsabilidade. (...)

(...)Oh minha querida Katrin, no momento em que seus olhos se fecharam para todo o sempre, apenas a presença do garoto me manteve longe da insanidade. Temo apegar-me e talvez por este medo existir já não exista mais volta.(...)

(...) Não posso mais permitir que meu egoísmo tolde o direito de uma criança viver com seus pais. Mas o temor diante do desconhecido me tortura! Como posso mandar um desprotegido para um lugar, que nem ao certo sei onde é ou como faço para alcançá-lo? Há três noites não durmo... *Não consigo encontrar nada nos meus livros, nem posso pedir acesso aos arquivos certos. Isto poderia fazer surgir perguntas demais. (...)*

(...) Katrin, hoje sonhei com você. Foi apenas um sonho? Éramos uma família feliz, sentados à mesa, Lucky, você e eu. (...)

Páginas e páginas, nas quais muitas vezes ele era o principal assunto; as preocupações e dúvidas acerca do futuro dele, tão próximo de Enuewm. Ele que era tão diferente de todos no mundo e que nem ao menos conhecia tal condição. Havia trechos em que o phelino demonstrava sentir-se tão culpado diante do acidente que havia trazido Lucky para o meio dos trigais, que o garoto não conseguia mais terminar de ler aquela passagem e acabava saltando a página.

Foi devido a este padrão de ação, que ele mesmo sem procurar, acabou por encontrar os esquemas e diagramas para elaboração do artefato que Sidrak nomeou como "a chave do véu". Na verdade, eram as entradas mais recentes no livreto de capa preta, nas quais o phelino descrevia com o mesmo estilo de toda a sua escrita; ele escrevia como se estivesse conversando com a sua esposa falecida.

(...) acho que finalmente consegui algum progresso. Mais algum tempo e talvez consiga enviá-lo de volta, resta saber se conseguirei deixá-lo partir. Agora que ele é muito importante para mim. Tenho tanto para explicar, mais ainda para providenciar... Contudo, mesmo que este seja meu último projeto eu sei que o terminarei. Da mesma forma que sei que logo estaremos juntos, para todo o sempre (...)

E então o livreto terminou. Como uma história que é interrompida no meio, sem continuação ou qualquer indicativo de final. Apenas um ponto final em um parágrafo que não era o fim, não poderia ser. Sidrak havia conseguido terminar esta que ele considerava como a chave mais importante de sua carreira? Lucky não sabia, na verdade ninguém sabia ou poderia vir a saber, visto que o diário terminara sem qualquer aviso prévio. Mas ainda havia os diagramas de entalhes, um estudo de simbologia, feita com a letra garranchosa do phelino, mas com extrema precisão no que se referia ao traço.

Foi então que ele tomou a decisão, completaria a obra de seu mestre, como uma forma de homenageá-lo. Além do que, em sua mente ele sentia que caso conseguisse tal façanha o phelino o perdoaria. Tudo ficaria bem, talvez não da forma que havia sido no passado, mas em um aspecto distinto. Afinal não se pode simplesmente escolher retroceder, por mais forte que seja o desejo.

Todavia após ler com mais atenção as anotações feitas, dois problemas evidenciaram-se; O primeiro estava ligado ao material a ser utilizado, visto que a matéria-prima para a fabricação de uma chave sempre era variável, afinal não existem dois Porteiros iguais no mundo. O mesmo deve então ocorrer com seus instrumentos, uma chave deve ser constituída de forma a se tornar um complemento do empunhador.

— *As chaves são elaboradas como referências, servem para lembrar ao mago que ele tem o poder para atravessar o véu. Contudo a mente é astuta e nos prega peças, assim apenas com aquilo que confiamos é que se obtêm o resultado desejado. Para uma maga da terra, por exemplo, que matéria-prima você usaria Lucky?*

— *Uma pedra?*

— *Você está pensando pragmático demais... É preciso ser mais perceptível, verificar as características do futuro portador(a), tem-se que estar constantemente atento aos detalhes Lucky. Os detalhes é que são cruciais...*

Desta forma de que mais poderia ser constituída uma "chave do véu", senão de uma parte deste? Mas como conseguiria pôr as mãos em algo tão intangível? Afinal o véu nos cerca, fluindo ao nosso redor como o vento, invisível como este, porém ainda mais sutil. Como poderei fazer uso de algo assim para conseguir o que desejo?

Os questionamentos gerados pela exigência do material de constituição do artefato, foram logo suplantados para segundo nível quando ele percebeu que a maioria, para não dizer a totalidade, dos movimentos de condicionamento apresentados, eram desconhecidos. Aqui e ali havia uma anotação na margem da página, com uma seta evidenciando-a para descrever com maior precisão o posicionamento de determinado dedo ou o número de vezes que se deveria respirar entre um movimento e outro.

Lucky cada vez mais sentia dúvidas, sobre sua capacidade de reproduzir os movimentos descritos, resolveu que iria dedicar-se primeiramente a prática destes, enquanto tentava resolver o problema da matéria base. Deste momento em diante, os instantes em que ele não estava gotejante de suor ou ofegante devido as repetidas tentativas de adestrar o corpo a sucessão perfeita de gestual, descrita no diário de Sidrak e que era exigida para atingir o objetivo; a fabricação da chave do véu. Ele sentava-se à varanda da cabana, bebendo chá de raiz amarga para repor as energias, mordiscando pão escuro, enquanto deixava a mente vagar, revisitando o que havia lido.

Os trigais moviam-se vacilantes ao vento, parecendo com os fios loiros de Eve. Seu peito inchava quando lembrava dela. Uma sensação estranha que não ele não sabia ao certo como poderia chamar; amizade, amor ou algo assim. Mas que o deixava animado, com o corpo afogueado, como alguém que se aproxima demais de uma grande fogueira.

Foi então que observando o mundo se desenhar a sua frente, indo desde poucos centímetros abaixo do degrau em que estava sentado, até o infinito horizonte, no qual a visão se perdia. Lucky teve uma ideia audaciosa. Mas que possuía lógica o bastante em sua formação, para que ele simplesmente pudesse ignorá-la. Sendo assim, correu para dentro na direção da pequena oficina. Apanhou o embrulho em que seu presente de aniversário estava guardado e saiu zunindo da cabana, correndo na direção dos trigais.

Sidrak havia lhe explicado que o véu fora erguido mediante o sacrifício dos Magos Santos, que eles doaram suas vidas e magias para que essa grande barreira fosse erguida mundialmente, separando o mundo dos humanos, de toda as regiões habitadas por criaturas mágicas. Desta forma, o véu mesmo possuindo uma dimensão gigantesca, nada mais era que um feitiço, uma barreira mágica.

Sua intenção era então fazer o que vinha fazendo desde que fugira do confronto com Gluthonia. "Produzir magia" mediante o emprego dos movimentos de condicionamentos que aprendera. Todavia não bastava simplesmente invocá-la e deixar que esta ficasse flutuando ao seu redor, como ele fazia para que pudesse absorver a essência mágica. Uma vez que em pouco tempo se perderia e antes que ele completasse a segunda bateria de posturas, tudo aquilo que fora reunido já teria se dissipado. Ele teria que direcionar a energia obtida, para algum ponto e o que seria melhor para fazer isto do que as espadas que se encaixavam, criando um único objeto.

Com as espadas empunhadas ele posicionou-se no meio do círculo que havia aberto na plantação. Fechou os olhos e respirou fundo, deixando que o ar ao sair de seu corpo levasse consigo todo o mundo. Um pedaço por vez ele foi desligando a mente de qualquer outra coisa que não fosse o seu objetivo; invocar essência mágica do ambiente e direcioná-las para as lâminas em suas mãos. O pé direito moveu-se alguns centímetros para a frente, deslizando pouco acima do solo, coberto de palha e espigas de trigo maduras. Escolhera um ponto que não seria visto da cabana ou de qualquer ponto nas proximidades da casa, exceto por alguns pássaros que volteavam a acima de sua cabeça, ninguém a veria.

Então, como se uma mão invisível houvesse dado o sinal ou soltado as correntes que o prendiam, Lucky começou a sua "dança", que mais parecia uma mistura de meditação com exercícios de arte marcial. Ele movia-se constantemente atento a sua respiração, que deveria ser equilibrada do começou ao fim. Ao terminar ele poderia deixar-se cair de costas, ofegante, esfogueando com todo o corpo marcado por suor e caibras. Mas durante a execução nada poderia desviar sua atenção, teria que estar focado ou não daria certo.

Com o passar do tempo e progresso das posições, as espadas zuniam cada vez que ele se movia, tal qual um material que está constantemente sob pressão. As palhas de trigo estavam revolvidas pelos passos e meneios de pernas. Há muito as espigas achavam-se quebradas, grãos de trigo espalhavam-se dentro do perímetro dos movimentos de Lucky. Pequeninos pontos de luz começaram a surgir no ambiente ao seu redor, concentrando-se em sua maioria sobre as lâminas que ele unira poucos instantes antes.

Lucky sentia seus chifres pulsando no alto da cabeça, em uma muda confirmação de que o seu plano estava dando certo. Ele em momento algum duvidara que conseguiria chegar até este ponto, o problema residia exatamente no que viria a seguir. Uma vez que teria apenas uma chance para acertar, caso contrário teria que se deixar repousar para tentar novamente.

Neste instante ele comprimiu os olhos, a fim de tentar enxergar os símbolos misteriosos que o phelino havia rabiscado nas margens, com indicativos de posicionamento bastante precisos. Com uma das pontas da espada ele riscou o chão, enquanto transmitia sua atenção para o firme propósito de construir o artefato desejado. Uma vez que não possuía uma matéria-prima para esculpir ou forjar, Lucky viu-se obrigado a criar a "chave" do nada. Desta forma ele decidiu utilizar o que estava ao seu alcance e passou também a focar a magia condensada, mediante a execução do segundo grupo de movimentos, nas espadas ganhas de Sidrak.

Os símbolos gravados no chão ascenderam, refulgindo um brilho azulado. Mas diferente de outras fontes de luz, não era algo que iluminava o espaço ao redor, na verdade o próprio Lucky, bem como a espada, cravada no solo, estavam resplandecentes, cobertos por uma finíssima camada de energia luminosa.

Seus chifres agora atingiram um nível de pulsação tamanho, que ele temeu por sua cabeça; parecia que essa iria romper ali no meio do trigal. Seu corpo vibrava inteiramente, devido ao cansaço físico, como também diante do acúmulo de energia, que de tão palpável fazia o ar assumir um aspecto mais denso.

Ele aproximou a mão trêmula do cabo de empunhadura da arma, sentido nos dedos uma dormência morna. A lâmina cortou o ar produzindo um som oco, muito melodioso, como o que se conseguiria mediante o choque de dois pedaços de bambu maduro. A última coisa que ele viu foi a lua despontando amarelada no horizonte e então quando ele terminou o movimento com o braço, descendo a lâmina, já não estava mais nos trigais.

Eram ao todo vinte ou trinta, pequenos casebres de barro vermelho, com telhados de palha seca, dispostos em linha, formando uma espécie de grande "U". No centro do qual havia uma fogueira, chamas altas lambiam animais de porte médio, cinco deles ao todo, parecidos com um porco selvagem. O cheiro de carne queimada, pele estalando e pingando gordura, lhe encheu a boca de saliva.

Para todo os lados em que olhava, encontrava portas e janelas fechadas, a vila parecia abandonada, embora ele ouvisse sussurros vindos do interior das cabanas, não conseguia ver os seus ocupantes. A sensação de ser observado era tamanha, que por duas vezes ele voltou-se a fim de encarar o seu possível observador; tudo que encontrou foram janelas tornando-se a fechar no momento em que as encarava.

— Olá... Será que alguém poderia me dizer onde estou? — falou ele para ninguém em especial, mas em um tom de voz que ele supunha ser o mais claro possível. Estavam com medo... O que era óbvio, ele um Qnai, empunhando armas e surgindo do nada. Qualquer criatura mágica, estaria tremendo de medo.

O brilho que havia ao redor das lâminas sumiu quase que por completo, quando ele a dividiu novamente em duas e as prendeu no suporte de couro em sua cintura, cruzando os braços na frente do peito desnudo. Uma vez que não apenas ele havia desaparecido no trigal e ido parar sabe-se lá onde. Mas também todo o círculo de palha onde estivera realizando os movimentos. Porém a camiseta havia ficado na varanda de Sidrak.

Foi então que ele ouviu uma porta rangendo. Alguns metros de distância, à frente da cabana que ficava mais próxima da fogueira no centro. Estava um homem magro, aparência bastante idosa e com um par de chifres que se estendia alguns centímetros de sua testa, mais ainda assim uma proporção bem menor que os de Lucky. O velho usava uma túnica sem mangas, feita de couro marrom. Caminhava descalço em direção a fogueira, apoiando-se por vezes em um bastão de madeira clara, o qual possuía no topo uma cabeça com chifres.

Ele observou Lucky por um tempo aproximado de cinco minutos. Sem falar nada correu os olhos por todo o garoto, olhando para seu dorso nu e coberto de suor; algumas palhas estavam grudadas na pele clara, assim como seu cabelo desgrenhado. Balançou suavemente a cabeça ao analisar os chifres do garoto, como se estivesse concordando com algo. Até que finalmente seu olhar correu de uma espada para outra, observando a forma curvilínea das lâminas e o brilho já quase imperceptível que se destacava na região mais próxima a empunhadura.

O velho estendeu a mão, parando alguns centímetros de uma das armas. Lucky viu um pequeno fio de energia estender-se, provocando um estremecimento na ponta do dedo do ancião.

Até que com uma voz incrivelmente potente para sua aparente fragilidade, o velho bradou:

— Foi dito há muito tempo passado, que quando um Qnai pudesse usar magia, não roubar ou emprestar, mas, sim, criar. Neste dia então o príncipe prometido viria e nos retiraria do deserto de sofrimento em que hoje vivemos.

Neste momento Lucky percebeu que para todos os lados que olhasse havia crianças e mulheres aparecendo, algumas as mais tímidas, o espiavam ainda dentro das cabanas, todavia existiam aqueles, principalmente as crianças, que correram para fora aglomerando-se ao redor da fogueira, do velho e dele.

Fluindo de seu estômago para todo o corpo, uma sensação fria lhe tomou completamente por dentro. Todos que viu; mulheres, meninos, meninas, velhos, todos, possuíam chifres. Normalmente os cornos femininos eram menores e mais torneados, enquanto os dos meninos e velhos eram mais retos, possuindo um aspecto mais rígido.

Ele estava no meio dos seus, como tantas vezes desejava. Mas agora que havia conseguido o seu objetivo, mesmo sem saber bem por que se sentia mal. Talvez fosse o estado precário que via ao seu redor, não apenas no que se referia as moradias, mas também as crianças que pareciam incrivelmente famintas. Além de um fato que o deixou muito desconfiado; não havia homens exceto os muito idosos.

Suas reflexões, contudo, foram cortadas quando ele ouviu o velho, falar ao mesmo tempo que erguia o cajado:

— Irmãos e irmãs! Saúdem o nosso príncipe! Aquele que carrega as espadas da grande lua, capaz de cortar as dobras do véu e chegar até nós... Todos saúdem nossa libertação!

Nem bem o velho disse isto, todos da vila gritavam e uivavam, batendo palmas, correndo na direção do garoto para cercá-lo. Todos queriam tocar o salvador, provar que ele estava realmente ali, vindo do misterioso mundo além do véu, para conduzi-los até a liberdade.

LIX

Allan

O silêncio entre os presentes no recinto reinava soberano, reverberando nas paredes e inúmeras portas. Escorrendo por sobre suas faces como um veneno viscoso, que infectava todos no portário. Allan mal chegava a piscar, tamanha a tensão que sentia.

Antony era um humano tocado, com não mais que dezenove anos e como é bastante comum neste período da vida, possuía uma grande dose de egocentrismo, levava-se muito a sério, acreditando que suas habilidades mágicas, por serem raras, o tornavam especial ao ponto de ser indispensável.

O tolo rapaz aparentemente havia encontrado tempo entre preocupar-se com seus belos cabelos negros e mostrar todos os dentes, incrivelmente brancos a cada sorriso, conseguindo desempenhar suas atribuições de forma impecável. Havia sido ele, ainda que por um pequeno intervalo de tempo, entre seu contato e o de Mireya, que informara a Allan que Macalister Duílio estava presente na sede da Ordem; visto que havia seguido o ex general até lá, coincidentemente na mesma noite que as fadas caídas escolheram para fazer a invasão.

Allan que havia atribuído aos oficiais sob suas ordens, a missão de manterem constate vigilância sobre o paradeiro e as ações do ex-general. Preocupava-se, contudo, com a ausência dos irmãos Cimarelli e Índigo, a bela garota ruiva que conhecia alguns segredos de magia lunar. Apenas Mireya e Antony estavam ao seu lado, embora ambos tivessem se mostrado muito capazes, ele estava temoroso.

Talvez com Firewalker ao seu lado..., Mas não havia como localizá-la, sabia apenas que ela em companhia do "membro honorário" Zenith, estavam nos andares superiores, lutando ao lado de Megaha e Mathew. Contra fadas caídas e seus servos, ao menos havia sido essa a informação que Zenith lhe transmitira, no momento em que seus pés cruzaram a soleira de uma das muitas portas daquele lugar.

A crescente atmosfera de guerra o preocupava, ele não admitiria isto, é claro. Ainda assim, ao pensar na forma como o ex-general atacou a mulher no parque, Allan sentia-se profundamente inquieto. Uma vez que ao ser atingido o ponto, em que é possível atacar um bebê recém-nascido, não há muito mais que se possa manter em relação a limites. Este era o maior receio do executor, mais até do que a associação de Macalister com a criatura de sombras. O fato de o ex-general parecer disposto a absolutamente tudo.

Desta forma ele teria que se concentrar em parar o ex-general, afinal se as suas suposições estivessem corretas. Macalister estava envolvido em muitas outras coisas além do ataque há vários cidadãos inocentes, talvez ele fosse até mesmo o responsável pela destruição dos pilares. Quem sabe onde ele poderia parar? Não! Como executor chefe das leis mágicas, não posso permitir isto, pensava Allan. Mas não conseguia afastar para longe de si a pergunta chave; por que aquele velho herói, chegara a este ponto?

— Macalister Duílio, em nome da comissão de leis mágicas, eu o detenho para averiguações das seguintes acusações: Assassinato, alta traição e associação com as forças das trevas — falou Alan saindo finalmente do âmbito de suas conjecturas, enquanto evitava de olhar para os dois corpos sujos de sangue, estendidos no chão a sua esquerda. Preferia ignorar que ambos estavam praticamente nus e despedaçados.

Entretanto o velho não respondeu, apenas os observou silencioso, ao passo que descruzava os braços, pondo-se em posição de ataque. Por toda parte do portário, sombras oscilavam como chamas de velas. Fiapos negros elevavam-se muito acima dos pontos de origem, subindo pelas paredes ou escorrendo pelo chão, fluindo na direção do velho, mas antes criando uma malha por sobre as portas; impedindo qualquer tentava de escapar.

Neste momento o velho mago do ar parecia um fantasma; um rosto branco e macilento flutuando no meio da escuridão. Tal efeito era potencializado pelo fato das roupas e a capa que vestia por cima, serem negras. Uma coisa, entretanto, deixou Alan desconcertado. Foi apenas por um momento, um lampejo por assim dizer. Mas o executor chefe, poderia jurar que uma expressão de dor e desalento surgiu na face do ex-general. Por alguns segundos, ainda que muito passageiro, Allan o viu como um velho cansado; da vida, dos erros cometidos.

Logo todo o sentimento de pena que lhe adveio, sumiu por completo no momento em que a fisionomia do velho mudou. Mais rápido que um piscar de olhos e tudo o que havia era maldade, ganância e um desejo assassino que fez Allan recuar inconscientemente.

— Você acredita em uma verdade morta senhor executor... Poderia ser escrito um livro com apenas as coisas que você e seus asseclas desconhecem a respeito do nosso mundo. — Falava o ex-general com um tom marcado pela fúria. Neste momento ele era uma figura desfocada, envolto por camadas finas do "tecido" que conjurava, a partir das sombras do recinto.

Allan sabia o que viria a seguir, as sombras ganhando vida e substância, podendo atacar de qualquer lugar. Tentáculos de consistência fria e esfumaçada — capazes de se tornarem muito afiados caso fosse necessário. Zenith o mostrara com telepatia, ele próprio havia observado, afinal lutara contra, mas, ainda assim, parecia impossível...

Sempre ouvira histórias dos feitos prodigiosos de alguns indivíduos, dotados de poderes mágicos incríveis. Macalister era um destes; O senhor do Vento Leste, O mago invisível, entre outros tantos apelidos. Mas agora, que ele parecia finalmente prestes a entrar em uma das lutas épicas, que sempre lhe atiçaram o imaginário. Não foi o poderoso mago do vento que ele viu, mas, sim, um velho com ares de louco, que movia as sombras a sua vontade. Algo não está correto... Pensou Allan quando entrou em formação em "V" com os dois oficiais presentes.

Macalister estava cercado por sombrios tentáculos, em diferentes tamanhos e espessuras. Movimentando-se a esmo a partir de algum ponto atrás do velho. Allan reparou também que toda a região próxima ao ex-general, estava alguns tons mais escura. Portas, piso, parede, tudo parecia sumir no meio de toda aquela profusão de sombras; mais pareciam serpentes, algumas vezes até atacando a si mesmas. O velho, abriu as mãos, apontando para eles. Logo, seguindo a ordem silenciosa do mago, três tentáculos atacaram. O de maior proporção rumou direto para Allan, enquanto os dois mais afiados partiram na direção dos dois oficiais.

Antony que já estava com a arma mágica em punho, saltou para trás enquanto a punha na sua frente. Um espelho de mão de tamanho médio, com as costas feitas de metal prateado e lustroso. O objeto era coberto de inscrições até o limite do cabo, feito de material claro, muito semelhante a osso raspado. O dono o empunhava como se fosse uma espada e quando o utilizou para aparar o ataque. Um círculo de luz prateada surgiu debaixo dos pés do jovem, desaparecendo logo em seguida, em companhia do tentáculo negro que o atacara.

A oficial enviada por Mathew estava do outro lado de Allan. Este pouco sabia dela, exceto que possuía incríveis habilidades de rastreio, bem como de vigilância. O que na opinião do executor era um certo contrassenso, uma vez que te onde sabia, Mireya era cega.

Quando o tentáculo se aproximou dela ao ponto de quase tocá-la, o executor chefe supôs que seria acertada e já estava para ajudar. Entretanto para a surpresa dele, ela postou-se de lado; o atacante passou direto por ela, que aproveitando isto o atingiu usando a palma da mão direita, com os dedos vergados como garras. O tentáculo contorceu-se e do princípio até o ponto em que sumia atrás das costas de Macalister, desapareceu com um pequeno estalo esfumaçado.

Allan, por sua vez, recuou alguns centímetros para trás ao mesmo tempo em que lançou os braços para frente. Dois murros de pedra elevaram-se em diagonal, formando uma quilha a frente, partindo o tentáculo que o tentou acertar. Justamente quando estava pronto para recuar mais um pouco e reforçar a parede a frente. Ele ouviu Macalister gargalhando:

— Um ladrão e uma banidora de magia... Estes sãos os reforços que traz para me enfrentar? Você é mesmo um tolo... Ninguém para um enviado divino! — Berrou Macalister.

As sombras pareceram neste momento mais vivas do que em qualquer outro, tentáculos e mais tentáculos agitando-se ao redor do velho. Foi quando Mireya falou:

— Não é magia elemental deturpada, é magia antiga! Isto que enfrentamos não é o poder do ex-general é algo...

Neste momento duas fendas surgiram de cada lado de Macalister, como se uma faca afiada houvesse provocado um rasgo no ar. Dentro destas aberturas era possível ver os irmãos Cimarelli, flutuando suspensos por uma espécie de teia, formada por fios de sombra. O ex-general, começou a movimentar os dedos de ambas as mãos, como se fosse um titereiro, que prepara suas marionetes para um espetáculo. Testando cada amarra, verificando se está tudo muito bem preso. 475

— Deixemos que os mestiços que lançou sobre mim, sejam brandidos de volta para você — falou Macalister quando os irmãos saltaram de dentro das fendas existentes e correram em direção aos dois oficiais de Allan.

O executor chefe, percebeu que os irmãos estavam com uma aparência pálida, cabelos desgrenhados e profundas olheiras marcando o rosto. Megan trazia alguns aranhões nos antebraços e os dedos de ambas as mãos ensanguentados, o que fez Alan supor que ela mesma havia se arranhado. Ficava no então no ar a pergunta; porque, por qual motivo ela fizera aquilo?

Contudo, embora eles estivessem visualmente abatidos, os irmãos moviam-se com uma velocidade incrível. Atacaram Antony e Mireya como se a permanecia daquilo que eles mais amassem na vida, dependesse disto. Megan parecia uma fera em corpo humanoide; dentes expostos, rosnando e com a cauda em riste. Ela arriscava um ataque com suas unhas afiadas, para depois retroceder. Parecia tentar cansar ou confundir Mireya. Ryan por sua vez, lançava estacas e lanças de um material translúcido, que Alan logo percebeu tratar-se de gelo. Um raro subtipo de magia da água.

— Esta é a verdadeira magia, é assim que ela se parece senhor executor ... O Senhor criador de tudo elevou-se por vontade própria de um abismo escuro e vazio... Você é um tolo se ainda não percebeu! Não há mais pelo que lutar. A vitória já é nossa desde o princípio — falou Macalister descendo as mãos e unindo-as, como alguém faria para manter algo preso sob o aperto dos dedos.

Alguns tentáculos acompanharam o movimento do mestre e se aglutinaram na frente dele. Sobrepondo-se e torcendo-se uns sobre os outros, unindo-se finalmente numa versão menor, da criatura formada de sombras que ele vira no parque. Porém diferente do passado, agora havia traços humanoides.

— Você está aliado com as fadas? Empenhado em destruir algo pelo qual dedicou tanto tempo de sua vida para proteger? Admiti que é um traidor? — perguntava Alan querendo ganhar tempo.

Uma vez que ele planejava pegar o inimigo de surpresa, evitando assim uma luta desnecessariamente longa. Além do que, alguns momentos atrás, uma explosão e pequenos tremores havia chegado até eles. Vindo dos andares superiores, onde ele sabia acontecer uma luta de grandes proporções.

— Pobre executor... Tão tolo... Eu não estou aliado com as traidoras e sim com algo superior! — Esbravejou Macalister, ao passo que rompeu os últimos fios que se enroscavam formando a criatura das sombras. — Eu fui tocado pela divindade!

— A quem se refere quando fala algo superior? — perguntou Alan, enquanto uma parte de sua mente se concentrava em juntar a energia necessária para a ação que planejava realizar em seguida.

— Eu sirvo ao futuro! Olhe para os lados, os pilares estão caindo como se fossem feitos de palha, toda a sociedade mágica, tremendo debaixo das cobertas. Não seja tolo, junte-se a nós enquanto há tempo... — falou o velho sustentando a mão direita no ar, como que apenas aguardando a resposta de Alan. — Ainda não percebeu que este mundo está decadente?

Aquelas palavras foram para Alan a confirmação daquilo que ele vinha supondo. O ex-general não agia sozinho; em um primeiro momento ele parecia estar do lado das fadas, mas se ele insiste tanto que é aliado de algo maior... Talvez exista outro alguém que até agora está à margem de todas as suspeitas. Pensou Allan enquanto observava com atenção o velho a sua frente, não havia qualquer resquício do que ele vira antes; dor, cansaço, nada! Apenas desejo insano de atingir seja lá quais fossem os objetivos.

— Este futuro ao qual se refere... O que espera ganhar? — perguntou Alan ao mesmo tempo em que fechava o punho direito, concentrando energia nele. Formando em sua mente uma imagem mental, porém ampliada de sua própria mão.

— Um mundo unificado, em que a magia e aqueles que a utilizam tenham o seu lugar de direito; o comando de tudo! Falta pouco senhor executor, muito pouco! Logo os verdadeiros mestres da magia se libertarão e sem todos os sucessores nada poderá ser feito! — Macalister disse todas essas palavras em um jorro único, até que percebeu que havia falado demais e calou-se trincando bem os dentes.

A mão que estava suspensa, segurando o avanço da criatura sombria invocada, desceu abruptamente. O ser de corpo esquio e fosco, parecia sugar toda forma de luz ao seu redor. Partiu na direção de Alan, não possuía mãos, e sim grandes garras. Os dedos haviam crescido e adquirido pontas afiadas no curto espaço até ele atingir o executor chefe.

Allan girou para o lado, ao passo que rapidamente se baixou socando o chão. Um imenso braço surgiu da parede de pedra que ele havia criado antes, a fim de parar o ser sombrio. Junto com este movimento, Allan pôs a mão esquerda dentro da roupa, retirando discretamente de dentro do relicário que trazia ao pescoço, uma semente muito parecida com a de cardamomo. Contudo não a utilizou neste momento, a manteve então presa, entre os dedos indicador e médio da mão esquerda, aguardando o instante crucial.

O soco que Allan havia desferido anteriormente, projetou se uma escala muito maior, agarrando a criatura e a elevando até atingir o teto, muitos metros acima. A manta negra, que era o inimigo, ficou achatada entre o Pilar conjurado por Alan e o teto abobado do portário; presa sobre a palma da imensa mão. Aproveitando o momento, o executor chefe atacou o ex-general, supondo que este por sua vez estaria distraído o bastante para se deixar atingir.

Retirando o braço de dentro do resto da parede de pedra; essa retraiu-se, regressando para o solo. Allan agachou rapidamente, com a perna esquerda aberta e todo o corpo apoiado no joelho direito. Golpeou o chão com ambos os punhos e a partir deste ponto de contato, uma ondulação surgiu no chão, fluindo velozmente na direção de Macalister. Ele tencionava derrubar o inimigo ou pelo menos desequilibrá-lo, para que pudesse redirecionar a energia gasta com a coluna de pedra, em um ataque certeiro.

Contudo para seu total desapontamento, Macalister estava flutuando alguns centímetros do chão. Suspenso por alguns tentáculos que se agarravam na parede, pouco acima de sua cabeça e também ao teto. Desta forma, a tática empregada por Alan, não surtiu o efeito esperado, em verdade, excetuando o pequeno tombo que provocou em Ryan Cimarelli, fato muito apreciado por Antony, não causou efeito algum.

Macalister juntos os braços em "X" na frente do rosto e então libertou as sombras que estavam detrás dele, nem bem descruzou os antebraços. Uma onda de sombras elevou-se, partindo na direção do executor. Mais negras que as águas do mar noturno e mais densas também. O ataque enviado pelo ex-general, dividiu-se próximo de Allan, tornando a se unir as costas; desta forma ele estava cercado.

Lâminas elevaram-se em vários pontos, no espaço ao redor do executor chefe. Negras como obsidiana, porém sem qualquer resquício de brilho. O ar estava cheio de um movimento de fricção, cada vez que as armas negras eram brandidas, chicoteavam nas mais diversas direções ao passo que deslizavam para mais próximo dele. Allan vendo-se cercado, sabia que em pouco tempo não teria como fugir.

Sendo assim ele resolveu que já estava na hora de pôr os seus planos em prática; abriu a mão esquerda, separando bem os dedos. A pequena semente verde que estava guardada na junção dos dedos, desapareceu dentro de uma fenda, que surgiu no chão, fechando-se logo em seguida. Ele concentrou-se para sua energia sintonizar com a do solo a seus pés. Logo, logo, o ex-general teria uma maravilhosa surpresa, riu-se ele internamente.

Lançou um rápido olhar ao seu redor, apenas para se certificar de que Mireya e Antony conseguiriam suportar o embate com os dominados irmãos Cimarelli. O que viu lhe encorajou mais até do que poderia desejar; Megan saltava para trás, sendo por vezes erguida pelos tentáculos sombrios que a controlavam, para que ela pudesse se manter a distância dos ataques de Mireya, que por ser uma banidora mágica, atacava fazendo uso dos princípios de uma luta a curta distância.

Antony, por sua vez, também não deixava em nada a desejar. A arma mágica que ele possuía; O espelho de Narciso que lhe concedia a incrível habilidade de utilizar os reflexos como bem lhe aprouvesse. Desta forma não apenas ações físicas, como também mágicas, poderiam ter seu efeito reduzido ou ampliado, além é claro de desviado. Como por exemplo, no momento em que Ryan lançou estacas de gelo em Antony, este utilizou o espelho para refletir o ataque, porém com intensidade maior, causando danos em seu inimigo e também nos tentáculos que o moviam.

Constando que a luta de seus oficiais estava em pé de igualdade, Allan tranquilizou-se o bastante para concentrar toda a sua atenção em Macalister. Os braços sombrios que este havia invocado, atendendo a uma ordem silenciosa começaram a atacar. O executor utilizava-se de sua magia para deslizar pelo chão de terra, fugindo dos primeiros golpes. Entretanto quando estes se intensificaram ao ponto de surgir de todos os lados, ele foi atingido ao mesmo tempo no ombro esquerdo, coxa direita e um pouco abaixo das omoplatas.

Macalister gargalhou enquanto afirmava para Allan:

— Você deveria ter desistido quando ainda havia tempo.

Assim encorajado pelos ferimentos causados no inimigo ele abriu bem as mãos, levanto-as. O mar de sombras que cercava o executor chefe subiu em vários pontos ao seu redor, tornando a descer sobre ele. Envolvendo-o como se ele estivesse realmente dentro d'água. Neste momento parecia que ele havia chegado ao limite de suas forças, não podendo lutar e se deixando afundar.

Tudo ao redor era escuro, os sons pareciam deslocados, vindos de um lugar bem distante. Havia também a sensação de umidade, não era um frio propriamente dito, mas, sim, um sentimento gotejante. Até mesmo a voz de Macalister parecia desfocada, ele falava algumas coisas, que pareciam vir de outro ser. Palavras incompreensíveis em tons às vezes graves e outros agudos.

Muito rapidamente Allan viu algo a sua frente. Demorou outro tanto para perceber que se tratava de um minúsculo trecho de luz. A semente estava começando a agir? Questionou-se ele, para logo em seguida obter uma resposta; gemidos esbaforidos começaram a serem ouvidos.

— O que é isto? Ramagens de benjoim? Maldito! — Soou a voz de Macalister através das sombras.

Então ele havia conseguido! O velho supondo que o havia cercado, não percebera que ele plantara a semente. Enviando-a pelo subsolo até a região abaixo do ex-general, enquanto gastava energia e tempo, um esforço que se mostrou bastante válido, uma vez que a semente ecloda, as ramagens rumariam em direção a maior fonte de magia em uso nas proximidades. Envolvendo-a, alimentando-se para crescer. Desta forma quanto mais tempo Macalister mantivesse aquela prisão de sombras, mas a planta aumentaria de tamanho, terminando por aprisioná-lo vivo.

Talvez ele já estivesse bem preso. Pensou Alan, se não se render logo, para que eu cancele esta magia, se tornará uma árvore, afinal as ramagens crescem com uma velocidade absurda. Mas ele também notou que redoma negra que o cercava, não diminuiu de tamanho ou intensidade. E a voz com alternância de tons voltara, juntamente com uma sensação de dormência. Não apenas física, mas como se um fluxo de energia o envolvesse, percorrendo cada centímetro de seu corpo.

— Allan... Eu conheço você... Allan cuecas rasgadas! Não foi assim? Não foi assim que você foi chamado por Raehgo?

O coração dele disparou... Sentiu mesmo que em menor âmbito, devido a dormência, sua face ruborizar-se. Aquele apelido perseguira-o por meses após sua derrota para Raehgo.

Eu não sabia que ele tinha aquela adaga, quis gritar Alan. A imagem de suas calças e cuecas rasgadas... Ele caído de costas no chão, derrubado pela força do golpe da raríssima segunda arma de Raehgo, dotada de uma lâmina, capaz de cortar qualquer coisa, até mesmo magia.

— Sim... Ainda vejo dor em você pelo que ele lhe fez passar. Muitos riram de você, não apenas ele, muitos outros... Não quer vê-los pagar? Afinal você nasceu para ser venerado! Ao menos era isto que seu pai planejava, não era?

Agora não era mais raiva e sim medo. Havia algo que ele não compreendia, como o ex-general poderia saber de tantos detalhes? Como conseguia manter a magia? Já deveria estar transmutado em árvore... Será que ele arrumou uma forma de libertar-se? O que está acontecendo? E então ao perceber que a voz vinha de todos os pontos ao seu redor, a pergunta que mais o inquietava, por fim veio à tona; este ser que fala e Macalister, são realmente a mesma pessoa?

— O velho está no fim..., mas é teimoso demais para saber quando encontrou uma mente mais poderosa que a dele! — disse a voz sem rosto, como se estivesse lendo a mente do Executor. — *Não entende? Você derrotou Macalister Duílio! Ex-general da Ordem dos Porteiros, considerado como maior mago do vento, depois de Phitéia! Que importa se no passado perdeu um combate qualquer, hoje você se tornou uma lenda.*

— Sim... Eu o derrotei. E você, quem é você? O que é você?

— Sou o vento que sussurra e a terra que verdeja. Sou a água fluindo e o fogo ardendo. Sou a morte e pestilência, mas também o renascimento... Um dos poucos que ainda percorrem esta realidade E se você permitir quero ser seu servo, responderei todas as suas perguntas... Permita que eu o ajude, para que tenha todos os seus sonhos alcançados...

Allan não conseguia compreender direito o que ocorria, porém sentia-se tentado a aceitar. Mas em contrapartida também havia muito receio em seu íntimo. Que tipo de truque era aquele? O que era exatamente aquilo que falava com ele? Macalister já estava aprisionado, logo não teria nem como mover-se. Por que tudo aquilo continuava acontecendo? Até que para sua surpresa maior, vindo dos pontos mais remotos de sua mente, uma resposta chegou aos lábios. E antes mesmo que pudesse pensar em refreá-la, já havia pronunciado:

— Sim, eu aceito.

— *Que assim seja...*

Tudo ao seu redor começou a voltar ao campo de visão. Não estava de pé como supunha e sim deitado. Antony e os irmãos Cimarelli, estes últimos já livres da influência de Macalister, estavam ao seu redor. Mireya estava parada, tocando o tronco de uma bela árvore de folhas pequenas e cachos de flores brancas, a qual provavelmente surgira no lugar de Macalister.

Allan tentou levantar, sendo amparado por Ryan; este exibia um profundo corte na face direita. O Executor chefe ainda estava aturdido, mas em seu íntimo sentia uma fera rugindo, dizendo que ele havia derrubado Macalister Duílio. Ele, Allan Dupon havia conseguido equiparar-se aos heróis épicos que tanto admirara.

LX

Michel

Ele estava deitado na cama atravessando-a no sentido da largura, com ambas as mãos cruzadas atrás da nuca e a cabeça pendurada para fora. Fitava desta forma a noite ir pouco a pouco desfazendo-se, logo daria lugar aos primeiros raios de sol. A janela entreaberta permitia que uma brisa gelada adentrasse no quarto, ondulando a cortina e sussurrando de leve na face de Michel. Estava imaginando a grade que enquadrava a janela ir pouco a pouco, se deixando clarear. O metal que apresentava uma coloração escura, iria obter cada vez mais luz do sol, até finalmente passar a possuir uma sutil cor de caramelo.

Michel sentia-se muito irritado e precisava se acalmar, afinal a raiva não era uma boa conselheira. Todo o corpo parecia vibrar na mesma sintonia, mesmo de forma não intencional, os caninos estavam expostos, bem como as unhas vítreas. Fato indicativo de que estava sentindo-se acuado. Deveria manter constante vigilância, não apenas em relação a sua meia-irmã, mas também a amiga ou namorada dela; talvez até mesmo toda a corte de Marco. Não poderia imaginar o que se passava em suas mentes; um estranho, vindo de muito longe e que de repente se torna um portador de uma linhagem de sangue tão antiga, que remonta a antiguidade do mundo.

Desta forma, quando ele escutou um pequeno estalo vindo do corredor, levantou-se ágil, pondo-se de pé no meio do quarto. Atento ao menor movimento, afinal Sophie o havia atacado com uma ação surpresa. Alguém mais poderia tentar fazer uso do mesmo método, inquietava-se Michel. Nem mesmo o fato que o dia estava por nascer, e que muito provavelmente seus supostos inimigos estariam adormecidos ou se preparando para tal, conseguiu apaziguar os ânimos dele.

Se ele conseguia controlar a "dormência" que ameaçava apoderar-se de seu corpo e turvar sua mente durante o dia, alguém poderia tentar copiá-lo nisto. Contudo tão situação era apenas uma suposição, como era apenas meio-vampiro, o apelo natural de seu corpo para dormir durante a presença do sol podia ser controlado mediante força de vontade. Mas ele não sabia se o mesmo poderia ocorrer em vampiros completos. Desta forma a única coisa que poderia fazer naquele momento era aguardar.

Desde seu desentendimento com Sophie, ele vinha desenvolvendo um plano de fuga; uma vez que testara o "mito" de que uma estaca de madeira poderia paralisar um vampiro. Havia produzido algumas e escondido sob o colchão. Assim, ele saudou os primeiros raios de sol, que começavam a riscar o horizonte, agachado ao lado cama.

O plano na verdade era bem simples, não o havia executado antes, porque a vigilância sobre ele ainda estava muito acirrada. Mas agora existia uma espécie de comoção geral, em relação a sua presença. Usando isto ao seu favor, Michel planejava esperar que os pássaros terminassem a algazarra que faziam, o que significava que o sol já teria se erguido completamente no horizonte, para começar sua fuga.

Enquanto traçava mentalmente a trajetória a ser percorrida até a saída, ele sentiu uma leve tontura. Mas achou que o melhor seria continuar escolhendo um caminho em que houvesse maior número de janelas, uma vez que se fosse necessário, poderia forçar as placas de vidro fosco e as grossas cortinas, deixando o sol entrar no ambiente; concedendo-lhe assim uma boa vantagem.

Todavia não acreditava que tal artifício pudesse ser utilizado contra Marco. Ele me derrubou com apenas o olhar, que tipo de habilidade é esta? Talvez ele nem precise esforçar-se muito mais para me derrubar novamente. Só me resta torcer para que eu esteja superestimando seus poderes e ele que não seja capaz de me atingir, quando eu tiver saído daqui.

Novamente uma tontura adveio-lhe, mas desta vez surgindo de algum profundo recanto de sua mente, uma vertigem colossal. Doendo-lhe nos ossos da face, como se houvesse sido alvo de uma pancada. Michel levantou a cabeça, enquanto tentava não sucumbir ao desejo de deixar-se cair no chão e dormir, dormir... O que estava acontecendo? Nunca havia sido tão difícil manter-se acordado durante o dia! Por fim, voltou-se de costas para o chão e resolveu concentrar-se no teto de cor clara, seria um bom alívio. Focar a mente em algo simples, enquanto tentaria acalmar os nervos.

Entretanto ao virar e recostar a cabeça dolorida no carpete, uma gota rubra despencou em sua face, logo seguida por várias outras. Michel se forçava a levantar quando percebeu que uma grande mancha de sangue se espalhava pelo teto. Escorrendo pelo canto de encontro com o teto e duas paredes, respingando sobre a cama e o local onde momentos antes ele estava deitado.

Aquilo obviamente não era normal! Ele estava sob influência de algo ou alguém. Pensava Michel enquanto se adiantava para a porta. Todavia quando se aproximou desta ele percebeu que uma densa fumaça branca, entrava no quarto por baixo da fresta entre a madeira e o tapete, bem como por toda a lateral próxima a maçaneta.

Não havia tempo, seja qual fosse o motivo de tudo aquilo acontecer. Ele sabia que não havia mais tempo. Terei que sair daqui imediatamente, pensou Michel estendendo a mão para pegar a maçaneta. Mas neste curto espaço de tempo; entre o e a decisão. Essa não existia, nem porta, muito menos um corredor. Em um piscar de olhos havia apenas um retângulo negro, que parecia dar para um local qualquer do interior de um buraco.

Uma fraca brisa adentrava no quarto através desta abertura, soprando uma sensação gelada e também um aroma familiar. Mas que de algum modo ele não conseguia reconhecer, era algo exótico, como noz-moscada ou qualquer outra especiaria do tipo. Ele pensava com clareza, embora sua mente lhe falasse que aquele era o aroma de alguém.

Então esforçou para lembrar, pois por um motivo que desconhecia, passou a ser muito importante ele se aperceber a quem pertencia aquele cheiro. Sua mente inteira fremia, oscilando entre o empenho com o qual ele dedicava-se a tarefa de vasculhar a memória e ondas de dor psíquicas, que recaiam sobre ele mais e mais; vinda de algum lugar no meio da escuridão aguda.

Era como se o estivessem atacando, machucando para ele recuar. Finalmente uma ideia lhe ocorreu e embora parecesse um pouco tola, não lhe custaria nada tentar. Foi então que ele resolveu utilizar suas habilidades, ativando-as não para vislumbrar o futuro e ou variáveis deste. Mas, sim, para revisitar um recorte específico do tempo, no qual ele havia entrado em contato com aquele aroma. Foi apenas um vislumbre; Anne discursava acusando-o com frases irônicas e ácidos comentários, enquanto soltava o cabelo. Então já estava novamente no quarto, deixando-se amparar na parede as suas costas.

A cabeça latejava atingida por constantes investidas. O chão, bem como outros pontos do aposento, começava a desaparecer. Assumindo um aspecto semelhante ao ocorrido com a porta; deixando para trás negros vazios, dos quais escapavam lufadas de um vento muito frio.

Michel agora sabia que de alguma forma Anne o atacava, provavelmente como represália, por todo o ocorrido com Sophie. Ele não sabia exatamente o que ocorria, mas arriscaria dizer que se tratava das habilidades de sangue puro dela. Tal entendimento lhe concedeu certo alívio, afinal o teto gotejando sangue, pedaços do quarto sendo devorados por buracos negros e o restante do que via e sentia. Agora poderia ser facilmente explicado, o que o ajudou incrivelmente. Uma vez que não precisa concentrar-se em entender, poderia usar essa carga extra para tentar escapar.

Concomitante com o alívio pela resposta, caiu sobre ele uma redobrada onda de energia psíquica, reverberando por todo o corpo, tal qual o toque da magia de Marco; a cadeira a esquerda da cama, derreteu como uma estranha vela marrom. Fiapos de névoa subiam do chão, como se por debaixo deste, houvesse uma caldeira a pleno vapor. As gotas de sangue que caiam começaram a transmutar-se em faíscas e logo não havia mais teto, mas, sim, um grande foco de incêndio; fazendo a pele dele estalar sobre os músculos.

Michel tentava se convencer de que nada do que ocorria era real. Mas cada vez mais tal tarefa se tornava complicada; o incêndio rugia por todo lado e o sangue dele começava a romper os vasos, evaporando. Até que ele chegou ao ponto em que sair do quarto não era uma opção e sim uma necessidade urgente. Não havia tempo a perder, pensava ele desforrando a cama, expondo o colchão; o esconderijo de sua passagem de saída; Sophie o havia "devolvido", a contragosto, quando ele a imobilizara. Afinal a chave dele estava "perdida" desde o resgate. Se permitindo um pequeno riso ele cravou as unhas no tecido claro, desferindo um arranhão com mais de vinte centímetros.

A cabeça parecia a ponto de explodir e todo o mundo parecia ser forçado ao limite da realidade; coisas derretiam, sons de estalos, vozes sussurradas. Cada célula do corpo dele parecia dotada de uma consciência própria e parecia lutar para se libertar das companheiras. Era uma confusão de sentidos em uma escala tão incrivelmente ampla, que no momento em que seus dedos se fecharam sobre a superfície lisa da chave. Ele não pôde deixar de questionar-se a respeito da veracidade do objeto que estava em suas mãos.

Todavia não existia tempo ou espaço para dúvidas. Michel sabia que toda aquela sucessão de acontecimentos estranhos, remetia diretamente a Anne Marie. Imaginava ela recostada em algum lugar próximo, castigando continuamente a mente dele. Não sabia qual o plano dela, mas poderia facilmente supor que não seria agradável para ele.

Assim ele fez a única coisa que poderia fazer para lutar contra aquele tipo de ataque mental. Deixou-se guiar pelo instinto mais básico, que permeia as ações de todas as criaturas vivas, alterando-se apenas em sua intensidade. Michel levantou a cabeça, mas não era ele que estava olhando da janela para a porta. Mas, sim, a fera de dentes e garras afiadas, que as vezes arranhava o seu íntimo pedindo para sair, ao menos por alguns instantes.

Rosnando ele atirou-se na direção da janela, sua mão penetrou na escuridão vazia que havia, até que por fim fechou-se ao redor de uma das barras da grade. Ele então puxou-a, lançando esta na direção da porta, ao passo que se atirava no buraco negro que ficara no seu lugar. Nem por um momento ele pensou como seria a queda, simplesmente lançou-se, com a chave bem apertada entre os dedos da mão esquerda.

Caiu de pé como um grande felino bípede, todavia o impacto o fez inclinar-se para a frente e rolar por alguns metros. Em sua cabeça as alucinações que estivera vivenciando, sumiam pouco a pouco, junto com a dor e o mal-estar, mas uma pequena parcela ainda estava lá. Ele fez força para levantar-se, sentindo uma fisgada na panturrilha esquerda. Não havia, entretanto, tempo para se permitir sentir dor. Pensava ele enquanto corria ou ao menos tentava fazê-lo, na direção do portão de metal que separava o pequeno jardim do restante da propriedade.

Nunca havia utilizado sua chave, mas em princípio teórico sabia como esta funcionava. Teria que sair dali o mais rápido possível, muito provavelmente demorariam um pouco até perceberem a sua fuga. Mas ele não queria ariscar, usaria a chave para conseguir ir o mais longe possível. Na verdade, era apenas isto que ele pensava, quando colocou a ponta branca de aparência afiada: Leve-me para longe, o mais longe daqui que for possível...

Não se concentrou em um lugar específico, queria simplesmente evadir-se daquele lugar. Talvez com sorte chegar até o último Pilar ainda de pé ou quem sabe finalmente encontrar Eve, Zenith ... Leve-me para longe... Muito, muito longe. Sussurrou ele quando abriu a porta e nem mesmo deu-se ao trabalho de olhar o lugar que aparecia através do portão do jardim, simplesmente saltou, retirando a chave e fechando a porta as costas.

Era uma rua estreita, com pequenas casas de telhado triangular. O sol nascia rapidamente, espalhando seus raios por todo o pequeno espaço e logo parecia que seu brilho era duas vezes maior do que seria comumente. Mas na verdade era a cor das casas e principalmente o calçamento, que gerava este aumento, mediante a ação reflexiva dos vários tons de amarelo e dourado, que havia por toda parte.

Agora que estava mais calmo, a perna ardia e a cabeça voltou a dor. Sentia-se cansado, esgotado fisicamente, bem como, em nível de energia. Sentia-se quase exatamente igual aos momentos passados dentro do labirinto, quando na tentativa de achar uma saída, usara suas habilidades até a exaustão. A fera rosnou em seu interior, alardeando a fome que logo começaria a se desenvolver; ele a havia libertado completamente por alguns segundos e agora ela não parecia satisfeita em retroceder.

Ele caminhou a esmo durante alguns instantes, enquanto uma mistura de apreensão e surpresa se aglomerava em seu íntimo. Mesmo em desespero ele não pôde deixar de notar, era uma cidade linda. Para todos os lados que olhava, via incríveis construções. Algumas pintadas de amarelo e outras, as de maior proporção. Com detalhes ao redor das portas, janelas e telhado, em vívidos tons dourados.

Parou quando sentiu algo escorrer pela perna e quando se abaixou percebeu que havia sangue empapando sua calça. Mesmo sendo seu, o cheiro de sangue fez a fera rosnar mais alto. Ele precisava saber onde estava, além de buscar alimento ou em breve lutaria contra si próprio, apenas para se manter racional.

— Desculpe-me senhor, mas onde estou exatamente? — perguntou ele tentando falar o mais amigável possível, para logo em seguida perceber que seu sotaque provavelmente já o denunciara como forasteiro.

O velho mendigo o olhou muito profundamente, examinando-o com o cenho franzido. Até que, por fim, decidiu que não poderia haver risco em uma resposta simples. Ele então pigarreou uma vez, como alguém que estivera sempre acostumado a permanecer em silêncio e sem qualquer aviso prévio era solicitado a falar.

— O senhor não é daqui, não é? — falou o velho remexendo-se sob seus andrajos e continuando sem esperar a resposta, que na verdade ele já sabia: — Estamos em Asgôred, a capital dourada... Ao que ele terminou a frase em um fiapo de voz, caindo logo em seguida em um acesso de tosse que o sacudiu todo, fazendo com que o braço esquerdo, que ele mantivera escondido sob as roupas aparecesse.

Michel viu então que a pele do velho era coberta de escamas vermelhas, indo desde o antebraço até os dedos, estes terminavam em pontiagudas garras negras, tortas para baixo. Foi então que o entendimento lhe atingiu como uma gigantesca rocha. A capital dourada! A cidade flutuante! Considerada o centro do império draconiano...

— Como isto pode ser possível? — perguntou enquanto olhava abobalhado para os lados.

LXI

Zenith

A penumbra imposta a biblioteca, fazia crescer a ansiedade dentro dele. Olivia e ele havia conseguido avisar um bom número de Porteiros. Todavia ainda era necessária uma figura de comando, embora não tenha conseguido encontrar nenhuma na Ordem. Talvez o ataque tenha ocorrido hoje exatamente por isto, pensou Zenith.

O que significa que há entre nós um espião inimigo, que no momento certo avisou suas comparsas, no referido caso as fadas caídas, que a Ordem estava "desprotegida". Tal percepção apenas deixou Zenith mais inquieto, uma vez que qualquer um poderia ser este espião. Sendo assim teria que estar em constante observação, para não ser pego de surpresa por um ataque traiçoeiro.

Olivia estava sentada no chão próximo, recostada numa estante particularmente abarrotada de volumes. Uma réstia de luz percorria o seu rosto, evidenciando a expressão de choque, que lhe acentuava os grandes olhos amendoados, bem como a boca, dotada de finos lábios, agora tão pálidos que quase sumiam no restante da face.

Zenith sabia que ela nunca havia estado tão perto da morte como agora, ele podia sentir claramente o medo dela, que de tão intenso à paralisara por completo. A impedindo de tomar qualquer ação, na verdade parecia uma boneca que ganhara vida a pouco e agora mantinha-se imóvel, correndo os olhos de um lado para o outro, assustadiça como uma lebre. Observando o atual estado era até uma surpresa ela ter conseguido ir até a biblioteca, após as fadas terem seguido para os andares superiores.

Ele contudo não poderia permanecer ao lado dela, Eve provavelmente já estava chegando no corredor da sala da generala, isto se já não estivesse lá. Ela precisaria de ajuda, não conseguiria suportar uma batalha contra duas fadas ao mesmo tempo, sem contar com a outra comparsa.

— Olivia, Olivia me escute. Eu preciso sair... Tenho que ir ajudar Eve, mas você ficara bem. Está segura aqui dentro... Deixarei com você uma "forma pensamento", ok? Lhe fará companhia e avisará algum superior que entre pelo portário.

Quando ele terminou de falar, passou alguns instantes concentrando-se. Não era uma tarefa difícil criar uma "forma pensamento". Consistia em isolar uma minúscula parte da consciência, emprestando a esta energia o bastante para existir em separado da mente, a qual teve origem. Contudo, era uma ação ariscada, uma vez que determinado tipo de inimigos, poderiam apoderar-se de uma forma pensamento e utilizá-la para atingir a mente da qual esta nasceu.

Entretanto não havia o que fazer, tinha por obrigação deixar algum tipo de aviso. Visto que alguém poderia chegar na Ordem e ser pego desprevenido. Desta forma ele separou uma parte de toda a sua preocupação com o estava ocorrendo e após moldar uma quantidade de energia que ele julgou satisfatória. Partiu a ligação, permitindo que a criação ganhasse forma ao lado dele e de Olivia.

— Você era belo... Gostaria de tê-lo conhecido antes — falou Olivia, olhando não para a forma em pensamento a sua frente, mas, sim, para Zenith no corpo de Torrão.

— Obrigado... — falou ele visivelmente desconfortável.

Era uma boa notícia, o fato dela ter feito algum comentário. Significava que ela estava começando a se acalmar. Diante disto ele supôs que não seria necessário adormecê-la, talvez fosse até melhor deixá-la acordada. Caso fosse necessário usaria a conexão com a mente dela para reduzir alguma tensão. Pensou ele já se distanciando pelos corredores compridos, repletos de estantes.

Ao caminhar para o lado de fora da biblioteca, ele foi recebido por um portário mortalmente silencioso. Zenith prontamente voltou as costas para recinto repleto de portas, ele não sabia direito o que era, mas havia alguma coisa no ar, como uma espécie de vibração. O fazia sentir-se incomodado e ao mesmo tempo ansioso. Como se ao dobrar um corredor ou ao terminar o lance de uma escada, encontraria alguém esperando por ele.

Assim, ele apressou-se para localizar um local que poderia utilizar como ponto de apoio. Uma vez que pretendia realizar uma sondagem, para encontrar Eve, bem como as inimigas. Além do que ele acreditava que ao realizar tal ação, essa sensação indefinida seria superada. Sendo assim, forçou com uma pequena dose de telecinese, a fechadura de uma das portas mais próximas.

Era uma simples sala de interrogatório; piso e parede da mesma pedra cinzenta, que constituía a maior parte do edifício. O teto, porém possuía a cor clara do portário, sem, contudo seguir o estilo abobadado desse. Zenith entrou rapidamente na sala, fechando a porta atrás dele o mais sutilmente que conseguiu.

Sempre usara magia, uma vez que esta fazia parte de seu ser. Entretanto em momentos anteriores, a realização de determinadas magias lhe requeria uma concentração muito maior do que atualmente. Talvez finalmente suas habilidades estivessem evoluindo, como sua mãe sempre falara que aconteceria. Lembrar-se dela agora o fez sentir-se reconfortado, como alguém com frio que recebe um confortável agasalho, quando menos espera.

Todavia não poderia distrair-se! Deveria focar seus esforços para combater a atual ameaça e principalmente proteger Eve, que por mais difícil que fosse de lidar, era a única pessoa que poderia chamar de amiga agora que Michel estava distante. Claro que havia Olivia, mas ele já havia estado na mente dela e mesmo ela sendo uma excelente telepata não conseguira esconder os sentimentos que cultivava por ele... Entretanto por mais gentil que esta fosse, não poderia falar que nutria por ela mais que uma simpatia ou talvez apenas desejasse protegê-la, cuidar dela como faria com uma irmã menor.

Primeiro sentiu uma grande confusão, como se fluxos destoantes de energias estivessem agindo. Conseguia detectar Eve estancando rapidamente e do nada havia magia antiga cercando-a; criaturas sem qualquer capacidade intelectuais, apenas motivadas por um dos impulsos mais primitivos, alimentarem-se. Ela estava em perigo! Estava próxima das fadas caídas, era muito provavelmente com a energia de uma delas que Eve lutava.

Havia ainda outras tantas presenças, espalhas pelos corredores do prédio dos Porteiros. Conseguia perceber a generala e o Subgeneral Mathew, rumando apressados para a sala principal, conversavam algo enquanto subiam as escadas; o que era estranho, afinal não os encontrara antes... Zenith aproximou-se, talvez fosse alguma informação importante. Mas então surgiu ele! O domador de sombras... E mesmo sem querer se viu voltando para o abrigo dos pelos negros de Torrão.

Saiu da sala, sem sequer lançar um olhar para trás, não se importava mais de estar ou não sendo seguido. Apenas que tudo parecia piorar em ritmos cada vez mais alarmantes... Macalister não caminhava mais como ele, era algo diferente que habitava seu corpo, controlando-o quase que completamente. Não era apenas uma face desfocada entre sombrios tentáculos afiados, que parecia ter saído de um pesadelo, era uma realidade! O velho herói e ex-general havia finalmente cedido, não era mais ele quem comandava as sombras e sim o contrário.

Estava apenas dois andares acima do portário quando sentiu a "forma pensamento" que deixou para trás evanescer. Ela havia cumprido o intuito pela qual foi criada, avisara ao executor chefe, uma das poucas pessoas que Zenith confiava, o quão grave era a situação que a Ordem enfrentava.

Eve agora libertava um nível mágico que o surpreendera. Ela possuía muito mais poder do que ele havia suposto. Talvez tenha errado ao sair da biblioteca, deveria ficar escondido entre pilhas e pilhas de livros, enquanto sua única amiga enfrentava um inimigo implacável e tão antigo? Quanto mais se aproximava da localização da oficial, mais ele temia ser um estorvo...

Ela é poderosa, mas não é capaz de impedir uma fada... Pensava ele, subindo o penúltimo lance de escadas. É preciso o poder de uma intervenção divina... Oh Deuses, por favor, me permitam usar a foice do Éther novamente! Mesmo que desta vez eu não sobreviva... Façam-me um instrumento, permitam que eu salve Eve e a Ordem... Prometo me entregar aos seus desígnios! Pensou ele no momento em que atingiu o limiar do corredor.

Um grande impacto de energia tele cinética fluiu à frente. Varrendo o corredor e praticamente tudo que estava no caminho. O chão tremeu debaixo das patas almofadas de Torrão, acompanhado com um som de trituração de pedra, metal, além de madeira, esta provavelmente pertencente a porta da sala. Neste momento Zenith soube que Megaha havia chegado, aparentemente atingira o corredor de acesso para o seu escritório primeiro que ele e agora conclamava as inimigas para a luta.

Zenith esticou-se, projetando a cabeça pelo canto da parede; o corredor parecia ter sido campo de uma batalha. Havia morte e destruição por todo lado, machas escuras em alguns pontos do teto e parede, bem como pedaços enegrecidos de corpos, comprovavam o grande uso de energia que ele sentira Eve liberar.

A tensão da expectativa pairava no ar, circulando principalmente Eve e o Subgeneral Mathew. Megaha por sua vez, não parecia partilha da ansiedade dos outros dois. Na verdade ela estava bastante concentrada, dir-se-ia até mesmo serena, não fosse pela obvia posição de ataque em que se encontrava; a mão direita apontada para o buraco onde antes ficava a porta, esperando por qualquer sinal do inimigo.

Um aroma doce pareceu surgir do nada e em poucos instantes já havia invadido todo o corredor. Era algo tão denso, que Zenith quase podia vê-lo materializando-se no ar, como a perfumada fumaça de inúmeras varetas de incenso. Algo em seu íntimo agitou-se, era Torrão respondendo com silvados raivosos. A minúscula consciência do animal reagia instintivamente, agindo como um alarme anti-influências ou subterfúgios malignos.

Diante disto, Zenith elevou ao seu redor uma barreira psíquica e pretendia fazer o mesmo com o restante dos presentes. Todavia já era tarde demais para tal ação, visto que o Subgeneral pendera para o lado, amparando-se na parede próxima. Eve e Megaha se entreolharam segundos antes de perceber que alguém havia surgido a frente delas.

Era uma das duas fadas caídas e o aroma fluía dela; estava parada onde outrora havia uma soleira, mas que agora não era mais que pedaços de parede exposta. Com os braços levantados, olhava fixamente para Mathew, que agora parecia sufocar. Eve corria os olhos da recém aparecida para uma Megaha, que agora parecia mais cautelosa ao questionar-se como esta conseguia afetar o Subgeneral.

O que aconteceu em seguida foi tão repentino que ninguém conseguiu reagir. Nem mesmo Zenith que estava afastado do foco central da situação e, portanto ocupava uma posição privilegiada, no que se referia a interferir de alguma forma; um grande punho de pedra escura, deslocou-se da parede as costas de Mathew, indo até o lado oposto do corredor, acertando uma Megaha desprevenida. Prendendo suas mãos até a altura dos antebraços e grande parte do tronco, além das coxas da generala. Eve saltou para o lado, fazendo com que outro punho, porém de menor proporção que havia surgido no solo, a errasse por alguns centímetros.

Zenith percebeu que Mathew não fazia aquilo por vontade própria, embora fosse bastante perceptível que ele não aprovava a gestão da generala, ele não a atacaria daquela forma, muito menos Eve. Na verdade aquelas ações era fruto de algum tipo de controle mental, ligado ao odor que surgiu logo após o aparecimento da fada. Entretanto a generala e a oficial não pareciam afetadas, talvez fosse algo ligado apenas com os indivíduos masculinos, o que fez Zenith permanecer onde estava. Assim não seria alvo de nenhuma investida e poderia interferir ajudando a sua amiga.

Neste momento surgiram no corredor as outras duas invasoras; a mulher de grandes chifres negros e a criatura cheia de ataduras, com o capuz sobre o rosto. Zenith percebeu que a fada vestida de negro, mal lançou um olhar para Eve e voltou-se para a fada que controlava o Subgeneral. Falava algo quando a figura toda coberta lançou-se contra Eve.

Zenith rapidamente enviou uma mensagem para sua amiga, avisando para que ele tomasse cuidado com a atacante. Informou que essa realizava magias com o sangue, da mesma forma que a fada de vermelho parecia exalar perfume. Estando então precavida, Eve que não demonstrara qualquer sinal de ter percebido que o companheiro estava à alguns passos de distância, incendiou não ela, mas o ar ao seu redor, criando uma barreira de fogo muito sutil, mas que Zenith sabia ser forte o bastante para protegê-la de algum eventual líquido arremessado em sua direção.

A inimiga deslizou uma adaga de dentro da manga esquerda, recuando alguns passos passando a mão pela parede. Deixando uma trilha de sangue que como ácido, começou a ferver sobre a superfície da pedra, porém estando com a guarda completamente aberta. Zenith supôs que ela estava preparando alguma armadilha, mas para seu espanto Eve não se adiantou para alcançá-la. Ao invés disto a oficial disparou esferas flamejantes na direção do braço de pedra que pressionava cada vez mais a generala.

Zenith estava criando um bloqueio na mente de Mathew, a fim de tentar cancelar o controle exercido sobre este. Conseguira fazê-lo titubear, mas interrompeu seus esforços ao sentir uma grande liberação de energia. Voltou imediatamente sua atenção para o ponto de origem, a tempo de ver a fada agachada, dando à luz a uma criatura com ares bestiais.

— Dois ou três não são o bastante Lustranis... Libere mais, liberte todos! — Ouviu a fada caída vestida de negro gritar para a outra.

Aproveitando que Mathew não a comprimia mais, Megaha lançou uma grande onda de energia, todavia sem estar com as mãos livres para direcioná-las como era estritamente necessário em seu tipo de telecinésia, o ataque saiu descontrolado; uma onda maciça de energia, fluindo em todas as direções. Atingindo paredes, teto, piso, além dos presentes naquele pequeno espaço.

Eve foi lançada para trás, batendo pesadamente no chão próximo a Zenith. O Subgeneral e a criatura encapuzada, voaram em direções contrárias; um para o fim do corredor, onde chocou-se numa tapeçaria que se desprendeu e o envolveu. Enquanto a outra foi achatada contra a parede, cuspindo algo parecido com sangue coagulado, visto que não havia grande espaço para que ela fosse deslocada.

As fadas, entretanto foram as que menos atingidas ou assim pareceu a Zenith. Visto que elas embora tenham recuado, continuaram a discutir. Uma vez que a fada de chifres ordenava para que a outra continua-se a liberar mais daquelas criaturas aladas, que agora estavam caídas e inertes, próxima a genitora, após terem sido atingidas pelo ataque da generala. Contudo, a fada chamada de Lustranis, afirmava que não poderia prosseguir com isto, uma vez que já estava gastando energia para controlar o Subgeneral e que libertar suas "crias", como ela disse, a deixava esgotada.

Foi só neste momento que Zenith percebeu o que havia numa das mãos da fada, que ele agora sabia se chamar Pridevenia; um livro de aspecto muito antigo, com uma capa surrada e manchas da passagem do tempo;

uma energia sutil e antiga fluía dele. O livro de Arthuro! Não havia dúvidas! Então este fora o motivo para tudo aquilo... Elas invadiram a Ordem para roubar um dos manuscritos mais antigos de todo o mundo.

Um livro que segundo a lenda, continha o segredo para a localização do que corresponderia à maior prisão de seres das trevas. Rapidamente uma sucessão de imagens surgiu a ele; como ficaria o mundo se as fadas conseguissem abrir o portão, algo considerado impossível, assim como derrubar os pilares do véu o era. Não poderia permitir que tal coisa acontecesse! Mais do que proteger a Ordem, ele teria que proteger aquele livro! Na verdade o melhor seria destruí-lo! Assim ninguém mais poderia almejar este conhecimento.

Com este pensamento ele criou um pequeno esquema do plano, que consistia em puxar com sua telecinese o livro das mãos de Pridevenia, enquanto Eve lançaria uma rajada de fogo, atingindo este em pleno ar. Após verificar que a companheira estava consciente o bastante para a execução, ele focou sua atenção na fada.

Todavia o que planejava fazer foi posto por terra, diante da surpresa daquilo que viu; A fada chifruda que estava discutindo com a outra, golpeou a irmã com uma adaga de lâmina roxa, que parecia ao mesmo tempo frágil e muitíssimo afiada. Após cravar a arma no ventre de Lustranis, Pridevenia rasgou de um extremo ao outro a barriga da irmã.

Zenith simplesmente não conseguiu acreditar naquilo que via, a frieza absurda com que ela tratou a companheira. Como se esta fosse um animal para sacrifício ou uma ferramenta pronta para ser utilizada e logo em seguida descartada. Lustranis levantou a mão e uma nova onda do odor misterioso cruzou o corredor. Porém em uma intensidade tamanha que Mathew levantou-se instantaneamente — como se puxado por fios invisíveis. Lançando várias pedras em cima de Pridevenia.

Megaha aproveitando que não era mais o alvo dos ataques do Subgeneral, criou uma espiral telecinética e lançou em Lustranis, atingindo no caminho muitas das crias que agora surgiam aos milhares de dentro do corpo quase sem vida da fada. Concomitante a este ataque da generala, várias estacas de pedra surgiram no corredor, todas convergindo em Pridevenia, como se o teto e as paredes a estivessem mordendo, com tamanha pressão que ela desabou no chão, deixando cair o livro e sendo quase que soterrada por pedras enormes.

Talvez tenha sido a magia de Megaha ou ainda as inúmeras investidas de Mathew, mas, de qualquer forma, toda a estrutura daquela região estava comprometida. Exibia grandes rachaduras e alguns trechos do teto chegaram a despencar. Zenith imaginava por quanto tempo aquela parte do prédio suportaria, quando Pridevenia elevou-se com um enorme bloco de pedra nas mãos, e atirou para Mathew; golpeando-o de tal forma que a parede às suas costas ruiu e ele despencou junto com o monólito para a escuridão da noite, muitos andares abaixo.

Neste momento um som agudo de sucção se eleva no corredor, era Lustranis tentando reunir forças para falar. Ela estendeu a mão e em um fiapo de voz, quase imperceptível no meio dos guinchos das criaturas aladas que fugiam para todos os lados:

— Ajude-me... Nós temos um acordo Sammya...

Eve e Zenith imediatamente voltam a atenção a criatura encapuzada, que estava no limiar do buraco na parede, escondendo algo em suas mangas.

— Nosso acordo é cancelado mediante a morte de uma de nós... Você já deixou de existir Lustranis, só não percebeu isto ainda — falou ela abrindo a mão esquerda envolta em gases e estirando na direção da fada moribunda, como alguém o faria para receber algo. — Agora eu exijo o que é meu por direito!

Um fiapo luminescente envolveu-a ao mesmo em tempo que Lustranis soltava um suspiro e fechava os olhos. Antes que alguém pudesse fazer algo, Sammya simplesmente atirou-se do buraco. Eve ainda fez menção de acompanhá-la, mas Zenith a segurou bem a tempo de impedir que a pedra que Pridevenia jogou contra Sammya a acertasse por tabela.

A fada de chifres soltou um grito furioso:

— Maldita! Devolva o livro! — Urrou ela fazendo menção de seguir a esfarrapada Sammya.

Contudo uma parte do piso despencou, assim como o teto. Zenith sabia que não haveria tempo para fugirem, uma vez que não era apenas um trecho, mas, sim, todo o corredor; para onde se olhava havia rachaduras. Então ele levitou Eve e a levou para longe do desabamento o mais longe que pode até que tudo ruiu, cobrindo ele, Megaha e as duas fadas.

LXII

O que espreita na floresta

Sobre seus ombros, cinzas acumulavam-se caindo suavemente do céu no fim de tarde. emaranhavam-se nos seus cabelos muito finos, esvoaçavam ao vento, cobrindo toda a região como se fosse uma neve envenenada, de gosto amargo e toque acetinado. Ventava muito forte, o que sempre lhe agradara, mas não hoje, visto que com isto o fogo espalhava-se muito mais rápido.

Saltando de uma árvore para outra, lambendo as folhas verdes e os galhos de casca áspera, as labaredas seguiam consumindo tudo, deixando para trás brasas e destruição. As cabanas pareciam as enormes fogueiras dos rituais, as chamas ardiam altas, alaranjadas ao pôr do sol. Em seu íntimo a fera rosnava, pedia o sangue do inimigo, clamava por vingança!

Mas ela não podia fazer nada, era só uma criança descalça, que mal tinha consciência dos seus dons. Uma rajada de vento trouxe até ela o cheiro de carne queimada, mesmo ela já sabendo que havia morte por todo lado, ao sentir o odor dos cadáveres carbonizando, ela começou a correr.: Eram seus irmãos e irmãs, pais e amigos, eram a sua tribo!

Tudo o que ela mais desejava era sumir daquele lugar, corria na direção contrária das árvores em chamas. Gritava como um animal machucado o faria, lágrimas escorrendo de seus olhos. Ela continuou a correr, o mais rápido que podia e em um momento, entre saltar um tronco caído ou esgueirar-se ao lado de uma rocha, ela já não era mais uma menina indefesa.

Era uma anciã, a *Buró* de muitos, respeitada, querida. Suas mãos enrugadas estavam dormentes e encharcadas de sangue espesso, assim como a garganta. Ela correu os olhos pela floresta, percebeu que não havia mais fogo, o ar cheirava a acônito e sentia alguém próximo. Tentou falar, mas as palavras não saíram em sua voz costumeira, parecia um chiado falhado.

Ela estava morrendo, o ar não chegava até seus pulmões, por mais forte que tentasse respirar, este saía pelo grande talho em seu pescoço.

Suas energias fluíam para longe dela, fugindo da casca encarquilhada que era seu corpo para o chão da floresta, no qual caiu com um baque surdo.

Acordou com um acesso de tosse, a garganta ressecada pedia urgentemente água fresca, sentou-se na cama, afastando o grosso cobertor de peles. O quarto estava frio e ela percebeu que suas mãos tremiam ao tentar alcançar a moringa ao seu lado. Um calafrio lhe percorreu a espinha, quando viu pelo canto do olho um vulto passar ao seu lado.

Imediatamente olhou para o chão, ao pé da cama estava Laff, que desde sua indisposição no conselho tribal dormia com ela. Era uma boa garota, humilde, inteligente, prestativa... Um dia seria uma grande xamã. Olharia por ela quando finalmente partisse para os braços da Grande Mãe... Uma nova sensação gélida interrompeu seus pensamentos, Thala olhou para os lados, procurava o vulto que havia visto alguns segundos antes.

Ela sabia muito bem o significado daquilo; era o frio da morte. O ceifeiro estava à espreita... O sonho servira para lembrá-la de como era a sensação da aproximação deste. Além de uma óbvia cobrança, ela não havia transmitido o "poder". O elo que grandes xamãs possuem, para que contatem as forças ancestrais que habitam as matas, era sua responsabilidade como *Buró*, entregar esta chave para o ser seguinte na cadeia de sucessão, antes de morrer.

Sentou-se bem ereta, torcendo as mãos, o seu habitual cacoete de "mastigar" o ar começou quase que instantaneamente. Quais eram as suas opções? O correto seria convocar um conselho, começar os testes com os candidatos (as), mas ela não sabia quanto tempo ainda tinha. Oh senhores do passado, me perdoem! Eu fui tola! Não antevi que esta carcaça que habito estava se esfarelando nas areias do tempo...

— Laff, acorde... Temos que ir à floresta.

— Minha senhora! O que aconteceu? Esta se sentido bem? — Soou a voz da garota embargada pelo sono e pela surpresa diante do que a velha mulher pedia.

— Laff, eu tive um sonho... Um terrível sonho... Temo que não haja mais tempo, temos que ir à floresta agora! — falou Thala, pondo-se de pé ao lado da cama. — Vista-se rapidamente, traga aveleira, louro e sândalo. Precisaremos também de vinho de papoula — falou ela jogando uma capa cinza sobre os ombros e pegando a bengala ao lado da cama.

O rosto da garota era um reflexo da confusão que habitava sua mente. Era tão fácil lê-la... Oh como seria bom ter tempo para ensiná-la melhor, mas quanto tudo fosse resolvido, ela a protegeria. A Grande Mãe como sempre seria benevolente e lhe permitiria guiar Laff, mesmo estando do outro lado. Quando finalmente a garota levantou-se, a anciã sabia que mesmo não entendo direito o que estava acontecendo, a confiança que discípula nutria era muito maior que qualquer questionamento.

— Laff, traga também o presente que lhe dei... Seja rápida meu bem... — falou Thala, soprando nas mãos e as esfregando em seguida, para afastar o frio.

O ar estava carregado da frescura úmida que circula quando a noite começa a se despedir. A madrugada já estava alta, logo a lua desceria para deitar-se em seu leito de fios de prata e o sol cobriria a floresta com seu calor fertilizador. A jovem de cabelos ruivos tremia levemente, com ambas as mãos pendidas em frente ao sexo, usando nada além do colar de pedra lunar. O corpo alvo, marcado por símbolos feitos com tintura das ervas e cinza de fogueira.

Thala sabia que ela não entendia o que estava acontecendo, podia ver que era apenas a entrega total sobre a qual fizera voto no começo de sua caminhada mística, que a impedia de questionar o que era tudo aquilo. No íntimo a velha rezava para que a jovem um dia a perdoasse, afinal ela estava para colocar sobre os ombros da garota mais de mil anos de conhecimento mágico.

Ela é forte como eu já fui, pensou Thala. Será uma porta voz excelente para as forças dos ancestrais, não está pronta para ser Buró, mas servirá perfeitamente para garantir que a magia dos cinzentos continue viva e quando estiver pronta, poderá reivindicar o manto cinza.

— Escute bem Laff; aqueles que conhecemos e amamos, não deixam de existir quando seus corpos morrem. Eles partem para os braços da Grande Mãe, de onde podem ver tudo, mais e melhor do que quando aqui estavam. É dever do xamã, escutar estes ancestrais e usar as forças emprestadas por eles, bem como da natureza, para proteger o clã. Cuidar do interesse comum e se for preciso usar as garras que a Grande Senhora lhe deu para rasgar o inimigo.

Durante todo o discurso, Thala invocava mentalmente as forças ao seu redor, criando um círculo místico invisível ao olho nu, mas que a discípula começava a sentir os efeitos.

Com a vidência amplificada pelas ervas, a garota começa a ter pequenos espasmos, a pele arrepiava-se e a respiração ficava cada vez mais ofegante.

O que era um bom sinal significava que ela estava conectando-se instintivamente com as energias que a anciã invocava. Logo chegaria o momento perfeito, em que a aura do ambiente atingiria o ápice de energia e ela poderia evocar mesmo que por alguns instantes o *Buró*, que num passado distante lhe transmitira "a visão dos ancestrais", mostrando a ele que seria a próxima a carregar o selo de contato.

Um lampejo de luminosidade roxo-prateada encheu a clareira, os troncos decorados se iluminaram e os símbolos pintados no corpo nu da garota pareceram criar vida. Ela soltou um arquejo, caindo para frente. Os dedos das mãos se enterrando no chão úmido, os olhos virando em suas órbitas, Laff arfava e Thala agradeceu por ter lembrando-se do vinho de papoula, diminuiria a sensação de dor, o passado por vezes é muito mais pesado do que se supõe e é capaz de dilacerar o coração muito além do que é suportável.

Thala viu seu mestre surgir no círculo, a sua esquerda, ele caminhou até a garota de quatro no centro da clareira. Estava exatamente como ela lembrava-se dele, exceto que parecia mais descansado, como um velho banhado pela essência de uma criança.

O corpo da garota começou a distender-se; ombros ficando mais largos, uma vasta pelagem branca acinzentada surgindo. Provavelmente aquela era a primeira vez que ela usava uma pedra lunar, mesmo que inconsciente. Teria sido mais fácil uma transformação na lua negra, mas Laff deveria aprender que muitas vezes as situações estão contra. Não era comum um indivíduo iniciante ter a oportunidade de atingir a forma de "grande lobo", a imensa maioria não era abençoada de tal forma.

A mandíbula de Laff distendeu, os dentes caíam, sendo substitutos por presas. As mãos estalavam, os ossos se partindo e surgindo patas. A meio caminho da transformação a jovem virou a cabeça para o lado, mordendo o próprio ombro e arrancando a carne; surgindo uma linda pelagem branca por baixo. A loba resultante tinha a altura aproximada do dobro de um animal comum, além de passar facilmente dos três metros; do focinho a calda. Os profundos olhos negros encaravam o mundo e principalmente a anciã.

Thala sentiu sua visão ficar turva, para então perceber com uma mistura de surpresa e auto condescendência que eram lágrimas, chorava por ela e também pela garota. Podia sentir o poder dos ancestrais fluindo dela, fugindo de seu corpo para o da garota a sua frente. Havia ainda um passo a dar, não poderia forçar nada, Laff teria que fazer a escolha de aceitar o presente que lhe era entregue:

— Laff, filha leal da Grande Mãe, aceita a honra de carregar consigo a marca sagrada dos Arbac Vin'et? — perguntou Thala no auge de sua concentração.

Quando a garota arqueou a cabeça para trás e liberou primeiro um grito, que depois cresceu em força, para por fim transformar-se num uivo. A anciã sabia que havia chegado o momento, ela levantou os braços em uma prece silenciosa aos céus, agradecendo a Grande Mãe por ter abençoado aquela decisão impulsiva, mas que parecia cada vez mais acertada.

— Vá, Laff, corra pela mata, percorra colinas e prados... Encontre aqueles que já se foram, regozije-se com a força criadora! — falou enquanto baixava os braços, abençoando a jovem.

Ficou alguns instantes parada, observando a grande loba branca sumir no meio da mata. Sentiu-se incrivelmente velha, cansada e gelada até os ossos. Puxou o capuz sobre a cabeça e apertou a si própria em um abraço reconfortante. O caminho até sua cabana não era tão longo, logo poderia sentar-se ao lado do fogo, satisfeita por não ter morrido sem ter a oportunidade de passar sua dádiva adiante.

Afinal a sensação da presença do ceifeiro, parecia intensificar-se. A cada novo passo parecia levá-la que rumava exatamente de encontro ao fim. Era um pensamento mórbido até certo ponto, todavia para uma estudiosa do oculto como ela, a morte não significava nada além de mais um começo.

Caminhava lentamente, mastigando o ar e apoiando-se pesadamente no cajado. Estava apenas cinco minutos da vila quando ouviu vozes, em algum lugar da mata próxima. Instintivamente cessou seu progresso e mesmo sem motivo aparente, sentiu seu coração acelerar, para logo em seguida "congelar" em seu peito.

— Eu não quero saber como, a questão é que deve ser feito logo! — disse uma voz masculina interpondo-se a outra que lançava justificativas desconexas.

— Meu senhor... É algo complicado temos de convir... Não posso matar o líder do clã... — Falava a segunda voz quando foi interrompida pela primeira.

— Você me jurou fidelidade Alistor, pediu a oportunidade de provar sua devoção e eu a dei. Agora que a reunião tribal fracassou e todos esperam apreensivos pela volta dos mensageiros é o momento perfeito! — Soou a voz de Dhart. — Se meu pai for morto agora, todos vão achar que foi uma represália, eu serei o próximo líder e terei a minha guerra!

Thala foi acometida por uma surpresa tamanha que não se conteve, deu um passo para trás, quebrando alguns galhos e denunciando a sua presença, bem com a localização. Não podia acreditar que o garoto que ajudara a nascer tramava a morte do pai. Sabia que havia muita ambição nele e que como todo jovem ele estava ansioso para provar sua força, mas isto era alta traição. Que a Grande Mãe amaldiçoasse estes planos nefastos! Ela permaneceu imóvel, rezando silenciosa para que tomassem o seu descuido como o som do vento em algum galho morto.

Foi então que sentiu antes de acontecer, mas ainda assim não pôde evitar, não havia tempo, muito menos forma para fugir do que parecia ser o seu destino; a pele dilacerada, o sangue fluindo, empapando a frente das vestes. As mãos adormecendo rapidamente enquanto ela tentava manter-se de pé.

O ar fugia do corpo, assim como a vida. Na brisa da noite ela sentia o cheiro de seu sangue, misturado com o aroma selvagem, da terra úmida de orvalho e o perfume venenoso de acônito. Apenas covardes matam por envenenamento ela tentou dizer, mas as palavras tais quais no sonho, saíram na forma de chiados incompreensíveis.

Quando caiu ouviu o som de alguém se afastando ligeiro, pensou que fosse seu assassino, mas este continuava de pé em sua frente. Meio transmutado em fera, grandes garras negras banhadas em sangue, pendiam da mão direita.

Ela então juntou as últimas forças que possuía e bateu no ombro dele com o cajado; marcando-o com uma maldição de toque. Para todo o sempre, até que sua traição fosse perdoada pela Mãe de todos, ele carregaria uma mancha cinzenta no meio de sua orgulhosa pelagem negra de Arbac R'ohan. Não conseguindo mais manter-se ligada ao corpo frágil que estrebuchava no chão coberto de folhas, Thala voltou os olhos para a luminosidade ofuscante que uma ceifeira de compleição esguia apontava gentilmente e partiu.

LXIII

Sammya

O ar da noite entrava pelo capuz, banhando sua face ao escapar da vigília das ataduras, repletas de pó e do suor fétido, que Sammya exalava. Há muito que ela não se sentia viva como naquele instante; as suas costas uma batalha de proporções épicas desenrolava-se, à frente o desconhecido de uma grande queda. Mais até do que isto, diante dela estava todo um universo de possibilidades.

Uma vez que com Lustranis morta ou no limiar deste estado, o contrato de servidão que havia firmado com a fada, não era mais valido. Em contrapartida recebera uma porção de magia, pequena em comparação ao que esta possuía, contudo poderosa o bastante para encher Sammya de esperança.

Magia de fada; poder de interferir na realidade. Usar magia para dar vida ao que apenas existia na imaginação. Quem poderia cobiçar mais do que a habilidade de usar um pensamento ou desejo como arma? Perguntava-se ela. Quando constatou que a irmã de sua antiga mestra havia percebido a traição que cometera, apenas mais uma para acrescentar a lista, pensou ela.

Saltou através do buraco a frente, o ar inflou suas vestes e ela novamente sentiu-se viva como apenas havia sido no passado. Todavia o tempo estava contra ela, assim como a gravidade, visto que caia em uma velocidade vertiginosa, acompanhada de perto pelo pequeno monólito que Pridevenia lançara.

Mesmo com pouca idade sempre se orgulhara de sua grande aptidão para magia; capaz de aprender novos feitiços com pouca ou nenhuma repetição. Muitas vezes bastava absorver o mecanismo de funcionamento, para que ela pudesse executar um ritual ou outros congêneres. Desta forma, confiante em suas capacidades, mesmo em queda livre, ela aquietou a mente, transferindo sua força de vontade para a manipulação das novas energias que adquirira.

Rapidamente sentiu-se leve, estranhamente incorpórea. E foi com uma pequena dose de surpresa que percebeu a si mesma como uma espécie de nuvem, uma figura etérea e esfumaçada, que pairava no ar revigorante da noite. Com um baque surdo o bloco de pedra espatifou-se no chão de pedra, muitos metros abaixo.

Contudo ela sabia que mesmo naquela forma, não estava segura, Lustranis sempre fora o que se pode chamar de destemida, mas mesmo ela temia Pridevenia e a capacidade que esta possuía de atingir seus objetivos. Sammya sabia que enquanto estivesse de posse daquele livro não estaria segura, sendo assim rumou para o lugar mais seguro nas proximidades; o bosque, mais especificamente a clareira da velha árvore.

Sua forma de nevoeiro negro flutuava o ar com uma velocidade espantosa para um grande novelo de fumaça. Ela não conseguia ver a si própria com clareza, visto que muito de si própria parecia sumir no ar da noite, que a essa altura já seguia alta, fluindo para a madrugada. Entretanto não chegava a sentir-se desconfortável, em verdade era até mesmo um alívio ter manifestado aquele estado corpóreo.

Desde o encontro com o maldito Djinn sem foice, ela padecia diariamente diante das muitas facetas da morte; parecia um cadáver ambulante. Nos poucos trechos de pele que não estavam cobertos por eczemas e ou chagas purulentas, ela havia adquirido um tom incrivelmente pálido. Seus olhos pareciam os de uma cega, recobertos por uma película acinzentada, que os deixava opacos. Muitas e muitas vezes ao dia requeria que ela os lavasse para retirar o acúmulo de secreção.

Seus músculos pareciam envelhecerem vários meses por dia e ela ficava cada vez mais magra, com excessos de pele que enrugavam nas articulações. Suas unhas estavam quebradiças, com várias camadas nascendo em diferentes estágios, assim como seus cabelos que caiam aos montes, deixando para trás descamações no couro cabeludo, das quais ascendia um odor acre, adocicadamente podre.

A maldição que havia sido alvo, fora muito mais cruel do que ela supusera em um primeiro momento. Sua consciência estava presa ao corpo de uma morta, tais quais as criaturas que um dia invocara e que perverso Djinn banido, chamado Mefistófelis, havia lhe transmutado em semelhante. Por tal móvito, não era mais obedecida quando reanimava um cadáver putrefato ou mesmo quando tentava qualquer outra prática de seu passado mágico.

Nem mesmo dormir lhe era permitido neste seu atual estado, uma vez que constantemente sonhava que havia sido enterrada viva. E que como castigo teria que acompanhar a decomposição do corpo, ver os vermes alimentando-se de sua carne, enquanto sua mente continuava ativa.

Nestes pesadelos, ela perdia um a um os sentidos, até que restava apenas um fiapo de consciência flutuando em meio às trevas.

Assim, por mais que repudiasse aquilo que estava tencionando fazer. Simplesmente não conseguia mais suportar seu estado. Principalmente pelo tipo de magia que estava sendo forçada a praticar, rasgando-se com a maldita adaga. Aspergindo sangue por todo lugar que passava como uma feiticeira tribal desdentada. Na sua atual condição física, um aranhão podia significar uma provável infestação de vermes, para tal, mantinha uma cuidadosa rotina de troca de faixas, nunca ficando mais que o estritamente necessário sem a cobertura de suas ataduras, manto e capuz.

Não! Ela atingira seu limite. Falaria com o Djinn, explicaria que agira da forma que agira apenas por estar sobre pressão e considerá-lo uma ameaça. Ele entenderia, teria que entender... Entregaria o livro a ele, afinal se Pridevenia o queria tanto a ponto de estragar seu disfarce e atacar diretamente a Ordem. Muito provavelmente o objeto também seria tanto ou até mesmo mais valioso para Mefistófelis; inimigo secular das sete irmãs caídas.

Durante o percurso até o portão de saída para a região dos bosques, Sammya tentava em parte continuar com a firme ideia mental desta sua forma etérea voadora, enquanto ensaiava as palavras que usaria para tentar convencer Mefistófelis. Teria que ser muito comedida, visto que Lustranis a prevenira sobre a incrível astúcia dele, além do que deveria estar pronta para humilhar-se pela ajuda. Uma vez que este tipo de maldição não pode ser rompido, exceto pela graça dos deuses ou pela intervenção de quem a lançou.

Estava aproximando-se do início das árvores, quando uma sensação estranha lhe acometeu do nada. Parecia que uma trepadeira espinhosa crescia em seu íntimo, arranhando-a por dentro. Durante alguns segundos não entendeu o motivo da tristeza que florescia em seu peito, até que a constatação chegou de chofre; a fada da inveja não mais existia. Provavelmente era a parte da magia de Lustranis que agora existia nela, que lhe falava isto.

Percebeu surpresa que a ligação das irmãs era tamanha que elas podiam compartilhar entre si as sensações. Mas aquela linha muito bem poderia ser uma via de mão dupla e Pridevenia de posse de tal subterfúgio certamente a perseguiria até os confins dos mundos. Ela teria que ser rápida! Desceu entre as árvores de menor porte que ladeavam o bosque de Enuewm e decidiu continuar o caminho a pé. Convencendo-se de que ao não usar a pequena essência de fada que lhe corria a alma. Dificultaria para que a outra descobrisse o seu paradeiro.

Puxando para junto de si o traje que vestia, para impedir que este fosse prendendo nos galhos pelo caminho. Sammya caminhava apressada, sem dar-se ao trabalho de escolher entre os trechos mais fáceis. Simplesmente não havia tempo! Conseguindo chegar até a velha árvore estaria a salvo. Claro que indivíduos antigos como as fadas tinham conhecimento da grande possibilidade que jazia dentro daquele tronco marcado pelo tempo. Mas ela poderia fugir para o mais longe possível e então invocar o Djinn. Precisaria, é claro, de barro branco e várias ervas para moldar uma terrina de invocação, mas o prioritário agora era escapar dali...

— Vejo que cresceu. — Soou uma voz familiar, vinda de algum ponto entre as árvores próximas.

Sammya sentiu todo seu corpo enrijecer. Não conseguia acreditar! Aquilo só podia ser um truque de sua mente cansada. Mas para seu desalento, alguns metros à frente, um arbusto farfalhou mediante a passagem de sua antiga mestra. Ela permanecia absolutamente igual há última vez que a avistara, vestido o mesmo terno de um vermelho extravagante e o olhar plácido, que carregava um toque doentio; misto de ansiedade e onipotência.

— Você me abandonou... — disse Sammya em um tom marcado por emoção, mais até do que ela desejava demonstrar. — Eu vim até este bosque porque precisei de sua ajuda e você me largou a minha própria sorte! Fui reduzida a um fiapo do que fui... — As palavras neste ponto entrechocaram-se dentro da garganta da garota esfarrapada, havia um nó que a impedia de falar.

A mulher de cabelos lilases continuou a olhá-la calmamente. Saiu completamente das sombras e falou:

— Você é minha protegida... Nunca lhe abandonei! — E outra voz, mais aguda e incorpórea, sussurrou: — Quem você acha que "inspirou" Lustranis para seguir Mefistófelis? Fomos nós... — Então a mulher de terno continuou: — Tudo ocorreu da forma que foi planejada minha querida... Sabia que bastava confiar e você conseguiria chegar até aqui. — Ao que ela apontou para o livro que Sammya trazia consigo.

— Acha que darei isto para você? Por acaso acredita que ainda resta em mim a servidão tola de antes? — Neste momento ela lançou o capuz para trás e começou a desenrolar a faixa de sua cabeça enquanto falava: — Não... Não... Eu peguei este livro por mim mesma! Veja, observe bem no que me tornei por sua culpa! Olhe o preço que paguei por seguir você...

— Não! Eu darei este livro para Mefistófelis em troca de meu corpo de volta.

A antiga mestra de Sammya permaneceu quieta diante da declaração da garota, todavia ouviu-se uma risada estridente coalhar o ar da floresta e a voz aguda tornou a surgir:

— Sua tolinha, você nem imagina o que este livro contém... Muito menos o quão desnecessário ele é para mim ou para qualquer outro que não seja você.

Sammya recebeu aquelas palavras com extrema surpresa. Pridevenia queria o livro, claro que ela não contara para a garota todos os detalhes do plano, mas ela possuía uma boa noção do que as fadas planejavam. Segundo as lendas o livro continha o segredo para o acesso a morada dos primeiros caídos.

— Vejo que não sabe tanto quanto supunha... — falou a mulher aproximando-se. — Logo ela vai descobrir não é? — Soou a voz sem corpo.

Sammya sempre se perguntara de onde provinha aquela voz, acreditava ser uma parte de sua antiga e misteriosa mestra. Mas havia sido instruída desde o início para confiar, não questionar, apenas obedecer. Mesmo agora, não conseguia fazer a pergunta diretamente. Estava então refletindo quando sentiu seu coração comprimir-se, uma sensação ruim, um mau pressentimento.

O vento soprou forte pelo bosque e por alguns segundos a escuridão foi completa, até mesmo a lua pareceu perder o seu brilho. Sammya voltou à cabeça para um lado e para o outro, tentando entender o que era tudo aquilo. O ar em toda parte parecia carregado por uma vibração estranha, assim como a terra que passava a sensação de estar desfazendo-se debaixo dos pés.

E então se elevou um som metalizado, agudo como o de uma trombeta, porém incrivelmente alto, como se esta fosse gigantesca. A nuvem negra que pareceu cobrir todo o céu, escondendo as estrelas e até mesmo a lua evanesceu. Sammya sentia seu coração acelerado e ela suava em bicas, o que na sua atual compleição corporal significava um desagradável odor de decomposição.

Em suas mãos o livro de Arthuro, parecia aquecido e emitia uma parca luminosidade, que por estar no meio da mata escura, parecia ser muito maior. Sammya o observou curiosa; a capa de couro escuro, as laterais, tudo parecia ser feito de algum material que emitia luz. Ela o abriu e então já não estava mais na mata.

Era uma imensa caverna, repleta de imensas drusas de cristais, que surgiam de todos os lugares. O solo estava recoberto por crânios, que faziam as vezes de calçamento, criando uma estrada até uma pequena lagoa de águas escuras. Sob a qual flutuava uma névoa esbranquiçada, que espiralava-se e quando Sammya aproximou-se percebeu que na verdade eram "impressões de essência mágica", de indivíduos que morreram.

No centro da lagoa, alguns centímetros acima da superfície e sem qualquer sustentação aparente, estava uma grande porta de madeira, com duas tramelas douradas. A primeira continha caracteres que representavam as várias fases da lua e a outra possuía um sol dourado no meio, irradiando vários raios até as extremidades da tábua.

— O portão de Arthuro... — sussurrou Sammya com medo de perturbar a atmosfera do lugar.

Todavia nem bem teve tempo de falar, ela já estava novamente na mata. Recostada em uma árvore com o livro aberto sobre o colo.

— O livro é um mapa, encantado para só se revelar mediante a queda do véu. O autor supôs que seria a forma mais segura de preservar o conhecimento... "Tolinho!" — Acrescentou a voz estridente. — Entretanto ele foi ainda mais astuto, a informação não se mostraria para alguém que o possuísse com a intenção de usá-lo e apenas porque você o pegou para dá-lo a outro, você ganhou o direito de ler os segredos contidos.

— Mas o véu... Não caiu... — E então ela interrompeu-se no que dizia. Lembrando que alguns segundos antes da visão da caverna, ela ouvira e sentira aquela grande manifestação mágica, aparentemente sem motivos.

— Isto, minha querida, uma nova ordem está para começar. Há muito por fazer ainda e eu a quero do meu lado, para que no momento certo você abra o portão das eras, libertando irmãos e irmãs que durante milênios sofreram nas sombras.

— Que garantia eu tenho de que não me abandonará novamente? — perguntou Sammya fechando o livro e lutando para se pôr de pé sobre suas magras pernas.

— Minha palavra. "Tem a nossa palavra!" — Acrescentou a voz que parecia quase sempre pontuar o que a mulher de terno vermelho falava.

— É pouco! — Bradou Sammya, lembrando-se das outras promessas feitas ela, continuou: — E minha mãe? Onde ela está? Você me disse que eu a veria novamente quando o véu caísse.

— E eu não menti, você a verá, embora no momento ela esteja muito longe. Tem que entender que nunca houve apenas o mundo humano e o nosso, mas, sim, várias outras pequenas dimensões. Que agora estão todas sobrepostas, como foi no passado. Cassandra está no deserto que os humanos chamam de Kalahari, uma grande extensão de terra povoada por tribos de Patrueis.

Todas aquelas informações pareciam surreais para Sammya, que sentia sua cabeça doer. Aquela mulher, que agora se apresentava tão agradável e prestativa, não condizia com a mestra de outrora, que quase nunca revelava algo. Tal mudança só a deixava mais desconfiada, para a garota era claro que sua posição mudara, não era mais uma peça descartável, talvez algumas coisas ditas fossem realmente verdadeiras e a sua antiga mestra precisava dela.

Se esta linha de raciocínio fosse válida, então ela estava em condições de exigir. Teria que esforçar-se para reverter às coisas ao seu favor. Rapidamente avaliou as suas opções; sabia que a mestra era poderosa o bastante para tomar o livro de Arthuro, se não o fizera até então havia um motivo. Poderia tentar fugir pela árvore na clareira mais adiante, mas no seu estado físico fragilizado seria facilmente interceptada.

O melhor seria dar a entender que acreditava novamente nas promessas e fingir lealdade, para no momento certo agir. Deu certo com as fadas, conseguirei mais uma vez! Convenceu-se ela em pensamento.

— Certo, eu tentarei abrir o portão como você deseja, mas antes quero encontrar minha mãe. Afinal comecei tudo isto por ela... Mas sinceramente eu temo que meu corpo não suporte muito mais tempo, há alguma forma de retardar este processo? Ao menos até pensar em algo para propor ao Djinn?

— Como disse; você cresceu. Evoluiu através da dor... Creio que está na hora de expandir seu conhecimento sobre o que supõe ser a realidade. — Dizendo isto a mulher aproximou-se de Sammya.

Havia alguma coisa diferente no rosto dela e até mesmo no tom da voz, era algo que remetia a eternidade, olhar para ela agora era uma sensação próxima a de olhar para uma fogueira ou para o oceano. Ficava no ar o sentimento de se contemplar algo antigo, misterioso e profundamente poderoso.

Sammya sentiu todo seu corpo arder, como se estivesse mergulhando em água salgada, que lhe penetrava nas feridas. Logo uma dor que a fez trincar os dentes para não gritar, lhe atingiu. A respiração ficou ofegante e ela tentou agir, mas não conseguia mover-se. Havia confiado e novamente fora traída, distraiu-se por um instante e isto foi o bastante. Estava morrendo, sua antiga mestra a estava matando e ela...

Sua linha de pensamento foi interrompida por uma imensa sensação de alívio, como se houvesse sido removido um imenso espinho venenoso de seu corpo. Ela sentia-se incrivelmente bem disposta, só conseguira mensurar a dor com a qual tivera que conviver agora que não mais a sentia.

Olhou assustada para a mulher a sua frente, e em seguida para si própria; suas mãos, a pele, os cabelos... Ela estava viva novamente! A maldição... Lágrimas lhe chegaram aos olhos e ela não fez nenhuma menção de escondê-las. Deixou-se cair de joelhos no chão da floresta, soluçando como uma criança. Como? Como era possível? Perguntava-se.

— Venha, levante-se, temos muito que fazer — falou a mulher estendendo a mão para ela.

— Assim como sua mãe, acho que você merece um título... Que tal Sammya, a imperatriz das trevas? Soou a voz estridente. — Vamos, temos que nos preparar para o começo do jogo, já que quase todas as peças estão no tabuleiro — falou a mulher.

A imperatriz das trevas... Soa muito melhor do que a "necromante do leste". Pensou ela.